TERRA DE SONHO

Kevin Baker

TERRA DE SONHO

TRADUÇÃO:
Vitória Paranhos Mantovani

2001

EDITORA BEST SELLER

Título original: *Dreamland*

Coordenação editorial
Janice Flórido

Editora de Arte
Ana Suely S. Dobón

Arte de capa
Fernanda do Val

Edição
Walter Sagardoy

Revisão
Fábio Maximiliano Alberti

Editoração eletrônica
Dany Editora Ltda.

EDITORA NOVA CULTURAL

EDITORA BEST SELLER
uma divisão da Editora Nova Cultural Ltda.
Rua Paes Leme. 524 - 10º andar - CEP 05424-010
Caixa Postal 9442 - São Paulo, SP

2001

Impressão e acabamento:
DONNELLEY COCHRANE GRÁFICA E EDITORA BRASIL LTDA.
CÍRCULO - Fone: (55 11) 4191-4633

Com amor para Ellen —
e o restante das *fabrente maydlakh*

DRAMATIS PERSONAE

Esther "Esse" Abramowitz, uma operadora de máquina de costura do Lower East Side da cidade de Nova York.

Moshe e Sarah Abramowitz, seus pais, um rabino e a esposa.

Lazar Abramowitz, codinome Gyp Esquentado, um gângster.

Josef Kolyika, codinome Kid Twist, um gângster rival de Gyp.

Sadie Mendelssohn, a prostituta de Gyp.

Clara Lemlich, uma costureira e ativista de sindicato.

Patrick Mahoney Jr., codinome Trick o Anão, um artista de parque de diversões.

A Louca Carlotta, sua consorte; Rainha da Cidade Pequena.

Sr. Charles Murphy, Cacique Principal do Tammany Hall*.

Big Tim "Dry Dollar" Sullivan, empresário, político e o segundo homem na Tammany Hall.

George B. McClellan, o "Little Little Napoleon", prefeito testa-de-ferro de Nova York.

Paddy Sullivan *Dinny Sullivan Nariz Chato* *Florrie Sullivan* *Pequeno Tim Sullivan* *Christy Sullivan* *Larry Mulligan* *Photo Dave Altman* *Salsaparilla Reilly*	} *Os "Sabidos" de Big Tim Sullivan*

Dr. Sigmund Freud, o pai da psicologia moderna.

Dr. Carl Jung, seu "protegé".

Dr. Sandor Ferenczi, amigo e colega de ambos.

Dr. Abraham A. Brill, o anfitrião norte-americano de ambos.

---

* Sede da Organização Central do Partido Democrático (N. da T.).

Tenente Charles Becker, comandante de um dos esquadrões do "Braço-Forte" mais ativos da cidade.
Herman "Beansy" Rosenthal, um apostador muito loquaz.
Frances Perkins, assistente social.
Mary Dreier, dama da sociedade.
Mathew Brinckerhoff, um gênio e arquiteto.
Elija Poole, um mago da eletricidade.
Thomas Alva Edison, inventor.
Samuel Bernstein, contramestre de fábrica de vestuário.
Wenke, subempreiteiro da indústria de vestuário.
Arnold Rothstein, um desportista e gângster emergente.
Monk Eastman, chefe da quadrilha dos Eastmans.
Paul Kelly, chefe dos principais rivais dos Eastman, os Five Pointers.

Dago Frank
Louie Lump
Whitey Lewis
} *Integrantes da gangue de Gyp Esquentado da Avenida Lenox*

Louie Espanhol, um gângster.
Grabber, um gângster.

LIVRO UM

Nova York é uma cidade fogo-de-palha.

— BIG TIM SULLIVAN

CAPÍTULO 1

Eu conheço uma história.

— Eu conheço uma história — disse Trick o Anão, e o restante deles inclinou-se aproximando-se mais: Nanook o Esquimó, Ota Benga o Pigmeu, e Yolanda a Rainha Selvagem do Amazonas.

— Que tipo de história?

Os olhos de Yolanda abaularam-se com desconfiança, e novamente ocorreu-lhe que ela realmente era conforme anunciada: uma mulher minúscula, a pele rija como couro, com uma touca de penas falsas, sumo de noz de areca escorrendo através dos tocos dos dentes. Uma mulata de Caracas, ou uma negra seminole das profundezas de Okefenokee, no mínimo.

— Que tipo de história?

Ele esfregou as últimas faixas de maquiagem em volta do pescoço e das orelhas, e olhou abaixo do píer para o parque arruinado ao oeste, antes de responder. *Tudo acabado agora, até mesmo a magnífica torre branca festonada com águias, o farol alcançando dez quilômetros acima do mar. Acabado, acabado.*

Era noite e as luzes estavam acendendo-se ao longo da Surf Avenue: um milhão de lâmpadas elétricas espalhando uma névoa fina e amarelada pela praia e pelos parques. A multidão da noite já estava chegando, fluindo das linhas do New York & Sea Beach com calças e vestidos brancos, paletós, saias e chapéus de palha brancos — tudo rapidamente absorvido pelas luzes incandescentes.

A Cidade de Fogo estava renascendo.

Ele podia ouvir o peido abafado da tuba da vigorosa banda alemã fazendo o aquecimento no beer garden de Feltman. Para além do bar estava a montanha-russa Ziz, sibilando e ondulando através das árvores a produzir o som peculiar que lhe dava o nome. Para além desta estavam as altas treliças de vidro do Parque Stleeplechase, com a ubíqua cara e o slogan de idiota, repetindo sempre e sempre — STEEPLECHASE — PARQUE DE DIVERSÕES — STEEPLECHASE — PARQUE DE DIVERSÕES — e para além disso o oceano, onde um único cargueiro, com os guindastes abaixados, ia em direção de Seagate na dianteira da noite.

Ele podia ver ainda mais além. Podia enxergar o passado — onde costumavam ficar o pequeno chalé bôer de Piet Cronje, ou a montanha-russa Rough Riders, antes de algum imbecil ter voado direto para fora dos trilhos, vinte metros no ar por cima da Surf Avenue. Onde uma cidade inteira havia existido, atrás do píer arruinado —

Encontre-me esta noite na Terra de Sonho
Sob a lua prateada

Logo, ele sabia, as suaves luzes amarelas seriam afiadas pela escuridão em algo mais cortante. Elas se tornariam duras e claras: impetuosas perolazinhas de fogo, obliterando tudo o mais com sua claridade.

Nenhum deles agora no píer veria isso, nem Yolanda, nem Ota Benga, ou Nanook o Esquimó. Eles estariam trabalhando então, em suas tendas e em seus espetáculos. Eles não veriam as luzes novamente até que estivessem a caminho de casa, de manhã bem cedo; as veriam apenas enquanto elas se apagavam, já desbotando a um matiz fraudulento, rosado, pelo sol nascendo sobre o oceano.

Encontre-me esta noite na Terra de Sonho
Onde florescem as delicadas rosas do amor
Venha com o brilho da luz do amor
Em seus lindos olhos azuis
Encontre-me na Terra de Sonho
Doce sonhadora Terra de Sonho
E ali transforme meus sonhos em realidade

Eles gostavam de sentar no píer destruído durante a hora do jantar, entre a árdua atividade do dia e os espetáculos noturnos. Recostavam-se nas estacas apodrecidas, onde certa vez centenas de barcos de excursão tinham sido amarrados por dia, para fumar e comer, e cuspir e fumar e contar suas histórias: Ota Benga, esguio e encurvado, não um pigmeu de verdade mas um pianista tuberculoso de Kansas City, um apelido exótico extraído de uma antiga sensação ardilosa do passado —

Na Cidade tudo era aproveitado, até os nomes das aberrações e dos gângsteres —

— Nanook o Imponente, Nanook o Implacável, o herói de olhos rasgados vindo do norte — que de fato era uma mulher vinda de alguma extinta tribo das Planícies, contratada depois que o pai tentou obrigá-la a prostituir-se no hotel Elefante de Estanho ao longo da Brighton Beach.

E depois havia Yolanda. Imensos olhos de sapo ainda fixando-se nele, o nariz como um bico recurvado, a pele da cor e textura de uma sela muito usada —

— É uma história de amor — Trick disse a ela. — Uma história sobre amor, ciúme e traição. Uma história sobre um rapaz, a moça que o amava e um terrível vilão; uma história sobre morte, destruição e fogo. É uma história sobre bandidos e assassinos, e a visão de um homem, e o fardo de um homem pobre e a condescendência de um homem rico. É uma história sobre Kid Twist, o gângster, e Gyp o Esquentado, que era um matador, e Big Tim, o político, e o pobre Beansy Rosenthal, que não conseguiu ficar de boca fechada. É uma história sobre Sadie, a prostituta, e a corajosa Esther, e a louca Carlotta, e o último verão em que todos vieram juntos ao parque. É uma história sobre os Grandes Doutores da Mente vindos de Viena, e a violência das feras, e as maravilhas da Era Moderna. É uma história sobre a cidade grande, e a cidade pequena, e a terra dos sonhos. E sempre, acima de tudo, é uma história sobre o fogo.

— Ah — disse Yolanda, satisfeita agora, recostando-se e acendendo o cachimbo. — Ah. O habitual.

CAPÍTULO 2

TRICK O ANÃO

É assim que se mata uma elefanta.

Primeiro eles tentaram as cenouras. Baldes de cenouras. Barris inteiros de cenouras, e cada um contendo estricnina suficiente para matar um homem, mas pretendendo apenas fazê-la ficar parada.

Ela comeu-as. Levou-as em conchas para dentro da pança enorme e saliente, às dúzias, e depois de uma hora de cenouras ainda estava de pé — ainda parecendo tão enlouquecida e perigosa como sempre, e a grande multidão de feriado agitava-se cada vez mais.

Em seguida eles tentaram mandar os adestradores — o Capitão Jack de um braço só, Herman Weedom, e até mesmo Mademoiselle Aurora, para alisar os imensos e ásperos flancos com as mãos, e sussurrar nas enormes orelhas. Ela só bateu as patas no chão e brandiu a tromba por cima das cabeças deles, até que se viraram e correram para se proteger. Depois disso tentaram a polícia, que atacou com seus novos uniformes azuis e os cassetetes, para colocar as correntes em torno das pernas dela como prenderiam as algemas num batedor de carteiras. Ela derrubou-os como pinos de boliche, atirou-os e lançou-os por todos os lados do picadeiro como se fossem artistas de luta-livre numa peça de vaudeville.

Finalmente eles enviaram os pigmeus — calculando que, diabos, mesmo não tendo o mesmo nível de peso, pelo menos eles entendiam do assunto. Ninguém tinha certeza se eles já haviam visto um elefante antes, mas eram acrobatas e artistas: correndo em volta da fera, vaiando e gesticulando, gritando em seus dialetos estranhos e selvagens até que ela ficasse tão distraída que os ajudantes puderam esgueirar-se e prender uma corrente em torno de uma das enormes pernas.

Ela arrebentou-a como se fosse um fio de linha, mas colocaram outra. E depois outra, e mais uma, até que as grossas e negras espirais de ferro mantivessem cada uma das pernas no lugar. Mais uma prendendo para baixo a tromba mortífera e mesmo a cauda, até que ela estivesse tão completamente imobilizada quanto sua imagem de estanho, o hotel perto da praia. Eles encharcaram-na com as mangueiras de incêndio, e entrelaçaram os cabos em volta de todo seu couro — lustrosos cabos de borracha preta, os reluzentes fios de cobre projetando-se das extremidades como um punhado de enguias.

Depois eles se afastaram para ver o espetáculo.

Ela deve ter percebido que estava chegando: a multidão imobilizada com a antecipação, os trabalhadores afastando-se tão rápida e cautelosamente como gatos. Por mais que negassem mais tarde — alegando que ela era apenas uma fera estúpida, que jamais soube o que a atingiu — nós podíamos ver na expressão dela, naqueles olhos imensos e estáticos, amarelos de ódio e bile. Sabendo o tempo todo. Sabendo, e odiando, e olhando direto para mim enquanto as câmeras de cinema começaram a rodar, e o Mago ergueu a mão, e eu empinei-me à frente da multidão.

CAPÍTULO 3

TRICK O ANÃO

Chamem-me de sonhador.

Eu estava bebendo lá no Teatro Grand Duke naquela noite. Este era um hábito que eu tinha. Era um jeito que eu tinha de me abandonar. Sempre que me descobria incapaz de viver sem a cerveja misturada com cloral hidratado, ou o uísque chupado por um canudo de borracha; sempre que me descobria insuportavelmente triste pelos estivadores e artistas baratos e travestis dançarinos; pelos porcos freqüentadores de espeluncas; pelo Buraco do Inferno, e a Casa dos Aleijados, e o Inferno e o Saco de Pulgas e o Lixão — então eu encontrava meu caminho até o pantanoso mundo da Bowery*. Este era o meu substituto para a navalha, e a corda. Se ao menos soubessem disso, todos os homens, uma vez ou outra, nutririam os mesmos sentimentos em relação ao abismo.

Naquela noite eu estava procurando um bar de meninos. Era bem fácil encontrá-los na Cidade: havia pelo menos um na Worth Street, outro na Mulberry, outro na Mott. Eu sabia, das vezes em que o ímpeto me chegou muito forte e repetidamente, e tive de mudar de bares para evitar ser descoberto.

Eu havia visto o que acontecia quando outros da minha espécie eram apanhados tentando passar. Eles não eram tolerantes, aqueles moleques arruaceiros, apesar de toda sua própria miséria e privação. Eu já os vira desnudar e surrar outros como eu — já os vira cobertos de alcatrão, às vezes até mutilados, e depois levados para a rua e expostos em toda sua vergonha, enquanto os moleques de rua dançavam alegremente em torno deles. Às vezes eu até me juntava a eles, dançando em volta da vítima que uivava e chorava. Você pode imaginar o quanto

* "The Bowery", zona de Nova York de má reputação, freqüentada sobretudo por alcoólatras, desempregados crônicos, etc. (N. da T.).

isso me custava, mas asseguro-lhe que era necessário — se fosse para continuar sendo um menino.

Além disso, eu não partilhava de nenhuma solidariedade com eles. Deviam estar querendo ser descobertos: alguma vergonha secreta, algum desejo masoquista, como diriam os doutores da mente alemães, gritando a despeito de tudo, *eu sou um homem neste corpo!*

Era bastante fácil não ser apanhado. Tudo o que se exigia para isso era uma barba bem feita, um pouco de fuligem para cobrir as marcas de um rosto adulto. Calças de brim largas, amarradas bem acima da cintura. Um paletó de tamanho grande para esconder os braços e pernas atrofiados, um boné grande para cobrir a cabeça desproporcional. *Voila*! — um menino pronto para usar.

Um jornaleiro, um vendedor de fósforos. Um limpador de chaminés, talvez, com o rosto sujo. Tudo o que eu precisava fazer era pegar um esfregão dentro do armário do zelador, ou uma pilha de velhos e sujos *Daily Mirrors*, e era igual ao restante deles: um inocente de faz-de-conta numa cidade de crianças monstruosas.

Você acha que eu mereço piedade. Mas eu lhe pergunto: que homem normal jamais teve a oportunidade que tive? Com um pouco de maquiagem, eu podia não apenas esconder meu corpo deformado, mas poderia ser jovem novamente. E, afinal, qual é a maior deformidade — o tamanho ou a idade?

Devidamente vestido, havia muitos lugares na Cidade onde um menino poderia ir para beber, comprar uma mulher, e ter a cabeça esmagada. O meu favorito era o Grand Duke, que era dirigido pelos Bacanas da Baxter Street, uma gangue de batedores de carteiras, assassinos e artistas drogados, idades de cinco a quatorze.

Numa cidade que especializava-se em bares minimalistas, a espelunca dos meninos era a mais despojada de todas: uma tábua por cima de uns poucos caixotes era o bar. Mais dois caixotes e engradados como mobília, e o chão de terra batida. Uísque caseiro servido numa velha lata de tomate. O Grand Duke — típico, desejoso nome dado por garotos! — era algo mais.

Os Bacanas tinham eles mesmos construído um teatro de verdade, montado com restos surrupiados ou resgatados das ruas. Havia uma meia-dúzia de lamparinas a querosene dispostas na frente do palco para a ribalta. Fileiras de bancos simples serviam como as poltronas, e nas duas laterais da platéia havia até mesmo um par de sofás de veludo vermelho, destruídos, elevados sobre tabuinhas: os camarotes reservados para os chefões dos meninos e suas damas.

Custava dez centavos para sentar nas poltronas, apenas um níquel para a galeria, uma pilha alta e vacilante de engradados nos fundos. O Grand Duke possuía uma companhia permanente de atores: meninos atores e meninos teatrólogos, meninos contra-regras e meninos cenógrafos, e diligentes meninos diretores. Não duvido que poderiam ter seu próprio e pretensioso menino crítico — exceto pelo fato de que já teriam cortado a maldita garganta dele.

Eles encenavam o prato feito de sempre: os trechos mais sangrentos de *Lear*, ou de *Macbeth* ou de *Ricardo III*. Adaptações livres dos mais terríveis assassinatos e crimes sexuais da ocasião, trechos de músicas e piadas filados dos espetáculos burlescos e de vaudeville dos adultos — tudo isso encenado e recebido com muito mais fervor, muito mais avidez do que qualquer coisa nos teatros normais da Fourteenth Street e da Times Square.

A preferida deles era "The Immigrant´s Peril, ou Paddy in a 'Poke'* — aquela velha anedota sobre um estrangeiro numa terra estranha. A nacionalidade podia mudar, mas a história era sempre a mesma: nosso herói poderia ser um irlandês ou um italiano, um judeu, um alemão, mas sempre um simplório, acabado de sair do navio, que vai para um bar pensando que está entre amigos.

Em vez disso, eles o deixam bêbado e drogado, enquanto todos ali conspiram sobre a melhor maneira de roubá-lo e tirar-lhe a vida. Eles todos participam — as prostitutas e o barman, os habituais do balcão e o policial da ronda, fazendo arruaças e piadas descaradamente com a platéia. Os garotos menores à minha volta sacudindo-se e dando risadinhas nervosas com o suspense, agarrando-se com força aos seus caixotes cambaleantes — rostos amarelos, tísicos, perscrutando ansiosamente o palco.

A façanha estaria quase concluída: o irlandês, ou o judeu, ou o *deutscher* caído em cima do balcão. Uma apólice de seguro fraudulenta redigida pelo dono da espelunca, assinada por uma prostituta, testemunhada pelo policial. Tudo o que restava era dar ao pobre caipira um pouco mais de cloral hidratado e jogá-lo num bueiro de esgoto, em direção ao rio...

Esta era a deixa para Mose, o Garoto da Bowery. Ninguém sabia de onde ele vinha, exatamente. Era tão velho quanto a própria Bowery, perene no palco, mas sempre, inequivocamente, um deles: o maior

* "O Perigo do Imigrante ou O Irlandês numa 'Enrascada' (N. da T.).

menino que podiam encontrar — vestido com as roupas deles, falando a linguagem deles, bruto e gigantesco e onipotente, abrindo caminho através de todas as mentiras e hipocrisias.

Ele arremetia contra o bar criminoso vindo de uma das laterais, dando pancadas a torto e a direito. Estraçalhando o cenário barato, as mesas, cadeiras e o balcão, estraçalhando as cabeças do proprietário e dos estivadores e do policial renegado. Destruindo tudo à sua volta até que a platéia inteira de necessitados, desejosos e sonhadores meninos seus companheiros da Bowery fosse reduzida a um aplauso frenético, selvagem. Sacudindo o imigrante bêbado para que acordasse — salvando-o, da maneira que eles sempre quiseram, no fundo dos seus mais criminosos corações de meninos de rua, serem salvos, e nunca foram, e nunca seriam.

Eu sei. Muitas foram as noites, agarrando-me desesperadamente ao assento no alto da minha própria pilha de caixotes vacilantes, que aplaudi bem junto com eles, e não poderia atribuir isso somente ao uísque ruim, ou à necessidade de passar despercebido.

A diversão daquela noite era diferente das outras. Os meninos haviam aberto uma rinha de ratos lá embaixo no porão. Antigamente podia-se encontrar uma briga de ratos em cada canto da Bowery, mas isso foi antes que os *goo-goos* aprovassem outra agitação da Reforma, e a Sociedade para Prevenção de Crueldade Contra Animais e Crianças as retirassem da Cidade.

Não que ainda não existisse crueldade contra crianças, claro — isso era uma questão de negócios — mas eles tinham de dar um basta à tortura de ratos. Ou, mais exatamente, os expulsaram para os subterrâneos — pois que nenhum vício jamais desaparece realmente da Cidade. Os Bacanas desencavaram uns poucos velhos que ainda adestravam os fox terriers, e nunca era difícil encontrar os ratos.

Era um esporte sangrento. O que se pode esperar, afinal, quando se juntam cães, ratos e homens num porão mal iluminado? Além disso, eu não estava jogando. Não perdi nada, não apostei nada. Já era o bastante apenas ver aquelas coisas — ficar ombro-a-coxa na companhia de homens, sem ser detectado, e observá-los beber seu uísque e tragar junto a fumaça dos charutos.

Eu podia esgueirar-me bastante discretamente entre eles. Um chute aqui, um tapa ali — eles mal reparavam em mim. Ninguém detectou o Prefeito da Cidade Pequena, movimentando-se entre eles. Somente os meninos me notavam, eles eram os únicos do meu tamanho e pareciam pressentir que eu era diferente, de alguma forma, e mantinham distância. Por melhor que fosse meu disfarce, eu me movia de maneira diferente de um menino, ficava mais quieto do que um menino, existia em algum lugar naquele exíguo espaço entre a consciência deles, Grande e Pequeno.

Havia uma única exceção: nem um pardal caía sem que ele considerasse sua participação nisso. Ele tinha um olhar assassino, um rosto frio e calculista pesando todos nós na balança. Um líder natural de homens, com todo o horror que isso implica.

Eu senti os olhos dele em mim antes de vê-lo, e então tive medo. Eu deveria ter ido embora naquele instante, deveria ter fugido, mas era arrogante demais no meu jogo: o Rei, saindo para um passeio *incógnito* entre o povo. Nada poderia acontecer a mim — eu era apenas o observador.

CAPÍTULO 4

KID TWIST

Tudo começou naquela noite em que ele atingiu Gyp Esquentado na cabeça com uma pá. Não que tivesse planejado desta maneira, na verdade ele nunca esteve realmente certo de como isso aconteceu. Gyp estivera fazendo seu velho truque da gangue dos Eastman, esmagando homens com o joelho em apostas de dois dólares, para a diversão dos caipiras e simplórios, e já havia quebrado com um estalo as costas de um miserável caixeiro de loja de departamentos, em três lugares, deixando-o a debater-se no chão de terra do porão como um peixe fisgado. Então ele estendeu o braço para apanhar o jornaleiro, e a próxima coisa que Kid soube era que estava levando a pá para baixo — bang! — direto na risca do meio da cabeça grande e nobre de Gyp. E depois foi uma confusão dos diabos.

O menino, observando tudo ao lado com os olhos grandes como luas, enraizado ali, como um camundongo diante de uma cobra. Enormes, rápidas mãos agitando-se para aprisioná-lo pelo pescoço, puxando-o para o colo dele, os outros fregueses e os jogadores gritando e sacudindo o dinheiro no ar. Kid alcançando a pá de carvão, antes mesmo de ter tempo para pensar...

Claro, Kid nem mesmo estaria ali se não tivesse sido por Louie Espanhol, não tivera nenhum outro plano para aquela noite a não ser dar uma volta por New Brighton afanando os otários e os azarados, ou talvez dar uma passada no Mock Duck´s para uma rápida viagem a Hopland com os arruaceiros. Certamente ele não tinha intenção de sair e atingir a cabeça de um cidadão como Gyp Esquentado com uma pá de carvão, e certamente não para salvar algum jornaleiro de meio quilo que acabou revelando-se ser um anãozinho maluco e ardiloso na maior bebedeira.

Mas então Louie apareceu, todo enfatiotado com suas calças de couro enfeitadas de dourado e as bandoleiras e o imenso sombrero preto com os debruns dourados que faziam as *girlchicks* desmaiarem, e morrendo de preocupação porque Grabber estava atrás dele por causa dos lucros de um falso baile de caridade que os dois tinham organizado juntos.

— Você precisa me ajudar, Kid — ele dissera. — Grabber acha que eu trapaceei. Você precisa ficar do meu lado.

... o que Kid não duvidava nem por um minuto, sendo Louie Espanhol exatamente o tipo de *nayfish* que tentaria e trapacearia Grabber. Louie gostava de alardear que era algum tipo de Apache, ou um nobre espanhol decadente que matara doze homens lá no México, ou seria no Texas, mas, francamente, Kid não acreditava em nada disso.

— Você sabe que não tem ajuda contra o Grabber — ele lhe dissera, mas então Louie disse que Grabber estaria numa rinha de ratos lá no Grand Duke e que já fazia muito tempo desde a última vez que ele vira uma boa rinha de ratos, desde que tinham fechado o Kit Burns de uma vez por todas.

— Tudo bem, então vamos — ele disse, mas foi só então, como sempre, que Louie Espanhol lhe fornecera outra informação vital.

— Claro, você sabe, Gyp vai estar lá...

O que, claro, ele não sabia, esta era uma história completamente diferente, especialmente agora que todo o negócio de Beansy Rosenthal ainda não estava resolvido entre eles. Claro que sempre havia alguma coisa não resolvida, esta era a natureza dos negócios e, de qualquer forma, tinha-se de pensar duas vezes antes de se chegar perto demais de Gyp Esquentado, principalmente numa rinha de porão onde o sangue estava correndo, o dinheiro estava em jogo e a luz não era nada boa, para começar.

Mas a questão de Beansy era outra coisa: mais um apostador choramingas que estava tagarelando ao promotor público sobre um capitão de polícia extorquindo dinheiro do seu estabelecimento em Times Square. Tudo parecia muito honesto. Gyp queria que Kid o ajudasse a despachá-lo, e tudo tinha sido esclarecido na cidade com Big Tim, e até com o próprio sr. Murphy, mas Kid ainda não gostava do jogo. Afinal, era um negócio de polícia e não via o que isso tinha a ver com ele. Não gostava do fato de Gyp estar envolvido, e não podia evitar pensar que estava entrando numa armação.

Ele livrara-se de Gyp com evasivas, mas era difícil livrar-se de um homem como Gyp Esquentado e, em conseqüência, não era a pessoa que Kid queria ver no momento presente. Mas dissera a Louie que iria, e a última coisa que queria era dar a impressão de que ele, Kid Twist, estava com medo de Gyp Esquentado, embora de fato estivesse morrendo de medo.

— Vamos — ele disse a Louie Espanhol. — Afinal, ele não pode ser muito pior do que o Grabber.

Uma fileirazinha irregular de homens parados na rua escura, olhando uns para os outros com desconfiança. Diante deles vergava-se uma casa de cômodos de cinco andares, o único prédio que restava no quarteirão, inclinando-se para trás como um dente só numa velha boca. Um som comprido, lacerado, vinha do interior e uma porta se abriu, revelando nada além da escuridão. Todos eles desceram em fila para o porão, vadios e gângsteres, comerciários e homens de família, e uns poucos camaradas bêbados fazendo farra.

A arena dos ratos era iluminada por uma única e mortiça lâmpada, balançando no centro do ringue. Este era ovalado e de terra batida, as paredes de madeira com um metro e meio de altura, uma porta de alçapão em cada extremidade, uma série de altas e raquíticas arquibancadas montadas em toda sua volta.

— Este é o melhor tipo de ação que existe — o caixeiro à frente deles falou excitado, o hálito azedo de uísque bem direto no rosto de Kid. — É o único esporte em que não se pode armar o jogo.

Tal conversa era ofensiva aos seus ouvidos, mas Kid não se deu ao trabalho de esclarecê-lo. Sempre havia um jeito, não existia nenhum jogo nesta Terra que não pudesse ser armado. Sempre se podia dopar os cachorros. Podia-se amolecer as patas deles com semente de mostarda, ou salgar a comida, ou, melhor de tudo, podia-se envenenar os ratos de forma que fossem muito fáceis de matar no início — mas lentamente, quase imperceptivelmente, o cachorro começaria a se cansar conforme ele mesmo absorvia o veneno. Sempre havia um jeito.

— Quantos? Quantos? Qual é a aposta?

... um homenzinho ansioso estava perguntando, pulando para frente e para trás entre eles, puxando seus casacos. Todos eles amontoaram-se em volta da arena, trombando uns nos outros no escuro, atordoados pela antecipação que os homens sempre sentem quando estão reunidos para fazer alguma coisa que sabem que é errada. Kid havia visto isso muitas vezes antes: num bordel ou numa turba de linchadores, era sempre o mesmo.

— Se Mary soubesse o que estamos fazendo...

— Quantos? Quantos?

— Eu vou pegar um uísque!

— Tá poluído aqui.

— Se ela soubesse...

Kid sentiu-se inquieto, pressentindo alguma coisa por trás do fedor degradante de corrupção vindo dos ratos e cães mortos, enterrados sob o chão de terra do porão onde tombavam. Alguma coisa além da escuridão no subterrâneo, tão densa que mal se conseguia enxergar a própria mão diante da cara.

Um menino subiu na arena, um dos Bacanas da Baxter Street, com um casaco de caça vermelho e esfarrapado que, de alguma forma, conseguira limpar, e começou a anunciar o primeiro cão. Kid olhou para cima — e ali, encarando-o de volta do outro lado da arena, o rosto inteligente, predatório, apenas visível através da luz amarela e granulosa, estava Gyp Esquentado.

Ele poderia ser um sósia de Kid, sob a luz ruim: a mesma camisa branca e o colarinho engomado, o colete de xadrez vermelho embaixo do casaco, o alfinete de ouro em formato de ferradura na lapela. O chapéu-coco puxado tão baixo que Kid mal podia ver-lhe os olhos. Kid assentiu e tocou a aba do seu próprio chapéu — e depois de um longo momento, Gyp assentiu em resposta, quase imperceptivelmente.

— Primeira luta — o animador, com seu casaco emprestado, gritou. — Shadrach, de Harry Weisberg de Greenpoint.

— Apostas! Apostas! Façam suas apostas!

Os bookmakers circulavam pela multidão, homens usando longos casacos de agentes funerários, escrevendo com lápis em seus minúsculos cadernos pretos. A aposta era sobre quanto tempo demoraria para o cachorro matar a sua centena — cem ratos que debatiam-se e guinchavam, e Kid apostou uma ninharia no início. Não gostava de apostar em nada que ele próprio não tivesse arranjado, e além disso queria primeiro ver o cachorro antes de investir qualquer dinheiro de verdade nele.

Uma das pequenas portas de alçapão se abriu na extremidade da arena oval, e surgiu trotando um fox terrier parecendo orgulhoso, em boa forma, branco com manchas acinzentadas e com uma cicatriz comprida e irregular no focinho.

— É uma cadela! — um dos apostadores exultou atrás dele.

— Olha só a pose dela! Ah, é uma matadora!

— Quantos?

Na outra extremidade da arena oval um garoto levantou uma portinhola menor — e de lá saíram os ratos. Eram um pouco mais do que sombras na luz grumosa, os olhos reluzindo avermelhados enquanto corriam em torno do ringue. Um deles arremessou-se direto no terrier, em seu pavor, a meio caminho de uma das patas antes de perceber o seu erro. A cadela capturou-o com uma estocada rápida, deu-lhe uma sacudida breve, profissional, para quebrar-lhe o pescoço e atirar o corpo sem vida para o lado.

— Trinta! Trinta minutos!

— Vinte e cinco!

A terrier não se afobou, esperando para apanhar os ratos que conseguia agarrar com uma só bocada. Eles soltavam dez de cada vez, a cada poucos minutos, e a cadela os destruía a todos com a mesma sacudidela eficiente, segura...

Tão parecido com um gato, Kid admirou-se — ou rasgava-lhes as gargantas, ou arrancava as cabeças, o que quer que fosse mais rápido. Tinha sido bem treinada.

— Quantos? Quantos?

A cadela fez uma pausa, vendo tudo morto no ringue à sua volta, e deu uma lambida breve e satisfeita na pata. Os dez ratos seguintes correram para fora, velozes e furtivos como um nevoeiro, e a matança começou novamente.

— São quinze! Não... dezenove!

Os ratos adernavam em torno das laterais do ringue, tentavam escalar as paredes de madeira de meio metro. Alguns deles içavam-se, de algum jeito, até o alto — apenas para serem atirados de volta na arena pela multidão vociferante, escarnecedora.

— São trinta! Pelo menos trinta!

Kid podia ver que a cadela começava a se cansar, mas continuava mantendo um ritmo de matança contínuo, de campeã. Estava mais difícil de manobrar, o chão da arena agora escorregadio com o sangue dos ratos e pedaços de ratos, as criaturas compridas e acinzentadas entocando-se e roendo sob as carcaças dos seus próprios semelhantes a fim de escapar das mandíbulas impiedosas, que abocanhavam.

— Limpem a arena! Limpem a arena! Isso não é justo!

O mesmo caixeiro embriagado que havia assegurado a Kid que não se podia armar aquele jogo, gritou — tão angustiado como se tivesse perdido seu único amor. Os amigos dele endossaram o pedido.

— Limpem a arena!

— Risco no jogo, risco no jogo! — os pequenos apostadores gritaram atrás deles.

Isso não tinha importância; Shadrach, a cadela, tomou um segundo fôlego. Avistou os ainda vivos pelo contorcer das caudas longas e escamosas, arrastou-os de volta e arrancou-lhes a vida. Kid apostou mais um pouco, nas duas categorias, a fim de garantir-se, depois tentou avaliar a ação e acertar no meio.

Olhou de relance para Gyp Esquentado, do outro lado da arena — que não estava mais tentando fazer apostas. Em vez disso, ele olhava tranqüilamente para o ringue abaixo, os olhos escuros pacientes e luminosos. Kid teve um mau pressentimento.

— Quantos?

A portinhola dos ratos abriu-se novamente, e outros dez roedores atropelaram-se para dentro da arena. Vendo tantos dos seus semelhantes já empilhados em volta do ringue eles foram direto para a cadela, agora, impulsionados pelo puro terror e desespero.

Era aí que uma rinha de ratos sempre ficava interessante. Eles corriam direto para a terrier, saltando em suas pernas, na cara e na garganta. Ela foi capaz de rebater os primeiros pares com as patas, mas então um deles passou por trás dela, lacerando uma das patas traseiras perto do flanco. Depois outro, e mais outro, até que estivessem pendurados em seu focinho, na coleira de pêlos em torno do pescoço e nas pernas, agarrando-se com suas horríveis mandibulazinhas.

A cadela emitiu um uivo baixo, lamentoso. Conseguiu sacudir alguns deles para fora, deixando rasgões avermelhados e desiguais através de todo seu pêlo rijo. Eles reviraram-se e pularam de volta, aderindo a ela com toda a força.

O garoto invisível por trás da parede do ringue abriu a portinhola para os dez ratos seguintes. Estes eram ratos maiores do que os outros, de uma cor escura, untuosa, mais esguios e compridos. Kid sentiu o cheiro de tramóia. Acenou para o agente de apostas mais próximo para se garantir.

— Apostas encerradas! Apostas encerradas! — o homem declarou, fechando o caderninho preto — mas sob o olhar firme de Kid ele aproximou-se e aceitou a aposta dele, assim mesmo. Olhando por cima do ringue, Kid viu que Gyp ainda estava observando a ação imperturbavelmente; os rostos dos meninos em volta dele brilhavam de excitação.

— Me cubra numa "lavada" — Kid falou ao bookmaker.

Efetivamente, a cadela estava cansando-se depressa agora; já havia perdido algum sangue. Os novos ratos, grandes e atrevidos, correram direto para a garganta dela. A pequena e orgulhosa terrier manteve-se firme, chutando-os para o lado, lacerando o focinho de um deles, que saiu cambaleando e emitindo um guincho horrível, ferido. Mas ela estava perdendo sangue, e os ratos continuavam chegando. Um deles pulou para cima e conseguiu penetrar na metade da garganta, de forma que a cadela não podia usar as mandíbulas. Ela caiu de costas sobre as pernas traseiras, sacudindo-se — e então ao lado dela, ainda lutando, os untuosos ratos pretos arranhavam-se e amontoavam-se uns sobre os outros para alcançá-la.

— Já chega! Já chega, ela já teve o bastante!

Weisberg, o adestrador, pulou para dentro da arena a fim de salvar a cadela, tropeçando nos ratos. Quando ele entrou no ringue, alguns dos roedores ainda estavam tão enlouquecidos que pularam nele, pendurando-se nas calças e nas mangas. Eles espanou-os sem nem mesmo olhar, amassando as cabeças sob os saltos das botas. Tinha olhos apenas para a cadela, tremendo no chão, o pêlo e a garganta ensopados de sangue. Ele aninhou-a nos braços, embrulhou-a com seu casaco e carregou-a para fora do ringue.

— Minha pobre menina — cantarolou para ela, os olhinhos alertas da cadela ainda brilhando para ele. — Minha pobre menina, o que fizeram com você?

— Não pode jogar a toalha aqui! — um dos garotos perto de Gyp gritou, desapontado por não ver o final — qualquer final.

— Ratos-d´água! Ratos-d´água! — o caixeiro e seus amigos entoavam agora, olhando em volta à procura dos bookmakers.

— Armação, armação!

Alguns dos Bacanas da Baxter Street tinham corrido para dentro da arena, afastando Weisberg dos ratos e apressando-se em encurralá-los de volta para as gaiolas. Gyp e sua comitiva continuavam sentados tripudiando tranqüilamente sobre o ringue, os agentes de apostas rondando em volta deles na defensiva.

A multidão oscilou taciturnamente na direção do bar improvisado nos fundos, tábuas apoiadas sobre barris de lixo, enquanto os meninos mais velhos continuavam tentando juntar os ratos, ganindo e segurando os dedos enquanto deslocavam-se em volta do ringue. Os meninos mais novos repartiam o uísque e afastavam os cabelos finos e pastosos que lhes caíam nos olhos, trepando nos caixotes para alcançar o bar.

Umas poucas rameiras moviam-se em torno da multidão, tentando encontrar os sorridentes vencedores. Muitas delas não eram mais velhas do que os próprios Bacanas, Kid reparou, puxando para cima os vestidos finos como papel a fim de esconder os peitos e pescoços tísicos. Encontravam seus objetivos e passavam os braços em volta dos pescoços deles, aninhando-se neles com tanta confiança quanto qualquer outra garota da idade delas faria ao escorregar para o colo do papai.

Kid já deveria dar o fora, então: estava quite, mais ou menos, talvez até contasse com uns poucos dólares a mais naquela noite, e nem bem deveria falar com Gyp Esquentado. Louie Espanhol estava pronto para ir embora: no fim das contas Grabber não aparecera e não havia nenhuma prostituta disponível para impressionar com seus bigodes e os revólveres mexicanos com cabos revestidos de madrepérola.

O problema era como passar por Gyp no bar. Kid tinha uma arma em cada bolso do casaco, uma boa navalha no bolsinho do colete e um canivete no sapato, e, como último recurso, havia um cassetete curto no bolso traseiro, mas ainda assim não gostava das probabilidades. Gyp estava com seus capangas, Lefty Louie, Dago Frank e Whitey Lewis, e ele tinha apenas Louie Espanhol, que seria um excelente matador se aquilo fosse um espetáculo de teatro barato.

Não havia esperança para isso, no entanto; a correnteza de prostitutas, meninos gângsteres e apostadores janotas empurrou-os na direção do bar, e quando chegaram ali Gyp já estava dominando como o Rei do Sião, sentado numa imensa cadeira de vime que os engenhosos Bacanas tinham adquirido de alguma forma. Ele puxou algumas notas do enorme maço que havia ganhado, entregou-as a Dago Frank para que desse ao garoto atrás do balcão.

— Esta rodada é por minha conta — gritou, e a multidão em volta dele aplaudiu e bramiu, amontoando-se mais para perto.

— Olá, Kid — ele disse quando Kid apareceu, face a face com ele, com Whitey Lewis e Lefty inclinando-se ansiosos nos ombros do patrão, sorrindo malvadamente como uma dupla de cães de guarda numa correia comprida — enquanto, ao mesmo tempo, Kid podia sentir os esforços muito pouco tranqüilizadores de Louie Espanhol para se esconder atrás das suas costas.

— Como vai, Lazar — falou, tentando usar o verdadeiro nome dele para desarmá-lo.

Os olhos de Gyp nem se moveram — exceto por um rápido lampejo na direção de um jornaleiro e de alguns caixeiros que tinham se aproximado demais do seu ombro direito, e um menino carregando uma pá cheia de ratos mortos para o barril de lixo. Ele captava tudo, e era tremendamente rápido, Kid sabia.

— Você ganhou uma boa bolada hoje...

— Você pensou mais um pouco sobre aquilo que eu disse que você tinha de pensar? — Gyp interrompeu, limpando as unhas com um estilete tão afiado como um caco de vidro, e tão disfarçável quanto um palito de dentes. Os jornais diziam que Gyp lia filosofia em seu tempo livre, e que seus autores preferidos eram Voltaire e Darwin, Huxley e Herbert Spencer, mas por algum motivo Kid realmente não achava que filosofia era a preocupação principal do sujeito.

— Esqueça isso, Gyp, é coisa da polícia. Deixe que eles cuidem de si mesmos, não precisamos fazer o trabalho sujo para eles.

— Gyp? Você é Gyp Esquentado? — era o caixeiro bêbado que Kid ouvira falar de maneira tão ignorante no lado de fora do Grand Duke.

— Claro — Gyp falou, mantendo um olhar frio e especulativo em Kid.

— É verdade o que dizem? É verdade que você é capaz de quebrar um homem com o joelho numa aposta?

— Quer descobrir?

Quando ele falou isso, Kid começou a recuar, a mão direita alcançando tão subrepticiamente quanto possível o bolso do casaco. Viu que Lefty Louie e Whitey Lewis também estavam alcançando seus próprios bolsos — embora Gyp nem sequer se movesse.

— Sim, diabos! — o caixeiro bufou sofregamente. — Eu pagaria para ver!

O olho terrível de Gyp manteve-se em Kid.

— Vai acontecer — ele disse. — A questão é se você estará ou não naquele trem.

— Então? É verdade? — o caixeiro inquiriu.

Gyp olhou para o homem pela primeira vez, enquanto Kid continuava recuando, circulando um pouco à direita de Gyp.

— Você quer saber? Então faça o jogo.

— Como é isso? — o caixeiro perguntou, agora um pouco mais incerto.

— Dois dólares. Faça o jogo.

— Tudo bem, claro — o caixeiro riu nervosamente, percebendo que estava sendo pressionado, e puxou um par de dólares de prata do bolso do colete, deixando-os cair no colo de Gyp.

— Eu topo. Quem é que vai ser?

Sem outra palavra, Gyp agarrou o caixeiro pela gravata e puxou-o para baixo, golpeando violentamente o joelho no rosto do homem. As pernas dele dobraram-se e Gyp arremessou-o por cima do colo, o rosto para o alto, e prendeu-o com força pelo pescoço e pernas.

— Muito bem, você quer ver?

O salão inteiro ficou subitamente quieto, todos apertando-se para olhar, os jornaleiros, as rameiras, os Bacanas da Baxter Street. Somente Kid continuou se movendo, abrindo caminho lentamente em volta, até que estivesse bem atrás do ombro direito de Gyp. Reparou que os olhos de Whitey Lewis e Dago Grank tinham se afastado dele, fixando-se no caixeiro. O garoto que estivera recolhendo os ratos postou-se atrás dele, a pá baixada ao seu lado.

— Dois dólares.

Os olhos do caixeiro estavam aturdidos e arregalados, e ele estava aterrorizado demais até mesmo para implorar, engasgando-se com pequenos jatos de vômito amarelo na boca e no rosto. Era um homem franzino, Kid podia ver, pateticamente pequeno e impotente sobre as pernas de Gyp, com seu terno amarfanhado, o surrado chapéu-coco oscilando para o chão.

Gyp olhou para o restante deles. Depois, sem nenhum aviso, ergueu o caixeiro para cima e pressionou-o para baixo — levando os joelhos para o alto enquanto o fazia.

— Um, dois, *três*!

... esquerda, direita, e para frente outra vez; três estalos distintos mais altos do que tiros de pistola reverberaram pelo salão. O caixeiro gritou como uma mulher, e Gyp embolsou as moedas.

— Dois dólares.

Atirou os destroços do caixeiro no chão, ao lado do chapéu, onde ele ainda agitou-se, não mais um homem, braços e pernas paralisados, incapaz até mesmo de gritar ou fazer qualquer outra coisa que não fossem ruídos curtos, terríveis, sufocados.

— Mais alguma ação?

Um murmúrio baixo e impressionado percorreu a sua platéia e então todos estavam falando ao mesmo tempo. Os homens empurravam-se, acenando o dinheiro no ar, ignorando o caixeiro que ainda sufocava no chão de terra. Os cães de guarda de Gyp golpeavam-no nas costas com entusiasmo; tinham esquecido Kid completamente, agora.

— Quem é o próximo? — Gyp gritou, e a multidão arremessou-se para a frente.

— Faça de novo! Faça de novo!

— Dessa vez eu quero ver!

— Quem vai ser o próximo?

Interromperam-se subitamente quando Gyp voltou os olhos ferozes para todos eles, esperando pela sua escolha. Então as mãos enormes estenderam-se e agarraram o jornaleiro, antes que qualquer coisa pudesse impedi-lo, antes mesmo que o próprio jornaleiro percebesse que elas estavam sobre si.

Foi então que Kid sentiu a pá do coletor de ratos nas mãos, o próprio garoto desatento ao fato de que ele a havia tomado, a atenção cravada na ação. Gyp Esquentado deitou o jornaleiro por cima dos joelhos, avaliando o seu peso e altura, uma das mãos esfregando pensativamente a garganta.

— Este aqui só vai precisar de um golpe breve — ele zombou, e a multidão riu aprovando.

Ele voltou-se para sua presa, preparando-se para quebrar as costas do menino com uma arremetida do joelho — e foi então que Kid ergueu a pá por cima da cabeça e baixou-a com toda força que pôde ao longo da linha que repartia os cabelos lisos e pretos de Gyp. Não soube por que fez isso, jamais saberia por que, mas foi feito e o que era feito não podia ser desfeito, especialmente com o crânio fraturado de Gyp Esquentado. O que soube em seguida era que todos os vagabundos, os Bacanas e os caixeiros favelados estavam gritando, os bêbados e os *gooh* estavam gritando, e todos corriam para as escadas...

Kid afastou um par de rameiras do caminho e subiu correndo os primeiros degraus. Algum apostador usando uma cartola assomou à sua frente, descendo a escada, boquiaberto, as mãos ainda abotoando a braguilha da calça, acabando de voltar de só Deus sabia onde para um pouco mais de diversão. Kid deu-lhe um chute no saco e empurrou-o para longe, ainda correndo para a porta, com Louie Espanhol e o pequeno jornaleiro colados ao seu lado. Dois dos Bacanas da Baxter Street tentaram detê-lo no topo da escada e estava perto demais até mesmo para se pegar uma arma, mas ele arremessou a palma da mão no nariz do primeiro até que estivesse a meio caminho da cabeça, e empurrou o segundo com um safanão, e então estavam livres — em cima no pavimento térreo, e fora pela porta da frente.

Atrás dele, podia ouvir mais gritos quando os garotos de Gyp começaram a avançar, cortando caminho através da multidão, mas ele não olhou para trás, não olhou para trás até que estivessem porta afora e bem longe abaixo da Baxter Street e por todo caminho ao longo da Bowery — um par de tiros inúteis retinindo dos postes de luz atrás deles como granizo em teto de flandres, umas poucas imprecações e gritos distantes erguendo-se das ruas escuras, e então estavam de volta à civilização (se é que se poderia chamar assim a Bowery), restando apenas a pergunta o que diabos ele faria agora que havia ofendido mortalmente o mais perigoso lunático de Nova York?

Pelo menos o jornaleiro havia saído com ele — pelo menos o menino estava a salvo. Ofegante, Kid inclinou-se para a criança com seus grandes olhos confusos, o imenso boné puxado por cima da cabeça, e bateu com a mão em seu ombro.

— Tudo bem, garoto, agora você está a salvo.

O pequeno jornaleiro olhou para ele, a barba azulada começando a aparecer sob o rosto coberto de fuligem.

— Quem é o garoto? — ele perguntou, numa voz que soava como cascalho triturado.

CAPÍTULO 5

TRICK O ANÃO

Eu os escondi lá em Coney, no traseiro do Elefante de Estanho. Louie — aquele que parecia com uma noite de apaixonadas danças espanholas — fez parar um cabriolé e eu disse ao condutor para seguir para o Brooklyn. Ele nos examinou atentamente da cabine — uma silhueta alta, fantasmagórica sob o elevado da Bowery* — e bateu com o chicote respeitosamente no chapéu.

Não havia dúvida de que ele nos entregaria assim que retornasse. Demos o fora do cabriolé em Brooklyn Heights; os cantos da boca do condutor descaíram de consternação, embora tivéssemos lhe dado uma gorjeta generosa. Caminhamos por uns poucos quarteirões, passando pelo grandioso e fútil prédio da prefeitura de McCooey, depois viramos na Joralemon e descemos as ruas nobres e revestidas de pedras, silenciosas como um vilarejo do interior.

Atrás de nós, em algum lugar, podíamos ouvir o clip-clop abafado do cabriolé — tentando nos seguir, nos procurando. Nós nos esquivamos por um beco, depois tomamos outro cabriolé de volta, passando por Prospect Park e o Parade Grounds. Depois andamos novamente: descendo uma nova avenida à qual tinham dado o nome de Coney, embora parecesse tão distante dela quanto uma das ilhas da Malásia.

Não havia nada à nossa volta. Tinham demolido todas as favelas dos irlandeses, e os antigos vilarejos dos negros que antes brotavam ao longo das planícies como cogumelos de primavera depois de uma chuva. Agora não havia nada exceto o chão de cascalho — os futuros quarteirões já esculpidos em quadrados ordenados, pequenas e caprichadas placas anunciando os pretensiosos nomes ingleses das vizinhanças:

---

* *Elevated Railway* — Ferrovia Elevada (N. da T.).

Kesington e Borough Park, Bensonhurst e Gravesend, e passando por eles, nos arrastamos penosamente por todo o caminho ao longo daquela paisagem árida, otimista, até alcançarmos Coney Island.

Eu os levei direto para o velho Elefante de Estanho. Poderia tê-los acomodado na minha cidade — afinal, eu tinha um palácio! — mas lá eles teriam se sobressaído como, bem, como dois dedões inchados.

Felizmente, até mesmo em Coney Island nunca faltaram lugares onde se podia pairar em completa solidão e anonimato. Era fácil conseguir um quarto no traseiro do Elefante àquela hora. Era quase madrugada quando chegamos ali, e os últimos velhacos da noite já saíam aos tropeços, os chapéus puxados por cima dos olhos, exalando a lingüiça, gim e suor de cama.

As putas ainda estavam de pé, lavando-se nas bacias em seus quartos. Eu podia ouvi-las chamando, umas às outras, enquanto subíamos a escadaria sinuosa, espiralada; vozes adoráveis, alegres, gorjeando como passarinhos, felizes por estarem no final da noite. Embora fosse a esta hora, também, que elas tendiam a suicidarem-se, quando toda a sensação do início da noite — a promessa do salão vivamente iluminado, e a música do piano no andar de baixo, e o cheiro da primeira cerveja, recém-tirada — havia se metamorfoseado em nada mais do que mais um vendedor de escovas grunhidor, suado e gordo. Uma das vozes de passarinho estaria faltando, e elas a encontrariam em seu quarto, pendurada pelo cordão do próprio quimono ou encharcada de ópio.

Levei meus novos amigos para o fundo até o último quarto — aquele onde eu costumava morar, antes de ter persuadido Matty Brinckerhoff a construir a Cidade Pequena para mim e para os meus. Algum louco predecessor de Brinckerhoff o erguera trinta anos atrás, na época em que este tipo de coisa era a coqueluche: um hotel inteiro construído à imagem de um elefante. Completo com as presas e a tromba, um mirante no assento em seu lombo, lojas, parques de um centavo e salões inteiros de espetáculos e danças espremidos nas imensas pernas. À noite os olhos amarelos brilhavam sobre o passeio de tábuas e o oceano, uma fera grotesca emboscando-se em meio aos hotéis mais respeitáveis.

Fora lentamente desgastado no decorrer dos anos, como tudo o mais em Coney: uma maravilha superada por muitas outras maravilhas, seus quartos enchendo-se de putas e outros refugos humanos. Eu havia morado em meu quartinho com apenas uma cama, uma bacia, uma mesa e uma cadeira que eu mesmo serrara — a gerência não se importava muito com o que se fazia, contanto que você pagasse toda semana — e o baú de viagem preto que eu havia arrastado comigo através de trinta temporadas de exposições grandiosas, espetáculos internacionais e outras degradações.

O barulho era demasiado para realmente se dormir à noite, com as marafonas e seus fregueses. O teto de flandres fervia quando o sol estava forte, e retinia como martelos numa bigorna quando chovia. Felizmente, eu tinha um trabalho: mestre de cerimônias de um número dentre os espetáculos secundários do Luna Park:

"Acerte o negro Acerte o negro na cabeça Três bolas pelo preço de cinco Três bolas e um grande prêmio se você conseguir acertar a cabeça do negro!"

Luke, o pobre e aturdido negro que tinham para aquele número, enfiava a cabeça através de um tosco desenho amarelo de uma lua, e sorria um grande, desdentado sorriso para a multidão. Era uma visão aterrorizante: a velha cabeça de lutador campeão, nodosa como um galho de macieira, estranhas protuberâncias e contusões saltando por todos os lados. Vamos encarar, jamais se conseguiria que um homem fizesse um trabalho destes se ele já não estivesse um pouco mais do que estupidamente bêbado.

Não era um trabalho difícil — não para mim, de qualquer forma. Eu não precisava fazer muita coisa, e quão rápida e perversamente as bolas de beisebol começavam a voar! Bolas de verdade, também, resistentes, duras como aquelas que Christy Mathewson atirava nos Campos de Pólo. Os caipiras tão excitados para acertar uma tacada que na metade das vezes nem mesmo se lembravam dos prêmios, e a cada hora mais ou menos eu tinha de levar o velho Luke para trás da barraca e lavá-lo por inteiro, para que a coisa toda não ficasse sangrenta demais para a multidão familiar. Bem, digamos apenas que não era uma profissão muito edificante.

Havia trabalhos piores em Coney Island, acredite ou não — trabalhos piores para mim, pelo menos. Lá no Parque Steeplechase, onde os fregueses pagantes saíam dos cavalos mecânicos, havia outro da minha espécie: uma caricatura idiota e demoníaca de um anão, todo arrumado numa roupa e chapéu de arlequim e a cara pintada.

Eu já o observara, perseguindo todas as balconistas de rostos afogueados, e as operárias diurnas e as moças das fábricas, com um aguilhão de gado, guiando-as de volta através dos respiradouros que faziam com que as saias das mulheres levantassem, esvoaçando até acima das suas orelhas — e tudo para o proveito dos seus fregueses camaradas, sentados nas arquibancadas da Galeria dos Risos. Ele os fazia uivar: os homens chutando alto no ar, apertando as mãos nas laterais como os Keystones de Mack Sennet — as mulheres correndo e guinchando de medo, apertando as mãos sobre seus sexos.

Ele pulava e saltitava pelo palco atrás delas, sacudindo os pulsos pequeninos. Olhando de soslaio e enviando piscadelas para a galeria, e todos eles bradando de volta para ele — todas as criadinhas de madames e carregadores de coches, os condutores de bondes e garçonetes e políticos insignificantes, esfregando seus próprios traseiros danificados.

Às vezes um homem grandalhão tentava apanhá-lo, mas o demoniozinho era rápido demais. Saía correndo em volta dele, indo e voltando por entre as pernas do seu perseguidor, o chapéu pontudo de arlequim escorregando para frente e para trás na sebosa cabeça branca — fustigando os genitais do sujeito até que ele gritasse por misericórdia.

Enquanto eu observava, uma jovem já não tão inocente tentou passar. Ela já parecia perturbada pelo excesso de alegrias do Steeplechase, com nódoas arredondadas e gordurosas visíveis do peitilho da blusa branca. A multidão gritou quando ele avançou para ela, a cabeça desproporcional de palhaço pendendo grotescamente. Ele guiou-a para os fundos, aterrorizada, a garota apertando as mãos contra o peito — seus companheiros de folguedos passando apressadamente, satisfeitos por não serem notados. Uma vez lá fora, eles suspiravam de alívio — e tomavam seus próprios assentos dentre os rostos que gritavam na Galeria dos Risos.

Tive de me afastar. Este era o meu maior medo, antes da construção da Cidade Pequena, que eu pudesse ser compelido pela necessidade a aceitar uma situação daquelas. Este é sempre o negócio com a depravação: justamente quando você acha que chegou no mais fundo do poço, sempre existe algum lugar mais baixo para se cair.

À noite, eu fazia minhas perambulações noturnas pela Bowery. Foi ali que eu a vi — numa visita anterior, mais bem sucedida, aos Bacanas e ao Teatro do Grand Duke. O amor da minha vida, minha rainha e imperatriz da Cidade Pequena. A Louca Carlotta.

Eu estava no bar quando ele a trouxe, apenas mergulhando em uísque adocicado com rum ardente e cânfora e benzeno, e umas poucas e descompromissadas doses de cocaína e serragem. Não se pode encontrar bebidas como esta em parte alguma, ou talvez se possa.

Ele se autodenominava Marconi, Mestre das Ondas Aéreas Invisíveis, em homenagem ao famoso carcamano, todo arrumado com os bigodes encerados e os cabelos esticados para trás com brilhantina. Tinha até uma capa. Ele a trouxe suspensa sob um dos braços, como uma mala de vendedor. Balançou-a direto sobre o balcão, como uma boneca de verdade, não mais de noventa centímetros era o que ela media, e anunciou-se aos freqüentadores do Grand Duke com sua voz trovejante, de idiota:

— Senho-ras e senho-res! Apre-sentando uma pequena amostra da diversão desta noite: A Incrível — Mecânica — Thum-be-lina!

Ela sentou-se ali perfeitamente imóvel, em meio às garrafas e poças de cerveja misturada, com sua esfarrapada mantilha preta, e só por um instante eu pensei que talvez ela *fosse* uma boneca. Eu nunca havia visto um de nós que parecesse tão perfeito. Seus cabelos estavam arrumados em cachinhos de boneca, e as faces pintadas com círculos vermelhos de boneca, mas nada obscurecia a pele lisa, de porcelana, os olhos muito azuis fitando extasiadamente o espaço. Tudo estava ali, em primorosa miniatura, membros, cabeça e o colo — o corpo perfeito de uma *mulher* pequenina.

Eu estava apaixonado.

— A mais recente novidade em genialidade mecânica que eu, o grande Marconi, investi com vida através do invisível Reino do Ar!

Ele atirou as mãos para cima, num floreio dramático, barato — exatamente o tipo de coisa que os moleques desordeiros adoravam — e ela começou a se *mover*. Primeiro a cabeça, altivamente, lentamente, uns poucos centímetros de um lado para outro, como a cabeça de uma boneca se mexeria. Pareceu durar uma eternidade, e no momento em que seu perfil perfeito, de porcelana, estava virado para nós, estávamos hipnotizados.

— É um milagre!

— Ele é um outro Edison!

Mas ela ainda não havia terminado. Devagar, devagar, com um comedimento incrível, de boneca, ela começou a mover o braço direito. Os dedos minúsculos, brancos e perfeitos estenderam-se rigidamente. Começaram a se mexer para cima e para baixo, para cima e para baixo, num movimento contínuo, cortante — parecendo, para mim, como nada mais do que o desejo expresso de cortar fora todas as nossas cabeças.

— Veja! É uma bênção!

— Ela está nos abençoando! É sorte, é sorte!

— Isso é tudo, por enquanto! O espetáculo começa daqui a uma hora! — a imitação de Marconi gritou, recolhendo-a do balcão e enfiando-a de volta sob a capa, os membros ainda estirados numa maneira perfeita, rígida, de boneca.

— Fraude! Feitor de escrava branca! Ele é tão Marconi quanto o *macarroni*! — eu gritei da minha banqueta, num inútil falsete. Fui empurrado para o lado, varrido para longe pelos meninos verdadeiros, que amontoavam-se em volta do palco esperando que ela reaparecesse.

— Será que ela *é* de verdade?

— O que mais ela pode fazer? *Tudo*?

Eu tive de ficar e assistir, então. Não sei se foi o uísque — ou as pitadas de serragem — mas sabia que teria de salvá-la. Era o meu destino.

O Grand Duke estava lotado para o espetáculo, a notícia tendo corrido pelas ruas como sempre acontecia. Os meninos mal conseguiam se conter durante os números de abertura, até mesmo durante mais uma aparição do adorado Garoto da Bowery. Antes que ele tivesse acabado de arrasar com os móveis do cenário, já estavam chamando por ela.

— Thum-be-lina! Thum-be-lina!

— Tragam a boneca! Tragam a boneca!

O número seguinte foi um quarteto de meninos cantores vestidos como prostitutas — o tipo de encenação que jamais falhava em ter uma boa recepção no Grand Duke, especialmente quando o barítono cantava. Mas não tiveram paciência para isso naquela noite.

— Tragam a liiin-daaa booo-neee-caaa!

Frutas podres e ovos começaram a voar — algo que eu nunca tinha visto realmente num teatro, antes. Deus sabe onde os conseguiram; provavelmente era o jantar deles. As cortinas fecharam sobre o quarteto de cantores, provocando mais vaias, xingamentos e assovios — depois abriu-se novamente sobre o "Marconi" — sentado com sua "boneca" equilibrada numa imobilidade perfeita, sinistra, num dos braços cobertos pela capa. Os meninos enlouqueceram.

— Ca-va-lheiros, ca-va-lheiros! — ele anunciou, finalmente percebendo, ao que parecia, que não havia damas no local, a não ser que se contassem as putas da Water Street nos cantos, dando chupadas nos jornaleiros pré-adolescentes pelo preço do salário que tinham tirado no dia.

— Bem-vindos à Era das Ma-ra-vi-lhas! A Ex-*traor*-di-nária-*Thum*-be-lina-Mecâ-nica! Ela é capaz de realizar qualquer coisa, qualquer coisa *mesmo*, que uma mulher normal, humana, pode fazer!

A reação dos meninos foi previsível.

— Tire a roupa dela! Tire a roupa dela!

— Mande ela levantar a saia pr'á gente ver a xoxota! — alguém berrou, e os outros gritaram com risos e aprovação.

Marconi encarou-os de cima do palco, acenando a mão grandiosa, reprovadora.

— Será que estou ouvindo um pedido le-*gí*-timo?

Houve mais um alarido, e a idéia de despi-la e depois ver o que era o quê ainda inspirava um apoio considerável. Mas então uma voz mais inocente fez-se ouvir acima da algazarra.

— Faça ela andar!

— O quê?

A multidão ficou desapontada no início — mas depois todos pareceram acolher a pura simplicidade do teste.

— É, se ela não é apenas uma boneca de corda, queremos ver ela andar!

O Marconi assentiu gravemente, em seu melhor estilo de ardiloso barato, como se estivesse invocando todos os seus poderes das vastas profundezas.

— Muito bem. Vejam todos! A *Extraordinária-Thumbelina*-Me-*câ*-nica vai andar!

Ele baixou-a delicadamente até o chão, e até mesmo isso ela fez com perfeição. Era uma atriz impressionante, deslizando do braço dele exatamente como uma boneca mecânica de verdade faria: a cabeça ainda inclinada, os membros paralisados. Os joelhos dobraram-se tanto no chão que a multidão inteira, incluindo eu mesmo, fez um movimento de curvatura, tentando apanhá-la se ela caísse.

Marconi retirou os braços enquanto ela bamboleava — e imediatamente — perfeitamente — sem nem mesmo vê-lo, ela emergiu rigidamente à vida. Olhos alertas, pernas retesadas — mas ainda sem se mover, nem mesmo parecendo respirar.

Ele levantou o braço esquerdo — e lenta, penosamente, a perna esquerda dela levantou-se. Ele ergueu o braço direito — e tão penosamente quanto antes, a perna direita projetou-se para frente, e ela completou um pequeno passo em cima do palco.

— Ande! — ele bradou, e ela andou. As pernas retesadas como as de um ganso e no entanto, de alguma forma, um passo elegante, espiritual, mecânico, de sonâmbulo.

Ela continuou movendo as perninhas para frente, caminhando direto para nós, os olhos fixos acima das nossas cabeças até acharmos que iria andar para fora do palco. Ela alcançou a beirada, balançou um pé para frente...

— Volte!

No mesmo instante, ela executou um volteio de balé perfeito, mecânico, e começou a marchar na direção do seu mestre — Marconi atraindo-a de volta com movimentos vistosos, pantomímicos, que davam a impressão de que estava remando numa canoa.

— Pare! — ele comandou, erguendo a mão espalmada como um guarda de trânsito, e ela parou a meio passo, a perna esquerda ainda levantada, mas *imóvel.*

A multidão estava em alvoroço. Eles já deviam saber em seus corações, agora, que na verdade ela era uma pessoa — aqueles meninos cínicos, espertalhões — mas mesmo assim aplaudiam.

— Agora... dance!

Ela fez um outro perfeito volteio de balé para a frente da multidão, e depois mergulhou no chão a perna esquerda que estava erguida, dobrando de um jeito esquisito no joelho. Agora ela começou a mexer os braços — muito mecanicamente outra vez, atirando-os para o alto no ar, como uma marionete.

Depois isso mudou — rápida, inconsutilmente, bem diante dos nossos olhos. Os braços moveram-se para cima da sua cabeça, os pés tocavam o palco mais depressa. Ela girou, e dobrou a cintura, e rodou tão graciosamente quanto qualquer bailarina dos Balés Russos. Seus braços flutuaram como salgueiros, os cachos do cabelo esvoaçando; seu rosto permanecia fixo e sem expressão. Ela estava dançando alguma coisa de um épico, agora, aquela mulher pequena, imaculada, como uma princesa troiana ou uma donzela hebréia.

Ela esperou até que estivéssemos deslumbrados em silêncio — até que acreditássemos em tudo — e então foi diminuindo a velocidade dos movimentos. Ou melhor, ela ficou *sem corda* — exatamente como uma boneca mecânica outra vez. Devagar, devagar, dobrando-se em si mesma até que, num derradeiro movimento, parecesse parar completamente. A cabeça pendeu, as mãos caíram para os lados do corpo. Finalmente, ela caiu sem vida sobre os joelhos — com um autêntico bater de madeira ressoando, quando atingiu o palco.

Houve um vácuo de silêncio — então os meninos no Teatro Grand Duke foram à loucura. Eles aglomeraram-se no palco, e foi necessário que Marconi concentrasse toda a magia que conseguiu para preservar quaisquer das ilusões da sua boneca. Ele empurrou-a rudemente para dentro da capa outra vez, rechaçando-os com seu braço livre.

— Haverá outro espetáculo daqui a uma hora! Uma hora! — ele gritava acima da aglomeração, arremessando-a para dentro do armário que servia de camarim e barrando a porta com o corpo.

Eles continuavam gritando e batendo os pés e assoviando por ela. Os diretores de palco tentaram dar início ao número seguinte: trechos de

Ricardo III. Clarence afogado em seu barril, a cabeça de Hastings entregue a Ricardo no jantar, a princesa asfixiada na Torre — todas as melhores partes. Eles não queriam saber de nada disso. Continuaram gritando por Thumbelina, arremessando coisas de comer nos pobres atores.

Marconi manteve a guarda diante do camarim dela por um tempo, mas eu sabia que ele não iria ficar. Eu já havia reparado que ele tinha um olhar de bebedor, disparando cobiçosamente para lá e para cá entre todas as lindas garrafas cor de âmbar. Eu sabia que ele ficaria com sede, e fiquei esperando até que ele colocasse um cadeado na porta, o trancasse com uma chave que enfiou em algum lugar fundo por dentro daquela misteriosa capa, e saísse para reunir-se à juventude de Nova York no bar.

Eu conseguia abrir qualquer cadeado — uma das habilidades secundárias e úteis que se adquirem depois de uma vida inteira no *show business*. Aquele eu abri em segundos, e com um grampo de cabelo. A porta escancarou-se e lá estava ela — linda e humana e animada, agora, enrolando os cabelos para o alto diante de uma velha e empenada penteadeira que alguns dos Bacanas tinham conseguido surrupiar da traseira de uma carroça de mobília que passava pela Broadway no meio do dia.

Ela não olhou para mim quando entrei, pelo que me senti grato. Ela não olhou nem em volta, até dar-se conta de que eu não estava bloqueando a luz atrás dela e que, portanto, não devia ser a Pessoa Grande em sua vida. Quando o fez, virou-se devagar, majestosamente — sem dúvida presumindo que eu fosse realmente um menino.

— São cinco dólares — ela disse, altiva como uma rainha.

— Meu Deus, ele a obriga a fazer isso, também?

Ela ouviu minha voz, então, sem disfarce, mas apenas voltou-se para seus cachos no espelho, respondendo com a altiva candura da realeza *in extremis* — Carlos I pedindo uma camisa extra, Luís XVI escolhendo o penacho revolucionário.

— Não... não é o que você está pensando. Eu... mostro. Normalmente isso é o bastante para eles.

— E quando não é?

Ela não disse nada, deixando que eu me afligisse com aquela indiscrição.

— Você gosta dessa vida? — eu perguntei.

— Uma indignidade ou outra... que diferença isso faz, depois que as cabeças coroadas da Europa abandonaram nosso marido ao seu próprio destino? Nós somos condenadas a passar por todos os sofrimentos.

Eu não sabia sobre o que ela estava falando. Estaria me pregando uma peça — ou a vida dela a deixara realmente louca?

— Você foi enviado pelo Santo Padre? — ela perguntou casualmente, virando-se de volta para mim enquanto empoava o rosto.

— O Papa?

— Freqüentemente ele nos envia emissários. Incógnitos, você sabe; para ver se somos verdadeiramente loucas. É sempre o mesmo conosco. Temos de fazer com que o mundo veja o sofrimento de Carlotta, para deixá-los saber que traições infames foram perpetradas contra nós, e contra o nosso bem-amado Maximilian.

Eu deveria ter ido embora naquele instante. A Louca Carlotta! — aquele velho e caquético número. Um ou outro imitador reinando atrás das ruas principais das feiras por quase cinqüenta anos, em todos os espetáculos vagabundos do país. A Imperatriz do México, enlouquecendo nos aposentos do Papa tentando salvar seu marido estúpido do esquadrão de fuzilamento — e que media, segundo dizem, mais do que noventa centímetros.

Este era o mais patético dos disfarces de palco onde se perder, e eu deveria ter dito a ela que precisava correr de volta para o Vaticano.

Mas não fiz isso. Talvez fosse porque ela era tão linda, ou eu era tão necessitado, ou porque a serragem e a cânfora tivessem apodrecido meu cérebro. Eu acho, no entanto, que foi devido ao que ela fez em seguida: ela inclinou-se tão calmamente como sempre, ergueu a barra da mantilha, e amarrou duas ripinhas curvas de madeira em torno das pernas, como um apanhador de beisebol amarrando seus protetores na canela.

Eu deveria ter previsto algo assim. Eram as ripinhas, naturalmente, que produziam o barulho de madeira batendo quando ela dobrava-se no chão no final da dança. Ainda assim foi um gesto tão estranho, tão emocionante e patético que não pude evitar ficar.

— E se eu pudesse torná-la rainha novamente? — perguntei num impulso, tentando pensar em qualquer coisa que pudesse interessá-la.

Pela primeira vez ela olhou para mim com um interesse genuíno, os olhos azul-cristal girando especuladores.

— Você poderia?

— Sim... Sim, eu acho que sim.

Eu já devia estar louco — tão louco quanto ela. Meu emprego na época era incitar as pessoas a atingir outros seres humanos com bolas de beisebol. Mas as melhores idéias nascem na língua e só depois passam para a mente. Eu tinha um plano filtrando-se desde então.

— Como? — ela perguntou, agora concentrada apenas nos negócios.

Terminou de ajustar os protetores de canela e endireitou o corpo, olhando direto para mim — e eu pensei que faria qualquer coisa para ter aquele rosto perfeito à minha frente, não importava a que preço. Comecei a responder, a dizer alguma coisa — e então a porta escancarou-se atrás de mim. O Grande Marconi estava de volta.

— O espetáculo não é aqui, filhote — ele disse, atirando-me a meio caminho do cômodo com uma única mão enorme, cabeluda; o grandioso sotaque italiano agora mais aparentado com aquele da fronteira do Sul. — A não ser que você tenha mais dinheiro do que parece que tem.

— Você é um alcoviteiro ordinário — eu disse com a minha voz verdadeira, de adulto... as palavras vindo direto de um romance barato, palavras que eu mal podia acreditar que estava pronunciando. — E se puser as mãos em cima de mim novamente, corto-lhe a língua fora!

... palavras ridículas, palavras imprudentes, e apenas o linguajar heróico para ela. Com um metro e meio de altura, eu teria de subir numa cadeira apenas para alcançar a garganta dele. Mas podia ver os olhos dela brilhando.

Marconi limitou-se a rir — um barulho súbito e desagradável de peido — e sentou-se num barril do outro lado do pequeno cômodo.

— É melhor ocê saí daqui agora.

— Venha comigo — eu disse a ela, estendendo a mão. Como qualquer bom ator, eu sabia qual era a minha verdadeira platéia. — Venha comigo e eu a transformarei numa rainha — falei, tentando parecer tão frio e autoritário quanto qualquer um com antebraços de vinte e cinco centímetros pode ser.

— Ocê num tem mais graça ninhuma — o napolitano dixie falou agora, levantando-se do seu barril.

Ele era mais rápido do que parecia. Bateu com o pé no chão e eu escapei para a esquerda, e antes que pudesse me esquivar, ele me apanhou. Içou-me até o rosto pelas minhas lapelas, meus pés balançando ridiculamente no ar.

— Vamo vê o que temo aqui.

Ele segurou-me com os braços estendidos, as duas mãos em volta do meu pescoço. Eu me debati e chutei, mas, na maior parte, engasguei: um anão inútil e bobo, pendurado no ar para que ela visse.

— Sim, é claro. — Ele riu, e lambeu um dedo enorme, passando-o através da fuligem em meu rosto, expondo toda matriz de linhas e crateras.

Eu podia me ver no espelho da penteadeira: a barba por fazer, a sombra azulada. O rosto de um homem: um homenzinho retorcido.

Soquei-lhe os braços com os dois punhos, mas ele apenas deixou-me cair no chão, onde fiquei deitado, lutando para respirar.

— Vocês, gentinha — ele disse com nojo. — Gentinha. Sempre acabam se descobrindo uns aos outros, num é?

Deu um passo para trás, sorrindo como um lobo, e passou o braço em volta dos ombros dela. O rosto dela estava completamente congelado, a bonequinha perfeita outra vez.

— Thumbelina, qué casar comigo? — ele zombou numa vozinha aguda. — Thumbelina, num qué largar aquele homenzão horrível e fugir comigo?

Ela não se moveu, não disse nada, e ele avançou para mim novamente.

— Fugir com você para onde? Para o circo?

Ele riu e inclinou-se sobre mim, para onde eu conseguira me sentar no chão.

— Você não entende. Vocês todos são aberrações... anões, corcundas. Apenas atrações secundárias e deformadas. Ela... ela é perfeita. — Endireitou o corpo e o sorriso sumiu do seu rosto. — Agora, dê o fora!

Ele foi me pegar outra vez, mas atirei-me para a frente e rolei entre as suas pernas, dando-lhe um chute na canela enquanto passava. Ele quase caiu direto sobre mim, e antes que pudesse se levantar eu já saíra pela porta — parando apenas para soprar um beijo para ela e prometer, como um cavaleiro aturdido:

— Voltarei para você!

Saí correndo, atravessando o Grand Duke — a voz possante de locutor de espetáculos vagabundos bradando atrás de mim:

— Num é menino! Ele num é um menino, é uma maldita aberração!

... mas tudo o que eles fizeram foi acuá-lo no palco, entoando o nome dela, pensando que seu aparecimento significasse que ela estaria retornando em breve. Corri abaixado pelas fileiras de caixotes, levantando o casaco para esconder o meu arruinado rosto de menino.

Cheguei lá fora e continuei correndo, descendo a Water Street, tão depressa quanto minhas pernas atarracadas conseguiram me carregar, depois me escondi num armazém na Maiden Lane, onde finalmente consegui recobrar o fôlego, e sujar outra vez o meu rosto com qualquer porcaria que aparecesse. Não havia ninguém por ali, exceto uma velha, juntando carvão no terreno baldio.

Ela virou-se para mim quando passei, os cabelos brancos brilhando sob a luz da lua, e perguntou:

— Quer tomar um trago numa boca doce e macia como a da sua mãe, filhinho?

CAPÍTULO 6

TRICK O ANÃO

Eu sentei atrás da orelha esquerda de Satã, e fiquei vendo o sol nascer sobre a Baía Sheepshead, e sonhei com um império de homens e mulheres pequeninos, governado por uma rainha louca.

"O Inferno é muito mal feito", Gorky, aquele anarquista mal-humorado, havia torcido o nariz depois da sua visita, mas eu achava que era perfeito. De onde eu estava podia ver todas as enfadonhas banalidades da danação eterna: os blocos empilhados, tão lúgubres e proibitivos quanto a prisão Tombs. O próprio Velho Nick recostado especulativamente no portão da frente, um dos braços musculosos e pesados, e as asas imensas, recurvadas, descansando na entrada. Mais de perto podia-se ver que o nariz de Satã estava lascado, e que a cabeça vermelha de gesso bem precisaria de uma nova pintura. Os olhos fixando-se para baixo perpetuamente, para a placa que balançava na frente — PORTAL-DO-INFERNO — 10 centavos. Apenas dez centavos para ir ao inferno — embora eu conhecesse lugares nesta cidade onde podia-se fazer isso por muito menos.

O interior era um Submundo vermelho, de papel-machê, um Demônio fazendo cabriolas com uma roupa justa e vermelha, um anjo deslumbrante, um punhado de diabinhos tísicos vagando a esmo. Havia vários hilariantes quadros vivos de pecados: um jovem sendo despachado para o tormento eterno por ter bebido uísque, outro por fumar um charuto, outros por jogarem aos domingos.

O mais popular, no entanto, era o de uma jovem experimentando um chapéu novo. Ela arrumava-se e enfeitava-se diante do espelho — vaidosa demais para perceber os demônios sorridentes que erguiam-se do chão à sua volta. Eles rodopiavam o espelho, transformando-o num caixão. A jovem dama era empurrada para dentro dele, gritando magnificamente, depois arremessada por uma portinhola encapelada de fumaça e fogo. Apenas o chapéu, e um novo espelho, eram deixados para trás.

Isso jamais falhava em provocar uma verdadeira gritaria nas operárias. Como elas berravam ao ver aquilo! Fileiras delas dobradas de risos nas matinês de domingo, umas poucas imaginando sonhadoras como seria, ao menos uma vez, serem tentadas à danação eterna por algo tão maravilhoso quanto um chapéu.

Muitos dos outros, os trabalhadores e os adestradores de animais e as monstruosidades como eu, gostavam de ir ao Shoot-the-Chutes à noite, de onde podiam avistar o lago, e a vista de cartão-postal da Terra de Sonho, a Torre e a Queda de Pompéia. Eles iam para lá beber, fazer amor e sonhar, depois que a Terra de Sonho fechava à noite.

Só que eu preferia o Portal do Inferno, e o Old Scratch. O parque inteiro adormecido diante de mim como alguma perdida cidade Maia. Os fragmentos de jornais, os papéis de embrulho dos cachorro-quentes, e maçãs-do-amor meio comidas ainda voando por ali depois do movimento do dia, mas todo o lugar quase silencioso por uma vez — as luzes sibilantes apagadas, e os aerofones, e os estandes de tiro ao alvo e as montanhas russas estrondeantes. Os únicos sons o constante varrer do oceano e o varrer mais próximo, mais discreto, de uma centena de vassouras, já preparando para o dia seguinte. Ali eu ficava imaginando como conquistá-la, a minha rainha.

Como aquele carcamano charlatão barato conseguira apanhá-la, para começar, eu só podia imaginar. Talvez ele a tivesse comprado de um bordel, ou de um dos museus de cera de aberrações ao longo da verdadeira Bowery, lá em Manhattan. Estas eram as profundezas às quais qualquer um da nossa espécie poderia facilmente descer. Quanto mais refletíamos alguma beleza maior, mais elevado o preço que rendíamos.

Meu pai havia pensado que escaparia deste mercado. Ele fora um homem instruído, em Harvard, ou era o que dizia — depois de uma vida inteira nos parques de diversões, você acaba entendendo que o mundo todo é apenas uma história. Ele devia ter sido uma curiosidade e tanto ali, se realmente tivesse ido: um homem altivo e minúsculo, alvoroçando-se veementemente em seus trajes miniatura, e a toga e o barrete, gloriosamente desatento aos risinhos abafados às suas costas.

Ele havia estudado as leis, pensando que poderia reivindicar seus direitos no mundo. Ele não entendia; os pais *dele* tinham sido normais, um dono de mercearia e sua esposa de Utica — sem dúvida assustada por uma lagartixa durante a gravidez. Nunca ocorreu a ele que o conhecimento das leis, as boas maneiras, uma intenção séria não seriam suficientes. Ele até mesmo casara-se com uma pessoa grande, a lerda e desbotada filha de um fazendeiro dos arredores de Braintree — a única garota que ele conseguiu convencer de que teriam um futuro na sociedade.

Enquanto eu crescia, a maior ambição dele era fazer parte do Barnum. Em vez disso, morávamos num quartinho em cima de um dos menores museus de um centavo da Bowery. Havia um contingente excessivo de anões — sempre houve, sempre haverá — e tudo o que meu pai sabia fazer era recitar, a pedidos, qualquer trecho de Shakespeare, Homero, Dickens, ou da Lei de Blackstone, e não tínhamos muitos pedidos deste tipo na Bowery.

A filha do fazendeiro partiu logo depois que eu nasci. Ela devia ter percebido imediatamente: pelo meu corpo retorcido, o formato grotesco da cabeça que dilacerou-a. *Adeus, mãe, adeus! Fico contente em saber que a machuquei enquanto eu ainda podia.*

À noite, ele costumava ler seus livros para mim. A cada poucos dias retirava um livro novo dos baús de viagem que havia amontoado pelo quarto: livros maravilhosos, livros magníficos! Toda a literatura do mundo, misturada no fundo dos seus baús: Heródoto e Hawthorne, Poe e Plutarco, Milton e Mark Twain.

A mim não importava o que ele lia, contanto que fosse uma boa história. Os contos de Washington Irving, ou de Melville, ou Crane — eu não me importava. O mundo inteiro girava diante de mim, e eu adorava isso. Eu me encolhia na caminha que dividíamos, olhando para o fogo; ouvindo sua voz miúda, apaixonada, lendo "Os Grandes Poemas Narrativos do Mundo" — "Como Trouxeram as Boas Notícias de Aix para Ghent", e "A Maravilhosa Sege de Um-Cavalo", e "O Salteador"...

> A estrada era uma fita de luar atravessando a charneca púrpura,
> E o salteador chegou cavalgando —
> Cavalgando... cavalgando...
> O salteador chegou cavalgando, até a porta da velha estalagem.

Tivesse ou não freqüentado a Harvard, ele lia suas histórias maravilhosamente, com todo cuidado, parando de vez em quando para um gole em seu copo de brandy, ou para uma colherada do mingau de aveia que mantinha aquecido numa panela de latão sobre o fogo. Olhando furtivamente para ver a minha reação antes de se acomodar, ele lia tão cuidadosamente como se estivesse apresentando um caso diante de um júri — um júri de verdade, um júri extasiado, e não distraído em incontroláveis acessos de risinhos provocados pela sua mera aparência.

Durante o dia eu vagava pelos corredores empoeirados do nosso museu — para grande desprazer do proprietário, que ressentia-se com a idéia de qualquer pessoa poder ver uma aberração de graça. Eu corria livremente por entre as pernas dos marinheiros e dos caixeiros-viajantes, e das putas que perambulavam, vendo todas as pessoas que conhecia exibidas em cubículos envidraçados: o menino com cara de cachorro e o gigante Daomé, os comedores de vidro e os artistas caricaturistas e os prodígios sem braços e as esquisitices e excentricidades...

Quase tudo era copiado de Barnum, desde a "Sereia Feejee", um peixe-boi costurado à cauda de um peixe gigante, flutuando serenamente num mar de clorofórmio. O famoso aviso, "Este é o caminho para o Egresso!", que parecera tão inteligente até o dia em que um bando de marinheiros de Boston quase destruiu o lugar quando os homens descobriram que tinham saído para o beco lá fora.

Num fim de tarde fui parar numa sala escura onde alguém estava exibindo figuras de lanterna mágica num lençol branco estendido. Na mesma hora, percebi que havia algo diferente naquela exibição — alguma coisa *autêntica.* Os caipiras e os marinheiros postavam-se rigidamente, as costas contra a parede, os olhos colados nas imagens sobre o pano.

De início, não consegui distingüir o que eram as figuras: assombrosos detalhes de flores, talvez, ou ondulantes nuvens de fumaça. Só depois de olhar fixamente para elas por um longo tempo, de novo e de novo, foi que a verdadeira natureza delas começou a emergir. Eram estudos de casos de doenças venéreas, sem dúvida surrupiados de algum consultório médico: enormes espirais escuras, desabrochando como cogumelos em anéis perfeitos, de miniatura.

Muitas das fotografias tinham sido tiradas de perto, ou pelo menos os pacientes estavam com as cabeças viradas para o lado, ou ainda levantando modestamente um lençol, um pedaço de camisa, sobre o restante de seus corpos. Mas às vezes, também, a pessoa inteira tinha sido capturada, fitando apaticamente a câmera, os rostos tão corroídos e sem vida quanto seus órgãos sexuais.

Eu vi aqueles rostos — e aquelas belas e intrincadas espirais e flores — e soube o que eu era. Corri para fora da sala, sabendo então que não poderia haver saída para mim, ou para o velho. Nós também éramos vida, exatamente como aqueles lindos e terríveis tumores, produzidos pela mesma, descuidada perfeição do universo. Nós éramos apenas vida, e não havia como evitar.

Meu plano para conquistar Carlotta ocorreu-me enquanto eu contemplava a imitação de Veneza da Terra de Sonho, na diagonal do Inferno: uma perfeita cópia do palácio do Doge por fora, e tão banalmente inocente quanto o próprio Inferno por dentro. Aqui não havia labirintos de corredores, nem as pequenas celas, esquecidas e úmidas — nenhuma Ponte dos Suspiros. Em vez disso, havia uma ridícula imitação dos canais, serpenteando seu caminho em volta dos estandes dos restaurantes, e quartetos de serenata vindos da Little Italy. O céu acima pintado da cor da meia-noite, para esconder o teto bem em cima das cabeças dos garçons.

Era perfeito: uma trivial, hermética cidadezinha toda própria. Uma nova nação, dos loucos e deformados, concebida no topo do Inferno e dedicada à proposta de que todos os homens podem viver em qualquer mundo que desejarem.

Será que estou me contradizendo? Pois muito bem, então, eu me contradigo. Sou pequeno, contenho microcosmos.

Matty Brinckerhoff era a quem eu devia recorrer, eu sabia. Tim Sullivan era o homem do dinheiro, ele e seus sócios iriam gostar o bastante uma vez que os dólares começassem a entrar. Brinckerhoff era o gênio para vender a idéia a eles.

Eu sabia onde poderia encontrá-lo, mesmo àquela hora. Já havia sentado com ele antes, sufocando de calor nas noites de verão quando eu estava cansado demais para sair em meu disfarce para os bares de meninos, mas também insone demais para deitar no traseiro do Elefante de Estanho, escutando as putas e seus fregueses.

Ele estaria lá em cima, agora. Em cima do topo do mais alto ponto de Coney, a refulgente torre branca da Terra de Sonho, logo abaixo da sua esfera festonada, onde suas águias estavam reunidas — olhando para baixo através da Surf Avenue para o seu paraíso perdido. Os atordoantes elevadores elétricos dourados estavam desligados para a noite; eu tive de subir todos os sete andares até o escritório dele, as pernas insuficientes tremendo com o esforço. Cheguei ofegando, de boca aberta, no incrível calor de Nova York. Ainda nem era madrugada, e já parecia um forno.

— É quase perfeito — ele disse quando entrei, sem incomodar-se de virar.

Ele estava exatamente onde pensei que estaria: recostado na cadeira, as pernas apoiadas no parapeito da janela. De costas para a Terra de Sonho, admirando seu adorado Luna Park.

— Claro que não é perfeito. Nada pode ser, é por isso que sempre há necessidade de construir outro. Mas isso é um grande consolo para mim.

— Sim.

Ao lado dele havia uma garrafa de gim de boa qualidade, um copo, uma jarra de água com limão gelada, transpirando livremente em cima dos seus mais recentes projetos. Quando ele estava assim, poderia continuar tagarelando a noite inteira.

— Dizem que não sou um arquiteto sério, mas as pessoas que visitam um parque de diversões não estão querendo ficar sérias, nem desejam encontrar seriedade. Uma arcada *séria* é tão bem-vinda num parque de diversões quanto um palhaço num funeral.

— Sim.

Era frívolo? Tolo? Divertido? Ah, sim — tudo isso, e muito, muito mais. Mesmo então, beatificamente adormecido na obscuridade da madrugada, com seus milhares de luzes apagadas, o Luna Park não se parecia com nada mais neste mundo.

Ainda era novo, então, não corroído pelo tempo ou por milagres mais recentes. Uma vasta mistura de treliças e jardins suspensos, lagoas e torreões, colunatas floridas incandescendo alaranjados, brancos e dourados. Minaretes e cúpulas, montanhas-russas e *loops*, castelos de contos de fadas e rodas-gigantes e ferrovias em miniatura e imensas caras zombeteiras de palhaços. O mundo inteiro, enrolado numa bola. Bazares árabes e picos alpinos, e todas as grandes enchentes e as explosões vulcânicas e as últimas guerras.

E à noite, na cintilante noite elétrica, o parque fazia jus à sua fama. Humilhava Nabucodonosor e seus jardins suspensos, e transformava Kublai Khan num unha-de-fome. Quando as luzes acendiam-se, tudo eram rodas-gigantes e rios e pérolas de fogo congelado. Ardendo, ardendo ao longo das areias de Long Island, ardendo mas sem ser consumido.

— Tive de jogar todos os meus livros e projetos numa pilha de cinzas, não me prendi a nenhuma escola, afastei-me de todas as regras conhecidas da arquitetura. Não é o estilo de ninguém, realmente, mas toda a licença do mundo.

— Sim.

Ele virou-se para mim pela primeira vez, então, mas seus olhos não me viam. O cabelo escuro, espesso e escasseando estava ressecado pelo calor, os bigodes compridos pendendo nos lados da boca. Ele vestia-se como um dândi, mas no calor tropical do início da manhã até mesmo seu terno cor de sorvete-de-baunilha e a gravata borboleta de seda verde pendiam, acompanhando o cravo verde definhando na lapela.

Ele apontou na direção da sua obra-prima.

— Tudo aqui deve ser diferente da nossa experiência ordinária ... *tudo*. Nós devemos produzir o espírito do parque de diversões, nesta era de produção, com toda a vontade e ingenuidade de que formos capazes. Tudo o que vemos deve ter: vida, ação, movimento, sensação, surpresa, susto, velocidade... ou, pelo menos, comédia. Devemos criar um mundo diferente... um mundo de sonho. Um mundo de pesadelo, se é o que se exige!

Ele fez uma pausa, recobrando-se, vacilando um pouco pelo efeito do gim. Passou a mão pelos cabelos desgrenhados, e endireitou o corpo subitamente.

— E, é claro, nós construímos para os noventa e cinco por cento do público americano que é puro e bom.

Ele parou, então, o rosto contorcendo-se de desgosto. Pois que aquilo não era o que a Terra de Sonho havia se tornado, e nós dois sabíamos disso. Ele havia realizado seu sonho no Luna Park, tudo bem, de fato este não tinha outro igual em lugar algum, nunca... mas não na Terra de Sonho. E como ele poderia? Como seria possível igualar o que ele já havia criado — e ainda assim, o sindicato de Big Tim Sullivan, os homens do dinheiro, tinham insistido em algo mais convencional. Algo sólido, reconhecível, contando com todo o poder da eletricidade para brilhar mais que o Luna Park, e o Steeplechase de Tilyou no fim da rua. A torre central onde estávamos era imensa e reta, com uma bola e a águia de estandarte empoleirada no topo, águias douradas percorrendo tudo acima e abaixo das laterais — ainda assim somente mais uma maravilha numa época que estava infectada delas. A Terra de Sonho era maior, seus milhões de lâmpadas reluzindo ainda mais vivamente — mas não era fantástica.

Brinckerhoff nunca havia superado isso.

— Eu fui traído, você sabe.

— Sim — eu interrompi, antes que ele começasse outra vez. — Sim, eu sei. Mas tenho uma idéia.

Ele inclinou a cabeça para o lado, indicando seu breve desejo de escutar. Matty Brinckerhoff coletava idéias da maneira como outros homens catam moedas perdidas na rua.

— Para algo que nunca foi feito antes...

Eu tinha a atenção dele.

— Um império dos pequenos — continuei. — Uma Metrópole Miniatura. Só para nós.

O desapontamento era visível no rosto dele.

— Outro circo de anões?

— Não... algo mais do que isso. Não apenas algumas fachadas de papelão para serem derrubadas. Uma cidade de verdade. Uma *cidade* permanente, completa, durável. Toda construída para nós. Com *escala* reduzida para nós.

O bigode descaído e os grandes, tristes olhos de sabujo demonstraram sinais de vida.

— O negócio verdadeiro. Não mais a palhaçada do Pequeno Homem Grande. Um punhado de anões desfilando pelas ruas... isso já foi feito. Pode-se ver em qualquer espetáculo de parquezinho do interior.

Ele assentiu devagar, e eu fui com tudo.

— Estou falando de algo mais do que isso. Toda uma cidade de fadas.

— Vocês vão precisar de tudo.

Ele já estava pegando papéis, lápis de desenho, uma régua-T em cima da mesa.

— Tudo... absolutamente tudo...

— Uma prefeitura em miniatura. Uma delegacia. Um corpo de bombeiros, com escadas de verdade, pequeninas...

— Por que não, por que não?

— Uma estação ferroviária. Um correio. Uma igreja... não, uma *catedral* de pequeninos...

— Um palácio de verdade — eu sugeri sorrateiramente, — para um rei e uma rainha de verdade.

— *Nunca houve algo assim!* Uma cidade... uma cidade verdadeira, habitável... construída para o seu tamanho. A arquitetura dos pequenos, e dos baixos. Maçanetas de portas a sessenta centímetros do chão. Portas e janelas que se abrem ao toque de uma criança; tão finas e delicadas como um pagode japonês. Uma obra-prima em miniatura! Por que não, por que não... quando o mundo inteiro está ficando *maior*?

Ele já estava mapeando os parâmetros da cidade, o cabelo espesso encrespando-se demoniacamente no calor infernal.

— Sim, um palácio... — murmurou.

— ... Talvez como o "Palacio Nationale". Da Cidade do México... — sugeri.

— Mas quem encontraríamos para isso? Que rei e rainha?

Não era uma coisa com que ele realmente se preocupasse. O que ele amava eram os prédios; tudo o mais eram apenas acessórios, para serem preenchidos mais tarde.

— Não se preocupe com isso — falei. — Eu tenho alguém em mente.

O resto foi fácil.

Tudo o que exigiu foi mais uma viagem à Bowery em meu disfarce de jornaleiro. Esperei por um momento apropriado, até depois que a primeira apresentação dela terminasse e os Bacanas estivessem absorvidos numa nova produção de "O Judeu de Malta", que incluía as cenas nas quais Mose, o Garoto da Bowery, salta no cenário e desmascara Barrabás antes que ele consiga envenenar Abigail.

Fui abrindo caminho para os fundos, por entre os apetrechos lascivos do Grand Duke: um par de seios femininos particularmente bulboso, manchado de sangue. Uma cabeça de papel-machê ensangüentada, com o couro cabeludo lacerado; uma cabeça de cavalo, sangrando nos dois olhos. Avançando com dificuldade através de todo aquele sangue teatral, encontrei o que estava procurando: uma pistola de madeira, quase tão grande quanto meu braço. Peguei também um enorme sabre de cena como medida de segurança; aquele era o meu momento heróico. Armado apenas com estes acessórios, irrompi para dentro do camarim. Com um único movimento rápido, abri o cadeado e escancarei a porta, preparado para qualquer coisa que viesse.

Ele não estava lá. *Ela* estava, no entanto — ainda majestosa como uma rainha, sentada em sua penteadeira de mentirinha. Mesmo com o estardalhaço da porta se abrindo, ela não apressou sua virada régia, deliberada. Eu podia jurar, entretanto, que realmente vi um lampejo de admiração em seus olhos — algo que me provocou arrepios.

— Depressa... não temos muito tempo! — eu falei, tão dramático quanto qualquer herói de romance. — Pegue suas coisas.

— Nós vamos para algum lugar? — ela perguntou, ainda perfeitamente controlada.

— Vamos para o seu palácio... para onde mais? Está sendo construído neste exato momento... *Vossa Majestade.*

A saudação funcionou. Seus loucos olhos azuis cintilaram com a idéia. Um palácio! Esta é uma das vantagens de se lidar com os verdadeiramente insanos; eles anseiam pela lua, mas ficam totalmente satisfeitos com um queijo.

— Preciso fazer as malas — ela insistiu, ainda me testando.

Ela pulou para fora da cadeira, os protetores de madeira batendo um no outro, e abriu um baú de viagem repleto dos mais requintados vestidos e camisolas em miniatura — o guarda roupa de uma boneca viva.

— Por favor, depressa... *Majestade*! — eu implorei, tentando disfarçar o pânico em minha voz. Ela me ignorou, claro, dobrando cuidadosamente e guardando seus trajes como se fosse partir numa viagem de turismo.

Eu me esquivei para o canto e espiei através dos bastidores: podia vê-lo ainda no bar, assomando-se acima dos meninos. Enquanto eu olhava, ele terminou o último gole do uísque, atirou as moedas distraidamente no balcão e começou a seguir na minha direção, através da alegre multidão que aplaudia a malhação do judeu.

— Agora! — gritei para ela, disparando de volta para o camarim.

Ela movimentava-se cuidadosamente por entre metros e metros de roupa íntima de fina seda, separando um montículo de verossímeis imitações de diamantes e pérolas e tiaras — cantarolando "O Danúbio Azul" consigo mesma, tão satisfeita como se estivesse esperando a criada da madame.

— Nós *precisamos*, ahn, *voar*, Majestade. Antes que ele volte!

Ela fitou-me calmamente, fazendo uma pausa em sua atividade.

— Se ele chegar — disse, tão imperiosa quanto a própria Rainha Vitória — você terá de lidar com ele.

Corri para ajudá-la, enfiando bruscamente suas coisas dentro do baú. Ela franziu a testa, mas finalmente baixou a tampa e trancou-o.

— Muito bem. Está pronto.

— Não vou conseguir! — ofeguei, olhando para o baú enorme.

Levantei uma das extremidades, mas nem todos os gestos heróicos do mundo seriam capazes de movê-lo. Escutei os passos dele no corredor lá fora.

— Eugénie, meu amor, está quase na hora! — ouvi sua confortável fala arrastada pelo Bourbon, empregando tanto um nome como um tom amoroso que deixou-me atônito. Eugénie, a velha, exilada imperatriz da França: seria ela *duplamente* louca?

Não tive tempo para refletir sobre isso. Escondi-me atrás da porta e arremessei meu sabre de madeira nos joelhos dele, com toda minha força, quando ele passou. Ele gritou e caiu no chão, agarrando as pernas.

— Pelo amor de Deus, não me mate! — ele implorou, subitamente reduzido ao meu tamanho.

Agora eu era um homem de ação. Enfiei a falsa pistola em sua pança dobrada, depois bati com toda força sob seu queixo. Marconi desfaleceu no chão.

De alguma forma, consegui pegar o baú, arrastá-lo e empurrá-lo pela porta dos bastidores, e através de um beco até Pearl Street. Eu estava disposto a puxá-lo sozinho por todo o trajeto até Coney Island, mesmo se isso arrancasse meus braços das juntas. No entanto, um quarteirão adiante, ela pousou a mão surpreendentemente macia, hesitante, em meu ombro.

— Eis aí um cabriolé — ela disse, e eu não estava com disposição para discutir, embora soubesse que custaria meus últimos cinco dólares para nos levar até Coney.

— Para onde vão os garotinhos? — o condutor sorriu para nós dois.

Atirei um dólar de prata para ele e ordenei que carregasse nosso baú. Ele fez o que mandei, ainda com o sorrisinho zombeteiro — embora eu tivesse a impressão de que disparava um olhar apreciativo para a minha Carlotta, ou Eugénie, ou quem quer que fosse aquela estranha, imaculada bonequinha. Ajudei-a a subir no cabriolé, a sua mão pequena e fresca e macia em minha palma.

Partimos, trotando o costumeiro passo de carroça pelas ruas do baixo Manhattan. Eu sabia que o condutor iria nos dedurar — eles sempre faziam isso — mas calculei que Marconi ficaria relutante em ir para o meu território atrás dela e, se o fizesse, lá eu poderia dar conta dele.

— Abaixe as cortinas — ela comandou, dentro da carruagem quente, revestida de couro, e quando obedeci ela moveu-se contra mim, passou o braço pelo meu, recostou a cabeça naquele ponto macio onde o pescoço se junta com o ombro.

Fiquei parado ali rigidamente, atordoado com o que ela havia feito. Era tudo o que eu sempre desejara, naquele único, simples gesto de afeição. Eu tinha medo de me mexer, medo de abraçá-la — medo de fazer qualquer coisa que pudesse acabar com aquele momento.

Devagar, devagar, encostei minha cabeça na dela, deslizei meu braço em torno dos seus ombros até que estivesse realmente abraçando-a, como algum homem forte e protetor, seu corpo macio, dócil e confiante contra meu peito.

— Você está bem?

— Sim. É mesmo um palácio?

— É, sim. Ou será. Eu prometo.

O cabriolé começou a subir com firmeza, enquanto avançávamos pela ponte na direção do Brooklyn. Ela endireitou-se e eu abri um pouco a cortina, para lhe mostrar o tráfego emborcando loucamente à nossa volta, mesmo àquela hora, automóveis e caminhões e bicicletas, todos investindo avidamente para frente.

Ao longe, podíamos avistar os embarcadouros ao longo do píer da South Street à nossa esquerda, o porto à direita — os navios com suas luzes de direção como nenúfares boiando num tremeluzente lago noturno.

— Vai ser como isso? — ela perguntou, os olhos como duas rodinhas de foto dentro do cabriolé, e por uma vez não se parecia em nada com uma rainha, mas sim uma jovem, sonhando com a vida de casada e a primeira casa só sua.

— Melhor — eu falei, agora disposto a dizer absolutamente qualquer coisa que ela desejasse ouvir.

— *Melhor.*

Tive medo de que ela fugisse assim que visse o Elefante de Estanho. Fiquei falando que era apenas temporário durante toda a subida pela escadaria espiralada, o cocheiro descuidadamente arrastando o baú aos solavancos bem atrás de nós, enviando sorrisinhos e gracejos para as putas. Não havia como disfarçar o lugar — mas, para minha surpresa, ela não se perturbou.

— Para a verdadeira realeza não existem indignidades — ela disse, com majestosa serenidade.

De alguma forma, ela não se incomodou — nem mesmo com as paredes mofadas, causticadas de sal, nem com as putas, e os avisos deliberadamente maliciosos, sugestivos, pendurados nos corredores: BANHISTAS SEM O TRAJE COMPLETO TERMINANTEMENTE PROIBIDOS POR LEI.

Naquela primeira noite ela sentou na minha cama, usando um vestido azul-escuro, que escolheu especialmente para a ocasião. Sei que era tolice, era tão bobo quanto o amor juvenil e noites de núpcias, mas eu adorei.

As putas ficaram no corredor e cantaram para nós uma embriagada serenata. Uma garota cega, a quem chamavam de Yellow Kid, as conduziu. Ela não era grande coisa de se ver, uma prostituta de rua magricela, amarelada, mas todos os fregueses a adoravam, porque ela tocava a cítara e cantava cantigas tristes, saudosas, de Kiev até Dublin, numa voz doce, límpida:

Ela é alva como um lírio
Tão delicada como uma pomba
Ela atirou os braços sobre mim
Dizendo Johny eu ainda o amo

Ela é Nell, a filha do fazendeiro
O orgulho de Spancil Hill...

— Você pode me despir — disse a minha imperatriz, a voz calma e segura como sempre.

— Eu nunca... isto é, eu não planejei...

— Vá em frente — ela comandou, e comecei a abrir os colchetes do seu vestido.

— Você terá seu palácio. Eu juro.

— Eu sei.

Eu a despi da maneira que teria despido uma criança, ou de fato uma boneca — minha delicada, linda noiva, quantas coisas você era? Rainha louca; maravilha mecânica; uma aberração perdida, vagante. Reverente, cuidadosamente, puxei o vestido azul noturno pelos seus ombros perfeitos e brancos; ele fez um lindo som farfalhante.

Ela permaneceu confortavelmente imóvel durante o processo, movendo-se apenas o bastante para acomodar-me, ajudar meus dedos grossos e desajeitados com um colchete ou uma barbatana aqui e ali. Tirei-lhe as roupas camada por camada, primeiro o vestido, depois os saiotes, depois as ligas e as meias, até que ela ficou ali, pequena e nua e ainda mais bela em minha cama áspera — ainda tão majestosa como sempre.

Eu sonhei que a abraçava e beijava como antigamente
Dizendo Johny você está só brincando
Como tantas vezes antes
Mas o galo cantou de manhã
O galo cantou alto e estridente
Acordei na Califórnia, muito longe de Spancil Hill

Eu a toquei inteira, incapaz de me conter diante de tal absoluta beleza. E ela ficou ali, e permitiu, e depois estava me abraçando, retribuindo meus beijos, os braços em torno de mim, macios e generosos.

Não era simplesmente luxúria. A imaginação popular tem que somos todos criaturas monstruosamente lascivas, copulando como demoniozinhos. Isso não poderia estar mais distante da verdade; afinal, os únicos parceiros normalmente disponíveis para nós são as outras aberrações — a mulher barbada, a mulher gorda, o homem crocodilo — ou prostitutas, ou pervertidos — ou aqueles como nós mesmos. Torna-se um ato degradado, repleto de autodesprezo, no qual o melhor que podemos esperar é um espelho mais do que acurado do nosso próprio, desprezível ser.

Mas aquilo foi diferente. Ela era linda, e ofereceu-se para mim livremente, despudoradamente. Depois, banhei-a em minha bacia, ajoelhado diante dela, até que sua pele brilhasse. Ela vestiu uma camisola branca, fina, bordada — onde obtinha tais coisas eu só podia imaginar — depois deitou-se e caiu no sono em minha cama, confiante como uma criança. Fiquei sentado ali por um longo tempo, observando-a, acariciando-lhe os cabelos.

Depois da minha revelação no museu de anatomia, eu correra de volta para meu pobre, iludido pai — o seu ato já tão frágil começando a vacilar quando ele esquecia suas falas, o cérebro marinado em brandy, agora.

Dei-lhe um beijo de adeus, peguei um baú cheio dos meus próprios livros, e dei o fora com o pessoal de Proctor, depois com o Circuito da velha Escola Dominical, fazendo qualquer coisa que podia. Aprendi um pouco de acrobacia e como contar piadas, e como trapacear. Apresentei truques de mágica num programa de teatro entre Evelyn Nesbit e o Condenado 6630, O Homem Que Despediu-se Cantando da Penitenciária. Encenei o velho dez-vinte-trintas, nos espetáculos de repertório "O Conde de Pawtucket" e "Você é Meu Pai?" e "O Que Aconteceu Com Susan?", e cantei no coro de "Linda Edna May, A Garota do Exército da Salvação"...

> Eu digo a eles que sigam, sigam Jesus, mas eles sempre seguem, seguem a mim...

Em resumo, eu fiz de tudo, não importa qual o nível de degradação. Pois o que era eu, senão vida?

Acima de tudo, continuei me movimentando — para frente e para trás, a cada temporada, desde Lake Quinsigamond até o velho Parque Alemão Sharpshooter em Chicago; desde Euclid Beach até White City para o Parque Paragon. De vez em quando, fazia uma parada na Bowery para ver como o velho estava se saindo, arranjei um novo quarto quando ele já não podia mais apresentar o seu ato.

Numa temporada parei de voltar — simplesmente parei. Até que, três anos depois, quando finalmente juntei coragem para voltar e vê-lo mais uma vez, ele havia partido. Se morreu ou não eu nunca pude determinar, mas seus livros continuaram aparecendo súbita e inesperadamente em maltrapilhas lojinhas de aviamentos, em becos trapeiros por toda a Bowery. Eu sempre os reconhecia, mesmo antes de ver o nome dele e a data em que os havia comprado escritos caprichosamente a lápis na página frontal: "Patrick J. Mahoney, Sr.* — aquele reconhecimento derradeiro, atormentador de consciência, da minha existência. Eu os comprava sempre que podia, mas nunca encontrei nenhum outro rastro dele.

E depois disso tudo, depois de todas as canções antigas e os sermões de Carrie Nation, depois de todos os espetáculos de grotescos, feiras e festivais, os Chautauquas e as cidades caipiras, depois de todas as intermináveis noites recolhendo rudes migalhas de reconhecimento em carros-salões dos trens e hotéis pulgueiros e espeluncas imundas — depois de tudo isso, eu havia sido atirado à praia do Oceano Atlântico, em Coney Island, eu próprio tão parecido com os despojos do mar.

Eu estava em casa agora? Lá fora, as putas dispersaram-se lentamente, saindo para a nova leva de fregueses. Eu fiquei deitado castamente ao lado da minha amada pelo resto da noite, um braço envolvendo-a de forma que mão alguma poderia tirá-la de mim em meu sono. Eu estava em casa? Observei-a por um longo tempo antes de adormecer, sonhando intermitentemente com nós dois num grandioso palácio.

* Abreviação de Sênior (N. da T.).

LIVRO DOIS

Não tenho confiança alguma, e temo o puritanismo do novo continente.

— SIGMUND FREUD

CAPÍTULO 7

OS GRANDES DOUTORES DA MENTE DE VIENA

Freud não estava bem certo de que realmente havia visto o homem, a princípio. Parecia impossível, como um pesadelo enquanto acordado, ou uma das aparições de Jung.

Ele havia acabado de encerrar um longo período de trabalho, escrevendo o caso do Homem Rato, e estava sentado muito satisfeito no terraço do Café Landtman com o restante da burguesia de Viena. Deleitando-se com seus charutos e seu *einen kleinen Braunen*, como um filisteu amante dos prazeres, trocando suas velhas e preferidas piadas de judeu com o *maskilim*. Quando esta visão apareceu...

Ele era tanto mais quanto menos do que um homem. Um monólito, na verdade, algo primitivo e imenso, postado ali na Ringstrasse. Mais um refugiado do Leste, vindo de uma terra além de toda memória e conhecimento humanos e, mais do que provavelmente, tendo caminhado por todo o percurso. O rosto envolto numa barba hirsuta, desencontrada, um capuz esfarrapado na cabeça. Arrastando-se de boca aberta ali na Ring em seus trapos de pedinte, passando pelos prédios de contos de fadas, a longa fileira de estátuas sem vida.

No instante em que Freud observava, alguns dos brutamontes do Prefeito Lueger apanharam o homem de sopetão em frente do Landtman. Escarneceram dele por um momento, e obviamente ele não entendeu, encarando os estudantes de volta, com seus cabelos escovinha, os uniformizados ternos marrons com gravatas pretas. Agarrando sua pequena trouxa de trapos mais perto do peito. Eles começaram a maltratá-lo, insultando-o cada vez mais seriamente, até que seu embrulho caiu na rua. Eles abriram-no com um chute — revelando mais trapos, alguns legumes velhos, umas poucas folhas de um livro que ele conseguira em algum lugar.

Freud levantou-se da mesa. Todas as outras pessoas desviavam o olhar, todos os *sheyne yidn*, e todos os satisfeitos e gentis burgueses também, fitando o interior das suas xícaras de café. Não havia nenhum policial à vista — apenas mais comerciantes e burocratas passeando por ali imperturbáveis. O homem estendeu a mão cegamente para alcançar suas posses — mas eles continuavam chutando-as para longe do seu alcance, arrebatando o capuz da sua cabeça quando ele se inclinou para frente.

Freud começou a fazer a volta pela mesa — ainda sem nenhuma boa idéia do que iria fazer, mas convencido de que tinha de fazer *alguma coisa* — quando a polícia municipal apareceu. Eles debandaram os rapazes, levaram o jovem pedinte sob custódia. Já era seguro, para os fregueses do Landtman, tanto os judeus como os gentios, olhar para cima novamente. As multidões que passavam rapidamente encobriram toda a cena, como um cadáver atirado num oceano.

Foi uma cena estranha, um augúrio perturbador na véspera da sua grande viagem, e Freud não pôde evitar ficar matutando sobre ela. Não que acreditasse em presságios, este era o departamento de Jung. Ele acreditava na ciência, mesmo a ciência da mente, e sua viagem seria uma oportunidade sem precedentes para levar adiante aquela Causa.

O convite da América havia sido tão respeitoso, até lisonjeiro: uma generosa remuneração e um título acadêmico honorário da Universidade Clark, em troca de uma chance de proferir cinco palestras diante dos maiores intelectos da ciência: Dewey, Wundt, Boas, Ebbinghaus, Metchnikoff — um incrível devaneio.

Ele até mesmo conseguira assegurar três palestras e outro título honorário para Jung, seu príncipe herdeiro. Eles iriam viajar juntos, acompanhados pelo bom e velho Ferenczi — seu principal acólito, ajudante e garoto-de-recados do momento. Seguiriam até Nova York, tirariam algum tempo para viajar pelo país — embora ele tivesse brincado com Ferenczi que tudo o que realmente queria ver era um porco-espinho.

Para Jung, ele escrevera:

"Certamente estamos prosperando. Se eu sou Moisés, então você é Josué e irá tomar posse da terra prometida da psiquiatria, que serei capaz apenas de divisar à distância".

Naquela noite a Sociedade Psicanalítica de Viena ofereceu-lhe um "bota-fora" grandioso no Prater, o imenso parque junto ao Danúbio. Durante o dia era um lugar apinhado, agitado, com uma avenida principal e um *beer garten*, mas à noite o parque transformava-se, suas graciosas árvores agrestes e taciturnas como uma floresta Wagneriana.

Os psicanalistas congregados tinham escalado solenemente uma colina sob ramos de jasmim e jacinto e reluzentes lanternas chinesas. No topo, uma mesa de banquete havia sido arrumada, e ali eles sentaram, e banquetearam-se e beberam um brinde após outro de *Gewürztraminer* em homenagem ao mestre. Presentearam-no com um ídolo africano esculpido, algum tipo de deus da fertilidade, e Freud manteve o totem solenemente ao seu lado na ponta da mesa, aceitando os brindes e tributos sob as oscilantes lanternas com majestosa equanimidade.

Na primavera anterior ele havia investido sobre o primeiro congresso psico-analítico realmente como Moisés descera da montanha, invadindo a reunião sem ser anunciado, nem convidado. Ouvira dizer que havia uma certa consternação nas tropas por causa de Jung, o filho, o herdeiro.

— Muitos de vocês são judeus, e portanto são incompetentes para conquistar adeptos para a nossa nova ciência — ele lhes dissera. — Os judeus devem satisfazer-se com o modesto papel de preparar o terreno. É absolutamente essencial que eu forme vínculos no mundo da ciência geral. Estou ficando velho, e cansado de sempre ser atacado.

Dramaticamente, ele segurara o próprio casaco pelas lapelas, como se quisesse rasgá-lo.

— Vocês não entendem? Estamos em grande perigo. Esta não pode ser conhecida como a "ciência judia"... eles não me deixariam nem mesmo o casaco sobre os ombros. Jung e o outro suíço irão nos salvar... irão salvar a mim, e todo o restante de vocês!

Intimidados, eles fizeram conforme Freud exigira. Jung havia lhe agradecido profusamente por isso e jurado novamente sua fidelidade à Causa, à nova ciência da psicologia.

No entanto, tão logo ele ungira o seu novo príncipe herdeiro, começara a ter... *dúvidas*. Jung fora visitá-lo e falara sobre todos os tipos de bobagens místicas, sobre *Nirdvanda*, e o *numinosum* do senso e contra-senso.

Freud ficara abismado, dizendo a si mesmo que aquilo devia-se simplesmente à idade de Jung, à sua inquietude, sua inteligência investigativa. Mas então, quando estavam sozinhos no escritório dele, um ruído súbito e alto eclodira na estante de livros. Freud pensou que um dos suportes havia quebrado, sobrecarregado como estava pelos seus possantes trabalhos científicos. Tudo continuava imperturbável, exatamente como sempre estivera, mas Jung havia pulado da cadeira, ofegante de excitação.

— Aí está! Eu sabia que isso aconteceria! — ele proclamou, apontando para a estante infratora. — Meu peito estava como se fosse feito de ferro derretido e então... *voila!* Um exemplo perfeito de fenômeno de exteriorização catalítica! Há um *poltergeist* na sua estante de livros.

— Ora, vamos — Freud deixara escapar. — Você deve saber que isso é pura asneira.

— Não é, não. Você está enganado, *Herr Professor* — Jung ofendera-se. — Na verdade, prevejo que haverá outro barulho igual daqui a um momento!

Como se fosse por sorte, claro, *houve* um outro ruído igual — Freud pulando de pé desta vez, embora mais pelo medo de que a estante inteira estivesse prestes a desabar sobre suas cabeças do que de qualquer *poltergeist*. Jung olhara para ele triunfante — e depois disso não houve como convencê-lo de que os ruídos não estavam, de alguma forma, ligados ao relacionamento deles.

Para sua extrema contrariedade, Freud apanhou-se escutando as estantes nas semanas que se seguiram. Os ruídos reapareceram, aleatoriamente, resultado dos livros ou da casa se acomodando. Ele havia escrito a Jung sobre isso, repreendendo delicadamente o seu "querido filho" e atribuindo tudo aquilo à cooperação do acaso.

— O que quer que você faça, não permita que arrastem minhas teorias para dentro da lama escura do ocultismo — ele havia implorado, mas não obteve resposta.

Ele nunca dera-se bem com o álcool, e não foi diferente na grande recepção no Prater. No trem noturno para Bremen ele tentara beber um pouco mais de cerveja para assentar o estômago, mas isso só piorou as coisas. Ficou acordado metade da noite, indo e voltando do imundo banheiro público. Ali ele segurou na barra de apoio como se estivesse agarrando-se à própria vida, enquanto o trem sacudia e apitava através do interior da Bavária.

Finalmente, mergulhou num sonho inquieto. Fazia parte de um sonho antigo, um sonho que ele já tivera antes sob circunstâncias similares; o sonho primordial do seu mais grandioso trabalho, o *Traumdeutung*...

No sonho ele se achava em Aula, o grande salão cerimonial da universidade, em Viena. Estava repleto, agora, com todos os grandes cientistas que estariam em Clark. Ele sentia-se nervoso mas bem preparado, subindo no pódio sem levar suas anotações.

Mas então, exatamente quando chegou ali, deu-se conta de que sentia uma irresistível necessidade de urinar. Ele resmungou uma desculpa e afastou-se, tentando as portas atrás do pódio, procurando um banheiro. Atrás de si podia ouvir o crescente murmúrio dos cientistas reunidos, um som de indignação, mas não conseguia evitar, sabia que se esperasse mais um pouco iria molhar as calças bem diante deles.

Encontrou uma porta, e passou por ela. Esta levava através de uma longa série de cômodos, todos eles apartamentos lindamente mobiliados, ou imponentes escritórios de ministros imperiais — mas nenhum deles um banheiro.

Então o cenário mudou, e ele estava completamente fora da Aula. Estava parado numa plataforma da Stadbath, a ferrovia suburbana, e segurando um urinol de vidro — um tipo de urinol de vidro, com uma haste longa e peniana em sua mão — mas não precisava mais urinar. Em vez disso, segurava o penico para um homem velho, doente, cego de um olho, a quem ele estava acompanhando.

Estava melhor assim, ao ar livre, mas ele ainda tinha uma grande sensação de ansiedade. Um condutor estava se movendo pela plataforma, ele reparou, e nem ele ou o seu protegido, o homem velho e meio cego, tinham um bilhete. Rapidamente ele entregou o urinol ao homem de um olho só — depois colocou um disfarce, uma máscara diante do rosto do homem, para enganar o condutor. A máscara era a face do ídolo, o totem africano que ele ganhara na noite anterior...

Depois disso, o antigo sonho dissipou-se, mas ele ainda não dormiu bem. Ficou mais contente do que o normal ao ver o rosto juvenil e familiar de Ferenczi, quando o trem parou em Bremen na manhã seguinte. O sujeito já havia tomado todas as providências e agora estava à sua espera na plataforma, sorrindo calorosamente, um guia Baedeker vermelho nas mãos. Ele tinha tudo sob controle, e encontraram-se com Jung na hora marcada no depósito de bagagem do navio, onde ele exultava abertamente com a viagem.

— Pense só em todas as mulheres que iremos conhecer! As ricas mulheres americanas para analisar!

— *Jah* — Freud concordara, mais comedido. — A América deveria ao menos render dinheiro, e não custar dinheiro.

O dinheiro em si, quando eles realmente trocaram a moeda, foi um desapontamento. Era consternadoramente feio, Freud pensou, um rolo de notas espessas, sem graça, todas do mesmo tamanho, escuras na frente, a figura de algum exótico animal que ele julgou ser um búfalo americano, impressa em tinta verde no verso.

— Ah, aí está, agora não há motivos para irmos — ele havia brincado com Ferenczi, ainda sentindo-se aliviado por estar fora do trem. — Eu ia apenas para ver um búfalo... ou melhor ainda, um porco-espinho!

Jung havia estado em Bremen antes, o que significava que insistiu em mostrar trajeto para as principais atrações locais, as igrejas e escadarias pitorescas de sempre. Na catedral havia um Bleikeller, um abrigo subterrâneo de chumbo, onde podiam olhar para baixo e ver o corpo preservado de um operário. Ele havia caído do telhado da catedral duzentos anos antes, e o chumbo mumificara seu corpo — a pele curtida como couro fino, a boca estirada num grito final pela contração dos tendões em seu pescoço, os braços ainda agarrando fragmentos da sua guilda medieval erguida em torno da nuca. Parecendo inconcebivelmente velho...

Freud achou aquilo tudo mórbido, mas durante o almoço naquela tarde Jung não parava de falar sobre isso.

— Perfeitamente preservado, daquela maneira! Uma janela para o passado!

— Sim, mas por que ele não foi retirado de lá e sepultado?

— Que importância tem isso? — Jung deu de ombros, esfaqueando agressivamente o seu peixe. — Ele serve aos nossos propósitos.

— Mas por quê? — Freud ponderou. — Os outros simplesmente continuaram trabalhando, com o corpo dele caído ali no porão?

— E por que não? O enterro num cemitério é menos bárbaro?

Estavam almoçando num restaurante especializado em peixes, o Essinghaus, que tinha uma excelente carta de vinhos do Reno. Era um glorioso dia de verão, claro e quente, mas ainda não quente demais. O salão de jantar estava repleto de luzes e flores, e todos estavam falando sobre o espetáculo aéreo em Berlim, e se Orville Wright iria trazer sua máquina voadora da América.

Jung não parava de repisar o assunto do homem no porão de chumbo. Freud tentou distraí-lo insistindo para que bebesse um pouco do vinho delicioso. Ele próprio mal conseguia beber, depois da sua noite no trem, mas sabia que Jung não bebera uma gota desde o início da campanha de abstinência de Forel no Burgholzli, nove anos atrás. Ele resistiu por um instante, contemplando o vinho e Freud — depois serviu-se de uma taça cheia.

— *Jah*, estou renunciando à minha abstinência — Jung falou, com súbita determinação, os olhos brilhando. — Você precisa encorajar-me neste empenho.

— Nós ainda o transformaremos num vienense libertino! — Freud exultou, mas Jung limitou-se a continuar falando sobre o desventurado homem no porão de chumbo.

Começou a falar sobre outros homens também preservados, recentemente desenterrados das turfeiras na Dinamarca — o tempo todo cortando metodicamente seu peixe em pedaços.

— O ácido presente nas turfas curtiu e curou a pele. Os corpos foram achatados pelo peso da terra, e os ossos desintegraram-se. Mas os cabelos, e os dentes! Todo o rosto e o formato do corpo, as jóias em seus braços! Tudo perfeitamente preservado!

— Por que você está tão preocupado com estes cadáveres? — Freud interrompeu impaciente.

— Pense nas implicações. Os corpos nas turfeiras eram ainda mais antigos do que o do nosso amigo do porão de chumbo. Pré-históricos, talvez. Preservados completamente, com os remanescentes das roupas, seus amuletos simbólicos de sepultamento.

— *Jah, jah*... e daí?

— Pense em tudo o que podíamos aprender! Imagine se seus cérebros também estivessem tão bem preservados quanto os corpos.

Freud tomou um trago prolongado da sua taça de vinho para ocultar a exasperação, mas quando baixou-a sentiu-se apenas mais irritado, e levemente embriagado.

— O que poderíamos aprender? Nós aprendemos do sofá, conversando com os pacientes. Meu caro doutor, um espécime físico bem preservado é tão relevante ao nosso trabalho quanto uma borboleta fixada num quadro!

— Como pode saber? — Jung persistiu. — Quem sabe como a mente evoluiu? Talvez eles sejam diferentes. Talvez possamos encontrar uma janela, no fundo da alma primitiva...

— Sobre o que você está falando? — Freud disparou, a voz elevando-se. — Cada pessoa viva contém toda a história da raça humana!

Bebeu outro gole do vinho para se acalmar, mas o salão guinava à sua volta. Levantou-se abruptamente no lugar, a visão estreitando-se sobre o rosto de Jung no outro lado da mesa — inquisitivo como o de um terrier, os círculos achatados do seu pince-nez aumentando os olhos ávidos, vorazes.

— Meu caro amigo!

— O quê? Que obsessão é esta com aquele pobre homem, desertado pelos amigos e companheiros de trabalho? Deixado ali para servir de espetáculo de feira... uma aberração... exposto ao público aparvalhado!

— Foi apenas uma observação, no espírito da pesquisa científica.

— *Jah*! — Freud refutou com sarcasmo. — Você tem certeza, *Herr Doktor*, de que o que na verdade está buscando não é a minha morte? Meu príncipe herdeiro?

Foi então que ele desfaleceu. Tentou afastar-se da mesa, mas subitamente as pernas estavam tão pesadas como sacos de areia, e ele escorregou para o chão atapetado do restaurante. Desmaiou, exatamente como alguma virgenzinha — a última coisa de que lembrava-se sendo a visão não de todo desagradável dos seus rostos preocupados e atônitos.

Sigmund Freud despertou para encontrar-se fitando o rosto de Carl Jung. Fechou os olhos novamente.

— Quão doce deve ser morrer — murmurou.

— Como disse?

Os olhos de Freud abriram-se outra vez, abruptamente. A cabeça de Jung, calva, em formato de bala, ainda pairava sobre ele.

— Nada.

Ele sentou-se no sofá para onde o tinham carregado, e onde Jung o deitara como um colegial, os pés cruzados um por cima do outro nas macias almofadas vermelhas.

— Deve ter sido o vinho — ele falou debilmente. — Mal dormi na noite passada, e tive um sonho extraordinário.

Jung sorriu condescendente, os olhos céticos por trás das órbitas achatadas do *pince-nez*.

— Naturalmente, não vamos mais deixar Papa pagar por nós — ele falou a Ferenczi.

Freud pôs-se rapidamente de pé, abotoando o casaco e alisando os cabelos para mascarar a agitação. Jung ofereceu-lhe o braço, mas ele balançou a cabeça, abrindo o caminho de volta para a mesa, ignorando os outros fregueses que cochichavam — e já analisando seu próprio comportamento.

— Talvez tenha havido um elemento de culpa envolvido — ele concedeu, assim que retomou seu assento. — Por tê-lo feito romper com sua abstinência, quero dizer.

Jung contemplou-o por um longo momento — depois continuou com a dissecação do peixe.

— Talvez — disse o príncipe herdeiro, e Freud teve o súbito e irracional desejo de arrancar o *pince-nez* e triturá-lo sob a sola do sapato até que ouvisse o vidro estalar. Em vez disso, sorriu com curiosidade.

— O que, então?

— Bem, é apenas que você me teme como a um filho usurpador — Jung falou. — Tomando seu lugar.

— É mesmo? Você deduziu tudo isso, somente de um episódio de desmaio?

— É apenas uma hipótese, claro — Jung falou calmamente, lançando sua armadilha: — Se eu pudesse psicanalisá-lo, talvez durante a nossa viagem.

— Talvez — Freud falou, sombrio.

— Pode ser que haja um elemento de verdade no que vocês dois estão dizendo — Ferenczi interveio docemente, sempre a criança precoce, mediando entre os pais briguentos.

— As duas maiores mentes psicanalíticas do mundo, buscando uma solução! Pense nisso!

— Veremos — Freud disse a ele. — Veremos.

Depois do almoço, Jung alugou um automóvel para levá-los num passeio pela cidade. Mais um comentário condescendente sobre a sua idade, Freud pensou, mas estava secretamente aliviado por não precisar caminhar, depois da experiência no Essinghaus.

Seguiram na direção de um café vienense que Jung conhecia, nas margens do Weser, mas tiveram de parar para deixar passar um regimento de artilharia alemã, em seu caminho de volta dos campos de manobras. Jung insistiu em descer do carro, perscrutando atentamente a comprida fileira cinzenta de homens e canhões, enquanto passavam marchando.

— Claro, o capitão do exército suíço da reserva precisa inspecionar as tropas do kaiser — Freud havia brincado com Ferenczi, mas logo ele próprio descobriu-se olhando.

Os alemães moviam-se rapidamente, tão sérios e mortais quanto as armas que carregavam. No momento em que passaram ele deu-se conta de que estava prendendo a respiração, e olhando em volta viu que Ferenczi também observava — hipnotizado pela assassina máquina viva que movia-se diante deles.

Aquilo não se parecia em nada com o exército Imperial Austríaco da experiência de reservista militar do próprio Freud. Então ele havia se agachado numa trincheira, os generais marchando acima dele em seus uniformes azuis celeste e amarelos, como tantos periquitos. Um major aproximou-se, sua túnica da cor do traseiro de um babuíno, e entregou a Freud a lista de ferimentos que ele poderia esperar, como oficial médico da companhia.

"Intestino grosso e parede do estômago repetidamente perfurados" — ele havia lido. "Coluna vertebral rompida na segunda vértebra. Mandíbula inferior e língua baleadas, palato superior severamente mutilado..."

As tropas dispostas por toda a volta em grandes, grotescas pilhas, simulando o massacre.

— Preparar! — o oficial disparou para ele.

— Preparar? Mas como posso me preparar para tais ferimentos? O que eu posso fazer?

— Preparar!

Naquela noite ele teve um sono agitado, apesar da exaustão, mas sem sonhos que pudesse lembrar. No dia seguinte eles tomaram o trem do navio para Bremerhaven, e subiram a bordo do George Washington, um grande, elegante navio da linha North German Lloyd. Suas cabines eram requintadas, e uma rica paciente que morava em Nassau os surpreendera com um esplêndido buquê de orquídeas.

Freud estava satisfeito, e deu uma gorjeta ao camareiro para que as colocasse num vaso sobre a mesa deles no salão de jantar, onde poderia compartilhá-las todas as noites com Jung e Ferenczi. Seu humor já estava melhorando, e agora ele tinha certeza de que tudo o que precisava era do ar marinho para voltar novamente à condição de combate, pronto para seu triunfo.

O tempo mudou naquela tarde, no entanto, antes mesmo que saíssem do porto. Começou a chover a cântaros, o que os levou para fora do convés e de volta para o salão de jantar, onde todos se perguntavam se o mau tempo iria impedir o Capitão Spelterini de voar com seu balão de hidrogênio acima dos Alpes, e arruinar o espetáculo aéreo.

Freud recolheu-se ao seu camarote particular, para observar os rebocadores sacudirem-se através das águas púrpuras do porto de Bremerhaven, e ruminar com seus charutos as suas incômodas dúvidas. Ele nunca tinha medo de examinar e reexaminar tudo; esta era a sua maior força, mesmo se nem sempre a admitisse aos outros.

"Tenho o espírito de um conquistador — um Cortés, ou Pizarro", ele escrevera a respeito de si mesmo, e estava satisfeito com a analogia, apesar da sua impiedade.

Ele não tinha medo da viagem em si. Amava o oceano, jamais ficava enjoado mesmo com o tempo mais tempestuoso. Mas tinha algumas dúvidas acerca das palestras: preocupava-se com a possibilidade de os americanos serem puritanos demais, de chocarem-se com demasiada facilidade. Haveria o clamor habitual quando ouvissem suas idéias pela primeira vez, talvez até mais alguma perseguição-ao-judeu.

"Podemos nos afundar na merda no instante em que eles se derem conta das sustentações sexuais da nossa psicologia", ele havia confidenciado a Ferenczi, mas já passara por tudo isso antes. Aqui, pela primeira vez, estava uma platéia pronta para homenageá-lo — antes mesmo de ouvir suas palestras.

Era algo mais do que isso que o deixava inquieto. Algo oculto, e primitivo, ele pressentia, como a enorme pintura do cavalo branco com olhos exaltados e narinas fulgurantes que dominava seu escritório na Berggasse. Seu pesadelo literal, empinando a cabeça na escuridão.

Ele não conseguia afastar, em primeiro lugar, as lembranças do campo de treinamento e do oficial com sua lista terrível. A imagem de Jung também permanecia com ele: o rosto sem expressão, de óculos, perscrutando tão intensamente as terríveis armas alemãs enquanto passavam.

E depois havia aquela brincadeira a respeito do porco-espinho que ele sentia-se compelido a continuar fazendo. Era algo extraído de Schopenhauer, ele deu-se conta — uma frase sobre como os porcos-espinho tinham de ser os mais solitários dos animais, pois que suas farpas os impediam até mesmo de aconchegarem-se contra os elementos. Ainda sim, o que isso tinha a ver com a sua própria situação ele não podia imaginar.

Ficou refletindo sobre isso até bem depois que puseram-se a caminho, depois arriscou-se a um brandy e subiu em seu beliche. Deitado ali, lembrou-se de um ditado muito apreciado pela mãe de Napoleão:

a va bien pourvu que ça dure —
Tudo vai bem contanto que dure.

Não pôde evitar acrescentar, a si mesmo, a frase seguinte:

Disse o telheiro quando começou a cair.

CAPÍTULO 8

NO PASSADIÇO

Eles se conheceram na praia em Coney. Kid Twist estava abrindo caminho através da multidão de domingo, buscando suas oportunidades, e quando deu de olhar para baixo, lá estava ela: enterrada até as coxas na areia, como uma criança, usando um verde e cintilante traje de banho de sereia, ainda molhada do mar, e escovando os cabelos com uma escova de prata.

Esther sentiu a presença dele, bloqueando o sol. Olhou para cima e sorriu ao vê-lo ali — parecendo tão solene, em seu vistoso terno da cor de sorvete de pêssego e uma reluzente gravata borboleta azul. Ele tocou a aba do chapéu para ela e estendeu o braço e, sem nem mesmo pensar sobre isso, ela alcançou-o e tomou-o, e permitiu que ele a conduzisse na direção dos parques.

Em qualquer outro lugar, ela jamais teria feito tal coisa. Em qualquer outro lugar, exceto a praia em Coney Island, numa linda manhã de domingo. Ela deixou de lado a escova barata, pintada de prateado, que havia comprado na Wanamaker´s, e aceitou o braço dele, e deixou que ele a puxasse para cima, vendo-o olhar a saia da sua roupa de banho escorregar lentamente sobre suas pernas nuas, brancas.

— Deixe-me diverti-la — Kid falou para ela.

Esther riu, mas havia algo muito sério no rosto dele.

— Divertir-me?

— Qualquer coisa que você quiser — ele falou, impulsivo. — O melhor de tudo que existir!

— Meu príncipe Rockfeller!

Ela riu novamente e permitiu que ele a levasse de volta pela praia, na direção dos pavilhões de diversões, tentando discretamente limpar os últimos resquícios de areia das suas pernas, a imitação de lantejoulas verde-douradas do seu traje de banho cintilando sob a luz do sol.

Lá em cima no passadiço, na área ao ar livre do *Feltman´s*, eles comeram lagostas e mariscos e milho na espiga, até que a minúscula mesa coberta pela toalha branca estivesse encharcada de manteiga derretida e salmoura morna. Uma banda no *lederhosen* estava tocando valsas vienenses, e todos riam. Esther até mesmo permitiu que ele lhe desse um pouco da sua cerveja; achou o gosto horrível, mas queria saber para que os *goym* tanto iam ao bar alemão que ficava embaixo do cortiço onde morava.

— Você gosta? — Kid perguntou, cutucando-a.— A cerveja combina com você, docinho?

Ela balançou a cabeça, e, em seu íntimo, sorriu.

— *Hertzalle meine* — ele disse, numa súplica.

As habituais palavras de sedutor, mas ele as pronunciava categoricamente, como se estivesse tentando convencer a si mesmo, mais do que a ela. A mão pousou no joelho dela sob a mesinha, os dedos tremendo levemente. Esther afastou-a com casualidade, acostumada a muito mais do que isso dos contramestres da fábrica, e não houve resistência.

— Como pode estar aqui comigo? — ele perguntou, tentando sorrir mas, na verdade, novamente muito sério. — Como sabe que tipo de homem eu sou?

— Eu gosto de você — Esther encolheu os ombros, tentando parecer atrevida, e descarada, tateando à procura de motivos. — Gosto do jeito que você ri. E você tem olhos bondosos.

Por que ela estava ali?

— Mas eu poderia ser o pior *yenzter* do mundo!

— Sei tomar conta de mim.

— Mas não sabe o que eu sou. — Totalmente sério outra vez, os olhos como grandes círculos escuros. *Ele tinha mesmo olhos bondosos...*

— Que importância tem isso? — ela disse, tão diretamente quanto conseguiu. *Que estranho sedutor, avisando-a para ter cuidado.* — O que isso importa, aqui e agora?

— Acho que aí você está certa — ele riu, incerto, e voltou a destrinchar a lagosta.

Depois do almoço, eles foram andando de mãos dadas até o Steeplechase, passando pelos botecos de chop suey e as galerias de tiro.

Passando pelos tocadores de piano e pela carne assada pingando de um espeto e os caldeirões fumegantes cheios de espigas de milho-verde, e os homens insultando-os das barracas de lanches rápidos:

— De quem é esse docinho?

— Para onde vocês vão? Ver o elefante?

Ele limitou-se a enviar-lhes um olhar ameaçador e puxou-a mais para si, através das multidões embaralhadas, indiferentes.

Um milhão de encontros, ela pensou. *Um milhão de encontros todos os dias, sem nenhum significado...*

Ele rebocou-a através dos Portais da Alegria, para dentro do envidraçado Pavilhão da Diversão, com sua cabeça decepada, maníaca, rindo de uma orelha a outra:

STEEPLECHASE — PARQUE DE DIVERSÕES

A trilha serpenteava em volta de todo o parque, comprida e ondulante, e alinhada com bandeiras americanas. Ele pagou para ela a entrada de vinte e cinco centavos, e um jovem sorridente com um rosto negro e esfarrapadas sedas de jóquei adiantou-se, para ajudá-la a montar no cavalo mecânico.

— Pode subir...

— Não, você não!

Afastou o rapaz e ele mesmo ajudou-a a montar — os olhos fixos novamente no lampejo branco dos seus tornozelos, quando ela ergueu a perna. Subiu atrás dela, e ela não protestou. Por toda a volta, outros homens estavam curvando-se e sorrindo, ajudando outras mulheres que tinham acabado de conhecer a subir em suas montarias.

Um milhão de encontros, sem nenhum significado.

— É melhor se segurar, pombinha.

Ela podia sentir o hálito quente na face, murmurando em seu ouvido.

— Já vai andar.

Mas não andou. Os cavalos não iam nada rápido, esta era a atração. Outro rapaz vestido com uma roupa de seda xadrez e rosto pintado de preto soprou numa corneta, e sinos tocaram, e os cavalos dispararam — apenas rápido o bastante para levar as mulheres aos braços dos seus acompanhantes, com gritinhos. Eles moviam-se tão lentamente que os homens nem precisavam de uma das mãos para segurarem os chapéus. Podiam dedicar ambos os braços ao trabalho, mãos deslizando, e agarrando e acariciando.

O cavalo elevou-se sem esforço e toda a vastidão dos parques estendeu-se abaixo dela, inexprimivelmente bela. Foi o passeio mais suave que ela jamais fizera — tão suave quanto o ar, macio como um pudim sob os pés. Ela já havia sentido a velocidade antes. Já sentira a velocidade num dos novos automóveis do seu irmão, ou quando algum condutor idiota pegava o elevado, tão rápido a ponto de ter de segurá-la, dobrando a Esquina do Homem Morto com a 110th. Street. Mas ela nunca conhecera algo assim — rápido o bastante, mas suave também, macio como um extenso gramado...

Deslizaram de volta para baixo, o restante do parque sob ela, todas os brinquedos e atrações brilhando sob suas treliças de vidro como jóias através do gelo. O Mixer, e o Barril da Alegria, e as Ondas Saltitantes, e a Escadaria Dourada, e o Algazarra e a Caverna dos Ventos. E à sua volta, todos os homens e mulheres distendidos, ainda embaralhando-se incansavelmente para frente...

Um milhão de encontros, todos inúteis.

Ele deslizou os braços em torno da sua cintura, e encostou-os habilmente nas curvas. Em pouco tempo estavam bem adiante do restante, uma brisa leve soprando agradavelmente no rosto dela. Na cintura, podia sentir as mãos dele começando a moverem-se: ainda hesitantes, desajeitadas mas delicadas agora, acariciando-a por cima da roupa de sereia.

— Você é toda pele macia e suave veludo — ele murmurou em seu ouvido, e ela teve vontade de rir ao ouvi-lo dizer isso.

Ele moveu as mãos devagar acima da sua cintura, na barriga, em lugares onde ela nunca havia sentido as mãos de um homem, e ela deixou. Subiram outra vez e ela pôde ver o mar virando-se na direção deles, e as multidões ao longo da praia: os barcos de passeio, graciosos como cisnes, com seus enormes tombadilhos brancos e os nomes românticos — o *Pegasus* e o *Prometeu* e o *Anacreon no Paraíso.*

Abarcaram metade da Terra em questão de segundos — depois estavam embaixo novamente: os outros cavaleiros rindo à socapa e praguejando em seus próprios cavalos, as mulheres gritando. As mãos dele, as mãos dele deslizando para cima até quase seus seios, parando quando ela retraiu-se, deslizando, acariciando-a outra vez, e ela deixou. Estavam movendo-se rápido demais, alto demais para que qualquer um pudesse ver, sozinhos em meio aos milhões.

— Você é mais macia que a seda e o veludo, vou lhe dar apenas leite de pomba para beber... — A voz de sedutor tendo desaparecido, agora. Apenas as palavras dele permaneciam, ansiosas, e incertas, e um tantinho desesperadas.

Fizeram a volta final, passando pelo píer, seguindo na direção da terra, as ruas e as desleixadas casas de veraneio na Brighton Beach.

Casas de virtude fácil, ela lembrou-se — como ir para ver o elefante. Ele estava baixando o rosto para a gola aberta da sua roupa de banho de sereia, aninhando os lábios em sua nuca.

Como um cavalo, Esther pensou absurdamente, os lábios dele molhados e macios como os de um cavalo.

Ele beijou sua orelha, passou a mão pelo seu pescoço, e ela deixou. Iam um pouco mais depressa agora, chegando ao final, e ela sabia que deveria detê-lo, mas não tinha certeza se conseguiria afastá-lo e se segurar. Não queria cair, afundando o traseiro na trilha mecânica. Poderia ser eletrocutada, poderia ser atropelada como aquela pobre mulher que ela havia visto no teatro de um níquel da Union Square, correndo na frente do cavalo do Rei no Derby pelos direitos das mulheres...

Atropelada por um cavalo.

Ela inclinou a cabeça de volta para ele, na chegada, olhou para ele ali. Os olhos estavam fechados, para sua surpresa, o rosto dele doce e infantil. Ela recostou-se, e prendeu-se nos braços dele, deixou que ele a abraçasse enquanto precipitavam-se novamente para baixo, passando pelas últimas bandeiras americanas, sobre a linha de chegada, na direção de outro jóquei zombeteiro de cara preta, que prendeu uma fita azul no peito de ambos.

Esther desceu do cavalo com esforço, as pernas fracas, os tornozelos nus e brancos lampejando diante dele outra vez. Kid também desceu com dificuldade, o jóquei pintado com rolha queimada zombando:

— O que foi? Tem muitas pernas?

— Espere por mim!

Era tarde demais. Ela já estava afastando-se para fora, passando pela linha de chegada. Parou e viu-se num palco — fileira após fileira de arquibancadas, cada assento tomado por homens e mulheres que riam, apontando para ela.

Um terrível homenzinho numa roupa de palhaço investiu sobre ela, brandindo nas mãos uma espécie de bastão, o rosto mongolóide com um sorriso hediondo. Ele balançou o bastão na sua frente, e ela recuou, estendendo os braços. Ele apenas continuou avançando, sacudindo o aguilhão de gado como se fosse um taco de beisebol.

— Seu desgraçado! — ela gritou, mal conseguindo desviar-se a tempo. — Bicho selvagem!

Ele riu, gritando as palavras dela de volta em sua ridícula, esganiçada voz de anão, enquanto espetava-lhe as pernas:

— Seu desgraçado! Bicho selvagem!

Ela sentiu um choque terrível percorrer-lhe o corpo, como se uma mão tivesse se fechado em torno do seu coração. Caiu para trás — e um jato de ar frio soprou humilhantemente nas suas costas, levantando a saia da sua roupa de banho de sereia e fazendo-a dar um pulo no ar diante da multidão que ria.

— Imundície! Vá embora!

Kid chegou correndo no palco, enxotando o anão. O palhaço mongolóide sorriu com desprezo e ficou correndo em torno dele — mas havia alguma coisa no rosto de Kid que o fez afastar-se para torturar os outros cavaleiros. Kid passou os braços protetores nos ombros dela, conduziu-a para fora, passando pela Galeria dos Risos e o seu mestre-de-cerimônias:

— Entrem! Só um centavo! Você é quem vai rir desta vez!

— Pombinha, você está bem?

— Claro, claro — ela disse, sorrindo para tranqüilizá-lo, gostando da maneira como ele a olhava agora, tão solícito, tão gentil.

Foi divertido, Esther disse a si mesma, sentindo o coração bater loucamente. Foi aterrorizante, mas ela dera o fora, conseguira passar pelo horrendo homenzinho, passara por tudo aquilo e sobrevivera.

Foi divertido, e eu gostei.

Naquela noite Kid levou-a ao Stauch´s para comer um filé, e sentaram-se na varanda e observaram os dançarinos misturando-se em volta do imenso salão de baile sob uma gigantesca, eletrificada bandeira americana. Depois ele queria levá-la a um cinema no Sunken Gardens, ou para ver um espetáculo no Henderson´s, mas era tarde e ela já deveria ter ido para casa. O parque começava a adquirir um ar fantasmagórico, conforme a música diminuía e as multidões se dispersavam. Pequenos fragmentos de lixo redemoinhavam em torno de seus pés como ervas-daninhas: guardanapos de papel usados, papel encerado, e pãezinhos de cachorro-quente comidos pela metade.

Ela podia ouvir as luzes, agora, as milhares de lâmpadas, sibilando ruidosas como serpentes. Casais passavam apressados, e nas sombras ela avistou o chapéu de palha de um homem abaixado furtivamente sobre um vestido, ambos os rostos ocultos nas sombras.

Ele acompanhou-a até a plataforma do trem, implorando num tom brincalhão, sem realmente esperar que ela ficasse, mas querendo que ficasse — querendo que ela ficasse, ela podia dizer, dominando tudo.

— Só mais um pouco, meu passarinho.

— Não. É tarde, preciso voltar.

Flamejantes gêiseres de luz explodiram na noite — os fogos de artifício finais, chovendo em ardentes jorros de vermelho, branco e azul. As bandas começaram a tocar uma ária patriótica.

Distraído, só por um instante, Kid voltou-se para olhar para ela — e ela havia partido. Apenas no último momento ele avistou-a outra vez, acenando da janela do trem, segurando os sapatos numa das mãos. Ela os tirara para facilitar a corrida e subira descalça no trem.

— Minha pombinha! — ele gritou, meio sorrindo, o rosto entristecendo-se lisonjeiramente. — Minha pombinha. Domingo que vem, na Terra de Sonho! — gritou, correndo pela plataforma, sorrindo e franzindo a testa, sem saber se ela ao menos conseguiria escutá-lo.

— Domingo que vem, perto do arcanjo...

Mas ela apenas acenou para ele, sorrindo, até que o trem lotado saísse da estação, seus passageiros imprensados contra as janelas, acenando freneticamente para seus próprios amores de domingo; e o trem seguinte encostou na plataforma.

CAPÍTULO 9

ESTHER

Estava mais quente do que nunca quando ela voltou à Orchard Street, e o quarteirão inteiro ainda estava acordado. Crianças corriam por todos os lados, gritando nas calçadas como se fosse meio-dia, e os mais velhos quedavam-se nos parapeitos das janelas. Mães andavam de lá para cá sob as luzes dos postes, confortando seus bebês. Eles ficavam azulados e convulsivos com o calor, exaustos demais para dormir.

Eles ainda estariam acordados, Esther sabia. Esperando por ela.

Subiu até o alpendre elevado, passando sob o arco com sua Estrela de Davi sobreposta por cima do antigo relevo da cabeça zombeteira de um sátiro. Foi a estrela que havia convencido seu pai de que aquele era um lugar onde pessoas moravam — um prédio kosher, por assim dizer, como se existisse alguma coisa deste tipo. Mais um dos seus erros estúpidos, de simplório: nenhum homem jamais foi menos equipado para lidar com as armadilhas e embustes do Novo Mundo, mas de nada adiantava falar com ele, ele era um grande acadêmico.

Lá dentro, era como subir através de uma gigantesca colmeia humana. De cada apartamento, ela podia ouvir o guinchar das bombas de água, o zunido de conversas, sentir o cheiro rançoso de lingüiças, repolho e batatas. As vozes, numa dezena de idiomas diferentes, enfraqueciam conforme ela se aproximava. Havia o barulho de passos nas tábuas soltas do piso — portas abrindo-se em frestas para ver quem era, fechando-se novamente depois que ela passava.

No lado de fora do seu apartamento, no quinto andar, ela levou os dedos aos lábios e depois mal tocou o *mezuzah* perto da porta, antes de se dar conta do que estava fazendo. No último instante puxou bruscamente a mão, como se tivesse sido queimada, sorrindo consigo mesma num desafio secreto, antes de entrar.

— A *amerikanerin* chegou — ele anunciou, para o ar ou para a mãe dela, assim que Esther passou pela porta.

Seus pais estavam sentados numa mesinha junto à janela do quarto de casal, a mãe encurvada sobre o que parecia ser uma pilha de espinhos. O pai segurando o jornal *Jewish Dayly Forward* na altura da janela aberta, as cortinas brancas de musselina de algodão como um sacrifício, tentando ler com a luz refratada que vinha de fora.

— Por que ela se dá ao trabalho de vir para casa, eu não sei. Para ela, o baile nunca termina. Para ela, a vida é um banquete.

Este era o jeito dele de dirigir-se a ela, e havia sido por muitos meses — sempre indiretamente, ou através da mãe, exceto quando perdia completamente a calma e invocava todos os tipos de pragas e insultos sobre sua cabeça. Ou em suas próprias, particulares conversas — mas esta era outra questão.

— Se não gosta, agüente — ela retrucou para o quarto deles, sem incomodar-se em mexer-se de onde estava, na cozinha.

O apartamento era composto de três cômodos pequenos, com duas janelas de fundos que davam para um quintal minúsculo, esquálido, depois para outro cortiço, depois para além daquela gigantesca faixa escura do elevado da Allen Street. O quarto com as janelas era dos seus pais. O cômodo onde ela estava era a cozinha, abarrotada até o teto com baús e cômodas e arcas, e depois, à sua direita, ficava o quartinho minúsculo dos *roomerkehs.*

Três pequenos cômodos, todos enfileirados, movendo-se nesta ordem a partir das janelas externas. As duas paredes internas do apartamento tinham janelas recortadas — a única maneira de fazer com que alguma luz natural penetrasse na cozinha ou no quarto dos *roomerkehs.*

Um dos *roomerkehs*, um vendedor chamado Kapsch, estava sentado à mesa da cozinha, agora, um homem franzino, calvo, com uma permanente expressão cômica no rosto, e que, Esther sabia, estava um pouquinho apaixonado por ela. Ele fez uma respeitosa reverência de onde estava sentado, quando ela entrou, e murmurou alguma coisa que ela não conseguiu entender.

— E eu que tenho de estar vivo para ouvir tal coisa! Da minha própria filha... — o pai dela ainda deblaterava, de pé, agora, e sacudindo o jornal na sua direção, avançando sobre ela vindo do quarto.

— Não se incomode, não fique irritado — disse a mãe, seguindo-o nervosamente e esfregando as mãos uma na outra. Seus dedos estavam marcados e inchados por ter passado o dia todo fazendo os *tzatzkes* — lindas rosas e lírios e forsítias de arame. As flores tinham pontas tão cortantes quanto navalhas e as tinturas, as esplêndidas cores vermelhas, púrpuras e amarelas, penetravam nos cortes e faziam com que inflamassem e exudassem.

Talvez ela conseguisse ganhar uns vinte e cinco centavos, torcendo as flores o dia inteiro. Antes disso, ela já havia trabalhado cortando retalhos de sedas para fazer borlas e antes disso, claro, tinham sido capazes de quase ganhar o sustento juntas, costurando as ligas íntimas. Mas isso era o máximo que sua mãe conseguia fazer em casa, agora que seus dedos tinham se enrijecido.

— Você comeu alguma coisa? Quer comer? — ela perguntou ansiosa, claudicando até Esther e tomando-lhe as mãos.

— Não, Mama. Estou bem, Mama.

Esther olhou para o rosto da mãe, e encheu-se de piedade e desgosto. Suas faces estavam encovadas e descoradas, os olhos ainda disparando em volta com apreensão.

— Como estão suas mãos, Mama? Como está se sentindo hoje?

— Ah, minhas mãos — ela disse distraída, evasiva, os olhos movendo-se por todo o cômodo. — Tudo bem. Agüentando, agüentando.

Ainda tentando manter a paz. Para agradar o marido.

— O que o senhor fez conosco — ela murmurou, erguendo os olhos para o pai. — O que o senhor fez com todos nós.

Ele avançou casualmente sobre ela, um velho de cabelos brancos, a barba cheia de farelos da refeição do meio-dia que, ela sabia, sua mãe levara até a escrivaninha dele. A pele em torno dos olhos e das faces ainda surpreendentemente rosada e jovem, os olhos escuros e vibrantes com um ódio animado.

— Será que devo esvaziar a amargura do meu coração sobre você? — ele disse, num tom quase casual, falando diretamente com Esther pela primeira vez em semanas. — Que direito você tem de falar alguma coisa? Chegando aqui tão cheia de pecados quanto uma melancia é cheia de sementes!

— Vá para o inferno! — ela respondeu, e involuntariamente sorriu para o *roomerkeh*, para lembrar tais pecados. Kapsch desviou os olhos, confuso.

O velho rabino começou a tossir — uma tosse comprida, fleumática, indulgente — e sentou pesadamente numa das cadeiras da cozinha. Houve um ruído, e a mãe alvoroçou-se rápida entre eles, acenando as mãos machucadas.

— Shhh! Shh! Vocês vão acabar acordando os *downstairsikehs* com tanta gritaria!

Mas não eram os vizinhos do andar de baixo: apenas Abady, que saía do seu turno das quatro à meia-noite no quarto alugado. Era um homem moreno, de aparência abrutalhada, com um bigode comprido e caído, um judeu sírio que trabalhava em turmas de construção. Ele saiu com sua camiseta de baixo e o único par de calças, descalço e se coçando, e foi para o banheiro do corredor sem ao menos olhar para os quatro.

Kapsch rapidamente pediu licença para tomar o seu lugar na cama quente. Era dele o melhor turno, da meia-noite às oito, enquanto Cuti, o terceiro *roomerkeh* — um rabugento estucador italiano — pegava o turno das oito às quatro. A mãe de Esther afobou-se em volta da cozinha, persuadindo o velho a voltar para o quarto, arrumando a desordem antes de recolher-se.

— Esse, tem certeza de que não está com fome?

— Não estou, Mama.

— Tem certeza? Posso preparar alguma coisa...

— *Não*, Mama, não tenho apetite para esta vida — ela disparou, sentindo-se subitamente muito cansada e com pena de si mesma.

O Triangle abriria novamente no dia seguinte, depois de duas semanas de dispensa de verão, e ela teria de estar de pé de madrugada. De volta à sua máquina.

— *Gottenyu*, por que você sempre precisa investir contra o mundo como uma louca?

— Ah, Mama!

— Não sei. Só parece que você devia estar mais feliz.

Esther afastou a mesinha da cozinha e os baús, juntou as duas cadeiras que lhe serviam de cama. Colocou o travesseiro e as cobertas sobre elas, dobrando as beiradas cuidadosamente, como se fosse uma cama de verdade.

— Tem certeza de que não precisa mais de mim?

— Não, Mama. A senhora já fez muito.

O sarcasmo não fazia efeito em sua mãe, bem como o desespero. Ela afobou-se para lhe dar um beijo e um rápido, trêmulo abraço em volta da cintura.

— Doces sonhos, Esse.

— Doces sonhos, Mama.

Ela apressou-se de volta para o quarto. Esther esperou até que Abady se vestisse e saísse, depois pegou uma das toalhinhas que a mãe deixara para ela. As toalhas estavam quase puídas, mas em seus poucos momentos de folga das *tzatzkes*, ela se esmerara em bordá-las com coloridos arco-íris e pores-de-sol, e com dizeres em Ídiche como "Uma vida em seus olhos!" e "A paz esteja com você!".

Esther bombeou a água até que enchesse a pia e soltou os cabelos. Baixou o corpete da roupa de banho, depois a anágua branca por baixo, as suas lantejoulas verde-douradas pintadas reluzindo sob a água, onde lavou-a junto com o cabelo. Antes disso, ficou parada por um longo instante novamente, diante da pia, pensando no dia que acabara de passar.

Lá fora, o elevado corria a toda velocidade, sacudindo os pratos e tudo o mais no apartamento. Ela juntou os longos cabelos escuros e mergulhou-os na água. Estava morna, quase fria, um alívio numa noite como aquela. Baixou os cabelos todos na água, e começou a lavá-los.

O quarto dos *roomerkehs* era mais uma cova do que um quarto de verdade, com uma cortina comprida no lugar da porta, cortininhas azuis que a mãe de Esther havia costurado e pendurado na janela interna, e uma cama de solteiro que ocupava quase todo o espaço. A mãe de Esse não permitia que ela entrasse ali para limpar, mas ela já tivera um relance de um pequeno espelho de barbear pregado na parede lá dentro, uma única prateleira — com três toalhas de rosto, três colarinhos e três navalhas de barba arrumadas na sua extensão. A simples idéia disso — aquelas posses tão pobres e destituídas, dispostas de maneira tão simples — sempre a enchia de desespero.

Mas agora, embora ela não pudesse ver, Kapsch espiava através das cortininhas azuis, olhando com toda atenção enquanto ela se lavava. Ela postava-se solenemente diante da pia de madeira, a pele branca radiosa no cômodo escurecido. Ela balançou os cabelos compridos dentro da água, emergiu novamente com os olhos fechados.

Ele assimilava cada parte dela: as panturrilhas nuas, e os tornozelos. O longo, gracioso movimento da sua nuca quando ela inclinou-se; os ombros brancos, arredondados, ondulados; a curva suave do seu corpo sob a anágua. Estático, ele observou da janela quando ela mergulhou os cabelos outra vez, imergindo de volta na adorável e envolvente escuridão, mergulhando novamente, branco e preto, branco e preto sob a luz difusa.

CAPÍTULO 10

ESTHER

Essa vida é demais para mim.

Esther deitou no escuro em seu tosco leito, toda a alegria do dia e da noite — toda a satisfação pelo seu próprio atrevimento — agora filtrando-se através dela. Passou a mão pelo corpo, inspecionando-se por cima da camisola: os seios, as pernas, a barriga, o sexo — todos os lugares que ele havia tocado naquele dia. O que isso significava? De que serviria?

Nem ela mesma nunca se vira — sem a camisola, pelo menos. Um relance de uma coxa, de pele branca e pálida reluzindo na escuridão sem espelho do banheiro do corredor. Ela era apenas uma cabeça que andava por ali, cheia de preocupações, tentando não pensar no quanto estava cansada o tempo todo.

Essa vida é demais para mim. Nela não existe lugar para mim.

Você sabe qual é o seu lugar.

A voz do seu pai. Desde que ele parara de conversar com ela — falando com ela apenas quando Esther o espicaçava para além da sua capacidade de suportar, como naquela noite — ela inventava suas próprias conversas com ele.

No começo havia pensado nestas conversas de faz-de-conta como um teste, um meio de convencê-lo com a lógica dos seus argumentos e, de início, o pai inventado em sua mente havia sido tudo o que ela queria que fosse: sábio e racional, misericordioso e tolerante.

Mas, de alguma forma, conforme o tempo passou, o pai em sua cabeça tornou-se tão raivoso e obstinado, tão cínico e cáustico como aquele que agora roncava no quarto ao lado.

A primeira coisa que você precisa aprender é quem você é.

Não sou o seu burro de carga, isso é certo!

Mas o que é você? Uma mulher sem família não é uma mulher. A mulher sozinha não é nada, jamais entrará no Reino de Deus...

E como posso ter uma família — trabalhando o tempo todo, com o senhor nas minhas costas?

Se ao menos você soubesse quão profunda é a sua ignorância, então ficaria verdadeiramente envergonhada.

Sei apenas o que o senhor me permite aprender!

... reduzida, mais uma vez, mesmo em sua própria mente, a uma criança disparatada. Deitada em seu catre de cadeiras, ela sentiu-se miseravelmente pequena e insignificante. Embrulhada nos lençóis, naquele minúsculo apartamento, como sua mãe antes dela.

Como ele a havia traído:

"Ela será conduzida diante do rei em vestes bordadas..."

Ela estava com treze anos — tarde para trabalhar fora de casa, embora ainda não tivesse se tornado mulher. Na Confecção de Blusas Triangle, na Washington Square, onde ela trabalhava agora, havia um canto no décimo andar que eles chamavam de jardim-de-infância. Meninas de oito e nove anos trabalhavam treze horas por dia — quinze, no auge da estação — puxando os fios soltos das blusas prontas. Quando os inspetores de fábrica apareciam por ali, o sr. Bernstein lhes dizia: "Rápido, meninas! Para dentro das caixas!" — e elas transformavam isso numa brincadeira, mergulhando nas grandes caixas de papelão, dando risadinhas e puxando as blusas por cima das cabeças.

Claro, ela já havia trabalhado com as cintas-ligas secretas durante anos, em casa com a mãe. Seu pai não tinha idéia do que estavam fazendo; ele era incapaz de imaginar algo tão imoral quanto uma cinta-liga, mesmo na América, ou jamais as teria permitido sob seu teto, e assim elas conspiravam para esconder o trabalho que faziam para ganhar o pão-de-cada-dia para ele.

Era um trabalho bom, de certa forma. Elas conseguiam fazer cinqüenta num dia, dependendo da estação e do quanto sua mãe podia agüentar. Ela costurava a renda, e Esther acrescentava os ganchinhos e prendedores minúsculos em volta do franzido, e perguntava-se como alguém poderia usar algo tão fino, tão cheio de babados.

Certa vez experimentou uma delas, quando a mãe saiu para comprar o jantar e o pai ainda estava na sinagoga. Vestiu-a apressadamente por baixo do vestido — mas não importava o quanto puxasse e enrolasse, a cinta pendurou-se flacidamente em sua cintura de menina e caiu em torno dos seus tornozelos, e mais que depressa Esther pulou para fora dela e atirou-a de volta na mesa, sentindo-se vagamente humilhada.

Naquela época ela quase nunca saía do apartamento. Saía apenas para utilizar a biblioteca, ou talvez, durante as temporadas mais calmas, ir à escola pública — uma enorme sala de aula cheia de correntes de ar, com outras cinqüenta crianças recitando as impossíveis advertências escritas no quadro-negro:

> Devo manter minha pele limpa
> Usar roupas limpas,
> Respirar ar puro,
> E viver na luz do sol...

Em casa, sua mãe levava-lhe o chá, e pão com talvez um pouco de geléia de marmelo, sorrindo para ela sobre sua linha e agulha enquanto trabalhavam através das intermináveis pilhas de roupa íntima fútil. E quando ela estava cansada, e suas mãos tinham cãimbras, a mãe a deixava parar e pular um pouco em volta do apartamento. E quando ela estava entediada, a mãe lhe contava histórias da própria infância, e às vezes Esther pensava que aquela não seria a pior coisa para se fazer — costurar junto com a mãe pelo resto da vida. E, outras vezes, ela pensava que seria como a história que havia lido na biblioteca de Seward Park, sobre um homem que fora emparedado vivo.

Enquanto elas costuravam, o pai ficava sentado perto da janela, entoando suas preces e balançado para frente e para trás por cima dos livros, sem lhes dar nenhuma atenção.

— Seu pai não tem familiaridade com a face de uma moeda — sua mãe lhe dissera quando ela perguntara qual era o trabalho dele. — É um *luftmensch*... um homem mais elevado — tentara explicar.

Esse fez o possível para tentar entender. No jantar, observava a mãe separar o melhor pedaço de carne, as maiores porções para ele, comendo a própria comida muito devagar, de forma que sempre haveria alguma sobra para ele. Parando com o trabalho para levar-lhe sanduíches de queijo e pepino durante as tardes.

Ele aceitava isso tudo, sem questionar. Nem mesmo parecia notar quando era servido — pegando os sanduíches como se tivessem sido enviados por Deus. Os olhos nunca se desgarrando das palavras à sua frente.

— Servir o vinho a um estudioso do Talmude é como derramá-lo num altar — a mãe lhe dizia.

E quando ela ficou mais velha e perguntou por que, tudo o que a mãe pôde fazer foi lhe contar sobre a primeira vez que haviam se visto, lá em seu vilarejo, os olhos sonhadores com a lembrança.

— Ah, mas ele era tão bonito! Um belo rapaz. Ainda nem tinha a barba; um *yeshiva bocher*, com as faces como a pele de pêssego, correndo para as aulas todos os dias. Lembro-me da primeira vez... acho que fui muito atrevida... em que toquei o rosto dele. Ah, desde então eu já sabia que ele fora feito para alguma coisa *superior*.

Às vezes, quando estava com disposição, talvez ele lesse para ela um pouquinho. Preferia tentar ensinar Lazar, o irmão dela, não importava o quão pouco ele quisesse escutar. Mas às vezes, normalmente no início do *Shabbos*, ele a sentava no colo e lia para ela trechos do *Gemara*, ou da Bíblia. Nunca aprofundou-se nos grandes enigmas do *Mishnah* — estes eram reservados para Lazar, por mais que ele resistisse — mas estava tudo bem. Ela adorava simplesmente traçar as palavras em hebraico com ele. O verso favorito de ambos, quando estavam juntos, era um salmo, que ela logo foi capaz de reconhecer todas as vezes:

"Ela será conduzida diante do rei em vestes bordadas".

Da mesa da cozinha a mãe sorria para ela, ali sentada no colo do pai. Não ouvia a sua recitação, mas se virava para acender as velas do *Shabbos*, usando o vestido de casamento, o xale sobre a cabeça, segurando as mãos firmemente sobre os olhos enquanto ela recitava a oração.

No mesmo ano em que Lazar foi embora, seu pai havia sido rejeitado pela congregação, na grande controvérsia sobre o Grão Rabino de Cracóvia. O cansaço da mãe, e o estado das suas mãos, impossibilitaram-na de continuar costurando o dia todo. Então ela teve de mudar para a costura das borlas e, depois, para as cortantes e coloridas *tzatzkes*, e alguém tinha de ganhar o dinheiro.

Na noite anterior à sua ida para a oficina, ela estava quase nervosa demais para dormir. A mãe a acordou quando ainda estava escuro e fizeram o chá na cozinha tão silenciosamente quanto puderam, para não acordá-lo. Ela reparou que a mãe preparou o chá mais espesso do que o normal, e fez com que Esther bebesse duas xícaras e comesse uma fatia grossa de *challah*. Cortou mais um pedaço grande do pão para ela, e embrulhou-o em papel encerado juntamente com um dedal, uma tesoura e três agulhas extras. Depois levou-a para fora, no escuro.

Era uma manhã gelada, e ainda havia neve nas calçadas. Por todo o caminho sua mãe a manteve abraçada consigo, Esther andando meio zonza, recostando-se no calor do seu corpo magro, protetor.

Enquanto caminhavam, a mãe ia ensaiando-a:

— Lembre-se... o que quer que faça, não repuxe o forro. E não tenha pressa. Ele vai querer que você se apresse, mas demore o tempo que precisar. Faça direito, e ele não poderá negar o dinheiro.

Esther assentiu. Elas haviam praticado no domingo anterior, muitas e muitas vezes, num velho casaco da mãe, mas ela achava difícil pensar direito agora, e era impossível acreditar que suas mãos seriam capazes de fazer tal coisa. Só o que queria era afundar a cabeça no casaco da mãe e voltar para casa.

A oficina ficava na Division Street, um quarteirão escuro e estreito sob as azuladas camadas de aço da Ponte de Manhattan. Era alinhada de cortiços de madeira apodrecida, portas e janelas todas arrumadas. Ela trilhou atrás, enquanto a mãe procurava o número, a respiração de ambas formando ondas de vapor na escuridão.

Finalmente ela encontrou a porta que estava procurando — outro cortiço, uma pequena poça de luz vazando por baixo da porta.

— Muito bem, agora, não fique com medo, *bubbeleh*. Minha mocinha crescida. Não é nada que você não saiba fazer. E lembre-se: *Não repuxe.*

Ela assentiu mecanicamente, o cérebro tão branco quanto a neve.

— Você trabalha até as sete, este é o contrato. Vá contando quantos faz. Está bem?

Esther fez que sim novamente, e sua mãe abraçou-a e beijou-lhe as faces. Afastou-se depressa, virando-se para acenar no final da rua escura.

— Adeus! — ela chamou. — Adeus! Ah, minha menina tão boazinha! Adeus!

Esther acenou até que a mãe virasse a esquina, depois voltou-se para o prédio dilapidado. A maçaneta pendia da porta da frente como um globo ocular distendido. Ela empurrou-a para trás, sacudiu e girou até que a porta abriu-se com relutância.

Já podia ouvir os zunidos e sussurros das máquinas. Seguiu o som por dois lances de escada e através de um corredor, sem nenhuma idéia real do que esperar. Havia uma outra porta maltratada, e quando ela empurrou-a para abrir encontrou-se num mundo de casacos.

Casacos marrons, casacos pretos, casacos femininos e masculinos. Alinhados, enchiam as paredes, pendurados nos batentes das portas, nos encanamentos de água, nas janelas. Em pilhas da altura do peito em volta de todo o cômodo, até o teto em alguns lugares. Um bebê de fralda, o rosto e peito cobertos por manchas vermelhas, arrastava-se e balançava no topo deles como se estivesse surfando nas ondas lá em Coney Island.

Ainda não eram sete horas da manhã, mas já havia uma turma completa de homens e mulheres dando duro no trabalho em torno de uma mesa estreita — três mulheres jovens e uma mais velha fazendo o trabalho de agulha, dois homens de barbas grisalhas nas máquinas, costurando colarinhos. Eles mal levantaram as cabeças quando ela entrou, e depois voltaram rapidamente ao trabalho.

Esther ficou parada onde estava, incerta do que fazer ou de como falar com eles. Finalmente um homem alto, encurvado, com uma comprida barba cinzenta e um *yarmulke,* saiu de um cômodo nos fundos, através de uma cortina de mais outros casacos perfeitos, terminados.

— O quê — ele inquiriu, já gesticulando impaciente com a mão.

— Eu... para fazer enchimento de mangas. Da sra. Abramowitz — ela balbuciou.

— *Você* é a nova ajudante? — o homem disparou. — Olha, tem o leite da mãe ainda fresco na boca! *Schmuel!*

Ele gritou para trás, através da floresta de casacos, e outro homem, mais baixo, saiu da sala dos fundos.

— Esta é uma das suas ovelhas perdidas? — O homem de barba estirou o polegar para ela. — Aquela que a mama mandou?

O homem mais baixo olhou para ela, retorcendo o rosto.

— Como se chama?

— Esse. Esse Abramovitz — ela disse, subitamente esperando que tudo fosse um engano, que estivesse no endereço errado, ou a posição já tivesse sido ocupada, e ela pudesse voltar para casa e para a mãe.

Mas não teve tanta sorte. O homem mais baixo encarou-a por um pouco mais de tempo, depois encolheu os ombros.

— Acho que sim — disse, finalmente.

— *Isso* aí é capaz de fazer enchimento de forro? — o homem barbado ainda perguntou, incrédulo. — Já terá muita sorte se ela souber enfiar a linha na agulha.

— A mãe dela me pagou — o baixote encolheu os ombros novamente. — Isso é problema meu?

— Vai ser um ano negro para você se ela arruinar um dos meus casacos, isso é que é — o patrão mais alto bufou. Olhou para ela outra vez. — Tão pequena e magra, parece um arenque defumado — disse, e suspirou.

Ela ouviu uma das costureiras dar uma risada curta, áspera.

— Pois muito bem, *feller*. Por aqui... vamos ver o seu serviço.

Esther espremeu-se em cima da única banqueta vaga em volta da mesa, entre os dois homens nas máquinas. Começou a contorcer-se para fora do casaco, mas o homem mais alto agarrou-o pelo colarinho e empurrou-o rudemente em torno das orelhas dela.

— Não fique tão confortável, *pitsel*. Primeiro vamos ver o que você sabe fazer.

Ele atirou outro casaco por cima da pilha na mesa. Era um bom casaco, também, ela reconheceu, mais grosso e mais bem cortado do que qualquer coisa que ela ou qualquer um que conhecesse jamais havia usado, e suas mãos estavam trêmulas quando o pegou.

— Ei, acalme-se um pouco!

Bem mais tarde, Esther compreendeu que ele estava esperando que ela *estragasse* o casaco — pelo menos um pouco. Então ele poderia extorquir as suas primeiras semanas de salário, tirando vantagem sobre ela por nada. O que teriam feito então por dinheiro, como tudo teria acabado, ela nem gostava de pensar. Mas ela sempre tivera jeito com uma agulha. Não tão rápida como algumas garotas, não tão habilidosa como as costureiras das damas refinadas, mas ágil o bastante, delicada o bastante. Ainda com o casaco, ela tirou uma das agulhas do papel encerado, enfiou a linha e começou a costurar.

Não retorça! Pontos falsos, pequenos no começo...

O patrão alto ficou andando por ali, fazendo tsk-tsk e batendo o pé com impaciência, mas ela não se apressou, exatamente como a mãe dissera. As máquinas nos seus dois lados faziam sua cabeça zunir; os homens exalavam um cheiro forte de cebolas, e de si mesmos. Eles olharam-na com desprezo, mas ela continuou costurando cuidadosa, calmamente, alisando o forro de seda e costurando, alisando e costurando.

— Já terminou?

Ela ergueu o pesado casaco diante do patrão. Ele arrancou-o das mãos dela, estendeu-o por cima da mesa e examinou cada ponto com sua própria agulha — esquadrinhando e testando, a cabeça inclinada sobre o forro. Finalmente endireitou-se, uma expressão enigmática, quase satisfeita no rosto, e ela teve medo de que tivesse encontrado alguma falha secreta, algum detalhe causado pela ignorância de novatos.

— Tudo bem — ele disse, e trouxe uma braçada inteira de casacos de um dos cantos, atirou-os na frente dela sem outra palavra. Por cima deles, Esther podia ver os lábios das outras costureiras contraindo-se de tristeza.

Ela baixou os olhos para o trabalho diante de si — parando apenas, desta vez, para desembaraçar-se do casaco no salão estultificante. Já estava costurando antes mesmo que ele aterrisasse aos pés da sua banqueta.

Trabalharam durante horas, sem nenhum intervalo. Num certo momento, uma das mulheres mais jovens — depois de contorcer-se num desconforto evidente por uma meia hora — tentou se levantar para usar o banheiro no corredor, mas o patrão, sr. Himmelfarb, fez um gesto para que ela voltasse à banqueta.

— Ah, não! — ele disse. — Você *mija* no seu horário, não no meu!

A garota voltou a sentar-se taciturna e Esther, cuja própria bexiga parecia prestes a estourar pelo chá que sua mama havia lhe preparado naquela manhã, juntou as pernas com tanta força por baixo da mesa a ponto de achar que os joelhos iriam explodir.

Não tiveram intervalo até a hora em que um homem entrou vendendo mais chá, e pãezinhos duros. Esther não sabia que horas eram, mas tinha certeza de que já passava de meio-dia. Todos os outros compraram os pãezinhos, mas ela tomou apenas uma xícara do chá fraco, sem sabor, e mordiscou a fatia de *challah* que a mãe lhe embrulhara. As mulheres em volta da mesa encaravam e gesticulavam abertamente para ela — especialmente a mais velha — mas Esther não conseguia acompanhar o que estavam dizendo na rápida mistura de Inglês, Ídiche e Italiano que usavam, e manteve a cabeça baixa.

Voltaram ao trabalho assim que acabaram de comer, sem nenhum outro intervalo pelo restante da tarde ou da noite. De vez em quando o patrão, Himmelfarb, aproximava-se sorrateiro e separava rapidamente os casacos. Quando encontrava algum defeito começava a praguejar e gritar para elas, balançando os braços para todos os lados. Depois rasgava o trabalho defeituoso, por mais minúsculo e indetectível que fosse o erro, atirando-o sobre a mesa para que fizessem tudo de novo.

Esther trabalhava com mais cuidado do que nunca — temendo que pudesse desabar e chorar se ele gritasse com ela daquele jeito, com medo de que suas mãos pudessem traí-la sob a repetição constante do trabalho. No começo, até havia gostado do desafio dos casacos: o tamanho, a maciez dos forros — muito mais intricado e difícil do que as cintas-ligas secretas. Quando terminou um deles, não pôde evitar erguê-lo para admirar seu trabalho — mesmo quando ouviu muxoxos de escárnio da mulher mais velha no outro lado da mesa, os risinhos das outras costureiras.

No entanto, conforme a tarde passava, ela começou a sentir-se zonza pela fome e pelo ar confinado da oficina, os tecidos mofados e o odor dos homens. O bebê que ainda não fora trocado engatinhava para lá e para cá, para lá e para cá por entre os casacos, choramingando e tossindo. O trabalho tornou-se ainda mais entorpecedor e interminável do que as cintas-ligas, e não havia a mama para lhe fazer uma xícara de chá ou conversar com ela, nem mesmo a cantilena tranqüilizante do pai lendo o Talmude. Ela parou de erguer os casacos à sua frente para admirá-los.

Não tinha idéia de que horas eram, ou se ainda estaria claro lá fora. Não havia janelas naquele salão. Ela aprendeu a escutar o som dos sinos da igreja, a distingüir o repicar dos quartos de hora dos gongos sólidos das horas. Estes sons eram o único laço remanescente que ela mantinha com o mundo — a única indicação de que existia alguma coisa do lado de fora daquela caverna de casacos — e uma vez que aprendeu a decifrá-los começou a contar cuidadosamente as horas: quatro, depois cinco, depois seis. Imaginando as ruas lá fora, as calçadas enchendo-se de homens e mulheres que saíam dos elevados. O que sua mãe estaria fazendo em casa.

Finalmente — ela contou sete badaladas do sino da igreja e levantou-se para ir embora. Ninguém mais se moveu. Acovardada, fez que havia se levantado apenas para esticar as costas e joelhos, da maneira como os outros faziam, depois sentou novamente.

Terminou o casaco em que estava trabalhando, e olhou para cima outra vez. Ainda — ninguém se mexia. O patrão apenas entrou apressado com outro casaco, e então mais um depois deste.

Os sinos contavam as oito, depois as nove. Eles continuavam costurando. As outras mulheres trabalhavam com as cabeças quase coladas aos casacos, demasiado exaustas até mesmo para divertirem-se com ela, agora. Os braços de Esther começaram a tremer de fadiga, estava petrificada com o medo de rasgar um forro, ou perder um ponto. Obrigou-se a trabalhar com cuidado, lentamente, até achar que seria incapaz de terminar mais um casaco.

Finalmente — finalmente, finalmente — o restante deles levantou-se como se fosse uma só pessoa. Saíram pela porta, percorrendo o corredor comprido e escuro e as escadas enviesadas, e sumiram — até mesmo o bebê sarnento, sumido — antes que ela conseguisse vestir o casaco.

— Vinte e sete — ela reportou timidamente a Himmelfarb quando ele perambulou pelo salão, empilhando mais casacos onde conseguiu encontrar espaço, rotulando-os para que os transportadores os levassem para as fábricas.

— O que, o quê?

— Vinte e sete casacos.

— Acha que isso é alguma coisa para se gabar? Você é iniciante, vai receber por semana.

— Mas *eles* ganham por peça!

— Eles têm experiência! — o homem gritou na cara dela. — São adultos, com famílias para sustentar! Você ainda é uma criança, com uma mãe gananciosa.

Ela foi aos tropeços para o breu negro da rua, agarrando o pãozinho que havia guardado. Tinha certeza, a caminho de casa, de que jamais seria capaz de fazer aquilo outra vez. Iria implorar para a mãe deixá-la continuar trabalhando com ela em casa e, se não conseguisse, iria para qualquer outro lugar — fugir para o Oeste, fazer alguma coisa, *qualquer* coisa, menos aquilo.

Quando chegou em casa, no entanto, não foi a mãe, nem o seu rosto sorridente e nervoso que a recebeu, mas o pai, abrindo a porta carrancudo. Mama estava sentada numa cadeira atrás dele, a expressão inundada de preocupação, esfregando as mãos torturadas.

— O que está pensando, chegando em casa numa hora dessa!

Ele puxou-a bruscamente para dentro, segurando-a pelo braço.

— *Amerikanerin!* Que tipo de coisas impuras você andou aprontando?

— Eu estava trabalhando! — ela gritou, chocada consigo mesma. Era a primeira vez em sua vida que levantava a voz para o pai.

— Você trabalha até as sete!

— *Ninguém se mexeu!*

— Mentirosa! Acha que eu acredito num cachorro porque ele late?

— Ninguém foi embora, e eles continuaram me dando os casacos, e eu tive de costurá-los!

— Mentirosa! — ele repetiu, mas ela já podia ver que a ansiedade e a raiva estavam diminuindo. Ele estava satisfeito — contanto que ela realmente estivesse costurando casacos.

— É assim que se trabalha! — ela gritou, furiosa agora não com as desconfianças dele, mas com sua indiferença. — Seu... seu *anjo*!

Ele esbofeteou-a no rosto, então — não com muita força, ela reparou, mas até mesmo isso foi um insulto. Não era em nada parecido com a maneira como havia batido em Lazar, na noite em que ele fora embora.

— Maluca — ele disse, quase com afeição.

Ele sentou calmamente na minúscula mesa de jantar enquanto a mãe atarefava-se em volta da cozinha, esperando que o pior da tempestade tivesse passado. Esther permaneceu onde estava, atônita por não haver mais nada a ser dito.

— Bem? — ela deixou escapar, finalmente.

— Bem, são três horas extras — ele disse, começando a comer. — Nada mal.

— Nada mal para o senhor!

— Você tem coisas melhores a fazer?

Ela sentou-se à mesa atordoada, dando-se conta, pela primeira vez na vida, de quão pouco ele pensava dela.

— Não foi isso o contratado. Ele está me pagando por semana, não por peça.

— E daí? Por enquanto você fica assim — ele disse num tom razoável, de boca cheia. — Aprenda o serviço. Depois veremos.

A mãe havia feito sua comida preferida, *pierogis* cobertos de manteiga e um *kasha knish* de guarnição, mas quando colocou o prato diante dela Esther mal conseguiu comer. No salão dos casacos, nas últimas duas horas, ela estivera tão faminta que achara que seria capaz de mergulhar na pilha de casacos sobre a mesa e dormir até a manhã seguinte. Mas agora afastou-se da mesa e começou a soluçar num canto, gritando para eles, que continuavam sentados diante da comida:

— Ninguém se importa! Ninguém se importa!

A mãe começou a se levantar para ir até ela, mas o pai a impediu.

— Deixe-a desabafar um pouco, se é o que ela está querendo — disse, e portanto, claro, a mãe tornou a se sentar, lançando olhares preocupados para Esther até o final da refeição.

Ela chorou sozinha pelo resto da noite, ignorando o jantar e as tentativas da mãe de consolá-la novamente.

— Não existe lugar para mim nesse mundo! — ela soluçou consigo mesma no canto, esperando que eles a ouvissem, mas não ouviram — pelo menos não deram mostras disso.

Mais tarde, ficou deitada no escuro com os olhos secos, fitando o teto — e, de onde estava, podia escutar a conversa deles no quarto.

— Seja sensata — ele dizia. — O que você quer de mim? Que fique andando pelas ruas como aqueles outros grandes estudiosos? Dando conselhos para as galinhas?

— Não, *gold meine*...

— Ela é uma criança, iria apenas encher a cabeça com sorvetes e livros *Amerikaner*!

— Ela ainda é muito nova...

— Por acaso eu peço para ela andar pelas ruas por mim? Este é um trabalho decente, costurar. Lembre-se: *"Ela será conduzida diante do rei em vestes bordadas"*.

Esther ficou deitada no escuro, nas suas duas cadeiras, escutando-o dizer tais palavras. Ouviu-o usar as suas palavras contra ela, e jamais o perdoou. Concluiu, ali e naquele momento, que de fato ele era algum tipo de anjo — um daqueles anjos que estão sempre pairando bem acima das preocupações dos homens e mulheres, bastante celestiais, bastante puros, mas essencialmente indiferentes. Cabia a ela sair e trabalhar oitenta horas por dia numa oficina de costura na Division Street.

CAPÍTULO 11

ESTHER

Naquela noite — a noite daquele primeiro, insuportável dia — Esther teve certeza de que não poderia voltar novamente para a sufocante oficinazinha de costura na Division Street. E no entanto, quando a mãe chegou alvoroçando-se na cozinha antes da madrugada para acender o fogo, ela levantou-se, penteou os cabelos e bebeu seu chá.

Desta vez certificou-se de cortar dois pedaços grandes de *challah*, recusando-se a reparar na consternação da mãe sobre como ela estava se sentindo. Saiu para o imundo banheiro do corredor para trocar-se, irrompendo para dentro dele antes que qualquer outra pessoa naquele andar o fizesse. Precisava sair para trabalhar.

Naquela segunda manhã ela chegou à oficina na Division Street antes das sete, mas os outros já estavam sentados em seus lugares e Himmelfarb, o patrão, recebeu-a com escárnio.

— Como uma madame Vanderbilt, ela chega e vai embora quando bem entende!

Ele atirou um novo fardo de casacos nos braços dela. Esse quase vergou-se sob o peso, mas pegou-os sem dizer nada e sentou na sua banqueta entre os dois operadores de máquinas.

No meio da manhã parecia-lhe que jamais conhecera um mundo que estivesse além de empurrar a agulha através do feltro e do algodão. Havia pensado que a raiva a sustentaria no decorrer do dia, mas até isso dissipou-se num cansaço indiferente. Tentou contar os sinos outra vez, mas agora isso só fazia com que as horas se arrastassem interminavelmente. Tentou não pensar em nada — mas a compreensão insinuava-se em sua mente, espontânea e inevitável, de que teria de fazer isso não apenas pelo restante do dia, mas novamente no dia seguinte, e no outro dia, e de novo e de novo, pelo resto da sua vida.

• • •

Quando finalmente chegou o intervalo para o almoço, ela tentou mover a banqueta sem fazer barulho para perto das outras mulheres, mas elas continuavam falando sobre ela e rindo, em meio aos bocados de chá e pão. Leah, que era a mais velha, parecia ser a que mais a odiava. Era dela o bebê que arrastava-se incessantemente através das ondas de casacos, e Esther deu-se conta de que ela deveria ser pelo menos uns vinte anos mais jovem do que aparentava.

A criança tampouco parecia muito bem — ela nunca soube o que era, menino ou menina — Leah referia-se a ela apenas como *o nenê*, latindo instruções a quem quer que estivesse por perto quando o bebê mostrava-se mais inclinado à autodestruição:

— Faça o nenê parar. Tire o nenê daí. Afaste o nenê da tomada.

Fosse o que fosse, a criança ainda estava coberta de manchas vermelhas. E tinha uma tosse espantosamente profunda, seca e repetida, e espirrava e babava o tempo todo enquanto engatinhava sobre os casacos. Himmelfarb berrava e gritava quando o via.

— E se os inspetores chegarem agora? Eles estão sempre se preocupando em pegar a cólera dos casacos!

Leah então pegava o bebê e o colocava no chão. Em poucos segundos ele retornava ao topo das pilhas, chiando e tossindo por todo o trajeto. Ela prestava mais atenção na quantidade de casacos que Esther estava costurando, e Esther podia ouvi-la, cochichando alto para as outras:

— Olhem só para ela, aquela gananciosa! Uma infeliz como essa, querendo tirar o dinheiro do nosso bolso. E com a família inteira em casa ela não vale o que come!

Esther ruborizou e manteve a cabeça baixa no trabalho, o rosto ardendo de ressentimento. *Quem neste mundo não precisa trabalhar?*, queria dizer a ela — exceto pelo seu próprio pai, o anjo. *Quem era ela para lhe causar ainda mais problemas?*

No entanto, quando a semana virou e Esther voltou para o trabalho depois do Sabá, Leah não estava mais na sua banqueta. Juntou coragem para perguntar às outras mulheres o que havia acontecido, estava tão surpresa, mas elas apenas encolheram os ombros e mostraram-se constrangidas. Quando ela reuniu coragem para perguntar a Himmelfarb, ele também deu de ombros — como se uma enchente, ou algum outro ato da natureza, tivesse levado Leah:

— O que você quer de mim? — ele perguntou, acusador. — Não tenho lugar na minha oficina para todos os mendigos da rua.

Esther nunca descobriu o que aconteceu com ela. Leah havia desaparecido tão súbita e completamente como se o chão tivesse se aberto e a engolido. Esther tomou o lugar dela — as outras garotas deixando-a entrar agora, no lado delas da mesa. Os risos cessaram e, para sua surpresa, agora ela parecia ser a principal embainhadeira da oficina. No final do dia Himmelfarb, o patrão-barata, sempre tinha mais um casaco para lhe entregar. Mesmo depois das nove horas, quando todas as outras lentamente endireitavam-se em seus lugares, finalmente prontas para irem para casa, ele ainda jogava mais um casaco na frente dela.

— Uma encomenda especial — ele dizia. Ou: — Precisamos deste aqui para amanhã cedo.

— Ele está explorando você porque você é nova — a mãe afligiu-se quando ela chegou em casa mais tarde do que nunca.

Ainda assim Esther sempre tornava a sentar e pegava o trabalho sem nenhuma palavra — convencida de que isso deveria contar para alguma coisa, de alguma forma. Estava orgulhosa do seu novo status, sua posição como a número um da oficina. Entretanto, quando a semana terminou e ela procurou Himmelfarb para receber o pagamento, ele simplesmente torceu o nariz com desprezo.

— Quantos casacos você fez?

— Cento e sessenta e dois.

— E acha que isso é uma semana? Vou lhe dizer o que é uma semana, *knaydl*. Uma semana é duzentos e cinqüenta casacos! Você faz duzentos e cinqüenta casacos e recebe o pagamento de uma semana.

Esther ficou parada na frente dele, incapaz de falar diante da escancarada injustiça disso tudo. Porém, sabia que não havia alternativa. Não havia ninguém que a defendesse: nem as outras na mesa de costura, e, certamente, nem a sua família. Deu-se conta então, pela primeira vez, do quanto estava totalmente sozinha.

Teve de trabalhar direto durante o *Shabbos* e até a terça-feira seguinte para receber o pagamento a que tinha todo o direito. Nem mesmo incomodou-se de tentar explicar isso ao pai quando chegou em casa depois do pôr-do-sol na sexta-feira, e trabalhou o dia todo no sábado — mas então reparou que ele tampouco a pressionou para uma explicação.

— *Un´wie soll es gut gehen in Amerika?* — foi tudo o que ele resmungou, o refrão padronizado de toda a vizinhança: *Como alguma coisa pode correr bem na América?*

Este era o mesmo lamento que ele fizera quando perdera sua posição de rabino, ou quando Lazar os deixara, ou quando não conseguia obter um creme azedo decente de manhã. E ela decidiu, ali e então, que iria violar o Sabá todas as semanas, pelo resto da vida.

Quando finalmente terminou a semana ela largou os últimos dos duzentos e cinqüenta casacos imaculadamente alinhavados no colo do próprio Himmelfarb. Ele deixou cair três pacotinhos de moedas de vinte e cinco centavos na mão dela.

— Três dólares? — ela disse, contando-as num relance. — Isso é tudo?

— As crianças americanas sempre querem mais do que merecem. Estou fazendo um favor em educá-la, uma menina da sua idade.

Ela permaneceu onde estava, tentando impedir-se de chorar — ou de permitir que sua fúria a dominasse.

— Se não está contente, dê o fora — ele encolheu os ombros. — Pensa que não consigo uma dúzia de outras como você?

— Ele vai acabar me matando ali — Esther disse para a mãe naquela noite, mas ela apenas esfregou as mãos nervosamente.

— Espere mais um pouco até pegar bem o jeito — ela disse a Esther. — Espere até que ele precise muito de você.

— Ah, América bandida — o pai suspirou reflexivo, e retomou a leitura do jornal.

Logo ela não apenas estava fazendo o melhor trabalho, mas também embainhava muito mais casacos do que qualquer outra em volta da mesa. As outras garotas olhavam-na com inveja indisfarçada, mas não tinham tempo para fazer nada a respeito. Himmelfarb, por outro lado, estava em êxtase: quanto mais depressa trabalhavam, mais ele aumentava o ritmo de produção, passando o dia todo inclinando-se sobre elas na mesa, gritando para que fossem ainda mais rápido.

O cansaço impunha-se sobre ela o tempo todo, agora. Esther aprendeu a lidar com isso, buscando qualquer energia que lhe restava como um nadador preso sob o gelo, esforçando-se para encontrar os bolsões de ar. Em casa, insistia em comer vigorosamente apesar dos resmungos do pai de que ela acabaria explodindo como uma vaca irlandesa. Ela ficou mais ampla, mais robusta, mais resiliente.

Quase começou a gostar do trabalho extra, no final da noite, sozinha com Himmelfarb na oficina. Então, pelo menos o dia estava quase encerrado — e ela tentava não pensar em como esperava até que toda sua vida estivesse encerrada, um dia de cada vez.

Ficava um pouco nervosa por estar sozinha com Himmelfarb, mas tudo o que ele fazia era rezar. Podia ouvi-lo no cômodo ao lado, uma vez que as máquinas silenciavam, o único outro som sendo o indistinto farfalhar dos insetos sob as pilhas de casacos.

Himmelfarb era o que chamavam de judeu atrelado — filactérios enrolados em torno dos dois braços, cuidadosamente amarrados em sete nós. Ela o vira certa vez, quando espiara através da cortina de casacos para dentro do cavernoso cômodo dos fundos. Ele estava de joelhos, balançando-se febrilmente para frente e para trás, como o pai dela fazia nas orações, o xale sobre os ombros, os olhos fechados com força contra as circundantes montanhas de tecido.

Numa noite de sexta-feira, no entanto, quando ela estava sozinha no salão da frente trabalhando no casaco número duzentos e trinta e quatro, ele a beijou. Caminhou para fora do quarto dos fundos como se estivesse em transe, e beijou-a na boca.

Esther ficou tão surpresa que nem se moveu, de início. Nunca havia sido beijada, nunca experimentara nada como aquilo. Começou a se levantar — os braços golpeando o ar nos seus dois lados, sentindo-se como alguma ridícula heroína dos filmes chamando por socorro. Himmelfarb agarrou-a com fervor pela cintura, beijando todo seu rosto, passando a mão pela sua face.

Que ridículo, foi tudo o que ela conseguiu pensar, mesmo então. *Meu primeiro beijo de verdade, numa oficina subempreiteira.*

E ainda assim, de alguma forma, por tudo isso ela quase acolheu o toque com prazer. O hálito quente e azedo em seus lábios, as mãos em seu rosto — o toque de qualquer outra pessoa, rompendo o isolamento em que ela vivia.

— Esse, Esse — ele ofegou, caindo de joelhos por entre os casacos. — Esse, você é a minha melhor embainhadeira.

Ela começou a rir convulsivamente.

— Sua melhor embainhadeira?

Isso foi tudo o que ela precisou fazer para afastá-lo; estava quase sem fôlego com o riso. Ele tateou às cegas por ela, os filactérios ainda amarrados na manga.

— Não. *Não* — ela disse, com súbito desprezo, assomando-se diante dele.

Não sentia medo, a despeito do fato de que ainda era uma criança. Sentiu-se imensamente superior ao homem — agora ajoelhado no chão, os braços estendidos para ela. Vestiu seu casaco e marchou para a porta, fazendo uma breve pausa antes de sair:

— E, de agora em diante, quero ser paga por peça!

Himmelfarb tinha medo dela, depois disso. Não mais gritava com ela, nem insistia para que ficasse até tarde. Isso colocou-a ainda mais acima das outras e ela deleitava-se com sua superioridade — mas agora não havia ninguém com quem conversar na oficina, ou em qualquer outro lugar.

Foi então que uma nova mulher chegou, e tudo mudou. Seu nome era Clara Lemlich, e ninguém na oficina jamais havia visto qualquer coisa como ela. Era o auge da temporada e Himmelfarb tinha sido obrigado a contratá-la, mas desde o início ela o fez arrepender-se disso.

— Ei, Himmelbum... seu esterco de cavalo! — ela gritava para ele, irrefletida, quase desequilibrada em sua provocação, arrebatada, os olhos escuros lançando faíscas de indignação. — Tudo bem com você se pararmos uns minutos para comer como gente decente?

Ela mostrava a língua quando ele estava de costas, insultava-o na cara. Era uma coisinha pequena, mal chegando a um metro e sessenta, com um espesso emaranhado de cabelos, a bela curva dos lábios num rosto quadrado. Apenas uma menina, na verdade, não muito mais velha do que a própria Esther. Himmelfarb a detestava, mas ela era uma talhadeira habilidosa, e ele limitava-se a ficar resmungando que havia contratado para si uma bela *kochleffl*.

— Ah, o senhor devia ter me visto lá na Rússia. Lá, sim, que eu tinha fogo na língua! — ela zombava.

Falava constantemente enquanto todos trabalhavam — distribuindo conselhos sobre o trabalho, culinária, a vida. Principalmente lhes contava a história épica de si mesma, e da sua luta para chegar à América.

— Minha mãe e meu pai nem mesmo me deixavam falar russo em casa porque não podíamos ir à escola pública, mas ao mesmo tempo não me era permitido ler o Talmude em hebraico... só aquele pequeno *shprekl* de livro sagrado em ídiche. Eu fazia qualquer coisa que podia para ganhar dinheiro para os livros de verdade: costurava casas de botões, escrevia cartas para as mães na América. Comprei todos os clássicos russos. Escondia-os embaixo da panela de carne, na cozinha. Tolstoi! Gorky! Turgenev!

Ela bateu os nomes sobre a mesa com as pontas dos dedos — tão alto que Himmelfarb virou-se para olhar, mas sem dizer nada.

— Que melhor lugar haveria para se esconder livros de um homem do que debaixo da panela? Mas ele os encontrou, assim mesmo... minha mãe deve ter lhe contado. Queimou cada um deles, bem na minha frente, no fogão da cozinha. *Cada um!*

Fez novamente uma pausa na costura, e todos os outros pararam com ela — até mesmo os homens em suas máquinas. Mas quando falou novamente, a voz de Clara era firme e prosaica.

— Levei muito tempo para formar minha pequena biblioteca de novo. Foi muito mais difícil. Desta vez, eu os escondia no sótão, onde havia todo tipo de coisas. Quando todos estavam dormindo, tarde da noite, ou na tarde do Sabá, eu me esgueirava lá para cima e lia. Então, certo dia, quando eu tinha dez anos, nosso vizinho me viu.

— O que aconteceu? — Esther sussurrou. Podia ver todos eles, até mesmo Himmelfarb, escutando tensamente, as mãos esquecendo completamente o trabalho.

— Bem, eu era uma criança de sorte, isso posso dizer.

Ela riu diante da própria boa fortuna.

— Ele era um homem muito bondoso. Era um santo! Nunca contou aos meus pais. Em vez disso, deu-me mais coisas para ler: panfletos dos Socialistas, dos Zionistas. Os Anarquistas, os movimentos secretos. Era uma coisa muito perigosa. Meus pais podiam ir para a prisão se a polícia descobrisse que eu tinha tais coisas. Mas e daí com eles? Queimavam livros! Eu não me importava. Foi o início da minha educação política. Quando me tornei mulher, eu própria já era uma revolucionária!

— Você era? Você era uma revolucionária?

— Bem, você sabe, eu ainda era muito nova — ela deu uma risadinha, erguendo o casaco para examinar seu trabalho. — Não era muito louca pelos Zionistas, isso tenho de admitir. Viver no deserto com os árabes? Eu gostava da idéia de explodir com o Tzar! Mas, então, um dia, aconteceu o *pogrom**. Em Kishinev. Todos os meus velhos camaradas estavam falando contra os judeus... tudo num dia! Meu vizinho, o mais bondoso dos homens, estava na cidade a negócios. De alguma forma não o mataram, mas acabaram com a cara dele. Nunca vou me esquecer: vê-lo chegando pela rua, puxando o burrico na carroça. O casaco em trapos, todos os seus produtos queimados.

A voz dela engasgava de emoção, agora, e todos estavam em silêncio, imaginando a cena terrível. Somente anos mais tarde, depois de ver Clara falar nas esquinas das ruas, Esther realmente perguntou-se como

* Massacre organizado de judeus, especialmente e originariamente na Rússia.

ela conseguia fazer com que suas platéias transbordassem com as mesmas emoções — fazer-se transbordar — todas as vezes.

— E eu soube, então, que não havia revolução alguma chegando na Rússia... nenhuma revolução exceto a matança de judeus, de qualquer forma. Eu sabia que tinha de vir para a América.

— E você acha que existe uma revolução aqui? — um dos homens das máquinas escarneceu.

— Espere só para ver, *bubbeleh* — ela disse, os olhos escuros dardejando. — Espere só...

Esther a seguia por toda parte como uma débil mental. Foi Clara quem a ajudou na primeira vez em que ela tornou-se mulher. Esther estava alinhavando seu décimo quarto casaco do dia quando sentiu um fluxo quente percorrer o abdômem, e depois alguma coisa correu de dentro dela e começou a formar uma mancha escura na disforme anágua marrom. Sua mãe nunca lhe dissera nada sobre aquilo. Ela ficou sentada ali, vendo a mancha espalhar-se sem a mais vaga idéia do que seria, enquanto as outras garotas davam risadinhas e tapavam os narizes, e Himmelfarb afastou os olhos com um nojo evidente.

— É só a sua menstruação — Clara havia lhe dito, sorrindo e insistindo em levá-la para o imundo banheiro do corredor, e fazendo com que ela se lavasse apesar da gritaria de Himmelfarb sobre o tempo que estavam perdendo.

— Você é uma mulher, agora — ela disse quase com ternura, sorrindo para Esther no banheiro abafado, fétido.

Depois, esbofeteou-a duas vezes, rápido, primeiro numa face e depois na outra, antes que Esther pudesse levantar a mão.

— Isso é para boa sorte — falou com delicadeza para seu rosto atônito. — Para lhe dar os parabéns. Foi o que a minha mãe fez comigo.

— Doeu — foi tudo o que Esther conseguiu dizer.

— Ah, mamaleh... a vida é só dor.

Naquela noite, ela havia sentado e escrito para Clara a primeira carta de amor da sua vida.

"Eu compreendo você com o mais profundo do meu ser, como apenas quem muito sofreu é capaz", ela escreveu. "Do fundo da minha alma, prometo-lhe: seremos amigas para sempre, na alegria e na tristeza! O que existe de mais doce na vida do que a afinidade entre duas mulheres? O que é mais puro do que a gratidão dos corações? Maior do que a harmonia das mentes?"

Ela havia assinado: "Sua, na amizade e na camaradagem socialista", e quando terminou todo o seu corpo tremia. Sentira-se tão envergonhada quanto uma colegial ao passar-lhe o bilhete, mas finalmente conseguira enfiá-lo no bolso do casaco de Clara quando ninguém estava olhando. No dia seguinte, Clara a fizera parar no corredor, no lado de fora do banheiro, e desta vez acariciou-lhe o rosto com a mão.

— Foi uma carta muito bonita. Sem dúvida você é uma pessoa, no meio de toda essa gente — ela disse e, depois disso, Esther teve certeza de que faria qualquer coisa no mundo por ela, que a seguiria para qualquer lugar.

Foi Clara quem levou-a pela primeira vez ao sindicato, no salão na Clinton Street. Era tarde, numa noite depois do trabalho, mas o lugar já estava cheio de gente agitando-se impressivamente por ali, e quase todas mulheres — algumas delas meninas não muito mais velhas do que a própria Esther. Clara pagou os poucos centavos das suas primeiras taxas, ensinou-a como esconder o cartão do sindicato no chapéu, e depois disso foram juntas para a reunião.

Esther gostou deles logo de início, embora estivessem sempre amontoados em salões superaquecidos, entorpecedores, intermináveis sucessões de oradores tagarelando em ídiche, italiano, português, alemão. Gostava que havia conselhos sobre como progredir nesta vida, gostava de examinar todas as opções de aulas e palestras sobre higiene, puericultura, literatura, boas maneiras. Gostava do som da palavra "Internacional" no título do sindicato, como isso inferia que ali havia um mundo inteiro de garotas exatamente como ela, todas coligadas de alguma forma. Mesmo quando estava exausta até os ossos, durante o auge da demanda — quando sentia que seria incapaz de dar mais um ponto que fosse — ela ia às reuniões, ou a uma das palestras nas instituições, a fim de permitir-se ser confortada e amparada por elas. Gostava do fato de que isso faria seu pai perguntar-se onde ela estava, tão tarde da noite.

Se dependesse dela, talvez tivesse ficado satisfeita em apenas continuar participando das reuniões. Foi Clara quem insistiu que deviam levar o sindicato para casa, para dentro da pequena oficina.

— Veja o quanto ele nos paga — ela suspirou. — América bandida!

— Mas o que podemos fazer? — Esther perguntou. — O sindicato deve ajudar a nós.

— Podemos montar um sindicato aqui mesmo nesta oficina!

Primeiro decidiram limpar o abominável banheiro no corredor, e mantê-lo limpo. A princípio era o pequeno projeto delas, mas logo Clara já havia arregimentado todo o restante das funcionárias em torno dele. Era uma coisa pequena, apenas um banheiro limpo, mas pela primeira vez Esther foi capaz de ir a um banheiro que não estivesse repulsivo, úmido e fétido. Era o único lugar onde podia estar sozinha e Clara encorajou-a a fazer pausas no trabalho, até mesmo comprou-lhe cigarros que ela fumava enquanto ficava sentada ali, pensando e descansando — o único, minúsculo espaço que ela havia talhado no mundo para si mesma.

As outras falavam sobre o sindicato furtivamente, de início, cochichando entre elas quando Himmelfarb estava nos fundos. Mas em pouco tempo todos falavam abertamente a respeito, até mesmo os homens. Himmelfarb enviava-lhes um olhar ameaçador sempre que os ouvia, mas não havia nada que pudesse fazer.

— É o auge da temporada, ele precisa de todos os ajudantes — Clara as lembrava muitas e muitas vezes.

— Mas e quando terminar a temporada? E então? — uma das outras mulheres queria saber.

— Então ele vai jogá-la fora do mesmo jeito, como um cancro de cólera, não vai? Pelo menos é melhor você conseguir o que pode agora.

A oficina estava mais atarefada do que nunca. Agora Himmelfarb as explorava rotineiramente até meia-noite, berrando e gritando, contando e recontando os casacos freneticamente. Trabalhavam em todos os Shabbos, até Esther devanear sobre ver a mãe novamente em seu vestido de casamento, cobrindo os olhos depois de acender a vela. Sabia que as outras estavam esperando que elas duas fizessem alguma coisa.

— Mas arriscar nosso dinheiro agora, na época de mais movimento?

— É a época de mais movimento. *Tochises afn tish...* é isso!

No dia seguinte, Clara exigiu um aumento dos salários. Fez uma votação na hora do almoço, enquanto Himmelfarb estava fora nas fábricas. Todos concordaram, até os homens das máquinas, levantando as mãos lentamente como tímidas plantinhas aquáticas buscando a luz. Quando Himmelfarb voltou, todos postaram-se diante dele no salão da frente, Clara e Esther um pouco mais adiantadas — e, olhos chamejando, Clara disse-lhe que queriam um níquel a mais para cada peça.

— Você devia ameaçar logo os meus filhos com uma faca, pedindo um salário desses — ele respondeu com desprezo.

— Nós sabemos que você pode pagar — Clara retrucou. — Sabemos o quanto ganha das fábricas.

— Bah! Vá blefar com um galo morto, não comigo. Minha cabeça ainda está bem firme em cima dos ombros.

— Só queremos o que merecemos — Esther falou em voz alta, sem saber onde conseguira a coragem, gratificada pelo sorriso radioso que Clara enviou-lhe.

— Se não recebermos, o senhor pode costurar seus próprios casacos.

— Ah, estou morrendo de medo — ele zombou.

Saiu com passos duros pela porta da frente — trancando-a atrás de si.

Elas ficaram onde estavam, amedrontadas e animadas, e completamente incertas em relação ao que fazer em seguida. Algumas achavam que ele iria recusar, e outras achavam que ele iria ceder, e todos pensaram que ele voltaria em poucos minutos — que os trancara ali apenas para amedrontá-los.

Meia hora se arrastou, e ainda não havia sinal de Himmelfarb. Eles sentiam-se quase embriagados com sua liberdade — poder levantarem-se e conversarem tão livres quanto quisessem, naquela sala apertada, sufocante, onde sempre tinham trabalhado tanto! Uma hora se passou, no entanto, e depois outra, e começaram a ficar um pouco nervosos. Um a um, foram retomando suas tarefas.

— Afinal, quanto maior o pagamento, mais casacos queremos deixar prontos — um dos homens raciocinou, fazendo zunir o motorzinho da sua máquina.

— Mas e se for algum tipo de armadilha...

— Nós devíamos sair daqui, agora mesmo — Clara falou, batendo um dedal na mesa. — Nós fizemos uma oferta e ele recusou.

— Não queremos arruinar os contratos dele — Esther argumentou com sensatez. — Afinal, ele tem de nos pagar por alguma coisa.

— Isso está certo — outro dos homens falou. — Ele só está fazendo o que tem de fazer para ficar nos negócios.

— Uma praga, é o que ele é — Clara bufou. — Além disso, não somos cachorros. Queremos apenas o que nos é de direito.

Trabalharam durante toda a tarde como sempre, sem intervalos. Ainda por algum tempo estavam bastante alegres, trocando brincadeiras e insultos sobre Himmelfarb, mas então uma das mulheres acabou com isso.

— E se ele estiver no lado de fora? — ela disse, fazendo um sinal na direção da decrépita porta de madeira da oficina. — Se ele estiver escutando tudo o que dizemos?

— E daí se ele estiver? — Clara desafiou. — Temos o direito de falar.

Depois disso, no entanto, mergulharam no silêncio, concentrando-se nos casacos que tinham pela frente — perguntando-se quando

Himmelfarb iria voltar. Esther acompanhava os sinos, batendo lentamente as horas. Quando chegaram as sete, eles começaram a conversar entre si novamente, tentando imaginar o que havia para se fazer.

— Vocês acham que ele vai voltar com alguns gângsteres? — a fleumática ajudantezinha que havia sido a *shadchen* de Esther, perguntou. Os outros olharam para cima, alarmados.

— A América não é a Rússia — Clara insistiu.

— América! — o prensador bufou. — Uma terra onde os vermes ganham dinheiro e os homens decentes passam fome!

Ficaram em silêncio novamente, por algum tempo.

— Vai ver que ele está querendo nos matar de fome.

— Não... ele só está blefando. Esperem só para ver! — Clara comandou.

Continuaram trabalhando — depois das oito, nove horas, até decidirem que alguém deveria tentar abrir a porta. O prensador e os dois operadores das máquinas empurraram-na com os ombros, mas era pesada; reforçada com placas de metal e dobradiças contra os ladrões e inspetores de fábrica, e não conseguiram fazer com que se movesse. Todos tentaram juntos, então, mas não havia espaço para fazer com que o peso coletivo funcionasse.

Recuaram para suas banquetas e bancos, suando e ofegando e quase atormentados — e voltaram ao trabalho.

— Vamos continuar trabalhando como sempre.

— Isso vai mostrar a ele.

— Vai mostrar que pedimos o aumento de boa fé.

— Você pode ter toda a boa fé que quiser, mas isso não vai impressionar o demônio.

— Me diga, você acha que ele vai se esquecer de nós?

Trabalharam furiosamente durante algum tempo, mas logo começaram a minguar, o ritmo diminuindo pela preocupação e exaustão. Finalmente, quando os sinos da igreja badalaram a meia-noite, todos pararam e tentaram abrir a porta outra vez. Ela ainda não se movia. Os homens foram até o proibido quartinho dos fundos, então, e afastaram o *mizrach*, a vista da parede do templo que era o único ornamento que Himmelfarb tinha em toda a oficina, pendurado numa janela fechada por tábuas no lado esquerdo do cômodo. Tiraram as tábuas que a cobriam e inclinaram-se para o ar fresco, úmido, do beco.

— Socorro! Socorro! — gritaram todos juntos. — Estamos trancados aqui! Façam alguma coisa! Vamos morrer de fome!

No salão da frente as mulheres podiam ouvi-los gritando, repetidas vezes, até que uma das meninas começou a rir, tudo aquilo parecia tão ridículo. Mas aquela rua inteira era formada de oficinas e cortiços ilegais, e não houve resposta — nenhum sinal de que alguém os escutara.

— Socorro! Queremos ir para casa, para nossas mulheres e filhos!

Finalmente Clara marchou para os fundos, e empurrou os ineficazes homens para fora do espaço que ocupavam na janela.

— Fogo! Ah, meu Deus, fogo! — ela berrou a plenos pulmões, numa voz que pareceu abalar as estruturas do prédio. — Fogo, fogo! Meu Deus, vai nos matar a todos!

Um outro prolongado silêncio se seguiu. Então, finalmente, puderam ouvir o som das sinetas dos bombeiros aproximando-se, o bramido da brigada anti-incêndio parando na calçada abaixo. Os homens vieram trotando pela esquina: vigorosos jovens irlandeses com imensos bigodes, que riram com escárnio ao vê-los acenando desesperadamente nas janelas da oficina.

— Olá-á! Judeus trepados na árvore! — eles escarneceram.

— Olha só... uma dúzia deles! Que foi que houve? Jesus conseguiu escapar desta vez?

— Socorro! Ajudem-nos!

— Ah, é? Onde está o fogo?

— Por favor... ajudem-nos!

Os bombeiros finalmente condescenderam em levantar a escada comprida e vacilante até a janela. Um a um, eles desceram: uma fileira desgrenhada de homens e mulheres, encurvados, tateando lentamente a descida pela escada sob a fria luz da lua.

— Olhe só para isso... como ratos abandonando o navio — os irlandeses continuavam a provocá-los.

— Você já viu uma coisa dessas? Judeus na corda bamba.

Clara havia pensado que eles deveriam ter levado consigo todos os casacos que pudessem carregar, apenas para certificarem-se de que tinham alguma vantagem sobre Himmelfarb. Mas o restante deles preocupava-se com a possibilidade de que ele mandaria prendê-los por roubo e, de qualquer forma, precisavam das duas mãos e dos dois pés para descer a escada escorregadia. Foram descendo aos tropeços até embaixo, com os bombeiros irlandeses ainda rindo à sua volta, depois caminharam para casa, para suas camas, com frio e exaustos.

Mas quando voltaram, na manhã seguinte, não havia mais nada ali. A oficina tinha mudado. De algum jeito, Himmelfarb conseguira remover tudo durante a noite, depois que eles saíram. Os pequenos cômodos agora estavam completamente nus, despidos de todos os casacos que uma vez eles tinham segurado, tão completamente como se nenhuma oficina jamais tivesse existido ali. Até o *mizrach* se fora.

Eles perguntaram por Himmelfarb por toda parte, durante semanas depois disso, mas ninguém sabia de nada. Ele havia trocado de nome, ou mudado para outra cidade, ou se atirado no rio, tanto quanto sabiam. Esther e Clara foram capazes de disputar as vagas com outras pessoas e conseguiram trabalho pelo resto da temporada. Os outros dispersaram-se em oficinas diferentes, e ela nunca mais os viu novamente, tampouco, no vasto, inconstante mundo que era a indústria de confecção de roupas.

Ela trabalhou com Clara numa pequena oficina ou outra durante anos, depois disso. Clara era cada vez mais exigida como oradora para o sindicato, indo a oficinas por toda a Cidade a serviço do sindicato, mas elas ainda mantinham contato, ainda se falavam sempre que encontravam tempo.

Na temporada mais calma iam juntas à sede, ou a palestras para melhoria de vida, ou então Clara a levava para a biblioteca. Não apenas a biblioteca de Seward Park, com sua interminável fila de crianças judias esperando pacientemente no lado de fora, mas também à grande biblioteca central na cidade, onde Clara a instruía sobre os grandes autores a serem lidos: Hardy, e George Eliot, e Dickens e Tennyson e Keats.

No outono seguinte Esther havia feito um contato na confecção de roupas femininas, com uma boa moça italiana chamada Gina, que conheceu na oficina em que trabalhou depois daquela na Division Street. Juntando tudo o que tinham economizado, conseguiram abrir sua própria oficina subempreiteira. Esther convidou Clara a associar-se, mas ela recusou. Tinha planos maiores do que este, estava economizando seu dinheiro para cursar a faculdade de medicina — depois que terminasse de fazer a revolução.

— Deus as abençoe, espero que ganhem um milhão de dólares, mas não — ela lhes disse. — Sou uma operária, isso é que eu sou. Nunca a patroa.

Contrataram quatro outras garotas — adolescentes como elas — e fizeram tudo que sempre quiseram, tudo sobre o que ela e Clara sempre tinham falado. Permitiam que parassem para ir ao banheiro, que tivessem uma hora de almoço de verdade, e participação nos lucros. Todas elas trabalhavam muito, e até ganharam dinheiro por algum tempo.

Então a temporada terminou, e elas foram devastadas como todos os outros pequenos proprietários. Quando a temporada seguinte chegou não tinham dinheiro para reabrir, e então houve outro pânico em Wall Street, e não havia trabalho algum, nenhum trabalho em nenhum lugar, e Clara teve a idéia de que deveriam sair e acampar ao ar livre, para que as famílias pudessem ao menos ganhar algum dinheiro alugando os quartos vagos. Elas tinham Gina, e as amigas de Clara Pauline e Fania, e Martha Holman, que era uma contadora, e Alma Nitzchka, que levou o filhinho consigo. Levaram sacos de dormir e panelas, uma grande barraca de lona que elas próprias armaram, e livros — pilhas e pilhas de livros — e saíram para pegar a balsa de Edgewater em direção das Palisades.

Foi uma alegria. Pura delícia — como dormir lá fora no terraço, só que muito melhor. Filavam trabalho onde quer que pudessem encontrar, pegando trabalhos de costura nos pequenos vilarejos de Nova Jersey, ou colhendo legumes, e dividiam entre si o que quer que tivessem. Mais amigos chegavam para visitar nos domingos, e traziam frutas e pão, e peixe defumado, um bolo, e, especialmente, feijão — sacos e sacos de feijões. Elas comeram feijão naquele verão até não poderem suportar mais a visão deles, cozinhando-os num grande caldeirão na fogueira, como se fossem cowboys.

Os moradores locais apareciam para espionar até que acostumaram-se a elas: fazendeiros carrancudos portando armas, ou meninas em frouxos uniformes de flanela de um convento próximo, espiando-as através da folhagem como se elas fossem aberrações de parque de diversões, ou animais perigosos.

Elas não se importavam. Depois de algumas semanas, suas roupas começaram a se desgastar e ficar puídas nas extremidades. Elas ficaram mais magras, mais morenas, e começaram a adquirir a aparência das colinas que as rodeavam. Tomavam banho nuas numa pedreira abandonada, e escalavam os penhascos mais escarpados, e Esther aprendeu a identificar os pássaros, a jogar pôquer, a armar uma barraca e cortar lenha e acender uma fogueira — todas as coisas maravilhosas, frívolas, que jamais precisaria saber novamente.

Passavam também horas maravilhosas lendo ao ar livre, sob o sol, todos os seus Dickens, e Hardy, e George Eliot, Shakespeare, e Byron e Keats e Alfred Lord Tennyson. Eram mais impacientes com Madame Bovary e Anna Karenina, não conseguiam entender por que tais mulheres não utilizavam seu considerável tempo livre para melhorar o intelecto — embora Esther se comovesse com as lágrimas ardentes que elas derramavam.

Porém, mais do que tudo, elas conversavam — conversavam sobre tudo o que havia sob o sol: sobre as teorias de Marx, e a ciência da Psicologia, e as filosofias do Pragmatismo e Darwinismo Social, e acima de tudo, a Revolução. Esther era a mais nova e receava não ser capaz de acompanhá-las, mas em vez disso achava tudo divertido. Era como as casas de chá, só que melhor, muito melhor.

Conforme os dias passavam e o verão desgastava-se através dos seus sapatos, elas começaram a se perguntar por que aquele idílio não poderia durar para sempre. Pauline e Clara planejavam greves de aluguel e saques a lojas para quando voltassem à Cidade, e sonhavam com a Grande Greve Geral — mas todas elas odiavam a idéia do final do prolongado acampamento. Esther estava ciente de que mais do que apenas umas poucas delas estavam se apaixonando, e sentiu que ela mesma as amava a todas, mais do que jamais amara qualquer outra pessoa.

As noites começaram a ficar mais frias, as árvores ao longo dos grandiosos rochedos acinzentados lentamente embaciando-se e diluindo-se. Na noite anterior ao dia em que teriam de voltar elas sentaramse em volta do fogo pela última vez, e cantaram antigas canções da terra natal, da terra natal de cada uma delas:

Rumania, Rumania, Rumania, Rumania
Geven amol a land a zisse, a sheyne...

... e então Pauline leu para elas um discurso que havia copiado lá na Sede da Henry Street, de um tal Professor Davidson, cujas idéias atualmente estavam incendiando o gueto:

— "Todos os grandes movimentos mundiais começam com um pequeno grupo de pessoas que, em suas vidas individuais e em seus relacionamentos umas com as outras, compreendem o que deve ser o ideal" — ela leu, e as mulheres sentadas nos toros de lenha que haviam cortado, em volta do fogo generoso, sorriram timidamente umas às outras.

— "Viver a verdade é melhor do que proferi-la. Isaías teria profetizado em vão, se não reunisse em torno de si um pequeno grupo de discípulos que viviam de acordo com seu ideal" — Pauline continuou, sua voz de adolescente elevando-se um tanto vacilante, mas determinada, na noite fresca de outono.

— "Além disso, o que os ensinamentos de Jesus teriam significado, se ele não reunisse um corpo de discípulos que transformaram em objetivo da vida colocar em prática seus ensinamentos? Talvez vocês pensem que eu esteja lhes propondo uma vasta tarefa, uma tarefa muito acima de seus poderes e aspirações. Mas não é assim. Todas as grandes mudanças das condições individuais e sociais iniciam-se pequenas, em meio às pessoas simples e honestas, face a face com os fatos da vida. Perguntem-se seriamente: Por que a mudança futura não pode começar conosco?"

— "Vocês irão descobrir que não existe motivo para que o novo mundo, o mundo da justiça, da bondade e esclarecimento pelo qual todos nós estamos ansiando e lutando, não pertença a nós, bem como a ninguém mais. Um pequeno grupo de judeus já virou o mundo do avesso, antes de agora. Por que o mesmo... não, algo muito melhor!... não pode acontecer agora, em nossos tempos, e dentre vocês? Já se esqueceram da antiga promessa feita a Abrão: 'Em vossa semente todas as nações do mundo serão abençoadas'?"

Naquela altura todas elas estavam chorando em silêncio, de alegria, até mesmo Pauline, enquanto lia as últimas palavras do discurso. Esther sentia arrepios pelo frio da noite, por todas as emoções que a perpassavam, e pensou em algo que nunca havia pensado conscientemente, que era que estava feliz por estar viva. Sem nada dizer, elas abraçaram-se umas às outras e voltaram às suas barracas, a fim de guardar seus poucos pertences e amarrar suas preciosas pilhas de livros.

Fannia havia trazido uma câmera e, de manhã, antes de partirem, todas elas posaram para uma fotografia usando as melhores roupas, para celebrar o verão. Esther foi a escolhida para tirar a foto, pois tinha o melhor olho e a mão mais firme. Ela posicionou-se na base do penhasco, olhando-as lá em cima através da câmera em seu tripé, enquanto abriam caminho descendo as encostas — meninas da cidade, seguindo pela trilha miopemente, determinadamente descendo as alturas atordoantes com suas longas saias brancas de verão, agarrando-se às saliências dos rochedos como tantas cabras montanhesas.

E depois disso, e depois disso Clara encontrou para Esse um lugar na nova fábrica Triangle, para trabalhar numa máquina. Era um pouco melhor nas grandes fábricas novas. Havia mais ar, e o trabalho era muito mais constante. Por outro lado, era a mesma labuta, dia após dia, trabalhando para outra pessoa. Era onde ela trabalhava até aquele dia — levantando do seu meio-sono irregular, coberta de suor, atormentada por todas as imagens inquietas e deslocadas do seu primeiro dia.

Era a segunda-feira depois do seu passeio em Coney Island. Hora de levantar — hora para o primeiro dia da nova temporada, lá na fábrica. Nada mudou, ela pensou, em todos aqueles anos, desde aquele primeiro dia na Division Street, nada mesmo — ela também estivera dormindo em cima de duas cadeiras, então.

Corrigiu-se: nada havia mudado, mas tudo mudara, porque ela aprendera como fazer.

A atividade da casa já se desenrolava à sua volta: a mãe, cozinhando no fogãozinho de ferro onde antes houvera uma lareira. Kapsch substituído na mesa por Cuti, o estucador, todo emprumadinho, comendo o desjejum e esperando placidamente pela sua vez na cama quente; o pai ainda dormindo no quarto, os roncos reverberando pelo pequeno apartamento.

Esse mundo é demais para mim...

Estas eram as palavras que ela usava quando chorava até dormir, na época em que estava apenas começando. E agora, sabia, não era verdade — algo que a enchia com um orgulho imensurável e tristeza ao mesmo tempo.

— Esse, quer comer agora? — a mãe perguntou, agitando-se sobre ela com uma tigelinha de mingau de aveia e uma xícara de chá.

— Sim, Mama.

Esther mexia-se rapidamente pelo cômodo com uma economia de movimentos adquirida pela prática, dobrando o colchão, colocando as cadeiras no lugar. A camisola de flanela pendia pesada e úmida sobre ela — pesada demais para o calor de fim de verão, mas não havia outra privacidade, com o *roomerkeh* ali na cozinha. Ela amassou um torrão de açúcar mascavo sobre o mingau e comeu-o em colheradas rápidas, firmes, depois pegou uma saia e uma blusa, a roupa de baixo, e esgueirou-se para o banheiro do corredor.

Não era realmente um banheiro, o cômodo apenas um pouco maior do que um armário. Mal havia espaço para ficar de pé ao lado da pia minúscula e da privada indescritivelmente imunda. Seu pai gostava de vituperar contra os vizinhos e suas filhas irlandesas — criaturas grandes, sujas, eqüinas — por não mantê-lo limpo...

— Malditos *goyim*, eles transformaram o mundo numa miséria com seus hábitos imundos!

... embora o fato fosse que qualquer um que quisesse poderia entrar ali. Sempre havia histórias de coisas indizíveis acontecendo nos banheiros, e ela certificava-se de acender a luz e olhar atrás da porta antes de entrar.

Quando terminou ela voltou para o apartamento e checou-se no espelho: a saia escura listrada, desbotada e lavada até um tom quase roxo; meias pretas; uma velha blusa branca. Ela retorceu os cabelos castanhos espessos, ondulados, e prendeu-os firmemente com grampos. A fábrica não era tão ruim quanto uma fiação, onde uma moça de cabelos compridos poderia ser facilmente escalpada pelas máquinas, mas mesmo assim havia riscos. Olhou, só por mais um instante, antes que o pai pudesse apanhá-la, para o restante da sua imagem no espelho.

O rosto comum demais, pensou, o nariz comprido demais, os dentes arqueados demais, o único traço compensatório sendo os grandes olhos castanhos. Mexeu nos cabelos, ajeitou a roupa sobre o corpo com o qual também estava insatisfeita.

Pois ele parecia bastante satisfeito — o pensamento súbito, espontâneo, a fez sorrir. *Ele parecia gostar do que via. Meu dybbuk, lá em Coney Island...*

Era tarde, ela sabia sem nem mesmo olhar num relógio. Moveu-se na direção da porta, pegando seu velho *shmatte* de chapéu.

— Até logo, Mama.

— Esse...

— Não sei a que horas vou chegar. Talvez tenha uma reunião, não sei.

Repeliu as preocupações da mãe, os braços suplicantes literalmente estendidos, ainda esfregando as mãos nervosas.

Seria melhor se tivesse se preocupado mais no passado, quando eu precisei da senhora.

Lá fora, na rua, era a melhor hora do dia no verão — a única hora em que não estava muito quente. Ela odiava sair tão cedo no inverno, quando ainda estava frio e escuro, e no outono claro, latente, ela apenas lamentava ainda mais amargamente o fato de que estaria confinada pelo resto do dia.

Mas no verão o sol brilhava, o calor apenas começando a tremeluzir nas pedras do calçamento. As calçadas já pululavam de gente, as ruas apinhadas com os carrinhos de mão, carroças e caminhões e automóveis, todos arrastando-se para frente.

Ela caminhou rapidamente, esquivando-se enquanto subia e descia nas calçadas, através e em torno das multidões. Orgulhava-se da sua habilidade de manobrar através de quaisquer ruas — de andar como um ser humano, uma verdadeira habitante de Nova York, em vez de mais uma caipira. Quando o tempo estava ruim ela pegava o carro de cavalos, depois o bonde para a Greene Street, mas no verão ficava bem contente em caminhar, desfrutando os últimos poucos minutos que lhe restavam antes de ficar fechada.

A cada quarteirão que andava os prédios cresciam: maiores, mais amplos, mais inflexíveis, pedras escurecidas e tijolos e aço, erguendo-se das calçadas como catedrais. Logo as ruas começavam a alargar-se — quarteirões novos, planejados, industriais. Ela virou para uma rua curta e larga, com uma encantadora faixa de verde no final: o parque na Washington Square, luminoso com os canteiros de flores e árvores, uma cintilante fonte no meio, e no outro lado uma graciosa torre de sino florentina.

Mas todos seguiam na direção do prédio mais novo e mais alto em Washington Place, onde a fábrica Triangle os aguardava nos andares oitavo, nono e décimo. Eram tragados para dentro como destroços num sorvedouro: mulheres jovens, algumas apenas meninas, vestidas com as mesmas saias longas e blusas sem graça. Levas de homens em camisas brancas e coletes pretos e *yarmulkes*.

No saguão havia dois elevadores estreitos, com o credo da empresa proeminentemente afixado bem em cima: SE NÃO VIER NO DOMINGO NÃO PRECISA VIR NA SEGUNDA. Os elevadores sibilavam e sacudiam, carregando uma dúzia de homens e mulheres a cada viagem. O restante agitava-se no lugar, arrastando-se lentamente para diante, na direção do carregamento seguinte.

Esther foi abrindo caminho entre eles, juntando-se a uma fileira mais estreita de pessoas nas escadas. Era uma longa subida até o nono andar, mas ela sempre sentia-se presa nos elevadores, e se você chegasse mais do que cinco minutos atrasado os supervisores do andar mandavam-no para casa por metade do dia sem pagamento, como a um aluno recalcitrante.

Ela foi subindo firmemente em meio à multidão, de cabeça baixa, poupando o fôlego, sentindo a força nas pernas, nas costas. Gostava de fingir, às vezes, que estava escalando uma montanha em algum lugar, abrindo seu caminho para o alto de um dos Alpes, acima de um vilarejozinho suíço e um límpido lago azul — embora, naquela manhã, os pensamentos sobre o Steeplechase começassem a encher-lhe a cabeça novamente. Aquilo fora uma coisa e tanto, ela nunca fizera nada igual antes, em toda sua vida. Mas não estava arrependida; não se arrependeria nem mesmo se nunca mais o visse outra vez. Ele era dela, agora, aquele garoto... seu *dybbuk*.

No oitavo andar algumas das mulheres e os cortadores saíram da formação — aqueles homens que conseguiam fazer um vestido ou uma blusa com um único, elegante volteio das suas tesouras. Seguindo até o alto para o décimo andar iam os auxiliares de escritório, e as mulheres das mesas telefônicas, e os passadores, os bíceps avolumados pelo trabalho nas máquinas pesadas, fumegantes.

Ela saiu da fileira no nono andar, espremendo-se através da única porta pequena e destrancada, junto com as outras operadoras de máquinas. Assim que abriu a porta sua animação dissipou-se. Não sabia o que poderia esperar, exatamente, mas lá estava — a mesma seção da fábrica; o barril aberto, malcheiroso, de óleo de máquina que ficava perto da porta; as longas fileiras de bancos onde as operadoras, quase duzentas e cinqüenta no auge da temporada, seriam amontoadas, quadril-a-quadril. Ela já podia sentir como seria ao meio-dia, seu corpo forçado naquela posição anormal, entorpecedora, sobre a máquina, como se tivesse sido enfiada dentro de uma caixinha.

Pendurou o deformado pedaço de pano que era o seu chapéu num cabide na parede — onde todas as roupas externas eram penduradas, como os casacos das crianças nos fundos da classe. Então seguiu para o seu lugar nos bancos com o peculiar saltitar que todas elas usavam para navegar entre os eixos rotatórios e as cestas de tecido no chão, finalmente sentando-se atrás da máquina que, agora, já conhecia como se fosse um dos seus membros, e era capaz de usar com ainda mais agilidade.

A porta da oficina abriu-se, e outro ruidoso bando de mulheres entrou: garotas italianas, que caminhavam os poucos quarteirões desde o West Village e Little Italy juntas, rindo e cantando. Estavam cantando até agora: a canção do espetáculo mais recente, que fora carregada até as academias de danças e as cantinas:

> Cada pequeno movimento tem um significado todo próprio
> Cada pensamento e sensação por alguma postura podem ser demonstrados

... uma cançãozinha estranha, toda de palavras, como as canções americanas sempre eram — nada como as melancólicas cantigas da Rússia, repletas de pura emoção. Elas faziam a gente bater os pés e estalar os dedos, quer se quisesse ou não, e agora as outras garotas começaram a acompanhá-la, numa trêmula gama de sotaques e agudos, cantarolando ou acrescentando palavras que elas mesmas inventavam:

> E todo pensamento de amor que chega se impondo
> Sobre o seu ser deve revelar

Toda sua doçura em alguns encantadores
Pequenos gestos todos próprios

Não parecia tão ruim, no entanto — com o sol penetrando através das janelas, e aquela musiquinha tola presa em sua cabeça. Parecia possível, até mesmo tolerável, então. Ela sabia que isso iria mudar, claro: os supervisores iriam calar as mulheres e impedi-las de cantar ou falar, e a poeira iria elevar-se em nuvens tão espessas que obscureceriam a luz do sol, e elas teriam de manter o bico de gás aberto, dia e noite, apenas para enxergar o tecido à sua frente.

Ela sabia que iria mudar, estava nisso por tempo demais para não saber. Porém, ainda era cedo o bastante para que dissesse a si mesma com um certo orgulho, juntamente com um fastio sustentador e inveterado:

Bem, isso é o que eu sou sou uma trabalhadora e não um anjo.

LIVRO TRÊS

Que repolhos vicejam no estrume é algo que eu sempre dei como certo.

— CARL JUNG

CAPÍTULO 12

BIG TIM

Big Tim Sullivan bebericou o café e observou os advogados entrando em fila na Tombs, as palavras percorrendo-lhe a cabeça:

Terra do povo Terra do povo Terra do povo

Eles moviam-se numa fileira longa, alvoroçada, as puídas pastas de couro nas mãos, desaparecendo atrás das paredes cinzentas, proibitivas, da prisão. A nova cadeia de Tombs ainda não tinha dez anos mas já estava afundando, para grande vergonha da organização. Como sua predecessora, havia sido construída por cima do velho Lago Collect na baixa Manhattan, e este vazava como uma peneira. A água continuava penetrando lenta, inexoravelmente através das celas, as paredes pingando com a umidade, as celas inferiores freqüentemente inundadas até a altura dos tornozelos com água e imundície.

— Olha só pr´a eles — Primo Florrie escarneceu dos advogados de onde estavam sentados, no bar de Big Tim do outro lado da Centre Street, interrompendo seus devaneios. — Sanguessugas devorando a carcaça.

— Uma analogia imprecisa — Big Tim corrigiu-o. — Um abutre, digamos, ou qualquer outro animal que se alimente de carniça poderia aproveitar-se de uma *carcassa*. A sanguessuga devora coisas vivas.

— Mesma coisa.

— Não, não é a mesma coisa, de jeito nenhum. As palavras são importantes, você sabe.

Eram mesmo? *Terra do povo Terra do povo*

Com um movimento rápido ele tirou o relógio, um caderninho e um lápis do mesmo bolso interno, e os homens em volta da mesa se endireitaram — seus irmãos, Paddy e Dinny Nariz-Chato, e seu meio irmão Larry Mulligan, e os outros primos, Christy e Little Tim; e os seus próprios auto-designados valetes, Photo Dave Altman e Salsaparrilha Reilly.

Os Sabidos, eles eram chamados no bairro, ou simplesmente os Sullivan, e eram quase indistinguíveis em seus sombrios ternos escuros e chapéus-coco. Inflexíveis como juízes, inescrutáveis como banqueiros. Nada mais forte do que café, ou salsaparrilha, ou água gasosa diante deles.

— Você não devia censurar os pobres advogados, Florrie — Big Tim falou, voltando-se para o primo. — Eles estão apenas atrás dos primeiros bocados, exatamente como nós, e se somos um pouquinho mais caritativos é porque temos mais para dar.

— Não suporto esses vigaristas nojentos — Florrie insistiu, cruzando os braços no peito com um ar carrancudo.

Ele havia manifestado sua obstinação diante do primo. Florrie tornara-se inexplicavelmente mais sombrio, mais implacável no decorrer dos últimos dois anos — exatamente como o outro, Little Tim. Sullivan sentiu a primeira pontada aguda do dia na sua própria virilha.

Talvez estejamos todos amaldiçoados

— Pessoalmente, eu mesmo ainda sinto falta do Grande Caçador Branco — ele disse, tentando mudar a conversa para um tópico mais leve. Notícias das proezas do Honorável Ex-Presidente Teddy Rooselvelt estavam estampadas em todos os jornais matutinos.

— Você podia acertar o seu relógio pelo homem, na época em que ele era comissário de polícia. Marchando através da Mulberry Bend, levando o seu Sueco a tiracolo.

— Claro, e uma enorme pistola no bolso — Photo Dave tripudiou. Como se fosse lhe fazer algum bem, passar pela Bend, se algum vagabundo decidisse acabar com ele.

— Ah, você não deve subestimar o Honorável Ex. Não duvido que Teddy não estivesse *louco* para usá-la. Caçar para si um judeu, ou um *muchacho*. Deixá-los expostos junto com os elefantes e os tigres de Bengala ali em volta do seu salão.

Big Tim havia visto o salão, uns dez anos atrás, quando se esgueirara para Oyster Bay a fim de obter a ajuda do grande homem em sua guerra com o velho Chefe Croker. O lugar inteiro tinha sido coberto, de parede a parede, com peles e chifres e presas. Havia até um tapete de pele de texugo, as minúsculas mandíbulas da criatura dispostas tão ferozmente quanto as de um leão. Contudo, o homem compreendera a situação bastante prontamente. Seus próprios grandes dentes brancos arreganhando-se de um jeito assassino, enquanto Big Tim tentava recrutá-lo para a guerra civil de Tammany Hall. Um matador inato.

Agora o ex-presidente, ex-comissário de polícia, estava bem longe na África mais inexplorada, procurando mais coisas em que atirar — retalhando seu caminho através daquela estranha e maravilhosa terra como um homem num matadouro. Big Tim lembrou-se de uma passagem das memórias de Teddy, em San Juan Hill, sobre quando atirou num soldado espanhol com a mesma imensa pistola: *Ele dobrou-se ao meio como uma lebre.* Cuidado com o sujeito que investiga e denuncia a corrupção, de fato.

— Eu me lembro daquele Sueco de Teddy — Salsaparrilha Reilly estava dizendo. — Ele tentou tirar uma fotografia do sótão do meu primo na Dirty Spoon, no Beco do Homem Cego. Quase incendiou o lugar com o *flash*, depois saiu e foi reclamar com um policial sobre as condições inadequadas. Inadequadas! Claro que são, depois que você toca fogo no lugar!

— Reforma, isso não tem nada a ver!

Uma renovada onda de indignação percorreu a mesa.

— Alguém já viu um níquel disso?

— Eu pergunto, alguém já viu um *centavo* da reforma? Quando foi que Teddy Roosevelt já conseguiu algum emprego para alguém?

Big Tim deixou-os falar. Ele conhecia o Sueco: um homem rígido, hipócrita, chamado Riis, dinamarquês, na verdade — embora mais ianque do que os próprios ianques. Sullivan tinha até mesmo lido o livro dele — *Como Vive a Outra Metade* — e achou-o ingênuo desde o título.

Se houvesse somente *a metade, nós não teríamos problemas. "Como* É *o Mundo" seria um título mais apropriado.*

Ainda assim as fotografias haviam sido irresistíveis, por mais encenadas e calculadas que fossem: meninos de rua amontoados em becos. Imigrantes cobertos de fuligem fitando a câmera estupidamente nos porões de seus casebres. Mulheres jovens e crianças, entorpecidas e apáticas, a expressão da morte já em seus rostos. No meio, quilômetros de malditas estatísticas. Fotografias e estatísticas sociais — o que não se podia vender com estas coisas?

— Esperem, rapazes, vamos devagar com o Ex — ele disse aos Sabidos, começando a envolver-se. — Até mesmo Teddy tem a sua utilidade.

— Como o quê?

— Teddy é um rachador — disse Big Tim, usando o pior epíteto que alguém naquela mesa poderia imaginar. — Ele é um rachador na panelinha de políticos do partido, e será um rachador nas eleições. É um homem jovem, ainda gozando de plena saúde, e quando cansar-se de chacinar aquelas pobres, indefesas criaturas da África, e acabar de surpreender as pobres cabeças coroadas da Europa, ele irá voltar e rachar seu partido bem no meio, por cima do sr. Taft. Vocês verão se ele não vai fazer isso.

A mesa inteira irrompeu em risos — um som duro, vingativo — e Big Tim chamou os membros do conselho à ordem.

— Pois muito bem, vamos começar logo esta agregação. Agora... como estão os preparativos para a comilança?

Todos os anos, no meio do verão, a Associação Timothy D. Sullivan oferecia um grandioso piquenique para seus constituintes, em College Point. Haveria um desfile, e um barco de passeio, e barris de cerveja, e todos os frangos, mariscos e sorvetes que se pudessem comer. Haveria jogos de azar, e beisebol, e eles cantariam todas as velhas canções de Tammany.

No auge de tudo isso — quando a multidão estivesse exatamente naquele nível perfeito, radioso, do início da embriaguez — Big Tim se levantaria e lhes daria seu discurso:

— Companheiros, eu sou um democrata. (Aplausos.)

— Tenho sido um democrata por toda minha vida. (Mais aplausos.)

— Tenho votado direto na chapa democrática por toda minha vida. (Aplausos ensurdecedores.)

— Nunca substituí o nome de um candidato em meu voto, desde a primeira vez em que votei, quando tinha dezessete anos, e jamais farei isso. (Pandemônio.)

Este ano ele tentava elaborar um pouco mais, desde que estava deixando o Congresso para voltar ao seu posto muitíssimo mais influente no senado estadual. Até agora, no entanto, tudo o que tinha era aquela única, importuna frase:

Terra do povo Terra do povo

— Como vai indo Charlie Solomon lá no Décimo? — perguntou. — Não quero que ele fique pensando que já pode tomar conta de si mesmo. E procure o Tom Foley, ele nos deve um bocado...

Era esperado, de todos que lhe deviam, que providenciassem o pagamento, fosse em dinheiro ou bens. Isso incluía muito bem cada político e proprietário e funcionário público no que havia se tornado o reino de Big Tim, abaixo da Linha na Fourteenth Street.

— Como está o barco? — ele perguntou, chegando à questão principal.

— Vai indo — Dinny respondeu ponderadamente.

A simples menção do assunto lançou uma mortalha sobre a mesa. Poucos anos atrás, uma outra excursão de verão da antiga *Kleindeutschland* havia subido o East River, no barco a vapor *General Slocum*. De alguma forma, um incêndio se iniciara nas águas agitadas da corredeira de Hell Gate. Como num pesadelo, as mangueiras de incêndio e os salva-vidas estavam todos podres, e desintegraram-se nas mãos da tripulação. Antes que o barco pudesse ser puxado para a margem, mais de mil alemães tinham se afogado na veloz correnteza, ou queimados dentro do barco, a maioria mulheres e crianças. A procissão até o Cemitério Alemão Luterano, em Queens, havia se estendido por quase dois quilômetros.

Pelo menos, graças a Deus, tinha sido uma excursão da igreja, mas o desastre provocara calafrios em cada um dos líderes distritais da cidade. *Kleindeutschland* havia sido completamente aniquilada e substituída por judeus, a igreja transformada em sinagoga — todo um eleitorado devastado do dia para a noite.

— Você está tomando conta?

— Claro que sim.

Big Tim não se contentou.

— Estou dizendo você mesmo... não deixe na mão de ninguém.

— É claro, Big Tim.

Ele se voltou para os negócios diários: os aluguéis e despejos, os empregos e as cadeias. Ele próprio cuidaria da maior parte daquilo sozinho, mais tarde, lá na Corte dos Pobres, onde os magistrados batiam as carteiras dos miseráveis. Depois havia o problema do gelo para resolver, sendo verão, e os funerais, que prosseguiam num ritmo constante durante o ano inteiro.

— Tudo em ordem, pessoal — Big Tim falou finalmente, fechando o livro e guardando o relógio. — Este distrito praticamente se dirige sozinho. Estou quase pensando em me aposentar lá na Irlanda com o sr. Croker.

— Mais uma coisa — Dinny se interpôs, o nariz achatado de boxeador empinando-se com objeção.

— O que é?

— Aquela velha gralha preta está começando tudo de novo, fazendo uma barulheira sobre a próxima sessão de legislatura.

— Ah, a iridescente sra. Perkins — Big Tim alfinetou o irmão.

Ele mesmo até que gostava da mulher. Era uma maluca excêntrica, mas não tinha nada dos ares de grande dama que as outras assistentes sociais ianques exibiam. Até mesmo usava um deformado chapeuzinho preto de três bicos, exatamente igual àquele que sua própria mãe costumava usar.

— Reclamando de novo sobre o projeto de lei sobre as horas de trabalho, não é?

— Os *goo-goos* estão firmes nisso — Florrie falou, deprimido.

Oficialmente, a Tammany Hall estava sempre do lado dos trabalhadores, e das trabalhadoras. A realidade, claro, era que o dinheiro — o dinheiro que lubrificava as engrenagens e mantinha o mundo girando — vinha das fábricas de vestuário, e das oficinas de costura, e das empresas de charutos, e todos os outros nobres ramos de negócios americanos que mantinham seus empregados sufocando de dez a dezesseis horas por dia em condições inadequadas até para um cavalo.

Era uma coisa terrível, mas era assim. Sullivan não nutria ilusões a respeito: os negócios seriam atendidos. O truque era como ceder apenas o bastante para manter os eleitores longe das mãos dos Socialistas.

— Bem, eles podem ficar firmes nisso — Big Tim falou, expansivo. — E daí? Talvez não seja o fim do mundo, sabe, deixar que crianças e mulheres trabalhem meras cinqüenta e cinco horas por semana. Mas veremos. Mais alguma coisa?

— Só que o Mister Murphy mandou lembranças. Para lembrá-lo de uma certa questão — Little Tim mostrou-se hesitante e reticente, com impecável discrição irlandesa.

— Ah, sim. Ah, isso.

O restante dos Sabidos manteve um silêncio prudente. Todos eles sabiam sobre o que Little Tim estava falando, claro; havia apenas uma questão da polícia a que ele poderia estar se referindo, e esta se chamava Herman Rosenthal.

— Ah, sim. O coitado do velho Beansy.

O que você disser, Big Tim. O que você achar que eu devo fazer.

Big Tim sempre tivera um cuidado especial em relação a Beansy Rosenthal. Ele havia começado como jornaleiro, exatamente como Sullivan, até apregoando os jornais na mesma beneficiadora de feijões na Park Row, onde ele próprio trabalhara quando tinha sete anos.

"Mantenha-se com o jogo. O jogo exige boa cabeça, e você é um garoto judeu muito esperto", Sullivan dissera a ele, e Beansy havia escutado.

Herman tornara-se um informante de barbadas nas corridas de cavalos, depois um proprietário. Big Tim fizera dele um de seus favoritos — um dos seus garotos judeus, como os chamava carinhosamente. Desde o começo, ele o ajudara com empréstimos, com proteção, e durante um tempo Beansy saíra-se bem — abrindo casas de jogo desde Far Rockaway até o Harlem, cobrindo-se de jóias de ouro monogramadas, que ele tanto adorava.

Só estou tentando me manter, só estou tentando ganhar uma grana...

No entanto, para onde quer que Beansy fosse, um problema certamente se seguiria. Ele estava sempre se metendo em confusas rixas com outros jogadores, e quando as coisas não corriam como esperava tinha o impressionante hábito de registrar seus protestos contra os policiais através dos jornais diários.

Isso não era nada normal. Havia alguma coisa, Big Tim acabara percebendo, que não era bem certa acerca de Herman. Nenhuma quantidade de batidas policiais punitivas parecia capaz de curá-lo do hábito: ele realmente parecia gostar de publicidade. Havia algo infantil e desarmante naquele homem baixo, roliço, em seus ternos esmerados e jóias vistosas, e no entanto era um espanto o fato de que alguém ainda não o matara. Big Tim tivera pena dele, dera-lhe uma última chance — um belo estabelecimento em Times Square, nada menos que isso. Acertou tudo com o tenente Charlie Becker e o seu Esquadrão de Assalto; até mesmo emprestou a Beansy uns dois mil dólares para começar.

Mas então Herman estragou tudo outra vez. Becker havia dado uma batida no estabelecimento dele — não uma batida de verdade, apenas um daqueles ataques maçantes, exibidos, que Charlie Bonitão costumava organizar para os jornais como parte da sua eterna campanha para tornar-se comissário de polícia. O esquadrão de brutamontes nem mesmo destruíra a roda da roleta nem a mesa de jogo, e em vez de invadir quebrando a porta da frente com o costumeiro machado, tinham tocado a campainha educadamente.

A idéia era fechar o Herman por um ou dois dias, e conquistar uma manchete para Becker. Charlie Bonitão até mesmo levara consigo o seu assessor de imprensa, um ridículo homenzinho chamado Plitt, com este propósito. Entretanto, de alguma forma, tudo dera errado, do jeito que sempre parecia acontecer com qualquer coisa envolvendo Herman. Beansy armara um barulho dos diabos, tudo ficou fora de controle — e antes que a confusão terminasse, Plitt, o assessor de imprensa, conseguira matar o zelador da casa com um tiro de revólver.

Bom Deus, mas isso já foi besteira demais! Somente em Nova York um tenente de um esquadrão de Assaltos tem um assessor de imprensa, e ainda por cima um assessor assassino. Mas lá estava...

Big Tim havia tentado abafar tudo aquilo, mas claro que as coisas só pioraram. Furioso, Becker mantivera Herman preso até que ele entregasse quinhentos dólares para pagar um advogado para Plitt. Herman recusara-se a pagar, e fora novamente aos jornais — e desta vez, antes que Big Tim pudesse consertar as coisas, o caro Beansy entrara com um recurso para o novo promotor público da Reforma. Os detalhes disso tinham vazado imediatamente para o repórter de estimação do promotor público, do jornal *World*.

> Só existe um homem no mundo capaz de me dissuadir, e este é meu grande companheiro Big Tim Sullivan, que é um exemplo de honestidade, e sei que ele está de acordo comigo. Se eu preciso de dinheiro posso pedir a ele e ele me dará, ou conseguirá para mim. É puramente uma questão de amizade, e ele jamais espera lucrar com isso um níquel que seja. Ele é o único homem que poderia me dissuadir, e já me disse que acredita que estou agindo de maneira certa ao tentar proteger-me e ao meu estabelecimento.

Sem dúvida Herman estava fazendo algum esforço tipicamente mal orientado para exonerá-lo. Em vez disso, havia apenas complicado as coisas ainda mais. Não havia como Big Tim defendê-lo contra todos os outros poderes de Nova York — ninguém, exceto um jogador, poderia ser tão inexoravelmente otimista. Bem, não havia outro jeito. Beansy teria de ser aquietado, de uma vez por todas.

— Mande um lembrete por meio de nossos amigos, se não se importa — Sullivan falou, voltando-se para Salsaparrilha Reilly. — Há um furúnculo que teremos de lancetar. Cavalheiros...

Big Tim levantou-se com imponência.

— Photo Dave, você vem comigo. Salsaparrilha pode nos encontrar na Prefeitura depois que resolver seus assuntos. Preciso ir ver Little Little Napolean, e quero estar devidamente acompanhado.

Os homens já se encaminhavam para a porta, Salsaparrilha Reilly e Photo Dave obsequiosamente dando risinhos diante daquela pequena pilhéria sobre o prefeito, George B. McClellan, filho do famoso fiasco da Guerra Civil que tinha o mesmo nome. Big Tim parou no balcão antes de sair. Feeley, o barman, tinha a toalha pronta para ele, e um espelho no qual ele podia ajeitar o chapéu e apertar o nó da gravata.

Um rosto duro, ostentoso, olhou de volta para ele: olhos inteligentes, céticos, lábios irônicos. O rosto de Tammany Hall? Ou o quê? As palavras atropelavam-se em sua mente até perderem o sentido: os mesmos insultos, lisonjas e louvores. Um político bandido? Um escudo contra os caprichos de um mundo novo, difícil? Um pai?

Ele sentiu novamente as agitações dentro de si — uma dor na virilha, pequena, persistente, agora. Não muito forte — mas nada parecido com qualquer coisa que ele tivesse sentido antes.

Tudo era o caos fora da Organização, ele sabia. Havia apenas a sede do clube, o bairro, a casa, a igreja — as mesmas verdades eternas, como as serpentes Célticas da vida, enroscando sempre e sempre em torno de si mesmas.

Mas para quê? Para quê?

Terra do povo...

Ergueu os olhos da sua imagem no espelho, confuso e amedrontado naquele momento, mas não viu nenhum alarme registrado nas faces de Feeley, o barman, ou de Photo Dave. Ele ainda conseguia manter a expressão de um político, pelo menos. Graças a Deus por isso.

— Obrigado, Richard — ele disse, deixando discretamente um reluzente dólar de prata no balcão, da mesma maneira como fazia todas as manhãs. — Não deixe que aqueles advogados o depenem nos barris de cerveja — a brincadeira padrão de todos os dias.

— É, vou ficar de olho. — O barman sorriu.

Ele olhou em volta do salão mais uma vez. Possuía três outros bares oficialmente, e tinha participações informais em incontáveis outros por toda a cidade. Eles estavam todos estrategicamente localizados: este perto da Tombs, outro em frente da Prefeitura, outro perto dos jornais lá em Park Row, o quarto próximo aos quartéis da polícia entre a Centre e a Grand. Depois havia os teatros de vaudeville e as pistas de corridas, os teatros de um níquel e as salas de cinema — e os três enormes parques de diversões em Coney, o Steeplechase, e o Luna Park e a Terra de Sonho.

Ele tinha pelo menos o controle da maioria das ações em todos eles — e depois havia os pagamentos que recebia da linha de bondes elétricos, e da empresa de eletricidade, e das concessionárias de água, as comissões de todas as lutas de boxe, todas as casas de jogos e rinhas de rato que aconteciam por toda a Cidade. Um bom dinheiro era o que ele ganhava, e sabia que ganharia sempre de um jeito ou de outro, e para o inferno com o que diziam os jornais.

— Dave, meu rapaz — ele disse, voltando-se para seu autodesignado guarda-costas, perpétuo indicador dos clubes, e portador da sagrada graxa que fazia as engrenagens girarem. — Pode carregar.

— Certamente, Dry Dollar — Dave sorriu, usando o velho apelido de infância de Sullivan, pelo qual somente os Sabidos o chamavam.

Photo Dave retirou punhados de moedas tilintantes do casaco, cuidadosamente enfiando-as nos muitos bolsinhos do terno feito sob medida de Big Tim, no seu casaco, nas calças. Sullivan postava-se pacientemente diante dele, os braços estendidos como um espantalho, divertindo-se um pouco com o espetáculo que sabia que estava dando.

— Ah, meu Deus, Dave — ele disse quando o outro terminou. — Se os Gold-Plated Holies estiverem pensando em acabar comigo, só o que precisam fazer é me jogar no East River agora mesmo.

Outra brincadeira padrão, feita com o sotaque exagerado dos atores dos teatros de variedades, os velhos Joe Millers que ele sabia que Photo Dave adorava. O homem explodiu em risos na hora, e Big Tim sentiu-se tranqüilizado pelo ritual.

— Agora algumas verdinhas para os cães de guarda, e para todas as pequenas necessidades de Little Little Napoleon.

Com devida solenidade, agora, Photo Dave retirou dos bolsos internos enormes rolos de notas, mais grossos do que o punho de um homem. Como os jornais da Reforma iriam uivar se pudessem ver aquilo! O dinheiro público — gasto para livrar bandidos da cadeia! Emprego e moradia seguros para os indolentes!

Claro, nem Big Tim nem qualquer outra pessoa poderia contar aos *goo-goos*, aos puros de espírito, quanto dinheiro havia, ou se era realmente o dinheiro do povo. As extorsões semanais das gangues e dos bordéis contavam como dinheiro público? E quanto ao dinheiro extorquido dos comerciantes honestos, das casas de ópio de Chinatown, ou dos donos de bares semilegítimos-a-completamente-incorrigíveis?

Era um mundo diferente aquele onde eles viviam, os bons tipos do governo — um lugar onde tudo era cuidadosamente anotado e explicado, em grandes e separados livros contábeis. Comércio deste lado, corrupção do outro. Reformas progressistas aqui, e a compra de votos ou de gângsteres ali. Era um mundo que não tinha nada a ver com o interior de uma delegacia de polícia, ou com uma cabine de votação, ou uma casa de cômodos.

Mas você pode decidir — aquela zombeteira voz interior novamente. Você sabe o que é melhor.

Ele afastou os emaranhados da mente, sorriu para seu valete e para o barman outra vez.

Nada disso importa Nenhum de nós escolhe a sua posição nesta vida

— Tudo bem, Dave — ele disse. — Vamos para a nossa ronda de surpresa.

Foram cercados pelas crianças assim que pisaram na rua. Ele sorriu ao vê-las, elas pareciam tão contentes, tão determinadamente crescidas. Os meninos usavam macacões e bonés enormes, as meninas vestidos feitos de velhos sacos ou mantas de cavalos, quase todos descalços na rua revestida de granito da cidade.

Certa vez, poucos meses atrás, no beco fétido que ficava atrás do Dirty Spoon, ele se deparara com uma menininha que devia ter menos de sete anos, que estava completamente nua. Nem mesmo um retalho de roupa sobre ela, e nada que ela possuísse — e mesmo assim não foi surpresa alguma para ele, embora soubesse muito bem que tais coisas, e outras muito piores aconteciam, que fora incapaz de parar de chorar.

— Ei, Big Tim! Big Tim!

— Ei, sr. Sullivan! O que o senhor tem p´ra mim?

A virilha dele deu um coice e ele quase interrompeu o passo. A dor espalhava-se, queimando. Já tivera um caso destes antes, quando Nell, a esposa, ainda estava com ele, mas nada parecido com isso. Os rostos sujos, sorridentes, giravam à sua volta, as mãozinhas agarrando-o, e ele obrigou-se a sorrir de volta.

— Ei, Big Tim!

Elas enfiavam os dedos em seus bolsos, retirando reluzentes moedas de vinte cinco centavos, dez centavos, maravilhando-se com os prêmios. Elas riam e pulavam, saltitavam em volta dele como quaisquer outras crianças — apesar de que, se olhasse atentamente o bastante, ele sabia, podia-se ver o quanto eram magras, quão depressa se cansavam.

Os jornais gostavam de romantizá-las. Chamavam-nas de Árabes das Ruas, e escreviam sobre a cidade como se esta fosse um grande quintal onde elas brincavam. Ele sabia a verdade: como elas lutavam para dormir perto de uma grelha quente no inverno; num anexo, ou talvez uma caldeira abandonada no verão. Estavam à mercê dos assassinos e proxenetas mais velhos. As carroças e bondes abatiam-nas aos bandos e agora, também, os grandes e novos automóveis, investindo e adernando imprudentemente através das ruas apinhadas da cidade.

No entanto elas eram as fotos que ele mais havia gostado no livro do Sueco, tinha de admitir. Não os adultos exauridos — olhos vagos, fixos, o último lampejo extinguido — mas as crianças, ainda tão ferozmente orgulhosas, tão independentes. Elas assustavam os turistas; quando os ônibus de excursões chegavam, atiravam pedras para o guia com seu megafone, gritando: "Os macacos chegaram!", mas ele adorava aquela fibra.

Podia-se vê-la nos rostos dos meninos, caso se olhasse com bastante atenção — fingindo dormir por ordem do fotógrafo, mal conseguindo conter o riso, seus sorrisos por aquele faz-de-conta já se formando em torno das beiradas de seus lábios. Ou uma menina numa oficina de costura na Ludlow Street, já condenada a uma vida de cortar e costurar calções numa série interminável de sufocantes oficinazinhas, mas sorrindo, sorrindo para a câmera assim mesmo. Sorrindo através de uma tesoura, dentre tantas coisas, levantando-a na altura dos lábios como se fosse uma das *señoritas* de Goya com um leque...

— Me dá! Me dá aqui!

Ele perscrutou-lhes os rostos enquanto atiravam as mãos para cima, procurando por alguma semelhança consigo mesmo. Claro que ele havia separado alguma coisa para elas — todas aquelas que sabia que eram suas, de qualquer forma: as meninas em Jersey, o menino lá no Oeste, onde havia ar e espaço. Todos eles estavam muito bem cuidados. Ele cuidava muito bem dos seus...

A não ser que houvesse outros. Outros dos quais ele não tivesse conhecimento — seus filhos, morando ali nas ruas. Quando, ironia das ironias, Nell jamais pudera lhe dar um...

Sua virilha chutou novamente, fazendo-o inclinar-se sobre as crianças.

— Já chega, já chega, crianças, vocês já secaram o homem — Photo Dave os dispersava para longe.

Com um grande esforço ele endireitou-se, seguiu pela Broadway o mais lepidamente que pôde, tentando ignorar os olhares indagadores de Photo Dave. Atrás dele as crianças dispersaram-se correndo, acenando e gritando.

— Até logo, Big Tim!

— Big Tim! Big Tim!

— Eu amo o senhor!

Ele virou-se a este último grito. Imaginou que viera de uma menina de cabelos crespos e escuros, que lhe parecia quase familiar. Mas então ela se foi — e depois todas as crianças se foram, desaparecendo para dentro de seus buracos e becos, de volta aos seus intermináveis jogos nas ruas de Nova York.

CAPÍTULO 13

NO PASSADIÇO

Esther encontrou-o no portão principal da Terra de Sonho, perto do Anjo da Criação — suas asas enormes abarcando toda a extensão do arco da entrada, os seios perfeitamente formados apontando o caminho para o futuro. Ele a estava esperando aos pés do anjo, num terno branco de verão com um colete verde-claro que parecia tão fresco e elegante quanto um *sorbet*— contemplando fixamente as belas tetas do anjo.

Kid Twist sorriu e apertou-lhe a mão quando ela se aproximou, e ela não pôde evitar sorrir-lhe.

— Estou contente por você ter vindo.

— Achou que eu não viria? — ela zombou.

Lá dentro, o parque estava começando a engrenar-se para o dia, parecendo quase salutar na luz da manhã. O calçamento estava intato, as montanhas-russas fazendo seus primeiros volteios experimentais nos trilhos. Uma longa fileira de garotas que trabalhavam nos caixas da Terra de Sonho desfilava com seus imaculados bonés e trajes brancos, marchando como se fossem noviças na direção das registradoras.

— Nós temos o dia inteiro — ele disse, e arrastou-a consigo.

Andaram no trem Alpino, passando pelos minúsculos chalés suíços e cachoeiras congeladas, e picos nevados cor-de-rosa. Os carrinhos abertos tinham o formato de trenós, com sinos que tilintavam quando adernavam nas curvas, subiam arduamente o Starnbergersee. Arremeteram subitamente — e um longo, deliciado grito ergueu-se das mulheres e crianças sentados nos carrinhos à frente.

Eles iam na traseira, o único casal no trem, apertados nos assentos infantis do carrinho. As mãos dele em volta da sua cintura, pendendo sobre o seu quadril, roçando a cintura e as coxas.

Entraram num túnel a toda velocidade, com um aviso escrito infundadamente PROIBIDO BEIJAR NESTE TÚNEL. Assim que estavam no escuro ela sentiu as mãos dele, puxando-a para si. Ele exalava um cheiro de rum aromático, balas de hortelã, e ela teve vontade de rir ao pensar em seu primeiro beijo com o patrão-barata, agarrando-a em seu salão de casacos. Ela fechou os olhos e retribuiu o beijo, ignorando as mulheres e crianças que se remexiam e davam risadinhas por toda sua volta.

Saíram do túnel, os outros passageiros rindo e apontando para eles mas, para sua surpresa, ela descobriu que não dava a mínima para isso. Virou a cabeça, sorrindo, olhando sonhadoramente para baixo, para a matriz de trenzinhos de brinquedo lá embaixo, passando zunindo para dentro e para fora dos seus pequenos túneis e cavernas cobertos de neve.

Nas Ruas do Cairo, homens de turbantes e cáftans guiavam seus camelos e elefantes pelas alamedas centrais. Uma mulher de cabelos muito pretos serpenteava diante de uma mesquita de gesso — a cúpula pintada num azul-celeste descascado.

— O espetáculo mais quente da terra! Venham vê-la dançar o Hootchy-Kootchy! A *danse du ventre*... se é que vocês sabem o que é isso!

Ela dançava ali sobre o palanque em estrelas e braceletes: uma madeixa de cabelos lustrada no formato de lua crescente, os olhos pintados em misteriosos traços acima do véu, uma imitação de safira encravada no umbigo. A barriga nua, arredondada, remexia-se como nada do que Esther jamais havia visto, sugerindo uma infinidade de novos mundos.

— Em *qualquer* outro lugar, exceto sob as brisas marítimas de Coney Island, ela seria consumida pelo seu próprio fogo!

Ela bamboleou e fez um giro lento, sacudindo-se, voltando na direção da mesquita azul-celeste. Um pequeno grupo de homens, sorrindo timidamente, foi arrastando-se atrás dela para dentro da mesquita de gesso.

Mais tarde, quando escureceu, ele levou-a para dançar no final do Velho Píer Iron. Arrastavam os pés bem devagar, escutando as ondas abaixo e acompanhando baixinho as suas músicas preferidas:

> Minha estrela da noite
> Pergunto-me quem é você

Tão distante quanto um diamante no céu
Não importa o que eu faça
Não posso ir ao seu encontro
Então venha para mim, minha estrela da noite

Ela o fizera pedir "Depois do Fim do Baile", que mal se podia passar quinze minutos em Coney sem ouvir, mas nenhum dos outros dançarinos pareceu incomodar-se:

Depois do fim do baile
Depois que chega a madrugada

Era tarde, e todos estavam cansados. Os dançarinos arrastavam-se encurvados na pista, sentindo os odores uns dos outros, cheiros agradáveis de sal e água, e sol, e frituras...

Depois do fim do baile
Depois que chega a madrugada
Depois que os dançarinos partem
Depois que desaparecem as estrelas
Muitos corações estão sofrendo
Se você pudesse enxergá-los
Muitas esperanças se perderam
Depois do fim do baile

Era tarde quando ele acompanhou-a até a estação de trem. Os fogos de artifício já estavam acabando, os últimos trens saindo.

— Fique comigo — ele pediu... a sério desta vez, realmente tentando convencê-la, desta vez.

— Não. Preciso trabalhar.

Ela ergueu os olhos para ele e sorriu, para demonstrar o quanto queria ficar.

— Minha pombinha. Fique.

— Não.

Ele ajudou-a a atravessar a multidão até o seu trem. A bordo, todos estavam exaustos, as crianças já adormecidas nos colos das mães. Ela foi abrindo caminho para dentro do vagão, e ficou parada ali, olhando para ele através da porta aberta.

— Minha doçura. Minha pombinha.

— Não...

A sineta de aviso soou — e ele deu um passo pela soleira, entrando no trem. Os olhos dela arregalaram-se, incerta do que ele estaria fazendo.

Ninguém mais percebeu. Todos estavam cochilando, ou parados estupidamente, agarrando-se aos apoios de mão. Ninguém mais se importava — mas ele tomou-a em seus braços perto da porta, como se fossem casados. Os dois fitando-se nas janelas escurecidas enquanto seguiam a toda velocidade através dos fossos de cinzas e dos depósitos de carvão.

Moveram-se através dos bairros adormecidos de Park Slope, e Boerum Hill, e por cima da ponte de Manhattan, o trem parando mais freqüentemente, agora. Todos exaustos, todos cansados demais até para fazer qualquer barulho, as famílias sonolentas de alguma forma intuindo qual era a sua parada, arrastando-se para fora do trem. Metade do vagão esvaziou-se quando chegaram em Delancey, e era a parada dela, também, mas ela nem se moveu.

Ficou ali junto à porta com ele, abraçando-o . Podiam sentar, agora, mas permaneceram na porta, abraçando-se e olhando gravemente para seus próprios reflexos. Logo o vagão estava completamente vazio, apenas dois ou três homens sozinhos que tinham perdido suas paradas roncando nos cantos. Seguiram a toda pelos trilhos elevados, passando pelas casas de cômodos e pelos novos e extensos prédios de apartamentos. Tão próximos que podiam espiar direto em suas janelas e lares e vidas — homens e mulheres lendo ou comendo, ninando bebês ou fazendo amor, ou apenas sentados sob uma luz fraca, fumando.

Seguiram velozmente para a cidade alta, todos os bruxuleantes, inescrutáveis pequenos dramas se desenrolando, e ele prendeu as mãos em torno da sua cintura e começou a beijá-la. Beijou-lhe a nuca, como fizera no Steeplechase, e ela inclinou a cabeça, e beijou-o na boca, e passou os braços em torno do pescoço dele. Ela interrompeu o beijo, depois tornou a beijá-lo por um longo momento, e recostou-se contra ele — os dois olhando pela janela para todas as casas que passavam, os homens e mulheres debruçados em seus parapeitos na noite quente, imóvel, olhando embotadamente para o trem que passava por eles em disparada.

CAPÍTULO 14

KID TWIST

Quando o trem chegou ao ponto final eles voltaram até a parada dela, e depois ele acompanhou-a até em casa. No fim do seu quarteirão ela afastou-se dele, mas ele continuou segurando-lhe a mão — na direção de onde, ele não sabia. Permaneceram em silêncio, à distância de um braço por um momento — e então ele a soltou, para a escuridão da Orchard Street, vendo-a ir-se através das nódoas das luzes da rua.

Ele caminhou de volta na direção do elevado na suada pós-meia-noite, pelas ruas que estavam longe de se acharem desertas. Isso era o que mais o impressionava a respeito de Nova York — como tantas pessoas ainda estavam acordadas, e fora de casa, bem depois da meia-noite. Prostitutas e mascates, umas poucas trabalhadoras de uma ocupação diferente, arrastando-se de volta dos seus turnos nas fábricas, a exaustão superando o medo em seus rostos.

Mas a maioria era de homens — homens de todos os tipos e formatos, mas com o mesmo comportamento furtivo. Eles passavam apressados por ele na rua — tentando parecer audaciosos e confiantes, tentando endireitar seus passos oscilantes de bêbados. Cabeças enterradas nos paletós e colarinhos, chapéus de palha e chapéus-coco puxados bem por cima das cabeças, olhando direto para a frente.

O que ele estava fazendo ali, no meio deles? Era loucura voltar para a Cidade, Kid sabia. Qualquer uma daquelas figuras espectrais subindo apressadamente as escadas do elevado poderia ser um delator ou um assassino, feliz por ganhar as boas graças de Gyp apontando um dedo para ele — ou coisa pior.

O que ele estava fazendo? Por que já não dera o fora — e para bem longe dali, não simplesmente para o hotel das prostitutas onde aquele anãozinho maluco o enfurnara? Ele tinha um pouco de dinheiro — por que já não estava num vapor em Nova Orleans, ou num carro Pullman para St. Louis? Em algum lugar, qualquer lugar, onde teria uma boa chance de ficar para sempre longe das vistas de Gyp Esquentado?

Seria a garota? Mas houvera outras garotas antes, se bem que na maioria rameiras e caipiras, e solitárias e simplórias operárias de fábricas, acabadas de sair do navio. Esta era diferente — mas valeria a sua vida?

Ele também estava ciente da pergunta mais importante: *por que fizera aquilo, em primeiro lugar?* Por que, neste mundo, importaria a ele o que Gyp Esquentado fazia? Era função sua sair por aí salvando as pessoas?

Não foi para isso que viera para cá, disse a si mesmo enquanto subia no trem para a longa viagem de volta do Brooklyn para Coney Island e para o traseiro do Elefante. Não era isso que ele devia estar fazendo ali, em Nova York — não era o porquê de ter percorrido todo aquele caminho. No entanto, o que *estava* fazendo, ele já não sabia mais.

Ele barbeou o rosto no dia em que enterrou o pai. Assim que voltou do funeral, com sua fileira dispersa de pranteadores, sacou do pedaço de espelho manchado e da navalha afiada que comprara do *goy* em Kovno. Primeiro cortou o pêlo áspero e embaraçado da barba, já agrisalhando-se, com uma faca. Depois molhou o rosto com um pouco de água, e atacou a protuberância remanescente.

Que massacre foi aquilo. Sua pobre pele nunca tinha sido barbeada. Nem a de qualquer outro em toda a Velha Zagare, ou mesmo na Nova Zagare, onde eram todos pecadores. Exceto quando os Cossacos vieram, e os prenderam e arrancaram-lhes as barbas com os sabres, e muitos daqueles não tinham sobrevivido por muito tempo.

Ele enxugou as faces e o queixo com um trapo, e olhou novamente no espelho. Um rosto pálido, sério, encarou-o, subitamente mais jovem. O nariz grande, pontudo, e os olhos escuros e fundos assomaram-se grandes, e inocentes, e desajeitados.

Ele guardou o espelho e a navalha na escassa mochila que havia preparado, junto com uma fotografia que tinha do pai e outra da mãe, do dia do casamento deles, e, por motivos que nem bem entendia, uma que um fotógrafo itinerante havia tirado da própria Velha Zagare: uma fotografia ridícula, na verdade, mostrando as estradas sulcadas pelas carroças no auge da temporada de lama da primavera, as árvores desnudas e choupanas, um cercado patético desaparecendo até o nada.

Assim mesmo ele a enfiou na sua mochila, e atirou a trouxa por cima do ombro. Nada além daquelas posses: as fotografias, a Bíblia do pai com a árvore da família escrita nas primeiras páginas, uns dois pãezinhos, uns poucos legumes que tinham brotado naquele ano. Colocou um boné de operário na cabeça, comprado em Kovno no mesmo dia em que ele conseguira a navalha, e partiu — sem nem mesmo importar-se de fechar a porta, ou olhar para trás para o chalé de madeira de dois cômodos, coberto com lama e palha.

Foi andando através do restante da Velha Zagare, passando pela sinagoga e a escola, o matadouro e o *mikvah*, e pela longa fila de *luftmenschen* esperando pacientemente no lado de fora da casa de caridade para a sopa e o pão diários. Ele caminhava bem no meio da rua principal de terra, a lama já açoitada em nuvens de poeira pelos primeiros ventos do verão, sentindo o cheiro do arenque e batatas das refeições do meio-dia.

Andou pelo cemitério, onde já estivera naquela mesma manhã, passando pela terra recentemente revolvida da cova do seu pai. Ali os meninos de Nova Zagare gostavam de ir e esconder-se atrás das lápides, esperando ter um vislumbre dos cadáveres da Velha Zagare sobre os quais seus pais tanto falavam. Ele riu ao vê-los arregalarem os olhos e fugirem correndo quando o avistaram, sabendo que era um choque bem maior do que qualquer rabino morto há cem anos erguendo-se dos mortos.

Atravessou a ponte para a Nova Zagare — com sua própria coleção de choupanas de madeira e lama e palha, com seus próprios *shoichetin* e *mikvah*; suas próprias escolas e sinagogas e prefeitura e *luftmenschen*, todos amargamente opostos a qualquer coisa relativa à Velha Zagare. Cruzou-a em questão de minutos, um insignificante pontinho no meio do nada, e parou apenas um momento para olhar para trás, para os vilarejos gêmeos onde vivera por toda sua vida, antes de caminhar para o interior do invólucro de poeira da ampla estrada:

Ah, se ao menos eu pudesse enterrá-los a todos num único dia!

Continuou andando. Andou até que estivesse cansado demais para andar, e então deitou e dormiu na beira da estrada e, quando acordou, começou a andar novamente. Andou por semanas e meses, andou até que não tivesse mais noção de quanto estivera andando — até caminhar para fora da terra plana, sem árvores, estendendo-se para o horizonte.

Andava na direção oeste, sempre oeste, se bem que de tempos em tempos se perdesse, perambulando para o norte e para o sul. Quando os poucos legumes e os pães que levara se esgotaram, ele passou a viver de expedientes. Pedia trabalho onde pudesse obtê-lo, filava comida nas carretas dos mercados das cidades, comia com estranhos na estrada. Às vezes conseguia carona numa carroça por uns poucos quilômetros, viajava no lombo do burro de algum mascate — mas, quase sempre, andava.

Caminhou através de todas as águias duplicadas blasonadas nos portões das fronteiras. Os guardas das fronteiras esplendidamente uniformizados, Habsburg ou Hohenzollern, acariciando seus bigodes com imaculadas luvas amarelas enquanto analisavam atentamente seus documentos: JOSEF KOLYIKA — seu antigo rosto, do qual ele próprio agora mal se recordava, vincado e manchado e coberto com mais selos de águias. Invariavelmente, recusavam-se a permitir que ele cruzasse, qualquer que fosse a fronteira. Não estavam bem certos de qual seria aquele novo subterfúgio — um homem que tirava a barba para revelar o rosto! — mas não confiavam nisso.

Ele começou a ficar longe dos postos de fronteira, seguindo seu caminho cautelosamente à noite, ao longo dos ambíguos limites do império — procurando um lugar para atravessar. Foi cuspido em algum beco em Varsóvia, surrado pela polícia em Budapeste, assaltado por ciganos em Praga.

Ainda assim, continuou andando. Finalmente chegou a uma cidade grande e sossegada, emergindo lentamente de uma agradável floresta, abrindo-se para ele em ruas e bulevards sempre mais largos. As avenidas estavam repletas de estudantes em uniformes; gente satisfeita e robusta em bons casacos; espessas nuvens de poeira erguendo-se dos blocos vermelhos, macios, do calçamento.

Ele ziguezagueou no meio deles com suas roupas pesadas, deformadas, apalermando-se com os palácios e mansões. Estava em algum lugar alemão, ele sabia pelo idioma áspero, gutural. As vitrines sobrecarregadas de carnes e pães e doces fantásticos; a interminável fileira de estátuas postadas petreamente ao longo da avenida principal. As torrentes de pedestres abriam-se e fechavam-se em volta dele como se fosse algum tronco de árvore abandonado em seu caminho, as expressões repletas de aversão.

Claro, não lhe seria permitido permanecer em público, com a aparência que tinha. A polícia removeu-o das ruas tão rápida e eficientemente quanto o serviço sanitário municipal recolheria quaisquer excrementos dos cavalos das carruagens. Levaram-no marchando para uma delegacia, examinaram-no às pressas — mas seus documentos estavam tão manuseados, então, que finalmente tinham se tornado ilegíveis. No pouco de alemão que sabia, disse a eles que vinha da Rutênia — uma província tão geográfica e intelectualmente removida da capital que sua própria existência jamais fora confirmada.

Eles ficaram desconfiados, mas ficou claro que ele não era um anarquista, ou algum assassino fugitivo vindo dos Balcãs. Largaram-no num albergue numa esquina, deram-lhe uma moeda para uma refeição e uma noite de hospedagem. Naquela noite ele sentou na enorme mesa comunitária na cozinha, devorando com gratidão uma tigela quente de sopa de batatas e pão.

Era um lugar limpo, bem iluminado, dirigido com uma disciplina germânica — mais um dormitório para viajantes transitórios do que um verdadeiro albergue. Ao lado dele, na mesa, havia homens falando em todos os dialetos do imenso, arruinado império. À sua direita estava um homem com olhos escuros, desvairados, e uma estreita faixa de cabelos, vestido como um artista de rua e, obviamente, um lunático. Ele tentou uma conversa educada a princípio, mas quando o homem descobriu que ele vinha do Leste virou-se abruptamente, declamando a plenos pulmões alguma coisa a respeito dos judeus.

Os outros o ignoraram, mais interessados na sopa com seus grandes bocados de gordura boiando no caldo, os generosos pedaços de batata. Ele virou-se para o homem no outro lado — vestido como um trabalhador braçal, a boca que enrugava-se alegremente quando sorria, mas os olhos de um lobo. Ele sabia um pouco de Russo e pelo menos poderiam conversar, embora houvesse alguma coisa evasiva no homem. Ele reparou que um dos braços do homem não estava certo — era aleijado, ou definhado, embora mal se percebesse de início pela maneira como ele o erguia.

— Eles não gostam de judeus por aqui — o homem confirmou, olhando para o artista lunático.

— E onde gostam? — Josef perguntou, e o trabalhador pareceu achar que isso era muito engraçado, os lábios enrugando-se novamente como as figuras de Papai Noel que ele havia visto em Kovno.

— Além do que, não quero mais ser judeu. Estou farto disso.

O trabalhador achou que aquilo também era engraçado — embora reparasse que o homem nunca ria realmente.

— É verdade — ele disse. — Estou indo para *goldineh medina*.

— É melhor que vá mesmo — o homem concordou, animado como sempre. — É uma sepultura, isso aqui. — Ele inclinou-se, confidencialmente. — Pelo menos, alguns de nós estamos fazendo de tudo para que seja — acrescentou.

Ele não tinha certeza se o homem estava brincando ou se ele, também, era louco, mas o trabalhador apenas sorriu novamente o seu sorriso enigmático, prazenteiro, e Josef sorriu também, sem querer ofendê-lo.

Apesar de tudo, ali ainda era melhor do que a Velha Zagare, e naquela noite ele dormiu numa boa cama, a primeira sem insetos e elevada do chão de que podia se lembrar. No dia seguinte até recebeu uma calça, uma camisa, um paletó e uns sapatos. As roupas serviram tão mal quanto as suas antigas, mas ao menos eram mais leves, mais macias, e livres do seu próprio velho e conhecido mau-cheiro.

Lavou-se no banheiro do dormitório — com água quente, nada menos! — depois vestiu-se com suas agradáveis roupas novas e começou a andar outra vez. Andou para o norte; tinha alguma idéia de onde estava e para onde iria, agora. Esgueirando-se por mais impérios, mais águias imperiais, até que finalmente chegou ao grande, agitado cais do porto para a América.

Foi então que deu-se conta de que não tinha absolutamente idéia alguma de como proceder. Havia pensado apenas em andar, e quando começara até mesmo o horizonte parecera tão distante que era inútil pensar em qualquer outra coisa. No entanto, agora lá estava ele, e não tinha uma passagem, nem dinheiro para comprar — nenhuma habilidade que alguém ali pudesse valorizar, e uma língua que só lhe serviria para ser deportado.

Diante dele, turmas de estivadores usando macacões e camisas azuis ocupavam-se em encher a pança de um enorme navio de cruzeiro, carregando aos trambolhões tanto os baús da primeira classe como os dos passageiros da terceira. Ele olhou para baixo e avistou uma das camisas azuis caída sobre o cais. O emblema em um dos bolsos dizia "Jos. K.", e vendo que este era mais ou menos o seu próprio nome, ele a vestiu quase sem pensar.

— Ei, você! *Kalikeh*! Venha até aqui! — um dos trabalhadores gritou para ele. Mesmo sem ter muita certeza do que o homem estava dizendo, foi até ele.

— O que é que está fazendo? Idiota!

Ele limitou-se a encolher os ombros, incerto de qualquer outra resposta, do que se esperava que fosse, e o homem fez um gesto indicando uma imensa, misteriosa caixa de madeira. As únicas marcas na caixa eram os dizeres FRÁGIL! e DELICADO! e TEATRO NAC. DE OKLAHOMA, mas foi necessário uma turma inteira de trabalhadores, usando toda sua força, para rebocá-la e empurrá-la para dentro do porão do navio.

Quando terminaram os outros estivadores abaixaram-se, descansando por um momento, depois voltaram para carregar a carga, e Joseph deu-se conta de que, agora, estava a bordo do navio. Ninguém prestava a mínima atenção a ele, e lentamente foi perambulando de volta ao porão, mais e mais para o fundo em meio às enormes caixas e carruagens e automóveis, empilhados para sua viagem à América.

Ficou esperando que alguém o chamasse — certamente não podia ser tão fácil assim entrar no vasto navio de cruzeiro e ele seria apreendido, e talvez até mandado novamente para a cadeia. Mas ninguém chamou, e em pouco tempo ele pôde ouvir os apitos gritando, e a sirene do navio clamando. Ele esgueirou-se até um dos tombadilhos mais inferiores, um estreito corredor para os passageiros da terceira classe. As pessoas davam vivas e acenavam no cais e por todo o convés da primeira classe, e em algum lugar uma banda estava tocando. As enormes chaminés do navio expeliram em vida, e dois tiros espoucaram uma saudação do grande forte no outro lado do porto. Lá embaixo, os rebocadores enfeitados com bandeirolas coloridas começavam a puxar o navio irresistivelmente para fora do cais.

Estavam a caminho — um único navio, desprendendo-se de um continente.

Ele entocou-se no mais fundo do navio, em cubículos abaixo até mesmo dos compartimentos da terceira classe. Havia toda uma comunidade de passageiros clandestinos ali, sob a enorme, palpitante cidade do navio — seus números constantemente aumentando ou diminuindo, mais desgarrados apanhados em Antuérpia, ou Bristol, tão remendados e famintos e secretos quanto ele.

Esteve agitado durante dias, e depois, calmo — as duas maneiras atirando-os em volta no fundo do porão desferrolhado, fazendo-os vomitar o pouco de comida que conseguiam surrupiar. Nunca tinham certeza de como estava o tempo; de qualquer forma, as únicas notícias que tinham eram de velhos exemplares do jornal do navio, que usavam muitas e muitas vezes. Eles liam o que quer que conseguissem ler, depois usavam-nos para limpar os traseiros, atirando-os nos esgotos do porão para serem rapidamente devorados pelos tubarões que seguiam o grande cruzeiro por todo o trajeto através do Atlântico Norte.

No fundo do seu buraco na parede junto à quilha, ele estudava Inglês num livro cheio de dobras e orelhas que lhe fora dado por um foguista que sabia da existência deles, trazendo-lhes comida e um cobertor em troca de qualquer dinheirinho que tivesse lhes sobrado, ou de sexo, ou da chance para a crueldade.

As histórias, ele lenta, gradualmente, foi discernindo, faziam parte de uma série, um mesmo conto interminavelmente repetido com títulos como *Sorte e Coragem*, ou *Mergulhe e Nade*, ou *Fama e Fortuna*, sobre um rapaz com uma sorte incrível. Às vezes o jovem era chamado de Dick Maltrapilho, ou às vezes era Tom Esfarrapado, ou às vezes Mark Vendedor de Fósforos, mas sua história era a sempre a mesma, era sempre sobre enriquecer. Com a mais absoluta certeza, o rapaz em questão iria *subir na vida*.

Ele as lia obstinadamente, muitas e muitas vezes, com a ajuda de um maquinista do navio particularmente amigável chamado Schubal, a América desdobrando-se para ele a poucas palavras de cada vez. A que ele mais gostava, aquela da qual primeiro compreendeu o significado, era *savory**. Era algo que Mark Vendedor de Fósforos (ou Dick Maltrapilho) estava sempre comendo: *savory stew***.

Não tinha bem certeza do que era isso, não sabia se ele próprio jamais comera algo assim, mas não podia imaginar por que alguém se incomodaria em subir na vida — se ele pudesse comer *savory e viver naquele mundo de charutos, e ostras, e milho assado, dos personagens sombrios e mulheres de má reputação, e dos trens elevados, e das estridentes platéias do Velho Teatro da Bowery...*

As histórias sempre terminavam do mesmo jeito, com o rapaz fazendo sua fortuna valendo-se do expediente de salvar o filho de um homem rico ou impedindo um crime terrível, ou recuperando o dinheiro de uma pobre viúva. O rapaz em questão, o Dick Maltrapilho ou o atoleimado garoto dos fósforos, era então removido para algum lugar distante e muito menos interessante — para Milwaukee, ou Boston, ou Nova Jersey — de forma que Joseph nunca esteve muito certo de qual era a vantagem de se subir na vida, no fim das contas.

Antes que pudesse descobrir, foi avisado por Schubal, o maquinista, de que estariam atracando naquela mesma noite, e depois que escureceu ele arriscou-se a ir furtivamente até o convés da terceira classe, para ver se conseguiria ter um primeiro relance do novo continente.

O navio inteiro estava desperto e excitado à sua volta. Nos tombadilhos da primeira classe, podia ouvir os americanos nos bares do navio, entoando alegres coros de "Auld Lang Syne" — embora os judeus em seu convés, amontoados em volta das suas poucas posses, cantassem uma lamentosa canção russa:

---

* saboroso (N. da T.).

** ensopado saboroso (N. da T.).

Perto do pequeno riacho
Perto da pequena ponte
A relva estava crescendo...

— Fogo! Fogo!

Alguém estava gritando do convés superior. Os judeus em seus pequenos círculos não deram atenção, mas Joseph olhou em volta ansiosamente, perguntando-se se o navio poderia estar se incendiando.

— Fogo! Fogo! Um incêndio terrível!

As pessoas em todos os diferentes tombadilhos agora amontoavam-se nas amuradas, olhos arregalados para a escuridão. Bem longe, ao longo da margem do mundo, ele realmente conseguiu divisar um fogo, as chamas incandescentes agitando-se por toda a extensão do horizonte.

— O que poderia provocar um fogaréu destes?

— Estas cidades americanas são todas planejadas. Veja o que aconteceu em Chicago...

— Levantam as cidades num dia, derrubam-nas no outro...

Os passageiros tagarelavam numa dezena de línguas diferentes, excitados pela catástrofe distante. Era realmente um fogo incrível, delineando suas faces ao longo da amurada, avultando-se alto e incandescente acima da praia. Toda a terra estava flamejante — as chamas revolvendo-se muitas e muitas vezes em si mesmas, como um animal atormentado.

— Como pode ficar ardendo desse jeito?

Somente quando balançaram lentamente sobre as ondas eles conseguiram ver que havia algo de estranho naquele incêndio. Era um brilho constante, anormal, ardendo mas não consumindo. Jamais aumentando ou diminuindo, recaindo sobre si mesmo sem cessar...

Logo conseguiram ver, divididos em padrões e formatos distintos — globos giratórios, e obeliscos e castelos, e deslizantes rodas de fogo. Estremeceram ao ver aquilo, agora, não mais tão satisfeitos com o desastre. O que poderia provocar tal fogaréu, eles não sabiam.

— É a roda que está se incendiando!

— Os arranha-céus!

Mas já podiam discernir as rodas dentro de rodas. As montanhas-russas e trens em miniatura, os carrosséis e as rodas-gigantes, e a grande torre de fogo, adornada com águias douradas. Quando balançaram para ainda mais perto, puderam distinguir as linhas de segurança demarcadas com estacas na água, as cabeças e bustos de bronze dos banhistas elétricos emergindo subitamente sob os fachos de luz. Logo conseguiam ouvir os enlouquecidos acordes do calíope, sentir o cheiro de fritura dos mariscos e carnes e do milho assado.

— É um parque de diversões... tudo isso um parque de diversões!

Ele permaneceu ali na amurada com a atenção concentrada — ainda mais atônito do que quando pensaram que fosse um incêndio, e apesar das chances de que ainda poderia ser identificado como um clandestino e ser arrastado direto de volta para Roterdã no navio seguinte. Continuou olhando, enquanto o enorme navio de cruzeiro virava de bordo lentamente e passava por toda a extensão dos parques, estendendo-se por quilômetros e quilômetros, passando pela última cara de idiota, astuta e eletrificada, e pelo luminoso que piscava: STEEPLECHASE — PARQUE DE DIVERSÕES —STEEPLECHASE — PARQUE DE DIVERSÕES

Duas horas depois atracaram para passar a noite em South Street, antes de rumarem para Ellis Island na manhã seguinte, e ele esgueirou-se de volta para o convés da terceira classe. Uns poucos pertences presos ao peito, embrulhados em tecido impermeável e amarrados com seu cinto: alguns biscoitos e latas de carne, seus sapatos e o Livro, que Schubal o deixara levar. Ele parou ali, agachado, até ter certeza de que não havia perigo, e depois correu rápida e silenciosamente pela proa.

A Cidade estendia-se reluzente à sua frente. A proa do navio apontava direto para uma avenida, desembocando para o oeste como um rio de ouro. Grades e grades de oscilantes luzes amarelas e brancas. Ele se levantou, e inclinou-se na direção delas.

Escutou um barulho atrás de si. Abaixou-se rápido outra vez, atirou o pacote impermeável para o lado — e depois de um longo tempo, ouviu-o cair dentro da água abaixo. Então impeliu-se sobre a amurada e saltou logo atrás dele.

E caiu...

Penetrou através da água e afundou rapidamente na incrível imundície e rebotalho do porto. Podia ver, flutuando por ele na luz amarelada e oleosa enquanto afundava: vísceras de galinha e ossos de cavalo, excrementos indeterminados, a pata decepada de um cachorro. Ratos acinzentados gigantescos, afogados, flutuando pacificamente, as cabeças torcidas.

Fechou os olhos contra tudo isso e lutou. Não fazia idéia de como nadar, mas lutou, sacudindo e abanando os braços na direção da fraca luz acima. Começou a subir à tona, a água arenosa, pútrida, penetrando em sua boca e narinas. Ele a expeliu e avançou com esforço para a superfície.

Alguma coisa grande e macia e mole bateu contra seu rosto. Ele abriu os olhos, achando que podia ser o embrulho impermeável.

Uma enorme cabeça rosada sorria para ele. Uma cara hedionda — olhos e orelhas oblíquos, perversos, imensas, inchadas narinas. Ásperos cabelos escuros balançando na correnteza...

Ele afastou-a com um safanão, e a cara afundou — depois boiou de volta na direção dele. Só então ele percebeu que não era humana, mas sim uma gigantesca cabeça de porco, inchada e distorcida pela água. Empurrou-a para o lado, mas ela continuou ali diante dele por mais um longo momento, sorrindo estupidamente até que a correnteza a carregou para longe.

Ele saiu da água a alguns metros de distância do navio, engasgando e ofegando. Avistou seu embrulho flutuando ali perto, preso pelos cabos do ancoradouro, e puxou-o e descansou nele, depois foi abrindo seu caminho à força até o cais.

Arrastando-se, trepou na parede de pedra, por cima dos ratos e do escumalho escorregadio, e ficou abaixado ali por um momento, coberto pela lama preta e oleosa do porto. O navio assomava-se silenciosamente acima dele, parecendo deserto. Não havia mais ninguém no píer — somente o distante barulho de risos e música de piano vindo dos bares e dos prostíbulos no cais.

Ele desamarrou o pano impermeável e usou-o para limpar-se da melhor maneira que pôde, antes de jogá-lo de volta na água. Sentou numa estaca e colocou os sapatos e o boné, enfiou as carnes enlatadas e as maçãs nos bolsos. Então levantou-se e caminhou rapidamente para a larga, dourada avenida, para dentro da nova cidade.

Não que tivesse alguma idéia do lugar para onde iria.

Queria apenas caminhar por um tempo, até que entendesse a configuração da cidade — da maneira como havia feito na Ucrânia, dando a volta por vilarejos *goyishe* inteiros quando não gostava da aparência deles.

Ele já havia tirado uma idéia do Dick Maltrapilho de que não seria nada fácil ali, e o relance que teve da miríade de quarteirões iluminados confirmou-a. Portanto, limitou-se a andar — passando por todos os bares de frente para o mar, lugares iluminados por fora mas escuros por dentro, onde conseguia apenas divisar as silhuetas de homens e mulheres acotovelando-se no balcão, ainda usando seus chapéus e casacos. Do lado de fora, homens de faces duras observavam-no passar, as mãos enfiadas nos bolsos, as palavras macias chamando-o no fim da rua.

Ele manteve-se a salvo, caminhando no meio da rua. Logo, no entanto, foi empurrado para o lado por todo o tráfego: cabriolés, e automóveis, e carroças, denso como se fosse o meio do dia. Ficou atônito, pela primeira vez, ao ver quanta gente havia ali e a rapidez com que todos se movimentavam. Escarranchando-se em cada avenida havia altas traves de aço, pilares sustentando os trens que corriam loucamente através da noite, às vezes dois ao mesmo tempo, em direções opostas, até fazerem toda a rua estremecer. Era um mundo de pesadelo, frenético, apinhado, ao qual ele mal podia esperar para juntar-se.

Ainda assim, ele se conteve, incerto de si mesmo. Apenas para atravessar a rua era exigida uma investida enlouquecida, grandemente baseada na fé, correndo à toda pelo calçamento de pedras com o maior grupo de pessoas que fosse possível — esperando que elas desencorajassem, ou pelo menos absorvessem, o golpe dos automóveis e carroças que continuavam emborcando na direção delas em alta velocidade.

Começou a cruzar diferentes ruas, para cima e para baixo, quase ao acaso, movendo-se vagamente na direção norte e oeste. Ainda mantinha-se longe das pessoas, assustadiço como um cachorrinho. Uma vez, quando parou sob uma das imensas traves de aço, o rosto de uma mulher espiou-o do outro lado, coberto por um véu branco — dando-lhe um susto quase tão grande quanto o que levara com a cabeça de porco no porto.

— Está me procurando? — ela disparou, erguendo o véu para revelar um sorriso pintado de vermelho, desdentado, os olhos contornados em círculos largos, negros. Ele não teve certeza do que ela queria dizer, mas continuou andando, deixando-a chamar num tom de súplica atrás de si: — Não é grande coisa, sabe, mas você pode me comer enquanto está andando!

Suas pernas começaram a doer pela desconhecida resistência da terra, quando chegou numa avenida maior e mais limpa do que qualquer uma que já havia visto até então. Uma cordilheira de casas percorria acima e abaixo da rua: uma massa sólida de frontões e cúspides entalhadas e vidros esfumaçados, treliças e balaustradas de ferro e balcões e salões de baile, erguendo-se na direção dos céus.

Ele nunca havia visto nada igual a isso, nem mesmo nas grandes cidades do Continente por onde caminhara: casas abobadadas e grandes e sólidas como igrejas. Cada uma em formidáveis cores marrom-chocolate ou cinza-ardósia sob as luzes da rua, ameaçadoras cercas de ferro na frente, um robusto policial andando de um lado para outro a cada poucos metros na calçada imaculada.

Ele não conseguia divisar nada de seus interiores: cortinas e drapeados espessos estavam puxados proibitivamente nas janelas. Teve de dar uma corrida para o outro lado da rua para obter uma melhor visão — correndo como um louco, do jeito que aprendera, a cabeça virando em todas as direções ao mesmo tempo. O trânsito era mais ordenado e elegante, ali, mas rápido como nunca, as lustrosas carruagens particulares com parelhas de cavalos idênticos sacudindo-se para dentro e para fora do fluxo, como golfinhos. Ele desviou-se deles, finalmente baixou a cabeça e simplesmente correu, até que parou hesitante na perfeita calçada de ardósia, contemplando os precipícios das casas enormes.

Imediatamente um policial foi na direção dele, e ele virou-se e começou a descer a avenida — já ciente de que era necessário ter um rumo, um senso de propósito naquela cidade. Caminhou com a cabeça baixa, agarrando o Livro e seus pertences com toda a importância, lançando olhares furtivos para as grandes casas, como se estivesse procurando um determinado endereço. Olhou para cima, cauteloso, perguntando-se se o policial ainda estaria ali — e foi então que os viu: o seu destino.

Eram três: os pais, ambos roliços como pombos, e o garotinho, vagueando na direção do desastre. Tudo isso exposto à sua frente como um perfeito quadro vivo de Coney Island: "A Família Negligente", ou "A Oportunidade do Rapaz Pobre"...

Ele nunca descobriu por que estavam ali, fora de casa para um passeio de domingo depois da meia-noite. Nunca descobriu por que o cocheiro não os deixara exatamente em frente à casa, ou por que prestaram tão pouca atenção quando o menino começou a vagar por ali, ou por que a criança estava com eles, para começar. Tudo o que sabia era que o menino estava andando direto para o trânsito, e que aquela era a sua chance.

Começou a correr com tudo, temendo que fosse tarde demais — quem sabia o que acontecera com aqueles Dicks Maltrapilhos que perderam suas chances? O casal olhou-o de relance quando ele passou em disparada: o homem com um bigode comprido e encerado e carregando uma bengala com o cabo de prata, a mulher com uma capa de um roxo incompreensível. Os rostos corados, rechonchudos, registrando surpresa, desconfiança.

Não havia tempo para explicar. Ele passou direto por eles, vendo toda a cena desenrolar-se à sua frente. A criança já estava na rua, sem dar a mínima atenção às carretas e automóveis que passavam zunindo. *O menino seria surdo — ou talvez um pouco lento*? Ele tentou gritar, mas as palavras saíram todas truncadas: "Andar... o carro... não!" — nem mesmo tinha certeza do que *poderia* dizer para alertar o menino.

Isso não importava — ele tinha plena certeza de que um aviso gritado não fazia jus ao esforço para enfrentar a situação. A criança continuou andando na direção do trânsito, em seu traje de Pequeno Lorde Fauteleroy, todo meias até os joelhos e laços e boné fofo. Joseph arremessou-se para o meio da rua atrás dele, um cabriolé quase desviando-se ao passar, o cavalo relinchando e trombando em seu ombro. Ele tropeçou, quase caiu, mas manteve os olhos fixos no menino.

O garoto estava no meio da rua, agora, preso em meio às torrentes do tráfego que jorrava nos dois sentidos. Era apenas uma questão de tempo antes que os veículos convergissem para ele, o atropelassem sem nem mesmo perceber, quase invisível era a criança com seus trajes marrons, elegantes.

Um automóvel aberto passou por ele em disparada, a buzina arengando impacientemente, a fumaça do escapamento quente, oleosa, penetrando na boca e nariz de Joseph. Eles chegavam depressa demais, e ele sentiu como se estivesse afogando-se. O menino achava-se a apenas alguns metros adiante, perfeitamente imóvel, agora, petrificado. Joseph não tinha idéia de como faria para agarrá-lo e arrastá-lo de volta em segurança, mas assim mesmo foi até ele, pegando-o com os dois braços e gritando exultante:

— Ei, menino! Ei, menino!

Sentiu pena do garoto ao ver o rosto pálido, os olhos arregalados, tremendo em seu abraço. Enfiou-o embaixo do braço, virou-se para encontrar o caminho de volta.

Houve um estrondo terrível, pesado — uma enorme carreta de cervejaria aproximando-se deles, correndo com sua carga na direção do centro da cidade antes do movimento da manhã. Ele começou a andar para frente, depois parou, os cavalos tão próximos que ele conseguia sentir-lhes o hálito azedo. Não havia como voltar — um cabriolé passou chicoteando em seu caminho direto para ele — e então ele fechou os olhos e saltou imprudentemente para diante, ciente de que estava dando-se muito pouco espaço na frente da carreta de cerveja.

Mas, de alguma forma, conseguiu. Abriu os olhos, e lá estavam eles, a apenas alguns passos da calçada. Ele fez uma pirueta em torno de um caminhão de jornais, como um toureiro, e caiu na direção da calçada, depositando o menino são e salvo no pavimento, como um jogador de futebol esgueirando-se pela linha do gol.

Eles estavam a salvo — o menino agora tremendo e chorando. Joseph apoiou-se nos joelhos e abraçou-o, ele próprio tremendo — o peito do garoto palpitando contra o dele como o de um passarinho assustado. Aquilo era real, ele pensou. Ele era um herói de verdade — um completo estranho, que atravessara um oceano inteiro a tempo de salvar o menino por puro acaso.

Ouviu gritos, e gente correndo na direção deles, e levantou-se solenemente, pronto para receber sua recompensa e combatendo o júbilo que o percorria por inteiro. Sorriu levemente, com gravidade; um braço em torno dos ombros do menino enquanto o casal bem vestido, de faces arredondadas, corria para eles esganiçando-se. Endireitou-se, tentando comportar-se como faria um herói, esquecido da lama preta do porto incrustada em seu corpo.

A mulher ignorou-o, naturalmente, correndo para agarrar o filho em seu colo. Isso era como deveria ser — mas, para sua surpresa, o pai mostrou-se nitidamente despreparado para discutir uma recompensa, encarando-o com um ar de ameaça e brandindo a bengala de cabo de prata no ar, até que ele avistou o policial correndo na sua direção.

— Guarda, este homem pegou o meu filho — ele disse, numa voz surpreendentemente alta e melíflua, antes mesmo que Joseph conseguisse decifrar o significado de tais palavras.

— Sim, senhor, eu vi tudo — o policial respondeu num tom calmo, tranqüilizador — surpreendendo Joseph ainda mais quando tirou o cassetete do cinto e atingiu-o com tanta força na parte de trás da cabeça que ele caiu de cara na calçada imaculada.

Ele tentou falar sobre o que acontecera, então, explicar a história de Dick Maltrapilho, mas sua língua era incapaz de formar as palavras. Tentou levantar-se, obrigar-se a ficar de pé — mas o policial limitou-se a fitá-lo com complacência, e deu mais uma tremenda pancada em sua cabeça.

— Ah, agora você vai ficar bem quieto aí, esse é um bom rapaz — ele disse, no mesmo tom calmo, tranqüilizador.

CAPÍTULO 15

GYP ESQUENTADO

O truque para se envenenar um cavalo era um bom biscoito de aveia. Gyp aprendera isso com Monk, e Monk aprendera com ninguém menos do que Yoshki Nigger, o Rei dos Envenenadores de Cavalo, que aprendera por de longa prática e experiência que eles gostavam de alguma coisa doce, algo que não comiam todos os dias e que, além disso, a aveia escondia o gosto da estricnina.

Era um belo animal aquele que ele ia envenenar agora — uma égua baia orgulhosa, bonita, com longas pernas brancas. Subia a Hester Street toda empertigada, puxando a carroça de vestidos e acessórios finos para senhoras. Era uma coisa lustrosa e nova numa rua repleta de desbotados e segunda-mão. Ainda sem os flancos encurvados e barriga inchada de uma dieta de alface e maçãs estragados, como todos os outros pangarés dos mascates, ainda não reumática e com os olhos turvos, do jeito que todos eles eventualmente ficavam.

Gyp foi caminhando atrás dela, embalando o saco de biscoitos sob o casaco, passando a mão inconscientemente pelo ferimento que ainda latejava, bem debaixo do chapéu. Ele não sabia nada sobre cavalos, mas estava contente por ser um novo aquele que ia envenenar: melhor ainda para lograr seu intento com o mascate de vestidos. O pequeno *pisher* agora ia andando protetoramente ao lado da sua égua, mantendo uma das mãos nas rédeas o tempo todo, sempre olhando para trás. Era um homem cauteloso, Gyp podia ver — mas teria ganho mais se fosse medroso.

Não era difícil ficar fora das vistas do mascate. A carroça tinha uma pilha alta de vestidos e blusas, saias e saiotes. Tudo muito barato, confeccionado por uma ou outra família tentando um trabalho independente em seus apartamentos claustrofóbicos. O mascate tinha de explorá-los ao máximo, ele sabia, para vender mais barato do que as lojas de departamentos — e era o seu meio de vida explorar o mascate.

Gyp manteve-se afastado até avistar Sadie saindo no meio dos carrinhos de mão ao longo da calçada. Ela olhou para ele, ele assentiu, e ela foi andando pela rua até o vendedor e indicou um dos vestidos. Imediatamente o homem começou a desgarrar-se do cavalo, fazendo pequenas e excitadas genuflexões, retirando as camadas de tecidos da carroça para que ela visse.

— Sim, ma-da-me, como posso servi-la? Os melhores vestidos, iguaizinhos aos da loja... mas pela metade do preço! *Menos* que a metade...

Gyp Esquentado aproximou-se casualmente pelo outro lado da carroça, tirando o saquinho de pano com os biscoitos de aveia. Passou a mão suavemente pelo pescoço longo, castanho, do animal — depois levou o saco na altura do seu focinho e dentes.

A égua cheirou o saco de biscoitos, intrigada. Gyp continuou segurando-o ali enquanto mantinha os olhos fixos em Sadie e no vendedor de roupas. O rosto dela estava coberto de pintura, ele reparou com desprazer. Ela deveria estar parecendo uma dona-de-casa da Hester Street, e não a rameira de rua da Bowery que realmente era, mas Sadie andava cada vez menos confiante a respeito da própria aparência — e não sem motivos, ele pensou. Logo ela não serviria mais nem mesmo para a Bowery.

Gyp tinha de admitir que ela era uma atriz inata. Enquanto ele observava, ela arregalava os olhos coquetemente para o vendedor, deixava as mãos demorarem-se sobre a fina lingerie. Havia escolhido dois dos melhores vestidos que o mascate tinha, e agora apoiava-se ora num pé ora no outro, como uma colegial, e mordia a ponta do dedo.

— Talvez eu deva levar os dois — ela pensou em voz alta.

O mascatezinho estava quase fora de si com a perspectiva de vender suas melhores mercadorias antes que ficassem dobradas e enfarruscadas demais na carroça.

— Olhe para esse *dresske*... uma verdadeira jóia! É uma *nebach* se alguém como a senhora não puder ter pelo menos um gosto da vida, madame. Não sei, mas dizem que quando vai ao encontro do Senhor, a pessoa deve prestar contas de todos os prazeres que nunca teve...

— O senhor acha mesmo que eles realçam minhas formas? — ela disse, segurando um dos vestidos contra o corpo.

O mascate fitou-a cobiçoso, os olhos lascivos pela compra.

— Oh, ma-da-me. As *suas* formas? Nestes vestidos elas ficarão ainda mais belas do que a seda e o veludo!

Gyp olhou para trás para ver como a égua estava se saindo. O animal ainda cheirava os biscoitos, os lábios grossos, elásticos, movendo-se para frente e para trás — mas não estava comendo. Ele perdeu a paciência e tentou enfiar o saco direto na boca da égua, *obrigando-a* a comer. Mas, em vez disso, o animal deu um passo para trás, balançando a carroça, e o que Gyp ouviu em seguida foi um clique agudo atrás da orelha esquerda. Virou-se lentamente, não muito surpreso ao encontrar uma pequena pistola engatilhada a centímetros do seu rosto.

— Minha égua não quer comer nada hoje — o mascate de vestidos lhe disse, o braço tremendo um pouco ao ver o que havia apanhado. — E eu já falei para você que não quero segurança nenhuma.

— O que vai fazer, então? Atirar em mim, aqui no meio da rua?

Gyp ficou onde estava, mantendo o saco de biscoitos enfiado na cara do animal. Tinha certeza de que o homem não apertaria o gatilho, pelo menos contanto que ele não se movesse. Atrás dele Sadie esperava pelo seu sinal. Tudo o que precisava fazer era assentir, e ela provocaria algum tipo de distração. Ele poderia tirar aquele revolverzinho ridículo da mão do vendedor de vestidos, e enfiar sua faca na garganta do homem antes mesmo que ele soubesse o que o atingira.

— Atire nele! Atire nele agora! — uma voz gritou com urgência.

— Sol, não vá fazer uma besteira...

Um pequeno círculo formara-se em torno deles na rua apinhada, os outros camelôs afluindo para ver o divertimento, intrometendo-se na ação. Melhor simplesmente acabar com o cavalo, Gyp calculou, com tantas testemunhas. Ele tocou o cabo da faca no bolso direito do colete. Um sinal para Sadie, depois uma estocada rápida, e poderia ir embora.

— Atire nele *agora*! Antes que a polícia chegue!

Um maneiroso boné branco já vinha atravessando a multidão na direção da pequena clareira que tinham formado — um dos novos chapéus da polícia, da Reforma. Gyp relaxou a pressão em sua faca. Agora, ele sabia, tudo ficaria bem.

— Muito bem, o que os mercadores estão querendo aprontar no templo?

O policial baixinho, atarracado, foi abrindo caminho entre eles, e imediatamente empurrou o braço estendido do mascate com o revólver. Sadie já desaparecera em meio à multidão na calçada, mas Gyp permaneceu onde estava. Ele conhecia o policial, um velho tira corrupto chamado Buckley. E, ainda melhor, Buckley parecia conhecer o mascate de vestidos.

— Você não é aquele judeu bastardo que não me deu um vestido para presentear minha patroa no último Natal? — ele inquiriu, mãos na cintura, a densa papada no pescoço estremecendo para frente e para trás. — Não é o mesmo patife?

— Desculpe, não pode ter sido eu — disse o vendedor, fazendo gestos nervosos na direção da carroça. — Pegue o que quiser... somente as melhores mercadorias! Para sua esposa e filha... sem nenhum custo!

— Claro, e por que isso de nada me adiantou no último Natal?

Ouviram-se algumas gargalhadas dos vendedores que assistiam à cena. Como eles, Gyp sabia que o policial dramatizava ao máximo o seu caso. O mais provável seria que o mascate de roupas certa vez se recusara a pagar os vinte e cinco centavos da extorsão semanal que Buckley impunha.

— Voltem para suas barracas! — O policial franziu o cenho para os homens e mulheres espectadores. — Voltem para sua própria bandidagem!

Ao ver suas testemunhas se afastando, o vendedor de roupas gesticulou loucamente na direção de Gyp.

— *Ele* é o *momzer*! — o homem gritou. — O assassino covarde... tentando envenenar meu cavalo bem aqui no meio da rua!

Buckley olhou completamente para Gyp pela primeira vez, e Gyp encontrou seu olhar. O policial baixou os olhos respeitosamente.

— Aqui! Sirva-se à vontade. Como se fosse o Natal de novo!

O vendedor carregava os braços do policial com vestidos.

— Apenas me dê justiça...

Buckley olhou com frieza para o vendedor — embora não fizesse nenhum movimento para retirar a carga de roupas do braço.

— Esta é uma acusação muito atrevida que você estava fazendo contra o cavalheiro.

— *Cavalheiro* — o vendedor de roupas repetiu, parecendo atônito.

— Está querendo que eu o prenda por calúnia, é isso?

— Calúnia — o mascate tornou a repetir, a voz agora aturdida e doente com antecipação.

— Você fica aí chamando este cavalheiro de envenenador de cavalo, quando tudo o que ele está querendo fazer é dar um biscoito para seu pobre animal, estou certo?

O gordo policial virou-se para olhar para Gyp, e enviou-lhe um sorrisinho sabido astuto. Gyp não dignou-se a responder, e Buckley voltou-se para sua presa.

— Estou certo — ele mesmo respondeu. — Apenas dando um biscoito para o cavalo. Está entendendo, agora?

O vendedor de vestidos olhou temerosamente de um para outro, ainda esperando poder salvar alguma coisa.

— Eu... sim. Talvez tenha sido isso.

Afastou os olhos, como se estivesse com medo do que mais poderia dizer. Mas o policial não tinha terminado.

— Posso concluir, então, que você retira a acusação?

— Sim.

— Então você concorda... ele estava apenas dando um biscoito para o cavalo... — Buckley retirou obsequiosamente o saco da mão de Gyp.

— Sim.

— ... como eu estou fazendo agora.

O policial empurrou ele mesmo o saco de biscoitos envenenados para a boca do cavalo, e o mascate de roupas parecia ter sido acometido de um ataque.

— Pegue outro vestido! Leve três! Qualquer coisa que o senhor quiser!

Mas o cavalo ainda não comia nada do saco. Cheirou os biscoitos inquisitivamente outra vez, depois deu outro passo relutante para trás. Buckley ficou parado ali, segurando o saco por um momento, contemplando o animal.

— Ou, talvez, *você* queira dar os biscoitos para ele.

Estendeu o saco de biscoitos para o vendedor, que recuou bem mais depressa que seu cavalo, tentando afastar o saquinho.

— Está tudo bem, ela já *comeu*! Já comeu bastante hoje...

Buckley segurou o saco bem na frente do rosto do homem, agora.

— O que você está insinuando? Que tem alguma coisa de errado com estes biscoitos? O que está dizendo sobre o cavalheiro aqui?

— Não! Não, nada, não é nada disso!

— *Pegue* os biscoitos, então. Ou vou levá-lo preso agora mesmo.

Sofrer tal destino, o mascate tinha de saber, seria ter confiscado todo seu estoque... e também o cavalo. Quando fosse libertado, depois de um ou dois dias na cadeia, a bela égua baia não seria mais nada além de uns poucos anéis de cabelo em torno dos dedos das crianças, e todos os seus vestidos teriam desaparecido nas ruas.

Lentamente — tão relutante como se ele próprio estivesse sendo forçado a comê-los — o vendedor de roupas estendeu a mão e pegou o saco de biscoitos de aveia. Ainda hesitou, olhando para o policial e para Gyp, dizendo num tom meio-súplica, meio-desafio:

— Eu sou um homem de bem...

— *Dê os biscoitos!* — Buckley urrou para ele.

O mascate lentamente virou o saco de biscoitos envenenados sob o focinho do seu próprio cavalo, o rosto inundado de tristeza e amargura. Desta vez a magnífica égua enfiou a cabeça direto para dentro do saco, mastigando os biscoitos com satisfação.

— Boa menina...

A mão rechonchuda, de dedos curtos do policial afagou o focinho castanho do cavalo condenado.

— Coma tudo, agora.

Então era isso, Gyp entendeu. O vendedor de roupas havia ensinado a égua a comer apenas da sua mão — uma sábia precaução naquelas ruas. Aquilo era algo que ele teria de se lembrar.

— Muito bem.

A égua baia terminou o último biscoito, a língua grossa de cavalo lambendo avidamente os últimos farelos no fundo do saco. O mascate de roupas o manteve ali na frente dela, deixando que aproveitasse tudo da sua última refeição, fitando o policial com ódio.

— Isso é um crime — disse. — É um crime sujo.

— Que crime? — Buckley perguntou galhofeiro, afastando-se com os vestidos ainda no braço. — Você mesmo deu comida para o bicho. Talvez, na próxima vez, não vai se esquecer de observar o espírito de Natal.

Por um longo momento os biscoitos pareceram não ter qualquer efeito: o animal continuava parado tão imponente como sempre na rua movimentada, lambendo os beiços. Então, a grande e orgulhosa égua baia caiu subitamente sobre uma das pernas. A carroça adernou atrás dela, a montanha de vestidos e roupas íntimas femininas espalhando-se na rua. Ouviu-se um murmúrio baixo de exclamação acima e abaixo do quarteirão, mas ninguém se moveu. A égua tremeu inteira por uns poucos momentos, tentando apoiar-se nas três patas. Então ela dobrou o outro joelho da frente, depois caiu com tudo no chão.

— *Gottenyu*! — o vendedor de vestidos gritou em sua dor, ajoelhando-se sobre o animal moribundo.

A cabeça da égua estremeceu por trás dos antolhos, mas ela não emitiu nenhum som. Um jato de bile escura jorrou subitamente da sua boca e derramou-se pelo seu belo peito marrom. Então ela ficou imóvel, deitada de lado.

Gyp Esquentado pulou cuidadosamente por cima da cabeça do animal morto e parou na frente do mascate.

— Da próxima vez... lembre-se. Nunca se pode *ser* cuidadoso o bastante.

O homem dos vestidos ergueu os olhos para ele, lágrimas correndo pela suas faces. Obviamente queria dizer alguma coisa, mas se conteve. Gyp sorriu, a centímetros do rosto dele, e começou a se afastar.

— Você já era um bandido dentro do ventre da sua mãe! — o homem gritou por trás dele, incapaz de se conter por mais tempo.

Ficou parado ali na rua, os braços sacudindo-se de raiva, e as torrentes intermináveis de vendedores e compradores passavam lentamente por ele, desviando os olhos.

— Você é um *shande*! — ele gritou. — Um *shande para os goyim!*

Gyp deu uma risadinha e virou-se para mostrar-lhe os dentes.

— Os *goyim*!

Ele apontou para Buckley, o policial, que gingava na frente dele pela rua abaixo, carregando seu suborno.

— Pois o goy é meu criado!

Ele se afastou, deixando o mascate parado ali com seu cavalo e suas pilhas de tecidos finos. Mãozinhas insinuaram-se furtivamente, agarrando os vestidos e saiotes caídos na rua. O mascate limitou-se a olhar — incapaz, agora, de reunir os recursos para detê-las.

Gyp foi andando devagar até o *Chasir Mark*, parando para comprar alguns *bubkes* de uma velha senhora que os vendia num caldeirão na calçada. Ela os embalou num cone de papel, e ele seguiu andando todo satisfeito, levando à boca punhados dos feijões-fradinho.

Buckley estava à sua espera no final do quarteirão, na esquina da Mott Street, os vestidos finos, em púrpuras e dourados, ainda pendurados no braço.

— O que me diz daquilo, um cavalo treinado? Eu sabia, já tinha visto isso antes — ele tagarelou triunfante, oferecendo as roupas para Gyp. — Me faça um favor, hein, e leve estas coisas para a minha patroa? Não vai ficar bem eu ser visto por aí carregando a pilhagem, não é?

Ele riu enquanto falou, mas Gyp limitou-se a encará-lo com uma expressão gélida.

— Então, agora está pensando que sou seu empregado? *A goy bleibt a goy*. Você fez o que foi pago para fazer, só isso.

Gyp acabou de comer seus *bubkes*, amassando o papel numa bola e atirando-a para longe, depois lambeu a gordura dos dedos.

— Tudo bem, Gyp, se é assim que você pensa — o gordo policial falou, afável. — Você é um sujeito muito astuto, isso você é. Deus o ajude se Big Tim algum dia colocar a marca de Caim nas suas costas.

— Estou pouco me lixando — Gyp falou distraído, enquanto tirava o chapéu cuidadosamente e apalpava a cabeça ferida da melhor maneira que podia com as pontas dos dedos, certificando-se de que o enorme e feio curativo branco ainda estava no lugar.

— Jesus, mas isso foi um serviço e tanto — Buckley falou com aprovação profissional. — Como foi que arranjou?

— Não é da sua maldita conta!

— Tudo bem, como queira.

Buckley começou a se afastar, enviando-lhe uma leve e sarcástica saudação com o polegar e indicador, mas então parou.

— Escute, um *bhoy* me procurou hoje cedo, queria que lhe desse um recado. Disse que você precisa ir se mexendo, naquela questão que foi conversada.

— Hum-hum.

Gyp alisou os cabelos em volta do curativo, recolocando o chapéu com todo cuidado.

— Do que se trata? — Buckley inclinou-se, os olhos porcinos reluzindo avidamente no rosto rosado, rechonchudo. — Ele era da cidade alta, também. Você pode me contar...

Gyp estendeu rapidamente o braço, segurando Buckley pelo ombro e fazendo-o girar antes mesmo que ele soubesse o que estava acontecendo.

— Eu já falei, não é da sua conta. Mas diga àquela pessoa que vou cuidar do serviço dela assim que acertar uma pequena dívida minha. Entendeu bem?

— Claro, Gyp, claro — o policial falou, encolhendo-se sob a mão que o agarrava. — Mas, não sei não, eles parecem sérios a respeito disso, seja lá o que for.

— Pois diga a eles. Diga exatamente o que eu falei. Assim que acertar este problema, vou cuidar disso.

Pescou algumas moedas de dentro do bolso e deixou-as na mão de Buckley, sorrindo sem a menor graça enquanto observava a expressão do policial se iluminar.

— 'Brigado.

— "Mostre a um tira *treyfe* uma moeda *kosher* e ele irá tremer de calafrios" — Gyp citou bem na cara do homem, e deixou-o ir.

Buckley seguiu andando alegremente, os vestidos elegantes pendendo dos braços como bandeirolas, balançando a cabeça enquanto a virava para Gyp:

— Você se acha o maioral agora, mas é bom que me escute, isso não vai durar para sempre.

Sadie esperava por ele na esquina, e ele acompanhou-a de volta para seu ponto debaixo do elevado da Bowery.

— Você sabe que eu detesto serviços como aquele — ela disse com a voz trêmula, enviando-lhe rápidos olharezinhos de reprovação.

— Hum-hum.

— Como pode fazer uma coisa dessas?

— Não sei... Como você pode fazer uma coisa dessas?

Ele pensou em esbofeteá-la por sua insolência, mas estava tão enojado com a aparência dela que até fazer isso seria demais. Agora que a via de perto, podia dizer que sua maquiagem estava borrada e os cabelos nem mesmo tinham sido penteados. Caíam grisalhos e embaraçados sob seu deformado chapéu preto. Ela realmente estava desmazelando-se.

— *Gevalt*, como espera pegar algum freguês desse jeito? Use um espelho de vez em quando, faça-me o favor.

Para sua surpresa, os olhos dela encheram-se de lágrimas imediatamente. De alguma forma, ela ainda podia ser chocada e ferida por ele, percebeu — para sua aversão ainda maior, e uma certa excitação. Havia alguma coisa infinitamente castigável nela, e isso fazia com que ele desejasse feri-la ainda mais do que nunca.

— Você disse que queria que eu estivesse lá na hora...

Ele estalou os dedos na cara dela.

— Cale a boca. Você é o que, uma criança que não sabe pentear o próprio cabelo? Acha que eu queria que fosse lá parecendo uma *kurveh* qualquer? Você está trabalhando para mim, tem de aparecer direito. Entendeu?

Ela assentiu, e ele empurrou-a agressivamente contra a pilastra do trem elevado onde ela ficava o dia inteiro, procurando fregueses. Ela cambaleou para o lado, e ele deu-lhe outro forte empurrão.

— Entendeu?

— Sim, eu entendi.

— Certo.

Ele ficou parado diante dela com as mãos nos bolsos, balançando para frente e para trás apoiado nos calcanhares.

— Ganhou algum dinheiro ontem à noite?

Ela fez que sim, submissa.

— Como, eu não sei. Me dê. E antes de ontem?

Ele obrigou-a a lhe entregar cada centavo e, quando ela o fez, ainda insultou-a e espicaçou-a. Passou as mãos rudemente através das frágeis camadas vermelhas e pretas do seu vestido, onde sabia que ela escondia sua bolsinha secreta, e ela gritou, mas permitiu que fizesse, deixou-o arrancá-la da cinta-liga. Ele bisbilhotou dentro da bolsinha — satisfeito ao descobrir que estava completamente vazia.

— Tome, trate de se cuidar — ele disse, contando magnanimamente cinco dólares do seu próprio dinheiro e entregando a ela. Avançou para ela, ainda passando as mãos por todo seu corpo, a voz severa e paternal, agora. — Você está bem? Está tudo bem?

Ela assentiu, os olhos baixos.

— Sim, Lazar.

— Não está doente? Tossindo, nem nada?

— Não, Lazar.

— Nenhuma brotoeja, nem nada?

O rosto dela ruborizou — *Quão ridiculamente pudica ela ainda é, depois de todos estes anos na rua*

— Não.

— Humm, você ainda é tão boa, eu podia comê-la aqui mesmo.

Ele esfregou a virilha contra ela, na escuridão do meio do dia embaixo do elevado. Aninhou-se contra a sua nuca, sussurrando em seu ouvido.

— Minha pombinha gorda!

Parou abruptamente e segurou-lhe o queixo, puxando-o de um lado para outro, os olhos dela ainda fechados, submissos.

— Alguém anda *hokking* o seu *chainik*? Alguém se apaixonando?

— Não, Lazar.

— Tem certeza? Tem certeza de que não arrumou um namoradinho bonito, algum shaygets na cidade?

— Tenho, Lazar.

— Tem certeza? Tudo bem se arrumou, você sabe, só precisa me contar. Só quero que você seja honesta.

— Não há ninguém.

— É mesmo? Porque eu ouvi McGlory dizer que havia, você sabe.

— Ele está mentindo!

Ela ergueu os olhos para ele.

— Nin-guém está apai-xo-na-do por mim — ela disse com firmeza, fitando-o direto nos olhos.

Nervosamente, ela mexeu na fita vermelha que usava em volta do pescoço como proteção contra o mau-olhado, mas ele podia ver que estava dizendo a verdade. Ela não conseguia esconder nada dele.

— Claro, e por que haveria alguém? Do jeito que você está, nem mesmo consegue pentear o cabelo...

Ele estendeu a mão e agarrou-lhe um dos seios, segurando-o distraidamente, como um vendedor pesando um melão.

— Você costumava ser uma mercadoria de primeira, Sadie Mendelsson — ele disse... depois sorriu para ela. — Vá lá, tome mais um dólar.

Ela estava chorando, agora, mas ele lhe deu o dinheiro e fechou-lhe a mão em torno da nota.

— Vai ficar tudo bem. Eu vou cuidar de tudo. Tome esse dinheiro, compre alguma coisa bonita. Alguma coisa para você se arrumar. Tudo bem, agora.

Ele sorriu sua bênção para ela, passando os dedos pelos seus cabelos. Antes ela tivera cabelos tão bonitos, também; espessos, castanhos e brilhantes, com mechas avermelhadas.

Foi a primeira coisa que ele reparou quando a viu, os cabelos longos, castanho-avermelhados emoldurando-lhe o rosto pálido como a lua, quando ela estendeu o braço para ele sob o elevado da Bowery. A mão tocando-lhe o casaco, tímida e delicada.

Me dá um centavo, moço?

... aquele antigo convite das velhas rameiras. Ele teve vontade de rir, imaginando qual seria a sua fala seguinte. Então olhou mais de perto para aquele rosto alvo e bonito. As finas veias azuladas visíveis até mesmo sob a luz fraca embaixo dos trilhos. Não teve nenhum problema em decidir tomá-la ao seu encargo.

Agora, mal podia suportá-la. Aqueles quartos em cima do bar de McGlory — a última vez em que ela despira-se para ele, literalmente vira as pulgas pulando para fora do seu corpo. Como ela estava nojenta, suja e corrompida, especialmente se comparada com a sua pura Esse...

— Tem mais uma coisa... — ela disse, hesitante.

— Está vendo? Eu sabia que haveria — ele ameaçou, sentindo a doce, avermelhada raiva formando-se em seu interior. — Eu sabia. Fale.

— Seu pai mandou alguém. Ele quer se encontrar com você.

— Meu pai?

Ele não teria ficado mais surpreso se ela dissesse que realmente tinha um amante.

— Eu não tenho pai!

— Isso foi tudo o que ele disse — ela falou rapidamente. — Seu pai quer se encontrar com você. Quer saber onde?

— Eu sei onde encontrá-lo. Sua vagabunda... quando foi isso? Na noite passada? No ano passado?

— Hoje mesmo. Antes de eu sair para encontrá-lo.

— *Loch in kop*, o que você estava esperando para me contar?

Mas ele estava distraído, agora, perguntando-se o que o velho poderia estar querendo.

— Tudo bem. Passo por aqui amanhã, talvez depois de amanhã.

— Ah, Lazar!

Ele enviou-lhe um sorriso afetado.

— Se não gosta, talvez possa ir trabalhar nas fábricas. Com a minha Esse, hein? Você gostaria disso, não é, pequena Sarah? Nada de uísque, nada de andar por aí. Apenas doze horas com a máquina de costura e depois, talvez, ter aulas de cidadania no seu dia de folga. Hein?

Ele continuou provocando-a até que ela baixou a cabeça, e depois puxou-a para si e beijou-a rudemente na boca — e depois de uns poucos, relutantes momentos, claro, ela correspondeu, o corpo tremendo levemente contra ele, a mão agarrando-lhe o casaco timidamente, do jeito que fizera naquela primeira vez.

Me dá um centavo, moço!

Ele pensou em todas as bocas que ela já havia beijado desde então. Todas as bocas desde aquela manhã, lábios gordurosos de ovos e bifes fritos, as migalhas presas em seus bigodes...

— Comporte-se bem — ele disse, interrompendo o beijo tão abruptamente quanto o iniciara e afastando-se dela...uma brincadeira, ela sabia, e um aviso.

Ela observou-o se afastar: um homem pequeno, compacto, com um terno bem cortado e um chapéu-coco, caminhando para as sombras sob o elevado. Um trem chegou com um estrondo e toda uma nova multidão de homens em ternos escuros e chapéus-coco transbordou na escadaria, e ele perdeu-se em meio deles.

Porém, de onde estava, ela podia avistar todo o seu futuro. Ele estava certo a respeito do seu cabelo: estava ficando grisalho, não importava quantas vezes o escovasse. Ela podia tingi-lo, mas logo, sabia, não seria atraente o bastante nem mesmo para o McGlory´s. Então lhe restariam os fregueses bêbados e grosseiros na Cherry Street, e depois no cais do porto, arqueando-se com marinheiros pernetas contra a parede.

Seria apenas uma questão de tempo, então, até que ela pegasse uma doença. Já havia visto as mulheres ali, oferecendo-se por trás dos bares da Water Street pelo preço de uma dose de uísque, ou de uma tragada de ópio — qualquer coisa para aplacar a dor. Mulheres com quem ela havia trabalhado embaixo do elevado nem seis meses antes, gritando em agonia, as mentes já apodrecendo.

As levas de homens passavam por ela, buscando um rosto mais jovem. Ela os via passar, procurando ter certeza de que ele realmente se fora. Ele era esperto; ela nunca o subestimara, mas depois de um longo tempo sentiu-se segura de que ele não iria voltar, então tirou o flácido chapéu e puxou o alfinete que prendia um pequeno retalho no interior do forro.

Contou os dólares que havia escondido dele ali. Realmente conseguira esconder o dinheiro dele, mentir para ele com sucesso, e agora pesou o dinheiro na mão, e perguntou-se o que iria fazer a respeito deste progresso.

CAPÍTULO 16

GYP ESQUENTADO

Gyp seguiu andando até a sinagoga Lodz na Hester Street, onde sabia que seria mais provável encontrar o pai àquela hora, participando de um funeral ou uma *mincha*. Era uma velha e corcunda igreja de tijolos vermelhos, certa vez o lar de alguma esquecida seita Protestante que há muito mudara-se para a cidade alta. Arrastando-se lentamente no lado de fora havia um ajuntamento de homens velhos, os mais ricos dentre eles com chapéus marrons novos, o restante cobrindo as cabeças com *yarmulkes* de veludo. Usavam sapatos de couro, macios como chinelos caseiros, sem cordões nem botões, e camisas listradas e calças largas cinchadas no meio das barrigas.

Os homens mais jovens sentavam-se escarrapachados nos degraus da frente, desafiadoramente fumando e usando ternos americanos. Vagando entre eles, os mendigos ainda mais maltrapilhos do que os velhos. Muitos destes eram antigos rabinos, Gyp sabia, que perderam suas congregações e suas famílias. Subsistiam à base de maçãs e queijo, pedaços de arenque ou galinha que os pranteadores e os piedosos mascates das carriolas deixavam em seus tabuleiros de pedintes. Mantinham o pretexto de angariar para caridade, sempre certificando-se de aparecer em qualquer funeral, chocalhando suas caixinhas de coleta e clamando: "*Isodoh tatzel mimovess!*. A caridade salva da morte."

Dentro da sinagoga estava escuro e frio, o santuário da velha igreja iluminado apenas pela lamparina a óleo *Ner Tamid* e velas *yahrzeit*. A arca do Torá assomava-se indistintamente entre as janelas da parede oeste, signos do zodíaco pintados ao longo das galerias superiores. Era um lugar abafado, úmido, inundado com os odores de livros velhos e suor e cera de velas, e por um momento isso tudo esmagou-o com as lembranças, como somente os cheiros conseguem fazer — levando-o de volta aos seus dias no *bes midrash*, quando seu pai tivera a velha sinagoga na Forsythe Street.

Havia um murmúrio constante de orações. Mais homens velhos estavam balançando para frente e para trás nos bancos de pinho enviesados, toscamente pintados: um serviço fúnebre, ou um memorial para mais um deles, um número que decrescia inflexivelmente. Um a um eles se levantavam, titubeando pelo salão, parando no corredor para que os *shammes* fizessem os pequenos cortes rituais nas lapelas dos seus paletós com uma navalha afiada. Enquanto arrastavam-se lentamente por ele, Gyp pôde ver quantas vezes as lapelas de seus ternos tinham sido cortadas, depois remendadas e cortadas de novo.

O último homem tinha um rosto duro como pedra. Ele caminhava com firmeza, sem a ajuda de uma bengala, uma surpreendente sugestão de cor nas faces e um vigoroso, vívido brilho de ódio nos olhos. Seu pai.

— Então... o que tem feito? — ele perguntou em tom de conversa quando avistou Gyp, como se horas em vez de anos tivessem se passado desde a última vez em que se viram. Como se Gyp não soubesse que as incisões mais antigas no seu paletó tinham sido feitas por causa dele. — Como vai a vida do *beggerin*?

— Pensei que eu estivesse morto — Gyp falou, e seu pai ergueu os olhos para ele, supremamente animado em seu ódio.

— Pois você está. Pois você está. Talvez, então, você seja o meu *golem*. Meu monstro particular.

— O senhor queria alguma coisa? — Gyp falou, fazendo um gesto para os outros. — Ou só queria que eu viesse fazer hora por aqui, com o resto dos *lomdim* e dos *loaferin*?

O velho deu uma risada grosseira, e enxugou o cuspe da barba.

— Não, não. Andei pensando numa coisa para você, meu *golem* — ele disse, esfregando as mãos pensativamente. — Foi por isso que o trouxe de volta à vida.

— Pode parar com essa besteira de *golem* — Gyp começou a dizer, mas o pai estava distraído. Alguns dos outros velhos saudaram-no enquanto conversavam, demorando-se na porta da sinagoga, mas ele não se dignou a responder.

— Que festival de cadáveres! — ele disse a Gyp sibilando animadamente, sem se preocupar se os outros poderiam ouvi-lo.

Ele ainda se considerava imensamente superior ao restante deles, Gyp sabia, embora estivesse indo à sinagoga Lodz todos os dias por mais de dez anos — embora esta fosse praticamente a única sinagoga no Lower East Side que tolerava sua presença, desde a embaraçosa ocorrência com o Grande Rabino da Cracóvia.

A Chrystie Street nunca havia visto nada igual ao dia em que o Grande Rabino chegou. Ele foi carregado numa cadeira com almofadas de veludo: um homem baixo e arredondado com um plácido rosto muito branco, usando uma túnica e um chapéu alto de seda, e erguido bem acima da multidão clamorosa, para que todos pudessem vê-lo.

Todos os dignatários das sinagogas tinham andado à frente carregando tochas e os manuscritos do Torá, suas congregações e quem mais quisesse seguindo atrás, levando bandeiras e soprando os sofares*, batendo nos caldeirões e panelas de suas cozinhas e em qualquer outra coisa que pudesse produzir um grande barulho. Milhares de outros tinham gritado e batido palmas e se embasbacado nas calçadas, e até mesmo os policiais irlandeses tinham espichado seus pescoços naquele dia, para dar uma espiada no grande homem.

Mais tarde aconteceram celebrações por todo o Lower East Side: grandes banquetes de *blintzes* e *knishes*, e *latkes* cobertos de creme azedo, e linguados e bolos; e os homens e rapazes mais velhos tinham bebido sua quota de *slivovitz* e brandy de ameixa.

Até o pai dele entregara-se às festividades. Ele possuía apenas a pequena congregação da Forsythe Street, mas havia argumentado mais furiosamente do que ninguém para que o *rov* fosse trazido da velha terra, e enquanto caminhava à frente carregando sua tocha, seu filho viu, pela primeira vez na vida, que o rosto dele estava engalanado de felicidade.

No entanto, desde o início Gyp pressentira problemas na face pálida e estupidificada do Grande Rabino, sacudindo-se em sua cadeira. Provavelmente aquilo estava fadado ao fracasso desde o começo; havia demasiadas pequenas congregações entocadas em igrejas abandonadas e antigos armazéns e velhos estábulos por todo o East Side para que seus rabinos rendessem o poder a algum potentado medieval da Polônia. Tinham havido discussões sobre tudo, e eventualmente o Grande Rabino aceitara a melhor oferta: presidir sobre a santidade do extenso negócio de carne *kosher*. Mas mesmo assim o velho havia insistido que todos eles deveriam prestar seus respeitos ao Rabino.

---

* Espécie de trombeta de chifres usada pelos judeus (N. da T.).

— Afinal, ele vem da velha terra, quem pode dizer que não sabe mais do que nós? — ele argumentara. — Tudo não é mais puro lá? Talvez a recusa dele seja uma crítica para nós... talvez devessemos oferecer-lhe mais!

— Por que deveríamos nos submeter a este Grande Açougueiro? Este autenticador de lingüiças? — os mais velhos escarneceram.

Eles tinham expulsado seu pai, na briga vituperiosa que se seguiu, e durante um tempo houvera uma pequena parte da congregação que o acompanhara e a formação de uma outra sinagoga em frente a uma outra velha mercearia. Pois nunca houve nenhuma discussão em qualquer sinagoga que não terminasse com pelo menos uns poucos judeus separando-se para formar sua própria congregação.

Mas, com o tempo, estes também foram se desgarrando do seu pai. Ele era obstinado, e sonhava demais com a velha terra, e além disso insistia para que reverenciassem um homem que passava seus dias cuidando para que os pescoços das galinhas fossem apropriadamente cortados.

— Quero que você faça uma coisa para mim, *oyster* — seu pai continuou a zombar dele na sinagoga, agora, os olhos positivamente cintilando.

— O quê?

— É a sua irmã, Esse. Ela está metida em alguma coisa.

— Quer dizer com aqueles socialistas e *appokoros* dela? — Gyp falou com desdém. — Vou lhe dizer uma coisa, não me importa se ela come carne de porco à noite, bem no meio da Delancey Street...

— Não, não é isso, sua praga sobre a minha cabeça!

Ele inclinou-se mais para perto, o cheiro de cebola exalando do seu hálito.

— É alguma outra coisa. Ela tem um namorado, em algum lugar por aí. Talvez um *shaygets*.

Gyp obrigou-se a rir, apesar da sensação de frio no estômago.

— Um *shaygets*, é isso? Bem, quem diria. Está com medo que ela pare de se matar de tanto trabalhar para que o senhor possa ficar por aí papagueando com o resto dos *gaonim*?

— Escute, *golem*! Não vê que estou louco de preocupação? — ele disse, agarrando as lapelas do belo paletó de Gyp. — Faça isso para mim, e talvez eu o traga de volta à vida para sempre. Humm? Sua família devolvida a você. Hein? *Mein ben yochid*. Você poderia ir jantar nos *Shabbos* e tudo o mais. Lazar.

Gyp retirou cuidadosamente os dedos sujos do pai do seu terno, dobrando-os, machucando-os um pouco conforme o fazia, deixando que ele sentisse sua força superior. Cauteloso para não permitir que o velho visse o quanto a simples menção do seu nome verdadeiro o surpreendera — exatamente como ele devia ter calculado que aconteceria.

— Eu preferia estar morto do que sentar para uma outra refeição com o senhor — Gyp falou. — Está me entendendo?

— Pedaço de lixo... você não tem coração? Sei que está determinado a matar sua mãe e eu, mas não se importa com sua irmã?

— Se me importo? Pois espero, para o seu bem, que ela esteja com o cafetão mais podre que puder encontrar.

Porém, mesmo enquanto falava ele imaginava atirar esta possibilidade na cara do pai. E mesmo enquanto falava, podia sentir tal possibilidade agarrando friamente seus órgãos vitais. Era Esse quem havia chorado por ele quando ele partira, e quem ainda sonhava em moldá-lo em alguma coisa...

E antes disso... aquela vez no apartamento quando o pai e a mãe tinham saído. Ele tivera de dizer a ela, então. Ele havia avançado direto para ela, e colocado uma das mãos em seu quadril, e ela não lhe virara o rosto

Esse, com algum *shaygets*.

— Tudo bem, vou descobrir o que ela está aprontando — ele disse ao velho, sorrindo sarcasticamente a despeito de si mesmo. — Mas, seja o que for, vou lhe contar.

— Sim, sim! — o rabino falou, apertando o ombro dele com agitação. — Prometa!

— Ah, sim, eu prometo. Esta é uma promessa que pretendo cumprir.

LIVRO QUATRO

O fato é que nunca estamos tão indefesos contra o sofrimento quanto quando estamos amando, nunca tão desamparadamente infelizes quanto quando perdemos nosso objeto amado ou o seu amor.

— SIGMUND FREUD

CAPÍTULO 17

TRICK O ANÃO

Cada um dos grandes parques em Coney — Terra de Sonho e Luna Park e Steeplechase — gerava sua própria eletricidade, suficiente para iluminar uma cidade grande, lá nos obscuros confins da república. A casa de força do Terra de Sonho estendia-se bem ao oeste da lagoa central, perto do Prédio da Queda de Pompéia. Tinha o formato de um enrolamento de dínamo branco, pomposo e monumental. Uma atração em si mesma com seus reluzentes mecanismos da cor da casca de ovo, e ferramentas revestidas de dourado, e um painel de mosaicos para sustentar os depósitos de óleo. Havia uma série de grandiosos murais ao longo das paredes e do teto, retratando toda a história da eletricidade — Edison e suas lâmpadas, Sam Morse e seu telégrafo, Franklin e sua pipa, todo o caminho em retrospecto até o Próprio Deus Todo-Poderoso, tocando Adão e dando a partida no mundo com o mesmo fluido que tínhamos engarrafado para o seu prazer e diversão.

Os assistentes usavam impecáveis jaquetas de algodão branco com botões dourados e luvas brancas — tudo enfatizando a limpeza, a pureza, a mágica e imaculada divindade da energia elétrica. Todos, exceto o engenheiro-chefe — um negro pequeno, cortês, e amargamente brincalhão chamado Elijah Poole, que havia trabalhado com o Mago de Menlo Park, o próprio Edison. Ele usava um tipo de chapéu de necromancia — um pequeno *fez,* coberto com respeitáveis e douradas estrelas, e sóis, e luas crescentes — e Brinckerhoff havia espalhado que antigamente Poole tinha sido branco, antes que um acidente com os zunidores cabos elétricos o carbonizasse à sua atual cor negro-púrpura.

Tudo isso era a tolice de sempre, claro. Antes de vir para a Terra de Sonho, Poole havia trabalhado na incessante campanha do Mago para provar o quão letal era a corrente alternada. Junto com os outros assistentes, ele pagava a estudantes locais para levarem objetos de experiência, dez centavos para cada gato ou cada cachorro, até que a cidade de West Orange, Nova Jersey, estivesse quase desprovida de animais de estimação. Eles colocavam os animais numa chapa de metal ligada à eletricidade e lançavam mil volts — os estudantes pulando no lado de fora das janelas, para ver seus amados bichinhos receberem o choque da cadeira-elétrica.

Depois disso foram de um estado para outro, fazendo ofertas para os contratos para a nova cadeira elétrica contra o pessoal de Westinghouse. Cada um tentando provar o quanto mais perigosa era a potência do outro — usando os aparatos do outro lado para eletrocutar um cachorro, um porco, uma vaca, para os comissários e os preocupados clérigos, e para os oficiais das prisões. O Estado de Nova York anunciou que iria testar o novo método numa cobaia humana, viva, um assassino chamado William Kemmler, e o dr. Poole e sua equipe tinham acorrido a Sing Sing na máquina voadora, carregando sua mais recente cadeira e um dínamo Westinghouse no carro de bagagem.

— Nós usamos uma carga baixa... para demonstrar o quanto era realmente perigoso — o dr. Poole recordava-se, com sua voz macia, amargurada, pensativa. — Mas claro que não era... não era nada perigoso. E isso é que foi o grande problema.

A execução foi um desastre sangrento, ainda pior do que o enforcamento, Kemmler gritando como um *banshee**, quebrando os pulsos e tornozelos enquanto sofria as convulsões. O cheiro de carne assando lentamente encheu o cômodo, até que todos os oficiais da prisão estivessem dobrando-se ao meio e vomitando — e então um crepitante, visível relâmpago de eletricidade explodiu direto na têmpora do homem.

O Estado de Nova York estava totalmente satisfeito. Encomendou três cadeiras, mas Poole abandonou tudo e foi para Coney, onde tornou-se uma outra atração, juntamente com os dínamos e os dourados depósitos de óleo. Agora, todas as noites, quando o sol começava a enfraquecer, ele puxava as alavancas e ligava os disjuntores que criavam uma nova, brilhante luz para um milhão de lâmpadas individuais. A Terra de Sonho iluminando-se mais dramaticamente entre os três parques, brinquedo por brinquedo, atração por atração. Até que finalmente ele acendia a brilhante torre branca central, e isso acontecia andar por andar, resplandescente janela por janela, subindo direto até a bola e a águia que a coroavam, a mais alta estrutura da ilha, dominando acima de todo o restante de Coney.

---

* Espírito feminino do folclore gaélico que com seus lamentos anuncia morte iminente na família (N. da T.).

CAPÍTULO 18

NO PASSADIÇO

A grande nave verde jazia diante deles como um dragão adormecido, as asas agitando-se em vida enquanto eles marchavam em fila para o interior do seu ventre.

— Todos a bordo para a viagem para a lua! A grande excursão Luna! A jornada para o desconhecido! Todos a bordo!

A voz misteriosa, incorpórea repetia-se exatamente, muitas e muitas vezes.

— É uma gravação — Kid cochichou para ela.

Lá dentro, foram presos com cintos nos assentos com se estivessem numa montanha-russa, as balconistas de lojas e auxiliares de escritório sufocando risinhos com a encenação. Mas logo puderam realmente sentir a força dos motores aumentando, a nave inclinando-se como se de fato estivesse erguendo-se do solo.

— Senhoras e senhores, este é o seu capitão!

Na ponte de comando estavam os homens com vistosos uniformes azuis e elaborados galões dourados, e um almirante com uma barba branca.

— Logo estaremos tirando a nata da Via Láctea!

— Está sentindo que estamos voando, luazinha? — Kid brincou com ela, movendo sorrateiramente a mão em torno da cintura de Esther até que ela começasse a rir.

Mas nem mesmo ele foi capaz de encontrar um motivo para brincadeira quando o avanço violento das asas começou a acelerar-se loucamente, a aeronave sacudindo e balançando como se fosse explodir ao meio. A escuridão no lado de fora das vigias passava disparando por eles, e ouviu-se o estrondo de um trovão — tão súbito e terrível que ela deu um grito agudo, juntamente com metade das outras mulheres na nave; os homens gritaram de susto.

Outro estrondo de trovão, depois outro, e logo extensos clarões de relâmpagos rasgavam o céu lá fora, alguns tão próximos que iluminavam toda a nave. A chuva golpeava as enormes asas de lona verde, e eles começaram a girar furiosamente, a tempestade ficando mais ruidosa e próxima, ainda mais aterrorizante graças às imagens e sons gravados — os relâmpagos projetados, as explosões estáticas dos trovões criados por algum estranho Deus.

— Senhoras e senhores, estamos atravessando uma tempestade! — a voz do capitão ressoou. — Estamos bastante seguros!

Os trovões começaram a se dispersar, os relâmpagos diminuíram. Logo um tranqüilo céu escuro fluía pelas vigias — agora repleto de estrelas, mais estrelas do que Esse jamais vira dos alpendres da rua, ou do telhado do cortiço onde morava. O sombreado verde em volta da ponte de comando da nave desgarrou-se, revelando à distância uma órbita reluzente, rosada.

— Atenção, senhoras e senhores: a lua! Sob a luz da manhã! — Embora, para Esther, aquilo estivesse mais parecido com a cor de remédio para o estômago.

Ainda assim, conforme se aproximavam, a lua crescia de maneira impressionante. A névoa rosada foi retrocedendo lentamente, o planeta tornando-se cada vez mais branco, depois uma espécie de verde ondulante, expandindo-se até preencher toda a visão da ponte, de cada vigia na nave.

— Venham! Venham ver a lua! — o capitão chamava com entusiasmo, acenando com a mão... e como num deslumbramento eles começaram a tropeçar para a frente, para o nariz da nave, onde o feixe de luz de um holofote varria o estranho solo diante deles.

— Vão em frente! Vão em frente e dêem um passeio! Não iremos partir sem vocês! — o capitão deu uma piscadela, e um a um eles subiram pela amurada e seguiram titubeantes para a árida, esburacada superfície da lua.

Andaram apenas alguns metros, e pararam — embora todos eles soubessem que se seguissem mais para frente iriam atingir a parede do aeródromo. Obviamente a lua era feita de gesso-de-paris, a pintura verde descascada em alguns lugares, a superfície lunar oca sob os seus passos, mas nem por isso menos alienígena — o holofote balançando lentamente para lá e para cá sobre a paisagem desolada, cheia de crateras.

Naquele instante uma horda de pequenos homens e mulheres da lua começou a pulular das crateras e por trás dos enormes rochedos quadrados. Eles usavam macacões justos e verdes, com mais pintura verde grosseiramente espalhada em seus rostos e mãos, e convergiram para os estupefatos passageiros, dando gritinhos e pressionando pedaços de queijo mofado e esverdeado nas suas palmas. Então eles juntaram as mãos, balançando para frente e para trás, e naquela atmosfera estranha, alienígena, celestial, começaram a cantar com vozes insuportavelmente altas e estridentes:

> Se o homem da lua fosse negro, negro, negro
> O que você faria?
> Ele iria descolorir com sua sombra
> A lua prateada, prateada, prateada
> E você nunca mais teria
> Passeios à noite no parque
> Nem namoros ao luar
> Se o homem da lua fosse negro, negro, negro...

CAPÍTULO 19

ESTHER

Ela sentou-se no alpendre, vendo o bairro transformar-se em noite e lendo a "Galeria de Homens Desaparecidos" do jornal *Jewish Daily Forward.*

VOCÊ VIU ESTES HOMENS?, dizia a manchete, como os cartazes de "procura-se" pregados nas agências dos correios. Abaixo exibiam as suas fotografias, e uma breve história de cada um daqueles homens que evadira-se com a felicidade da família:

"... Solomon Feuerstein, ex-alfaiate. Mais recentemente, trabalhava como operário diurno na Hester Street, 17. Casado e pai de três filhas. Visto pela última vez na noite de domingo, cinco de maio, em companhia do seu grupo do *landsman...*"

"... Morris Berlant, cortador de confecção, da Eldridge Street, 33. Viúvo e único provedor de sete filhos. Visto pela última vez na estação de trens Grand Central, quatorze de maio, na companhia de uma certa senhora que usava um vestido de veludo vermelho..."

... cada indiciação terminando com a implacável imprecação: "Se você tiver qualquer informação a respeito destes indivíduos irresponsáveis, é sua obrigação contatar os editores do *Forward*".

Estes eram os homens que tinham escapado. Os maridos e pais que finalmente tinham desistido e partido, num belo dia, para lugares desconhecidos: Filadélfia ou Chicago, St. Louis ou Cleveland — todos estes distantes, exóticos destinos. Até mesmo para a velha, maldita terra. Eram os alvos da fúria vingativa de Abe Caham, não menos incessante do que a do Próprio Deus, quando tentava fazer o seu povo envergonhar-se dos seus atos e transformá-lo em modelos de cidadania, socialismo, judaísmo.

Ele será como uma árvore plantada ao lado das torrentes de água, dizia o salmo citado bem abaixo da manchete condenadora — embora Esther suspeitasse que aquela coluna inteira poderia ser considerada uma derrota em si mesma. As pequenas fotografias de cada um dos homens tinham sido, quase invariavelmente, tiradas num casamento, ou num *bar mitzvah* — alguma ocasião festiva quando havia um fotógrafo por perto. Eles sorriam para a câmera, enfatiotados com suas melhores roupas, parecendo felizes por terem conseguido escapar.

Ela deixou o jornal sobre o joelho e olhou entediada para a rua. Era outra noite úmida, o ar já tão pesado que os ubíquos símbolos de luto de papel branco mal se agitavam, em cada uma das portas do cortiço. Apesar do calor, meninos corriam pela sarjeta, gritando uns com os outros. Alguns deles jogavam beisebol, as cabeças raspadas contra os piolhos do verão, brandindo cabos de vassoura na bola feita de meias enroladas e gritando *"Aus! Aus!"*. Uma menina russa sentada nos degraus abaixo dela, lendo o "Livro de Contos da Fada Azul" para sua irmã, as duas usando laços nos cabelos, contemplando atentamente as grandes páginas cheias de figuras.

Deram as sete horas e por toda parte à sua volta, acima e abaixo do quarteirão, Esther pôde ouvir o leve pipocar de lâmpadas-piloto sendo acesas. Podia ouvir o murmúrio de centenas de conversas — em ídiche, mas também em russo, polonês, alemão, armênio; até mesmo o suave, constante encadeamento do chinês, como o zunido da sua máquina de costura. Um trecho da *Aída*, a ópera preferida do gueto, tocando num fonógrafo vacilante. Os amoladores de tesouras empurrando seus carrinhos de rodas largas pela rua, tocando as sinetas e chamando para que as donas de casa levassem suas facas para baixo antes de começarem a cortar suas galinhas.

As crianças afastaram-se correndo, a rua agora enchendo-se com os homens e mulheres que voltavam do trabalho para casa, chegando em ondas do elevado na Allen Street. Eles caminhavam devagar no ar úmido, pesado. Até mesmo Muller, o bode que era o mascote do bar alemão embaixo da escada, jazia imóvel na calçada — abstendo-se, por uma vez, da sua eterna batalha para derrubar com o traseiro o poste no qual ficava amarrado.

Esther olhou para cima e para baixo da velha rua murmurante: as meninas lendo, o bode com seus chifres pintados de dourado, os pequenos emblemas de papel branco — e desejou que tudo isso desaparecesse.

Ela podia imaginar: uma grande, larga avenida, sem nenhum elevado no final da Allen Street para soprar as nuvens de fuligem através das janelas. As calçadas limpas e varridas, e livres de pedestres; crianças e seus pais encaminhando-se todos os dias, descansados, para oito horas de escola e um trabalho significativo. As palavras de uma das inspiradas palestras na sede do sindicato permaneciam grudadas em sua mente:

O mundo deve ser transformado num lugar benigno para os pobres.

Ela levantou-se e esticou os braços bem acima da cabeça, ignorando os homens que desciam apressadamente a escada para o bar alemão quando assoviavam e mexiam com ela. Primeiro estalou as juntas dos dedos, depois as costas, e depois o pescoço inteiro, produzindo um ruído semelhante a um tiro de pistola. Os homens empalideceram e correram para suas cervejas, e ela riu.

Este era o seu jeito de irromper para fora da caixa onde era obrigada a ficar durante o dia. Trabalhar na máquina era melhor do que alinhavar casacos, mas suas costas ainda latejavam pelo esforço de encurvar-se sobre a agulha, e os joelhos doíam por apertar os pedais, e suas mãos estavam rígidas por ter de alimentar a máquina com os monótonos metros e metros de tecido, o dia inteiro.

Disse a si mesma que agora estava retornando à pessoa que era antes do trabalho: sentindo-se bem, sadia e infatigável. Havia um mundo de possibilidades aberto a ela. Poderia ir ao teatro de ópera onde, por vinte e cinco centavos, era possível subir até a galeria superior e assistir a Caruso, Pavlova ou Kreisler. Podia ir à palestra sobre filosofia ou a uma das academias de dança ou aos teatros judaicos ao longo da Bowery, onde a platéia atirava alfaces no palco e batia os pés no chão gritando: "Vergonha, vergonha!" se um ator acendia um charuto durante o Sabá.

Melhor de tudo, poderia ir ao Vaudeville Automático na Union Square. Lá ela colocaria um centavo numa das douradas máquinas de projeção no extenso salão de piso de mármore e assistiria — qualquer coisa, do mundo inteiro: uma história de amor ou um *pogrom*. O Coronel Dreyfus na Ilha do Diabo, ou Teddy Roosevelt num safári na África ou o Tzar e sua corte — as longas filas de generais e sacerdotes flutuando majestosamente, as esparsas nuvens de incenso, carregando seus magníficos chapéus emplumados debaixo dos braços...

No entanto o filme que ela mais gostava, dentre todos, passava-se num lugar muito mais perto de casa. Era simplesmente um filme rodado na traseira de um caminhão, percorrendo as ruas do baixo Manhattan.

Ela nunca tivera problemas para pegar aquela máquina. Fazia meses que estava por ali e a maioria das pessoas já se cansara dela, mas para Esther nunca era o bastante. Estava tudo ali: os carrinhos de mão e as lojas, e os policiais e os mascates e as donas de casa, todos mexendo-se pelas ruas com movimentos acelerados, abruptos. Os bondes e automóveis zunindo por eles como meteoros. As mesmas ruas pelas quais ela andava todos os dias, passando pelo Prédio Flatiron, e pela Union Square, através das multidões na Delancey, e a Hester Street, e de volta para Chinatown e a Little Italy. Os meninos sorridentes, correndo atrás do caminhão, e as filhas do *maskilim*, tentando caminhar com o máximo da dignidade sob suas sombrinhas, e os mascates olhando de soslaio, desconfiados, das suas carretas de verduras. O seu mundo inteiro, fervilhando à sua frente como uma peça de teatro gigantesca, tão depressa que ela mal conseguia acompanhar...

Esther esticou-se novamente no alpendre — e teve um relance das próprias mãos. Estavam tão grandes, agora, as juntas enormes, inchadas e calejadas. A *noiva do sr. Singer*, elas gostavam de chamar. A maneira como arraigavam-se a cada ano, como sua pele amarelava-se na oficina...

Ela será conduzida diante do rei em vestes bordadas

Ela ficou olhando as multidões que ainda saíam dos trens aos borbotões, querendo olhar para qualquer outro lugar, ver qualquer outra coisa exceto suas próprias mãos. E foi então, em meio aos rostos inexpressivos e estranhos na multidão, que ela avistou seu irmão.

Ele destacava-se do resto da multidão, como sempre, vestido num vistoso fraque da cor do céu, um chapéu-coco, e com uma gravata de seda branca presa por um alfinete de brilhante. Enquanto o restante deles se arrastava, ele parecia movimentar-se sobre os calcanhares, mal tocando o chão — a única maneira com que um homem que não trabalhava para sobreviver poderia caminhar no final do dia.

Quando ele viu Esther ali não pôde evitar de encaminhar-se para ela. Havia pensado em apenas farejar um pouco pelas redondezas, verificar o que pudesse, mas lá estava ela: parada no alpendre com um velho *shmatte* de vestido. Parecendo cansada e desolada, e tão linda e pura como sempre. Ele exibiu os dentes e foi até ela.

— O grande *macher* — ela disse, não sem afeição, e ele soube que ela mal continha sua alegria por vê-lo novamente.

— Olá, Esse — ele saudou-a do pé da escada, as duas meninas russas com seu livro de contos de fadas escorregando para longe deles. — Como vai você? — perguntou formalmente, mas ela apenas continuou provocando-o.

— Como é mesmo que o chamam agora? "*Billy the Kid*"? Ou será alguma coisa com "esquentado"?

— É, é — ele disse, descartando suas palavras com um aceno da mão. — Então, como vão eles?

Como ela ainda estava bonita Como estava bem

— Melhor do que você, *chachem* — ela disse, reparando no curativo na parte de trás da cabeça dele, e descendo para encontrá-lo. Estendeu a mão na direção do ferimento, mas ele desviou-a com um tapinha.

— Problemas de negócios.

— *Nu*, como vai indo a cafetinagem ultimamente?

— Você não devia usar palavras como esta — ele disse, agora irritando-se de verdade. Detestava ouvir tais coisas saírem dos lábios *dela*, ter de pensar em Sadie ao mesmo tempo...

— Um cafetão é um cafetão.

— E uma prostituta é uma prostituta, certo? Nunca obriguei ninguém a ir para a vida.

— Não... e imagino que elas tenham obrigado você a se tornar um cafetão. E os mascates tenham feito de você um envenenador de cavalos, e que as cartas tenham transformado você num jogador.

— E quanto a você? Continua se matando de trabalhar. Deixando que a esfolem até os ossos. Isso é melhor? — ele explodiu... sem querer, sabendo que havia permitido que ela o atingisse, mas incapaz de conter-se por mais tempo. — Olhe só para você! Não poderia tomar o lugar nem da minha garota mais velha, do jeito que está agora!

Não era verdade. Ela ainda estava linda — ainda tão imaculada como naquele primeiro dia em que ele realmente a vira, e pusera a mão no seu quadril, e ela não se afastara

— Pare com isso!

Ele esperou que ela o esbofeteasse, e estava pronto para isso — a sensação dura, espalmada, da mão dela em sua face — mas tudo o que ela fez foi estender a mão, apelando para ele, até que seu rosto ardeu não com o tapa mas com a vergonha.

— Como pode falar desse jeito comigo? — ela perguntou, a voz terrivelmente compreensiva e calma.

Ela ainda era tão exasperante tão íntegra. Mas ele fora para cima dela e ela não se afastara

— Eu sou sua irmã. Temos o mesmo sangue, você sabe.

— Sim — ele disse, baixando os olhos. Odiando-a por tal comedimento.

— Ah, *bulvon*... o que vamos fazer com você? Quando vai se lembrar de que é uma pessoa?

Ela não havia se afastado dele, e quando ele retirara a mão trêmula de vergonha tudo o que ela tinha dito foi Não se sinta mal Não é nada de ruim Não se sinta mal — quando, de fato, ele sabia que aquilo era terrível

Ela era a única coisa de que ele se arrependia.

Aconteceu quando ainda moravam na Forsythe Street, onde as prostitutas costumavam sentar direto na calçada, nuas sob seus frágeis agasalhos. Papa vociferava contra elas quando passava, mas elas apenas riam e cuspiam no sapato dele, os brancos e bulbosos quadris escarranchados no calçamento. Elas assoviavam para Lazar quando ele passava, levantando as saias, chamando-o:

Boychick, venha dar uma por conta da casa! Ai, que rostinho! Mais macio que a minha tochis!

Elas enredavam os pés dele entre as pernas, agarravam-no pela virilha. Ele era um menino tão dócil, então, e elas o tomavam por um tímido *yeshiva bocher*, embora ele soubesse que o veneno já começava a surtir efeito.

Ele andava por ali com todo o cuidado naqueles dias, ciente das fronteiras invisíveis por toda sua volta. Havia os poloneses e ucranianos ao leste, e italianos a alguns quarteirões abaixo deles, e se quisesse aventurar-se até as docas do West Side ele tinha de tomar cuidado com os Hudson Dusters, e os Five Pointers, e as outras gangues de irlandeses.

Os irlandeses eram apenas uns bandidos, briguentos enormes e excessivamente musculosos dos quais ele conseguia evadir-se com facilidade. Os italianos ele achava mais intrigantes. Eles armavam altares iluminados por velas no final dos seus becos estreitos, e faziam desfiles com bandas, carregando estátuas de santos espetadas com flores cor-de-rosa e notas de dólar. Se eles o apanhavam, no entanto, eram capazes de lhe tirar todo o dinheiro e obrigá-lo a ajoelhar-se para recitar o Pai Nosso, a Ave Maria...

— Reze, judeu! Nós sabemos que você pode rezar!

... todos aqueles estranhos, aterrorizantes rituais *goyishe*. Cuspiam numa casca de pão jogada na sarjeta e pressionavam-na em sua boca, rindo: Este é meu corpo. Tome, coma...

— Agora você está convertido!

Ele conseguiu escapar, correu de volta para casa, cuspindo o pão horrível, os risos estridentes seguindo-o pela rua. Pão gentio, ele chegou a pensar, algo que eles realmente comiam. Monk tinha razão:

Nunca dobre os joelhos para um cristão

Melhor deixar que eles o chutassem e surrassem até que perdesse os sentidos. Ele sabia o que faria na próxima vez.

Não que tivesse muito tempo para sair da sua rua, da sua vizinhança mais próxima. Tinha o seu trabalho como varredor na farmácia na Great Jones Street depois da escola. Esperar para entrar na biblioteca pública no Seward Park, onde as filas de crianças *yiddishe* davam a volta no quarteirão. Mais horas lendo o Talmude com o pai, ouvindo todas aquelas intermináveis, misteriosas discussões dos homens mais velhos. Entediando-se com suas lições na escura, sufocante *bes midrash* atrás da sinagoga, em meio aos odores adocicados, decrépitos, de livros velhos e cera de velas, o cheiro úmido e rançoso dos seus colegas estudantes, suando em seus pesados casacos e calças...

Aquilo o entediava até a morte. Ele estava inquieto e nervoso, procurando alguma coisa — qualquer coisa — além daquilo. Sabia que deveria gostar do que fazia, preparar-se para a vida de um grande estudioso como seu pai, mas achava que se continuasse naquela vida seria capaz de explodir de pura frustração.

Foi quando reparou nela. Esse estava sempre por ali, claro — sua irmã mais nova, trabalhando hora após hora com a mãe em volta da mesa da cozinha. Fazendo o que quer que fosse que elas fizessem com uma agulha e linha, até que chegasse a hora de arrumar tudo para o jantar do grande erudito. A diferença de idade entre ele e Esse era suficiente para que fossem aliados ocasionais no ambiente da casa, fazendo brincadeiras por trás das costas dos velhos acerca dos seus hábitos *haimishe*, guardando os pequenos segredos um do outro. Mas ele nunca havia realmente reparado nela até aquele dia — apenas um dia qualquer, sem nenhum motivo especial, quando ele viu, de fato, o quanto ela era bela.

Depois disso ele ficou como que hipnotizado. Seguia-a com seus olhos a todo lugar para onde ela ia, em volta do minúsculo apartamento — ajudando a mãe com o jantar, guardando as cobertas de dormir, carregando a roupa lavada para a cobertura no telhado. Não conseguia tirar os olhos de cima dela, não podia evitar ficar trombando nela — como não poderia? — no espaço exíguo em que habitavam; roçando contra ela, sentindo o cheiro de sua nuca, dos seus cabelos, observando a curva do seu vestido que caía sobre as pernas de menina. Não podia evitar reparar nela, estava sufocando naquele apartamentozinho junto com ela. Isso era errado, ele sabia, mas então ele era ruim, e o fato de que isso o excitava servia apenas para provar o quanto era maldoso.

E então, num certo dia, a *mamaleh* ficara tão doente que o velho rabino realmente fora persuadido a levá-la ao médico. Normalmente, quando ela ficava doente, ele preferia fazê-la deitar na cama e nem se aproximava, como quando ela ficava menstruada, mas desta vez ela estava doente demais para ser ignorada, vomitando bile esverdeada, e ele foi convencido a levá-la, se não a um médico de verdade, pelo menos a um baba na Ludlow Street.

Eles tinham ficado sozinhos no apartamento, e ele avançara para ela. Ela deveria continuar costurando aquelas fúteis roupas femininas que estava sempre fazendo com a mãe, deveria continuar costurando mas ficou entediada e abandonou seu posto na mesa e foi pular pela sala, rodopiando e dando cambalhotas sob as réstias de sol. Cantando para si mesma — absorvida no que estava fazendo como uma menininha.

Ele avançara para ela. Fora até ela e pousara a mão em seu quadril — apenas uma das mãos, leve como uma pluma, tremendo na saliência do seu quadril direito. Apenas um toque, pois que ela era a coisa mais linda, mais pura que ele já havia visto, e tinha medo de ir mais adiante.

Ela havia se virado para ele. Virara-se para encará-lo, parando com a brincadeira, agora, e não havia desviado os olhos. O rosto repleto de uma abominável compaixão por ele. Ela não se virou mas olhou direto para ele, e ele teve certeza de que poderia fazer qualquer coisa que quisesse, então — de que ela sabia exatamente o que ele queria, mas no entanto não poderia ter feito nada, nada mesmo — e que ela o teria acompanhado.

Ele deu-lhe as costas. Em vez disso, ele deu-lhe as costas, cheio de nojo por si mesmo, e foi então que ela disse:

Não se sinta mal Não foi nada de ruim Não se sinta mal

... mas ele sabia que ela estava mentindo.

Foi naquele mesmo *Shabbos* que ele saiu de casa. Não que tivesse a intenção; apenas foi algo, como um pesadelo, que fugiu completamente do controle.

Em todas as noites de sexta-feira sua mãe lhe dava o *cholent* da família para que ele levasse à padaria *goyishe* na Delancey Street — o jantar do Shabbos, feito com carne e feijões e cevada, num ensopado que ela preparava tão substancioso e espesso que eles não tinham forças para fazer mais nada pelo restante do Sabá, exceto ficar deitados pela sala num torpor.

Ela levava três dias para prepará-lo. Juntava os ingredientes na quarta-feira, cozinhava-os levemente e depois deixava o ensopado descansando na cozinha, espalhando seu aroma pela casa inteira até a véspera do Sabá. Então ele arrastava o pesado caldeirão preto, juntamente com dezenas de outros meninos da sua idade — um disperso desfile de primogênitos, com suas boinas e calças curtas. As mães sorriam ao vê-los, e os velhos dançavam nas esquinas das ruas, atoleimados pelo clima de feriado:

— O *Shabbos*! Aí vem a noiva do *Shabbos*!

Sua mãe deu-lhe um níquel para pagar o padeiro, um homem atormentado, taciturno, que deixava o *cholent* cozinhar em seu forno pelas doze horas seguintes, juntamente com todos os outros jantares de Sabá da vizinhança. No dia seguinte, depois da sinagoga, ele iria buscá-lo. Esta era uma tarefa muito mais difícil, apressando-se com o caldeirão preto e fumegante para casa antes que esfriasse, mas ele estava sempre orgulhoso por cumpri-la — o estômago gorgolejando com o aroma da comida, os rostos da sua família — até mesmo do pai — radiantes de alegria quando ele o carregava para dentro.

Mas naquela sexta-feira em especial, a caminho da padaria, ele viu os jogadores de dados. Eles sempre tinham estado ali, rolando seus dados com insolência a céu aberto, encostados na parede de tijolos do Mercado Pinsky na Attorney Street — mas naquele Sabá ele os enxergou com novos olhos: um grupo de jovens rapazes de aparência astuciosa sentados no centro de uma roda, os casacos puxados até o queixo, ajoelhados em volta do dinheiro espalhado na calçada: moedas de um centavo, de cinco, até mesmo de dez e vinte e cinco.

— Vamos lá, meu benzinho. Seja bonzinho com o papai.

Enquanto ele observava, mais rapazes e meninos passaram por ele aos empurrões e ajoelharam-se para tentar a sorte, apostando um ou dois centavos. Os dados rolaram, e um rapaz rápido, com um rosto fino e comprido, passou agilmente em volta dos apostadores e do atirador, recolhendo o dinheiro antes que este pudesse ser recuperado, atirando uma moeda ocasional ao vencedor como um homem jogando uma maçã podre de volta no carrinho de frutas.

Foi com aquelas moedas que Lazar descobriu-se mais fascinado — dinheiro para mais nada além do risco. Deu um passo à frente, mal percebendo a pesada panela que ainda equilibrava no braço, e sem pensar duas vezes atirou o níquel que lhe fora dado para pagar o padeiro *goyishe*. Os olhos do rapaz de cara comprida lampejaram brevemente sobre a moeda — então ele apanhou os dados e passou-os para um outro menino, menor e com uma expressão angelical, pouco mais do que uma criança, que havia pressionado ponderadamente uma moeda de um centavo na calçada.

— *Os dado sabe quem tá jogando e nunca, nunca vão chegá pra você...*

O garoto menor arremessou-os sem nenhum artifício contra a parede. Eles caíram de volta no piso cimentado: um único ponto branco aparecendo em cada face preta. Antes que Lazar pudesse dar ao menos uma última olhada, o ágil rapaz já embolsara o seu níquel, o centavo do atirador, e todas as outras moedas que estavam na calçada.

— *Yiddishe mazel* — ele resmungou numa condolência formal... depois arrebatou os dados do menino pequeno, que parecia positivamente em agonia.

Novos jogadores se acotovelaram, afastando Lazar do jogo — não que ele tivesse qualquer outra coisa com que apostar, de qualquer forma. Ele ficou ali na beira da calçada por um longo tempo, a panela com o ensopado nas mãos, tentando pensar o que fazer em seguida. O níquel se fora, e ele não tinha mais dinheiro e nem meios de conseguir algum, e o padeiro, ele sabia, não estaria disposto a dar crédito a um pequeno *yiddishe pisher*.

Ele ficou vagando pelas ruas escurecidas com o *cholent*, ainda sendo provocado pelos ignorantes, sorridentes transeuntes: É melhor mexer esse *torchis, kinderle*.

Caminhava bem devagar, pensando que alguma coisa tinha de acontecer. Um níquel encontrado na rua, um estranho extraordinariamente generoso — manteve os olhos fixos na sarjeta durante todo o trajeto para casa, procurando um dinheiro perdido. Talvez pudesse até salvar alguém de um cavalo desembestado, como todas aquelas histórias ridículas sobre os vendedores de fósforos e jornaleiros que subiam na vida, que certa vez ele folheara na biblioteca de Seward Park...

Não havia nada. Nenhum cavalo desembestado, nenhum dinheiro forrando as ruas. Ele virou para a Forsythe Street, a calçada agora despojada de prostitutas naquele frio do fim de outono. Esse estava descendo a escada do cortiço e olhou direto para ele, tão preocupada, tão instantaneamente ciente de que alguma coisa estava errada, da maneira que sempre sabia. Ele quase engasgou ao vê-la, mas seguiu carregando a panela de *cholent*, incapaz de falar. Subiu os três andares até o apartamento, onde deixou a panela em cima da mesa da cozinha, sob o olhar espantado da mãe.

— O que é isso?

Ela olhou na direção da janela, de onde já não se podia ver mais nada da luz do dia.

— Você vai se atrasar! *Shabbos*...

Ele sentou na cadeira do pai junto à mesa, olhando fixamente para as mãos.

— Não posso. Perdi os cinco centavos.

— Como foi isso? Foi o goyim?

Ela ajoelhou-se diante dele e fitou o seu rosto, os olhos tão frenéticos que ele nem mesmo pôde lhe contar a história que havia planejado.

Melhor que ela visse sua verdadeira natureza

— Não. Eu perdi o dinheiro. Perdi numa aposta na rua.

Melhor que eles soubessem

Ela deixou-o sozinho, então. Deixou-o sentado em silêncio na mesa, olhando para o chão até a hora em que o pai chegou em casa; então, ela teve de repetir o que ele lhe dissera com sua voz trêmula, lacrimosa. Por algum motivo, uma parte dele teve prazer em ouvi-la contar tudo, bem ali no mesmo cômodo, a voz repleta de espanto pela coisa terrível que ele fizera.

— Seu idiota! Seu infeliz miserável!

Seu pai esbravejou previsivelmente, esbofeteou-o no rosto, rasgou a própria camisa num gesto dramático.

— Seu animal selvagem! Eu o declaro em pecado!

Aquele foi o pior de todos os momentos terríveis no pequeno apartamento da Forsythe Street. Era o mesmo mês em que a batalha pelo Grande Rabino de Cracóvia havia chegado ao apogeu, e a congregação do seu pai o chutara para fora.

— A pior coisa que já nos aconteceu foi ter vindo para a América! — o velho lamentava, martelando o punho sem parar sobre a mesa, rastejando de um lado para outro como um louco, vociferando até que não conseguissem mais entender o que dizia e surrando Lazar com o cinto.

Naquela noite de sexta-feira foi como se estivessem velando *shivas*. Agora não tinham nada para comer no Sábado. Era contra a lei de Deus que sua mãe cozinhasse ela mesma o *chalent*, naturalmente, e já estava demasiado tarde para arrebanhar algum *Shabbos goy* e mandá-lo à padaria no lugar de Lazar. Quando voltaram da sinagoga havia apenas a panela com o ensopado frio, meio cozido, congelando na cozinha. Mas o pai sentara-se à mesa assim mesmo.

— É hora de comer, vamos comer — ele disse.

A mãe e Esse olharam uma para a outra, obviamente imaginando se o rabino estaria em seu juízo perfeito. Ele havia sido completamente evitado aquele dia na sinagoga. Alguns dos seus amigos mais antigos — homens que ele conhecera ainda em Lodz — tinham se recusado a falar com ele, fartos da sua fanfarronice a respeito do Grande Rabino e da nova terra. Mas ele insistiu para que todos sentassem para jantar.

— Isso é o que nos foi dado por este menino. É o que o Todo-poderoso destinou para mim.

Sua esposa suplicou-lhe com os olhos mas ele ignorou-a, olhando fixamente para o outro lado da mesa como se estivessem prestes a receber o banquete de sempre. Ela ergueu a tampa da panela de *cholent* — e deteve-se quando viu a comida ali, coagulando em sua própria gordura.

— Não vou servir esta comida para a minha família — ela disse, mas ele deu um pulo quase lépido e arrebatou a concha da mão dela.

— Tudo bem, se você não quer servir, eu sirvo — ele disse. — O filho não obedece, e a mãe não serve. Se ninguém desta família vai cumprir com suas obrigações, eu farei tudo sozinho.

Ele serviu uma porção transbordante daquela gororoba primeiro em seu próprio prato, como sempre; pedaços sebentos e alaranjados de gordura gotejando sobre a mesa.

— Quem vai ser o próximo?

Ninguém disse nada. Abruptamente, o rabino pegou primeiro o prato da esposa, depois o de Esse, despejando mais pedaços do ensopado frio, congelado, em cada um deles.

— Aí está! Aí está! Agora, para o pequeno *momzer*.

Lazar estendeu o prato na direção do pai, segurando-o com toda a firmeza que conseguiu. Os olhos do velho arregalaram-se, agora delirantes de raiva.

— Ah, faminto pelos frutos do seu trabalho, minha pequena praga? Bem, então, terá tudo o que conseguir comer!

Atirou uma concha cheia no prato de Lazar, muito maior do que aquelas que servira para Esse ou a mãe — e depois outra, e mais outra. Lazar continuava com o prato estendido, até que finalmente ele deixou a *kochleffel* cair de volta na panela.

— Vamos! Comam! — o velho gritou.

Lazar começou a comer — calmamente no início, sabendo que todos estavam observando, e desprezando mais do que tudo a piedade que via nos olhos da mãe e da irmã. Logo começou a comer mais depressa — enfiando na boca os pedaços mal cozidos de carne, os grãos duros e crus de cevada e feijão descendo pela sua garganta. Estava todo pútrido, a mais completa adulteração do prato especial da sua mãe. Ainda assim ele continuou comendo, nauseado com a papa esponjosa mas ainda empurrando-a para dentro, uma garfada cheia depois da outra.

— Vamos lá! Comam, comam! — o pai gritou, enfurecido. — Olhem só para ele, este porco! Não consegue se fartar da sua própria obra!

Lazar olhou para o pai, os lábios forçados num sorriso desdenhoso em volta da carne fria e sebenta. O rabino apontou para a janela aberta, através da qual podiam ouvir as costumeiras depravações da noite do sábado *goyishe* pelas ruas — as prostitutas rindo, os homens bêbados cantando e fazendo chacotas.

— Ele devia estar lá, com o resto da lavagem dos porcos! É para isso que ele serve!

Lazar engoliu o seu último bocado, deixando apenas as manchas alaranjadas de gordura no prato, então levantou e encaminhou-se rigidamente para onde estavam seu chapéu e casaco, pendurados num prego na parede.

— Lazar! — a mãe lançou um grito esganiçado, enquanto Esther olhava em silêncio na mesa.

— Para onde vai, agora não consegue mais suportar a vergonha? — o pai vociferou, erguendo-se num pulo.

— Diga-me, por favor — Lazar falou, olhando direto para ele novamente. — O que estamos lamentando... eu, ou o *cholent*?

— Escutem só o que ele diz! Vá para o inferno com seus amigos gângsteres! Saindo de casa no Sabá. Você está morto para mim, ouviu bem? Não tenho mais filho!

Lazar pôs o chapéu conseguindo, apesar dos dedos trêmulos, dar um piparote e colocá-lo na cabeça com um único, imprudente movimento — algo que havia praticado com os outros meninos na escola. Esforçou-se para manter a voz neutra, o rosto sem expressão.

— Eu preferia estar morto do que continuar nessa casa.

Ele virou-se e saiu casualmente pela porta, então — mesmo enquanto perguntava-se para onde iria, como iria comer. A mãe estendeu os braços para ele; seus gritos chamando-o seguiram-no por todo o corredor — Lazar! Lazar! — tão suplicantes e sofridos que, se ela tivesse ido atrás dele, ele achou que talvez voltasse imediatamente e ajoelharia aos pés do pai, e pediria seu perdão. E mesmo então, ele sabia que teria sido perdoado. O pai teria apreciado aquilo como alguma cena do Torá, o filho pródigo retornando.

Mas a mãe não saiu, obediente como sempre à vontade do marido. Ele continuou andando, descendo os lances da escada espiralada. Somente Esse foi atrás dele. Ouviu a porta abrir novamente, as loucas ameaças do pai ecoando no corredor:

— Deixe que ele se vá, deixe que todos se vão! *Gornisht mit gornisht*!

Esse chamou por ele, vendo-o descer pelo poço da escada, uma silhueta escura surgindo no corredor escuro.

— Mas Lazar, para onde você vai?

Ele acenou com a mão por cima da cabeça, não confiando em si mesmo para olhar para ela.

Foi melhor dessa maneira, melhor que ela tivesse ficado — embora muitas vezes ele pensasse diferente, desde então.

— Alguma coisa. Qualquer coisa.

Esse desceu as escadas correndo atrás dele, mas ele já se fora. Ela voltou e subiu de novo lentamente, olhando para o pai que agora debruçava-se na balaustrada do andar deles.

— *Gottenyu* — ele suspirou, com extrema piedade de si mesmo. — A América me transformou numa montanha de cinzas.

Ele passou aquela noite num beco que fedia a mijo de gato e legumes podres, e na manhã seguinte caminhou de volta para o jogo de dados na Attorney Street. Desta vez esperou, e observou, até que tudo ficasse claro para ele.

Havia sempre uma banca: o rapaz de cara comprida que fazia os jogos, e entregava os dados, e percorria agilmente a roda para apanhar o dinheiro. Havia pelo menos dois outros valentões irlandeses, rondando em volta da beirada da aglomeração. E então havia a criança: o garoto com cara de bebê que tinha jogado os seus dados com dois pontos e mostrara-se tão desconsolado.

Sempre que precisavam de mais um otário, ele percebeu, o garotinho angelical era chamado para se adiantar e jogar os dados, como se fosse qualquer outro simplório da rua. Ele poderia ganhar duas, três vezes seguidas — a banca lançando-lhe elaborados olhares furiosos — até que um número suficiente de apostadores decidisse que valia a pena tentar o jogo. Então o rapaz de cara comprida passava-lhe imperceptivelmente um novo par de dados, tirado do bolsinho do colete — um par que dava dois pontos todas as vezes em que era atirado.

Quando aprendeu o que precisava aprender, Lazar passou o restante da manhã caçando o níquel da sorte que lhe escapara na sua longa caminhada para casa com o *cholent*. Ainda não foi fácil de encontrar, cinco centavos não demoravam muito tempo nas ruas. Mas ele não tinha mais nada além de tempo, agora, e vasculhou as sarjetas de ponta a ponta até que conseguiu juntar cinco moedas de um centavo que, de alguma forma, tinham escorregado por entre os dedos dos *yentas* e dos mascates *goniff*.

Voltou para o jogo, então, e esperou até que o irlandês com cara de bebê se adiantasse. Quando os dados estavam nas suas mãos, Lazar entrou no círculo e jogou seus cinco centavos na calçada. O garoto fez seus pontos — e Lazar arrebanhou seu dinheiro tão depressa quanto o havia deixado, sem se arriscar a um novo lançamento.

O rapaz da banca lançou-lhe um olhar penetrante, mas não teve escolha: ou pagava ou deixaria os otários em estado de alerta. Um dos brutamontes foi na sua direção enquanto ele recuava através da multidão — um rapaz alto, de ombros largos — mas Lazar não estava disposto a ser detido por mais nada, agora, e encarou o *shtarkeh* de cima a baixo até que ele moveu-se de volta para o jogo com um ar carrancudo.

Aquele dia foi o início da sua fortuna. Ele subiu e desceu a Attorney Street, e depois a Delancey, e percorreu todo o Lower East Side, repetindo seu jogo. Em nenhum momento estourou a banca, nem deixou ninguém nervoso o bastante para tentar tirá-lo do jogo — simplesmente entrava quando já havia calculado o resultado, ganhava seus cinco ou dez centavos, e depois seguia em frente.

No final daquele primeiro dia por conta própria ele tinha dois dólares, e no dia seguinte já ganhara mais dez, e depois disso as possibilidades eram infinitas. Nunca mais voltou para a casa do pai, nem mesmo no dia em que viu sua própria fotografia na Galeria dos Homens Desaparecidos, e chorou sozinho em seu quarto de hotel.

E ela ainda estava com eles, depois de todo aquele tempo. Parada diante dele, agora, como uma princesa na rua.

— Esse, por que ainda está aqui? — ele perguntou, esquecendo-se da sua missão, esquecendo até mesmo a promessa ao pai. — Por que não vai embora?

... e mesmo então ele sabia que teria ido com ela para qualquer lugar que ela pedisse, teria vivido com ela de qualquer maneira que ela quisesse.

— Precisamos permanecer juntos — ela disse, embora ele achasse que podia detectar a dúvida em sua voz.

— Deixe-os aí com sua própria miséria. Eu tenho o bastante para nós dois.

— É dinheiro sujo.

Ele lhe mostraria

— Todo dinheiro é sujo — ele escarneceu. — Venha comigo.

Ela encarou-o, a expressão tão terrivelmente compassiva outra vez.

— E fazer o quê? Um homem sem nada... sem família, nem amigos, nem nada em que acreditar... o que é este homem senão um animal selvagem?

— Você está falando como o papa — ele disse amargamente. — Eles são os animais. Dê o fora agora, antes que a devorem.

— E ser sustentada por você? Como as suas outras damas?

— Acha que eles não vão devorá-la? Acha que não vão devorá-la até que não reste mais nada?

— Lazar...

Ela estendeu os braços para ele, naquele mesmo gesto — a mesma insuportável, impotente piedade. Ele desceu do alpendre, afastando-se dela, e começou a caminhar de volta para a Orchard Street. A ferida em sua cabeça latejando, e odiando-a, odiando a si mesmo, e acima de tudo odiando o velho...

Ele iria mostrar a ela Mesmo se ela jamais o perdoasse por isso

— Tudo bem. Acha mesmo? Pois espere para ver.

Acenou para ela enquanto se afastava, a mão aberta dobrando-se num punho cerrado conforme ia andando.

— Vou lhe provar. Espere só para ver se não vou.

CAPÍTULO 20

BIG TIM

"Garotas de Camisolas! Dançarinas de Can-Can Francesas! O Piquenique das 'Soubrettes'!"

Little Little Napoleon ficou olhando sem compreender o pedaço de papel à sua frente.

— Uma namoradeira — Sullivan falou, solícito. — Uma coquete.

— *Eu sei o que é uma soubrette!* — o prefeito esbravejou. — É uma obscenidade, isso é que é! Solapando o caráter moral da nossa cidade!

Big Tim recostou-se de volta no sofá, entre Photo Dave e Salsaparrilha Reilly. Estava começando a parecer como mais um daqueles dias em que o prefeito fingia nunca ter ouvido falar de política.

— Olhe só para isso! — McClellan comandou, erguendo uma pilha de fotografias.

E, para divertimento de Big Tim, tanto Salsaparrilha como Photo Dave espicharam os pescoços para frente, esperando obter um relance de algumas das travessas *soubrettes* em ação. Porém, para o infinito desapontamento deles, as fotos mostravam apenas as fachadas dos salões de projeção de cinema, e o Vaudeville Automático da Fourteenth Street.

— Está vendo? Está *vendo*?

— Sim, estou vendo — Big Tim respondeu calmamente.

— Ao lado de cada um destes estabelecimentos existe um *bar*. A maioria deles com uma *entrada comum*, nada mais, nada menos!

— Tão certo quanto os cachorros terão pulgas, meretíssimo.

E os homens não saberiam como conseguir uma bebida, ou achar uma prostituta, a não ser que gastassem um níquel para assistir a imagem minúscula e bruxuleante de uma garota de camisola e pés descalços.

— Precisamos acabar com elas, então. *Precisamos dar um banho de verdade neste cachorro, sim senhor!*

Big Tim suspirou. O sujeito tinha uma obsessão anormal com o cinema. Big Tim tinha suas próprias reservas acerca das salas de cinema e das máquinas de projeção, mas isso não o impedira de investir em toda uma cadeia deles com Fox e Loew. Eles eram inevitáveis, os filmes, e ele nunca acreditara em tentar impedir qualquer coisa que fosse inevitável. Os homens nasceram para criar problemas e não era função da política impedir que as faíscas voassem para todos os lados.

Ele tinha de admitir que os filmes eram a melhor maneira de mentir que já havia sido inventada. Os jornais mentiam, mas ninguém os levava muito a sério. As fotografias mentiam muito melhor. Sua própria mãe, até o dia da sua morte, havia mantido na cabeceira da cama alguma foto espiritualista da sombra do seu pai, pairando protetoramente acima dela.

No entanto, até mesmo às fotografias faltava o elemento vital da animação. O cinema era *real* — tão real quanto a vida. O que não se poderia vender às pessoas com uma invenção destas? Lá no Sunken Gardens de Feltman ele vira as platéias encolherem-se quando uma arma era disparada, ou quando um trem avançava rapidamente sobre elas na tela. Não era de admirar que Hearst já estivesse tentando obter esta nova maravilha — podia-se criar qualquer realidade que se quisesse com ela.

— Está me escutando? Precisamos fechar estes antros de vício, de uma vez por todas! — Little Little Napoleon ainda estava explanando, os olhos escuros faiscando furiosamente.

Deixe ao encargo da Tammany escolher para prefeito o nobre descendente de um famoso fiasco

Bem, a Democracia era uma instituição clemente. Seus heróis incluíam todos os fracassos espetaculares: Stuart e Emmet, Tone e Parnell, Kossuth e Mazzini. Somente os mais trágicos degredados, e os maiores reis não coroados, e os homens que disseram as coisas mais belas nos cadafalsos.

McClellan, pelo menos, era ainda mais elegante do que o seu vistoso pai, e tão formidável quanto ele na aparência: o rosto quadrado e bem barbeado; os olhos frios e aristocráticos. Ele *parecia* o próprio modelo de prefeito, o que era tudo que a Tammany exigia e nem uma gota a mais.

Às vezes não havia como controlá-lo — como no dia em que inauguraram o novo sistema de metrô. O prefeito deveria apenas dar partida no primeiro trem, mas ele havia insistido em continuar no leme e dirigi-lo até a estação Grand Central. O trem corcoveando e movendo-se loucamente aos solavancos, arremessando as autoridades de um lado para outro em seus vagões até que todos os políticos, e as damas da sociedade, e os embaixadores e os generais e os grandes homens do dinheiro estivessem vomitando nos corredores.

— As máquinas de projeção já eram ruins o bastante, mas *salões*? Jovens de ambos os sexos, sentados juntos no escuro? Onde isso irá acabar?

Sullivan sentiu-se subitamente cansado.

— Quer que abandonemos a cambada dos filmes, então? Sem mencionar as salas de cinema. Devemos desistir de tudo? Entregar de bandeja ao sr. Hearst, juntamente com um assunto inteiramente novo para que ele possa subir em seu pedestal? Ou a última corrida não foi apertada o bastante para você?

Ele pretendia tocar no ponto vulnerável, com isso. McClellan acabara de derrotar o príncipe dos jornais na última vez, e isso foi com os rapazes jogando urnas de votos inteiras dentro do East River. No entanto, agora o prefeito dava-se os ares da maior importância, literalmente desviando o rosto do de Big Tim.

— Eu gostaria de pensar que meu posto sustenta-se num terreno mais firme do que este — ele disse com ar arrogante, olhando pelas delicadas janelas georgianas para o que parecia ser o ninho de esquilo no alto das árvores do Parque da Prefeitura.

— Ah, então é isso, é? Planejando opor-se a *nós* novamente, é isso, George? Bem, até que deu certo da última vez.

Foi o sr. Murphy quem tivera a idéia. O homem era um gênio, mesmo se de fato parecesse um vigário do interior, e um vigário nem muito inteligente. Ele e Big Tim e todos os outros chefões da Tammany tinham se refestelado conspicuamente no segundo andar do Delmonico. Ali eles sentavam-se todos os dias, almoçando num salão vermelho-sangue, numa magnífica mesa com quatro patas de tigre entalhadas, congregando diante deles o restante dos políticos e dos donos do dinheiro.

O COLOSSO DO SUBORNO!, as manchetes de Hearst tinham gritado: O QUE SE PASSA NO SALÃO ESCARLATE DOS MISTÉRIOS???!! TOME CUIDADO, MURPHY! BASTA UM SÓ UM PASSO PARA SE IR DO DELMONICO A SING SING!

O papel de McClellan havia sido posicionar-se *contra* o Colosso do Suborno. Foi o truque máximo, definitivo: Tammany opondo-se a Tammany. O prefeito contratou um comissário de polícia da Reforma, e meteu os policiais em elegantes uniformes novos, e despediu uns poucos escriturários velhos e decrépitos. Neste meio-tempo o sr. Murphy havia divulgado angustiadas declarações a respeito de Benedict Arnolds, e o mais cruel de todos, e a agudeza dos dentes da serpente. E no dia seguinte eles tinham os votos, e tudo fora apenas um negócio como sempre.

— Sou o prefeito da cidade! — McClellan vociferou a Sullivan agora, com toda a indignação que conseguiu reunir. — Você deve dirigir-se a mim da maneira apropriada.

— Você é o *nosso* prefeito, e *nós* temos um problema real nas mãos — Big Tim disparou. — Não o fato de que homens adultos gostem de olhar para garotas bonitas em roupas de baixo. Precisamos que você reprima esse negócio, e faça isso agora mesmo, antes que fuja ainda mais do controle.

— Está se referindo a Rosenthal? — McClellan inclinou a bela cabeça para ele, como um *terrier* curioso. — Seria impróprio para mim interferir de qualquer forma. Agora isso é responsabilidade do promotor público!

— George, George. Você acha mesmo que alguém vai se entregar assim tão calmamente? Apenas para lhe dar mais um mandato?

— Então eles devem ser arrancados pela raiz! — o prefeito declamou, batendo na mesa para dar ênfase. — Deixe a sujeira cair onde deve! Nós temos de fazer uma limpeza neste estado!

— Ah, George. Esta raiz é mais do tipo da mandrágora... uma raiz em formato de homem, e que grita quando a arrancamos. Encare os fatos: se Beansy Rosenthal continuar abrindo o bico para o promotor, uma investigação fatalmente vai acontecer. E não estou falando o costumeiro grupinho faixa-azul de distintos cidadãos com barbas bem aparadas, revelando a um público atônito que os policiais aceitam subornos e que os bares ficam abertos até bem depois da hora de fecharem. Dessa vez a coisa vai mais fundo... não há como saber onde irá terminar se não pusermos um ponto final agora mesmo.

— Não posso arriscar a integridade do meu cargo. Isso é tudo que há!

Big Tim levantou-se e aproximou-se do prefeito, subitamente pairando sobre ele.

— Nunca dá certo jogar a mesma cartada duas vezes, você sabe — ele disse suavemente.

— Eu sou o prefeito desta cidade!

— Hum-hum — disse Big Tim, gesticulando para Dave e Reilly que estava na hora de irem embora. — Isso você é. E como tal você foi feito de barro, e qualquer outro pode ser moldado à sua imagem. Bom dia.

Tocou de leve a aba do seu chapéu de palha e saiu da sala, deixando Little Little Napoleon ainda esbravejando em seu rastro.

— Je-sus, vocês já viram uma coisa como aquela?

Big Tim sorriu enquanto desciam a meio galope a escadaria da frente da Prefeitura.

— Ah, mas você mostrou a ele, Tim!

— Você mostrou qual é a obrigação dele, Dry Dollar.

— Ah, mas ele é um assombro! Alguma vez já o viram nos comícios?

Claro que tinham visto, mas queriam que ele contasse, as expressões sorridentes e ansiosas à sua volta.

Somos um povo encantado por histórias

— ... ele sempre se certificava de plantar um informante na multidão. E bem no momento certo, o sujeito começava a fustigar como um verdadeiro chato interrompendo o discurso: "Fale conosco em nossa própria língua!", o informante gritava. E as pessoas começavam a vaiar, e McClellan fazia uma cara de incerteza, como se não soubesse se seria capaz disso. "Fale conosco em nosso próprio idioma!", o vigarista gritava de novo, e logo mais gente se unia a ele... em italiano, ou alemão, francês, o que quer que fossem: "Fale em nossa língua!". Então ele se endireitava e se lançava direto no mais belo discurso que já se ouviu. Ah, maravilhoso, maravilhoso! Como se estivesse inventando tudo ali na hora. Em italiano, alemão, até mesmo o maldito mandarim chinês. As coisas mais bonitas e elegantes que você já escutou em toda sua vida, fosse lá que diabo fosse. Ele havia decorado cada palavra na noite anterior, mas, ah! Jesus, aquilo era uma obra de arte!

Os três homens pararam, sacudindo-se de risos. Tinham dado a volta pela Prefeitura, agora, e estavam no centro de todo um mundo digno de se conhecer. Atrás deles estavam os altos edifícios de tijolos vermelhos da travessa dos jornais, os domínios de Hearst e Pullitzer. Mais ao leste ficava o grande e branco Prédio Municipal, e a grandiosa ponte erguendo-se sobre o rio. E diretamente à frente deles, acachapado por trás da elegante Prefeitura como uma mendiga atrás de uma dama, ficava o Tribunal de Justiça de Tweed — o Prédio que Nunca Paravam de Construir.

Tweed o concebera depois da Guerra Civil, e representava a apoteose da sua genialidade. Ele havia elaborado o projeto com seus camaradas de sempre, para receber a "caixinha" de sempre. Quando os *goo-goos* começaram a dar com a língua nos dentes a respeito da péssima qualidade da construção, ele simplesmente entregara novos contratos a novos camaradas, para mais uma "caixinha" — os círculos de corrupção e benefícios mútuos ampliando-se ainda mais.

Quando finalmente o trancaram na cadeia de Tombs, eles tinham encomendado um carpete hipotético suficiente para circunavegar o globo, e vassouras suficientes para varrê-lo, e tinta suficiente para até duas boas camadas. E a coisa ainda não tinha nem um telhado.

Havia talento, ele não podia deixar de admirar; pensando com admiração. *Postado diante dele como Aristóteles contemplando o busto de Homero...*

— Que tal a gente entrar, trocarmos uns pauzinhos com o velho G.W.? — Photo Dave sugeriu esperançosamente, mas Big Tim limitou-se a resmungar. A simples menção do sujeito provocava novamente a ferroada em sua virilha.

— Não, acho que hoje posso me poupar da história de como George Plunkitt criou a lua, e as estrelas, e os sete planetas em três dias, aumentando a conta para seis com um suborno honesto — ele lhes disse. — Mas vocês podem ir, se quiserem... os dois. Eu vou pegar o meu rumo para casa.

— Obrigado, Dry Dollar.

— A gente se vê.

Eles afastaram-se com expressões de desculpas, mas rapidamente, ansiosos por estar lá dentro, trocando mais histórias.

Somos um povo encantado por histórias

No primeiro andar do tribunal, estrategicamente localizado ao lado do banheiro masculino, George Washington Plunkitt sentava-se como um rei em sua cadeira de engraxate. Um dossel de bandeiras americanas e maiorais da Tammany emoldurados na parede atrás dele, que baforava em seus charutos e contava uma história após outra sobre Crocker e seus cavalos de corrida, e Black Pete Sweeney, e o Honesto John Kelly.

Plunkitt não era realmente o dono da banca de engraxate, embora pudesse até ser, pelas horas que ali passava desde que O McManus o desalojara. Ele era um antigo líder distrital da Tammany lá da parte de cima da Fifteenth, mais matreiro que a maioria, e mais rico que Midas.

Num determinado ponto ele conseguira fazer-se eleger magistrado, vereador, supervisor e senador estadual, tudo ao mesmo tempo, e acumulara muito dinheiro.

O problema era que George Plunkitt nunca fora capaz de resistir a uma exibição, e fizera com que um certo jornalista escrevesse num livro seus bombásticos monólogos sobre a prática da política. Apenas mais bazófias, na maior parte, mas tinha atraído um bocado de atenção, e Big Tim não achava que isso fosse prudente.

No banheiro masculino atrás de G.W., ele sabia, por trás do último mictório, morava uma barata gigantesca. Sullivan havia visto suas antenas durante anos, sempre que entrava para dar uma mijada — as duas hastes, de talvez uns três centímetros de comprimento, vibrando logo abaixo da porcelana; tão cautelosa quanto qualquer bom líder distrital.

Aquilo era tudo o que ele já vira da barata: apenas as duas antenas — e muitas vezes fora acometido pela urgência de agarrar aquelas duas hastes oscilantes, puxar a barata gigantesca e esmagá-la no frio piso de ladrilhos.

Mas em todos aqueles anos ele nunca o fizera. Sem dúvida eram muitas baratas diferentes até agora, toda uma geração de baratas permanecendo em seus postos, mas ele nunca soube com certeza. Algumas coisas era melhor deixar quietas.

CAPÍTULO 21

OS GRANDES DOUTORES DA MENTE DE VIENA

O engraçado homenzinho bruxuleou através das lentes de Sigmund Freud. Correndo, caindo, comendo, bamboleando para frente com seu estranho e miúdo caminhar, dando pancadinhas no borrão preto do bigode bem abaixo do nariz. Parecia existir num estado de constante, frenética agitação: o chapéu-coco preto sacudindo-se ao longo da maré humana que o engolfava sempre que passava pela porta — a mesma maré da qual eles tinham se refugiado indo para o jardim no terraço.

Antes do pequeno vagabundo, ali na tela, houvera uma outra comédia frenética sobre uma gangue de incompetentes policiais, que corria no encalço de um caminhão de bombeiros e pondo tudo abaixo. Antes disso, algum tipo de dramalhão doméstico em que todos, desde a humilde mãe com seu avental, atiravam os braços para cima com os gestos das grandes estrelas da ópera...

Era a primeira vez que qualquer um deles via um filme de cinema. Freud tinha de admitir que eram extremamente absorventes, criando um mundo todo próprio numa tela bidimensional. Que tipo de psique aquilo geraria no futuro, ele perguntou-se, uma vez que aperfeiçoassem o processo e as pessoas tivessem certeza de que podiam *ver* tudo da vida?

Ferenczi, em especial, parecia estar adorando, rindo alto e batendo palmas como um garotinho. O próprio Freud apenas sorria calmamente, satisfeito em bebericar a cerveja e baforar seus charutos — enquanto Jung, para sua contrariedade, estava ainda mais enigmático, perscrutando a tela através do enorme pince-nez como um biólogo examinando um inseto raro.

— *Herr Doktor*, a clínica está fechada — Freud disse a ele em voz alta, ainda sorrindo e reparando, para seu maior desprazer, que Jung havia retornado aos seus modos abstêmios. Desde que chegaram na América ele nada bebera além de água gasosa, ou um tônico bilioso chamado de soda de aipo, que os americanos afirmavam ajudar na digestão, mas que para Freud tinha o gosto de meias velhas.

— Na nossa profissão a clínica nunca está fechada — Jung respondeu-lhe sorrindo. — Esta é a nossa maior satisfação... nunca precisamos parar de trabalhar.

— Sim, eu *sei* — Freud falou rapidamente, mas Jung interrompeu-o, acenando com o braço para indicar todo o terraço ajardinado à volta deles.

— Veja este lugar, por exemplo. Pense no quanto está oculto aqui, entre as palmeiras.

Freud rilhou os dentes e voltou-se para o filme. Na verdade, para sua contrariedade ainda maior, Jung estava certo. O terraço ajardinado de fato lhe parecia muito estranho — mais um lugar americano completamente desconcertante. Localizava-se num dos mais novos distritos da cidade, numa rua repleta de teatros — e no entanto a apenas dois quarteirões de uma favela, onde todos, alegremente e até com um certo orgulho, tinham-nos alertado para não se aventurarem.

O teatro em si era um outro volume de contradições, um espetacular palácio *art nouveau* chamado de Nova Amsterdã. Lá em cima, no terraço ajardinado, próximo a todo o cenário luxuoso — os homens de negócios em *smokings*, gordos como pombos; as cintilantes, derreadas mulheres; jovens gigolôs famintos rondando através dos vasos de palmeiras — havia uma simpática recriação da *velha* Nova Amsterdã: completa com os moinhos em miniatura, as casas holandesas com suas cumeeiras, uma vaca de verdade e um saudável bando de ordenhadeiras que passavam requebrando em volta das mesas, vendendo baldes do leite fresco, morno, aos fregueses.

— São como crianças, estes americanos, com sua insistência na inocência — Freud torceu o nariz, vagamente irritado com Ferenczi, que ainda dava risadinhas como um colegial ao seu lado.

Tinha havido o jantar, e danças ao som de uma pequena orquestra, todos à volta deles rindo e conversando tão alto que mal conseguiam escutar uns aos outros. Então, saindo do nada, a grande tela branca e lisa havia sido montada. O projetor, zunindo e retinindo, fora acionado, dominando tudo o mais; todos voltando sua total atenção para a tela.

A viagem inteira havia sido assim tão estranha e perturbadora, desde o momento em que saíram de Bremerhaven. Ele se aproximara novamente de Jung durante a travessia do navio. Ele havia sido Carl, o príncipe herdeiro, o bom aluno, mais uma vez — até sugerindo fazer primeiro a sua própria palestra sobre a sexualidade infantil, a fim de quebrar o gelo para Freud citando o caso da sua filha Agathli, e a ansiedade dela acerca da gravidez da sua esposa.

Freud sentira-se grato. Achou que aquele era um sacrifício digno do Torá, que Jung oferecesse sua própria filha. Agathli de fato serviria bem como um aríete, por assim dizer, atenuando a platéia da Clark para o conceito chocante de que a sexualidade iniciava-se antes da puberdade.

No entanto, havia um preço: Jung, ele estava ciente, ainda queria psicoanalisar o Mestre. Freud o despistara. Não tinha a menor intenção de estar confinado no *George Washington* com um Jung triunfante, presunçosamente confiante de que havia desnudado alguma parte que o próprio Freud não suspeitara previamente em si mesmo. Talvez nem mesmo lhe dizendo o que era...

Havia acontecido um incidente perturbador, também, uma coisa pequena mas que o incomodara durante toda a viagem. No segundo dia ao largo, tinham encontrado um outro passageiro do navio durante o desjejum, um certo Professor Stern, de Breslau, ele próprio a caminho da Clark para proferir uma palestra sobre a psicologia das testemunhas de julgamentos.

Este Stern tivera a temeridade de questionar o "*A Interpretação dos Sonhos*" numa resenha poucos anos atrás, e Freud não se esquecera nem perdoara. Ele orgulhava-se de ser capaz de suportar todo e qualquer ataque à sua pessoa, mas não iria tolerar nada que fosse contra a Causa. Ele próprio fingira não conhecer o professor, mas Stern tivera sucesso em encurralar Jung. Enquanto Freud esperava alguns metros à frente, dando pancadinhas impacientes com a bengala, o pequeno *ekel* tagarelava sem parar, discutindo teorias da associação de palavras. Finalmente ele sentira-se forçado a chamar Jung:

— Então, *Herr Doktor*, quando vai colocar um ponto final nesta conversa?

Stern ruborizara, então, e se desculpara. Freud recuperou seu príncipe herdeiro, segurando-o pelo braço e guiando-o através do convés.

— Veja só como vai aquele judeuzinho miserável — Freud falou com satisfação, olhando por cima do ombro para um Stern que batia em retirada.

No Porto de Nova York ele ficou junto à amurada, olhando para a famosa estátua da Liberdade esverdeada, postada como um colosso acima da sua prole. O modelo havia sido a mãe do escultor, segundo o que ele se recordava do *Baedeker* de Ferenczi.

Que bela coisa para a Terra dos Filhos Rebeldes: uma figura materna, empunhando um símbolo fálico! Mas seria seu verdadeiro propósito substituir as mães que tinham sido deixadas para trás — ou servir de advertência para os meninos malvados?

Ele deixou a questão para mais tarde enquanto o navio era rebocado através do movimentado porto, e até as docas de Hoboken. Contemplando a estátua heróica, a cidade elevada, vertical, que o aguardava, sentiu-se novamente como um conquistador, invencível e velhaco, capaz de qualquer coisa.

Este estado de espírito perdurou até que os homens da imprensa americana subiram a bordo.

— Então tudo tem a ver com o sexo, *Herr Professor*? — um deles gritou, e todos os outros riram enquanto ele enfurecia-se e gaguejava, incapaz de pensar numa resposta rápida naquele idioma promíscuo, desleixado.

— Quanto o senhor vai cobrar pelas palestras?

— O senhor espera conseguir muitos clientes da sociedade?

— Algum dos senhores é casado, doutores?

Esta última indagação provocou outro ataque de risos, enquanto Ferenczi e até mesmo Jung ruborizavam como se fossem duas colegiais. Eles escreviam rapidamente em seus caderninhos e espoucavam os *flashes* das suas câmeras até que os doutores estivessem cegos — ainda obviamente convencidos de que toda aquela excursão não passava de algum tipo de espetáculo fraudulento, a mais recente sensação para suas primeiras páginas. Ainda pior, ele reparou que no dia seguinte o seu nome havia sido universalmente soletrado como *Freund*.

— Professor, o que está achando da América até agora?

— Bem, acabamos de chegar no porto — ele falou hesitante, lutando contra o impulso de salientar que pergunta espantosamente estúpida era aquela. No entanto, era tudo o que os repórteres realmente queriam saber.

— Professores, os senhores vão participar de um jogo de beisebol?

— Vão subir na Estátua da Liberdade? E quanto ao metrô?

— Bem, e o que está achando do porto, *até agora*?

O dr. Brill, da Clínica de Psiquiatria da Colúmbia, finalmente teve sucesso em dispersar os repórteres. Brill era um velho amigo; havia conduzido sua *practicum* na Burgholzli e fora analisado durante algum tempo por Freud, e encarregou-se deles — guiando-os para fora do navio, através dos intermináveis túneis até um táxi, depois num trem no metrô; uma experiência terrível, ensurdecedora — até que finalmente passaram por mais túneis e atravessaram a cozinha do hotel onde iriam se hospedar.

— Nova York agora é uma grande cidade cosmopolita — Brill informou-os. — Vou levá-los a todos os lugares... todos os lugares! Vocês não irão perder nem um detalhezinho!

— Eu ficarei perfeitamente satisfeito se puder apenas ver um porco-espinho — Freud tentou outra vez a sua brincadeira padrão mas, na verdade, como acabou acontecendo, ele teria ficado satisfeito se fosse capaz de reter alguma coisa no estômago. A culinária americana provara ser insuportável, e desde o desembarque todos eles tinham se revezado em ser abatidos por alguma enfermidade estomacal. Pelo menos isso lhe dera uma outra desculpa para evitar os pedidos de Jung para analisá-lo.

O próprio Jung fora o primeiro a se recuperar, e atirara-se entusiasticamente para dentro da cultura americana: pulando nos bondes rápidos, ruidosos, que precipitavam-se como aves de rapina sobre qualquer um que tentasse atravessar a rua. Correndo para comprar os jornais diariamente. Ele estava acompanhando com avidez um inquérito a respeito de qual dos homens, Peary ou Cook, havia conseguido chegar primeiro ao Pólo Norte.

— Pode-se pensar em qualquer outra coisa mais absurdamente americana? — Freud escarnecera. — Dois homens, arriscando suas vidas numa corrida destas? E para onde? Nem mesmo um continente, mas um banco de gelo à deriva. Como alguém pode determinar quem é o vencedor?

— Mas que exemplo melhor poderia haver sobre o mito do herói em ação? — Jung o censurara. — A América é cheia de heróis... ou, pelo menos, de pessoas que acham que são. Por isso que este é o país para nós!

— Todo um país repleto de *ubermenschen* — Freud falou, sombrio. — Mas diga-me, por favor, por que estas criaturas tão maravilhosas precisam de nós?

— Certamente, *Doktor*, sempre existe uma necessidade para a análise, mesmo nos egos mais saudáveis. Quando irá permitir que eu comece com você? — Jung o acossara.

— Logo, logo — ele havia resmungado, novamente contrariado e agitado.

Desde que haviam chegado ele tinha analisado os sonhos de Jung e de Ferenczi, mas isto fora uma rua de mão única; ainda não estava preparado para permitir que seu príncipe herdeiro analisasse os seus.

No sonho, ele saltou do navio de cruzeiro e puxou-o até a praia, com Jung e Ferenczi esforçando-se para acompanhá-lo. Numa das mãos, carregava uma grande tocha esverdeada, e enquanto eles observavam, baixou-a para o navio, incendiando-o.

— Não haverá mais retorno, agora — ele lhes disse com alegria.

Mas quando virou-se novamente, a praia estava apinhada de soldados. O general com seu absurdo uniforme de periquito inclinou-se sobre ele, os olhos furiosos por trás do pince-nez. Na mão, ainda trazia a lista dos terríveis ferimentos.

— Preparar! — ele vociferou. — Preparar!

O homenzinho, o vagabundo, não era nem de longe tão frenético quanto era esperto, Freud concluiu, sobrepujando em astúcia os personagens mais fortes e mais irados apesar de todas as suas trapalhadas de palhaço. Ao seu lado, ele observou Ferenczi rir outra vez. Jung sacou de seu bloquinho, fazendo uma anotação rápida e furtiva antes de enfiá-lo de volta no bolso do paletó, ajeitando o pince-nez no nariz enquanto retornava a atenção para o filme.

O Homem Rato usava um pince-nez, Freud deu-se conta — o meigo, neurótico jovem médico que o procurara com tanto desespero.

Freud o acolhera em seu próprio lar, compartilhava as refeições com ele — como Jung antes dele. Ele tinha certeza de que estava enlouquecendo mas Freud o salvara, rastreando sua neurose até uma história que o oficial superior do Homem Rato — a figura que Freud havia rotulado de Capitão Cruel — havia contado ao homem durante o treinamento militar.

Esta era sobre alguma legendária punição oriental — uma gaiola com ratos famintos presa com correias às nádegas do condenado. Algo tão cruel e sádico que Freud até mesmo questionava se alguém realmente havia contado tal história ao seu paciente.

Mas, não, o jovem insistira: o Capitão Cruel descrevera tudo isso a ele com grande prazer — sem deixar dúvidas de que ele próprio gostaria de levar a cabo tal punição no jovem médico.

Tempos depois o jovem médico perdera seu pince-nez durante as manobras, e encomendara um novo par em Viena. Confiara ao Capitão Cruel, dentre todas as pessoas, o pagamento da postagem — uma atitude incrivelmente masoquista! Claro, de alguma forma a postagem nunca fora paga, os óculos nunca foram entregues. Tinham havido acusações e atribuições de insubordinação. O Capitão Cruel arrogantemente negara que em qualquer momento lhe fora confiado algum dinheiro. Ameaçou prender o jovem médico no alojamento da guarda — para aparecer durante a noite com sua gaiola de ratos...

O pince-nez, então, havia sido o símbolo no centro de tudo aquilo. Mas o que isso significava para Freud? Jung seria o seu Homem Rato — o dócil jovem médico que ele acolhera, de alguma forma voltando-se contra ele? Ou poderia ser o Capitão Cruel?

Devagar, metodicamente, ele fez o *Traumdeutung* — a interpretação dos sonhos — em sua cabeça. Num certo nível era bastante fácil, como sempre: a Aula, o grande salão cerimonial de Viena repleto com as melhores mentes da ciência, referia-se às suas próximas palestras na Clark. A necessidade de usar o banheiro demonstrava seu nervosismo diante desta grande oportunidade. Incendiar o navio vinha da sua identificação com os grandes conquistadores, com Cortés, que queimara seus navios antes de conquistar o México.

O sonho de esperar na estação ferroviária com o homem velho de um só olho ele já tivera antes. O homem era o seu pai, ele já concluíra. O urinol referia-se à ocasião, quando ele tinha sete ou oito anos, em que Freud havia urinado no chão da casa dos pais, e seu pai zangara-se com ele: Esse menino nunca chegará a nada! No entanto agora, obviamente, ele havia chegado a alguma coisa, até mesmo segurando diante do rosto do velho o totem, que era o símbolo do seu sucesso.

Isso era a superfície. Mas o que jazia por baixo de tudo isso — toda a sua recente ansiedade? Isso era sempre mais difícil. Os sonhos, ele descobriu, repousavam em camadas. Eram como as ruínas de Tróia, uma cidade enterrada sob a outra.

O que seriam os lindos cômodos pelos quais ele havia passado na Aula? O que significavam o oficial, e os soldados mortos — os detritos da sua experiência militar? E por que foi necessário, para começar, disfarçar seu pai com o totem, a máscara primitiva?

Freud ficou ali contemplando o rosto de Jung enquanto tentava juntar as peças do quebra-cabeça. Na tela, surgiu um raro *close-up* da face do vagabundo, pungente, infantil e ligeiramente enlouquecida, tudo ao mesmo tempo, os olhos grandes semelhantes aos de uma foca suplicando para a câmera, o borrãozinho do bigode contorcendo-se bem abaixo do nariz.

LIVRO CINCO

Os sonhos não consistem
unicamente de ilusões.

— S. STRICKER

CAPÍTULO 22

NO PASSADIÇO

Na tarde seguinte Kid levou-a a todas as mais loucas atrações, próprias para os enamorados. Andaram na montanha-russa Canhão — ELA VAI ATIRAR OS BRAÇOS EM SEU PESCOÇO E GRITAR? BEM, EU ACHO QUE SIM! — e no Barril do Amor — QUEM FALOU EM AMOR NUMA CABANA? ISSO AQUI É MUITO MELHOR! — e no *Mixer* e no Barril da Alegria, e no Ondas Impetuosas e na Escadaria Dourada. Foram no *Razzle Dazzle* e na Roleta Humana, e na Caverna dos Ventos e na Mesa de Bilhar Humana e no Vai e Vem — todos os brinquedos atordoantes e sacolejantes que garantiam que sua namorada fosse jogada em seus braços até que estivessem moídos de pancadas por um vendedor de canetas de Poughkeepsie, uma copeira de Murray´s Hill, um grupo de fazendeiros de Flushing.

Quando tudo acabou foram largados ali tão frustrados quanto quando tinham começado — mais ainda, pensando nas promessas que tinham sido feitas, de amor numa cabana e tudo o mais. Kid acompanhou-a por todo o caminho pela Brighton Beach, e encontraram um lugar nas dunas, e abraçaram-se e passaram as mãos um pelo outro até ficarem doloridos.

Era delicioso; era melhor do que qualquer coisa que Esther já havia feito. Sentindo o cheiro dele, abraçando-o tanto quanto quisesse, o gosto da sua pele, do seu rosto e nuca e ombros. Mas ainda não estava bom; era público demais, havia demasiados resíduos de outros romances de verão, ali: uma garrafa de rum vazia e pedaços de um traje de banho, uma sombrinha quebrada e preservativos usados, descartados na areia como pequenos pássaros brancos, de pescoços torcidos. Limparam a areia da roupa e caminharam de volta para o trem.

• • •

Naquela noite ele desceu com ela na parada da Canal Street e acompanhou-a por todo o trajeto até a casa. Esther não achava que deveria deixá-lo entrar — certamente alguém os veria juntos — mas era a noite mais quente daquele verão, e na hora em que chegaram ao alpendre toda a Orchard Street estava dormindo como se as pessoas tivessem sido drogadas. Todas as plataformas das saídas de incêndio estavam cobertas com mantas e travesseiros, e havia até crianças ali fora, em colchões direto na calçada.

Ele caminhou até a porta da frente com ela. Subiu até a porta da frente, e entrou. Subiram juntos a estreita escadaria, para dentro da colméia gigante, os sons que o prédio fazia até quando estava adormecido os rodeando, as tábuas do piso e as vigas rangendo e acomodando-se como um navio.

— Bem-vindo ao *goldineh medina* — Esther brincou enquanto o conduzia para dentro, batendo de leve na lamparina a gás para fazer com que fornecesse qualquer luz de que fosse capaz, revelando uma suja, vermelha *lincrusta* pintada que delineava todo o corredor.

Muitas das portas estavam escancaradas enquanto eles subiam, os apartamentos desertos como se tivessem sido devastados por uma praga. Ela lembrou-se do que a mãe costumava dizer: *Os pobres podem deixar as portas abertas, porque ninguém virá roubar a miséria.* Mas Esther sabia que isso não era verdade. As pessoas roubavam qualquer coisa em que pudessem colocar as mãos, até a miséria de outros. Os apartamentos abertos, abandonados, apenas indicavam a rendição das pessoas sufocadas demais para importar-se com qualquer coisa.

— Onde estão todos? — Kid perguntou.

— No telhado.

— Ah. Claro.

A porta do apartamento deles também estava aberta. Esther o fez esperar no lado de fora, vagamente envergonhada por ele estar vendo onde ela morava, embora não soubesse por quê. Perscrutou o apartamento às escuras, chamando cautelosamente:

— Mama? Papa?

— Eles foram para cima.

Kapsch, o *roomerkeh*, estava sentado na cadeira da cozinha que era a metade da cama dela, as mãos tentando cobrir modestamente a longa roupa de baixo que estava usando. Ele espichou o pescoço, tentando espiar no corredor para quem quer que estivesse ali.

— Você também devia ir — ela disse com afeição, e entrou furtivamente na cozinha, recolhendo suas cobertas.

— Não. Está mais fresco aqui embaixo, sozinho.

— Como quiser. Ela sorriu para ele.

Esther juntou os lençóis e o travesseiro e guiou Kid até a porta que dava para a cobertura do prédio. Subiram por uma escada pequena, fedendo a mijo de gato — e lá estava todo o cortiço acampado diante deles, trouxas brancas de gente adormecida espalhadas por toda a cobertura revestida de piche. Em todos os telhados e saídas de incêndio em todos os prédios à sua volta, tão longe quanto os olhos alcançavam, havia mais trouxas brancas, mais adormecidos arrancados dos seus apartamentos, como macias ostras brancas.

Ela foi avançando com cuidado entre as pessoas adormecidas, Kid seguindo-a a uma distância segura. Cada apartamento dormia em seu próprio pequeno acampamento, a família e os hóspedes juntos, um espaço perfunctório entre cada grupo como na praia em Coney. Jaziam roncando lado a lado, tanto inquilinos como sub-inquilinos, nos colchões e almofadas que tinham trazido para cima tirados das poltronas e sofás.

Em algum lugar ali, ela sabia, a mãe e o pai estavam dormindo.

Abriram caminho até o único espaço vazio que restara, num canto perto das gaiolas dos pombos. Os pássaros arrulhavam suavemente sob suas asas, amontoados, o cheiro úmido e terroso. Ela armou a cama sobre o áspero papel alcatroado, estendendo a manta e depois dois lençóis por cima, e um travesseiro para sua cabeça — toda a roupa de cama que ela própria usava, sozinha na cozinha sobre suas cadeiras, todas as noites. Deslizou para baixo do lençol, completamente vestida, e dobrou o outro lado da coberta, esperando por ele.

Kid ficou parado acima dela por um instante, observando — depois deitou-se, primeiro retirando cuidadosamente o chapéu, e ela teve de rir.

— Um cavalheiro sempre tira o chapéu antes de ir para a cama!

Ele também riu e os dois moveram-se para ficar bem juntinhos. Deitados de costas, de mãos dadas, com um calor insuportável sob todas suas roupas debaixo do lençol.

— Eu gostaria de estudar as estrelas — ela disse, no mesmo tom desejoso com o qual estava sempre esperando pelas coisas.

— Ah? Onde?

Eles riram baixinho outra vez. Não havia nenhuma estrela visível acima deles. Em vez disso, o céu noturno era de uma cataclísmica cor alaranjada, como se houvesse alguma terrível conflagração logo abaixo da linha dos telhados e das caixas d´água.

Ficaram deitados ali, e escutaram outras vozes sussurrando à sua volta — vozes jovens, excitadas como as deles, antes que fossem silenciadas pelas famílias e vizinhos, ou desaparecessem gradualmente no sono. Através da escuridão, também, ela podia ver outros olhos fixos neles, duros e cobiçosos. O lampejo vermelho de um cigarro...

Em algum lugar, no meio das trouxas silenciosas, a mãe e o pai estavam dormindo, talvez a apenas centímetros de distância

Ele começou a se mexer sob os lençóis — e, para sua surpresa, ela o ajudou, ajudou-o a abrir caminho através de todos as presilhas e barbatanas, todos os metros de roupas íntimas.

— Minha luazinha... minha pequena pombinha — ele começou a entoar distraidamente.

— Espere — ela falou.

Ela queria parar, e sentir o cheiro do hálito dele, o cheiro suado, rançoso dos corpos adormecidos por toda sua volta. Beijou-o na boca de novo e de novo, e depois ela mesma colocou a mão dele em seu seio.

— Tudo bem. Continue.

Ela ajudou-o um pouco mais, então, tateando sob a coberta, as mãos sentindo curiosamente o corpo dele. Ele ficou envergonhado no início, pelo cheiro do seu corpo, pelo mau estado das suas roupas. Não estava acostumado a tirar toda a roupa para o ato, para as putas com quem normalmente dormia, mas deixou que ela o despisse. Ela continuou até que ele não tivesse absolutamente nada sobre o corpo, nem mesmo as meias nos pés, e os dois estivessem completamente nus sob o lençol. Ele começou a beijá-la outra vez, passando as mãos rápida e brutalmente sobre seus lindos seios, os quadris, mas ela fez com que ele fosse mais devagar.

— Está tudo bem, minha doçura, meu lindo menininho...

Ele moveu-se para cima dela e começaram a fazer amor, ali no telhado coberto de piche, com os pombos arrulhando acima deles, e as pessoas que dormiam virando-se e gemendo em seu sono, tudo em volta deles. Ela sorriu para ele, os olhos castanhos grandes e luminosos no reflexo da luz alaranjada.

— Minha riqueza... meu coração de ouro — ele ofegou baixinho, tentando não falar o nome dela, embora não houvesse indicação de que alguém estava ouvindo, nenhum som da família e dos vizinhos dela adormecidos, exceto pelos inquietos suspiros e pelos corpos se virando.

Ele movimentou-se devagar sobre ela — surpreso ao descobrir que ela ainda era virgem, e então tentou ir ainda mais devagar, desesperado para não machucá-la — e no auge do ato de amor, ergueu a mão para proteger-lhe cabeça contra a superfície áspera do papel alcatroado.

Ela acolheu-o, segurando-o pelos quadris ossudos, e continuou beijando-o na boca enquanto faziam amor. Doeu, e quando ele acabou ela ficou deitada ali, um pouco dolorida, e curiosa, mas tão satisfeita consigo mesma por ter feito aquilo.

— Você precisa ir embora logo — ela disse, segurando o rosto dele entre as mãos, afagando-lhe os cabelos, beijando-o nas faces.

— Vai amanhecer.

— Vai, sim.

Ah, o que ela fizera!

Ficou ali deitada, percorrendo a mão ao longo das coxas dele, feliz ao ouvir a relutância em sua voz.

Se podia fazer aquilo no mesmo telhado com sua mãe e seu pai e todos os vizinhos ali em volta, o que não poderia fazer? O que não seria capaz de fazer?

— Meu *dybbuk*.

— O quê?

— Nada.

Adormeceram por um momento. Ela acordou de repente, o céu taciturno ainda mantendo-se tranqüilizadoramente imutável acima deles, esparsas nuvens alaranjadas arrastando-se devagar.

— Você precisa ir embora.

— Eu sei.

Ele sentou-se e começou a vestir a camisa.

Kapsch, o *roomerkeh*, os viu levantando e começou a recuar na direção da escada. Esgueirou-se rapidamente para o apartamento, tendo cuidado para fazer o menor barulho possível nas tábuas desiguais do piso. Quando estava lá dentro, escutou o homem passar, reconsiderando a cena indistinta dos dois corpos que avistara no outro lado do telhado, perguntando-se se realmente seria o que ele achava que fosse.

CAPÍTULO 23

KID TWIST

Ele vagou pela noite, extasiado.

Depois de deixá-la, foi andando debaixo do elevado da Bowery e entre as multidões por ali. Passava da meia-noite, mas a rua estava mais movimentada que nunca, os museus de um centavo, e as barbearias, e os salões de tatuagens e as galerias de tiro e as igrejas missionárias, tudo refulgindo como os pequenos pedaços de carvão que caíam dos ribombantes trens que passavam lá em cima.

Kid gostava de apanhar de relance a expressão de um estranho arfando subitamente diante dele — surpresa sob a luz da rua, caminhando intencionalmente para algum lugar naquela hora da noite. O jovem cavalheiro bêbado, cambaleando na calçada, o dinheiro praticamente saindo para fora do bolso. A pombinha maculada que encarou-o audaciosamente de volta, a poucos passos para fora do anel de luz do saguão de um teatro.

Saciado e magnânimo, ele sabia que a Cidade era sua. Poderia ir a qualquer parte, fazer qualquer coisa. Conhecia os bordéis, os bares, as rinhas de galos e espeluncas de apostas que agora estavam apenas na fase do aquecimento. Sabia onde encontrar um pão fresco na Hester Street, ou meio quilo de morangos por cinco centavos na Essex Street, ou um homem na Pitt Street que lhe escreveria uma carta para a sua amada por dez centavos, tão bela que a faria chorar. Agora que ele tinha uma amada... se ele tivesse uma amada...

Carrinhos de mão cheios de comida ainda alinhavam-se na sarjeta, cada um iluminado pelo seu próprio jato de luz azul do gás, brilhando debilmente na noite. Ele comprou algumas ostras, e batatas com creme azedo, e vagou sem destino pela rua.

Qualquer coisa era possível à noite. Certa vez ele havia visto uma longa fileira de lhamas na Bowery, às quatro da madrugada, sendo guiadas desde as docas até um circo na Madison Square por camponeses peruanos. Outra vez ele vira uma delegação de índios Sioux, e outra ainda uma fila de elefantes, unidos tromba-a-cauda.

Era perigoso, ele sabia — mas, daí, sempre era, e não somente por causa de Gyp Esquentado. Seu terno axadrezado, seu perfume e a brilhantina nos cabelos o marcavam como um homem com dinheiro. Até mesmo o tísico mais infeliz da Bowery poderia ficar à espreita até que o trem expresso seguinte trovejasse lá em cima — dominando qualquer outra sensação — e depois despejar um balde de cinzas por cima da sua cabeça, e dar-lhe uma cacetada com um estilingue, roubar-lhe o relógio e o dinheiro e rasgá-lo desde o estômago até o umbigo como uma tartaruga aprumada.

Ele não podia se preocupar com isso. Pensando bem, não podia nem mesmo preocupar-se com Gyp, que bem poderia estar esperando na virada da próxima curva. Na pior das hipóteses seria privado de todos os seus particulares, suas partes úteis. Atirado de volta no East River, em meio aos ratos afogados e ao lixo miserável de onde ele viera.

Depois que salvou o menino, depois de ter passado sua primeira noite na cidade dentro de uma cadeia, um homem veio da Tammany para libertá-lo. Ele só foi concluir isso mais tarde, claro, não fazia idéia de por que estava livre, ou o que o homem estava fazendo — cambaleando pela rua atrás dele, ainda zonzo e nauseado pela pancada da noite anterior, com medo de que nova armadilha poderia ser aquela. Mas o homem — um mero político baixotinho que parecia extremamente importante, então, para os destreinados olhos de simplório de Josef, com um casaco novo e um relógio de bolso e um chapéu-coco inclinado na cabeça — o homem simplesmente comprou-lhe um terno de dois dólares e uma boina, e deu-lhe cinqüenta centavos para um albergue. Depois deu-lhe um aperto de mão, disse que ele era um cidadão e foi embora. E daquele momento em diante Josef ficara perambulando pelas ruas, buscando suas oportunidades, procurando o dinheiro que estava em toda parte, em *toda parte*, apenas esperando para cair nas suas mãos.

No inverno ele conseguiu trabalho limpando neve, seguindo as carroças através dos profundos rastros de lama nas ruas de Jewtown*, e da Little Italy**. Ele recolhia a neve com a pá e enchia a traseira de uma

---

* Cidade dos Judeus (N. da T.).

** Pequena Itália (N. da T.).

carroça, pesada com o lixo congelado e o cascalho, onde dois homens com mais tempo de serviço ficavam esperando para descarregá-la. Quando a carroça estava cheia, eles iam arrastando-se até o East River e esvaziavam-na novamente com as pás, no fim da tarde de inverno: a neve tornando-se branca azulada e prata e branca novamente quando era derramada através do gelo, para dentro do rio escuro que corria abaixo deles como um sonho meio esquecido.

Num dia claro, ele podia ver as mulheres de faces coradas da Casa de Refúgio, em Welfare Island. Elas ficavam sentadas lá fora nos seus intervalos, fumando cigarros recostadas na parede do prédio, em seus guarda-pós deformados e listrados de cinza, e os lenços na cabeça. E certa vez houvera uma casa flutuante alojada no gelo cintilante, uma fina trilha de fumaça enovelando-se da sua chaminé. Uma solitária mulher saíra para o convés, pendurando roupas num varal ali armado — uma figura magra, sombria, fazendo uma pausa em sua tarefa para olhar para eles, os escavadores, atirando a neve para dentro do rio.

Quando não havia neve ele trabalhava como inspetor de júri; trabalhou como "arrastador", arrastando as pessoas que passavam na calçada para dentro das lojas de miudezas com tetos baixos de zinco ao longo da Baxter Street. Trabalhava em espeluncas limpando resíduos de cerveja dos balcões; remexia nos latões de cinzas procurando pedaços não queimados de madeira e carvão; andava pelos quintais dos cortiços junto com outros vagabundos, gritando "Corda!" Corda!" para pendurar os varais — quando eles próprios teriam se pendurado.

Ele não precisava de muito. Por um centavo conseguia um pãozinho duro, e com mais um podia comprar um café na barraca de caridade na Mulberry Bend. Podia dormir no chão dos bares, ou numa meia-cama num porão úmido, alagado. No verão tomava banho nos banheiros de água salgada do North River, e no inverno ficava sujo mesmo.

No *Chasir Mark* da Hester Street, os homens e mulheres faziam filas todos os dias com as ferramentas das suas profissões, separando-se numa tácita hierarquia: os carpinteiros com seus martelos e réguas T, depois os pedreiros com suas pás, as lavadeiras com suas bacias. Numa ordem decrescente vinham enfermeiras e padeiros, os limpadores de chaminés e os puxadores de fios, descendo até os mais inexperientes diaristas.

Ele ficava ali o dia inteiro, sem nenhuma ferramenta para indicar sua labuta. Observando o alvoroço enlouquecido do *Chasir Mark*, o Mercado de Porcos, onde dizia-se que se podia comprar de tudo o que havia no mundo, exceto um porco: as crianças vendendo cordões de sapatos, e fósforos, e caderninhos baratos; mulheres vendendo pacotinhos de raiz-forte que moíam na rua; homens mascateando pêssegos velhos por um centavo o meio-quilo, xícaras rachadas um por centavo cada, ovos rachados por um centavo a dúzia; até que ele maravilhou-se por não existir no gueto tal coisa como o lixo.

Certa manhã, em vez de comprar um pãozinho duro, ele gastou seu centavo num jornal e respondeu a um anúncio procurando um cortador na fábrica Triangle. Não estava bem certo do que fazia um cortador, embora raciocinasse que, pelo salário oferecido, devia ser algum tipo de trabalho especializado.

— Quão difíceis podem ser as coisas na América? — disse a si mesmo. — Afinal, eu já sei recolher bosta.

Na fábrica ele esperou o dia inteiro no lado de fora do escritório do sr. Bernstein, o gerente geral. Finalmente, quando seu estômago já revirava de fome e ele achava que não agüentaria mais, o homem escancarou a porta e perguntou, sem mais formalidades:

— Nome?

— Joseph Kay.

— Hum-hum. Se ele era "Alho" na velha terra, eis aqui o sr. "Cebolas".

Bernstein agarrou sua mão direita, virando-a para os lados, examinando seus calos, sacudindo seus dedos.

— Não sei — ele encolheu os ombros. — Bastante rija, mas flexível? E os dedos? É uma mão *goyishe*.

— Sr. Bernstein — ele interrompeu, pensando em *Luck e Pluck* e no *Dick Maltrapilho* e reunindo toda sua coragem. — Sr. Bernstein, eu posso fazer esse trabalho. Eu *sei* que posso.

O gerente geral encolheu os ombros novamente.

— Bem, claro que você pode tentar. Tudo bem... vamos ver se você é um cortador.

Levou-o para o oitavo andar abaixo, onde os ferros das passadeiras chiavam perto da parede dos fundos, os cortadores examinando-os com desconfiança em suas mesas altas.

— Agora esse é o novo cortador?

— Ele está querendo mesmo nos esfolar. Contratando crianças!

Mesmo assim interromperam o trabalho, espichando os pescoços para olhar além dos moldes que ficavam pendurados nas mesas num fino varal de arame.

— Benny... me traga um *shmatte* velho — Bernstein comandou, e imediatamente um garoto usando calções e meias até os joelhos precipitou-se para a frente, entregando-lhe um retalho comprido e estreito de tecido verde. Ele achou que o sr. Bernstein poderia ficar zangado, desde que havia uma larga mancha de óleo bem no meio do tecido, mas em vez disso ele assentiu com satisfação. — Ótimo... esse aqui não faz mal se estragar.

Apontou para a mesa do cortador mais próximo, o tampo inclinado quase na altura do queixo de Joseph.

— Assim que Morris acabar este serviço... você faz.

Ele observou o homem com toda atenção, sabendo que era sua única chance de pelo menos ver como o trabalho era feito. Morris era um homem calvo, emaciado e orelhudo, que parecia demasiado baixo até para alcançar a mesa de cortar — mas antes mesmo que Joseph percebesse ele já havia subido num caixote de sabão, já cobrindo a mesa com camada após camada de um fino tecido.

Em seguida ele puxou quatro moldes que estavam pendurados no arame que percorria toda a extensão das mesas, dispondo-os sobre a delicada superfície do tecido — quatro contornos perfeitos de uma blusa feminina. Suas mãos voaram sobre eles novamente, movendo-se mais rápido do que as de um jogador de "monte" das ruas, ajustando e reajustando os moldes até que restasse um mínimo de tecido nas laterais.

Quando ficou satisfeito, Morris, o cortador, pegou um estilete curto, grosso, pressionou a mão esquerda sobre os moldes e cortou o tecido em volta com um único movimento longo, fluido. Recortou o fino tecido de algodão como se fosse papel, um molde depois do outro, produzindo quatro blusas perfeitas em questão de segundos. Então pendurou com um piparote as blusas concluídas no arame e jogou os retalhos remanescentes num caixote abaixo — a mesa já completamente limpa, e pronta para a remessa seguinte de tecido.

— Agora, você — Bernstein falou.

— Tudo bem — ele disse, já sentindo a boca seca.

Outro cortador protestou, numa das mesas enfileiradas:

— O que um frangote desses sabe sobre o serviço?

Mas o restante deles ficou em silêncio, alisando seus tecidos inquietamente, lançando olhares furtivos para Joseph.

Bernstein empilhou mais dois cortes de tecido estragado, atirou um molde em cima deles, depois pressionou o estilete na palma da mão de Joseph. Parecia um canivete de abrir ostras, grosso e arredondado, e Joseph segurou-o com firmeza. Respirou fundo, pensou no que Dick

Maltrapilho ou Mark o Vendedor de Fósforos fariam, e lançou-se direto no trabalho.

Posicionou a mão esquerda firmemente no tecido, depois fez um sulco em volta do molde da blusa exatamente como vira o cortador fazer. O estilete ficou preso no tecido, mas ele continuou cortando. O tecido delicado, semelhante a papel, enrugou-se e formou pregas, esfiapando-se em torno das finas bordas de metal do molde, mas ele forçou-o de volta para a linha.

— Olhe só para isso! — alguém sussurou, em tom de admiração.

Ele podia sentir o sr. Bernstein e os cortadores movendo-se em torno dele, observando com silenciosa fascinação. Mas não deixou que isso o distraísse, não parou até que tivesse levado o estilete em volta do molde inteiro com um único, contínuo movimento, exatamente como havia visto Morris fazer, depois atirou os retalhos no caixote e pendurou a blusa terminada. Só então olhou para cima, triunfante, para os rostos atônitos.

— *Gottenyu!*

— Ora, eis aí um cortador *nato*! — alguém exclamou. Então todos desmancharam-se em risos.

A sala inteira girou em torno dele. Joseph baixou os olhos para a mesa e viu um torturado embolamento de tecido — uma imitação infantil, recortada, de um molde. Um dos cortadores pegou o primeiro corte de tecido e começou a desfilar com ele pela sala.

— Ele assassinou o pano de algodão!

— Um cavalo não teria feito melhor, *talvez*!

Continuaram contorcendo-se de riso e alívio, dançando pela sala com o abominável pedaço de tecido cortado, até que as passadeiras e as mulheres nas máquinas olhassem para cima e também começassem a rir.

— Ah, senhorita, senhorita, como você dança bem! Só que... devo dizer... a sua blusa está um pouquinho *esfarrapada*!

Até Bernstein estava sorrindo, em volta do charuto apagado na boca.

— Pois muito bem. Então você não é um cortador — ele disse. Mas Joseph lhes fornecera tamanha diversão que Bernstein contratou-o como varredor, entregando-lhe uma vassoura naquele mesmo instante. — Tome, este é o único equipamento aqui da oficina que posso lhe confiar!

Ele passava os dias varrendo as enormes pilhas de retalhos e linhas que caíam como chuva no meio das fileiras de operários. Transportava o óleo das máquinas tirado do grande barril no nono andar; corria para trocar as correias negras, cheias de graxa, que prendiam as máquinas ao eixo central...

Ele adorava esgueirar-se para baixo dos bancos, no meio das garotas que costuravam nas máquinas, em meio às suas saias e saiotes. Adorava o cheiro delas, mesmo quando misturado com o óleo de máquina e as nuvens de fios e poeira. Nunca antes estivera por perto de tantas garotas: italianas de olhos escuros com a pele azeitonada, moças judias brancas como leite, com seus cabelos espessos, muito crespos. Adorava apenas observá-las chegar no trabalho de manhã, rindo e cantando, mães vindo com as filhas, irmãs com irmãs.

Sua tarefa preferida era na hora de fechar, quando elas tinham de ser revistadas. Quando faltavam cinco minutos para as nove, todas as noites, o sr. Bernstein percorria a fábrica certificando-se de que todas as portas de incêndio de todos os três andares estavam trancadas e com os cadeados. Então ele e os contramestres, os supervisores dos andares e os meninos ajudantes posicionavam-se nos elevadores, e nas portas que davam acesso às escadas, e todos na fábrica tinham de passar por eles e estender as bolsas e mostrar os bolsos para a inspeção.

Logo este tornou-se o maior prazer secreto de Joseph. Muitas das moças preferiam ser inspecionadas por ele — sabendo que pelo menos ele não iria olhá-las com malícia nem beliscá-las, ou fazer algum comentário. Elas sempre reclamavam, mas ele estava convencido de que gostavam disso, ao menos com ele. Estendiam as bolsas abertas — e ele enfiava o rosto bem direto nas suas adoráveis, aveludadas profundezas, remexendo nos poucos indícios que encontrava — um lencinho perfumado, batons e pós, a fotografia de um homem. Gentil, curiosamente tocando e cheirando os seus mais íntimos pertences.

— O que estamos procurando, afinal? — ele perguntou ao sr. Bernstein depois de umas poucas semanas de trabalho.

— Bobalhão! Ainda não sabe? Qualquer pedaço de tecido que encontrar. Qualquer coisa que pertença à empresa — ele respondeu, dando-lhe um leve bofete na orelha.

— Qualquer coisa mesmo?

— É tudo da empresa. Você vai ver.

Uma semana depois o comerciante de feltro chegou, e Joseph teve de ajudá-lo a remover as toneladas de restos de tecido embaixo das mesas dos cortadores. Quando os cortadores terminavam cada pilha das peças de pano, sempre restavam pelo menos uns poucos cantos inúteis, como as sobras de massa de torta, não importava com quanto cuidado eles tivessem traçado seus moldes.

Estes retalhos que sobravam eram todos atirados nos enormes caixotes de madeira embaixo das suas mesas — juntamente com tudo o que os meninos varriam do chão da oficina, e com cada pedaço de tecido estragado para além que qualquer conserto. Por si só não parecia muito, mas no auge da temporada eram necessários dois corpulentos filhos do comerciante para ajudá-lo a empurrar e puxar cada caixote até o elevador, depois para fora na calçada até a carroça de refugos e então, com um último, grande impulso, atirá-los na traseira da carroça. Dezenas de coloridos triangulozinhos de algodão escapando, esvoaçando pela rua com a brisa da tarde...

— Tudo tem um valor — o sr. Bernstein explicou a ele, com tanta solenidade como se estivesse revelando os segredos das pirâmides. — Esta é a chave da produção em massa... *tudo* vale alguma coisa.

... e naquele instante ficou bem claro para Joseph como as coisas funcionavam. Encaixava-se perfeitamente com a filosofia do *Chasir Mark*. Tudo — a fábrica, os cortiços, eles próprios — *tudo* era formado por pedacinhos como aqueles, e era apenas uma questão de reajustá-los, de *redistribuí-los* para o lucro.

Pouco tempo depois disso ele foi promovido a mensageiro, entregando encomendas e fazendo pequenos serviços por toda a cidade. Gostava de ficar por conta própria, mesmo se isso significasse que tinha de passar mais tempo longe das garotas. Perambulava como um bandido pela fria, escura estação de metrô, e parava no meio da plataforma, entre os trens expressos e locais que chegavam. Esperava até que avançassem juntos para dentro da estação, deixando-se ser varrido pelo jato de ar estagnado do túnel. Repetindo, em êxtase, as palavras escritas nas janelas:

TRANSPORTE RÁ-PI-DO INTER-BAIRROS

A promoção capacitou-o a alugar um quarto de solteiro, no primeiro andar, com vista para um poço de ventilação; uma cama, uma cadeira e um banheiro no corredor. Ele comprou um terno novo de dois dólares no *Chasir Mark*, e um chapéu-coco preto para combinar, e ia todos os domingos comer na cafeteria que as damas da sociedade tinham instalado na Grand Street, onde por quinze centavos podia-se conseguir um jantar completo com um caneco de cerveja e um cigarro para depois da refeição.

Como o gosto da gordura derretia-se em cada bocado! Um pedaço de carne de peito, um pouco de carne seca. Um torrão de açúcar, mantido embaixo da língua. Pão branco, e pãezinhos de canela, e bisnagas de semente de papoula...

O lugar tinha flores nas mesas, e toalhas brancas, e sua respeitabilidade atraía muitas das moças solteiras que trabalhavam nas fábricas. Ele as olhava da sua mesa, esperando convencer uma delas a acompanhá-lo ao seu quartinho — esperando que pelo menos elas o olhassem também. Quase nunca elas o faziam, mas isso também não tinha importância. Mais do que tudo ele ficava feliz em apenas observá-las ali, sentadas e comendo, vestidas em suas melhores roupas de domingo, ele com seu terno, sentindo-se cada vez mais *oyshgreen* — cada vez menos simplório — todos os dias.

CAPÍTULO 24

KID TWIST

Na fábrica, Joseph seguia o sr. Bernstein por toda parte, prestando atenção a cada palavra que ele dizia, pois estava certo de que seria com a ajuda dele que subiria na vida.

Mas então a temporada acabou e ele foi dispensado, exatamente como os outros, sem mais nada além de uma mensagem do sr. Bernstein no seu envelope de pagamento final, e Podhoretz e Kristol o revistaram na porta como faziam com as moças, para certificarem-se de que ele não havia tentado surrupiar da fábrica qualquer pedaço inútil de linha. Depois disso ele teve de desistir do quartinho e andar carregando todos os seus pertences, e voltar a dormir em redes de armar, ou nos pisos dos bares, e perto dos fornos aquecidos atrás das padarias.

Foi então que ele viu outra vez a carroça do comerciante de feltro.

Estava justamente atravessando a Broome Street, e lá estava ela — idêntica àquela que ia a cada duas semanas na Triangle. Estava deserta, também — o carroceiro e seus assistentes sem dúvida dentro da fábrica, arrastando e puxando os caixotes de retalhos — e naquele instante ele viu a oportunidade de ouro que sempre tivera certeza de que seria sua.

Firme e seguro como o próprio Dick Maltrapilho, Joseph subiu no assento do condutor e sacudiu as rédeas. Nem pensou duas vezes, deslizando para sua vida de crime tão facilmente como daria uma mordida num pãozinho branco. Foi devagar, no início, pois não fazia idéia de como conduzir uma parelha de cavalos — a carroça movendo-se aos arrancos e solavancos pela rua, os pequenos triângulos de feltro sendo vomitados nas sarjetas — mas eventualmente, graças à sorte ou à coragem, foi capaz de arrastá-los penosamente através das ruas de pedras densamente apinhadas, guiando-os até a sede de um comerciante de feltro que ele conhecia na Great Jones Street.

— Onde diabos você conseguiu isso?

O comerciante, um homem enorme de olhos esbugalhados, olhou para ele, desconfiado como um ciclope.

— Roubou, não foi? Eu devia chamar os tiras agora mesmo...

... mas quando Joseph lhe ofereceu um preço que ele sabia ser a metade do valor normal de um carregamento inteiro, o homem encolheu os ombros e mandou seus próprios filhos corpulentos descarregarem a carroça, mais depressa do que jamais tinham carregado as carroças na Triangle.

— Agora trate de se desfazer da carroça e do cavalo, e fique de bico fechado — homem resmungou, contando o dinheiro.

Aquele foi o começo. Joseph deixou a carroça vazia três quarteirões adiante, na frente de uma delegacia — os policiais ali parados observando sem a menor curiosidade enquanto ele descia e misturava-se à multidão, deixando uma carroça e um cavalo em perfeitas condições desamarrados e abandonados.

Depois disso ele passou a pegar qualquer carroça na qual conseguia colocar as mãos. Não era difícil. Elas estavam por toda a cidade, paradas ali nas ruas desprotegidas, praticamente implorando para serem levadas enquanto seus condutores puxavam tapetes pelas tortuosas escadas dos sótãos, gangorreavam placas de vidro para dentro dos bares, paravam no quinto andar a fim de enxugar a testa antes de carregarem um piano pelo resto do caminho de uma saída de incêndio.

Ele preferia as carroças com retalhos de feltro porque conhecia os comerciantes, mas podia levar qualquer coisa — redistribuindo, re*arranjando* todos os pedacinhos da cidade. Tudo o que se exigia era um momento para fazer o reconhecimento da situação, e o instinto de um ator para pular no assento do condutor com a pose enfastiada de alguém regularmente empregado.

Foi quando estava pirateando uma carroça que ele encontrou Monk Eastman pela primeira vez. Estava guiando um carregamento de aipo roubado pela Bowery, perto de Chatham Square, de manhã bem cedo, quando avistou o bando de gatos e pombos, pacificamente voejando e andando juntos. Ele parou para olhar para baixo — e deparou-se com o homem mais feio que já vira em sua vida.

O nariz estava achatado, as orelhas mastigadas até a metade, e havia uma perfeita poça de sangue coagulado em torno da sua cabeça, como uma auréola. Ele teria pensado que o homem estava morto se não fosse pelo fato de que os olhos estavam abertos, e a boca franzida sarcasticamente — como se não estivesse caído ali numa sarjeta na Bowery, mas sim numa cama em casa, medindo todos os arrependimentos da sua vida ao longo do teto.

— Você está bem? — ele perguntou.

— *Eh* — o homem deu de ombros, o olhar ainda voltado para o céu. Ele era profunda, espantosamente feio, baixo e atarracado, sem pescoço e com papadas parecendo panquecas raiadas de veias, o cabelo espetando-se para cima no topo da cabeça em formato de bala.

— Quer uma carona?

— Tudo bem — o homem falou, erguendo-se num dos cotovelos. — Mas os gatos e os pombos também vão junto.

— Tudo bem — Joseph encolheu os ombros em resposta... desde que, afinal, aquela carroça nem era sua, para começar.

O homem pôs-se de pé com surpreendente agilidade e começou a reunir os animais em torno de si, enfiando os gatos embaixo dos braços, os pombos pousando em seus ombros como se ele fosse São Francisco de Assis. Joseph inclinou-se para ajudá-lo.

— Cuidado com eles — o homem avisou. — Eu fico amigo de qualquer um que goste de gatos e pombos.

Ele endireitou-se e Joseph percebeu que ainda havia sangue vazando pela camisa de baixo branca, que era tudo o que ele usava sob o paletó. Casualmente, ele cobriu o ferimento com os dedos.

— Acho que a gente devia ir para o Hospital Gouverneur — ele sugeriu, assim que depositou os pássaros e os gatos urrantes na traseira da carroça e tomou seu lugar no assento.

— Hum-hum.

— *Farshtinkener* Five Pointers. Eles me apanharam de surpresa, eu estava sem minha arma. Consegui derrubar três deles, mas o último tinha uma pistola.

— Você levou um tiro?

— Bem, garoto... — O homem sorriu. — Por certo que não foi um beijo.

Joseph estalou as rédeas, incitando os cavalos a trotarem na direção do hospital, tentando não olhar para aquela ferida gotejante. Monk continuava sorrindo para ele com seus horríveis tocos de dentes amarelados.

— Não se preocupe, garoto. Foi um verdadeiro *mitzvah* que você me fez.

Foi por meio de Monk, por sua vez, que ele conheceu Gyp Esquentado uma semana depois, no meio da noite. Escutou uma batida na porta do apartamento de um cômodo com vista para o poço de ventilação, que ele conseguira reaver, e foi abri-la zonzo de sono, sem parar para pensar quem estaria no outro lado. Parado no sombrio corredor diante dele estava um homem usando um imaculado terno azul-celeste, recendendo a rum e brilhantina, e parecendo mais imediata e palpavelmente letal do que qualquer pessoa que ele tivesse visto antes.

— Monk quer que você venha comigo — ele disse.

Joseph apressou-se em se vestir e seguiu-o sem fazer perguntas através das rodopiantes multidões da noite. Na Lafayette Street o homem pulou num bonde que ia na direção do centro da cidade, e Joseph o seguiu — ainda sem que nenhuma palavra fosse trocada entre eles sobre onde estavam indo, ou o que estavam fazendo.

Ele agarrou-se ao estribo, diante dele os caminhões e carroças passando zunindo por todos os lados, pessoas atravessando as ruas rapidamente com pequenos movimentos convulsivos. Olhou para o interior do bonde — cheio de camaradas cambaleantes, olhando de soslaio. Dedos gordos, repletos de anéis, apertando os joelhos de mulheres com expressões fixas e espectrais.

Chegaram em Park Row e o homem do terno azul-celeste saltou para fora do bonde, e Joseph seguiu tenazmente atrás. Passaram apressados pelas altas pilhas de tijolos dos escritórios dos jornais, o ar pesado com o cheiro de tinta, as janelas resplandecendo de luzes. As máquinas impressoras subterrâneas sacudindo a calçada sob seus pés; jornaleiros e aprendizes de tipógrafo dormindo enroscados, indiferentes, nos gradis.

Dobraram uma esquina e depois seguiram por um beco estreito saindo da Ann Street, onde o homem empurrou-o através de uma decrépita porta dupla com o nome DOUTOR fixada acima. Joseph passou hesitante pela soleira e entrou num bar que estava mais escuro do que a rua lá fora, e tropeçou em alguma coisa. Uma perna.

Esta rolou pelo chão com um barulho de madeira, ainda contendo a meia e o sapato. Um mendigo pulou do balcão e correu agilmente, sacudindo o punho para ele.

— Cuidado com a perna! *Cuidado com a minha perna!*

O seu guia empurrou o mendigo para fora do caminho — e perscrutando através da luz granulosa do bar Joseph pôde ver que espalhados no chão havia pernas e braços falsos, muletas e tipóias, tudo sendo observado atentamente pelos aleijados de mentira que empurravam-se pelo salão. Eles estendiam seus braços direitos sadios sobre o balcão como asquerosos vermes brancos; espetando-os de volta à vida com agulhas, esfregando as juntas entorpecidas dos joelhos como se fossem amputações verdadeiras, depois de um longo dia dobradas sob os casacos.

Acima do bar ele conseguiu enxergar o trecho de um verso tosco, santarrão, entalhado numa tábua ainda mais tosca, mais uma ameaça do que uma súplica:

AJUDE O POBRE CEGO E NÃO LHE DÊ AS COSTAS
DÊ A ELE SÓ UM CENTAVO E POR VOCÊ ELE VAI ORAR
VOCÊ PODE SOFRER A MESMA AFLIÇÃO ALGUM DIA
AJUDE O POBRE CEGO E NÃO LHE DÊ AS COSTAS

O seu guia lançou um olhar significativo para o homem atrás do balcão, que assentiu e pegou um balde de metal.

— Quanto até agora? — ele perguntou ao barman.

— Vinte e seis, Gyp — o barman respondeu com respeito. — Até agora, pelo menos.

— Tudo bem.

O barman estendeu o balde para Gyp. Um dos falsos mendigos aleijados tentou agarrá-lo quando ele o fez, e derramou uma faixa de cerveja que poderia lamber no balcão em troca da sua surra. O barman empurrou-o para trás.

— Dê o fora! Isso aqui não é bebida!

O barman entregou o balde para Gyp, que imediatamente passou-o para Joseph.

— Tome. Leve isso para os fundos — ele disse, apontando para o indistinto contorno de uma porta no outro lado do salão.

Joseph espiou dentro do balde. Não havia cerveja ali, mas alguma coisa que esparrinhava como água, e tinha um cheiro forte e medicinal.

— O que é isso? — ele perguntou.

— Faça o que eu disse! Entregue ao segundo homem de calção preto. Entendeu?

— O de calção preto.

— Foi isso que eu disse. *Agora*!

Gyp deu-lhe um empurrão brusco na direção da porta, e Joseph entrou num corredor escuro, pintado de preto. Estava mais escuro do que o compartimento do navio no qual ele viera, mais escuro do que qualquer coisa que ele poderia imaginar e então teve medo, mas seguiu em frente tateando até que finalmente passou por outra porta no fim do corredor.

Chegou no topo de uma pequena escada, onde olhou para baixo e viu uma silenciosa aglomeração de homens, contorcendo-se todos juntos como serpentes. No meio do cômodo havia um ringue cercado de oscilantes cordas de cânhamo, sob uma única, balouçante lanterna. Dentro do ringue os boxeadores lutavam corpo-a-corpo e golpeavam o ar, um deles com o calção vermelho, outro de preto, os corpos cobertos de suor e inclinando-se um no outro para apoio.

Havia apenas o mais leve murmúrio perpassando os homens amontoados em torno deles. Eles balançavam-se e gesticulavam, sacudindo os próprios punhos furiosamente com cada soco — apostadores e mendigos, jornaleiros e favelados com seus trajes de noite, todos eles quase completamente em silêncio, para o caso de algum policial honesto escutar o barulho e aparecer para interromper a luta. Um elegante cavalheiro em mangas de camisa fazia um esboço da cena, sentado numa cadeira alta — toda a sala tão estranhamente quieta que Joseph podia ouvir o barulho do lápis contra o bloco de papel.

— É isso!

Um homem de colete num canto neutro deu um passo adiante, consultando o relógio de bolso enquanto um menino ao seu lado batia com uma colher no fundo de uma frigideira. O árbitro posicionou-se entre os lutadores e então a multidão também se separou , em pequenas congregações, atirando mais dinheiro aos *bookers*.

Joseph desceu a escada e foi abrindo caminho entre a multidão, sem ser percebido. Apenas um homem pesadão, de aparência muito digna, no canto do boxeador de calção preto, pareceu reparar na sua presença, os olhos dirigindo-se a Joseph como se estivesse esperando por ele a noite inteira.

Mais de perto ele pôde ver os úmidos salpicos de sangue no terno do segundo, que continuava atendendo seu lutador. Massageando seus braços e pernas e passando a esponja com água pela sua cabeça com os movimentos contínuos, regulares, de um gato se limpando. Joseph deixou o balde no chão — e o segundo agarrou-o pela camisa e puxou-o para perto de si.

— *Diga* a ele — o homem sussurrou ferozmente. — Diga a ele que da próxima vez que esperar tanto tempo não vai sobrar mais nada para arranjar.

O homem soltou sua camisa e Joseph começou a se afastar, mas ele agarrou-o novamente, pelo braço, os dedos fortes como aço.

— *Ainda* não — ele ralhou.

Joseph ficou, sem saber o que estava esperando, enquanto o segundo continuava molhando seu lutador. Cobriu-o vezes seguidas com a esponja do seu próprio balde — idêntico àquele que Joseph havia carregado até ali. Mergulhando a enorme esponja cinzenta dentro da água, depois passando-a pelo rosto do lutador, depois de volta para a água. Então, em seu movimento seguinte, o homem mergulhou a esponja no balde que Joseph trouxera — quase rápido demais para que os olhos o acompanhassem — e desta vez passou-a não sobre o rosto ou o peito do lutador, mas na frente das suas luvas.

Então a esponja estava de volta em seu balde, o segundo entornando o outro balde inteiro com o pé. Por um instante o conteúdo ficou exposto à luz baixa e oscilante, e Joseph viu o que havia levado: um líquido esverdeado, salobre, de aparência maligna. Então desapareceu no chão coberto de serragem, já ensopado de suor e sangue.

— Olha o que você fez, moleque! — o homem disparou... uns poucos olhos na multidão já esquadrinhando o líquido derramado com desconfiança, mais dinheiro trocando de mãos silenciosamente.

Nada passava despercebido

— Agora vá buscar mais água para o outro *round*. Vá... *agora*. Lá no bar.

Joseph recuou para a escada com o balde vazio, a multidão silenciosa fechando-se em torno dele. O menino bateu outra vez na frigideira, e o juiz, um homem barrigudo com um chapéu-coco e gravata borboleta, entrou lepidamente no centro do ringue e acenou para que os lutadores avançassem. Joseph virou-se e subiu a escada, olhando para trás por um instante quando chegou no alto.

Os dois lutadores cambalearam para diante novamente, cada um dos rostos uma massa de vergões e cortes, o sangramento apenas mal contido. O homem de calção vermelho atacou, com um soco direto. Tudo o que o homem de preto pôde fazer foi lançar um golpe comprido e ineficaz para o rosto dele enquanto estava movendo-se para trás — mas de repente o seu oponente parou, as mãos em volta dos olhos, imobilizando-se completamente no meio do ringue. O lutador de preto avançou para ele, parecendo subitamente renovado...

Joseph virou-se e passou pela porta. Na escuridão do corredor ouviu os gritos de aplauso por tanto tempo contidos, selvagens e vicários, um breve, feroz latido de triunfo.

Ele correu de volta pelo corredor invisível, empurrou a porta que dava para o bar e fez um sinal para o elegante e mortífero homenzinho que estava de pé no balcão, bebericando uma cerveja. Estendeu o balde vazio e Gyp assentiu, ouvindo os aplausos distantes.

— Tudo bem — ele disse. — Tudo bem.

... e logo estavam voando outra vez pela calçada, virando a curva para a Ann Street. Gyp empurrou-o para dentro de um cabriolé, fechou a cortina atrás deles, e não disse nada durante todo o trajeto até o salão de Monk — sentado joelho-a-joelho na frente dele, os olhos frios, inteligentes, nivelados com os seus através da escuridão.

Gângsteres com seus vistosos ternos axadrezados conduziam suas mulheres num vaivém pela pista de dança como se fossem bondes. Um pequeno conjunto musical serrilhava os instrumentos num palco dilapidado — um piano, uma harpa, um violino.

Monk patrulhava seus domínios com benevolência, com um sorriso e um aceno para todos. Numa das mãos tamborilava um enorme cacetete, um par de soqueiras de metal bem visível na outra.

— Bebam, bebam! Vamos beber antes que a bebida fique velha demais!

Joseph sentou na frente, ansioso, observando timidamente tudo à sua volta. Já havia sido feito um dos Eastman, então, re-batizado de Kid Twist em homenagem a algum finado campeão dos Dead Rabbits, ou dos Plug Uglies. Aquecendo-se no brilho de um bom charuto, um copo de uísque infinitamente mais macio do que qualquer coisa que ele já experimentara numa espelunca daquele tipo.

Em cada uma das mesas no salão havia pão, e uma pedra: um grosso tijolo vermelho colocado entre duas fatias de pão de forma, de maneira que o estabelecimento poderia afirmar ser um restaurante, servindo sanduíches — em vez da espelunca rapinante que sugava os bandidos e prostitutas e o sangue dos turistas que realmente era.

— É impossível comer isso aqui! — um caixeiro-viajante, sentado entre duas prostitutas na mesa ao lado, berrou; em seu embriagado desespero havia mordido com tanta força que os molares racharam, e o sangue escorria da sua boca. — Está vendo? Isso aqui não é um maldito sanduíche!

Monk foi para cima dele imediatamente, sinalizando para Whitey e Louie Espanhol. Ergueu o alto caixeiro-viajante pelo colarinho com uma só mão, e o fez girar na direção da parede.

— Tudo bem, já chega. Você violou as regras da casa — Monk falou, apontando para a interminável, disparatada lista de regulamentos ali fixada:

NÃO FALAR ALTO

NÃO BLASFEMAR

NADA DE OBSCENIDADES OU EXPRESSÕES INDECENTES

NÃO SERÁ PERMITIDA A PRESENÇA DE QUEM VIOLAR A DECÊNCIA

NENHUM HOMEM PODERÁ PERMANECER SENTADO SE
A MULHER ESTIVER DE PÉ

TODOS OS HOMENS DEVERÃO PEDIR REFRESCOS ASSIM QUE
CHEGAREM E O PEDIDO DEVERÁ SER REPETIDO AO FINAL
DE CADA DANÇA

SE O HOMEM NÃO DANÇAR DEVERÁ SE RETIRAR

— Qual? Qual delas eu violei? — o vendedor que sangrava perguntou.

— Ah, acredite, você violou todas. A embriaguez e as blasfêmias eu até deixei passar, mas você sabe, se o homem não dançar, ele *deve* se retirar!

Whitey e Louie Espanhol arrastaram o homem para fora, através da aglomeração de dançarinos na pista, o caixeiro-viajante ainda agarrando ao peito a sua maleta de amostras — indo devagar, no início, depois mais e mais rápido, como aqueles minúsculos personagens de Mack Sennet que Kid via correndo por toda parte nas máquinas de projeção na Union Square. Eles retornaram calmamente momentos depois, assoviando e carregando tudo o que restara do vendedor bêbado — o terno, o chapéu, a maleta de amostras e até a roupa de baixo, como se o restante dele tivesse simplesmente evaporado no ar.

— Aquele era o nosso freguês! — uma das rameiras que estivera na mesa do caixeiro-viajante protestou, mas Monk atingiu-a subitamente com o punho... forte o bastante para formar um vergão instantâneo, fechar um olho e enviar a mulher tropeçando e chorando de volta para sua cadeira, a outra prostituta permanecendo imóvel onde estava.

— Não se preocupe, garoto, eu nunca bato nas damas com meu cassetete — ele lançou um sorriso tranqüilizador para Kid. — Se elas saem da linha, dou só um soquinho para que criem um pouco de vergonha na cara. E sempre tiro as soqueiras primeiro.

Ele virou-se outra vez na direção do palco — e uma mulher com uma jaquetinha de veludo vermelho e sedosas calças compridas de odalisca caminhou até a sua mesa e deslizou direto no colo de Kid.

— Já tem uma garota, moço? — ela perguntou, a voz baixa e suave, e tudo o que ele pôde fazer foi balançar a cabeça. Ela riu, e ele deu-se conta de que devia estar parecendo aterrorizado.

Ele já tivera garotas antes — jovens meninas ignorantes, quase adolescentes, nos bordéis da Elizabeth Street. Moças solitárias recém-saídas dos navios que trabalhavam nas fábricas, e com quem ele mal conseguia trocar uma palavra, em seu apartamento de um cômodo. Mas ela era diferente. Tinha lindos olhos acinzentados e o perfume de lilases, e estava tão perto...

Ela também era uma das garotas de Gyp, ele sabia, e imaginou vagamente se alguma coisa não estaria sendo armada. Olhou em torno do salão, para onde Gyp sentava-se à parte, com o restante das suas mulheres, todas elas vestidas de preto como um bando de freiras. Os seus olhos frios, mortais, vagavam de um lado para outro da pista de dança, mas Gyp não estava olhando para eles, e naquele exato momento Kid não se importava com o que acontecesse. Tudo o que queria era que ela ficasse onde estava em seu colo, cheirando a flores, com a mão macia em sua nuca. Ela inclinou-se e esfregou o traseiro contra o seu pinto, a risada baixa e gutural.

— Não se preocupe, é por conta da casa — ela assegurou-lhe. — Que tal pedir uma garrafa para nós?

— Tudo bem — ele grasnou, e fez um fraco aceno para o garçom, que foi atendê-los imediatamente e deixou na mesa duas taças e uma garrafa de champanhe barata, especialidade da casa.

— Como ´cê chama? — ela perguntou, baixando os olhos para ele, afastando-lhe os cabelos da testa.

— Joseph.

— Joseph. É um nome bonito. É da Bíblia. O meu nome é Sarah — ela disse. — Também é da Bíblia.

— Sarah — ele repetiu tolamente, enquanto ela despejava a champanhe em sua taça com uma das mãos, engolia-a toda num só gole e tornava a encher. Ele sabia que aquele era o jargão padronizado para os fregueses, mas ela estava sorrindo, e cheirava tão bem, e seu corpo era tão bom contra o dele...

Um garçom de cara comprida subiu no palco, uma toalha dobrada solenemente no braço, e começou a cantar. Tinha uma voz aguda, pequena, e apressava-se na canção como se estivesse com medo de perder o bonde. Mas, para surpresa de Kid, os dançarinos pararam e todo o salão silenciou, enquanto ele seguia veloz através da balada sentimental:

O salão de baile estava repleto de dançarinos elegantes
Brilhava com uma centena de luzes
E havia uma mulher chegando
A mais bela de todas as visões
Uma jovem então suspirou suavemente ao seu amado,
"Há riqueza em seu comando".
"Mas ela se casou por dinheiro, não por amor", ele lamentou,
"Apesar de viver numa mansão luxuosa".

Lentamente ele foi percebendo, admirado, que todos no grande salão começavam a chorar: Dago Frank, e Louie o Caroço, e Whitey, e Louie Espanhol — até mesmo Monk, sua cara enorme e feia contorcendo-se grotescamente enquanto murmurava consigo as palavras. A prostituta que ele deixara de olho roxo também estava chorando — bem como todos os cavalheiros, e seus capangas e marafonas nas cabines reservadas, e os gângsteres na pista de dança com seus ternos espalhafatosos e as prostitutas escondendo os revólveres para eles em suas estolas Mikado.

E também Gyp Esquentado — ainda observando tudo com o frio olhar no outro lado do salão, mas uma lágrima correndo pela face. E também Sarah, sentada tão confiante no colo de Kid, as lágrimas jorrando pelo rímel e ruge, pequenos soluços sacudindo-lhe o peito enquanto acompanhava a canção:

Ela é apenas um pássaro numa gaiola dourada
Uma linda visão para os olhos
Você pode pensar que ela é feliz e despreocupada
Mas não é, embora pareça ser
É triste quando se pensa em sua vida desperdiçada
Pois a juventude não combina com idade
E sua beleza foi comprada
Com o dinheiro de um homem velho

... todo o salão repleto de cafetinas e rufiões, assassinos e bandidos, ladrões e falsários soluçando abertamente, agora, quando o garçom chegava à frase final do refrão:

Ela é um pássaro numa gaiola dourada...

Quando finalmente a canção terminou, depois de muitos outros versos sentimentais e um bis, o salão encheu-se com o barulho de fungadelas e narizes sendo assoados. Os gângsteres e suas mulheres retornaram aos seus lugares; uma fileira de prostitutas dançando o can-can tomou o lugar do garçom no palco.

— Foi uma canção muito triste — Sarah falou para ele, bem perto, numa vozinha fraca.

Kid reparou que metade da garrafa de champanhe já se fora. O rosto dela era uma máscara de palhaço, agora, onde as listras negras do rímel tinham escorrido através do pó-de-arroz, mas ele ficou excitado com a sua tristeza, sua vulnerabilidade, apertando a mão com mais força em torno da sua cintura.

— Eu gosto quando você me abraça — ela sussurrou.

No palco, as prostitutas do can-can chutavam o ar com entusiasmo. Nem vagamente moviam-se no mesmo compasso umas com as outras, mas atiravam as saias cada vez mais para o alto, incitando e rindo, a multidão começando a bater os pés acompanhando. Até que, de uma só vez, elas levantaram as saias acima das cabeças e tiraram as cintas com um único movimento: uma fileira inteira formada pelas suas pálidas pernas brancas, e os pêlos dos sexos, subitamente parada no palco — antes de as luzes se apagarem, e elas arrastarem-se desajeitadamente para fora do palco.

Depois disso houve mais danças, e o garçom cantor, entoando com voz trêmula outra música que trouxe de volta as lágrimas aos olhos de todos eles:

Há um nome que jamais é pronunciado
E um coração materno quase destruído
Existe apenas outra saudade da velha terra, isso é tudo;
Existe ainda uma lembrança viva,
Existe um pai que não perdoa,
E uma fotografia virada contra a parede...

• • •

... e havia mais champanhe, e uísque, e meia-dúzia de fanfarrões bêbados, e Monk investindo a cada vez para, alegremente, dar uma cacetada nos criadores de encrenca.

Sarah ficou abraçada a ele por um longo tempo, a cabeça descansando em seu peito, a mãozinha em torno da sua nuca. Finalmente ela se mexeu, o rosto pequeno, borrado, flutuando diante dele.

— Quer ir para cima?

— O quê?

— Quer ir para o andar de cima? — ela perguntou novamente, e escorregou para fora do seu colo, segurando-lhe a mão para ajudá-lo a levantar.

Ele foi tropeçando na direção da escada, para as cabines reservadas, apoiando-se no ombro dela. Lá no salão, ele percebeu, uma nova comoção estava acontecendo. Por algum motivo Gyp estava com um homem em seu colo e o agarrava firmemente pelo pescoço e pelos joelhos, enquanto uma pequena multidão se reunia, apostando em alguma coisa.

— Venha, isso não é nada bonito de se ver — ela disse, puxando-o pelo braço.

— O quê? — Ele subia os degraus, grogue.

— Você não quer ver isso. Vamos.

Ela correu, rindo, subindo a escada na frente dele até um corredor escuro com pequenos cubículos acortinados de cada lado, gritos e gemidos abafados vindos de trás das cortinas de veludo vermelho.

— Venha me achar!

Ele estava deitado de costas, num enorme travesseiro listrado de zebra, o cubículo reservado revolvendo à sua volta. Era o sonho barato de um *bagnio* da Bowery: um quartinho quadrado, pintado da cor de sangue. Uma mesa com algo em cima, parecido com um samovar com um tubo. A gravura de uma jovem nua reclinada numa cama, com uma fita em torno do pescoço e uma criada negra atrás dela...

Ela moveu-se furtivamente através das cortinas, encenando uma pequena dança para ele ao longo da parede mais distante. Seu rosto parecia ter sido lavado, agora, e surpreendentemente jovem e vulnerável. Oscilou para fora da calça de seda de odalisca, abriu a jaquetinha de veludo vermelho de modo a revelar as laterais roliças, brancas, dos seus seios, apenas um relance dos mamilos. Ele avançou para ela, mas ela afastou-se sem esforço, rindo novamente — depois começou a contorcer-se devagar sobre ele, balançando os quadris, empurrando-o de volta para o travesseiro.

— Diga que me ama. — Ela riu. — Me ama? Você me ama?

Ele olhou para ela, o corpo branco-pálido reluzindo sob a luz a gás. O rosto sorridente mas sério, como se realmente quisesse que ele dissesse aquilo, e isso era mais do que apenas conversa de puta. Lá fora, ele escutava o piano iniciando uma outra canção piegas, o garçom berrando outra melodia como um trem de carga desembestado:

> Ela deve ser mais digna de piedade do que de censura
> Precisa ser mais socorrida do que desprezada
> É apenas uma jovem que aventurou-se
> Na tortuosa estrada da vida mal aconselhada...

— Eu amo. Eu amo você — ele falou, tão sério quanto foi capaz em sua embriaguez porque, claro, naquela altura diria qualquer coisa para ficar com ela. — Sim, eu amo você.

... e ela riu como se tudo tivesse sido uma brincadeira, que ele sabia que não era, e puxou-o para si em suas almofadas de *bagnio* onde fizeram amor, e ele mergulhou pacificamente na inconsciência, perguntando-se o que havia feito.

Porém quando ele acordou, com a cabeça latejando, ela fora embora. Não havia nenhum vestígio dela, embora a maior parte do dinheiro dele ainda estivesse intacta — apenas o bastante deduzido para o valor corrente — e não tornou a vê-la durante meses, não antes daquele setembro quando Big Tim Sullivan levou a ele, Monk e alguns dos outros Eastman até Washington Heights para assistir os Highlanders e os Boston Pilgrims jogarem pelo campeonato.

Aquele foi o último jogo do ano, e do outro lado do Hudson o Palisades fulgurava em vermelhos e amarelos. Nas arquibancadas todos estavam falando sobre se conseguiriam que o grande Christy Mathewson jogasse na Série, e como Big Tim tinha no bolso um dos jogadores das bases do Boston.

Sullivan tinha alguma ação acontecendo no jogo com Bill Devery, um dos políticos e apostadores que eram os donos do Highlanders e que fez sua grande entrada no parque num carro de turismo, com uma banda de metais tocando sua música de campanha: *Oh, eu voto no sr. Devery/ Sempre, sem-pre, sem-pre!* No entanto, Devery havia subornado o seu próprio primeiro *baseman* — um sujeito muito feio, com o rosto marcado de bexigas — que deveria correr para apanhar algum *squib* ou uma rebatida antes de, sem nenhuma pressa, endireitar-se e arremessar a bola para dentro do campo direito.

Kid sentou nas arquibancadas, bebendo cerveja e mastigando cachorros-quentes, e observando tudo isso se desenrolar, apreciando a atividade rápida, séria, embora não entendesse nada daquilo. Sarah chegou no terceiro turno do jogo, acompanhada de Gyp — usando a mesma jaquetinha de veludo vermelho, um pouco como a pior coisa para se usar naquela hora. Ele virou-se e tentou captar seu olhar, e ergueu a cerveja como num brinde para ela, mas ela parecia não enxergá-lo. Ele reparou, agora, que todos a chamavam de Sadie e que com um sinal de Gyp ela saía, de braços dados, com um ou outro dos políticos e apostadores que pairavam obsequiosamente em volta de Big Tim. Ele continuou procurando, mas mal havia retornado ela saiu com outro dos camaradas de Big Tim, e então com outro e mais outro depois daquele.

O jogo continuou empatado, numa série interminável de corrupções invalidantes, até que o lançador do Highlanders — uma figura inexoravelmente lacrimejante que todos chamavam de Jack Feliz — rebateu um lançamento verdadeiramente louco e acidental no último turno, e Big Tim urrou de risos com sua aposta perdida:

— Ora, ora! — Ele esmurrou o sr. Devery nas costas. — Nós até que poderíamos ter deixado que eles jogassem de verdade!

Kid não se importou. Mais tarde naquele dia, quando as sombras começaram a se alongar no parque, ele desceu até o campo. A multidão há muito inundara a tribuna de honra, e os homens postavam-se de pé ou sentados atrás de uma frágil corda na área de campo, observando Jack Feliz acabar com o adversário, um outro camarada volumoso, irônico, fazendo o mesmo para os Pilgrims — a bola ficando menor, e mais cinzenta, e mais invisível a cada turno, até parecer que eles estavam fazendo um jogo de mímica.

Kid sentou embaixo da corda, com os joelhos dobrados, ouvindo os fãs agonizarem a cada jogada, e caçoando de um lado para outro do ótimo *center fielder* do Highlanders — um homem que era baixo o bastante para ser considerado um anão, mas que parecia capaz de correr atrás de qualquer coisa atirada para além do campo. De onde estava sentado, Kid podia ver tudo: a tribuna de honra inteira, e o brilhante, flamejante Palisades, e os políticos e apostadores voltando ao boxe de Big Tim a cada meio-turno mais ou menos, fazendo piadas e batendo nas costas uns dos outros como os jogadores voltando do quadrilátero — Sadie seguindo atrás, prendendo os cabelos novamente sob o chapéu.

Ele ficou ali sentado, observando as sombras estenderem-se no campo, no cercado de tábuas de madeira coberto de anúncios de pó dentifrício ou ungüento para joanete. Observando a imponente, misteriosa procissão do jogo arranjado: os jogadores correndo para fora do campo em seus uniformes largos, de lã cinza, cuspindo e ajeitando os bonés, e atirando as luvas nas suas posições quando desciam para o abrigo do banco de reservas. Observando todo o inescrutável, adorável ritual até que tivesse certeza de que adorava aquilo — adorava tudo aquilo mesmo não conseguindo entender —, que ele amava o beisebol.

CAPÍTULO 25

TRICK O ANÃO

Nossa cidade foi erguida num terreno nos fundos da Terra de Sonho, uma planície de cascalho para onde flutuavam todos os destroços do mundo. Era ali que Brinckerhoff havia alojado todas as suas tribos exóticas — seus Pigmeus e Esquimós, seus Bôeres e Bantos, e seus Igorrotes Comedores-de-cachorros — todos os pequenos povos engraçados, com fantasias coloridas e esquisitos pêlos faciais, que o mundo havia ignorado.

Certa vez houvera até mesmo um chalé holandês de contos de fadas. Ali, nos velhos tempos, podia-se encontrar o General Piet Cronje sentado na sua varanda à noite, fumando seu cachimbo e alisando as longas suíças brancas, contemplando as glórias passadas nas estepes, ou os rendimentos do dia.

Todas as tardes, precisamente às três e quinze, Oom Piet ia cavalgando, firme e ereto como uma árvore de acácias, para render sua espada novamente aos ingleses. Brinckerhoff proclamava que esta era a hora exata em que a Guerra dos Bôeres havia terminado — embora, de fato, fosse meramente a hora do encerramento das corridas de cavalo de Big Tim Sullivan lá em Brighton Beach, e Big Tim não gostaria que nenhuma das armas de mentira assustasse o seu cavalo premiado.

Assim, o silêncio quando o velho Bôer cavalgava a cada tarde era tão súbito e surpreendente, ele encenava seu papel com tão imensa e impregnável gravidade, que a platéia ficava verdadeiramente admirada. Um murmúrio percorria toda a arquibancada, os únicos sons os gritos abafados das pessoas nas montanhas-russas ressoando pelo mar, e o bater das patas dos cavalos na trilha — como algum eco distante da guerra verdadeira, ainda galopando sobre as colinas relvadas da África do Sul.

Não atraía muita gente, no entanto, nem mesmo com os veteranos de verdade em ambos os lados, e os canhões e as imensas telas pintadas e uma cintilante e engenhosa queda d´água de lata. Talvez fossem os participantes — afinal, entre Bôeres e Britânicos, quanto interesse por fatos dos antepassados podia-se obter? — mas de qualquer forma os veteranos começaram a derivar para a América Central a fim de procurar trabalho como mercenários, até que não sobrasse mais ninguém para disputar a contenda.

Por algum tempo tentaram encenar uma competição entre os homens brancos remanescentes e uma tribo de Bantos importada — negros contra brancos sendo sempre uma atração infalível na bilheteria. Calcularam que não teriam de pagar *nada* aos Bantos, que bastava transportar uma ou duas esquálidas vacas Jersey até a aldeia deles para que matassem e comessem ali mesmo — uma atração extra, que atraía mais espectadores pagantes do que a batalha em si.

No entanto os Bantos os surpreenderam e fizeram uma greve; como os editoriais do *World* lamentaram, parecia que tinham sido corrompidos pelo mundo moderno, no fim das contas. Numa tarde, em vez de atacarem numa emboscada assassina os Britânicos e Bôeres, surgindo por trás dos vasos de palmeiras que Brinckerhoff havia arrastado para lá de todos os restaurantes de dez centavos de Manhattan, eles simplesmente marcharam para fora e, com espantosa dignidade, baixaram suas lanças teatrais e sentaram-se no chão.

Naturalmente, sendo esta a América, foram tratados como quaisquer outros grevistas. Um bando de desordeiros foi enviado numa noite para estourar-lhes as cabeças e destruírem suas palhoças de imitação. Até o General Cronje e seus mercenários concordaram que aquela era a única maneira de se lidar com os negros bastardos. Mas poucas noites depois, quando os parques tinham fechado, eles retiraram das cabeças os seus espetaculares enfeites azul-celestes, e puxaram os falsos ossos de galinha que tinham presos no nariz, e esgueiraram-se em silêncio para a cidade maior, disfarçados com os uniformes dos policiais de pantomima que encontraram num armário do depósito. Claro, ninguém reparou neles — uma longa fileira de policiais negros e descalços, homens e mulheres, sem pronunciarem nem uma palavra entre si, movendo-se furtivamente pelas ruas de Nova York, juntos numa fila comprida. Foram embora para sempre, desapareceram na impenetrável vastidão de San Juan Hill, ou do Harlem, irrevogavelmente americanizados.

Na época em que fomos para lá eles tinham partido há muito — cada último remanescente da sua existência destruído pelos tratores para abrir caminho para a Cidade Pequena — as suas *kraals*, suas cabanas de palha, e até o nostálgico chalezinho de Oom Piet, tudo aniquilado. Brinckerhoff fez o projeto da cidade por cima dos seus ossos, traçando ele mesmo as largas avenidas e praças com os topógrafos. À noite ele trabalhava incessantemente na sua torre, desenhando cada casa, cada edifício público, cada peça de mobília.

— Tudo tem de se harmonizar — ele comandava. — Nada de favelas, nem cortiços, nem delinqüência. Deve ser um modelo de cidade planejada!

Começaram a construir com uma velocidade de tirar o fôlego: nada de cidade Azteca floreada, mas um vilarejo moderno, progressista, por trás de uma fachada vistosa, planejada sob os padrões de Nuremberg — pois naqueles tempos tudo que fosse limpo e ordenado tinha de ser modelado conforme os padrões germânicos. Havia uma adorável praça pública, e uma torre com relógio, estábulos para os cavalos, e até uma primorosa ferrovia em miniatura para transportar os passageiros por toda a volta da nossa cidade. Havia uma casa de força, e um gasômetro, e um corpo de bombeiros com uma carroça de verdade, puxada por uma parelha de pôneis Shetland.

Parecia impossível. Eu havia instigado a coisa toda, eu sei. Havia posto em movimento as engrenagens que giravam na cabeça de Brinckerhoff levado pelo meu desespero, mas ainda assim era incrível ver tudo aquilo realmente tomando forma. Emergiu como um sonho meio-lembrado na manhã seguinte — impossível, fantástico mas, de alguma forma, conhecido.

Minha rainha aceitava tudo sem se perturbar. Ela gostava de passear a pé todas as tardes e inspecionar a construção — obviamente uma doida varrida, com suas vestes reais cor de púrpura e as falsas peles de arminho flutuando atrás de si. Os trabalhadores tratavam-na com condescendência, tirando os chapéus e fazendo reverências quando ela se aproximava, mal escondendo o riso. Respondiam a qualquer pergunta imperiosa que ela fizesse com uma cortesia elaborada: "Ah, *sim*, Vossa Majestade!", "*Certamente*, Vossa Majestade!", "Como quiser, Vossa Majestade!". Em Coney Island todos os dias era Primeiro de Abril, e eles estavam acostumados a zombar da realeza: reis africanos, princesas ciganas, atendentes das montanhas-russas vestidos como Teddy Roosevelt.

Eu franzia a testa, carrancudo, diante das risadinhas, dos rostos insolentes e zombeteiros. Ela simplesmente passava, imperiosa e inacessível, através do seu incrível novo domínio.

• • •

Qual de nós era mais louco?

— Foi construída para durar — Brinckerhoff confidenciou, com seu jeito tranqüilo, confiante. — Habitável durante o ano inteiro. Quando todo o resto da Terra de Sonho, quando o Luna Park, e o Steeplechase, e todo o restante de Coney tiver acabado... *isso* ainda estará aqui.

E *era* perfeita, uma miniatura superior ao original — ao sórdido, escarrapachado beemonte que jazia ao oeste de Coney. E a cada dia Brinckerhoff inventava alguma coisa para torná-la ainda mais perfeita, mais completa: uma delegacia de polícia, completa com as celas da cadeia, e bloquinhos para impressões digitais, e uma sala minúscula, sem janelas, para os crimes mais graves. Uma prefeitura, e uma igreja, e a biblioteca com edições especiais em miniatura que encaixavam-se macia, facilmente em nossas mãos. Tudo isso tão engenhoso, tão meticuloso e perfeito e único, até que restou apenas um acréscimo final.

— Não se preocupe, não me esqueci da sua contribuição — Brinckerhoff confidenciou. — Você será o prefeito, e vai morar no palácio com a sua rainha.

Pois isso era o que iríamos ser, estranha combinação: prefeito e rainha da Cidade Pequena. E havia um palácio: não tão grandioso quanto o que eu prometera a ela — pois quando o homem não desapontou uma mulher? — mas ainda assim, de longe, o maior prédio de toda a cidade em miniatura, com três reduzidos andares de altura, cumeeiras e torres vermelhas, e um esplêndido jardinzinho.

O interior era uma refinada caixinha de jóias, apenas para nós dois. Havia uma lareira de verdade, e uma biblioteca, e uma sala de bilhar; das paredes pendiam antigas espadas e mosquetes e troféus e até retratos de fabulosos antepassados com ares importantes. Tudo isso ainda em tamanho *reduzido*; até a cabeça empalhada de um rinoceronte, e do alce, e a pata de elefante que servia de porta-guarda-chuvas perto da entrada principal — uma brincadeira final, não muito sutil, de Matty Brinckerhoff.

— Ora, vamos — ele ralhava. — Você vai ter o mundo inteiro reduzido ao seu tamanho. O que é um elefante, se comparado com um sonho?

Mas ele não me enganava. A pata de elefante em miniatura serviu para comprovar. O palácio, a cidade, até mesmo a minha pobre, enlouquecida consorte — tudo era mais uma tremenda piada. Uma zombaria mais terrível do que a de qualquer operário que dava risadinhas às escondidas — uma zombaria pior do que qualquer coisa que meu pai havia suportado, em sua beca acadêmica.

E ainda assim eu estava seduzido. Estava seduzido da maneira como os homens normalmente são seduzidos, que não é pelo amor, nem pela carne adorável — mas pelas poltronas forradas de couro, e os belos e espessos tapetes. Pelos lambris, e os painéis de carvalho, e pelo armário de bebidas cheio de garrafas do melhor Madeira. Pelas cortinas pesadas e a prataria de verdade, e por um lugar tranqüilo, silencioso, para pensar e descansar e separar as páginas dos meus livros.

E para ela — para a minha rainha — havia um quarto de vestir, e uma banheira revestida de azulejos com desenhos de saltitantes golfinhos Minosianos. Um quarto de dormir que era a réplica exata daquele da velha rainha — a verdadeira rainha, a única verdadeira rainha que jamais haveria, nunca mais, a própria Vicky — copiado de uma rotogravura de Sunday. Perfeito desde o padrão do papel de parede até as escovas de cabelo sobre a penteadeira. Exceto que, gravado em tudo aquilo — nas cantoneiras das lareiras, e na moldura do espelho da penteadeira, e nos espaldares da cama, e nos tapetes — havia um "C.R." imperial. *Carlotta Regina.*

Eu a vi, então. Eu a vi subindo a escadaria no primeiro dia em que fomos para o palácio terminado, enquanto eu andava em volta admirando os adornos. Eu a vi caminhar para dentro do que devia ser, bem de longe, o quarto mais luxuoso que ela já havia visto, e sentar-se na penteadeira sem nem mesmo um segundo olhar — como se estivesse fazendo isso durante toda a vida. E se esta não era a verdadeira personificação da realeza, então não sei o que seria.

Tudo estava pronto antes mesmo que a temporada estivesse na metade — todos os belos e vistosos prédios, e as ruas largas, arborizadas. Só uma coisa estava faltando: os últimos acessórios, vivos.

Como se faz um anúncio pedindo aberrações? Nós precisávamos de tantos, todos de uma vez, e não apenas os habituais pingadinhos de párias e deserdados. Eu sugeri colocarmos alguma coisa nos Classificados, um chamado para os refugos desafortunados, talvez, ansiando por serem altos. Brinckerhoff limitou-se a sorrir o seu sorriso saciado, de crocodilo.

— Ah, eles virão, com toda certeza — disse. — Eles vão descobrir, acredite, e quando descobrirem teremos de expulsá-los com varas.

Ele estava certo, como sempre. Assim que a notícia se espalhou eles começaram a chegar aos borbotões. Anões e anõezinhos. Corcundas e aberrações, e acrobatas e palhaços, jóqueis desgraçados por terem dopado os cavalos — e crianças. Crianças de verdade usando o meu disfarce ao contrário, pintando falsos bigodes e tentando engrossar as vozes — fingindo-se de anões apenas pela perspectiva de refeições regulares e um lugar quente para dormir.

O meu povo enxameou vindo de todo o país, e até mesmo do Continente, saído das casas de vaudeville, e dos dez-vinte-trinta, e dos circos e bordéis e dos espetáculos de aberrações. Vieram das escolas de medicina, onde eram exibidos a cada hora, nas aulas, como exemplos de fisiologia pervertida. Vieram dos porões de suas isoladas casas do interior, onde tinham sido guardados desde o dia em que seus pais compreenderam pela primeira vez que eles eram algo além do que apenas baixos demais para a idade. Vinham do trabalho de batedores de carteiras ou de rastejar em meio às engrenagens de máquinas gigantescas, ou de servir a alguma inclinação particularmente delicada no mais exclusivo dos bordéis — em resumo, de qualquer lugar onde uma delicada mão fosse necessária.

Havia milhares deles. Chegavam lotando os trens, amontoando-se no terminal do New York & Sea Beach. Piscando sob a intensa luz do sol de Coney, cheirando o ar salgado, imaginando se conseguiriam ficar na grande-pequena cidade. Chegavam de todos os tamanhos e formatos: havia os de cabeças grandes e os de cara de pequinês, as Aberrações Sem Queixo e os Homens Macaco e os aleijados, e os de cabeça de amêndoa e os de cabeça de pinha e os mongolóides. E aqueles poucos anões perfeitamente proporcionados, como a minha Carlotta, que meramente tiveram o infortúnio de ser pequenos — se é que se pode chamar de infortúnio tal beleza numa requintada miniatura.

Nós os peneiramos até chegar a quatrocentos, separando-os dia após dia através de fileiras intermináveis, tortuosas. Brinckerhoff tinha um médico e um professor de anatomia à mão, para cutucá-los e examiná-los. Suas desqualificações eram marcadas com giz nas costas dos casacos: "C" para corcunda, "A" para anomalia, "T" para falta de talento, "F" para excesso de pintas, ou de cabelo, ou simplesmente para a feiúra assoberbante, repulsiva. Os perdedores eram transportados de volta para a estação sem mais nada além de um aperto de mão em despedida ou o dinheiro para a passagem de trem — para descobrir seus defeitos somente mais tarde, quando acontecia de tirarem os casacos.

Os quatrocentos escolhidos postavam-se aos gritos diante do nosso palácio. Os bons cidadãos da nossa cidade modelo — bebendo e fazendo confusão, galhofando e acariciando-se uns aos outros na praça da cidade, onde tinham recebido ordens de se reunir. Babando versinhos obscenos na direção do nosso palácio...

Deus salve a nanica! Deus salve a cadela!

... atordoados de alívio, eu sabia, por terem sobrevivido a mais um teste da sua humanidade. Espicaçados pela simples idéia de uma rainha, um ser superior que ainda era *um de nós.* Aproveitando-se plenamente daquela licença para a palhaçada, que era tudo o que tínhamos como certo.

— Não vá lá fora — eu avisei-a. — Deixe para amanhã, pelo menos, quando eles estiverem sóbrios!

— Mas Nós somos a rainha deles — ela disse, sorrindo tão serenamente, tão radiante quanto qualquer monarca de verdade, que até eu fiquei intimidado.

Eu ainda achava que seria um erro. No instante em que ela estava prestes a sair para o balcão um pedaço de massa marrom de origem desconhecida chegou voando da rua, espatifando-se no balcão como um peixe pulando da água.

Deus salve a nanica...

Ela nem pareceu reparar. Caminhou direto para fora — todo o insolente populacho silenciando no instante em que ela apareceu.

— Meu bom povo — ela disse. — Meu *bom povo...*

... embora não fosse tanto o que ela dizia, algum discurso vazio, nem mais nem menos louco do que o palavrório de toda a realeza em toda parte no mundo grande, real. Não importava o que ela dizia, por mais louca que obviamente fosse. Parada ali no balcão do nosso palácio com sua mantilha de viúva, a cabeça erguida e régia como qualquer monarca da Europa, e muito mais bela, ela havia nos transformado num *povo* com a sua própria, magnífica rainha. Simplesmente por acreditar nisso, desde sempre, por ser a criatura imponente que era.

— *Meu bom povo* — ela disse.

... e eles eram bons. E quando ela terminou todos explodiram num aplauso espontâneo. Quando ela fez aquele gesto peculiar, cortante, semelhante a uma guilhotina, que passava pelo sinal da cruz, eles realmente ajoelharam-se, baixando as cabeças para receber sua benção.

Então dispersaram-se para procurar suas lindas casas novas. Para viver, por uma vez, como gente de verdade, numa casa de verdade — mesmo se estivesse contida num vôo maior da fantasia. Podiam ignorar tudo aquilo, em benefício da felicidade.

Exceto pelo Grande Pavilhão.

O pavilhão era o que denunciava a mentira de tudo aquilo. Fora instalado bem no fundo da praça principal, pintado com palhaços, e leões e tigres arreganhando os dentes em suas jaulas. Era ali que todos nós acabávamos. Pois na Cidade Pequena, todos — os policiais e os bombeiros, o pastor e o prefeito e a própria Rainha — *todos* trabalhavam no Grande Pavilhão.

Eles davam uma ou duas voltas em torno da cidade em nosso trem miniatura, depois entravam em fileiras — todos os habituais estivadores, e os enroladores de charutos, e os carroceiros. Os barbeiros e os cortadores de tecido e os engarrafadores de soda, atirando suas moedas de dez centavos para assistirem a nossa apresentação.

Havia os números de circo genuínos, claro, os malabaristas e os palhaços e as mulheres minúsculas que faziam piruetas numa corda, presas pelos dentes. Adestradores de animais verdadeiros que encaravam felinos capazes de devorá-los num só bocado.

Mas, na maior parte, o que eles viam era o restante de nós — cuja existência diária havia se tornado um outro número, não importava o que fizéssemos e quão bem. Toda matinê e toda noite, os alarmes soavam e o Corpo de Bombeiros da Cidade Pequena saía galopando para o salvamento: as sinetas bimbalhando, os homens agarrando-se intrepidamente na traseira da carroça — um corpo de bombeiros que jamais havia atendido qualquer coisa além de alarmes falsos. Todos os dias algum anão surrupiava a bolsa de alguém "plantado" na multidão — e os apitos da polícia esganiçavam-se, e a polícia montada da Cidade Pequena aparecia cavalgando em seus pôneis a fim de arrastar o malfeitor para a cadeia.

Na Cidade Pequena nós podíamos ouvir Deus soluçar — e rir e caçoar e cuspir, todos os dias. Uma galeria inteira repleta de deuses, que mudavam a cada apresentação.

Depois de cada espetáculo os espectadores eram livres para passear pela nossa cidade e espiar pelas nossas janelas. Empurrando-se através das nossas portas, tropeçando em nossas paredes — examinando com escárnio cada centímetro perfeito, miniaturizado, muito superior a qualquer lugar onde *eles* moravam. Nós fazíamos um desfile pela Rua Principal, guiando-os de volta para o grande pavilhão, onde toda a cidade reunia-se para cantar uma sentimental melodia de adeus — as vozes no tom mais alto que conseguíamos cantar, até que um barítono dava um passo à frente, bem no final, postava-se apoiado num joelho e entoava o refrão novamente, numa voz tão profunda quanto o fundo do mar. Isso nunca falhava em provocar uma grande gargalhada.

Minha Carlotta presidia a tudo isso com seu habitual aplomb de louca. Fazia um breve discurso de boas vindas no início e no final de cada espetáculo, nunca variando mais do que uma palavra. Durante o grande *tour* ela recebia convidados para o chá em nossa sala de estar, lançando-lhes olhares impressivos se eles sentavam antes dela, favorecendo-os com um ou dois sorrisos se fossem particularmente obsequiosos. Eles comiam tudo, sacudindo-se de risos por trás das mãos. Ela parecia não se fartar disso.

Eu achava que ela não entendia: não importava o quanto fôssemos bem educados, não importava o quanto nossa conversa fosse interessante ou o quanto fôssemos talentosos, não importava o quanto tentássemos ser como eles — não importava. Eles apenas divertiam-se ao ver que éramos capazes de fazer tais coisas, como um cavalo que faz contas ou um pássaro que diz a sorte. Mas ela não se incomodava com isso.

— A realeza não está no que os outros pensam — era tudo o que ela dizia. — Do contrário, nós nem mesmo existiríamos. O principal é que eles vêm aqui para Nos ver. Eles reconhecem que Nós somos a rainha.

Eu odiava aquilo. Será que você pode compreender como era — viver num mundo onde os desfiles eram uma labuta diária, entorpecedora? Onde tudo o que se faz, não importa quão bem e honestamente, é a mesma interminável, sucessiva piada?

Todos aqueles chás, dia após dia, com um bando de caixeirinhas bisbilhoteiras e ajudantes de pedreiros. Vendo-os espremerem-se nas nossas poltronas e sofás em miniatura, admirando-se com o tamanho do nosso jogo de chá. Dando risadinhas quando quebravam as asas das perfeitas, minúsculas xícaras de porcelana, com seus dedos rosados. Perguntando-me, repetidas vezes, sem falhar, se eu havia matado um bebê elefante para fazer o nosso porta-guarda-chuvas...

Não que houvesse qualquer outra coisa que eu pudesse fazer: eu não tinha nenhuma função verdadeira; a Cidade Pequena administrava-se por si só. O restante dos meus súditos não se incomodava com as intromissões, certamente aquilo era muito melhor do que a maneira como viviam antes. Eles até começaram a levar a sério os seus papéis — os bombeiros fazendo turnos de verdade, cuidando da manutenção dos equipamentos, as mangueiras de jardim e as escadas de três andares e os adoráveis pôneis. Os policiais fazendo rondas regulares, até mesmo à noite, depois que os turistas tinham ido todos para suas casas. Os jornaleiros apregoando seus jornais, a despeito do fato de que não havia notícia nenhuma na Cidade Pequena.

Em pouco tempo começaram a haver até casamentos. Eles eram realizados em público, pelo nosso próprio Reverendo Querubim, graças à encantada insistência de Brinckerhoff. Ninguém no circuito jamais se importara se éramos casados ou não. Tinham como certo que éramos como os escravos africanos, vivendo num estado de natureza. Mas, agora, a felicidade matrimonial estava na ordem do dia. Matty Brink até mesmo me fez lembrar da nossa própria situação.

— Ela acha que ainda está casada com o Imperador Maximiliano — eu lhe disse.

— Então diga a ela que é um casamento morganático — ele encolheu os ombros. — Afinal, a Cidade Pequena não merece uma cerimônia?

Ela aceitou a idéia na hora, claro. Era uma grande atriz, e não existem atores tão loucos que não consigam reconhecer um ótimo papel. No final fomos arrastados para baixo da grande tenda como todos os outros, abençoados e casados diante de uma superlotada platéia na matinê de Domingo.

Brinckerhoff não poupou despesas. A cerimônia aconteceu no mais importante fim de semana de abertura da temporada. O pavilhão foi coberto com ramos de lisases e mirta — minha rainha num puro vestido branco de rendas e laços, eu com um uniforme de general de um país operístico, azul-celeste e amarelo-canário. Havia vinte e quatro damas de honra para carregar a interminável cauda branca, e vinte e quatro guardas de honra para seguir ao lado delas até o altar, os sabres de brinquedo chocalhando em seus quadris.

Meus pobres súditos: eles postavam-se em volta parecendo tão deslumbrados e maravilhados como se estivessem na coroação do Tzar. Os bombeiros e a força policial em posição de sentido, com os uniformes completos, botões e sapatos brilhando. As damas atirando pétalas de rosas brancas à nossa frente.

Nós avançamos majestosamente pelo corredor coberto com um tapete vermelho, ao som da marcha de Mendelssohn, passinho a passinho — os deuses da galeria nos olhando de soslaio e gritando todo tipo de previsíveis comentários lascivos. Lá no altar nos aguardava o Reverendo Querubim, em cima de uma pilha de Bíblias — um bobo gorducho, com faces rosadas e olhinhos cintilantes, que desempenhava este papel havia anos. Ele divagou através de uma cerimônia zombeteira, cheia de trocadilhos, antes de nos declarar "meio-marido e mulher inteira" — com uma piscadela óbvia, burlesca, para a platéia.

Isso provocou uma imensa gargalhada, da mesma forma que fizeram os presentes de casamento, abertos na frente da multidão: um gigantesco pau de macarrão, dado por Maggie e Jiggs, e quase do tamanho de Carlotta. Uma caminha minúscula que na verdade era um pula-pula. Um carrinho de passeio, do qual saíram anão depois de anão depois de anão.

A platéia adorou tudo aquilo, rugindo quando cada um era desembrulhado. Mas a maior piada de todas éramos nós.

Eu fiquei parado diante do altar, vestido em meu uniforme de general, e levantei o véu da minha linda amada. Os olhos dela se fecharam enquanto esperava meu beijo, enquanto centenas de convidados observavam prendendo o fôlego — todos eles prontos para explodir em risos de escárnio.

Você pode imaginar? Os seus mais tolos, mais grandiosos devaneios de infância — os mais grandiosos sonhos de qualquer um — transformados numa piada pública. Naquele momento, quando minha noiva louca postava-se ali esperando cegamente receber meu beijo, dei-me conta de que estivera errado em menosprezar meu pai. Que não havia maneira, maneira alguma, de superar a zombaria deles.

A grande recepção que se seguiu estava repleta de celebridades, a começar por todos aqueles que tinham entrado pela avenida principal e deixado as suas duas moedas na bilheteria. O proprietário, Big Tim Sullivan, estava lá, o rosto largo de trapaceiro nada revelando, cumprimentando-nos com tanto calor e sinceridade como se fôssemos qualquer outro par de cidadãos normais. Até o prefeito McClellan estava presente, nos desejando felicidades e baixando os olhos enquanto sorria para nós, um sorriso cruel, aristocrático perpassando-lhe os lábios, remexendo nas minhas vistosas dragonas douradas...

— Se meu pai tivesse você em sua equipe, talvez tivesse conseguido devastar o campo em Antietam!

— Sim, e então tudo o que ele precisaria ter era coragem — eu retruquei, mas ele já estava se afastando na fila de cumprimentos, minha vozinha perdida em meio às pessoas mais altas. Senti uma palmada no meu ombro.

— Muito engraçado, sem dúvida.

Brinckerhoff balançou ironicamente acima de mim, cheirando a gim. Cambaleou, derrubando uma miniatura em gesso da cabeça de Calígula de cima de uma mesinha, que espatifou-se no tapete persa. Equilibrou-se segurando no meu ombro e me deu uma palmadinha compreensiva.

— Você é um camarada muito engraçado. Bem, agora pode se ocupar da prole — falou, a voz arrastada.

— O que está querendo dizer?

— Ah, você tinha razão — ele assentiu. — Ela é uma rainha de verdade. Agora, está na hora de crescer e multiplicar... ou será que não vai conseguir dar conta?

Eu arranquei a mão dele do meu ombro, deixando-o tropeçar sobre a sua maldita pata de elefante — mas imagino que deveria ter antecipado isso: o casamento real seria uma atração de um dia apenas, no máximo dois, na programação diária. Havia demasiados outros milagres grosseiros nesta cidade.

Então logo haveria crianças, saltitando e cantando nas calçadas da Cidade Pequena — se não a nossa prole real, então a de outras pessoas. Mas o que aconteceria se elas acabassem sendo Grandes? Seriam banidas do nosso reino mágico, juntamente com seus pais anões? Ou se tornariam uma nova adição ao número — os minúsculos pais dando palmadas no garoto desobediente que tinha o dobro do tamanho deles? O garoto voltando-se para dar palmadas nos pais? Ah, as possibilidades eram ilimitadas!

E o que aconteceria quando houvesse crianças demais, grandes ou pequenas? Pois a nossa cidade modelo era um espaço restrito, circunscrita pela sua ferrovia de brinquedo. Não havia espaço para expandir, e o excesso teria de ser empurrado para as ruas dos parques e para o mundo não planejado, e como tais decisões seriam tomadas?

Nenhum dos meus constituintes parecia dar a mínima. A existência deles sempre fora do tipo "da mão para a boca"; não estavam dispostos a começar a se preocuparem agora. Continuaram a personalizar suas casas-modelo, acrescentando cômodos, plantando árvores e flores e arbustos, agindo como gente normal. Aguardando ansiosamente o inverno, quando os ventos atingiam a praia e a arrebentação rolaria imensa e cinzenta para além dos embarcadouros. Quando todos os visitantes partiriam, e os parques estariam fechados, e seríamos apenas nós, sozinhos em nosso próprio mundo no extremo de um continente.

Eu não podia mais agüentar. Foi quando comecei a esgueirar-me de volta para o mundo pantanoso da Bowery, tarde da noite. Não que alguém sentisse minha falta. Carlotta era a atração; a loucura rematada sempre vende mais do que aquela do tipo mais sutil. Brinckerhoff continuava resmungando sobre o meu fracasso em produzir algum tipo de número que estivesse à altura dela: um outro minúsculo uniforme de general, talvez, ou um chapéu alto para que eu pudesse ser um Abe Lincoln em miniatura.

— Se não vai ser um consorte apropriado, ora, então é melhor consorciar-se — ele avisou-me novamente.

Mas eu já estava cansado daquele número de Carlotta. Não existe nenhum afrodisíaco como a loucura, mas ele se desgasta rapidamente. Não que ela jamais descumprisse o nosso acordo implícito: eu tinha acesso completo a toda aquela beleza perfeitamente proporcionada. Logo, no entanto, não me atraía mais do que o jogo de pistolas de carvalho, ou a cópia em miniatura de um Velázquez que ficava em cima da lareira.

Ela podia sentir seu poder de atração diminuindo: como todos os grandes atores, era sensível à mais leve flutuação na maneira como era adorada.

— Quer que Nós dancemos para você? — ela ofereceu certa noite, surpreendendo-me, trazendo sua fantasia, com as plaquetas de madeira e tudo, para dentro do estúdio onde eu bebericava um conhaque vestido com meu robe e pijama, aparando meu caminho através do mais recente volume de Roosevelt a respeito da matança de gazelas no Serengeti.

— Faz muito tempo que Nós não dançamos — ela disse, e fiquei tão emocionado com sua oferta que aceitei.

Era a mesma, estranhamente hipnotizante dança que ela havia apresentado para os Bacanas da Baxter Street naquela noite no Teatro Grand Duke. A mágica transformação de uma boneca mecânica em uma beleza viva, e depois em boneca outra vez, executada perfeitamente como sempre, sem música, e para uma platéia de uma só pessoa. Tão comovente que, quando ela terminou, caindo por cima dos joelhos com um barulho de madeira, eu pulei para fora da cadeira e corri para ela, levantando-a pela mão.

— Isso não... você não... não se sente humilhada fazendo isso? — perguntei, mortificado agora por ela ter feito tal coisa para mim.

— Nada humilha uma rainha — ela informou-me. — Será que ainda não aprendeu isso?

Eu a peguei no colo, o frágil pacote de porcelana que ela era, e carreguei-a até a sua cama imperial em seu quarto real, e arrebatei-a completamente. Mas nunca mais foi o mesmo: a rainha no exílio, a rainha em grilhões, dançando para uma gangue de bandidos órfãos era uma coisa. A rainha em seu posto, reinando em nosso mundo apartado, de segunda classe, era outra, e eu não queria mais fazer parte daquilo.

Retornei aos meus antros na Bowery, procurando... o quê? Outra fantasia como aquela? Era tolice, eu sabia: uma insensata devassidão de embriaguez e voyerismo. Eu não me importava. Tinha ido longe demais, fora descuidado demais — e foi assim que acabei bambeando em cima dos joelhos daquele monstro na rinha de cachorros, minhas costas quase a ponto de serem rachadas ao meio como as de uma lagosta.

A verdade era que eu ainda preferia o sonho antigo, os antigos fingimentos àquela nova, fantástica existência: quando eu fingia ser um menino. Ninguém mais queria ver aquele número. Eu podia andar, invisível, através das ruas noturnas, e seria a única testemunha da minha depravação. Era como deveria ser.

Eu havia decidido: não haveria prole. Nada de casamento frutífero, nada de uma existência feliz, de faz-de-conta, em nossa cidade de casinhas de brinquedo. A piada já se estendera o bastante, e esta era uma regra inflexível do vaudeville — toda anedota precisa ter um final.

CAPÍTULO 26

BIG TIM

Ele foi andando para a cidade alta enquanto o comprido lusco-fusco de verão pintava o céu da noite, caminhando devagar na direção do seu bar em frente à chefatura da polícia. Em pouco tempo estava distante dos prédios de escritórios, e dos jornais, e andando por entre os cortiços.

Sabia que estava no bairro dos ciganos, por todos os barris de cinzas abarrotados de tiras de folhas de tabaco. Os boêmios enrolavam charutos por empreitada; penduravam o tabaco para secar em longas tiras por toda parte dos seus cômodos minúsculos, bloqueando até mesmo as janelas. Fez um lembrete mental de aprender um pouco mais sobre os seus costumes, começar a fazer amizades. A parte baixa da cidade começava a encher-se deles, agora — juntamente com os italianos, os poloneses, e até os "chinas" pagãos.

Que lugar para ser um político, onde os líderes permanecem os mesmos mas o povo sempre muda

A especialidade de Big Tim sempre fora os judeus, e foi com eles que conseguiu avançar em seu caminho até a Tammany. Ele gostava deles como povo; gostavam de ler um livro, mantinham-se sempre limpos e ficavam longe da bebida.

Ele cultivava suas amizades com os líderes das gangues e dos políticos "nanicos". *Meus garotos judeus,* os chamava, afetuosamente. Eles eram uma fonte infinita de ajuda nas urnas, embora precisassem ser observados o tempo todo. Eram idealistas de coração — separatistas natos, de visão limitada, obstinadamente turrões quando tinham uma opinião. O próprio livro deles colocava isso de maneira melhor no Êxodo, se ele bem se recordava:

"E o Senhor disse a Moisés, 'Eu vi o teu povo, e veja bem, é um povo teimoso...'"

Como Beansy. O rosto largo, confiante de Beansy dançou diante de Big Tim outra vez, sem ser chamado. Como uma criança, ele sempre fora — como um filho cabeçudo, simplório.

Por Deus, ele não gostava daquele negócio. Seu trabalho era ajudar tais pessoas. Estava acostumado a cumprir os acordos difíceis, a fazer o que tinha de ser feito — mas, isso, *Je-sus...*

Quando chegou ao bar seus olhos lacrimejaram com a fraca luz amarelada e a fumaça dos charutos, e o amor imediato que lhe era oferecido.

— Ei, Big Tim, Big Tim!

Todos o saudaram quando ele passou pela porta: Jake, o *barman* da noite, e os levantadores de copo no bar, e os tiras da delegacia do outro lado da rua, concentrados em seus filés e costeletas grátis.

— Ouvi dizer que você encontrou o prefeito hoje, Tim...

— Ei, Big Tim!

Num canto do salão o pianista dava início a uma nova canção sentimental, piegas:

> Agora é a hora
> Que devemos dizer adeus
> Logo você estará navegando para longe pelo oceano...

Era um típico bar de políticos, muito parecido com o outro que ficava perto da Tombs: toalhas de mesa brancas e engomadas, acabadas de chegar da lavanderia chinesa. Ovos cozidos num pote sobre o balcão. A onipresente pintura daquele idiota do Custer — irlandês, claro, em algum ponto pelo lado da mãe — fazendo sua última grande resistência contra os selvagens Sioux. Muitos salões, ele sabia — até mesmo boas, leais organizações — estavam suplantando aquele elemento básico dos bares com monocromias do ataque do Grande Homem em San Juan Hill, mas Big Tim achava mais seguro permanecer com o pobre e velho Custer. Era melhor um outro fiasco histórico do que um sucesso vívido demais.

Ele poderia ter inserido todos os enfeites da moda, como os do salão do sr. Murphy lá em Tenderloin: vasos de palmeiras e luzes cor-de-rosa, garçons com uniformes militares, e uma orquestra de cordas na galeria. Um tenor emotivo usando um fraque e com um bigode lustroso. Mas ele preferia deste jeito. Fazia com que seus constituintes se sentissem mais à vontade. Mesmo agora ele sabia, sem nem precisar olhar, que havia um grupinho de homens nervosos encostados no balcão, mudando de um pé no outro, os sorrisos fixos nas faces. Eles estavam sempre ali, todas as noites, em todos os seus bares. Eles eram, ele sabia — por suas expressões, por seu nervosismo — homens que nunca na vida tinham lhe pedido nada antes.

— Venha, acompanhe-me numa bebida, meu amigo, e me diga como tem passado — ele iria chamá-los, um de cada vez.

Este era o truque principal do político, aquele que ele mais tivera cuidado em aprender: a arte de fazer com que um favor a *eles* parecesse um favor a si mesmo.

Relutantes, eles iam se aproximando, e ele começava a conversar — não importava qual fosse a raça — como se fossem apenas velhos conterrâneos, reunidos no novo mundo. Conversava com eles sobre suas famílias, e seus vizinhos, e seu trabalho. Fazia comentários acerca da beleza dos seus filhos, a modéstia das suas esposas e a retidão dos seus antepassados. E então — somente *então* — ele extraía o que queria. Tão delicadamente, de maneira tão indolor, que nem parecia que eles estivessem pedindo alguma coisa.

Uma vez que estivesse determinado o que eles queriam, a transação poderia ser concluída sem esforço. Uns poucos dólares, um bilhete com um nome e um endereço...

É tão pouco o que eles precisam de nós...

Um emprego como limpador de rua. Dinheiro para comprar sapatos para as crianças. Admissão da esposa no hospital de tísicos em Blackwell Island. Ele providenciava tudo, qualquer pedido que estivesse dentro do razoável, executado com rapidez e gentileza. Afinal, ele era o patrão.

Eles se mostravam bastante gratos. Ele sabia, um pouco para seu constrangimento, que havia litografias sombreadas de outro político vivo, penduradas nas paredes dos bares e até das casas particulares, por todo o Quarto Distrito: um homem com uma cara vulgar, ostentosamente irlandesa.

E ainda assim ele imaginava se — uma ou duas horas mais tarde, já bem em sua terceira cerveja, sorrindo com satisfação ao pensar que, no fim das contas, não fora assim tão difícil — o sujeito não sentiria o toque do batedor de carteiras em sua alma.

Quando você estiver longe
Ah, então lembre-se de mim,
Quando você retornar, vai me encontrar aqui esperando...

— Dê uma folga pr´essa barulheira, tá bom? — ele gritou para o pianista, tão afavelmente quanto pôde. — Toque alguma coisa da velha terra.

No mesmo instante o pianista mudou para uma velha melodia de County Kerry, e Big Tim perambulou pelo seu salão, cumprimentando alegremente a todos em seu caminho para a sala dos fundos, onde um jogo de pôquer transcorria continuamente, dia e noite, por mais de cinco anos.

— Rapazes... como vão as coisas esta noite? Rapazes...

Ao longo de todas as paredes havia murais de voluptuosas loiras nuas, fazendo travessuras em meio a vários tipos de ruínas clássicas. Elas reclinavam-se sob cachos de uvas, ou corriam, rindo, fugindo de sátiros de olhos vermelhos. Logo abaixo de toda aquela pulcritude grandiosa, rosada, fora montado um aparador que vergava com o peso dos perus, presuntos e rosbifes. Garçons de paletós brancos andavam silenciosos e diligentes de um lado para outro, mantendo a cerveja e o uísque circulando. Meia dúzia de homens agrupava-se em volta de uma grande mesa onde o jogo prosseguia; um outro tanto, pelo menos duas ou três vezes mais do que isso, fazia hora pela sala, fechando acordos ou procurando esmolas, fazendo fila para a sua mesa.

Ali reuniam-se todos os corruptos de tempo integral e os trambiqueiros, homens com conexões, ou com um "esquema". Muitos deles eram políticos, agora que o legislativo não estava em sessão — Al e Bob e Jimmy, e o resto dos rapazes lá de Albany — mas havia também bombeiros e comandantes de polícia, empreiteiros e repórteres e delegados de sindicatos, até mesmo atores de fora do circuito de querosene.

— Big Tim!

— Dry Dollar!

— Rapazes.

Atirou-se na grande cadeira estofada que era sempre mantida livre para ele, com uma água gasosa fresca num dos braços como a taça de Elias. Pegou um punhado de fichas, jogou-as distraidamente na mesa à sua frente. Quando queria, podia jogar cartas com qualquer homem da Cidade, mas este não era o propósito deste jogo. Aqui ele contentava-se em pingar umas poucas apostazinhas, e tratar de assuntos mais importantes.

— Digam, vocês se lembram daquele jantar que Big Tim ofereceu lá no *Occidental*, para Johnny Hitt, o garoto do elevador?

Todos eles começaram a contar os velhos casos, as lisonjas descaradas, assim que ele sentou.

— Meu Deus, aquilo foi um banquete...

— Ora, rapazes, e por que não? Ele era um bom sujeito, não era? Querido por todos?

Ele acabara de mergulhar no banho relaxante da conversa, o interminável jogo de cartas à sua frente — quando Primo Florrie aproximou-se e cochichou em seu ouvido. A expressão inabalável de jogador de pôquer de Big Tim desmanchou-se com a sua surpresa.

— Ele está aqui? Agora? — sussurrou em resposta.

Florrie assentiu, carrancudo.

— Jesus Cristo!

Ele atirou as cartas na mesa e levantou-se, o rosto afavelmente inexpressivo outra vez. Ninguém pareceu reparar.

— Ora, rapazes, não posso mais ficar ouvindo essas coisas, ou vocês vão me fazer ruborizar...

Todos eles riram e continuaram contando histórias a seu respeito enquanto ele saía da mesa. Não precisavam do Tim Sullivan em pessoa, ele sabia, para honrarem sua generosa sombra. Florrie guiou-o por um corredor até a entrada dos fundos, onde o homem estava esperando — a cara ameaçadora de sabujo projetando-se sob um dos novos e fulgurantes bonés brancos do Comissário McAdoo.

— Je-sus, Charlie. Por que não aproveitou para usar também a sua faixa da Associação Beneficente da Polícia? — ele ironizou.

— Preciso falar com você — Charlie Becker Bonitão falou, indo direto ao ponto como sempre.

— Hum-hum. E aposto que não havia nenhuma banda de metais para contratar. Venha para o meu escritório, antes que todos os repórteres da cidade apareçam aqui.

Ele empurrou Becker para uma ante-sala sem janelas, apenas um pouco maior do que um armário de vassouras. Não havia nada lá dentro, exceto uma escrivaninha vazia com um telefone, duas cadeiras de encosto duro. Quando estavam sentados Becker olhou direto para ele, com a mesma expressão determinada de sabujo.

— Eu quero ele morto — falou simplesmente.

— Jesus, homem! Não admira que você seja o chefe do Esquadrão dos Brutamontes. Será que pode repetir um pouco mais alto, para que os fregueses escutem?

Becker limitou-se a ficar ali olhando para ele. Havia uma impressão geral de beligerância naquele homem. Tinha os lábios duros, sarcásticos, um queixo de granito — e uma incongruente covinha infantil na bochecha esquerda, que era a responsável pelo seu apelido. Era um homem enorme, maior até do que Big Tim, um hesseno violento, de ombros largos, vindo de alguma cidadezinha caipira do interior.

Big Tim podia ver num relance porque o sujeito era o alvo favorito dos jornais, e dos Holies, em sua mais recente cruzada para acabar de vez com a corrupção na polícia. Tinha mãos grandes e cabeludas, e dizia-se que era capaz de matar um homem com um único soco. Não que parecesse que já não tentara. Poucos anos atrás ele metera-se em encrencas por bater numa dona de casa que lhe perguntara o caminho para o metrô, e depois houve aquele adolescente que ele surrara bem na frente da entrada de um teatro cheia de gente, e o suspeito tiroteio contra um suposto ladrão. Os mal-entendidos pareciam seguir Charlie Becker por toda parte, como um detetive Pinkerton.

Uma vez que um promotor público *goo-goo* foi eleito, e Little Little Napoleon indicou McAdoo como comissário, a maior parte da força policial entendeu o recado e tratou de amenizar os subornos pelo menos temporariamente. Mas não Charlie Becker.

Em vez de entrar na linha como os outros, ele dera início a um joguinho todo próprio. Continuou recolhendo seus pagamentos das casas de jogo espalhadas por todo o novo Tenderloin, em Times Square. Só que, agora, pegava o dinheiro da proteção *e* fazia as batidas policiais nos estabelecimentos.

Não exageradamente, veja bem — não com aquele estilo clássico dos brutamontes, derrubando portas e destruindo a mobília. Apenas um pouquinho — como fizera na espelunca de Herman — de forma que os jogadores tivessem de fechar por um ou dois dias, mas pudessem reabrir mais ou menos intactos, e com o dinheiro do pagamento pronto para ser entregue.

Je-sus, mas todo mundo faz algum tipo de trambique nesta cidade

Era um esquema astuto — consideravelmente engenhoso. Os donos das casas de jogos não gostavam de ter seus negócios parados, mesmo que fosse por um ou dois dias de cada vez, e especialmente quando já estavam contribuindo para sua proteção. Aquilo devastava os lucros, e assustava para longe os fregueses respeitáveis. Mas Charlie Bonitão não parecia se importar.

— Já paguei a minha quota — ele insistia agora, descansando o belo boné branco de tenente sobre um dos joelhos. — Já servi de capacho por muito tempo, comecei fazendo patrulha na rua até chegar onde estou. Fiz tudo o que todo mundo mandava, e agora quero receber a minha parte.

— O que você merece.

— O que eu mereço — ele assentiu.

Charlie Bonitão não era homem de ironias. Mas o que diabos estava fazendo ali, todo enfatiotado em seu melhor uniforme de domingo e o reluzente boné branco como um maldito comodoro?

— Tudo bem, Charlie — ele suspirou. — Você tem um bom argumento. O que quer que façamos com Herman?

— Não sei — Charlie Becker Bonitão encolheu os ombros. — Mate ele.

— Ah. Isso foi você quem disse.

— Não me importa — o policial prosseguiu, distraído. — Bote ele pra fora da cidade, se quiser. Não dou a mínima para o que você faça com aquele judeu desgraçado e mentiroso, contanto que cale a boca dele.

— Tudo bem, Charlie — Sullivan tranqüilizou-o. — Como quiser, Charlie.

Becker pegou o boné e levantou-se para sair.

— Diga a eles para se apressarem, também — ele disse, o policial beligerante até mesmo ali, nos fundos do próprio salão de Big Tim. — Aquela indiciação vai chegar qualquer dia desses. Diga p'reles se apressarem ou eu mesmo faço o serviço.

— Ah, isso você faz, Charlie, faz mesmo, não tenho a menor dúvida — Sullivan falou, agora já completamente farto do sujeito. — Vá para casa, agora... e não saia pela porta da frente, também.

Ele esperou até que Charlie Becker pusesse na cabeça seu enorme boné de tenente e saísse, presunçoso como sempre — depois permaneceu sentado por algum tempo na sala minúscula, sem janelas, avaliando a situação. Não gostava nada daquilo, isso era certo. Tanto não gostava que já havia mencionado ao sr. Murphy, tão discretamente quanto possível, a possibilidade de livrarem-se daquele tira impertinente:

— Se, digamos, tivéssemos de suprimir o queixoso, teríamos de suprimir a queixa.

— Esta é uma solução com a imensa vantagem da simplicidade — Murphy concedera em sua mais branda voz de vigário do interior, baixando a xícara que estava segurando tão delicadamente como se fosse um ovo entre os dois dedos. — O problema é manter tudo em segredo.

— Ah, certamente, tudo será feito em segredo.

— Alguma coisa sempre acaba vazando. Sempre escapa, você sabe disso tão bem quanto eu.

O sr. Murphy ficara meditando sobre a xícara de chá.

— A, hum, *ausência* de um tenente da polícia não poderia passar despercebida. A não ser que houvesse um *motivo* para isso.

— Como o quê, por exemplo? Falando hipoteticamente.

— Bem, a mim me parece que você tem dois problemas nas mãos. — O sr. Murphy piscou, como se estivesse explicando a transubstanciação para um aluno de catecismo particularmente obtuso. — Um deles é Herman, provocando um tal tumulto nos jornais, prejudicando os negócios por toda parte. O outro é o tenente Becker, com seu excesso de zelo. Parece-me que um problema poderia cuidar do outro.

O que ele dizia começou a fazer sentido para Sullivan.

— Isso resolveria tudo, sem dúvida — ele concedeu. — Mas não sei como Charlie poderia ser induzido a realizar ele mesmo um ato tão imprudente.

— Ele não precisaria ser induzido — o sr. Murphy pestanejou. — Simplesmente tem de ser feito... agora que Herman foi tão prestativo acusando o tenente pelos jornais.

— Entendo... mas isso não daria aos Holies todo tipo de forragem? A corrupção permeando as melhores instituições de Nova York, todo esse tipo de coisa?

— Ah, eu acho que isso daria uma boa distração. Quando acabarem de correr atrás do tenente da polícia deles, todos estarão absolutamente fartos da Reforma.

A lógica política do sr. Murphy era incontestável, como sempre. Se Beansy Rosenthal tivesse de ser "despachado" agora, os bons sujeitos do governo iriam com tudo atrás do tenente Charlie Becker. Big Tim poderia apenas recostar-se e deixar que Becker chafurdasse sozinho na lama — seguro com o conhecimento de que Beansy já havia livrado a sua cara com a declaração para o jornal.

Era brilhante — *mas, Je-sus, que coisa para se fazer!*

Apagar dois homens — um deles um tenente da polícia? A política era um jogo bruto, Big Tim sempre soubera disso. Ele já o jogara com o Chefe Croker em pessoa, que certa vez matara um homem com um tiro numa cabine de votação. Ele mantinha, sob salário, pelo menos duas dúzias de matadores bem preparados para cuidar dos mais diversos problemas. Mas uma coisa era tolerar o assassinato, outra era planejá-lo.

Pensou no tira grandalhão, bronco e ignorante, tão desatento à sepultura que ele próprio havia cavado. E pensou no rosto confiante de Herman.

O que você *mandar, Big Tim*

Ele já havia mandado um lembrete para Gyp Esquentado, por intermédio de um tira gordo e detestável chamado Buckley, de que havia uma tarefa esperando para ser completada. Era tão tentador simplesmente retornar ao salão de pôquer. Voltar para sua poltrona confortável, e para o aparador cheio de comida, seu uísque e seus charutos. Deixar que aquele monstrinho fizesse o serviço que ele havia lhe dado, e voltar para sentar ao lado do fogo, e para a luz, e escutá-los contando todas as velhas histórias.

Em vez disso ele se levantou e saiu atrás de Charlie Becker na escuridão. Não podia simplesmente deixar que tudo ficasse como estava. A chave para a coisa toda era Beansy: com ele fora do caminho tudo o mais poderia ser resolvido. Tinha de alertá-lo, ele decidiu — mais uma vez. Ele lhe devia isso, pelo menos, embora não soubesse bem por quê. Foi claudicando cegamente pelo beco escuro, a virilha começando a arder outra vez, tentando pensar onde poderia encontrar o idiota do Herman àquela hora da noite.

CAPÍTULO 27

ESTHER

No meio da manhã já havia uma pilha de blusas elevando-se inexoravelmente no banco ao lado do seu posto. Uma nuvem de fios erguia-se do chão da oficina, e os bicos de gás tinham sido acesos para que elas pudessem enxergar o tecido diante dos seus rostos. Esther não pensava em mais nada a não ser em seu *dybbuk* na montanha-russa, apesar dos zunidos e rangeres constantes das máquinas.

A linha embaraçou e a agulha pulsou através dos seus dedos enquanto ela mantinha o delicado tecido estendido — minúsculas gotas de sangue formando uma trilha pelo tecido excelente. Ela não tinha certeza se era porque pensava nele, ou se porque ainda não estava completamente de volta ao seu ritmo de trabalho, mas pelo menos pensar no rapaz ajudava a passar o tempo. Normalmente ficava esperando apenas a próxima pequena pausa: seu intervalo permitido para ir ao banheiro, um cigarro num instante roubado, o almoço. Ela recusava-se a considerar qualquer outra coisa a mais, tal como a hora em que o dia terminaria, ou a semana, ou a temporada seguinte — ou quando tudo poderia terminar, de uma vez por todas.

Mas agora — agora ela tinha o seu *dybbuk* em quem pensar. Não que fosse realmente pensar, era mais um devaneio: *ele* no Iron Pier com ela. *Ele* no Steeplechase, lá em cima no telhado... Ela deveria, supunha, estar considerando um meio de levá-lo ao casamento, ou então bani-lo de uma vez do pensamento, mas não queria fazer nem uma coisa nem outra. Mais do que tudo, queria estar com ele o tempo todo, estar perto dele.

Que tolice era tudo aquilo! Como o seu pai — sonhando com o impossível. Querendo viver como ninguém jamais vivera antes. Havia coisas reais com que se preocupar, além de todo esse querer inútil. Tinha o trabalho, seus pais, e depois que saísse naquela noite iria recolher as taxas do sindicato, e depois encontrar Clara no salão da Clinton Street.

Mas então aquilo era tudo o que havia? Apenas uma coisa depois da outra?

Ela sonhou que ele a beijava no Corrida de Trenó Alpino até sentir que o chão da Triangle girava, e a agulha espetou-lhe o dedo outra vez.

Um pouco antes do meio-dia, e do apito para o almoço, houve uma interrupção não programada — um pequeno tumulto que espalhou-se em ondulações por todo o andar vindo dos fundos da oficina, perto das escadas. Uma longa fileira de mulheres, a maioria delas muito jovens, dispersou-se dentro da sala, segurando as pesadas máquinas de costura pretas em seus braços.

— Por aqui, por aqui!

Era a visita diária de Wenke, o *shadchen* — o subempreiteiro de mão-de-obra, um homem ossudo, agitado, com olhos arregalados e cabelos brancos sebentos. Quase todos os dias, durante o auge da temporada, ele trazia a reboque uma nova fileira de moças para dentro das fábricas. Ele as deixava ali de pé, atrás do último banco dos fundos, com as pesadas máquinas ainda nos braços, enquanto subia até o escritório do sr. Bernstein no décimo andar para barganhar o salário. As outras mulheres recusavam-se a dar espaço para elas nos bancos, cuspiam entre os dedos para as recém-chegadas da maneira como faziam quando passavam por uma igreja. A simples presença delas era um lembrete às operárias regulares do quão precária era a sua existência, e as mulheres sabiam disso, e odiavam-nas ainda mais por isso.

— Olhem só para elas, essas *bummerkehs.* Elas ainda vão nos matar de fome!

A maior parte das meninas diaristas era mais jovem do que as mais jovens operadoras da oficina — embora Esther distinguisse entre elas umas poucas mais velhas, de cabelos grisalhos, sem dúvida viúvas desesperadas para voltar a trabalhar. As moças diaristas eram as mais pobres e mais desesperadas, as mais novas e desajeitadas de todas. Iam trabalhando de firma em firma no auge da temporada, alugando suas máquinas de Wenke e entregando a ele metade do que conseguiam ganhar. Em troca, ele as levava atrás de si de um lado para o outro pelos andares da fábrica, ajudando-as e repreendendo-as, substituindo agulhas e linhas, endireitando as peças de tecido e gritando com elas implacavelmente.

— Aí está! Você chama isso de acabamento?... um *miesse meshina* para você! — ele apontava, enfiando o dedo num ponto perdido ou num rasgo minúsculo. — Não sabe quanto isso vai me custar... Bernstein vai me encher os ouvidos por causa *disso*!

Ele marcava o erro da garota com um lápis pequeno, no surrado caderninho preto que carregava no bolso do colete.

— É um centavo a menos para você, *metsieh* que você é!

Esther já o vira malbaratar o pagamento inteiro de uma garota daquele jeito — até que, depois de dez horas de trabalho e centenas de blusas perfeitamente bem feitas, ela não tivesse nada a receber pela sua tarefa, nada mesmo, e foi reduzida a ficar chorando em cima da máquina. Então Wenke, o *shadchen*, entregou-lhe um níquel de volta:

— Tome, tome... pelo menos assim você não vai me morrer de fome.

As meninas contratadas por empreitada eram responsabilidade do *shadchen* — embora os supervisores ficassem andando constantemente em volta delas com seus silenciosos sapatos de solas de borracha, procurando qualquer erro que pudesse ser deduzido do pagamento. Os contramestres, Podhoretz e Kristol, pousavam as mãos pesadamente nos ombros das mulheres, massageando suas costas e esfregando-as com selvageria, beliscando-as e espicaçando-as e tomando liberdades com as quais as operárias regulares não os deixariam safar-se impunes.

— Você está acabando comigo! — Wenke desceu vindo do escritório, gritando e gesticulando para Bernstein, que caminhava imperturbável ao seu lado. Era sempre a mesma velha história. — Ninguém pode trabalhar com um pagamento miserável como esse. Seria melhor estar *morto* do que trabalhar por isso!

— Você não é obrigado a aceitar — Bernstein salientou calmamente.

Por um instante, Wenke pareceu estar realmente cogitando da oferta, os olhos mais arregalados que nunca. Finalmente, atirou os braços para o alto.

— Tudo bem, não sei que tipo de jogo é esse, mas se você quer ter cadáveres na sua consciência, então que seja! Meninas!

As novas garotas eram imediatamente postas para trabalhar, em quaisquer espaços vazios que pudessem encontrar, as outras mulheres afastando-se delas para o mais longe possível. Elas trabalhavam com as cabeças baixas, sem se atreverem sequer um olhar de relance à sua volta — embora, depois de uns poucos minutos, já tivessem sido completamente esquecidas.

Ao meio-dia, quando o apito tocava, as máquinas paravam todas juntas, e havia uma súbita, atordoante ressonância perpassando o salão. As mulheres comiam sentadas em seus lugares de trabalho, ou nos parapeitos das janelas, ou nas caixas de retalhos — em qualquer lugar onde pudessem sentar. Bebiam o chá nos pires, comiam pedaços de um espesso pão preto e direto nas latas de sardinha, conversando ansiosas, rapidamente, mesmo enquanto mastigavam.

Esther acomodou seu traseiro aprazivelmente na maior e mais macia trouxa de retalhos que conseguiu encontrar, olhando distraída para as meninas do *shadchen* onde elas mantinham-se, meio de pé e meio sentadas, ao longo da parede dos fundos como pássaros num fio, mordiscando seus próprios pedaços de pão ou peixe — as cabeças ainda baixas, nem mesmo falando muito umas com as outras.

Ocorreu-lhe que deveria ir até lá e conversar com elas, fazer com que se sentissem pelo menos um pouco à vontade — mas sabia que suas amigas não entenderiam. As meninas do *shadchen* estavam derrubando os salários e, se houvesse outra greve, elas seriam as primeiras a serem chamadas de fura-greve. A única esperança que tinham para a aceitação seria conseguir um emprego fixo em algum lugar, de alguma forma — e isso dependeria da substituição de uma delas.

Quando a Triangle começou a funcionar os jornais encheram-se de artigos dizendo que audacioso novo modelo de indústria racionalizada era aquele. Empolgaram-se com os novos e modernos bancos, com os espaços de trabalho arejados, bem iluminados — as novas e reluzentes instalações elétricas pendendo do teto como inúmeras serpentes. Uma oficina inteira, dedicada apenas a produzir blusas!

As blusas eram daquele modelo leve, bem moldado que as garotas Gibson usavam: as jovens damas da sociedade, magras e com cinturinhas de vespa — e todas as caixeirinhas de lojas de departamentos e as criadas das damas que tentavam imitá-las. *Todas* elas usavam-nas agora, todas as mulheres nas ruas, todas as mulheres nas fábricas, exceto aquelas mais simples das simplórias, acabadas de sair dos navios. A fábrica deveria fornecê-las — com mais rapidez, eficiência e segurança do que nunca.

No entanto, quando começou a funcionar tudo era a mesma coisa. Elas ficavam amontoadas como arenques, e o sr. Bernstein e seus supervisores as pressionavam tanto quanto em qualquer outra oficina de fundo de quintal. Ainda havia demissões nos períodos de inatividade entre as temporadas, e durante o auge eles simplesmente contratavam as garotas do *shadchen* para manter os salários baixos. Ainda era trabalho, mais do que jamais havia sido.

• • •

O apito tocou outra vez, e Esther teve de abandonar seu trono de tecidos. As meninas do *shadchen* arrastaram-se de volta ao trabalho com o restante delas.

Elas não teriam outro intervalo até a hora da saída, somente no final do longo e tardio anoitecer de verão. As blusas continuavam chegando — os garotos da oficina trazendo mais e mais peças de tecido cortadas pelos cortadores do oitavo andar abaixo, frouxos, enigmáticos cortes de pano para que elas costurassem, em questão de minutos, formando uma outra blusa perfeita.

Não desperdiçavam quase nada — e no fim do dia, antes que saíssem, eram revistadas para que se certificassem de que não estavam roubando nem mesmo um mísero retalho. Pedhoretz e Kristol ficavam parados na única porta da oficina, e no elevador; e a outra porta, a saída de incêndio, ficava trancada com um cadeado, para o caso de alguém tentar escapar com algum pedaço de tecido que valia apenas uns centavos.

As mãos grandes, carnudas, remexendo às cegas como um cachorro no lixo em sua bolsa tão bem arrumada, os rostos detestáveis, sorrindo com escárnio a apenas alguns centímetros do seu — fazendo algum comentário desagradável antes que ela pudesse puxar a bolsa de volta e correr pela escadaria até a rua — onde podia sonhar novamente os seus sonhos de sorvete-com-soda, beijando o seu rapaz na montanha-russa.

CAPÍTULO 28

ESTHER

A Delancey Street estava derretendo no calor, os cavalos das carroças espirrando o alcatrão no ar a cada passo que davam. Os bêbados ficavam deitados na calçada, empapando as barrigas com leitelho, e todos que movimentavam-se para cima e para baixo da avenida enxugavam os rostos com lencinhos brancos, até que a rua inteira fosse um mar de esvoaçantes bandeirolas brancas.

O profundo, abafado calor do dia não havia abrandado, nem mesmo na última luz da tarde. Esther foi abrindo caminho através das pessoas que olhavam vitrines, e dos vendedores mascateando flores de papel rosado e sorvetes italianos e pedaços de coco nadando na água, até parar na frente de uma lojinha na Essex Street. Ela havia prometido a si mesma que não iria parar. Dissera a si mesma que nem mesmo iria olhar, mas lá estava.

Havia um chapéu novo na vitrine.

Ele parecia flutuar ali, abaixo da elegante legenda afixada no vidro, PARISIENNE CREATIONS. Era um chapéu de palha com abas largas, com uma delicada fita de organdi branco e raminhos de uvas de feltro vermelho, bem a tempo para as últimas semanas do verão. O organdi mais fino do que renda, as uvas mais escuras e redondas e mais tentadoras do que qualquer uma escolhida num carrinho de frutas.

As criações, ela por acaso sabia, não vinham bem de Paris, mas sim de uma confecção fura-greve da Rivington Street, mas por aquele chapéu ela não se importava. Temia que, se tivesse os dez dólares, nada neste mundo a impediria de comprá-lo — nem as lutas de classes, nem o sindicato, nem o fato de saber que mais ou menos meia dúzia de meninas, exatamente como ela mesma, passavam quatorze horas por dia costurando numa sala sufocante e sem iluminação.

Já estava atrasada para o encontro nos escritórios do sindicato na Clinton Street, e teria se afastado e ido direto para o salão se a vendedora não tivesse aparecido na vitrine. Ela era a *tokhter* da loja, Esther sabia, alta e rechonchuda, enfatiotada com a mais fina blusa de seda listrada cor de vinho. Ela entrou na vitrine para pegar o chapéu de palha — e, quando o fez, avistou Esther na calçada e enviou-lhe um olhar demorado, avaliador.

Foi o pior olhar que Esther jamais recebeu — pior do que qualquer um que já recebera do pai, ou dos supervisores do andar na Triangle. Era um olhar repleto de tal desprezo, tal piedade, que Esther teve de entrar, então, empurrando a porta da loja antes mesmo de saber o que fazia.

— Com licen-ça! Com licen-ça! *Aquele chapéu!*

A vendedora encarou-a. Naquele momento a dona da loja, mãe da vendedora, espichou a cabeça de trás do balcão — as faces gorduchas cheias de surpresa e desconfiança. Mas era tarde demais; Esther teria de ir até o fim.

— Aquele chapéu de palha... — ela insistiu.

— O que quer com ele? — a mulher mais nova perguntou. Ergueu-o casualmente numa das mãos, as encantadoras uvas vermelhas e o delicado organdi hipnotizando Esther tão de perto.

— Sim, humm, bem, talvez *comprá-lo.*

— Já temos uma pessoa interessada nele. Alguém que vai pagar com dinheiro de verdade...

— Há mais alguma coisa que você gostaria de ver, *mam'zelle*? — A mulher mais velha adiantou-se, o seu sotaque de Paris sendo mais *à la* Kiev. — Alguma coisa numa outra faixa de *preço*, talvez?

Esther manteve-se firme.

— Não! Quero *aquele!*

Apontou para o chapéu nas mãos da vendedora, subitamente tão imperiosa quanto qualquer uma das *sheyne yidn*, as lindas judias que normalmente freqüentavam a loja — esposas e filhas dos rabinos mais proeminentes, e dos senhorios e dos executivos do Pants Pressers Bank.

— É novo...

— *Ouay, madame.* Recém-chegado do nosso *I'lltellaya.*

— Você está pensando em prová-lo? — a filha perguntou, incrédula.

Esther abriu a bolsa e, deliberadamente, tirou o espelho. Deixou a bolsinha aberta balançar na frente delas enquanto fingia olhar para o nariz — o bastante para que pudessem ver claramente o maço de duzentos dólares, dinheiro das contribuições para o sindicato acabado de sair do banco. Quando guardou o espelho e fechou a bolsa, tanto a mãe como a filha sorriam radiantes para ela.

— Eu gostaria de vê-lo! — ela comandou.

— É claro, *m´ambadam*!

A mãe guiou-a apressadamente até uma das cadeiras de veludo das clientes, e bateu palmas. Uma outra jovem apareceu dos fundos da loja, com um chumaço de cabelos convenientemente longo e espesso, que poderia ser repartido ou amontoado para adequar-se a qualquer tamanho de cabeça. A proprietária da loja a fez sentar perto da vitrine e ajeitou o lindo chapéu para frente e para trás na cabeça da jovem, Esther rilhando os dentes a cada dobra que a mulher fazia na aba.

— Isso poderá lhe dar uma idéia, *mammon* — ela arrulhava, empurrando a garota de volta para Esther. — Claro, o formato da cabeça dela não tem o mesmo *butay* de uma dama como você...

A garota deu alguns passinhos curtos, hesitantes, para frente e para trás diante de Esther, tentando caminhar como as mais elegantes manequins da cidade até que começou a tremer em seus saltos altos. Esther deixou-a fazer aquilo por tanto tempo quanto pôde, tentando olhar com uma expressão indiferente para o chapéu imaculado. Finalmente, acenou a mão com um outro gesto imperativo.

— Tudo bem. Vou experimentá-lo!

A mãe quase arrancou o chapéu da cabeça da garota. Ela e a filha estavam agora muito prestativas, as mãos voejando por cima da cabeça de Esther.

— Se *m´azam* me der licença...

Ela recostou-se confortavelmente nas macias almofadas da cadeira, deixando que as duas mulheres retirassem com delicadeza o seu próprio chapéu puído, disforme. Elas não o questionaram: sempre havia gente aparecendo com dinheiro ganho do dia para a noite; contanto que tivessem realmente visto o dinheiro, acreditavam nela. Com toda amabilidade, agora, juntaram e alisaram seus cabelos, ajeitando o chapéu com tanta suavidade como se fosse uma pena, e prendendo-o no lugar com um alfinete comprido, sob um cacho das uvas perfeitas.

— E... *walla*!

Seguraram um espelho na frente dela. Era ainda melhor do que Esther havia imaginado: a palha reluzindo palidamente em contraste, as uvas e o organdi intensos e vívidos como uma pintura. Sob o chapéu, seu rosto não parecia mais tão arredondado, como ela odiava, mas longo e elegante. Ela fitou-se ansiosamente no espelho.

— Se me permite, *mamdam*...

Permitiu que as duas se agitassem novamente sobre ela, a mulher mais velha alfinetando primeiro para um lado, depois para o outro, dobrando a aba com cuidado, empurrando-o para frente e para trás da cabeça até que ela parecesse um retrato diferente a cada vez.

— Não sei. Poderia ser divertido — ela finalmente obrigou-se a dizer.

A mãe e a filha da loja ficaram paradas onde estavam. Ela sentiu uma ligeira onda de pânico quando não se moveram para desprender o chapéu. Levantou-se e passou o espelho em torno da cabeça, como se estivesse se examinando com todo o cuidado.

— Já *estamos* no final da estação — ela tentou preparar uma escapatória. — Talvez não fique tão bem...

As mulheres pareciam enraizadas acima dela, e Esther teve a impressão de ver o primeiro sinal de suspeita em seus rostos.

— Tudo bem! — ela disse, em desespero. — Por favor... embrulhem enquanto anoto meu endereço para vocês. Quero que seja entregue.

No mesmo instante as mulheres rasgaram-se em sorrisos outra vez. Puxaram os alfinetes, finalmente retirando o chapéu que, agora, pesava como chumbo sobre ela. A mãe entregou-lhe uma caneta-tinteiro e um refinado cartãozinho, com o nome e o endereço da loja escritos em alto-relevo.

— *Merzey, magnum!*

Ela virou-se para ajudar a filha com o pacote, remexendo numa confusão de fitas azuis e brancas. Esther garatujou distraidamente no perfeito cartãozinho, tocando com os dedos o grosso maço de notas que não eram suas, mas a coleta de cerca de trezentas e setenta e sete mulheres do sindicato — perguntando-se como conseguiria escapar daquilo sem humilhar-se completamente.

Naquele exato instante duas esculturais atrizes do Thalia entraram na loja como um sopro de brisa, rindo e exclamando. A mãe e a filha olharam em volta — e Esther espremeu-se entre elas, fingindo reconhecer alguém que passava na rua.

— Ah, meu Deus, aquela é Rachel — ela exclamou. — O que ela está fazendo aqui?

A filha da loja tentou alcançá-la, mas as atrizes estavam *kvelling* com alguma coisa, e não conseguiu passar por elas.

— Seja um amor e acabe de embrulhar, eu preciso ver o que aquela garota está fazendo com meu filho!

Esther deslizou pela porta afora, o cartão delicado e a caneta-tinteiro ainda na mão, e correu pela Delancey tão depressa quanto as multidões e as suas saias compridas lhe permitiram. Não parou até chegar na sede da Clinton — e só então deu-se conta que a bolsa ainda estava aberta, as taxas coletadas de quase quatrocentas mulheres expostas a qualquer vagabundo das ruas. Miraculosamente, estavam intactas — mas não por sua causa.

Talvez ele esteja certo, ela pensou em seu pai. Talvez não haja limites para o mal que sou capaz de fazer.

O estabelecimento onde o sindicato mantinha seus escritórios era uma construção de tijolos vermelhos resolutamente vistosa, com seis andares, compartimentado com salas para todas as incontáveis causas e preocupações do Lower East Side: para todos os clubes de inquilinos e classes inglesas, as sociedades de leitura socialistas e clubes de saúde feminina, as sociedades de numismática e teatros amadores. Na cobertura do telhado havia um ginásio ao ar livre, totalmente cercado por um alambrado de arame, onde mulheres vestidas com calças largas de marinheiro arremessavam bolas umas para as outras, e esbaforiam-se dando voltas e voltas em torno da estreita pista de corrida.

Esther nunca se interessara pela pista. Em vez disso, quando Clara a levara para a sede pela primeira vez, ela inscrevera-se num curso de cidadania. Ali sentava-se numa sala de aula sem janelas com sessenta outros alunos, aprendendo sobre a Carta de Direitos e a Declaração da Independência. Levantava-se no final de cada aula com seus colegas estudantes, donas de casa e menininhas e homens de barbas grisalhas, para juntos recitarem o poema da bandeira:

Eu amo o nome de Washington
Eu amo também meu país
Amo a bandeira, a querida velha bandeira
O vermelho, branco e azul

Ela havia gostado do curso, pelo menos as partes referentes à Constituição, mas as aulas eram à noite e seus colegas adormeciam nas carteiras depois de trabalharem suas quatorze horas por dia. Ficavam roncando no transcorrer da apresentação monótona e sem inspiração do professor, e houve muitas vezes naquela sala lotada, superaquecida, que ela, também, chegou bem perto do ponto de dormir.

O que realmente desejava era uma instrução de verdade. Isso era algo, ela sabia, que a transformaria — que poderia alçá-la para além de todo o seu medo e auto-aversão. Ela sabia que tinha sido oferecida a

Clara uma bolsa de estudos total, por um rico casal que se impressionara com seus discursos ardorosos. Mas ela recusara, insistindo que não podia aceitar tal privilégio enquanto este não fosse disponível a todas as garotas. Esther a admirava terrivelmente por isso — embora estivesse certa de que se algum dia tivesse tal chance iria aceitar, e todas as outras garotas que se danassem.

— O jornal disse "*Buona paga, Lunga stagione*": instituição do sindicato".

— Então ele me falou pra ir pra casa...

No interior do salão, uma longa fileira de mulheres estendia-se pela escadaria abaixo, desde o escritório. Uma fila mais comprida do que o normal, a maioria de italianas naquele dia, os braços manchados pela metade até os cotovelos, de vermelho, marrom ou preto, dependendo da cor do tecido com que tinham trabalhado. Contando em voz baixa umas às outras as suas queixas, enquanto esperavam para contá-las ao sindicato.

Nenhuma delas usava um chapéu como aquele que ela chegara tão perto de comprar naquele dia. E por que usariam? Ela nunca vira um chapéu em nada parecido com aquele na Triangle, ou em qualquer oficina onde trabalhara. A coisa estaria destruída antes mesmo do dia terminar — apenas pelos fiapos e a sujeira, se Podhoretz não o esmagasse de propósito quando ninguém estivesse olhando. Que ela pudesse sequer ter considerado a idéia de fazer uma coisa destas provocava-lhe uma profunda e irrevogável vergonha de si mesma. E ainda assim — em toda sua maldade — seu maior pesar era por não ter o chapéu.

— Disseram que iam pagar por peça... agora é por semana...

— Ah! Mas como ele agarra!

Esther passou por elas subindo as escadas para a recepção, onde Clara estava sentada em meio às mulheres — escrevendo pacientemente, traduzindo, anotando suas reclamações. Queixas sobre salários e cortes no pagamento. Queixas sobre as más condições de trabalho. Queixas sobre deduções no salário por terem usado muita linha, ou terem sido despedidas por não deixar o contramestre apertar-lhes os seios, ou por não gostarem de ser tratadas como animais o dia inteiro.

— E dez centavos a menos!

Todos os dias as filas na escada ficavam maiores. Mais reclamações, cuidadosamente escritas a mão, datilografadas com cópia, arquivadas nas gavetas de metal já abarrotadas. Por que incomodavam-se em coletá-las todas, Esther jamais soube. Podiam muito bem estar empilhando-as para que Deus lesse, por toda a atenção que recebiam.

— Não tolere os truques de cachorro deles! O seu valor vem do seu trabalho! — Clara estava proclamando a uma jovem puxadora de fios, segurando-a pelos braços como aqueles missionários cristãos que aparecem na vizinhança para converter a todos. A menina, que parecia recém-saída de um convento, deu um passo para trás, a expressão cheia de dúvida e confusão. — Ah, italianos, precisamos de italianos! — Clara lamentou, virando-se de lado para Esther. — Elas não entendem esta *mama-gab*...

— Eu sei, eu sei...

Esta era queixa constante de Clara: mais italianos. Mais poloneses, mais russos, mais boêmios, ucranianos, portugueses, para espalhar a palavra do sindicato. No entanto, pelo que Esther havia visto, a maioria das outras mulheres já ficava bem satisfeita em ouvir as judias como Clara. Elas eram as *fabrente maydlakh*, as moças fogosas, e falavam às outras mulheres com algo mais do que palavras. Ela já havia visto tal brilho de integridade somente nas faces dos rabinos hassídicos e em seus seguidores, dançando pela Norfolk Street em seu êxtase, indiferentes aos brados de insultos e cusparadas dos descrentes.

— A América como país e "quarqué coisa" como idioma — Clara repetiu seu velho lamento, depois voltou toda a atenção para Esther.

— O que tem aí para mim? — perguntou, e depois exultou de alegria ao ver o dinheiro que Esther trocara por notas no banco, das intermináveis moedas de um e cinco e dez centavos que coletava e registrava meticulosamente... e que quase atirara fora num instante. — Ótimo, ótimo! Mais do que eu esperava!

Clara puxou-a para um dos escritórios internos, trancou o dinheiro das taxas num cofre. Esther já estava sentindo-se um pouco melhor. Só de ver a velha amiga seu coração pulava, e Esther sempre sentia um fluxo de animação quando visitava aquelas salinhas apinhadas, pungentes com o cheiro de tinta e mata-borrão, luminosas bolas de luz amarelada pendendo do teto. E em toda parte havia mulheres — todas mulheres, muitas delas não mais velhas do que ela mesma — remexendo atarefadas nos arquivos de metal e nas desgastadas escrivaninhas de madeira. Supostamente os homens eram os encarregados do sindicato, eles sentavam-se em comitês em algum lugar no centro da cidade, mas ali, no escritório, eram quase unicamente as mulheres. Algumas delas até usando paletós de *tweed* e gravatas, ou cabelos curtos, escrevendo, discutindo, conferenciando. Ali era onde alguma coisa importante se fazia. Alguma coisa urgente e valorosa e real, muito além das intermináveis montagens de blusas.

Naquela noite havia algo mais no ar — um nervosismo extra, uma excitação mal contida nas expressões de todos, ouvida em suas vozes: iria acontecer uma greve.

Uma greve, Esther achava, era de fato como um fenômeno natural — como as tempestades que às vezes ela via, formando-se lentamente através do Hudson. O sindicato tentava organizar tudo, atacar no momento mais propício, mas na verdade não havia como controlar. Ela chegava quando a raiva e a frustração nas oficinas atingiam um ponto de fervura, e então não havia mais como detê-la, nem como prever quando terminaria.

Esta em questão estava sendo montada desde o início da nova temporada, duas semanas antes. As operárias estavam sendo despejadas mais cedo, a despeito de todas as supostas vantagens das novas e racionalizadas fábricas. Estavam derrubando todo mundo — cortando os preços do trabalho por peça, cortando os salários das operadoras regulares — despejando até mesmo os passadores e cortadores, os príncipes indispensáveis da indústria.

O escritório estava mais apinhado do que nunca, agora, todos tentando ver o que poderiam descobrir, ou contribuindo com seus dois centavos, ou apenas levados pela excitação geral que havia no ar. Deveria haver uma reunião mais tarde, no Talker´s Café, e a pequena Rose Schneiderman, e Leonora O'Reilly, que sempre falava como se tivesse uma lágrima na voz, iriam participar, juntamente com as damas da sociedade, srta. Marot e srta. Dreier, do Brooklyn, e a sra. Perkins, a assistente social. Tinham havido até mesmo rumores de que os homens do comitê executivo do sindicato também estariam lá.

— Estamos quase prontas, *bubbeleh*! Dois anos de preparação, dois anos de planejamento — Clara ofegou, os olhos dançando. — Agora vamos entrar em ação. Agora vamos fazer a grande greve, vamos fazer com que os *momzers* nos reconheçam!

— É mesmo? Mas como?

— Você verá — ela disse. — Venha conosco esta noite.

— Tudo bem — Esther concordou, embora fosse mais uma noite sufocante e ela estivesse exausta. Queria tanto ir para casa e talvez ler um pouco, depois deitar em sua cama de cadeiras e sonhar com seu dybbuk. — Tudo bem — repetiu, desta vez com mais entusiasmo.

Afinal, Clara disse que esta era a grande greve, aquela que elas sempre tinham esperado e rezado para que acontecesse, fazendo pedidos num campo de feno de Nova Jersey naquele verão em que tinham ido todas acampar no Palisades — fazendo pedidos por qualquer coisa, qualquer coisa no mundo que pudessem desejar, para as nuvens que esvoaçavam, grávidas de chuva no alaranjado céu da noite.

Porém na rua quente, atulhada, seu entusiasmo foi murchando tão rapidamente quanto as flores de verdade que as meninas descalças tentavam lhe vender.

As flores falsas eram melhores, as reluzentes flores de metal que espetavam a pele da sua mãe e faziam suas mãos inflamarem Uvas vermelho-sangue num chapéu na vitrine

De que adiantaria tudo aquilo?

Ela teve de se perguntar; eles poderiam fazer quantas greves quisessem, os maiores patrões ficariam bem felizes em vê-los debandar — apenas o bastante para que pudessem espremer todos os operários mais fracos. Mesmo se ganhassem alguma coisa — uns poucos centavos a mais no salário, condições ligeiramente melhores — isso apenas tornaria mais fácil remover as oficinas pequenas, que não podiam arcar com pagamentos melhores. Então, quando tivessem eliminado a competição, as grandes fábricas poderiam cortar novamente os salários.

Contra tais pessoas, como poderiam fazer alguma coisa?

Ela preocupava-se com isso enquanto descia de volta pela Delancey Street. Passando pelos bêbados com seu leitelho. Passando pelas mães amamentando os bebês na sombra do elevado, e as flores de papel cor-de-rosa, e as fatias de coco nadando na água suja. Passando pelas faces indiferentes, ignorantes, correndo para algum lugar, cegamente, dentro da noite.

CAPÍTULO 29

ESTHER

O *Talker´s Cafe* não era mais do que uma grande frente de loja na East Broadway, na sombra da alta torre com relógio do prédio do *Forward*. Duas fileiras de mesinhas e cadeiras de vime, cada uma delas repleta de jornalistas e alfaiates, anarquistas e socialistas, comerciantes e sionistas, Zwangwilistas e assimilacionistas e intrometidos de múltiplas finalidades. Todos discutindo e declamando furiosamente sob o teto de zinco rebaixado daquela Babel.

— Olhe só estes *loaferim*! — Clara disse em voz alta quando elas passaram pela porta, gesticulando para os homens em seus surrados paletós e gravatas, que olharam para cima, aturdidos como toupeiras, através das nuvens de fumaça dos seus cigarros. — Passam o dia inteiro contando vantagens, mas ainda assim não sobra um com inteligência suficiente para amarrar o rabo de um gato!

Esther murmurou barulhinhos de solidariedade, mas secretamente ela amava as casas de chá: aqueles parlamentos de alfaiates e tintureiros, debruçados em cima dos seus samovares e tabuleiros de xadrez. Era ali que ela havia aprendido a pensar, a ouvir e a conversar.

Por tantos domingos antes ela havia passado o dia inteiro num ou outro café como aquele. Chegava de manhã bem cedo para conseguir uma boa mesa e ficava sentada durante horas, bebericando lentamente o chá com sabor de limão através de um torrão de açúcar que deixava debaixo da língua. Pedia pão branco, ou talvez um pãozinho com semente de papoula, e fumava cigarros e lia os jornais, em meia dúzia de idiomas, que pendiam das paredes presos por varetas. O dia inteiro era seu, para ler, ou sonhar, ou observar os outros ociosos.

Lá na frente, havia sempre uma mesa cheia com o pessoal do *Forward*. De quando em quando um implacável representante do *Arbeiter Zeitung*, o principal rival do *Forward*, entrava marchando e proferia um longo e esotérico discurso em ídiche — até que, finalmente, todo o grupo do *Forward* se levantasse de uma só vez e o empurrasse fisicamente porta afora. Depois eles conferenciavam entre si por um instante, e poucos minutos mais tarde enviavam seu próprio emissário para o outro lado da rua, ao café *Arbeiter*, para atirar as ofensas de volta nas caras deles.

Eles discutiam gloriosamente o dia todo, sobre tudo, desde religião até as qualidades medicinais do tônico de aipo e o inevitável triunfo do socialismo. Era um tal barulho — tal esbravejante sinfonia: de sarcasmo e fumaça de cigarros, e uma amarga, sincera paixão sobre o tamanho de uma semente de papoula. Tudo para chegar a uma conclusão perfeita, teórica, que oscilava em alguma parte ali no céu, acima das suas cabeças. Acima deste mundo de mau gosto, onde ficavam sentados prolongando-se em suas xícaras de chá frio e pedaços de pãozinho kaiser.

Às vezes ela desejava ter coragem para juntar-se a eles em seus ásperos, cortantes debates masculinos. Eles a desdenhariam a princípio — uma pequena *fifer* operadora de máquina que ela era. Logo, no entanto, ela imaginava que os persuadiria com sua lógica cuidadosa, sua voz calma e persistente, com a ausência de casuísmo ou ofensas pessoais nos seus argumentos. Da mesma forma que o seu pai seria persuadido.

Ela nunca juntou-se a eles — embora ficasse bem satisfeita em passar o dia sozinha, lendo ou tentando pensar. Tentava saborear todos os momentos naquele salão apertado, superaquecido, mas claro que, quanto mais tentava valorizá-los, mais pesados eles ficavam. Conforme as horas se afastavam, ela começava a pensar no dia seguinte, e no trabalho. Quando a noite chegava, pedia uma fatia de torta de limão, talvez, ou de um bolo de chocolate — o agrado final a si mesma. Mas o gosto sempre acabava ficando amargo em sua língua. Oculto em sua doçura jazia o final do dia, o final do domingo, e o final daquele pouco tempo que ela podia considerar somente seu.

Naquela noite as mulheres espremiam-se no opaco salão dos fundos, os joelhos chocando-se educadamente sob a mesa: Esther ao lado de Clara, e depois Pauline Newman, a amiga de Clara, a formidável Leonora O´Reilly, a pequena Rose Schneiderman, a dama da sociedade srta.

Dreier, e a sra. Perkins, assistente social. Mais umas duas que ela não conhecia, e cujos nomes ficou envergonhada demais para perguntar de novo. Elas sentaram-se ali debatendo sobre a greve muitas e muitas vezes, fervorosas em seus argumentos, e no entanto frias e calculistas como qualquer grupo de políticos da Tammany. Sempre retornavam ao mesmo impasse:

— Vocês não entendem? Eles estão nos obrigando a sair, de qualquer forma. Temos de fazer isso agora — Clara insistia, balançando um cubinho de açúcar por trás dos dentes.

— Temos de fazer? — Leonora O'Reilly encolheu os ombros. — Não temos de fazer nada, muito menos obedecendo o esquema de tempo deles.

— Mas estão indo longe demais. Estão derrubando os salários a cada dia que passa. Até mesmo os *shadchens* estão reclamando.

— Se estão cortando os salários agora, eles querem que a gente saia para que possam ter a desculpa de nos esmagar.

— Mas se os salários estão baixos demais até para os *shadchens*, quem é que vai trabalhar para eles? — Clara perguntou triunfante. — Quem vai furar a greve para eles? Nós temos mais mulheres do que jamais tivemos antes, temos um fundo de greve...

— E até onde isso vai nos levar? Queremos o reconhecimento para o sindicato, não apenas mais um níquel no salário. Eles irão nos combater até a morte por isso. Você sabe que irão.

Todas elas ficaram em silêncio, considerando tal possibilidade. Todas, naquela mesa, sabiam como uma greve seria.

— Eles vão trazer os gângsteres e as suas prostitutas, e a polícia vai deixar que façam o que bem quiserem — Leonora continuou. — Vocês sabem disso. Eles não se importam se há mulheres e crianças na linha de fogo, e se vocês acham que o seu sexo irá poupá-las de alguma coisa, pensem outra vez. Isso apenas tornará as coisas ainda piores.

Ela estava certa, elas sabiam: participar de uma greve significava abrir mão do último vestígio das suas respeitabilidades. Significava deixarem-se expostas — aos policiais, aos capangas da empresa e às multidões de homens zombeteiros, escarnecedores. Uma grande greve como aquela significava serem tratadas como prostitutas, com as prostitutas. Significava que estariam à mercê de qualquer coisa que qualquer um quisesse fazer a elas, e uma pequena, mas palpável corrente de medo perpassou a mesa.

— Pelo menos temos as mulheres da sociedade. Elas podem nos ajudar — Clara falou, fracamente.

— Elas! — Leonora O'Reilly bufou. — Escutem, uma coisa eu já aprendi: se deixarmos que alguém faça por nós, vai ser feito contra nós.

Ela refreou-se, então, e todos os olhares voltaram-se para a srta. Dreier e a sra. Perkins, que postava-se perfeitamente composta como sempre, com seu chapeuzinho de três pontas.

A sra. Perkins, ela sabia, era uma assistente social profissional. Vinda de alguma antiga família ianque de Massachusetts, com uma educação universitária, mas que por algum motivo decidira rebaixar-se a trabalhar nas favelas da Cidade. Ela mantinha uma saleta apenas sua no prédio da sede, e ninguém sabia muito bem o que pensar a respeito dela — não tão rica quanto as verdadeiras damas da sociedade, mas certamente diferente do restante. Ela nunca falava muito, mas Esther já havia reparado que escutava a tudo com intensidade, os olhos reluzindo com determinação naquele rosto anguloso, ianque, como se estivesse tentando memorizar tudo o que era dito.

Todas submetiam-se à opinião dela, e das outras damas. Quase sempre achavam as mulheres da sociedade insuportavelmente presunçosas e condescendentes, mas o poder que tinham era inegável. Poucos anos atrás elas haviam organizado um boicote contra as lojas de departamentos que não permitiam que as funcionárias sentassem ou fossem ao banheiro durante seus turnos. A reação fora assombrosa, os proprietários forçados a ceder em questão de semanas.

Ninguém sabia se elas conseguiriam fazer o mesmo com as fábricas — se teriam o interesse ou o poder de resistência para uma grande luta. Se a preocupação delas se estenderia para além das balconistas, que ficavam direto à sua frente todos os dias.

— Eu acho — a sra. Perkins falou num tom tranqüilo, comedido — que vocês terão apoio em meio à sociedade... tanto quanto posso dizer. Sei que terão o meu apoio.

... e as outras mulheres da mesa relaxaram visivelmente, satisfeitas, mesmo sem querer, por ouvir aquilo. Um leve sussurro de esperança perpassou as trabalhadoras.

— *Aí está*! Nós precisamos fazer agora! — Clara animou-se.

A discussão prosseguiu durante horas, finalmente encerrando-se depois da meia-noite, ainda não resolvida. As mulheres endireitaram-se lentamente nas cadeirinhas de vime, contemplando com desânimo as quatorze horas do dia que tinham pela frente. A maioria estava inclinada para a greve, mas ninguém queria empenhar-se nisso exatamente agora. A nova temporada começava e algum dinheiro estava entrando e, de qualquer forma, os homens que dirigiam o comitê executivo do sindicato não tinham se dado ao trabalho de aparecer, no fim das contas.

Mas se não fosse agora, então quando? Quando tudo aquilo iria mudar?

... embora, secretamente, Esther tivesse de admitir que estava bem contente por nada ter sido resolvido. Tinha certeza de que era uma covarde, mas ainda estava contente por não precisar pensar em tudo aquilo: os gângsteres e suas prostitutas zombeteiras, os pesados cacetetes de madeira dos policiais. Ela deveria ser mais corajosa, sabia, mas que miséria era essa vida.

— Boa noite, minha querida — Clara falou quando chegaram à esquina da rua. Ela abraçou-a, depois deu-lhe um beijo em cada face.

— Espere, tenho uma coisa para você.

Esther tirou um pacotinho de dentro da bolsa. Quase se esquecera, depois de toda aquela insensatez a respeito do chapéu, e tudo o mais. Não era um embrulho tão bonito quanto o que a própria Clara faria, ela sabia — mas o fizera com um papel vermelho, o seu preferido, e o amarrara com uma vistosa fita amarela.

— Aí está — ela disse. — São os sonetos. Encontrei-os na Freie Bibliothek.

Clara abriu o pacote com todo cuidado. Em seu interior havia um pequeno maço de folhas de bloco, dobradas, nas quais Esther escrevera alguns dos sonetos de Shakespeare que lhes tinham sido apresentados pela primeira vez por Clara. Ela os escrevera a mão, traçando-os caprichosamente até tarde da noite — embora agora ruborizasse ao ver a própria caligrafia:

> ... Como (eu diria) meus olhos seriam abençoados
> Olhando para ti na vivacidade do dia,
> Quando na calada da noite tua linda sombra imperfeita
> Através do pesado sono em meus olhos cegos permanece?
> Todos os dias são noites, até que eu te veja,
> E noites, luminosos dias, quando os sonhos mostram-te para mim.

— Ah, mas é lindo! — Clara falou, olhando para ela e sorrindo com calor.

— Que bom que você gostou — disse Esther, baixando os olhos para a calçada e grata quando, em consideração a ela, Clara mudou de assunto:

— Me diga... foi muito difícil ontem à noite?

A Sociedade Literária Socialista da qual elas participavam estava lendo e analisando *Grandes Expectativas*, todos agora tentando desvendar quem seria o misterioso benfeitor de Pip, enquanto ele ascendia na sociedade de Londres.

— Um pouco. Precisei me preparar para a reunião. Quem você acha que é? — Esther perguntou.

— Não sei... mas acho que é alguma outra pessoa — Clara falou confidencialmente. — Não confio naquela srta. Havisham!

— É mesmo?

Ela aproximou-se mais de Esther.

— Adivinhe! Vou ser a representante delegada do sindicato se houver uma greve. E se tudo correr bem... talvez até me indiquem como delegada itinerante.

— É mesmo?

Uma função como aquela...

Isso significava organizar todas as outras mulheres lá fora, espalhando a Causa às companheiras em todas as outras fábricas, por toda a intrigante vastidão do país. Significava ir de trem de uma nova e desconhecida cidade a outra. Viajar através da noite, sentada no carro-salão enquanto o trem avança zunindo em direção a novas terras. Isso ia muito além de qualquer coisa que ela pudesse imaginar-se capaz de fazer, mas Esther ardia de vontade de ir com Clara.

— Guarde segredo.

Clara deu uma piscadela e abraçou-a com força. Pauline e a srta. Dreier e a sra. Perkins esperavam, um pouco mais adiante, para acompanhá-la até em casa e conversar mais sobre a greve, e isso apenas lembrou a Esther o quanto ela era insignificante, até mesmo no sindicato. Não pôde evitar baixar os olhos, cheia de inveja — querendo contar a Clara tudo sobre Coney Island e o seu *dybbuk* que lá conhecera, apenas para ter alguma coisa para diminuir o impacto das suas boas notícias.

Clara reparou na sua expressão, perscrutando-a atentamente — cheia de tão evidente preocupação que Esther sentiu-se envergonhada.

— Está tudo bem, *mamaleh*?

— Sim, está, não é nada. Só estou um pouco cansada. — Ela esboçou um fraco sorriso.

— Bem, então trate de descansar um pouco. Mesmo que seja para não ler nada esta noite.

— Claro.

— Tudo bem, então. Durma bem, minha querida!

— Tudo bem, minha querida.

Cada uma delas beijou suas juntas dos dedos e pressionou-as, num dos pequenos e secretos sinais de afeição que todas as moças das fábricas tinham, e ela observou Clara se afastar com suas novas amigas.

Esther virou-se e foi andando de volta na direção da Orchard Street, seguindo o percurso de uma carreta de lixo — os latões de cinzas retinindo e faiscando no escuro ao longo da calçada, quando os lixeiros arrastavam-nas para cima e despejavam o conteúdo na carroça.

Ela havia pensado muitas vezes a respeito das mulheres da sociedade desde que começara a freqüentar a sede do sindicato. Enquanto ela era envergonhada demais até para cumprimentá-las, Clara fora convidada para passar férias num chalé que a srta. Dreier tinha em Gravesand, e na casa que a família da sra. Perkins possuía em Berkeshires.

— Elas são como todo mundo — Clara dera risada quando ela perguntou como tinha sido, mas ela não acreditou.

Como muitas das outras, Esther andava nas pontas dos pés em volta das damas da sociedade e das assistentes sociais da sede. Não confiava muito nelas. Não podia entender por que elas estavam lá, e suspeitava que se fosse uma mulher rica, morando no Brooklyn ou em Massachusetts, jamais colocaria os pés naquele prédio do sindicato.

Uma súbita rajada de vento rompeu a imobilidade da noite de agosto, e um terrível barulho de agitação ressoou acima dela. Esther levou um susto e pulou para dentro da porta de uma loja — mas era apenas uma tabuleta de dentista, um enorme dente dourado que balançava e adejava como um anjo demente sobre a sua cabeça.

Tenho medo dos gatos e tenho medo dos ratos

Correu para casa passando por terrenos vazios repletos de carrinhos de bebê destroçados e malas quebradas, e camisas velhas e sapatos gastos. Já no quinto andar, quase pisou numa gata com seus filhotes, deitados bem no corredor. Os cortantes olhos verdes da mãe fitaram-na brandamente, os gatinhos cutucando-lhe o corpo para qualquer pouco que ela pudesse fornecer. Os gatos estavam em toda parte; esganiçavam à noite no verão com o acasalamento, e no inverno agarravam-se à porta sempre que era aberta, desesperados por ficar num lugar quente. Às vezes ela encontrava ninhadas inteiras congelando até a morte nas esquinas, os olhinhos ainda nem abertos.

Ela esgueirou-se para dentro do apartamento, onde todos estavam dormindo, seu catre já preparado para ela na cozinha. Não se deitou, no entanto, mas pegou seu surrado volume do Dickens — comprado de segunda-mão no carrinho de um mascate por dez centavos — e tentou ler pelo menos um pouco, sob o brilho oleoso da lamparina a querosene.

Estava morta de cansaço, mas sempre tentava fazer alguma coisa — qualquer coisa — antes de dormir. Alguma coisa todas as noites, para que não fosse apenas mais um dia sem nada realizado, nada adquirido exceto para outras pessoas.

Havia alguns domingos em que ela nem ia ao Talker´s Cafe. Alguns domingos quando o peso do mundo caía insuportavelmente sobre ela, e parecia inútil sair para qualquer lugar. Escondia-se dos *roomerkehs* no quarto dos seus pais enquanto o velho andava pelo bairro, espiando ansiosamente para dentro de cada nova sinagoga de armazém e bufando com escárnio diante da impertinência delas.

Nestas tardes ela ficava ali sentada e com os olhos fixos no desolado quintalzinho dos fundos. O quintal era a sua estrela constante. No verão, ali espalhavam-se bandeiras quebradas e cabeças de peixe, colchões destripados e gatos mortos — qualquer coisa que os moradores do cortiço pudessem jogar fora. Havia um aviso dizendo TODOS OS MENINOS APANHADOS NESTE QUINTAL SERÃO CASTIGADOS DE ACORDO CUM A LEI — embora ela soubesse que no inverno o lugar ficava lotado de meninos, e meninas e mendigos mais velhos, tentando embeber-se no calor da fornalha do prédio. Às vezes, em meio a todo o lixo, ela conseguia distinguir as antigas placas de ardósia com que o quintal era calçado, rapinadas de um dos incontáveis cemitérios erradicados da cidade: cabeças de anjos alados e ossos cruzados com caveiras, acima de uma antiquada e misteriosa inscrição, desgastando-se lentamente. Que tipo de gente colocaria tais coisas em suas sepulturas? ela perguntava-se. Nada igual às simples lápides judaicas, com um nome, uma data, para marcar onde a pessoa jazia.

Ela ficava ali, olhando fixamente para as estranhas caveiras aladas, e pensava sobre quão pouco sabia, e quão pouco provavelmente faria em sua vida. Uma sensação de pânico torturante, inexplicável, a envolvia, até que estivesse prestes a chorar. Por nada, na verdade — nada além do medo de ter medo, e do futuro, e do que ela se tornaria. Mas isso apenas a fazia chorar ainda mais, envergonhada outra vez do seu medo, e da sua desesperança.

E então por somente umas poucas horas, nas épocas certas do ano, a luz direta do sol derramava-se para dentro do quintal. Nestas tardes ela poderia abrir uma fresta das velhas e incrustadas janelas e aquecer-se ao sol, com os olhos fechados. Nestes domingos ela podia secar suas lágrimas e concluir que talvez se sentisse bem o bastante para dar um passeio, no fim das contas. Talvez até mesmo para os cafés.

Ela só queria que seu pai pudesse vê-la em tais lugares. Ele próprio jamais se dignaria a colocar os pés num deles, claro, mas ela esperava que alguém da sua antiga congregação pudesse dizer a ele, apenas por despeito.

Por que você insiste em derramar cinzas sobre minha cabeça? Você acabou amando a conversa mais do que ama o Todo-poderoso.

E como eu poderia amá-Lo? O que o senhor já me ensinou sobre Ele? Tudo o que conheço é uma agulha e uma linha.

Você é capaz de compreender o mar? Então tampouco é capaz de compreender as profundezas do Talmude.

Ela se ajoelharia diante dele, pousaria as mãos sobre as dele e olharia seriamente para o seu rosto.

Então me ensine.

Não posso. Você não é o meu filho.

Quem é o seu filho? Seu filho não é seu filho.

Tudo bem, não tenho filho. Tenho um filho no Talmude. Este é o meu fruto, minha descendência... meu aprendizado.

Arrogância! E quanto a mim? E eu?

Você não é o meu filho.

As palavras de Dickens dançavam e oscilavam à sua frente, na cozinha minúscula. Em tais momentos, em tais desalentados lampejos da verdade logo antes do sono, ela não tinha certeza se ele não estava certo. Olhando no fundo do seu coração, não sabia nem mesmo se queria uma greve, ou se ficaria bem satisfeita em esconder-se ali para sempre, sonhando com chapéus novos e benfeitores secretos. Mas isso não fazia com que se sentisse nada melhor.

LIVRO SEIS

Existe sempre um determinado número de otários e um determinado número de sujeitos procurando uma chance de enganá-los, e os otários certamente serão enganados de um jeito ou de outro. Esta é a eterna lei da oferta e da procura.

— GEORGE WASHINGTON PLUNKITT

CAPÍTULO 30

OS GRANDES DOUTORES DA MENTE DE VIENA

— *Cuidado, idiota!*

O grande carro de passeio amarelo virou a esquina depressa demais, e por pouco desviou-se do menininho parado na rua apinhada. Olhando para trás, agarrando-se em seu chapéu, Freud avistou um homem de feições desbastadas, com um chapéu de palha, segurando a mão do menino e sacudindo o punho na direção deles. Ele estremeceu ao pensar no que teria acontecido se atingissem o menino.

— Vá mais devagar! Você está dirigindo como os personagens daqueles filmes estúpidos.

— *Ja*, leva algum tempo para se acostumar — Ferenczi resmungou nervosamente, tentando manejar o câmbio de marchas. — Temos de nadar com a correnteza.

— Vamos acabar fazendo companhia aos vermes, se você não for mais cuidadoso!

Em vez disso Ferenczi acelerou, e Freud sentiu o estômago revirar. Não era apenas a velocidade do carro. Tudo estava avançando rápido demais, acidentalmente demais.

Ele não sabia onde estariam sem Brill, o seu velho colega, tão insistente em lhes proporcionar aquele grande *tour* pela cidade que ainda não os levara até sua clínica na Colúmbia. A princípio Freud julgara que isso era apenas nervosismo da parte dele, mas acabara se convencendo de que o homem realmente acreditava que eles ficariam impressionados com Nova York.

— Espere... espere só até ver isso! — tinha se tornado o seu constante refrão.

Eles haviam acabado de sair de um restaurante na parte chinesa da cidade, onde vendiam caranguejos e carpas vivas na calçada, e onde

Jung comera o mais incrível prato de carne picada num molho do que pareciam ser minhocas. Até agora — além das minhocas — tinham sido arrastados para ver uma companhia de ópera, uma sinfônica e um recital num teatro de concertos novo e revestido de tijolos alaranjados — tudo muito digno de crédito, embora nitidamente inferiores aos seus equivalentes em Viena ou Berlim. Houvera também uma visita ao novo museu de arte, localizado no vasto e arborizado Central Park, que Freud gostara bem mais, a riqueza do museu, os patrocinadores americanos tendo comprado uma impressionante quantidade de pinturas de primeira classe — embora, mais uma vez, não pudesse realmente fazer frente àqueles das grandes capitais européias.

— E como poderiam? Afinal, eles não têm atrás de si os dois mil anos de cultura — ele comentou para Jung, com o que julgou ser uma bem-humorada condescendência.

— Mas veja tudo o que já realizaram! Quantos anos tem a república... mal completou um século? — Jung salientou. — Eles são um povo jovem, novo, com uma psicologia jovem. Em mais cem anos, eu prevejo, irão sobrepujar qualquer coisa da Europa!

— Sim, suponho que os seus ricaços já terão conseguido comprar tudo o que há na Europa, até lá — ele respondeu com amargor, perguntando-se se Jung estaria tentando ser deliberadamente perverso.

Achava a idéia de tal vitória filistina infinitamente depressiva. O maior triunfo de Nova York, ele pensou, jazia em algo que Abe Brill não havia tentado exibir. Era o seu poder bruto — desde o porto agitado e das ruas perigosas até os feios e exagerados arranha-céus que brotavam nas calçadas. Nova York — e a América — era toda sobre *tamanho*, esmagador, indominável tamanho. A cidade era escura, e sombria, e furiosa, como algum imenso e inescrutável deus-máquina, e ninguém estava nos controles.

Imaginou se seria a cidade em si que estava arruinando a sua digestão e o seu sono, enchendo-lhe a mente com pesadelos...

No sonho a sua paciente que havia enviado as orquídeas para a cabine postava-se à sua frente usando uma camisola. Ela era tão linda quanto as flores — muito mais bela do que ele se lembrava.

Ela abriu a camisola e deixou-a escorregar para o chão. Depois subiu na cama e sorriu para ele tranqüilizadora — maliciosamente, até. Apoiou-se nas mãos e nos joelhos e começou a suspender a roupa de baixo, revelando o adorável traseiro e o sexo — de um vermelho vivo como os uniformes dos oficiais.

Ele tirou seu pênis para fora ansiosamente, preparando-se para penetrá-la, quando ela olhou-o outra vez. Só que agora o rosto dela era a máscara, o totem que ele havia segurado na frente do seu pai como um disfarce. Mas, não — ele olhou mais de perto e viu que este estava transformado, de alguma forma, no curtido rosto do homem de Bleikeller, ainda perfeitamente preservado. A face boquiaberta, gritando em silêncio, inconcebivelmente antiga...

Então o cenário mudou e estavam novamente na Aula, no grande salão cerimonial, diante de todas as mentes da ciência reunidas, com seu pênis pendendo flacidamente para fora da braguilha. Tentando esconder-se por trás do pódio, esperando que ninguém percebesse...

Eles adernaram através das ruas movimentadas, abrindo caminho em torno dos caminhões, das carroças com parelhas, e carrinhos de mão carregados com todos os tipos de produtos — uma espécie de gigantesco, interminável labirinto, destinado a testar nada além dos reflexos e instintos de sobrevivência das pessoas. Agora avançavam com dificuldade através de um bairro de maioria judaica, as placas nas lojas escritas em hebraico e ídiche tanto quanto em inglês — embora ele reparasse que em muitas ruas os judeus pareciam conviver lado a lado com todo mundo, italianos ao lado de boêmios ao lado de irlandeses ao lado de alemães.

Ao nível da rua no carro de passeio aberto, Freud podia olhar direto para os rostos dos homens e mulheres que alvoroçavam-se nas calçadas. Captou o olhar de um rapaz que nem mesmo tinha um carrinho de mão — carregando uma enorme pilha de panos nas costas e na cabeça, mantendo as trouxas no lugar com uma das mãos, usando a outra para abrir um espaço para si mesmo no interminável rio de gente.

O homem não desviou-se do olhar de Freud, mas encarou-o daquela maneira sem expressão, neutra, que tantas vezes ele vira em Nova York — como se estivesse olhando direto através dele, nem cedendo terreno, nem presumindo uma intimidade.

Este é o olhar dos homens das tribos nômades, ele pensou, *cada um circundando o mesmo poço de água.*

Era uma face semítica, trigueira e de traços bem marcados, a barba por fazer, os olhos escuros e encovados. Não um judeu vienense ou alemão, ele tinha certeza, mas de algum lugar mais ao leste — cachos longos e religiosos pendendo sob a imensa carga de panos que cobria-lhe o chapéu. Um rosto não muito diferente da aparição, o monólito que ele vira vagando pela Ringstrasse antes de partir de Viena, olhando em torno de si como uma criatura de outra era, subitamente transportada para a Europa moderna.

No restaurante chinês houvera um enorme oriental, de aparência tanto quanto diabólica, parado na porta da frente de braços cruzados, com um par de machadinhas com cabos de prata e um cachimbo de ópio aos seus pés. Lá dentro, no entanto, todos os garçons eram brancos, e havia um jovem negro com um cabelo incrivelmente comprido e dedos elegantes tocando piano. Que mistura — que coleção *ongepotchket* de povos!

E então — no meio do jantar — enquanto Jung estava devorando sua carne picada e minhocas e algo parecido com pés de galinha, um dos garçons adiantou-se para o meio do salão e começou a cantar.

Outro judeu, Freud tinha certeza — um homem baixo, de aparência assustadiça, com um nariz grande e olhos escuros, que não obstante postou-se com os braços ao longo do corpo e disparou um contagiante número de *ragtime*:

> Venha comigo
> Venha comigo
> Deixe-me levá-la pela mão...

Sua voz era apenas razoável, mas foi acompanhado pelo negro de dedos elegantes e pelos outros garçons — e depois, para intenso constrangimento de Freud, a maioria dos outros fregueses juntou-se a ele, batendo os dedos na mesa, seguindo o ritmo com os cabos das facas e garfos. A canção era mais uma daquelas inexpressivas modinhas americanas, anexada a uma batida simplista, vigorosa, mas provou ser absolutamente irresistível — o próprio Freud, para sua consternação, começou a bater o pé com o ritmo embaixo da mesa:

> Até o homem
> Até o homem
> Que é o chefe da banda...

... repetindo muitas e muitas vezes o mesmo refrão. E quando aquele terminou, lançando-se a outros animados números de *ragtime*, e baladas sentimentais, e rimas sem sentido. Até que Freud sentiu-se quase incapaz de comer ou até de pensar, correndo para procurar o banheiro escondido bem no fundo do andar de baixo, enquanto Jung, muito satisfeito, continuava mastigando as suas minhocas.

O que podia-se fazer com um país daqueles?

CAPÍTULO 31

BIG TIM

Ele foi procurar Herman Rosenthal no velho Garden Cafe na Seventh Avenue, onde sabia que Beansy gostava de ir com a esposa. Ele não estava lá, o que Sullivan considerou um bom sinal, pelo menos. Talvez tivesse saído de circulação — embora soubesse que tão provável quanto isso seria que Herman estivesse projetando imagens de lanterna mágica do seu depoimento no prédio do *Times.*

Fez a ronda pelo antigo Tenderloin, checando todos os pontos favoritos de Beansy, mas nem assim conseguiu encontrar o sujeito. Sua virilha ainda o dilacerava, e ele estava com sede. Não era muito de beber, mas achou que naquela hora um copo de cerveja ou uma dose de uísque poderiam aliviar a dor. Puxou o chapéu por cima dos olhos e esgueirou-se para dentro de um restaurante barato para um rápido gole.

Sempre era um risco ir a tais lugares, ele sabia, não importava quem se fosse. Um rufião ou um vereador, um juiz ou um vagabundo — havia sempre a possibilidade de se acordar no rio no dia seguinte, afogado apenas por causa das moedas que tinha no bolso e o colarinho novo da camisa.

Ele teve sorte; aquele onde entrou não parecia tão ruim. Não se comparava com as espeluncas de cerveja nos porões em Mulberry Bend, onde as baratas rastejavam nas paredes e as bebidas eram servidas em velhas latas de tomate. Ou os botecos "escorrega" nas ruas Chatham e Pearl, especializados em servir uma freguesia de mendigos e vagabundos. No inverno, estes lugares tinham um fogão a lenha no meio da sala, onde os vagabundos eram bem-vindos para sentar em volta, contanto que pudessem balançar pelo menos um pé a fim de mostrar que ainda estavam acordados. Vistos da rua, eles pareciam algum tipo de inseto enorme, coletivo, as cabeças dos homens inclinadas perto do fogão — nada além de um monte de trapos, com dezenas de pernas balançando para lá e para cá, mesmo enquanto dormiam.

Ele esvaziou uma cerveja, "batizada" para formar algum tipo de espuma, e depois um dedo de uísque que queimou como querosene, o que bem poderia ser. Saiu novamente para a rua, oscilando um pouco quando andava — a dor na virilha diminuindo bastante, todas as suas outras faculdades também se enevoando enquanto o álcool espalhava-se através dele. Por pior que tivessem sido o uísque e a cerveja, ele já sentia necessidade de mais. Da mesma forma que podia sentir outros apetites crescendo dentro de si.

Pense para onde isso já o levou antes

E daí, que mal havia nisso? Que mal ele já fizera para alguém? Pensou nas pombinhas corrompidas fazendo ponto sob o elevado da Bowery. As mais velhas, horríveis de se ver, completamente debilitadas pela praga de Vênus. Mas sempre havia pelo menos algumas moças novas, espiando timidamente de trás dos pilares de aço, as faces repletas de inocência e trepidação e, às vezes, uma trêmula esperança.

— Eu não as tratei sempre direito? — ele murmurou para si mesmo em voz alta, ali na rua.

Não diziam que não se podia atirar um tijolo numa parede da casa de um asilo de pobres sem atingir um dos pirralhos do Libertador? E depois havia Parnell, e o Rei Davi da Bíblia. Um homem na sua posição merecia um pouco de libertinagem, afinal. Ele sempre cuidara bem delas — cuidara bem dos seus erros, também, mesmo quando havia amplos motivos para duvidar das suas origens...

Foi cambaleando na direção leste, agora andando mais rápido. Se não pudesse ser na Bowery, então ele conhecia alguns lugares na Elizabeth Street. Todas meninas jovens, todas jovens e tenras. A sua mais velha poderia ter a idade delas agora, mas não havia nenhuma chance *disso*, elas estavam todas no Oeste, ou no convento...

E se ele estivesse com a praga, não era culpa sua, era? Na profissão delas, um caso era provável de acontecer, mais cedo ou mais tarde. Além disso, ele não precisaria fazer nada, apenas sentar na cama ao lado dela e conversar. Apenas aquecer-se no prazer de sentar perto de uma linda jovem em sua cama. Quantas vezes na vida um homem podia fazer isso?

Reparou num salão de bar e desceu a escada para mais um rápido aquecimento. Era um bar de *Bohunks*, trabalhadores em seus paletós e chapéus puídos e camisas manchadas de marrom-tabaco que o encararam embotadamente. Quando saiu, ele não tinha certeza de onde estava.

Parou na rua escura, ainda cheia de gente empurrando-se naquela hora da noite. Tinha de encontrar Herman. Gyp poderia estar à caça dele naquele exato momento. As faces das pombinhas decaídas passaram diante dele novamente, espiando tímidas sob o elevado.

— Só uma rapidinha — disse a si mesmo. — Só um rápido revigoramento. Vou tomar todo cuidado.

A sua mãe assomou-se na rua escura, vindo na direção dele: uma figura espectral, magra, sombria, usando um chapéu de três pontas. Ele deu um passo para trás, horrorizado.

— Ainda bem que o encontrei — a sra. Frances Perkins falou, andando direto para ele e oferecendo-lhe a mão, tão sem rodeios quanto um político do Brooklyn. — Não sei se conseguiria passar pela sua *entourage* lá no salão do bar.

— Sabe que sempre fico feliz em conversar com a senhora, sra. Perkins.

Ele recobrou-se o melhor que pôde, mas ela sorriu sabiamente e continuou segurando-lhe a mão — perto o bastante para sentir o cheiro de uísque em seu hálito, ele percebeu, e ficou envergonhado. Para uma senhora assistente social, ela era uma política nata, capaz de aproveitar-se de qualquer fraqueza.

— O senhor sabe do que se trata.

— Certamente, certamente — ele disse blefando, tentando recuar um pouco.

— Podemos contar com o senhor no projeto de lei sobre as horas de trabalho?

— Bem, ora, a senhora sabe que tem toda minha simpatia nesta questão, mas a próxima sessão ainda está muito longe, e há aqueles que dizem que trata-se de uma violação à propriedade privada... — ele falou hesitante, levado a uma inconveniente honestidade graças à excepcional semelhança dela com a sua falecida *mama.*

— Fico contente em saber que o senhor está do nosso lado, pelo menos em princípios — a sra. Perkins interrompeu seus lamentos. — Tenho certeza de que sabe, por experiência própria, que cinqüenta e quatro horas são mais do que o bastante para qualquer menina ou qualquer mãe trabalharem numa fábrica. A sua irmã era uma operária de fábrica, não é, sr. Sullivan?

— Bem, sim, na verdade...

Ele ainda podia vê-la naquele minúsculo apartamento na Clinton Street, depois que sua mãe morreu e ela foi a única a sustentar a todos. Curvada sobre a mesa da cozinha, lutando contra o cansaço para apenas levantar-se e preparar o jantar.

— Claro, nem preciso lhe dizer quantos votos um projeto de lei como este iria atrair em seu distrito. Tenho certeza de que o senhor está ciente de quantos seriam tirados dos socialistas.

— Nisso a senhora tem razão, tem toda razão, sra. Perkins — ele concedeu, começando a sorrir mesmo sem querer. — Aquela última lei trabalhista realmente nos conseguiu muitos votos...

— Ótimo. Então o que mais poderia ser uma feliz conjunção de boa consciência e boa política, sr. Sullivan?

Falava como um padre jesuíta!

— Eu não sei — ele disse, e riu alto. — Tenho certeza de que não sei, sra. Perkins!

— Muito bem, então — ela disse, e deu mais um forte aperto na mão dele. Encarou-o com ainda mais atenção, analisando os olhos anuviados, insones. — Cuide-se bem, Tim — ela disse, maternal outra vez.

— Vou me cuidar, sra. Perkins. Certamente que sim.

Ela deu em sua mão um outro firme, solícito aperto, depois afastou-se bruscamente, apenas um leve girar do guarda-chuva traindo a sua satisfação. Estava seguindo por uma rua escura, numa péssima vizinhança, mas Sullivan achou que ela saberia cuidar de si mesma.

Enquanto a observava afastar-se, entretanto, uma silhueta destacou-se das sombras, silenciosa e esquiva como um rato, e moveu-se na direção dele. Big Tim reconheceu-o imediatamente. Era Arnold, mais um dos seus rapazes judeus, um homenzinho garboso num elegante terno de seda cinza e um vistoso chapéu "diplomata" de ator.

Eles são todos tão pequenos

— Olá, Dry Dollar — o homem saudou-o num tom de voz baixo, confiantemente usando o apelido de infância de Big Tim, embora não o conhecesse por mais do que uns dois anos.

— O que o traz para estes lados da cidade, Arnold? — Tim perguntou educadamente, bem sabendo que haveria um bom motivo.

Sempre havia — Arnold jamais fazia nada sem um propósito. Dentre os seus rapazes, Arnold era a quem menos Big Tim gostava e confiava, mas tinha certeza de que ele iria mais longe que todos.

Para começar, ele era o melhor jogador que Sullivan já conhecera — imbatível no bilhar, e quase tão bom no pôquer quanto ele próprio. Mais do que isso, no entanto, ele era inigualável quando se tratava de aumentar os números. Poucos anos antes, Big Tim o deixara encarregado do seu cassino no andar de cima do Hotel Metropole, na Times Square. Arnold prontamente quadruplicara os lucros, atraindo para lá filhos de milionários de todo o país, e até do Continente — provendo-lhes mulheres e champanhe o suficiente para que eles não se incomodassem em ser roubados.

Depois disso, ele dificilmente poderia recusar quando Arnold lhe pediu um lugar só seu na Forty-Deuce. Os outros donos de casas de jogos, gentios, não tinham gostado da idéia tanto quanto não gostaram quando Beansy Rosenthal intrometeu-se entre eles, mas claro que Arnold conseguira fazer com que tudo desse certo; havia-os encantado e *shmeered* e intimidado até que tudo estivesse perfeito. Nunca houve problemas com Arnold.

— Ouvi dizer que tem um certo carneirinho perdido — ele falou para Big Tim, agora.

— Bem, sim, pode ser — Big Tim admitiu, cauteloso.

— Humm. Este não se desgarrou para muito longe.

— Não?

— Eu estava justamente dando uma olhada nos meus velhos camaradas, e adivinhe quem encontrei?

— No Metropole? Ele só foi até *lá*?

— Hum-hum.

Os olhos de Arnold estavam ocultos sob a aba do chapéu, mas Big Tim pensou ter visto um sorrisinho cruel em torno dos seus lábios.

— Apenas um *shlimazel* acredita em *mazel* — ele disse.

— Tudo bem. Estou em dívida com você, é certo.

... mas Arnold já começava a desaparecer nas sombras, acenando com a mão.

— Considere isso como um pequeno favor de um velho amigo. Talvez a gente acerte um dia desses, por aí.

Encontrou Herman exatamente onde Arnold dissera que ele estaria — no café do Hotel Metropole. O Metropole não era o tipo de lugar de Big Tim, embora fosse o proprietário. Havia tapetes felpudos, e velas com cúpulas vermelhas em cada mesa, e palmeiras suficientes para encher uma floresta tropical.

Havia investido nele uma vez que o Tenderloin se espalhara para além de Times Square, esperando atrair os fregueses grã-finos, mas o lugar começara a se transformar num fiasco depois que Arnold saíra. Ficava insuportavelmente abafado no calor do verão, apesar dos dois gigantescos ventiladores, lentamente enfunando as cortinas para frente e para trás; uma orquestra de câmera de cinco músicos húngaros passeava pelo café. O salão estava infestado com os tipos que agora sentavam na mesa de Herman: Boob Walker, e Dan o Bacana, e Denny Slyfox — apostadores baratos e homens de confiança, que saqueavam os simplórios e afastavam a clientela mais respeitável.

Big Tim ficou parado na porta do café, observando Herman por alguns minutos — tão feliz, tão infantilmente confiante, gesticulando todo expansivo enquanto contava alguma história, o relógio e as abotoaduras de ouro reluzindo vivamente quando balançava os braços em volta. Então ele recuou em silêncio para o balcão da recepção, e mandou chamar o jogador. Para seu pesar esmagador, Herman apareceu no mesmo instante, ansioso como um cachorrinho, o corpo rechonchudo balançando solto debaixo de um novo e ostentoso terno verde.

— Big Tim! — ele falou, tomando-lhe a mão, os olhos tão ansiosos e gratos que Sullivan mal teve coragem de dizer a ele o que tinha de fazer. — Eu sabia que você viria me procurar na minha hora de dificuldade! Você é um verdadeiro amigo e um cavalheiro, e não vou me esquecer disso.

Deu-lhe uma piscadela e uma cotovelada jovial, até que Big Tim finalmente teve de puxá-lo para o lado, atrás de um dos pilares de mármore falso do Metropole.

— Herman, Herman, por que você veio aqui?

Rosenthal pareceu desconcertado.

— Ora, porque você me chamou aqui, foi por isso...

— *Como sabia que era eu?*

— Porque você disse que era.

— Não vê que podia ser qualquer um? Qualquer caçador de cabeças, qualquer mercenário da cidade, apenas *dizendo* que era eu?

A expressão de Herman descambou.

— Não pensei nisso.

— Pois bem, é melhor *começar* a pensar. É melhor começar a pensar muito bem em tudo que faz, e em todos os lugares onde vai. Jesus Cristo, homem, será que não entende? Desde que você começou a dar com a língua nos dentes, tem um camarada em cada esquina ansioso para tirá-lo de circulação.

— Eu não tinha pensado nisso — Herman falou com ar infeliz. Depois, animou-se. — Mas não se preocupe, Tim. Não está vendo? Eu disse a eles que você estava me apoiando cem por cento. Não tem nada com que se preocupar.

— *Je-sus*, Herman — Big Tim suspirou. — Esqueça isso. E afinal, o que está fazendo aqui, sozinho? Por que não conversa com seu amigo promotor, vê se consegue alguma proteção?

— Ora, Tim — Herman deu um risinho pretensioso. — Como poderia arrancar a grana de alguém nas cartas com duas porcarias de detetives me seguindo por toda parte?

— Herman, Herman. Não entende que isso é pra valer, rapaz? Eles estão querendo a sua cabeça antes mesmo da ceia.

— Quem? Quem está querendo?

Herman parecia absolutamente perplexo com a idéia de que alguém desejasse fazer-lhe mal.

— Você *sabe* quem, Herman. Escute, por que não deixa essa coisa toda sumir no ar? Diga ao promotor que sente muito, mas a sua memória foi para o inferno. Entregue o dinheiro de Charlie Becker como um sinal de boa fé, e depois saia da cidade por uns tempos.

— Dar o dinheiro para Charlie Becker? Pelo que sei, *ele* está me devendo dinheiro!

Beansy Rosenthal estava mais magoado e ressentido do que nunca, e havia uma petulância infantil na sua voz que Big Tim já ouvira antes, e que sabia não ser um bom sinal.

— Escute, Herman, afinal, quanto é que você está pensando que vai tirar com tudo isso? — ele perguntou num tom mais calmo, tentando mudar de método.

— Quinze mil — Rosenthal respondeu. — Quinze mil por terem me fechado. São os cálculos pelos lucros perdidos em operação, custos com os equipamentos... a *shmeer* inteira. Quinze mil, e daí talvez eu saia da cidade...

— Espere aí, Herman. Quem é que vai lhe dar este dinheiro todo? Nova York é uma cidade de fogo de palha. Fique amoitado em algum lugar em Jersey por uns tempos, e tudo acabará sendo esquecido.

— Não! Só quero o que é meu por direito, isso é tudo.

O rosto flácido, gelatinoso, subitamente endureceu, o queixo projetando-se com obstinação.

— Ah, Jesus, Herman! O que vai ser seu de direito é uma morte rápida e um belo funeral... se você tiver sorte. Será que não consegue entender?

Ele sabia, mesmo enquanto falava, que já havia ido longe demais. Herman Rosenthal ficou atônito diante da franqueza das suas palavras. A boca entreabriu-se trêmula, os olhos arregalaram-se.

— É simplesmente do jeito que são as coisas, Herman — Sullivan falou com mais suavidade, começando a recuar para o luxuoso saguão do Metropole.

— Mas você não é meu amigo, Tim? Não está me apoiando?

— Não é uma questão de ser ou não ser seu amigo. Não posso mantê-lo a salvo de uma cidade inteira. Nem mesmo eu.

Ele virou-se e se afastou, deixando Herman parado ali, parecendo que estava prestes a chorar. Não havia esperança para isso, ele sabia, então por que ainda se sentia tão mal? Não era problema seu tentar salvar os tolos de si mesmos. Ele tinha avisado Herman, não tinha? Ele o alertara, e o que mais poderia fazer?

Um pouco mais tarde naquela noite, Big Tim Sullivan terminou seu último uísque e subiu lentamente os degraus do boteco de porão na Mott Street. Uma sombra moveu-se de trás de um poste enquanto ele se arrastava pela calçada.

— Menininhas novas! — a sombra anunciou com voz sibilante, um rosto fino, esverdeado encarando-o sob a luz do poste. — Cinqüenta centavos! Novinhas! Muito novinhas!

Ele avançou para a frente, ainda tentando não pensar em Herman. Nunca havia magoado ninguém, exceto a si mesmo. Ninguém exceto a si mesmo e Nell, e qual era a sua responsabilidade neste caso? Não havia filhos homens, aliás nenhum filho. Ela não se sentira à vontade com seus desejos masculinos normais, então o que ele poderia fazer?

Ainda podia vê-la no embarcadouro daquele barco de excursão para Bear Mountain, logo depois que se casaram. Seus dentes aparecendo quando ela ria, uma das mãos segurando o chapéu contra o vento. Tão nova, tão jovem, a pele tão clara...

Lembrava-se também do nojo no rosto dela quando lhe deu as costas. A expressão de puro desprezo.

Parou no meio da Mott Street e olhou para trás, onde o sujeito que oferecera as meninas continuava esgueirando-se atrás do poste, anunciava a todos os que passavam:

— Meninas novinhas! Muito novinhas!

Estava bêbado, ele sabia, o que não era um bom estado para se fazer qualquer coisa. Podia simplesmente ir para casa, tomar mais uma bebida, cair num sono profundo e obliviante. Mas era aquela hora da noite em que os desejos de um homem tornam-se inextricavelmente emaranhados. Ele queria fazer qualquer coisa, *qualquer* coisa mesmo, não importava o que fosse.

CAPÍTULO 32

NO PASSADIÇO

No domingo Kid levou-a ao Teatro de Macacos de Wormwood, para assistir A Maior Coleção de Animais Amestrados da Terra. "Amestrado" era a palavra operacional, usada para atrair os caipiras e simplórios. Nada havia dos grandes atos de domadores de leões, dos cavalos adestrados, ou dos elefantes mergulhadores. Somente centenas de pequenos animais — macacos e galinhas, tamanduás e lêmures — cacarejando e alvoroçando-se loucamente sobre o palco, fazendo contas de somar com os bicos, e malabarismos com garrafas de leite.

Para o grande final, os animais atuavam um drama intitulado "O Perdão Veio Tarde Demais". Um esquadrão de macacos uniformizados preparava-se para eletrocutar uma galinha, que amarraram numa minúscula, mas altamente realista cadeira elétrica, com toda a eficiência de verdadeiros guardas de prisão. Enquanto isso, no outro lado do palco, um lêmur garatujava timidamente num pedaço de papel. Ele enrolou-o bem depressa e enfiou-o dentro da comprida tromba do tamanduá, que então foi arrastando-se devagar, agonizantemente na direção da cena da prisão — a multidão aos poucos sendo reduzida a irreprimíveis acessos de riso.

Parecia que o tamanduá finalmente conseguiria, pois os macacos demoravam tempo demais em suas frenéticas, oficiosas tarefas de macacos: empurrando a cabeça da galinha para baixo, amarrando-lhe as patas, depois separando-as, obrigando-a a abrir o bico para prender a mordaça de couro. Quando, então, o tamanduá foi atacado por uma súbita torrente de — *formigas.*

A platéia gritava, rugia de risos enquanto o tamanduá corria precipitadamente de um lado para outro do palco, resfolegando atrás da sua comida. Esther também estava rindo, embora nem soubesse por quê, embora odiasse toda aquela idéia horrível dos animais atuando. Ria da mesma maneira que ria nos salões de cinema vendo as pessoas sendo esbofeteadas e socadas, e caindo para todos os lados — levada pela pura tensão, e impotência.

O tamanduá ainda fazia palhaçadas com a sua refeição. A galinha lançou um guincho final, inútil, quando os macacos conseguiram prendê-la. Um deles puxou um enorme interruptor vermelho — e por uns poucos, longos segundos, todo o palco ficou às escuras. Então o estouro de um relâmpago explodiu através da escuridão, e os animais todos juntos lançaram um comprido e terrível ganido. A platéia também, convulsionada de risos apenas um momento antes, estava gritando agora, numa insana mistura de terror e deleite.

As luzes acenderam-se outra vez — para revelar um prato fumegante, totalmente preparado, de uma galinha frita sentada na cadeira elétrica. A multidão ria e aplaudia, as luzes do teatro acenderam-se e todos começaram a seguir para a saída, ignorando os macacos que faziam mesuras e largavam seus bonés de guardas de prisão atrás de si no palco.

— Meu coraçãozinho de ouro — Kid falou ao ver que ela franzia a testa, quando saíram do teatro para a claridade cegante do meio da tarde em Coney. — Minha pequena *kaleeh*... o que aconteceu com você?

— Não sei — Esse respondeu balançando a cabeça, tomando o braço que ele lhe oferecia, incerta do que estava incomodando. — Isso tudo é tão... estúpido, tão sem sentido.

— Ah, então é isso que a está incomodando. Não se preocupe. Venha... venha comigo.

Ele guiou-a através de todos os grandes hotéis: o Manhattan Beach, e o Hotel Brighton, e o Oriental. Magníficas gaiolas de latão, com grandes tendas de chá azuis montadas no gramado e toldos verdes, e bandeirolas tremulando em cada torrezinha.

Kid levou-a ao Brighton, onde podia-se tomar uma taça de champanhe por dez centavos — o bar apinhado com homens e mulheres bronzeados, cheirando a mar e às barracas de frituras ao longo do passadiço. A champanhe quase não tinha sabor, e deixou uma sensação de ardência em sua boca, mas Esther bebeu tudo assim mesmo, e depois mais uma taça quando ele ofereceu. Ficou encostada no balcão e observou os outros homens, especialmente os mais velhos, dando de beber às outras banhistas tão rápida e ansiosamente quanto podiam. Elas riam atirando as cabeças para trás, embriagadas e com os rostos vermelhos, e deixavam que os homens pusessem os braços nos seus ombros.

Esther deixou a taça no balcão e saiu do hotel sem dizer outra palavra a ele, a cabeça girando um pouco.

Se era para fazer aquilo então faria sob seu próprio domínio de si mesma, por Deus

— Meu amor, o que foi? — ele balbuciou, seguindo-a solicitamente para o passadiço na tarde.

Ela não respondeu, porque não podia confiar em si mesma para falar qualquer coisa. Foram andando em silêncio, de volta para onde ele morava no Elefante de Estanho. Esther sabia disso, havia visto o estranho hotelzinho muitas vezes, embora nunca tivesse entrado. Agora ela andava direto para a escadaria espiralada de metal, ainda sem uma palavra — passando pelas prostitutas penduradas na varanda em suas roupas de baixo, fumando languidamente, esperando pelos primeiros fregueses da noite. Deram risadinhas maliciosas ao vê-la, mas Esther limitou-se a sorrir para elas, sentindo-se meio zonza.

Então é isso que é ser uma prostituta?

No fundo das entranhas do Elefante, pôde ouvir uma delas dedilhando um bandolim. Era uma canção antiga, que ela já ouvira antes cantada pelas moças irlandesas da Chrystie Street, na época em que Lazar ainda morava em casa.

> Existe uma ruazinha lateral que você sempre vê,
> Onde os rapazes passeiam no domingo à noite,
> Embora não seja muito larga, e ainda seja lúgubre,
> Ainda assim a chamam de Alameda do Paraíso.
> Mas uma dama tão bela mora naquela rua,
> Ela é a filha da Viúva McNally;
> Tem brilhantes cabelos louros, e os rapazes todos declaram
> Que ela é o raio de sol da Alameda do Paraíso...

Ela subiu o restante da escada e foi para o quarto dele, que era exatamente da maneira como ele o descrevera: encravado na reveladora, escatológica curva do Traseiro do Elefante. Quando ele destrancou a porta ela entrou e sentou na cama, e tirou o chapéu.

Kid ficou parado olhando-a por um momento, encostado no único armário, empenado e manchado pela maresia. Então adiantou-se até onde ela estava sentada, e Esther ergueu os braços para ele, e abraçou-o pelo pescoço, e beijou-o na boca enquanto ele ainda estava de pé acima dela.

Ele puxou-a para cima, e ela deixou, ainda beijando-o, acariciando-o rapidamente nos ombros e na nuca. Ele começou a despi-la, tirando lentamente o traje de banho verde e dourado de sereia, e ela deixou-o fazer isso, também. Deixou que ele a baixasse novamente na cama, até que estivesse sentada nua sobre a colcha, tremendo um pouco ali, apesar do calor que era como o interior de um forno.

E quando ele moveu-se para beijá-la outra vez, ele ainda completamente vestido, ela deixou. Deixou-o beijá-la em qualquer lugar que ele quisesse, deixou-o fazer qualquer coisa que desejasse. Fez amor com ele ali mesmo em cima da cama dele, tão diferente daquela cópula escondida junto ao viveiro dos pombos, tão *espalhafatosa*.

E depois, quando estavam aninhados juntos naquela cama estreita — a doce salinidade das suas axilas e coxas entremesclando-se, com o gosto do mar e do sol da tarde — foi ela quem procurou-o novamente, ela quem guiou-o devagar através de tudo outra vez, até que ambos estivessem satisfeitos.

Então é isso que é ser uma prostituta

... ela pensou, deitada de costas. Deitada nua na cama de uma prostituta, num hotel de putas, lá em Coney Island.

O que significava isso? Ela era uma prostituta como aquelas mulheres do outro lado do corredor? Como os homens, os policiais e os capangas sempre as chamavam nas linhas de piquetes?

Ela olhou para ele, que fitou-a também, com adoração. Ela fez todo o possível para evitar rir, satisfeita e triunfante como se sentia.

Então era só isso que se exigia...

— Você é um anjo... — ele começou a dizer.

Ela deu uma risadinha — da maneira que imaginava que uma prostituta faria — e bateu nele com o travesseiro. Ele pareceu atônito por um instante — e então sorriu e puxou o travesseiro. Ficaram lutando na cama por mais algum tempo, rindo.

— Preciso ir embora — ela disse finalmente, rendendo-se.

— Não vá.

— Não?

— Fique comigo esta noite.

— A noite inteira?

— E na próxima noite, e na outra depois dessa.

— O que vão dizer? Preciso voltar para casa.

Ela levantou da cama, começando a andar em volta para pegar suas roupas onde tinham sido atiradas com tanta pressa. Enquanto o fazia, reparou que a porta do armário estava aberta, e que havia um espelho de corpo inteiro na parte de dentro.

Como foi estranho, como foi irreal ver-se nua naquele espelho comum, todo manchado, num decadente hotel de turistas. O vidro tão danificado e riscado pelo sal marinho, e pelos anos de hóspedes descuidados, que ela mal conseguia divisar-se. A luz tampouco era muito boa. Era o final da tarde, agora, o sol já se pondo um pouco mais cedo, e a única iluminação que entrava no quarto era o brilho refletido dos parques de diversões, reluzindo atrás deles na praia.

Mas ela podia ver seu rosto ali — como jamais se vira desde que era uma garotinha. E como nunca havia esperado ver-se, num tal lugar.

Então é assim que é ser uma puta

Os cabelos soltos, fluindo pelas suas costas, do jeito que somente as atrizes ou as mulheres nos cartões-postais pornográficos vendidos na Surf Avenue usavam. Os grandes olhos castanhos arregalados, os lábios cheios entreabertos em surpresa, como se ela estivesse prestes a dizer alguma coisa. Era ela, sem dúvida, embora não pudesse ter identificado o restante de si mesma antes: a silhueta sinuosa, ligeiramente alquebrada; os seios cheios, espaçados; quadris e coxas largos, um deles um pouco mais elevado que o outro.

Aquela era ela, pensou maravilhada. Era tudo o que ela era.

Ele alcançou-a e puxou-a de volta para a cama no quartinho estreito.

— Fique — ele sussurrou. — Fique. Por favor.

— Não posso — ela disse outra vez, não muito convincente.

— Para que precisa voltar? Por que não fica aqui o tempo todo?

Ela podia ver o sorrisinho de desprezo no rosto do pai.

É isso que você tem, é isso que faz em vez de ter uma família?

— Não posso. — Ela balançou a cabeça. — Eu tenho... *coisas* a fazer.

— *Ach*, que coisas? Matar-se de trabalhar nas máquinas?

— Apenas... *coisas*.

E se ela ficasse, por quanto tempo ficaria? Pensou no trabalho, na greve, nos seus pais. Mas também nas suas amigas, no Talker´s Cafe — uma vida inteira. Uma pessoa, uma pessoa de *verdade*, teria uma vida inteira da qual não poderia simplesmente se afastar.

— Para o inferno com eles — ele disse subitamente, com raiva.

— Com quem? — ela perguntou, tomada de surpresa.

— Com todos, com qualquer um... não me importa quem sejam. Para o inferno com o que eles querem que você faça. Você não precisa viver como os outros vivem, devia saber disso. Você é boa demais. Apenas fique... só por esta noite. Depois veremos.

Por que não? Por que não aceitar isso, pelo menos?

Ela sorriu para ele — e cedeu.

— Tudo bem. Só esta noite — ela disse, envergonhada de si mesma e satisfeita ao mesmo tempo, contente por ainda não precisar ser levada de volta para a cidade.

Monstro! Refugo! Você é mesmo uma prostituta, uma imundície, ele vociferava para ela em sua contínua conversa unilateral. Ela descartou seu espectro com um balançar da cabeça.

Não se importava, não se importava com o que qualquer um deles pudesse pensar: nem ele, nem a mãe, nem mesmo Clara. Pelo menos por esta noite ela era aquela mulher do espelho, aquela pessoa estranha, ousada e nua no quarto de um homem desconhecido.

Ela havia visto o pai na frente da sinagoga de armazém — uma vez, quando ele ainda era um rabino — discutindo furiosamente com um membro da sua congregação. Seus olhos faiscando, as sobrancelhas unidas com ferocidade, os cabelos prematuramente brancos balançando em cachos emaranhados enquanto ele agitava-se cada vez mais. Quão formidável, quão assustador ele parecera em sua raiva! Declamando e bramindo sobre algum ponto do Talmude que talvez não fosse maior do que uma semente de gergelim, com o qual permitia-se cavar um abismo entre si mesmo e um homem que conhecia havia anos, desde a época em que moravam no mesmo vilarejo na Rússia. Ridículo, ainda, com suas roupas de simplório — as calças *shtetl* largas, amarradas com um cordão, sapatos macios como chinelos, o casaco mal cortado — mas pelo menos como alguém de importância. Como alguém a quem as pessoas seguiam, alguém que fundou uma sinagoga. Como o pai de alguém.

A imagem dele ali às vezes retornava, espontânea — como naquela noite, vindo com o sopro do mar através da janela aberta do Elefante de Estanho. Porém, longe de sentir-se amedrontada com isso, a raiva dele, a sua aparição formidável apenas a intrigavam. Faziam com que ela quisesse lhe perguntar outra vez por que ele nunca se adaptara aos costumes do novo país.

Pensa que eu não teria feito fortuna se quisesse?, ele lhe diria em tom de desdém, exibindo os dentes. *Eu era brilhante! Nenhum acadêmico em cem quilômetros podia-se comparar. Todas as melhores famílias me recebiam em suas mesas; confiavam suas filhas a mim!*

Então por que não fez? Por que depender de uma velha e uma menina para ter o pão em sua mesa?

Ach, você não entende! E como poderia? Como poderia saber como eram as coisas?

Ele dobrava as mãos umas nas outras, então — duas, três vezes, do jeito que fazia quando estava realmente confuso.

Certa noite, quando eu ainda era um menino, estava voltando do Bes Midrash. Subi numa colina, e dali pude ver todo o vilarejo dormindo à minha frente. Por que eu nunca havia feito este caminho antes não sei, mas fui pela colina e ali, não maior do que a minha mão, estava todo o vilarejo. Exatamente como estivera durante trezentos anos, adormecido no descampado, tão desprotegido como um cordeiro amarrado.

E...? E o que isso tem a ver comigo?

Ali eu vi toda a beleza das nossas vidas, como o Próprio Todo-poderoso devia ter visto. Esta era a revelação Dele, concedida a mim. Olhei para baixo e vi tudo ali... tão belo, tão perfeito em sua simplicidade, e na sua pobreza. Seguindo as mesmas leis eternas, suportando os mesmos ultrajes, ano após ano. Uma vida inteira dedicada ao Todo-poderoso em sua humildade, sua bondade.

E então? E o senhor partiu do vilarejo?

Tive de partir. Ele disse isso num tom indiferente, da mesma maneira com que se referia a todas as suas traições. Esperando entorpecer a dor, ela concluiu...

Tive de deixá-lo, todos nós tivemos de partir. E ainda assim não o esquecerei. Pois esquecê-lo, pois repudiar até a menos importante das nossas leis, seria o mesmo que transformar tudo numa brincadeira cruel. Você entende? Abandoná-lo seria zombar de todos aqueles anos, e de todo aquele sofrimento. Seria transformá-lo num sacrifício sem significado.

Então em vez disso o senhor continua. Continua o sacrifício, sempre e sempre.

Mas ele não estaria mais escutando, ela sabia. Seus olhos estariam leitosos e distantes, enevoando-se para pensar menos no vilarejo e mais no que ele próprio havia sido: um jovem *yeshiva bocher*, a quem fora concedida a sua revelação:

Eu era tão adorável, então! Tão adorável, ele se lembraria, esfregando as mãos uma na outra. *Tão belo!*

Ela tornou a adormecer, nos braços do seu amante.

Deitado de costas, com ela ressonando levemente em seu ombro, ele admirava-se com a sensação dela contra seu corpo. Adorava todos os pequeninos detalhes nela: os lábios cheios, os olhos, a irregularidade dos quadris que emprestava um leve meneio ao seu andar. A profunda seriedade com que ela o encarava às vezes.

Ela tinha pequenas covinhas nas beiradas dos ombros, ele havia reparado pela primeira vez naquela noite. Minúsculas concavidades, mal perceptíveis, nas costas de cada ombro, mas completamente encantadoras. Passou o dedo por cada uma delas enquanto ela dormia contra ele; pensando em nada, ouvindo satisfeito as ondas através da janela aberta.

Tudo naquele quartinho estava sempre úmido: a roupa de cama e as cortinas, e todas as suas roupas. Até mesmo as cadeiras e as tábuas do piso, e o único armário, com suas gavetas que não fechavam de todo: úmidos e empenados, com pequenas e pontiagudas silhuetas brancas de sal corroendo a madeira. À noite, quando ela não estava lá, Kid deitava na cama e escutava o oceano rolando e murmurando na areia. Estava tão próximo, tão mais perto dele do que jamais estivera antes, exceto no navio, e lá havia sido diferente — um horror sem fundo, gorgolejante, no outro lado do casco enferrujado. Às vezes, escutando o mar ali no Traseiro do Elefante, parecia-lhe que ele e Louie Espanhol já tinham sido esquecidos. Que, se esperassem por tempo suficiente, o mar e a areia iriam encobrir tudo — aquele enlouquecido hotel no formato de um elefante, e os grandes parques na Surf Avenue, e toda a lembrança de que qualquer um deles um dia existira.

Mas podia ouvir, também, os gritos e protestos bêbados dos últimos extraviados que arrastavam-se indo do parque para casa, ou para dormirem na praia, e sabia que era apenas uma questão de tempo até que viessem à sua procura: à noite, provavelmente, sem que um som se ouvisse acima da balbúrdia das putas. Ou então em meio às multidões da avenida principal do Steeplechase, ou do Luna Park, Gyp e seus capangas em volta dele antes mesmo que percebesse.

Ele deveria estar bem longe. No dia anterior tentara fazer planos sérios, tentara ao menos decidir-se por uma cidade: São Francisco, talvez, ou Baltimore, mas tudo acabara em nada. Simplesmente não conseguia concentrar-se no problema por mais do que alguns minutos de cada vez. A pergunta que continuava vindo-lhe à mente era mais básica:

Por que fizera aquilo?

A falta de uma resposta começara a atormentá-lo. O que neste mundo o impelira a dar uma bordoada na cabeça do homem mais perigoso da Cidade, com uma pá de recolher carvão?

Tinha sido pelo anão? Kid sentira-se mal por ele, claro — principalmente quando pensou que fosse um menino. Mas já havia visto coisas assim acontecerem antes — ou até piores — e mantivera a cabeça baixa e o bico calado. Ele não estivera bebendo, ou sob a influência de alguma droga. Havia feito tudo sem hesitação, sem nem mesmo pensar, o que, provavelmente, era o problema.

E agora — lá estava ele: atolado ali naquele banco de areia junto com Louie Espanhol, até Deus sabia quando. E tudo por causa de um ato de momento.

Por que, então?

Olhou para a mulher que ressonava docemente ao seu lado. Ela não se importaria, ele sabia; ela iria entender. Se lhe contasse, ela aprovaria o que havia feito, e compreenderia que ele precisava ir embora.

Ele sabia de tudo isso — mas ainda assim não conseguia partir. Parecia impossível que houvesse qualquer outra vida no lado de fora daquele quarto: a mulher adormecida em sua cama, o barulho das ondas, e a brisa marinha soprando levemente através da janela. Como poderia abandonar aquele quartinho aconchegante, aquela cidade, a mulher dormindo ao seu lado? Este era o seu amor, e ele mergulhou num sono abençoado sem nem mesmo perceber.

CAPÍTULO 33

TRICK O ANÃO

No Circo Bostock os grandes felinos aproximaram-se rastejando do Capitão Jack, em volta do picadeiro principal: um homem de cabelos lisos com um imenso bigode Kitchener negro e um olhar frio, devastador. Ele deteve as feras com seu olhar, guiou-as de volta aos seus postos com o único braço. Os animais agacharam-se atrás dele, dando patadas no ar, e seguiram-no através dos olhos rasgados, aguardando sua chance.

Esta era a coisa mais próxima de um suicídio legal: um domador de leões com um só braço. Todas as apresentações ficavam lotadas, as pessoas esperando pelo próximo desastre. Três anos antes, o Capitão Jack chegara perto demais de um dos seus protegidos, um leão Núbio enorme e peludo chamado Príncipe Negro, e a fera abocanhara dois dedos da sua mão direita — engolindo-os antes mesmo que ele pudesse sentir que estavam faltando, e muito menos recuperá-los. A mão infeccionou, depois gangrenou, até que finalmente ele teve de amputar o braço inteiro.

Empurrando-se em sua cadeira de rodas todos os dias com o único braço remanescente, olhando fixamente para seus felinos, obrigando-os a sentar com um olhar enquanto exibiam suas habilidades. Até que finalmente ele retornou ao centro do picadeiro apenas com a mão esquerda, contando apenas com o chicote, sem a mão extra para alcançar a pistola. Ele exibia nove leões a cada vez, nove felinos rastejando e circundando-o no picadeiro, a sua manga do casaco vazia agitando-se conforme se movimentava.

No "grand finale", mantinha-os todos acossados em seus lugares e ele próprio seguia rapidamente até o Príncipe Negro. Obrigando a fera agitada, sibilante, a dar voltas em torno da arena em círculos cada vez menores, até que ela estivesse zonza demais para parar de pé. Então ele a empurrava para seu lado, gentil como uma gatinha, agora, segurava-lhe a cabeça pela juba e dava um sonoro, humilhante beijo no focinho da criatura.

Havia outros números assombrosos no circo da Terra de Sonho: Mademoiselle Aurora, uma vigorosa matrona usando um "tutu" de balé, que obrigava seus ursos polares de meia tonelada a subirem em oscilantes pirâmides usando apenas um bastão de madeira. Madame Morelli e seus Magníficos Leopardos. Herman Weedom e Seus Pumas Vibrantes e as Hienas Risonhas.

Podia-se ouvi-los o dia inteiro, gritando e praguejando com seus animais enquanto ensaiavam os números, trabalhando constantemente para criar alguma coisa nova, algo melhor para as multidões. Latindo seus comandos em alemão, o idioma internacional da obediência, até parecer que estávamos vivendo ao lado de um acampamento permanente de enlouquecidos sargentos de treinamento.

O pior de tudo foi um diligente homenzinho calvo chamado Eckleburg, que precedeu Herman Weedon. Ele usava o tempo todo um monóculo e um par de culotes, e gritava tão constantemente com os pumas e com as um tanto acovardadas e esquálidas hienas, que suas platéias torciam pelos animais.

Num certo dia, uma elefanta africana de orelhas ásperas chamada Lucy, que ajudara a montar as primeiras tendas do Terra de Sonho, perambulou por acaso na área do circo reservada aos animais de Eckleburg, em busca de um carregamento extraviado de cenouras, assustando os pumas e interrompendo o ensaio dele. Eckleburg açoitou-a muitas e muitas vezes em volta da tromba com o seu chicotinho, esbravejando inutilmente para o animal...

— *Raus, raus!* Não pode nos deixar em paz?!

... até que Lucy simplesmente pegou-o e atirou-o para longe. A tromba serpenteando para cima tão rápido que Eckleburg nem teve chance de gritar, quebrando-lhe as costelas e arrebentando-lhe a cabeça antes que qualquer pessoa pudesse intervir, finalmente largando seu corpo inerte no picadeiro e voltando para buscar suas cenouras.

Depois disso houve alguma conversa de que ela deveria ser abatida. Em vez disso, deixaram-na exposta à visitação, como tudo o mais em Coney — e poucas semanas mais tarde ela matou um homem que tentou dar-lhe um cigarro aceso para comer. Em alguns lugares um elefante desgarrado que mata dois homens poderia ser considerado uma ameaça inaceitável, mas na Terra de Sonho nós gostávamos de encarar as coisas pelo ponto de vista do elefante. Eles apenas criaram um novo anúncio para ela, um letreiro que informava com um certo atraso: AFASTEM-SE! ANIMAL ASSASSINO! — e colocaram-na numa jaula feita propositalmente pequena demais para que ela se virasse ou deitasse, de forma que passava o dia inteiro urrando e batendo com as patas neuroticamente para cima e para baixo naquele lugar. Comportando-se da maneira enlouquecida com que um elefante perigoso *devia* se comportar. Até que, com o tempo, ela realmente enlouqueceu, finalmente desabando contra as barras da sua jaula, os enormes olhos amarelos encarando furiosos as multidões que a rodeavam.

CAPÍTULO 34

TRICK O ANÃO

Eles gostaram do elefante, e do circo. Levei-os para ver os elefantes mergulhadores na Lagoa da Terra de Sonho, e os acrobatas, e o Vôo para a Lua, e O Portal do Inferno, e o Palácio do Doge — qualquer coisa para mantê-los ocupados e em segredo, depois daquele fiasco na rinha de ratos.

Era impossível, eu sabia. Mais cedo ou mais tarde alguém os veria. Dificilmente eu seria considerado uma anomalia em Coney Island, e até mesmo em Manhattan eu ainda podia passar despercebido, em meu disfarce. Contanto que não estivesse parado direto sob o próprio olhar dele, mortífero, eu sabia que estaria a salvo.

Mas com eles era diferente. Qualquer um dos seus antigos camaradas ou rivais poderia reconhecê-los — e eles gostavam de vir para Coney, vagabundeando para cima e para baixo em nossa própria pequena Bowery em seus automóveis roubados. Desfechando tiros nas galerias de rifles, e pegando as marafonas, e tentando arrancar as moedas coladas no piso do Salão do Dólar de Prata com o restante dos caipiras. O grandalhão, o mais burro, ainda dava voltas em plena luz do dia vestido como um pesadelo hispânico, tentando arrancar com trapaças o dinheiro dos otários. Era apenas uma questão de tempo até que ele fosse identificado — se não por um dos seus velhos amigos, então por um condutor de cabriolé, ou um policial, ou qualquer outro cidadão ativo que mantivesse o nariz virado para o chão e soubesse manejar um telefone.

O outro era diferente. Era mais esperto, e mais quieto — mas também mais descuidado à sua maneira. Eu o observava. Ele passeava pelo passadiço nas manhãs de domingo como um homem que estivesse espionando a vida de uma distância segura. Esperando, analisando — como se pesasse todas as possibilidades.

Eu estava intrigado, mesmo sem querer. Comecei a acompanhá-lo, e ele nunca deu mostras de se incomodar. Caminhava com toda calma, um dos braços enlaçando paternalmente meus ombros, explicando todas as maneiras que havia de se fazer dinheiro.

— Qualquer um pode ser enganado — ele dizia, contemplando com um ar avaliador os fregueses que movimentavam-se para cima e para baixo no passadiço de madeira. — Tiras, políticos, gângsteres. Qualquer um. A única questão é o tamanho do plano que se necessita para fazer o serviço.

— Qualquer um? Mesmo? Por quanto?

— Ah, por qualquer coisa.

— *Qualquer* coisa? Mesmo?

— Hum-hum. Você só precisa saber como fazer o serviço.

— É mesmo? Aposto que você não conseguiria vender a alguém, digamos, a ponte do Brooklyn.

— Claro que sim.

— Isso não é verdade — o grandalhão estúpido com o sombreiro insistiu. — Você não pode mais aplicar *esse* golpe. Não a ponte do Brooklyn. *Nunca* a ponte do Brooklyn. A ponte de *Manhattan*, talvez.

— Claro que pode — ele disse, esfregando o queixo e olhando por cima do amigo. — Quer apostar uma graninha nisso?

— Aposto. Uma barbada.

Eles cuspiram nas palmas e deram-se um rápido e furtivo aperto de mão.

— Isso eu quero ver — desafiei, minha voz cética... mas esperando desesperadamente que ele conseguisse.

Ele sorriu outra vez, endireitou os ombros e disse as palavras que eu mais queria ouvir:

— Tudo bem. Mas você precisa ajudar.

Eu jazia roncando numa sarjeta na Bowery, vestido com minha melhor roupa, a cabeça encharcada de gim vagabundo. Pelos olhos entreabertos pude vê-lo abaixando-se, esbulhando-me como uma das hienas carniceiras de Herman Weedom — o sombreiro de Pancho Villa quase me cobrindo enquanto ele remexia nos meus bolsos. Finalmente, puxou os certificados de ações: as cédulas esverdeadas, porcamente impressas que eles haviam me mostrado antes e que eu tinha certeza de que ninguém, nem mesmo o mais crédulo simplório, poderia comprar.

— Ei, você! Você aí! Pare agora mesmo! Onde tem um policial?

O alvo adiantou-se, um homem de meia-idade com a esposa, severo e respeitável como um dentista. Louie Espanhol fez que ia fugir — mas então *ele* estava ali, agarrando-o pelo braço, imobilizando-o no lugar, puxando as ações vagabundas, manchadas, da mão de Louie.

— O que é isso? O que é isso?

Era a minha deixa. Abri os olhos, obriguei-me a ficar de pé turvamente. Cambaleei na direção dele, enrolando as palavras com todo cuidado, vibrando por dentro com a excitação daquela nova atuação.

— Ele ´shtava tentano me roubar?

O dentista intercedeu, obviamente tão enojado comigo quanto com o batedor de carteira, a esposa desviando o rosto enquanto ele a segurava pelo braço com tanta firmeza quanto faria com um molar incluso.

— Certamente que sim! — O dentista não conseguia mais se controlar. — Somente este cavalheiro impediu que acontecesse.

— Julius!

A mulher do dentista tentava afastá-lo dali, o rosto avermelhado e transpirando debaixo do sol escaldante da tarde, mas o velho Julius não arredou pé.

— Só estou tentando ver que justiça se faz aqui...

Eu fingi me concentrar nos pedaços de papel verde, ainda nas mãos dele.

— Minhas ações! Ele... ele as pegou?

— Não, graças a este cavalheiro.

Meus olhos voltaram-se para Kid, que perscrutava-me com piedade, a aberração embriagada. *Como eu odiei aquele olhar, mesmo em nossa atuação...*

— Julius...

— *Você* conseguiu salvá-las? — Eu arrotei, para um melhor efeito. — Bem, acho que lhe *devo* uma recompensa!

Puxei as notas amassadas, uma a uma, dos meus bolsos, tão lenta e metodicamente quanto me tinha sido instruído. O dentista franziu a testa; a esposa desviou os olhos outra vez. Kid levantou a mão...

— Isso não é necessário...

... mas eu não seria dissuadido.

— Não, não! Você fez por merecer. Estas ações têm um valor inestimável!

Contei todo o dinheiro — uns vinte dólares, todas as notas e moedas de prata que consegui desencavar por todo o meu palácio. Ele entregou-me as ações — e mais que depressa eu enfiei-as de volta num bolso interno do paletó, exatamente como ele havia instruído, livrando-me ebriamente do chapéu e cambaleando em seguida para um bar na esquina — enquanto Kid conduzia o dentista através da rua, segurando-o pelo cotovelo. Lá no salão, com o crime ainda percorrendo cada milímetro do meu ser, pedi um uísque e fui me sentar no exato lugar nos fundos que ele havia estipulado.

Fiquei sentado ali, esperando pela parte seguinte — e esperei, e esperei, bebericando o uísque devagar, e depois um outro. Até que depois de umas boas duas horas não pude mais suportar, e corri de volta para o Elefante de Estanho; subindo as escadas ofegando e resfolegando com as minhas miniaturas de pernas, passando pelas putas indolentes até o Traseiro do Elefante.

Irrompi para dentro do pequeno, encurvado quarto deles — tanto quanto posso irromper em qualquer lugar — aliviado por encontrá-los ali, e não na cadeia ou coisa pior. Incapaz de conter a minha intempestiva pergunta, mesmo quando vi o largo sorriso pregado na cara do grandalhão idiota, e um menor, mais sutil, espalhado lentamente na cara *dele*, então eu soube a resposta antes mesmo de ouvi-la. Embora, claro, ainda tivesse de perguntar.

— Me diga! Me contem... deu tudo certo? E quanto ao alvo?

— Ora, era você, garoto — ele disse. — *Você* foi o alvo.

CAPÍTULO 35

KID TWIST

Monk ensinou-lhe tudo, com a tranqüila seriedade de um pai ensinando o Talmude ao filho. Foi Monk quem ensinou-o a armar o jogo de *stuss*, e o golpe do banco, e o golpe do suborno, e a misteriosa arte de como deixar um homem sem sentidos apenas batendo a cinza de um charuto em sua cerveja.

Ele ensinou-lhe todos os tipos de jogos e trapaças rápidas: aqueles que eram novos, e aqueles que eram antigos, e os que eram tão velhos que podiam ser usados como se fossem novos outra vez. Kid tinha a impressão de que Monk inventava alguns deles na hora, como se estivesse dando prosseguimento a uma boa piada, ou a uma história:

— Um homem entra num bar com um cachorro...

Ele sentou-se calmamente nos fundos do bar, frio e sombrio no final da tarde, acalentando uma cerveja pequena e um cigarro, observando ociosamente o cenário lá fora na calçada — até que avistou o homem entrar com um cachorro.

— Ei, Mac, dê uma olhada no vira-lata pra mim — o homem disse ao barman, amarrando o animal numa banqueta e pressionando na mão dele um dólar de prata reluzente, novinho em folha. — Tenho um negócio importante pra tratar. Cuide bem dele, tem mais pr'ocê mais tarde.

— Claro — o barman resmungou, lançando um olhar funesto para o cachorro.

O homem saiu novamente, e Kid entrou em cena.

Ele esvaziou o copo, deu uma ou duas últimas tragadas no cigarro — obrigando-se a se movimentar devagar, devagar, da maneira como Monk lhe ensinara. Seguindo seu caminho com um ar desinteressado, um tanto hesitante, na direção da porta do bar.

Oscilou um pouco do balcão, tropeçou numa banqueta e quase derrubou-a, chamando a atenção do barman. Foi então que reparou no cachorro.

Nada muito dramático, nada óbvio demais. *Você está representando para um só sujeito, Kid, não pras platéias.* Exibiu apenas uma pequena reação de surpresa, mais nada — e se afastou. Um pouco antes de chegar na porta Kid parou, e olhou novamente para o cachorro. Recomeçou a andar, ainda olhando para trás, e trombou lindamente com o barman, um homem bem mais baixo — e mantendo os olhos fixos no cachorro.

É aí que você volta...

— Desculpe, amigo, mas, humm, aquele cachorro é seu?

— Não, não é — o barman respondeu, esfregando vigorosamente a toalha em volta de uma caneca. Desconfiado, mas já curioso.

Ele estivera no extremo oposto do salão, seria impossível ter escutado a conversa...

— Não? Humm. Bem, você sabe que este é um *ridgeback* rodesiano, não sabe?

— Isso? — O barman baixou os olhos para o cachorro, incrédulo... um esquelético vira-lata preto e branco, recolhido nos depósitos de lixo do East River e treinado apenas o bastante, à maneira inimitável de Monk, para ficar sentado e imóvel numa banqueta de bar.

— Claro que sim. Um genuíno e puro-sangue *ridgeback* rodesiano, a não ser que eu esteja muito enganado. Na África, eles são treinados para caçar leões. É um tremendo cão de caça, amigo... não está vendo o jeito como ele fica parado ali?

O barman parou de enxugar os copos, olhou mais uma vez para o cachorro, um lampejo de descrença ainda nos olhos.

Agora era a hora de sacar o dinheiro.

— Me diga — ele meio que sussurrou, inclinando-se no balcão. — Me diga. Você tem *certeza* de que o cachorro não é seu?

Kid extraiu do bolso a carteira de notas — um rolo *Hoboken*, recheado de notas de um dólar, umas duas de vinte no topo, unidas por um vistoso prendedor com um botão de rubi. O barman girou o pescoço em volta, desconfortável.

— Eu já disse...

— Digamos que fosse seu cachorro. Quanto você aceitaria por ele? Duzentos? Quinhentos?

— Eu já disse. O cachorro num é meu — o barman falou com firmeza, agora, resistindo à tentação, pensando na cara feroz do sujeito que o deixara com ele... o pescoço de búfalo e as orelhas de couve-flor, o nariz achatado, belicoso, sinal seguro de encrencas.

— Mas apenas vamos dizer. Apenas digamos que fosse — Kid insistiu. — Quanto? Mil? Mil e quinhentos?

— Escute, moço. — A voz agora carregada de pesar. — O cachorro num é meu.

— Tudo bem. Tudo bem, por enquanto.

Lentamente, muito lentamente, ele deslizou a carteira de volta para o bolso. Os olhos do barman seguiram-na para dentro, rastreando as roupas-de-bacana de Kid, o alfinete de brilhante na gravata, os botões de diamante na camisa e nas abotoaduras.

— É o que você diz, amigo. Mas, sabe, de quem é esse cachorro se o dono não voltar? Está me entendendo? De quem vai ser o cachorro, então, hein? Um *ridgeback* rodesiano, de sangue puro e tudo.

Ele encaminhou-se novamente para a porta, ajeitando o chapéu na cabeça com todo cuidado. Olhou para trás na direção do barman mais uma vez.

— Talvez eu volte. Pense um pouco nisso, e talvez eu volte daqui umas duas horas, está bem? Então veremos de quem é o cachorro.

Saiu e deu a volta pela esquina rapidamente, então, descendo por um beco e cruzando um porão dos fundos para outro bar. A idéia era não dar ao sujeito tempo suficiente para pensar duas vezes — isto é, não de imediato.

Kid escorregou para o seu assento na mesinha depenada, onde Monk já o esperava com uma cerveja.

— Então?

— Está no papo — ele falou, e Monk assentiu com satisfação. Ficou sentado ali, bebericando lentamente a cerveja.

A regra era sempre esperar pelo menos o tempo de se beber uma cerveja devagar, talvez até duas — enquanto conversavam e ficavam fazendo hora, permitindo que o desejo nascesse e florescesse. Esperar até que chegasse o momento de Monk retornar ao bar e proclamar em voz alta que seu acordo de negócios tinha sido um fracasso e que estava sem um centavo. Esperar que o barman, com os olhos presunçosos e cheios de cobiça, perguntasse inocentemente se poderia ajudar Monk, comprando seu cachorro por uns poucos dólares. O cachorro absolutamente vagabundo, que o barman agora já se convencera de que era um *ridgeback* rodesiano puro-sangue, e que lhe renderia centenas de dólares. Quando Kid voltasse.

Claro, não daria certo se esperassem tempo demais.

— Já lhe contei daquela vez que esperei muito tempo? — Monk perguntou.

— Não.

— Esperei tempo demais, e peguei o cachorro errado. O bicho estava um pouco resfriado quando o recolhi, mas achei que tinha cuidado dele direito. Acontece que era pneumonia. O vira-lata caiu morto. Caiu mortinho da silva na banqueta do bar, enquanto eu estava fora.

— E o que você fez, então?

— O que acha que eu fiz? Voltei para o bar, bem dentro do programa: "Ah, perdi meu último centavo, me arrancaram todas as economias da minha vida, o que mais me resta neste mundo?". Só que num tinha cachorro ninhum ali pr'eu vender. Lá estou eu, gemendo e choramingando, procurando o cachorro que não estava mais ali. Estou reparando que o barman não faz nenhuma tentativa pra comprar o cachorro, do jeito que deveria fazer. Então, finalmente eu paro com a barulheira e me acalmo, imaginando o que diabos está acontecendo. E tudo o que o barman me diz é: "Hoje não é mesmo o seu dia, companheiro. O seu cachorro morreu, também".

Kid puxou o turista para o lado, no beco do teatro da Fourteenth Street, e retirou a assombrosa máquina da sacola.

— Me dê uma nota...

— Ah, não, senhor — o caipira de cara roliça sorriu com desdém. — Já conheço esse truque. Use a sua própria nota, se é assim tão maravilhoso.

Você não sabe de nada

— Tudo bem.

Ele pegou uma nota de dez dólares, colocou-a cuidadosamente no topo da máquina milagrosa — polida a um brilho de prata, e tendo o suspeito formato de um moedor de carne, se alguém quisesse olhar mais de perto. Girou a manivela — e duas outras notas de dez, idênticas, escorregaram lentamente pelo outro lado, uma depois da outra. Antes mesmo que a última acabasse de sair, o turista já estava pegando a carteira no bolso...

Ele interceptou o marinheiro que saía de um bar na Water Street, entregou-lhe a história com toda a franqueza:

— Escute, estou vendo que você sabe das coisas, vou abrir o jogo. Tudo isso aqui é falsificado.

Ergueu a pesada maleta de dinheiro bem na frente dos olhos do marujo; aberta para ele, para que visse o dinheiro lá dentro: notas de dez e vinte, tão boas que poderiam passar por, bem, *verdadeiras*.

— Nada mal, hein? Mas o negócio é o seguinte, os tiras estão atrás de mim e se me pegarem de novo vou acabar em Sing Sing pelo resto da vida. Quanto você me dá pelo pacote todo?

Ele já virava a esquina como um raio, enfiando o dinheiro do otário no bolso do colete, antes mesmo que o sujeito pudesse separar as notas de cima e descobrir a serragem e os pedaços de jornal picados no fundo da valise...

Claro que isso era a recreação deles, seus jogos e divertimentos, por assim dizer. No restante do tempo eles dedicavam-se à constante labuta de extorquir dinheiro dos mascates em troca de proteção, de envenenar cavalos e roubar no jogo e atirar urnas eleitorais para dentro do East River. Tudo isso, e às vezes pior.

— Lembre-se, Kid — Monk sempre lhe dizia. — O que quer que faça, certifique-se de fazer no escuro. Todo tipo de coisa pode acontecer no escuro... e ninguém nunca vai saber quem fez o quê.

Ele sentou no porão do salão de jogo na Rivington Street, esperando o Bottler. O salãozinho úmido, ordinário, agora já esvaziado dos otários e caipiras — somente Gyp Esquentado e Louie Espanhol e o Grabber sentados com ele atrás do pedaço de feltro com as cartas do baralho pintadas toscamente por cima.

Bottler desceu cautelosamente os degraus, o chapéu-coco enfiado bem em cima dos olhos como uma tartaruga no casco, seus próprios rapazes logo atrás dele. Kid levantou-se para cumprimentá-lo.

— Pois bem, vamos ver se conseguimos resolver esse negócio...

Foi então que as luzes se apagaram. Houve uma fileira de faíscas luminosas, os tiros das pistolas incrivelmente altos dentro daquele pequeno espaço, e então estavam todos correndo pela escada acima e saindo para a rua. De forma que, quando a polícia finalmente chegou e acendeu as luzes, lá estava apenas o Bottler caído em cima do ás pintado, com um tiro atravessado no peito, e quem podia dizer quem fez alguma coisa?

Eles passaram a parte de Bottler para o Grabber, apenas para se certificarem de que ele ficaria pacificado, e Kid enviou uma enorme coroa de flores para o funeral, e usou uma faixa de luto preta no braço nos jogos de *stuss* pelas duas semanas seguintes, num gesto que todos concordaram ser respeitoso e de consideração.

Mas o Bottler era um Five Pointer, e então o preço teve de ser pago. Na semana seguinte eles encontraram Denny Holt morto que nem um peixe na Avenida A, e então Matty Holt jurou vingança, e a guerra começou...

Kid estava parado embaixo do elevado, o braço estendido em volta do pilar, apontando cegamente para o outro lado da rua, na direção geral de onde estavam os Five Pointers. Apertou o gatilho, sentiu a pistola escoicear — riu alto com o prazer de disparar uma arma no meio da rua.

As balas zuniam por toda sua volta como numa galeria de tiros da Bowery — ricocheteando nas pilastras do elevado, estraçalhando janelas, resvalando nos trens que passavam acima. Os cidadãos que voltavam para casa do trabalho gritavam e atropelavam-se nas escadas do elevado, procurando cobertura, as gangues descarregando as armas de fogo sem parar.

Um esquadrão volante de policiais marchou determinadamente pela Allen Street, batendo com os cassetetes noturnos ao longo dos tampões da rede de esgoto. Uma saraivada de balas vinda de todos os lados mandou-os correndo de volta para o fim da rua, os chapéus altos rolando atrás deles. O tiroteio entrou pela noite — as gangues intoxicadas com o seu controle da rua, rapazes dos Hudson Dusters e dos Gophers e apenas meros *freelancers* se juntando, e o ar estava pungente com o cheiro de pólvora. As balas passavam zunindo pela sua orelha, derrubando pássaros dos fios de telefone, varando saídas de incêndio e latas de lixo e bondes. A vizinhança inteira enfiada em suas casas, ninguém capaz de dormir nem aventurar-se para fora de suas camas — até que finalmente, bem depois da meia-noite, uma outra, muito maior coluna de policiais apareceu cercando a rua vindo da delegacia de Rivington, agora atirando com seus revólveres à medida que se aproximavam.

Os gângsteres escapuliram, silenciosos como fumaça, de volta para seus becos e terrenos baldios conhecidos. Deixando uns poucos dos seus números enroscados como cachorros velhos sobre o asfalto, para que os homens da limpeza pública os retirassem de manhã.

Dessa vez, contudo, o problema era grande demais para se encobrir com umas poucas prisões e uns poucos dólares para os repórteres policiais. Os jornais de Hearst tinham o controle da cobertura e demasiados cidadãos estavam ultrajados. Big Tim e o próprio sr. Murphy sentiram-se na obrigação de marcar uma reunião no *Palm* com Monk e Paul Kelly, o elegante italianinho que liderava os Five Pointers, e foi acertado que Monk e Kelly resolveriam suas diferenças numa disputa de boxe, a ser realizada em terreno neutro lá no Bronx.

— Tem de ser uma luta limpa, seguindo as regras — Big Tim avisou.

— Num precisa se preocupar com isso. Já dei uns bons socos na minha época — Monk falou.

— Pois eu também dei — Kelly retrucou. — Você sabe que certa vez derrubei Benny Leonard...

— Isso é uma tremenda mentira, porque Benny é judeu, o que significa que um carcamano como você não teria mais nenhum dente na boca se realmente tivesse lutado com ele, em vez de somente no seu mundo de sonhos...

— Calem a boca — Big Tim disparou bruscamente. — Acham que não sei que vocês dois podem lutar? Por que pensam que escolhi isso? Vai ser uma bela atração, a propósito. E já que vocês dois são os grandes especialistas, espero que dêem um bom espetáculo.

— O que diabos...!

— Posso pegar esse ladrão safado...

— *Já chega!*

Big Tim martelou a mão na mesa exigindo silêncio.

— Quero que vocês dois vadios se comportem direito um com o outro. Que se esmurrem quanto quiserem. Mas depois disso acabou, estão entendendo? Preciso dos dois para a eleição. Alguém vence a luta, isso encerra o assunto, e se não encerrar eu mesmo me encarrego de dar um jeito em vocês.

O barracão que servia de garagem no Bronx tinha um cheiro acre de palha e couro envelhecido, óleo de motor e mijo de cavalo. As arquibancadas improvisadas estavam cheias de gângsteres que gritavam e vaiavam, junto com as suas marafonas. Big Tim em pessoa sentou-se na parte de baixo, bem à frente, acompanhado de duas sólidas fileiras de policiais — apenas para certificar-se de que tudo sairia do jeito que deveria ser.

Foi uma luta sobre a qual iria-se falar para sempre no East Side. Os dois gângsteres golpeando-se por todos os lados do ringue como um par de galos garnisé. Monk compensando o que lhe faltava de finesse com ataques ferozes, como os de um búfalo, através do ringue. Ambos cortando lábios, quebrando dentes, transformando os olhos um do outro em vergões arroxeados. Até que ao final, tendo-se esmurrado mutuamente por mais de três horas e convencido a todos os presentes da absoluta magnificiência da sua luta, eles desabaram no mesmo exato momento empilhados um por cima do outro — ainda tentando debilmente socarem-se e arrancarem-se os olhos ali mesmo onde jaziam, sobre a lona manchada de sangue.

Então os seus homens, gritando e chorando abertamente diante de tal esplêndida performance, ergueram os dois para o alto e os carregaram para fora do barracão, levando-os até duas carruagem lindamente aparelhadas. Soltaram os cavalos e foram puxando eles mesmos seus campeões de volta para a cidade, por todo o caminho até seus respectivos bordéis.

Duas semanas mais tarde, antes que suas feridas mal tivessem se curado, Big Tim organizou um baile para eles no *Haymarket,* na terra-de-ninguém de Tenderloin. Monk e Kelly encontraram-se no centro do velho salão e apertaram-se as mãos, na presença dos seus devotados lacaios, e depois disso sentaram-se em seus cubículos reservados como um par de paxás, cercados pelas suas prostitutas e seus tenentes, presidindo regiamente o grande avanço dos Eastman e dos Five Pointers.

Mas isso não podia durar. Nunca havia durado antes, e não existiam motivos para que durasse agora, e logo as duas gangues estavam se enfrentando em tocaias nos becos sem saída, esfaqueando-se nos antros da Water Street, e trocando tiros de pistolas através das ruas cheias de gente.

— Nós vamos acabar de uma vez cum esses sujeitos — Monk jactava-se. — Nenhum irlandês ou carcamano nunca mais vai dar as regras no East Side outra vez.

Mas então a eleição acabou e as pessoas estavam fartas das gangues. Os políticos retiraram sua proteção, e os policiais procuravam qualquer coisa com que pudessem mandá-los para a cadeia.

Eles apanharam Monk numa noite na Times Square, por tentar roubar as luvas de pele de bezerro de um jovem cavalheiro embriagado. Ele havia avistado o sujeito cambaleando pela Seventh Avenue, com um vigarista já no seu encalço, e as luvas como as mais belas peças de vestuário que já vira, macias e amareladas como manteiga. Mas o brutamontes que ele julgara ser um punguista na verdade era um detetive Pinkerton, contratado pelo papai do janota para cuidar dele, e equipado com um apito da polícia e uma enorme pistola cavalariana. Aquele era exatamente o erro que eles estavam esperando, e antes que tudo terminasse Monk descobriu-se enfiado na Tombs, sem direito a fiança e com todas as portas agora fechadas para ele. Kid fora até a Fourteenth Street com Gyp, a fim de apelar por ele na Tammany Hall, mas desta vez nem mesmo Big Tim queria ouvi-los.

— Quem é que vai atirar as suas urnas lá no East River na próxima vez que o senhor precisar de ajuda com o sr. Hearst? — Gyp lhe perguntara, ameaçador.

— Qualquer um, rapazes, qualquer um — Sullivan respondera, aparentemente imperturbável com a impertinência de Gyp; parecendo quase triste com tudo aquilo. — É isso aí... posso conseguir qualquer um que queira um favor de mim, ou precise da minha proteção. E posso consegui-los de maneira que façam o serviço sem transformar toda a Cidade dos Judeus numa Dodge City, essa é a dificuldade.

— E o que o faz pensar que vamos tolerar isso? — Kid desafiou-o.

— Ah, meus rapazes, meus leais *rapazes*. Vocês acham que qualquer um de nós é livre para fazer simplesmente o que gosta? Eu tenho de prestar contas ao sr. Murphy, e ele tem de prestar contas aos interesses financeiros, e ao governador, e à voz do povo. Até mesmo Jesus Cristo fica sentado apenas à mão direita do Deus Pai Todo-poderoso, e não acho que o Espírito Santo não esteja querendo tomar o lugar Dele.

Houve alguma conversa acerca de tirar Monk da prisão antes do início do seu julgamento — uma grande, dramática fuga da Tombs, ou do tribunal — mas isso foi tudo o que houve, apenas conversa. Big Tim providenciou para que ele fosse bem vigiado demais para que qualquer um começasse a ter idéias, e mesmo que tivessem conseguido soltá-lo ele não teria para onde ir — não agora, com a proteção do grande homem suspensa. O juiz sentenciou Monk a dez anos em Sing Sing, e quando as notícias se espalharam o próprio Paul Kelly, segundo os jornais, comentara que isso era uma grande lástima, e que ele, pessoalmente, iria pagar dez mil dólares para ver Monk livre — mas, não se sabe por que, o dinheiro nunca apareceu.

No dia em que Monk foi transferido para a penitenciária, todos os Eastmans que se mantiveram leais a ele reuniram-se em volta da balsa na Chambers Street para vê-lo partir — embora os tiras brutamontes o tivessem arrastado para fora da carroça e enfiado no barco para Sing Sing depressa demais para que alguém, exceto os fotógrafos, tivessem pouco mais do que um relance. Eles ficaram esperando ali em volta assim mesmo, parados sob a chuva, até que a barcaça da prisão estivesse carregada com a sua triste carga e zarpasse. E naquela noite lá no salão de dança muitos brindes foram bebidos à saúde dele, e os garçons os conduziram através do refrão lento, quase fúnebre, do "Ladrão de Boston", um após o outro:

> Eu nasci e fui criado em Boston
> Uma cidade que todos vocês bem conhecem
> Criado por pais honestos
> A verdade a vocês eu digo
> Criado por pais honestos
> E da maneira mais carinhosa
> 'té que me tornei um criminoso
> Com a idade de vinte e três anos...

... até que não restasse mais nenhum par de olhos secos na casa, e todos estivessem se divertindo a valer.

Não que ele tivesse se esquecido de Monk. Todas as semanas, pelo menos no começo, Kid pegava o trem de Hudson até Ossining, para levar-lhe uns cigarros, e talvez uma nova pomba-de-leque ou uma pomba-papo-de-vento que achava que ele poderia gostar. Havia um carcereiro que eles podiam *shmeer* para que Kid entrasse direto na cela de Monk, e ali eles sentavam no seu catre e tagarelavam sobre os rapazes, e os velhos tempos, e as chances dele para a condicional. Mas, invariavelmente, depois de uns poucos minutos a conversa ia parando por falta de combustível, e os dois homens descobriam-se olhando para as pontas dos seus sapatos.

— Não é tão ruim, Kid — Monk falou com voz áspera, sarcástico como tinha sido naquela primeira vez em que Kid o vira, caído na calçada com um tiro. — Tenho os meus pombos aqui na janela, e até um ou dois gatos lá na cozinha. Já passei por coisas bem piores.

Mas Kid reparava, a cada vez que vinha, o quanto mais disforme e amarelado Monk parecia em suas roupas largas e listradas da prisão — e o quanto baixa, úmida e sem iluminação era a sua cela. Era deprimente, e logo ele passou a ir com menos freqüência, apenas a cada poucas semanas, mais ou menos, e depois a cada poucos meses, e então mal tinha tempo para fazer visita alguma.

Depois disso, depois do grande tiroteio e da prisão de Monk, foi o final das grandes gangues. Paul Kelly e muitos dos seus Five Pointers ficaram mais discretos por algum tempo e depois se endireitaram, ou foram para o ramo de negócios imobiliários. Kid e Gyp e todos os demais dividiram os Eastmans e brigaram pelos seus negócios organizados. A última vez que ele os viu foi quando estavam escondidos embaixo do depósito de lixo do East River:

Acima das suas cabeças os detritos e restos de uma cidade eram despejados pelas plataformas de madeira para dentro do rio, onde fazia a curva em volta do Corlear´s Hook. Podiam ouvir os catadores de lixo e os catadores de ossos, e os limpadores de carvão e os recolhedores de cachorros, metodicamente cavando e arrancando com as unhas o seu espaço através da margem abundante.

Eles tinham cravado seu próprio espaço, embaixo da plataforma do lixão, por entre as pilhas de garrafas de cerveja empilhadas tão orgulhosamente quanto crânios: sete ou oito homens com caras de meninos, usando chapéus-coco e ternos pretos que eram grandes demais para eles. Jogando nos dados os refugos do resultado de um roubo: umas poucas blusas baratas, um colar de pedras falsas, algumas abotoaduras. Todos os bens de uma vida inteira, que talvez pudessem lhes render dez ou vinte centavos a peça com um receptador.

Kid levantou-se e começou a se afastar. Foi devagar, escolhendo bem uma trilha, cuidando para não se cortar nas tampas de latas enferrujadas, afiadas como lâminas. Apenas se levantou e foi embora, sem saber muito bem para onde estava indo ou o que iria fazer, mas seguindo em frente. Eles estavam ocupados demais com o jogo de dados para reparar, a princípio. Gyp o viu, claro — nada lhe escapava — mas deu uma cutucada num deles, e então este cutucou um outro, até que todos estivessem observando-o abrir seu caminho através do lixo.

Kid olhou para trás quando já estava a uns bons vinte ou trinta metros de distância, e viu-os todos ali, ainda olhando para ele debaixo da plataforma de vigas baixas do depósito de lixo, seus rostos tão arredios e desconfiados como coelhos. Eles se viraram, um a um — voltando para o jogo de dados, ao bocado de rebotalhos que estavam avaliando, às garrafas de cerveja que bebiam e que em breve seriam acrescentadas ao mar de latas vazias que os rodeava.

CAPÍTULO 36

KID TWIST

Louie Espanhol estava cansado de esperar. Kid já podia dizer. Arrastava-se de um lado para o outro, entediado, ocupando-se apenas em escovar interminavelmente o seu sombreiro e a calça e jaqueta pretas do enfeitado traje *flamenco*. Resmungando como uma *yenta* por causa das cordilheiras de sal que cresciam em volta deles.

— Deixa eu voltar, Kid. Eu posso ajeitar as coisas... sei que posso. Deixa eu voltar, Kid — ele implorava vezes sem conta, e Kid bem que poderia tê-lo deixado... exceto que não conseguia pensar em nenhuma maneira possível para as coisas serem *ajeitadas*.

— Hum-hum. Será que pode também dar um jeito de Gyp Esquentado esquecer que levou uma pancada na cabeça com uma pá de carvão?

— Você vai ver. Podemos conversar com Big Tim sobre isso. Ele é o grande *macher*. Ele vai acertar tudo.

— E quanto ao Grabber? Você ainda não está devendo dinheiro pr'ele, daquela armação?

A simples menção do nome de Grabber fez com que Louie Espanhol até desistisse por um momento — o sorrisinho lampeiro e idiota sumindo do seu rosto como a maresia derretendo para fora da janela do quarto. Mas somente por um momento.

— Vam´ lá, nós temos de voltar, Kid — ele continuou suplicando. — Tenho meus negócios para resolver.

— É. Eu sei que negócios são esses, você tem uma *kurveh* e um *miesse meshina* esperando, é isso que tem.

— Não seja assim. *Kine hora*, Kid... não existe nada que não possa ser ajeitado.

— É aí que você se engana, Louie. É aí que mentiram para você: não existe nada que *possa* ser ajeitado. Não realmente.

Eles continuaram esperando. Fizeram viagens à lua, e desceram ao inferno, e subiram ao Paraíso, e ao Matterhorn, e no topo do Steeplechase, e no Ziz. Porém mais cedo ou mais tarde, ele sabia, Louie Espanhol acabaria indo embora, assim que juntasse coragem suficiente.

Kid convenceu-se de que não era menos seguro para ele voltar. Era apenas uma questão de tempo, de qualquer forma, antes que algum deles reconhecesse Louie passeando pelas multidões em sua fantasia de mexicano, ou vagasse para dentro do Elefante à procura de alguma *gooh*. O anão estava certo: ele teria de deixá-lo ir, e aceitar os riscos.

— Você sabe o bastante para não me entregar, não é, Louie? — finalmente perguntou antes que Louie partisse, acompanhando-o até a estação ferroviária.

— Claro, Kid.

— Não, estou falando sério — ele disse, agarrando Louie pelos dois braços com tanta força que os pombos esvoaçaram para fora dos seus poleiros nas vigas da estação. Olhando firme para o rosto dele, tentando fazê-lo entender pelo menos isso, por puro altruísmo. — Sabe que Gyp *vai* falar está tudo certo com ele, mas não é isso que ele quer dizer. O que ele quer mesmo dizer é que vai me pegar, e a você, também. E ele vai fazer isso, Louie; vai fazer isso tão certo quanto um tira pega uma graninha perdida. Você sabe bem disso, não é, Louie?

— Claro, Kid. Eu sei — Louie Espanhol jurou, com tanta sinceridade quanto era capaz.

— Você entende o que estou falando, Louie? — ele repetiu, ainda segurando-lhe os braços.

E Louie repetiu obedientemente...

— Claro, Kid, eu entendo; vejo as coisas do mesmo jeito que você... — embora Kid soubesse, mesmo enquanto ele falava, que Louie não via absolutamente nada do mesmo jeito.

Somente um shlimazel *acredita em* mazel...

Kid colocou-o no trem para a Cidade, com instruções para que retornasse em três dias, não importava o que acontecesse. No entanto, não ficou terrivelmente surpreso quando não houve sinal ou notícia de Louie Espanhol depois de três dias, ou de três semanas depois disso.

Por algum tempo Kid entocou-se no seu quarto, com uma pistola na cama e outra no armário, esperando que viessem buscá-lo — embora soubesse que nada daquilo seria suficiente. Não havia lugar algum na Terra de Sonho, ou por toda a Coney, ou em toda a Cidade onde poderia se esconder por muito tempo, se Gyp Esquentado viesse atrás dele.

• • •

Sabia que deveria ir embora, mas não foi. Não era o doce quartinho que o prendia ali, ele sabia, ou as atrações e as luzes dos parques, ou mesmo o oceano batendo no lado de fora da sua janela todas as noites. Não era nada disso, nem mesmo as oportunidades que se apresentavam, mas sim a chance de vê-la novamente.

Que diabo de coisa!...

... ele resmungou sozinho de manhã, guardando no bolso os trocados e o lenço, a goma de mascar e a sua chave, suas armas e sua navalha e os seus dados. Um diabo de coisa, por certo, mas era inegável: era a garota.

Sorriu, um tanto envergonhado só de pensar nisso. Depois de percorrer todo aquele caminho, desde aquele pequeno vilarejo *ongepotchket* — passar por tudo e não ser apanhado, evitando todas as armadilhas — apenas para acabar ali, bem na beira do mar. Finalmente lá estava ele, amarrado a alguma coisa, mas sentia-se curiosamente livre e leve, a despeito da confusão em que sabia que estava metido agora.

Primeiro atingir Gyp com uma pá, e agora isso. Agora a garota. Ele havia olhado para baixo e a vira lá na praia, e agora sabia que tinha sido apanhado.

Depois disso parou completamente de se preocupar se Louie Espanhol iria ou não voltar, ou se iria entregá-lo. Parou de pensar na possibilidade de algum dos rapazes se deparar com ele nas ruas, e voltou a andar por entre as multidões de domingo outra vez, com seu melhor terno cor de creme. O que quer que acontecesse, ele estaria preparado para eles — tão preparado como jamais estivera.

Lá na praia, os banhistas davam pulinhos, gritavam e saltitavam enquanto abriam caminho através das ondas. Agarravam-se às linhas-guia, espremidos em pequenas faixas de praia divididas por uma barreira de arame farpado enrolado que ia direto até dentro da água. O alegre clamor das pessoas abrangia o bater das ondas, os gritos daqueles que giravam nas montanhas-russas à distância. Homens formando pirâmides humanas, e inflando seus troncos. Mulheres inclinando-se e erguendo as saias dos seus trajes de banho, sorrindo audaciosamente para a câmera.

Ele ficou olhando a praia por um longo tempo — depois se sentou e começou a tirar as meias e os sapatos, enrolando as barras da calça tão depressa como uma criança. Até que pôde caminhar descalço na areia quente, sentindo-a introduzir-se entre seus dedos, segurando os sapatos numa das mãos e mantendo um olho atento, como sempre, para qualquer coisa que pudesse encontrar.

CAPÍTULO 37

GYP ESQUENTADO

Ele teve o sonho outra vez.

Saiu da selva e ficou sufocado no espaço escuro, fechado. Os corpos de dez ou doze homens enroscavam-se à sua volta, as cabeças nos joelhos, como gatos. O ar estava pesado com o cheiro de lã molhada, e suor, e fumaça perfumada.

Li Yuen — Fonte da Beleza

Era sempre o mesmo sonho. Ele estava na selva, as folhas verdes e maduras e luxuriantes, o ar pesado de decomposição. À distância estavam as torres de uma estranha cidade, mas por toda a sua volta ele tinha relances de feras se movendo através da vegetação rasteira: as caras de leopardos, e de macacos, e as pernas acinzentadas de elefantes. Havia o som de música vindo de algum lugar, e o barulho da água, e ele estava procurando alguma coisa.

Ele não se sentia ameaçado por nenhum dos animais — mas sob tudo aquilo havia uma terrível sensação de pavor, de uma ameaça sombria, oculta. Ele virou-se, esperando ver um par de olhos encarando-o — olhos de macaco, ou olhos humanos, frios e bestiais — mas tudo o que viu foram mais cabeças, os formatos e faces mutantes, circulando, retrocedendo lentamente em meio às das folhagens...

Ele sentou tossindo, alcançando automaticamente as suas armas — uma no colete, outra enfiada embaixo do pequeno e duro *chum tow* onde apoiava a cabeça. *Ainda estava lá.* Em seguida checou a carteira: tudo em ordem, e ele respirou fundo o ar pesado, carregado de fumaça, e calculou se deveria pegar outra tigela.

Pegou seu *yen ngow* e começou a raspar a colherzinha comprida no pequeno *dows* no *yen gah* à sua frente.

Três tigelas — durante quanto tempo? Ainda era noite? A mesma noite?

Tudo o que se lembrava era de estar descendo para aquele porão numa tarde chuvosa, miseravelmente quente. Sua antecipação a cada passo que dava — esgueirando-se através da porta sem nenhuma marca e erguendo um dedo para Mock Duck, sentado como um ancestral de pedra no vestíbulo.

Um dow, ele dissera com firmeza...

Quando isso acontecera?

Não era apenas o ópio. Ele adorava todo o ritual do vício, tão mais refinado, tão mais *puro* do que qualquer coisa no mundo lá em cima. Os *dows* de porcelana em seus suportes *yen gah*, esperando para serem abastecidos e espiralados para dentro do cachimbo. A esponja para limpar o cachimbo, e a fina agulha *yen hock* para enchê-lo. A tesoura pequena para aparar o pavio da lamparina — sua chama amarela, trêmula, sendo a única luz na profunda e pesada escuridão.

Só então o lúpulo começava a fazer o seu trabalho: a transcendência deliciosa, flutuante. Tão limpa, tão imaculada — tão além de tudo o que se conseguia com uma cerveja, ou um bom uísque. A embriaguez, os sonhos envolventes...

Li Yuen — Fonte da Beleza. Fook Yuen — Fonte da Felicidade.

Ele poderia facilmente começar um outro, mas não restava o bastante da gordura negra e congelada, e um ajuntamento se formava em volta da porta — um violinista, e um cantor, e algum idiota martelando uma das antigas baladas das casas de ópio no seu piano desafinado, tentando fazer com que alguém lhes pagasse um outro *dow*.

> Você já ouviu falar no Willie Chorão
> Willie Chorão, sim, o limpador de chaminés
> Tinha o hábito de fumar e tinha mesmo
> Escute e vou lhe contar sobre o sonho que ele teve...

Gyp começou a pegar o paletó e o chapéu, os músicos drogados irritando-o demais para que ficasse. Em qualquer outro lugar ele teria simplesmente lhes dito para calarem a boca e estava falando sério, mas era mais prudente não tentar nada ali em Chinatown.

> Eles foram para uma terra chamada Kankatee
> Compraram um milhão de latas de ópio e fizeram uma festança

Visitaram os vizinhos por toda parte
Presentearam o Rei com uma garrafa de Crown

Ele foi a Monte Carlo onde jogou na roleta
Ganhou cada centavo e nunca perdeu uma aposta
Jogou todas as noites até quebrar a banca
Então deitou-se e puxou mais uma fumaça

E assim se seguia, como todas as canções de drogados. Versos mancos intermináveis, entoados apenas para que os cantores esganiçados pudessem pensar que ainda estavam vivos. Gyp não tinha dúvidas a esse respeito.

Fez um sinal para Sam Kee, o homem de Mock Duck, que foi abrindo caminho rapidamente através dos homens drogados que deitavam-se nos seus tapetes de bambu, o apertado roupão de seda amarela farfalhando suavemente na escuridão. O chinês lhe trouxe uma toalha quente, e Gyp atirou-lhe uma moeda e passou a toalha bruscamente sobre o rosto, enquanto Sam Kee apressava-se a arrumar a bandeja *yen poon* — rearranjando todos os delicados instrumentos em sua sagrada, eterna ordem.

Ele baixou os olhos para o pequeno apoio de *dows*, depois relançou-os silenciosamente para Gyp.

— Não se preocupe — Gyp resmungou. — Eu volto outro dia.

O chinês afastou-se obediente, arrastando os pés e levando a bandeja. Gyp levantou-se e olhou no pequeno espelho do corredor, examinando o curativo sujo esfrangalhado na sua cabeça. Pelo menos havia parado de doer por algum tempo — embora ele já pudesse senti-la latejando outra vez, enquanto a tocava com os dedos.

Endireitou a gravata borboleta, alisou o vistoso terno amarelo da melhor maneira que pôde. Mesmo na fraca luz da lamparina, podia ver os matizes amarelados em torno dos olhos, a barba de dois dias no rosto. As coisas não podiam continuar daquele jeito, pensou — mas, daí, por que não poderiam?

Atravessou o cômodo logo atrás de Sam Kee, na direção da porta e do estreito e discreto lance de escadas que levava à Mott Street.

Mock Duck continuava sentado perto da porta como um Buda, uma figura sem nenhuma expressão num roupão de seda de mandarim, um barrete coroando o rosto largo, chato, uma cota de malha protegendo a pança. A cota de malha fazia parte da reputação de louco que ele cultivava como líder do Hip Sings, nas impenetráveis guerras de gangues de Chinatown. Quando as guerras estavam acontecendo, ele também era conhecido por simplesmente sair pela rua com uma pistola em cada mão e começar a atirar, movendo-se lentamente num círculo com os olhos fechados.

Ultimamente, no entanto, Mock Duck estava sendo muito menos gregário. Ele tivera uma menina que dormia aos seus pés, Gyp sabia, e que lhe levava chá e biscoitos de amêndoa numa bandeja, mas as instituições de bem-estar social tinham-no obrigado a desistir dela. Tudo estaria bem se ela fosse apenas mais uma chinesa pagã, mas algum viciado socialmente engajado havia reparado que a garotinha era branca — trazida de São Francisco, dizia-se, depois que a mãe a abandonara num bordel da cidade. Mock Duck a engordara, e mimara, vestira a menina em roupas chinesas de seda e colocara fitas em seus cabelos — até que o pessoal da assistência aos menores ficou sabendo de tudo e despachou-a para um orfanato, onde ela tinha de dormir com uma camisola de algodão, e fazer suas orações de joelhos todas as noites no chão duro de madeira, e tomar banho de água fria todas as manhãs.

Bem, todo mundo tinha seus problemas; era por isso que iam às casas de ópio. Mock Duck permanecia em silêncio e invisível perto da porta, aparentemente indiferente aos tolos que faziam toda a algazarra.

> Mas de manhã, onde estou eu?
> Pensei que estivesse no colo do meu doce amor
> Mas de manhã aqui estou eu
> Senhora Fumacinha, você não é amiga minha

Aquela era a diferença entre ele e todos os "Willies", Gyp sabia: ele nunca esperara acordar nos braços de algum doce amor. Já ficava satisfeito se podia encontrar suas pistolas e seu dinheiro e cambalear para o calor lá fora.

Na rua, a embaralhada luz marrom-amarelada foi quase insuportável. Era outro vapor sufocante, o ar como paredes de calor que ele tinha de derrubar com cada passo que dava.

Seguiu até o Canal, onde vendiam peixes ainda se retorcendo e agitando nos barris, caranguejos vivos, galinhas vivas e picles ao longo da calçada. Os chineses de túnicas azuis encaravam-no desconfiados antes de sumir para dentro dos seus porões, como coelhos pulando num buraco.

Eles formavam uma raça misteriosa, Gyp estava convencido. Era por isso que ia a Chinatown, mesmo agora, quando já havia casas de ópio no Tenderloin e na Bowery. Ele preferia a anonimidade, a sensação de que andava num outro mundo na Mott Street — as súbitas aberturas de portas revelando cômodos onde homens se sentavam comendo com pauzinhos de madeira, os sorridentes ídolos dourados em seus templos vermelhos e amarelos...

Subindo pela Grand Street, Gyp parou e comprou um pedaço de cana-de-açúcar de um garoto chinês por um centavo, e passou a língua pensativamente pela haste áspera, amarga. O ferimento em sua cabeça recomeçara a doer, aos poucos enfurecendo-o novamente.

Foi andando às cegas na direção oeste. Aquele curativo já o transformara em alvo de risos entre as prostitutas e nos salões dos bares. De alguma forma eles teriam de ser encontrados; e ele teria de cuidar disso imediatamente, antes de completar a tarefa do seu pai, ou mesmo o servicinho que Big Tim queria que ele resolvesse...

Estacou de súbito na esquina da Mulberry Street. Lá estava ele, bem à sua frente, perambulando através das multidões. A princípio não confiou nos próprios olhos; parecia incrível que nem mesmo *ele* não soubesse que precisava se manter discreto, pelo menos por mais umas poucas semanas.

No entanto era ele, por certo, grande como a vida. Os bigodes tinham desaparecido, e o ridículo traje mexicano também, mas não havia como confundi-lo: era Louie Espanhol, por certo, passeando pela Grand Street tão casualmente como se estivesse fazendo o seu exercício terapêutico de domingo.

Gyp não podia acreditar na sua sorte enquanto aproximava-se das costas altas, de ombros curvados, à sua frente. Obrigou-se a ir mais devagar, os olhos dardejando para todos os lados em meio à multidão, para o caso de ser algum tipo de armadilha — mas não acreditava que Louie Espanhol pudesse disfarçar tão bem. Era mais provável que estivesse apenas sendo estúpido, como sempre.

Gyp dirigiu-se para o seu alvo, esquivando-se discretamente por entre as pessoas na calçada, permitindo-se ser arrastado pela multidão até ficar bem atrás dele.

Calma, calma...

Perscrutou a rua à frente procurando um provável beco, uma entrada de porão que fosse acessível. Lembrando a si mesmo de que não queria apagar o sujeito — não ainda, não ali. Não até que apavorasse Louie a ponto de ele lhe dizer onde estavam Kid e aquele maldito anão...

Havia um pequeno vão entre as paredes de duas casas de cômodos bem à frente, um pequeno esconderijo de criminosos que os carcamanos chamavam de Poleiro dos Bandidos. Poderia haver problemas se alguns deles estivessem ali, mas era um risco que Gyp estava disposto a correr. Não podia ter certeza de quando teria uma oportunidade como aquela novamente.

— Aí está você, garoto!

Ele sentiu o bastão penetrar como uma faca na sua omoplata e girou para trás, furioso.

— Big Tim em pessoa está querendo uma palavrinha com você, filho.

Era Buckley, o tirazinho atarracado. Gyp quase cuspiu de ódio — *ser interrompido quando estava tão perto do seu alvo!*

— Agora não, *tsitser*! — ele respondeu, hostil. — Dê o fora, eu tenho um negócio.

— Ah, você tem, isso você tem mesmo, meu rapaz — Buckley falou com um sorrisinho pretensioso, uma das mãos já alcançando o cinturão.

Gyp empurrou-o para o lado, retomou seu rumo pela multidão atrás de Louie Espanhol. Tarde demais, com o canto do olho, ele viu o cacetete subindo, depois rachando o seu crânio antes mesmo que pudesse se virar. Sentiu os joelhos dobrarem, e enquanto desabava na calçada pôde ver Louie seguindo calmamente seu caminho, fora de alcance — sem saber o que estava acontecendo a menos de um quarteirão atrás dele.

A última coisa que Gyp viu, antes de apagar, foi Buckley de pé acima dele, sorrindo com desdém.

— É assim que caem os poderosos — ele disse, e deu-lhe um violento chute na costela.

LIVRO SETE

Então ouvi a trombeta de Siegfried ressoando acima das montanhas e soube que tínhamos de matá-lo. Nós estávamos armados com rifles e nos emboscamos à espera dele numa trilha estreita entre as rochas.

— CARL JUNG

CAPÍTULO 38

OS GRANDES DOUTORES DA MENTE DE VIENA

Freud fora para a parte alta da cidade de manhã à procura do seu velho amigo Siggy Lustgarten, da escola de medicina, mas o homem havia viajado em férias. Depois disso, decidiu que deveria acabar de uma vez com aquilo e procurar a família da irmã, mas as instruções de como chegar eram vagas, e ele teve dificuldade em encontrar o endereço.

Era melhor ali, na parte alta. Quanto mais ele se distanciava, mais largas as ruas pareciam, mais limpo o ar. Os prédios de apartamentos eram imensas, graciosas estruturas de granito e tijolos e mármore, em vez daquele tipo de pedra marrom, feia e opaca, com que até as melhores casas de Nova York pareciam ser construídas. As torres de vastas novas catedrais erguendo-se ao lado delas, pelo menos tão grandes quanto qualquer coisa na Europa.

América, carregando a fé adiante...

Ele quase fora obrigado a trazer sua própria família para este lugar — perguntou-se o quão diferente todas as suas vidas teriam sido, se isso tivesse acontecido.

Bem, não teria sido tão ruim, na verdade. Uns poucos confortos sacrificados, aqui e ali, mas daria um jeito. Sempre se dá um jeito.

Fora logo depois que ele se casara, no mesmo ano do seu último serviço na reserva militar em Olmutz. Houvera um incidente — um que o fez pensar seriamente se conseguiria ter uma vida decente em Viena como um médico judeu, quanto mais um médico com as suas idéias...

— Reservistas! Se nós estivéssemos usando munição de verdade todos vocês estariam mortos agora!

A voz o fez congelar, encolhido na trincheira onde estava. O enorme e agalanado general os havia dominado por trás, no instante em que o oficial entregava a Freud a sua lista de ferimentos horripilantes. Era um homem imenso, usando um outro espetacular uniforme vermelho e amarelo, berrando alegremente para suas amedrontadas tropas: um certo General E.M., suboficial de artilharia do estado-maior — uma das belicosas panelinhas anti-semíticas da corte imperial.

Freud o conhecia. Reconhecera-o imediatamente. Estava mais gordo, agora, a enorme barriga transbordando por cima da parte mais alta da sua sela, mas a voz, a arrogância, ainda eram inconfundivelmente as mesmas...

Ele havia se confrontado com o General seis anos antes, durante a sua primeira convocação, num hospital militar em Viena. Freud era um jovem cadete então, apenas iniciando seu treinamento médico, desdenhoso e entediado com as intermináveis manobras militares. No dia do seu aniversário ele escapulira para a cidade, como fazia com tanta freqüência, para ler os jornais nos cafés da Ringstrasse, e brindar silenciosamente a si mesmo com um *einen kleinen Braunen.*

Enquanto ele estava fora, o General havia ido à clínica da companhia — um homem bem mais magro, então, maneiroso como um chicote, com um sorriso feroz. Berrando exatamente como fazia agora, exigindo a cura para uma doença venérea que pegara num bordel dos oficiais, reclamando que tinha negócios urgentes a tratar com o imperador. A ausência de Freud fora descoberta, tendo saído sem permissão, e quando ele voltou naquela noite o general em pessoa o prendeu. Trancafiou-o na caserna por uma semana, os grandes dentes lhe sorrindo maniacamente através da janela do quartel.

— Isso vai ensiná-lo a não fugir, meu bom médico judeu!

Freud nunca tinha sido tão humilhado em toda sua vida. Naquela semana, deitado em seu catre no quartel dia e noite, suportando os escárnios dos outros jovens reservistas, ele sentira-se bem perto de um esgotamento nervoso. Toda a sua folha de serviços, toda a sua carreira oscilando à beira da ruína. Em seu desespero lembrara-se novamente daquela vez, quando tinha sete ou oito anos, em que urinara no chão do quarto dos pais. Seu pai ralhando com ele:

Esse menino não dará em nada!

E agora lá estava o seu General — de volta como um pesadelo, mais inflado que nunca. Freud tentara não olhar para ele, mantendo os olhos fixos na lista de ferimentos hediondos, e o grande homem não dera mostras de ter reparado nele. Depois de mais umas poucas arengas ele colocara o seu muito sofrido corcel em movimento com um chute e afastara-se para repreender outra parte da fileira.

Mas naquela noite, no único café decente de Olmutz, o General aparecera novamente, dominando uma tumultuada mesa cheia de generais, todos com suas medalhas e uniformes de periquito. Todos os garçons ficaram pairando em volta deles, atendendo a todas as suas necessidades, e Freud e os outros oficiais reservistas não conseguiram receber a menor atenção.

Enquanto os observava, Freud ia ficando cada vez mais ressentido — sem querer fazer nada que pudesse chamar a atenção do homem, mas fervilhando com a humilhação, com a injustiça de tudo aquilo. Até que finalmente estendera a mão e puxara o cordão do avental de um garçom, quando ele passou correndo com mais conhaque para os generais.

— Ei! Você, venha aqui! Quem sabe? Talvez algum dia *eu* também seja um general!

Os outros oficiais na sua mesa tinham explodido em risos, um garçom até mesmo indo atendê-los com relutância, afinal. Freud permanecera ali com um sorriso encabulado, aquecendo-se sob a audácia do seu ato — até reparar que os homens na sua mesa não estavam mais rindo, mas sim baixando os rostos discretamente para suas mãos e copos de cerveja.

— *Você? Um general?*

O grande, gordo General estava parado ali bem à sua frente, com um sorriso desdenhoso no rosto, um charuto numa das mãos e a taça de conhaque na outra. Ele abrira a túnica e o primeiro botão da calça, a fim de deixar a imensa barriga respirar, e ocorreu a Freud, a despeito de si mesmo, que ele não parecia nada mais do que um pai zangado, preparando-se para tirar o cinto para dar uma surra.

— Um homem que abandona seu posto *nunca* será um general — ele disse enquanto Freud atrapalhava-se para se levantar, quase derrubando a cadeira em sua pressa.

Atrás deles, agora foi a vez dos generais canários rirem e zombarem. Freud colocou-se estupidamente em posição de sentido, esperando o que mais poderia vir.

Quando ele era criança, lembrou-se, seu pai havia lhe contado uma história sobre como um gentio certa vez o confrontara na calçada, jogando seu chapéu novo na sarjeta, e lhe dissera para sair do caminho.

— O que o senhor fez? — Freud perguntara.

— Bem, eu peguei o meu chapéu — ele respondera, e Sigmund havia ruborizado de vergonha pela covardia do seu pai.

No entanto tudo o que ele pôde fazer foi permanecer em sentido, esperando pela satisfação do General. Para seu infinito alívio, o homem simplesmente lançou-lhe o seu enorme sorriso cheio de dentes e começou a se afastar — fazendo um breve gesto de dispensa enquanto se virava.

— Um desertor *jamais* poderá ser um general — ele repetiu... e então tornou a virar a cabeça por cima do ombro. — Além disso, você é judeu!

Os generais na mesa dele rugiram de risos. E o mesmo fizeram os garçons e os civis nas outras mesas, e até os outros oficiais na sua própria mesa estavam sorrindo por trás das mãos. Freud limitou-se apenas a fazer uma rígida mesura, deixar umas poucas moedas para pagar sua bebida, e abrir seu caminho para fora do restaurante.

Tentou escrupulosamente evitar o general durante o transcorrer do restante das manobras, mas por azar acabou encontrando com ele outra vez na piscina coberta do regimento. Era uma tarde fria e o general era o único oficial presente além dele, chapinhando na água como um hipopótamo, espalhando ondas através da piscina inteira com a sua barriga branca imensa, cabeluda.

Freud quase decidira sair assim que viu que estavam sozinhos, mas em vez disso obrigou-se a ficar.

O que o senhor fez?

Bem, peguei meu chapéu...

O General parecia menos intimidador, até mesmo ridículo agora, reduzido ao seu traje de banho, e Freud perguntou-se se ele teria as dragonas costuradas também nos calções, ou alguma outra coisa que demonstrasse o tempo todo que era um general. A idéia quase fez com que começasse a rir alto...

Naquele instante o General o avistou; o imenso e medonho sorriso abrindo-se lentamente em seu rosto.

— Então aí está você, meu bom judeu!

Freud não falou nada, tirando a camisa e as sandálias de madeira, estendendo a toalha cuidadosamente por cima de uma cadeira. Andou até a beirada da piscina e ficou ali, perscrutando a água turva com o vapor que escapava da sala de sauna.

— Que belo físico você tem! — o general falou em voz alta, o sorriso ainda mais largo. — Que tal baixar o calção um pouquinho e nos dar uma amostra, hein?

Freud permaneceu congelado onde estava.

— Vamos lá... só uma espiadinha. Sempre tive curiosidade de saber como é o pinto circuncidado de um judeu. Que tal?

Ele olhou para o General, boiando na piscina como um imenso peixe-boi branco, as mãozinhas e as pernas gordas agitando-se sob a superfície.

— Hein? Só uma espiada. Ou talvez eu o deixe confinado novamente no quartel. Gostaria disso, hein? Então eu poderia dar uma olhada sempre que quisesse...

Ainda assim Freud controlara-se, sem nada dizer, sem deixar um vestígio sequer de expressão perpassar-lhe o rosto. Em vez disso, endireitou o corpo e deu um mergulho baixo, perfeito, para dentro da piscina, a risada grossa e sólida do General ainda ressoando em seus ouvidos enquanto dava suas braçadas devagar, deliberadamente.

Ele não iria desistir para sempre dos confortos civilizados da sua cidade natal por alguma inculta região americana. Faria o seu lar em Viena, e lutaria pela sua nova ciência, a sua Causa, construindo laboriosamente a sua prática, ganhando respeito pelas suas teorias.

E assim ele chegara às praias do Novo Mundo como o herói conquistador, para ser laureado e honrado pelas maiores mentes da ciência.

Seria como um incrível, onipotente devaneio...

Ele pensara sobre isso durante meses: subindo ao palco na Clark, em Worcester, a platéia aplaudindo com fervor, inclinando-se para frente a fim de captar cada uma de suas palavras...

Por algum motivo, no entanto, ainda não conseguia visualizar completamente a imagem. Ela permanecia turva, como a água da piscina — como se ainda houvesse alguma coisa inexplorada, logo abaixo da superfície.

Quando finalmente encontrou o apartamento da irmã, em outro prédio novo e bem montado no Harlem, este estava todo trancado. Elas, também, tinham saído de férias, a zeladora o informou, Anna e suas duas pequenas sobrinhas, Martha e Hella. A mulher achava que Eli talvez ainda estivesse na cidade; se ele quisesse, poderia deixar-lhe um recado...

— Não, está tudo bem — ele agradeceu.

A idéia de ter de passar uma noite sozinho com seu cunhado, sem nem mesmo Anna e as crianças para intercederem, era aterradora demais para se contemplar.

— Eu os verei quando voltarem para a cidade.

Tocou a aba do chapéu e foi andando para a luz do sol de fim de verão, pretendendo caminhar de volta até o hotel no centro da cidade. Mas virou numa esquina errada na Amsterdam Avenue e descobriu-se perdido outra vez, vagando através de um belo, desconexo parque engenhosamente erguido na encosta de uma colina.

Quando emergiu dali, deu-se conta de que todas as pessoas à sua volta na rua tinham a pele escura. Uma cidade inteira de gente negra, morena, mulata, maior do que qualquer uma na África, ele percebeu — e ainda assim contida facilmente dentro da Cidade maior de Nova York.

Acima de tudo ficou atônito ao ver o quanto eles pareciam europeus, *americanos*: as mesmas roupas, as mesmas comidas, as mesmas lojas. As mesmas maneiras, ou ainda melhores, que as dos brancos no centro da cidade — homens e mulheres cumprimentando-se educadamente, tocando os chapéus uns para os outros nas calçadas.

Branqueie suas peles, coloque-os na Ringstrasse, e sem dúvida ficarão indistingüíveis em meio à nata da sociedade vienense. Coloque-os em Berlim e eles serão respeitáveis alemãezinhos...

Perdido em pensamentos, deu-se conta de que havia ficado perdido também fisicamente. Cada rua parecia seguir ao infinito, e embora fossem ruas largas e retas e numeradas, ele não conseguia mais se lembrar de qual era o caminho para o centro da cidade, e qual levava ao lado oposto. Havia pouca sombra nos quarteirões novos, inacabados, as calçadas de cimento branco ferindo-lhe os olhos. Estava muito cansado e precisava de um banheiro, e de alguma coisa para beber, mas parecia não haver lugar algum, nenhum lugar público em toda aquela cidade impenetrável, desnorteante...

Parou para descansar, apoiando-se pesadamente em sua bengala, enxugando o rosto com um lenço. Os rostos negros passavam rapidamente por ele — olhando através dele com o mesmo calculado desinteresse com o qual aquele judeu carregador de trouxas o havia fitado por cima da carreta no centro da cidade. O olhar perfeito, impenetrável, nem pouco amigável, nem simpático.

Ele, também — aquele judeu na cidade. Se o vestisse de acordo, enfiasse umas poucas frases educadas na sua cabeça, poderia passar por qualquer um dos maskilim *de Viena...*

Uma súbita lembrança vergonhosa emergiu de repente — das sociedades nacionalistas estudantis alemãs às quais ele se juntara brevemente, em seus tempos de faculdade. Todas aquelas marchas e gritos, todos usando uma escovinha ou um cravo branco na lapela. Noites bêbadas nos *beer gartens*, lendo infindáveis e excitadas ladainhas sobre o verdadeiro caráter alemão, a alma alemã. O sangue de Goethe e Schiller e Beethoven, efervescendo completamente com a genialidade!

Quanta tolice; quanta estupidez absolutamente infantil! Tudo para fazer com que nós também nos sentíssemos como gênios. Agora o mundo inteiro gira em volta de tal insensatez...

Ele estava começando a se sentir fraco. Se ao menos pudesse arrumar algum transporte rápido para voltar ao hotel — mas não havia nenhum cabriolé por ali, nenhum dos carros de aluguel ou fiacres que estavam em toda parte lá no centro. O único trem que avistou era uma demoníaca ferrovia elevada, à distância, que fazia a curva numa velocidade vertiginosa, durante a qual as máquinas rugiam a toda, vomitando uma fumaça preta e apitando loucamente.

Suas mãos tremiam um pouco na bengala. Isso era ridículo, ele pensou, perdido como se estivesse no meio dos desertos Árticos de Peary e Cook. Mas se não conseguisse encontrar logo algum lugar, tinha certeza de que acabaria urinando nas calças e desmaiaria ali mesmo na calçada, talvez até pior...

— Será que posso ajudá-lo?

Um cavalheiro de idade examinou-o de perto. Usava um colarinho clerical e um terno preto alinhado, bem cortado, e uma expressão de dignidade tranqüila, implacável. Tinha uma vasta cabeleira branca sob o chapéu-coco, e uma pele muito trigueira, lustrosa a um ponto quase avermelhado nas firmes maçãs do rosto.

— Posso ajudá-lo em alguma coisa? — ele falou outra vez, curvando-se com cortesia e batendo na aba do chapéu, apresentando-se como o dr. Betancourt. Seus olhos eram graves mas preocupados, e Freud, finalmente entendendo o que ele dizia, agarrou o homem pelo braço.

— Ja, ja, *se o senhor puder, estou tentando voltar ao meu hotel...*

— Posso ajudá-lo a ir para qualquer lugar que quiser — o homem retrucou num alemão perfeito, com sotaque de Berlim. — Infelizmente os cabriolés não vêem a esta parte da cidade. Será que posso persuadi-lo a vir até a minha casa, primeiro... até que se recupere um pouco?

— Seria muita gentileza sua — Freud balbuciou, deixando que o homem mais velho o guiasse ao longo da calçada levando-o pelo braço, tão naturalmente como se fosse o seu velho pai.

• • •

O pastor ajudou-o a subir até o alpendre baixo de mais um enorme e novo prédio de apartamentos, branco como um sarcófago, e que ocupava um quarteirão inteiro. Lá dentro, no entanto, o seu escritório era fresco e escuro, repousante como um cochilo depois das ruas quentes e claras. As cortinas estavam fechadas, deixando entrar apenas uma estreita brecha de luz. Era uma sala atulhada, ativa, com altas pilhas de livros e papéis — um sofá, um par de poltronas de couro patente, a escrivaninha e a cadeira do pastor.

Freud sentou numa das poltronas de couro, bebericando um copo de limonada fresca. Este lhe fora levado por um belo rapaz que depois desaparecera num outro cômodo, seguindo por um corredor escuro e comprido. Como tudo o mais na América, o apartamento era imenso e misterioso.

— É o filho da minha irmã — o dr. Betancourt informou com gravidade. — Estamos morando todos juntos atualmente, mas ele é um bom menino, muito respeitoso. Mandei-o alugar uma carruagem para o senhor.

Freud olhou em torno da sala sob uma nova luz. Reparou agora num pequeno prato e no serviço de chá arrumados num canto, algumas roupas de cama escondidas atrás do sofá. Aquele único cômodo obviamente era onde o homem não apenas trabalhava, mas também onde comia e dormia.

— Diga-me, o senhor atende numa destas belas novas igrejas que reparei no caminho? — Freud perguntou educadamente.

— Ah, não — o ministro respondeu, olhando para o chão, um leve sorriso tremeluzindo em seu rosto. — Nós nos reunimos num armazém, por enquanto... mas esperamos conseguir dinheiro para a nossa própria igreja, algum dia.

— Ah, entendo!

Freud desviou os olhos, constrangido — e reparou numa pequena estante, onde ficou surpreso de ver cópias do seu próprio trabalho, no original em alemão, parte de uma pequena mas excelente biblioteca de sociologia, filosofia e ciências físicas.

— O senhor tem os meus livros — ele falou sem pensar, imediatamente envergonhando-se da própria imodéstia.

— Ah, sim, eu já li todo o seu trabalho. É uma grande honra conhecê-lo em pessoa... dr. Freund *— o pastor deu uma risadinha, e Freud sorriu desolado. — Deixe-me dizer, acho que seu trabalho é brilhante, realmente muito brilhante... mas um tanto limitado — ele falou com mais seriedade.*

— É mesmo? Em que aspecto o senhor o considera limitado? — Freud perguntou, suspirando um pouco consigo mesmo. — É o sexo?

— Não, não, quanto a isso tudo bem. — Um outro sorriso de querubim contorceu o rosto do pastor. — Não, isso estava tudo certo. Só que... eu acho que o senhor não dá crédito suficiente às outras influências, fora da família.

— Tais como? — Freud perguntou, incapaz de manter a instantânea combatividade fora da sua voz.

O dr. Betancourt fez a volta pela cadeira até uma parede, onde havia um pequeno espelho de barbear pendurado. Deu um pulinho lépido e tirou o espelho do lugar, levando-o até Freud.

— O senhor já esteve numa casa de diversões, Doutor?

— Creio que não...

— Ah, pois deveria ir algum dia, Doutor. Eles têm todo tipo de espelhos ali, o senhor sabe: espelhos grandes, espelhos pequenos. Espelhos que deformam, que encurtam, que afinam. Todos os *tipos* de diferentes reflexos, olhando de volta para você. É assim que nos enxergamos, Doutor... através de *todos* estes espelhos.

Freud examinou-se no espelho de barbear que o clérigo lhe oferecia, a face de um rígido mas simpático vovô encarando-o também — a barba branca impecável, os cabelos precisamente penteados, os profundos e simétricos sulcos ao longo das faces e sob os olhos.

Como estou ficando velho Como estou ficando

— Mas isso implica a cultura então, hein? — Freud objetou. — Uma psicologia nacional, na qual os alemães devem ser analisados como alemães, os americanos como americanos... o que quer que isso signifique...

O dr. Betancourt balançou a cabeça.

— Não, não. Eu quero dizer que os espelhos são todos os tipos. Há o espelho onde o homem olha quando quer pensar em si mesmo como um amante, ou outro quando ele quer julgar-se um marido, ou um pai, ou um grande homem. E há o espelho no qual o homem se olha quando quer pensar em si mesmo como sendo branco.

— Então o que o senhor está dizendo é que a alienação é inerente — Freud falou devagar.

Betancourt tornou a sorrir.

— E como não poderia ser? — disse com suavidade. — Olhe à sua volta... o que nós construimos. Como não sermos alienados neste mundo moderno? Como poderíamos não ser?

— Tudo bem. Suponho que o que diz seja verdade. Mas e quanto a tentar mostrar ao paciente... à pessoa... a verdadeira imagem de si mesmo? Humm? E quanto a fazê-lo encarar uma realidade objetiva?

— É isso que o senhor faz, Doutor? É isso? Descreve uma realidade científica, quantificável? Ou na verdade está só contando histórias?

— Histórias?

— Ah, boas histórias, histórias prováveis, histórias que fazem sentido — o dr. Betancourt falou com uma risada retumbante, inclinando-se para frente e dando uma palmadinha no joelho de Freud, para certificar-se de que ele não estava ofendido. — Histórias que fazem as pessoas pensarem que seu mundo faz sentido... mas histórias assim mesmo.

— Talvez. Por enquanto — Freud respondeu, como sempre obrigando-se a considerar uma outra verdade. — Ainda não sabemos o bastante. Mas, eventualmente, sim: não há motivos por que não possamos determinar tudo sobre a mente, desde a neurose até a paranóia... em quantidades científicas, biológicas.

— Não há? Qual é a verdadeira imagem na casa de diversões, Doutor? Como o senhor a distingue? Tenho visto um pouco da nossa cidade... o que é o verdadeiro americano? O que sou eu? Um homem negro, ministro de Cristo? Algum tipo de Novo Negro? Um *crioulo*?

O sorriso ainda estava lá, agora duro como pedra no rosto do pastor.

— Sim, sim, sei o que quer dizer — Freud falou apressado. — Mas se é verdade, como mantermos algum contato com a realidade? O que pode evitar que os homens sejam completamente dominados por algum misticismo idiota?

O dr. Betancourt largou o espelho e estendeu as mãos para o alto, como se estivesse chegando ao final de uma boa piada.

— É por isso que a única resposta é o Amor Divino, Doutor. O amor eterno, ilógico.

— O senhor acha mesmo que o homem é uma criatura divina? — Freud perguntou, do modo mais educado que pôde.

— Não. Acho que ele é um animal... exatamente como o senhor pensa, Doutor. Se ele fosse divino, a razão bastaria. Mas porque ele é, no fundo, um animal, a razão jamais será o bastante.

— Esta é uma crença muito fatalista.

Betancourt lançou-lhe um olhar curioso.

— Esta é a grande prova de um homem, como o senhor bem deve saber. Olhar para o mundo sem ilusões... e ainda assim viver com honra e decência.

O belo e quieto rapaz retornou; a carruagem estava esperando lá embaixo. O pastor apertou-lhe a mão e enviou-o em seu caminho, recusando qualquer uma das feias e esverdeadas notas que Freud tentou lhe entregar.

— Ah, não, não — ele protestou, gesticulando em volta da sala escura e pequena. — Nossa conversa já foi uma grande recompensa. Como eu o invejo... voltar para um lugar como Viena, onde os homens conversam sobre tais coisas todos os dias!

— Bem, sim — Freud hesitou, pensando nos empertigados oficiais com seus uniformes de ópera-bufa, os gordos burgueses e suas damas, os estudantes fanfarrões com suas cantilenas e seus distintivos.

— Como eu gostaria de ver!

Depois de mais efusivas despedidas, o jovem sobrinho do ministro conduziu-o para o centro da cidade, as ruas lenta e constantemente se estreitando, as torres e arranha-céus assustadores erguendo-se de cada lado, como se toda a América estivesse fluindo para dentro daquele único, vasto coágulo de humanidade.

Quantos espelhos poderia haver em tal lugar?

Freud balançou a cabeça. A coragem para viver com a verdade — sim, isso ele podia enfrentar. Mas viver sem nenhuma verdade — contar apenas com o amor dos homens, ou de Deus?

Não, isso era demais. Balançou a cabeça, observando o silencioso garoto negro manobrar a carruagem com habilidade através das agitadas e estridentes ruas da cidade. Havia somente a verdade, ele decidiu, e permaneceria fiel a ela mesmo se jamais chegasse à terra prometida.

CAPÍTULO 39

NO PASSADIÇO

O gondoleiro impelia o barco taciturnamente ao longo dos canais serpenteantes do Palácio do Doge. Nos balcões das *villas* de gesso, quartetos de cordas faziam serenatas com as músicas dos mais recentes espetáculos da Broadway.

Esther estava sentada na popa, segurando no colo uma cópia do *Forward* e o seu chapéu de palha, enquanto ele estendia-se na proa, observando a outra mão dela deslizar através da água escura, esverdeada.

— Por que você lê esse negócio? — ele provocou-a.

— Para ficar informada — ela disse, sorrindo-lhe.

— *Eh.* Quanto você precisa saber, afinal?

— É importante saber, se a gente quiser mudar as coisas.

— As coisas mudam o tempo todo — ele encolheu os ombros. — O que isso tem a ver?

O barco parou num pequeno restaurante, aninhado sob um romântico castelo de madeira compensada e o romântico céu noturno de Veneza, uns poucos metros acima das suas cabeças. Este era iluminado por uma grande bola elétrica, por trás de metros e metros de gaze azul. Eles pisaram cuidadosamente na *piazza* enquanto o gondoleiro ficava por ali indiferente, fumando um cigarro. Sentaram numa mesa e comeram espagueti, e *tiramisu*, enquanto outro dos ubíquos violinistas passeava em volta, tocando as músicas favoritas por umas poucas moedas.

— Você sabe, você pode confiar em mim — ela disse abruptamente, olhando muito séria para ele no outro lado da mesa, com seus grandes olhos castanhos.

— O quê? — ele perguntou sobressaltado, tentando parecer o mais inocente possível.

— Você pode confiar em mim, isso é tudo. Sei que você anda por aí por algum motivo...

— O quê? Como sabe disso? Por quê...

— Vamos lá — ela disse, impaciente. — Eu vejo você andando por aí, fazendo hora. Morando naquele lugar. Até eu sou capaz de entender isso.

Ele começou a protestar novamente, e ela ergueu a mão.

— Às vezes acho que você é o meu próprio *dybbuk*, e que apenas sonho que você existe quando quero. Ela sorriu. — Mas está tudo bem... não preciso saber o que é. Só quero que saiba que pode confiar em mim.

— *Eh*, bem, não é nada... — ele desconversou.

— Acho que você está se escondendo de alguma coisa, isso é o que eu acho.

— Você não devia se envolver. Não é nada para você, minha pombinha. Eu lhe disse que era um homem muito ruim.

— Mas o que é?

Ela estendeu o braço por cima da mesa, mas ele desviou os olhos.

— São apenas umas coisas. Coisas que aconteceram no escuro — ele murmurou.

Ninguém pode ver o que acontece no escuro

— Você pode confiar em mim, só isso... não importa o que seja.

Ele a fitou com atenção — tão sincera, os olhos grandes e úmidos de emoção — e pensou que provavelmente poderia lhe contar. Provavelmente poderia lhe contar qualquer coisa, agora que ela prometera. Talvez ela até o admirasse por isso.

Então por que estava envergonhado do que fizera?

Não era isso, exatamente — na verdade, era algo que ainda não conseguia entender direito. Não gostava de tê-la idolatrando-o por alguma coisa que nem ele ainda sabia a respeito de si mesmo.

Ninguém pode ver o que acontece no escuro.

CAPÍTULO 40

BIG TIM

— E agora para onde, Big Tim? — Photo Dave estava lhe perguntando.

— Ah, para o xadrez. Sem dúvida, para o xadrez.

— E quanto a "Sua Excelência"? — Dave perguntou em tom de ironia.

Eles tinham uma outra reunião marcada com o prefeito. Sempre havia uma outra reunião com o prefeito.

— Primeiro o xadrez, eu acho. Nosso Salvador não diz que não devemos deixar uma alma definhando na cadeia?

Cortaram caminho pelo *Chasir Mark* na Hester Street, depois subiram pela Broome Street, onde o novo quartel da polícia flutuava como um couraçado acima do tráfego.

A coisa tinha cinco andares de granito sólido, com ornamentos de mármore e um bela quantidade de floreios gregos. Sua imponência clássica, sua absoluta gravidade, tinham o objetivo de estabelecer de uma vez por todas a autoridade da Lei — cintilando branca e pura. No interior tudo era muito moderno, muito profissional. Havia uma área de circulação, um laboratório de ciências forenses e uma Galeria de Procurados, e até uma sala de espera para os *chauffeurs*.

Era contudo uma outra auto-ilusão dos reformistas: se você constrói alguma coisa grande e nova o suficiente, pode fazer as pessoas adequarem-se a ela. No dia em que eles se mudaram da antiga delegacia, na Mulberry Street, Sullivan havia visto dezenas de policiais gingando nas ruas com seus casacos compridos e antiquados, carregando braçadas do velho lixo: escarradeiras, e fotos emolduradas dos velhos rapazes. A habitual bandeira verde do regimento, com uma harpa dourada, dos Fighting Sixty-ninth. Empoeirados livros de registros de presos de bordas vermelhas, datados desde a época do Chefe Tweed. Logo tudo aquilo ficou parecido com qualquer outra delegacia da Cidade, aconchegante como um *pub* irlandês.

— Precisam de ajuda aí, camaradas? — um dos espirituosos policiais atrás do balcão da entrada apareceu perambulando. Estava cheio da mal contida exuberância dos homens que trabalhavam o dia inteiro com outros homens, e faziam o que bem entendiam. Mas até ele se conteve um pouco, ao ver de quem se tratava.

— Sr. Sullivan! — exclamou, imediatamente tornando-se tão respeitoso que Big Tim quase esperou que caísse de joelhos. — Ah, eu sei quem o senhor quer ver. Ele está lá embaixo. Buckley o trouxe ontem à noite. Posse de uma grande e velha pistola...

— Ah, agora esse é um serviço rápido para você — Big Tim falou a Photo Dave, antes de virar-se novamente para o sargento. — Muito bem, então, Sargento... Banque o Virgílio para o nosso Dante e nos conduza até ele.

O porão onde ficavam as celas fedia a mijo, e vômito e corpos não lavados, e no meio da escadaria já havia uma trilha bem usada, onde os carcereiros andavam em suas rondas. A inevitável lenda irlandesa dizia que o lugar era mal-assombrado, mas Big Tim tendia a duvidar. As celas eram depressivamente comuns, iguais às de qualquer outra cadeia em todas as outras delegacias do mundo: rostos indistintos, desesperados, olhando para eles por detrás das grades. Big Tim tentou não olhar de volta, temendo que pudesse ver um dos seus constituintes, ou alguém de quem simplesmente se apiedasse. Hoje não havia tempo para isso...

Antes de Teddy e da Reforma tinham havido menos celas. Ao contrário de agora, cada delegacia tinha o seu próprio albergue no porão: uma fileira de tábuas de madeira dura, esfregadas, servindo de camas. Varais pendurados por cima de um aquecedor a carvão. O ubíquo aviso na parede, ordenando a NÃO PRAGUEJAR NEM FALAR ALTO DEPOIS DAS NOVE HORAS. Nas piores noites de inverno poderia haver duzentas, até mesmo quatrocentas pessoas dormindo num distrito, famílias inteiras amontoadas em volta do aquecedor.

Estes aquecedores soltavam uma fumaça terrível, por certo, e os lençóis e cobertores tinham uma cor doentiamente amarela, e todos ficavam ali trancados até de manhã — mas ainda assim era melhor do que a Tombs, ou as grelhas das ruas. Então os Holies decidiram que você tinha de cometer um crime para acabar numa delegacia de polícia:

outra distinção arbitrária, separando os pobres dos criminosos. Agora as celas de abrigo estavam cheias de bêbados, enquanto as famílias congelavam nas ruas...

Eles chegaram à última e maior cela no porão, nas profundezas das suas sombras.

— Aí está... número 99. É a melhor da casa, exatamente como o senhor pediu.

O sargento hesitou antes de abrir a porta, e apenas um olhar fez com que Big Tim entendesse por quê. O prisioneiro equilibrava-se na beirada do estreito catre da cela, encarando-os. Um jovem compacto, vestido como um bacana, mas perigoso e selvagem como uma pantera enjaulada.

— Tudo bem, você aí... não vai me fazer nenhuma besteira agora — o sargento de polícia falou rapidamente, um tanto inconvincente. O jovem na cela não disse nada, limitando-se a olhar fixo para fora como se estivesse calculando a distância até as suas jugulares.

Big Tim pigarreou asperamente para quebrar o encanto, dando uma gorjeta ao sargento como se ele fosse um garçom.

— Muito bem, Liam. Agora deixe-nos ter uma conversinha.

— Claro, sim senhor — disse o tira, entrando em ação rapidamente e movendo-se para destrancar a porta da cela, mas não, Big Tim reparou, antes de puxar o cacetete para fora do cinto.

Ele não podia culpar o policial; o homem poderia claramente matar qualquer um deles sem pestanejar. Ele próprio sentiu uma leve trepidação de medo — mas endireitou os ombros e marchou para dentro da cela como um domador de leões, deixando Photo Dave no lado de fora para certificar-se de que não seriam interrompidos.

— Ora, ora. Lazar Abramowitz — ele disse, espicaçando o jovem gângster imediatamente.

— Gyp é o meu nome, não venha me provocar — ele disparou com raiva, mas também um tanto surpreso.

Big Tim nunca vira um gângster, fosse judeu, irlandês ou italiano, que quisesse ser conhecido pelo nome verdadeiro. Eles gostavam das suas alcunhas valentes, exóticas — mas a maioria deles não queria que suas mães soubessem.

— Como quiser, Gyp. De qualquer forma, posse de arma, esta é uma acusação grave.

Ele sentou no beliche, o mais próximo de Gyp que conseguiu. Quando o fez, admirou-se ao ver que o corpo inteiro do gângster estava tremendo, como se enfurecido pela injustiça de tudo aquilo.

— O senhor sabe que fizeram uma armação comigo! — ele explodiu. — Eu faço meu serviço com os capangas, ou com um valentão. Quando preciso de uma arma, mando a minha garota carregar pra mim. O senhor sabe disso tão bem quanto eu!

— Hum-hum. Bem, mal posso esperar para ouvi-lo dizer *isso* ao júri. Tenho certeza de que será uma defesa muito boa.

Gyp mergulhou num silêncio carrancudo, e Big Tim reparou, sob a fraca luz da cela, que sua bela e densa cabeleira estava emaranhada de sangue e curativos improvisados.

— Ora, ora, foi Buckley quem fez isso em você? — Big Tim perguntou. — Meu Deus, o sujeito fica bem entusiasmado quando está com um cacetete. Você podia...

— Aquele *vitzer*? Não, ele só me bateu de leve. Isso foi um outro desgraçado, com uma pá — Gyp bufou com desdém. — Mas ainda vou ter com ele...

— Tudo bem, agora escute — Big Tim disparou, subitamente agarrando Gyp pela gravata de seda vermelha com uma das mãos, e descansando seu outro antebraço no ferimento da cabeça, pressionando apenas o bastante para fazer com que o gângster se encolhesse, mesmo a contragosto.

Os olhos de Gyp rodopiaram de ódio — mas Sullivan julgou ter visto apenas cautela suficiente, apenas bom senso suficiente para que se controlasse.

— Tem uma coisinha que eu lhe pedi para fazer, e o tempo está se esgotando.

— Eu sei — ralhou Gyp. — Eu vou fazer. Assim que cuidar de...

— Não há mais tempo! Faça o que quiser fazer com Kid Twist ou qualquer um dos seus outros camaradas arruaceiros depois que terminar o meu serviço. Não quero mais ouvir nada sobre você e os seus capangas da Lenox Avenue pinoteando lá no Grand Duke, ou armando uma confusão dos diabos nas rinhas de ratos, pelo amor de Deus. Você faça o que lhe foi mandado, e vai fazer isso agora, ou darei um jeito para que passe uma longa temporada em Ossining.

Empurrou Gyp bruscamente contra a parede da cela, batendo sua cabeça de propósito, e levantou-se do beliche num pulo — desafiando o gângster a enfrentá-lo. Enfurecido, Gyp começou a se adiantar, e por uma fração de segundo Big Tim pensou se não havia subestimado o sujeito e se ele não iria mesmo direto para a sua garganta. Só no último instante ele conseguiu conter-se e voltou para o catre, fitando Sullivan fixamente com aqueles olhos frios e inquietos de pantera.

— Ótimo — Big Tim falou. — Pelo menos você ainda tem juízo suficiente nessa cachola.

Gyp assentiu, o rosto agora transformado numa máscara inflexível.

— Tudo bem, então. Vam´ embora. Não podemos ter um homem inocente como você ocupando um espaço na cela daqueles que pagam impostos. Os Simon Pures não iriam aceitar isso.

Cuidaram da papelada na portaria, onde Big Tim pagou uma bolada ao sargento. Uma pequena multa, ou o pagamento de fiança para um vagabundo, ou um suborno — ele nem se deu ao trabalho de perguntar. Era ainda mais uma falsa distinção, obscurecendo o fato central da questão: só se sai da cadeia pagando em dinheiro.

Quando saíram da delegacia, Gyp afastou-se rapidamente sem dizer nenhuma palavra, perdido entre a multidão da calçada em poucos segundos.

— O que, nem um muito obrigado? — Big Tim gritou atrás dele, em tom de zombaria.

Não obteve resposta, mas tinha certeza de que fora ouvido. Se seria ou não obedecido era outra questão.

— Agora lembre-se do que eu falei!

— Ah, mas ele é um nanico — Photo Dave falou, balançando a cabeça enquanto observava Gyp afastar-se com largas passadas para dentro da cidade. — Não é John Morrisey, nem Bill Açougueiro, é?

— Não.

— Mas, então, todos eles são pequenos hoje em dia. Naniquinhos. Ora, eu me lembro que costumavam ter pelo menos um metro e oitenta de altura, e eram fortes como um bonde. Já não fazem mais gângsteres como antigamente.

— Não, não fazem.

Desceram os degraus da delegacia, Photo Dave ainda com as reminiscências acerca dos grandes capangas e trapaceiros da sua juventude. Era bem verdade, no entanto: todos eles eram homens relativamente pequenos, rápidos, atualmente, hábeis com uma navalha ou uma pistola. Completamente inofensivos à primeira vista, porém mais sérios e mortíferos do que nunca.

Na época em que o próprio Tim andara com uma gangue eles pareciam meros garotos, em contraste — Googy Corcoran e Baboon Connoly e Red Rocks Farrel e todo o resto dos Whyos. Eles tinham até mesmo uma lista de preços impressa: ESMURRAR, DOIS DÓLARES; ARRANCAR ORELHA, QUINZE; SERVIÇO COMPLETO, $ 100 E ACIMA.

Maldita tolice, tudo aquilo, e apenas por sorte ele tivera o bom senso de se mudar para a política, antes que acabasse em Sing Sing ou esticado num frio necrotério da cidade.

Ele fora salvo, no final, por um outro capacho de político, não muito diferente de si mesmo. Tammany sempre precisara das gangues — a fim de fornecer músculos nas eleições, e espremer dinheiro dos homens de negócios. Para realizar determinadas tarefas repugnantes como aquela. Mas elas tinham de ser controladas, meio que mantidas em segredo, ou de nada serviriam.

De nada adiantaria ter o rabo sacudindo o cachorro, e foi por isso que ele conseguira fazer com que sua lei sobre a posse de armas passasse. Havia proferido grandiosos e lacrimejantes discursos em favor desta lei em Albany, e até tivera o seu nome ligado a ela: a Lei Sullivan, transformando em delito grave o porte dissimulado de armas por qualquer cidadão.

Isso deixara os reformistas loucos. Eles não conseguiam entender este trambique, embora fosse bastante simples para aqueles que tivessem olhos para ver. Desta forma, um policial poderia plantar uma pistola em qualquer um que ele quisesse fazer entrar na linha. Os gângsteres tentaram costurar os bolsos, ou dar as armas para suas mulheres carregarem, mas como sempre perderam o quadro mais amplo. A intenção principal era ter a lei registrada; eles sempre podiam ser nocauteados primeiro e as pistolas aparecerem depois, lá na delegacia, no momento certo para os tiras.

Assim eram as coisas. Era assim que tinham de ser, com a Organização no comando. E era por isso que Charlie Becker Bonitão e Beansy teriam de desaparecer.

No entanto, Big Tim não podia evitar estremecer ao pensar no animal agitado que acabara de soltar em cima do pobre Herman. Até visualizava o rosto largo, bonito, carnudo: lábios cheios e vermelhos como os de um ator, pequenos olhos escuros sempre úmidos de emoção. O queixo fendido sem dúvida tremendo um pouco com a emoção, enquanto ele ditava a sua história para o promotor público:

É puramente uma questão de amizade

CAPÍTULO 41

SADIE MENDELSSOHN

Sua mãe diria que ela estava destinada a ser uma prostituta, que isso ficara marcado nela por aquela mulher no outro lado do quintal; e não acreditaria no contrário, não importava o que Sadie dissesse.

O problema era que a mulher recusava-se a manter as cortinas fechadas. Recebia os fregueses bem ali, na estreita cama branca, um andar abaixo e diretamente em frente à janela do quarto delas. Sadie e suas irmãs podiam ver tudo, mesmo através da vidraça estriada de sujeira.

O desfile de homens esgueirando-se, cabeças baixas, ainda usando seus chapéus. Alguns deles tocando-a timidamente, alguns caindo sobre ela numa única investida desajeitada, empurrando-a sobre o catre. Rápidos ou lentos, magros ou gordos, tão diferentes entre si quanto flocos de neve isolados — embora todas as suas coisas fossem tão exatamente as mesmas.

Sadie e as irmãs achavam que a mulher era linda, com seus cabelos profundamente negros e a pele muito clara — clara o bastante para que as pequenas veias azuis se destacassem em toda parte, mas muito delicadas, muito finas. Elas a observavam enquanto dormia de manhã, os lençóis chutados para fora da cama, deitada de costas completamente nua, num sono pesado. Os braços erguidos acima da cabeça. Os seios arfando devagar, e o retalho de pêlos negros entre as coxas, a carne um tanto confortável em torno dos quadris avolumando-se do seu belo e rechonchudo traseiro, do qual os homens pareciam tanto gostar.

Sua mãe as proibiu de olhar. Ela era sempre muito cuidadosa, sozinha com três meninas, zelosa demais até para aceitar um *rommerkeh.* Ainda assim, quando voltava do trabalho na fábrica de guarda-chuvas, pressionando as aracnídeas varetas de metal em suas retesadas coberturas de lona, ela as encontrava a todas na janela do quarto, contemplando arrebatadamente o outro lado do quintal.

Não havia nada que ela pudesse fazer para obrigá-las a parar. Tentou castigá-las. Tentou trocar o quarto delas pelo seu, embora este fosse pequeno demais para três meninas em crescimento — mas assim mesmo, sempre que estava fora, elas esgueiravam-se para o outro quarto e iam à janela espionar a prostituta lá embaixo.

Ela finalmente confrontou-se com a mulher. Pela mesma janela, elas puderam vê-la — a pequena mama — discutindo agitadamente com a linda dama de cabelos escuros. Implorou para que ela parasse com aquilo, ameaçou contar à polícia. Até mesmo ofereceu-se para fazer cortinas novas para a *kurveh*. Mas nada disso adiantou.

— Quem é você para me dizer o que devo fazer? — a mulher retrucou. — Esta é a minha casa, posso fazer o que quiser.

— Mas as minhas filhas. São as minhas filhas que estão vendo essas coisas!

— E daí? Quem são as suas filhas para que vivam como Rockfellers? Melhor que vejam como é a vida!

— Mas por que isso, tão cedo? Não é decente...

— É melhor que vejam como eu tenho de viver! — a mulher persistira louca, obstinadamente. — É melhor que todos vejam como eu tenho de ganhar o meu sustento nesse mundo, do que se esconder atrás das suas cortinas!

Ela não pôde fazer nada com a mulher, e a polícia não estava interessada. Tentou queixar-se com o vereador local, que enviou um membro da sua equipe para investigar — mas pelo que ela soube em seguida, suas filhas viram o assistente do vereador, jovem e tímido como um *yeshiva bocher*, parado com o chapéu na mão no quarto dela. E logo ele, também, estava ofegando e sacudindo-se e debatendo-se loucamente na caminha estreita, sem nem mesmo ter tirado as calças. Ele era um dos rapidinhos...

Elas continuaram a olhar a mulher, em todos os momentos que podiam. Não era tanto a profissão dela que as fascinava, mas sim aquela espiadela no mundo dos adultos.

Analisavam-na avidamente em busca de indicações. Observavam a maneira como ela se vestia, colocando as meias e cintas-ligas e a roupa de baixo estranha, sedosa. Observavam-na escovar os cabelos de manhã, e comer um pedaço de galinha, sozinha em sua mesa, numa tarde de domingo. E às vezes, tarde da noite, um barulho as despertava

— gatos brigando, ou um latão de cinzas retinindo no calçamento — e iam olhar para fora e a viam chegando, cambaleando embriagadamente enquanto arrancava as roupas.

Ao lembrar-se disso, anos mais tarde, Sadie achou que provavelmente era por isso que ela mantinha as cortinas abertas. Para que *alguém*, qualquer um, pudesse vê-la ali e saber que ainda estava viva.

Então — numa certa manhã, depois que a Mama saiu, elas correram para a janela e viram a mulher dormindo no chão do quarto. A princípio pensaram que se tratava de outra perversa prerrogativa dos adultos, mas então repararam que a pele dela parecia estar mais azulada e translúcida do que nunca. Ela parecia estar num sono mais profundo do que nunca antes, e numa posição ainda mais estranha — as costas arqueadas para cima, e o pescoço virado para o lado, completamente nua outra vez, mas com os pés dobrados e os dedos das mãos retorcidos sobre as palmas, como se estivesse agarrando alguma coisa.

Ela ficou dormindo daquele jeito o dia todo, e no dia seguinte também — mas elas nada disseram, com medo de que a Mama descobrisse que estavam espionando novamente. Não parecia haver nenhuma marca nela, mas ainda estava deitada de costas, as mãos agarrando o ar. Pouco tempo depois disso, elas viram o zelador chegar e abrir a porta, acompanhado pelo mesmo tímido e jovem assistente do vereador, a quem mandara buscar. E quando ele abriu a porta, elas viram, os dois homens cobriram os rostos com seus lenços, e o zelador correu para fora enquanto o ajudante *yeshiva bocher* permaneceu ali, chapéu numa mão, lenço na outra. Até que finalmente, depois de um longo tempo, os funcionários do necrotério chegaram e jogaram o corpo dela, frio e azulado, em cima de uma maca, atirando uma grosseira manta de cavalo sobre a sua nudez antes de carregá-la para fora até a rua.

A Mama sempre gostava de dizer que isso a deixara marcada, mas Sadie já sabia alguma coisa sobre a vida, mesmo então. Ela jamais sentira qualquer desejo de ser como aquela mulher — nem mesmo naquelas manhãs dolorosamente cansativas depois que ela e as irmãs começaram a trabalhar na fábrica de caixas, e costumavam invejar a mulher por poder dormir até tarde. Ela nunca *quis* ser uma prostituta.

O problema apareceu mais tarde, quando Sadie começou a ir à cobertura do telhado para pendurar as roupas. Ela gostava de lá; era arejado e fresco, e sempre havia gente em volta: mães e filhas pendurando as roupas lavadas. Crianças nuas, correndo em volta dando gritinhos. Coletores de impostos e enfermeiras do Departamento de Saúde, com suas pastas pretas, indo de casa em casa por todo o quarteirão sem nem precisar colocar os pés na rua.

Os rapazes gostavam de ficar sentados ali no telhado, também. Bebiam cervejas e atiravam as latas no quintal, e apostavam corridas entre os pombos que mantinham em viveiros engradados atrás do reservatório de água.

Ela adorava observar as aves — os lindos pombos-gravatinha e os cauda-de-leque, e os papo-de-vento enfunados, empertigados, e os pombos-volteadores e as rolinhas, rodopiando seus elegantes truques no ar. Logo ela estava subindo ali todas as tardes para vê-los precipitando-se e planar entre os cortiços, descendo em círculos cada vez mais estreitos, sempre retornando aos telhados revestidos de piche e aos seus viveiros confinados atrás do eterno reservatório em formato de pipa de madeira.

Os rapazes permitiam que ela sentasse junto com eles e observasse os pássaros pelo tempo que quisesse. Um deles, a quem chamavam de Crazy Butch, era especialmente gentil com ela. Ele era o líder dos garotos, e o mais bonito, ela achava — alto e de ombros largos, com um leve bigodinho e uma cicatriz pequena na face esquerda, e um chapéu-coco que usava de um jeito libertino. Ele sempre tinha um sorriso para ela, e deixava que ela segurasse os pombos, até mesmo os seus mais belos cauda-de-leque, e acariciava delicadamente suas cabecinhas nas gaiolas.

Ainda assim ela não se deixava enganar. Sabia que ele era mais velho que ela, e um *shtarkeh* para alguma gangue da rua, e provavelmente um bandido também. Mas às vezes, no quarto que dividia com as irmãs, Sadie não podia evitar sonhar que ele a levava para assistir a algum espetáculo, ou a uma das academias de dança na Norfolk Street.

Desde que era pequena ela gostava de ficar parada na entrada das academias de dança. Nas noites de competições, todas as meninas da vizinhança ficavam ali na porta, apenas para ver os dançarinos entrarem: as mulheres com seus lindos vestidos, os homens em seus melhores ternos, os pés já mal tocando a calçada enquanto flutuavam para dentro a fim de dançar.

Lá dentro, era realmente algo bem diferente — mas não menos divertido. Assim que teve idade suficiente para ganhar algum dinheiro, Sadie corria para lá sem nem mesmo tirar o seu avental de cozinha, sempre que a Mama saía por uns poucos minutos. Ela nunca estivera em nenhum outro lugar tão excitante. O salão inteiro vibrando, os dançarinos transpirando e saltitando, rosto-com-bochecha, pela pista de dança. Um descabelado e apoplético professor de dança parado no meio, tentando marcar o ritmo batendo a bengala no chão. Todos ignorando-o, flertando e olhando uns para os outros em volta do bar, por cima dos seus saudáveis tônicos de aipo...

Sadie ajeitava a saia, verificando o seu avental na porta com as mamas de todas as outras garotas — procurando um parceiro que pudesse levá-la para rodopiar e girar pelo salão, tão leve quanto os pombos fazendo seus truques no ar.

Num fim de tarde de verão ela foi para o telhado quando este estava vazio. Normalmente ficava cheio de gente àquela hora, com as mulheres recolhendo as roupas dos varais, mas havia chovido naquela tarde e nenhuma delas levara a roupa para fora. Era arriscado, ela sabia, estar ali no telhado sozinha, mas o entardecer estava tão bonito, depois que a furiosa tempestade da tarde se esvaiu, e ela não conseguiu resistir. Além disso, quando chegou viu que os rapazes estavam lá em cima, removendo o encerado que tinham estendido para proteger os viveiros, examinando cuidadosamente as aves delicadas para certificarem-se de que nenhuma delas apanhara um resfriado.

— Ei, vem aqui, vem aqui!

Ela contornou a caixa d´água silenciosamente até eles, sem querer perturbar a solene inspeção dos pássaros. Eles pareciam garotinhos, ela pensou, vestidos com as roupas dos pais — em seus elegantes ternos baratos e chapéus grandes demais, tão sérios e preocupados com seus pombos.

— Vem cá! — Crazy Butch chamou assim que a avistou, o sorriso tão contagioso como sempre.

Ela continuou se aproximando, tímida mas contente por eles estarem felizes ao vê-la. A chuva havia parado completamente agora, os últimos raios de sol cintilando nas poças escuras no chão de piche do telhado. Era um daqueles poucos momentos de alívio refrescante depois de uma chuva de verão, antes que o ar abafado se erguesse novamente, tornando a noite ainda mais quente do que estava antes.

— Vem cá! — ele disse, estendendo um dos pombos para ela, e Sadie o segurou entre as mãos e o manteve ali.

Era um dos seus melhores cauda-de-leque, ela viu — as penas largas, brancas e azuis, espalhando-se entre seus dedos.

Ficou aninhando-o ali, sentindo sua pequena vida, a garganta e o coração pulsando em suas mãos, e ergueu os olhos para os garotos do telhado. Eles tinham se postado à sua volta, sorrindo, e ela lhes sorriu timidamente — imaginando que devia estar segurando o lindo pássaro de maneira errada, pensando que talvez não fosse capaz de avaliar tudo o que eles sabiam a respeito dos pombos.

— Vem cá — Crazy Butch repetiu e, segurando-a não sem delicadeza pelo ombro, beijou-a na boca.

Ela não conseguiu entender de imediato — a boca pendendo imóvel, sem corresponder, ainda sorrindo estupidamente por causa do pombo em suas mãos.

— O que é, não foi bom o bastante para você? — ele disse, e beijou-a outra vez... bem ali na frente de todos eles, direto na boca novamente. Depois por todo seu rosto, seu pescoço, acariciando-a rudemente, passando a mão para cima e para baixo nos seus seios, sua cintura, seus quadris.

Ela deu um passo para trás, atônita, ainda segurando o pombo. Um dos rapazes empurrou-a de volta para frente, e Crazy Butch tornou a beijá-la, os dentes cravando em seus lábios desta vez. Então outro dos garotos adiantou-se e beijou-a, e depois outro.

O pombo emitiu um grito estridente — nada parecido com os arrulhos que ela os ouvia dar antes — e então deu-se conta, meio embotada, de que devia estar apertando-o com muita força.

— Largue o pombo — Crazy Butch ordenou, ainda sorrindo aquele sorriso infantil, contagiante.

— O quê? — ela perguntou.

— *Lar-gue-o-pom-bo* — ele repetiu, impaciente desta vez.

— O quê?

Ela não se sentia como se pudesse compreender qualquer coisa. Eles ainda estavam beijando-a, os meninos do telhado, adiantando-se e agarrando-a, passando as línguas em seu rosto, apertando-lhe os seios.

— O quê? O quê?

Com o sorriso ainda no rosto, Crazy Butch balançou a cabeça e foi até ela, empurrando os outros para abrir caminho. Ele ergueu o braço e ela pensou *Ele não vai me bater Não é possível que ele vá me bater.* E então ele bateu, desfechando as costas da mão direto em sua face.

Ela caiu para trás, as mãos abrindo-se, finalmente soltando o pombo. Este voou com um guincho, a linda plumagem azul e branca espalhando-se em seu rastro. Crazy Butch, ainda sorrindo, ofereceu a mão para ajudá-la a levantar. Quando ela simplesmente não se moveu, ele puxou-a por um dos braços e pressionou suas costas atrás do reservatório de água, espremendo sua cabeça por baixo do braço até que ela mal conseguisse respirar.

— Vem cá, vem cá. Isso. Seja boazinha, agora, pequena *kalleh*. Seja boazinha...

... seus companheiros recuando um pouco, agora, ainda olhando-a de soslaio. Sadie dando-se conta, naquele momento, de que nem sabia o nome verdadeiro dele.

— Você só deixa nóis fazê, ou nóis vai fazê do mesmo jeito — Crazy Butch prometeu, começando a arrancar seu vestido e os saiotes.

Foi então que ela começou a gritar. Nem tinha pensado nisso, nem mesmo percebeu que estava gritando, no início. Antes, quando os beijos começaram, sua garganta estivera seca demais para que fizesse qualquer coisa, mas agora começou a gritar e a chutar e a debater-se. Eles tentaram enfiar as mãos em sua boca mas ela os mordeu, mordeu seus dedos até sentir o gosto de sangue. Continuou gritando e berrando tão alto quanto pôde, gritando pela Mama, e suas irmãs, e por quem mais que pudesse vir em seu socorro.

Mas estivera chovendo, e não havia ninguém no telhado. Ela mesma muitas vezes escutara gritos, lá em seu quarto, e nunca tivera certeza de onde eles vinham, ou se eram de verdade ou apenas brincadeiras de crianças. Assim eram as coisas na Cidade. No máximo ela poderia olhar pela janela dos fundos — mas dali teria apenas uma estreita visão do quintal, umas poucas janelas acima e abaixo...

Alguma coisa foi enfiada em sua boca — alguma coisa oleosa e horrível que a fez engasgar. Ela foi arrastada para trás do velho e protuberante reservatório de água, onde eles arrancaram o restante do seu vestido e das roupas de baixo, puxaram as meias baratas que a Mama muito a contragosto lhe comprara no *Chasir Mark*, e a estupraram bem ali no chão de piche, embaixo do viveiro dos pombos. Dois deles prendendo seus braços para baixo, dois outros segurando-lhe os tornozelos; o restante fazendo piadas, fumando, e bebendo cerveja. Crazy Butch primeiro, e depois outro e mais outro, até que seus quadris se transformassem numa massa entorpecida de dor.

Aquilo pareceu durar uma eternidade, o vermelho-gema do sol poente ardendo em seus olhos logo acima da beirada do telhado. Os pombos arrulhando por cima da sua cabeça — agitando-se e voejando no começo, mas depois aquietando-se para dormir conforme o sol se punha. Os rostos sorridentes, cobertos com leves penugens acima dela, ainda usando os chapéus dos seus pais enquanto impeliam-se para frente e para trás, dilacerando-a lentamente ao meio. Atrás deles ela podia ver a caixa d´água e tentou concentrar-se nisso. Tentou desejar que ela rompesse suas velhas estacas de madeira e inundasse o telhado, para que a água pudesse varrer tudo à sua frente — ela mesma, e os meninos que a trespassavam, e os pombos indiferentes — tudo, todos eles, direto para fora do telhado. Mas nada aconteceu.

Eles não a deixaram levantar até que o sol se pôs, e sabiam que logo as pessoas começariam a chegar, para fumar e conversar, e dormir ao ar livre na noite úmida, agitada. Lá embaixo ela já ouvia os ruídos do jantar terminando, por todo o cortiço: os pratos sendo raspados e lavados, cadeiras puxadas de volta para as mesas, e cachimbos sendo acesos, e pensou que logo aquilo teria de acabar.

Em vez disso eles a levantaram, atiraram por cima da sua cabeça o encerado que usavam para os pássaros, e carregaram-na pela escada abaixo, tropeçando e cambaleando. Levaram-na por corredores escuros e subterrâneos até um porão sem janelas, para onde a empurraram e trancaram a porta. Deixando-a desmaiar num estreito catre de metal que ela encontrou ali.

Ela acordou na escuridão, horas ou dias depois, não tinha certeza. Sua garganta ardia com a secura, as coxas encrostadas com seu próprio sangue. Pensando na mãe e nas irmãs, tão longe, e perguntando-se se iria viver. Tinha de pensar num jeito de sobreviver, decidiu, não como aquela mulher do outro lado do quintal...

Eles a deixaram à disposição. Mantiveram-na acorrentada ao catre, com nada além de um único cobertor e um velho penico, e voltaram para estuprá-la muitas e muitas vezes durante semanas. Trazendo os amigos, despejando uísque barato pela sua goela abaixo, obrigando-a a fazer coisas cada vez mais repugnantes. Alimentando-a apenas com uns poucos restos de pão velho e arenque, até que ela simplesmente permaneceu ali, zonza e febril, fraca demais para fazer qualquer coisa a não ser ficar deitada na cama.

Quando finalmente a libertaram, era tarde demais. Ela tentou encontrar a Mama e as irmãs, mas elas tinham se mudado, e ninguém sabia para onde tinham ido. Ela demorou muitos meses até localizá-las, mas então já era tarde demais, ela havia se tornado uma prostituta, exatamente como eles queriam.

Eles a venderam a um cafetão depois do outro, enquanto ela ficava trabalhando desde a Mott Street até a Fourteenth Street e na saída do teatro. Durante algum tempo ela esteve numa casa no Tenderloin, onde atendia os fregueses que procuravam menininhas — vestida com saias curtas e bufantes, com fitas no cabelo e um espartilho para apertar seus seios de mulher. Quando ficou velha demais para isso foi para uma outra casa, uma com uma madame, onde pelo menos podia guardar um pouco do seu dinheiro. Havia ali belos tapetes, e um piano de verdade no andar de baixo, e às vezes, no final da tarde, antes que os fregueses da noite chegassem, ela e as outras prostitutas sentavam em volta e cantavam seus velhos e lacrimosos hinos preferidos:

> Existe repouso para os cansados,
> Existe repouso para você,
> No outro lado do Jordão,
> Nos doces campos do Éden,
> Onde a Árvore da Verdade floresce,
> Existe repouso para você...

Então numa noite, no auge da animação, quando todas as garotas estavam ocupadas e o pianista estava em seu intervalo, ela saíra do seu quarto entre um freguês e outro para pegar um copo d´água. Descendo as escadas nas pontas dos pés, ela havia visto os fregueses sentados ali, calmamente fumando e balançando as pernas, sentados no salão como homens esperando sua vez no barbeiro.

Esta foi a noite em que saiu da casa, depois de arrombar o pequeno cofre de latão no qual ela sabia que a madame guardava o dinheiro. Estava determinada a encontrar a mãe e as irmãs, e desta vez conseguiu. Desta vez, procurando até que quase todo o dinheiro acabasse, recusando-se a voltar para as ruas nem mesmo por uma noite, finalmente encontrou a mãe e uma das irmãs morando no Bronx, na Jerome Avenue, logo depois do Grand Concourse. E quando finalmente achou-as — quando sua mãe abriu a porta e arregalou os olhos como se ela tivesse retornado dos mortos — não pôde evitar prorromper em lágrimas.

E foi então que descobriu que a Mama acreditava que ela estava marcada para sempre pela prostituta do quintal. Mama ouvira sobre ela, até mesmo sabia onde ela estava havia meses, e agora não iria aceitá-la de volta.

— Sua irmã Débora também se foi! — a Mama falou, furiosa; Rebecca, a outra irmã de Sadie, assomando-se silenciosa e lúgubre como um fantasma no corredor atrás dela, uma estranha para ela. — Por sua causa... por causa daquela *nafkeh* do andar de baixo!

— Eu só quero ajudar. Eu trouxe isso... — Sadie ofereceu, entregando-lhe as poucas moedas e notas que ainda lhe restavam. A mãe empurrou-lhe a mão para longe.

— Bah! Você acha que pode espirrar e assoprar o passado? É tarde demais, tarde demais! Que Deus a ajude. Que o seu nome e a sua lembrança sejam apagados para sempre desta terra!

Ela não podia mais voltar para a casa boa depois disso, claro, e acabou nas mãos de outro cafetão, e perdeu o restante do seu dinheiro. Logo ficou reduzida a rondar debaixo do elevado na Allen Street, e na Bowery, pegando fregueses atrás dos pilares, junto com as outras pombinhas decaídas. Até aquela noite em que, procurando fregueses, com frio e sentindo-se miserável, quase morrendo de medo de que o próximo pudesse marcá-la ou roubar todo seu dinheiro, ela estendera a mão para o homem que acabou se tornando o seu Lázaro:

Me dá um dinheiro, moço?

E ele a tomou aos seus cuidados. Comprou-lhe algumas roupas novas e pagou-lhe a primeira refeição decente que ela tivera em uma semana. Por algum tempo ela conseguiu ganhar um bom dinheiro outra vez, no Tenderloin, e nos ostentosos hotéis novos ao longo da Times Square. Ainda era jovem e os homens gostavam da sua aparência, e ela sabia, pela dura experiência, como fazê-los rir e deixá-los à vontade.

Sadie estava apenas grata por ter o bastante que comer novamente, um lugar quente para dormir e roupas boas. Ele a usava para entreter outros gângsteres e políticos nos quais estava especialmente interessado, e para fazer pequenos serviços esporádicos, e estava satisfeito contanto que ela fizesse o que lhe mandava.

Por um longo tempo Sadie também achou que, talvez, ele gostasse dela. Amor, dizia a si mesma, era uma coisa de sonhos de sorvete-de-creme, mas ele devia pelo menos gostar dela. Por que outro motivo, afinal, ele a alimentaria e a vestiria com belas roupas novas? Por que mais faria com que ela colocasse fitas nos cabelos e se mantivesse em forma? Ele tinha outras garotas, outros negócios; *devia* gostar dela. Talvez, até atrevia-se a acreditar, ele fosse a razão de tudo pelo que ela havia passado — o estupro no telhado, e a rejeição da mãe, e até a maldita mulher morta no apartamento do outro lado do quintal.

Lentamente, lentamente, ela fora se desiludindo desta idéia. Foi a coisa mais difícil que já havia feito, ainda mais difícil do que ter decidido viver naquele porão execrável. Ele não gostava dela. Não estava apaixonado. Ela sabia, por centenas, por milhares de pequenas coisas no decorrer dos anos: um olhar enojado, uma palavra, a ausência de um toque, a expressão dele num espelho ou numa vidraça quando achava que ela não estava olhando.

Ainda assim, ela fingia ignorar tudo isso; culpando seus cabelos que estavam ficando grisalhos, os seus próprios erros. Ainda andando nas ruas por ele, ainda realizando as pequenas tarefas que ele ordenava. Com medo dele, medo do que seria sem ele.

Mas ele não a amava. Este era o fato definitivo, incontestável. E quando ela deu-se conta disso, deixou-se levar por um tempo, sem se importar, pensando que talvez fosse muito melhor morrer da praga, ou pela faca de algum bandido sob o elevado da Bowery, do que continuar vivendo aquela vida.

E então, naquele dia na Hester Street, ela havia engabelado o mascate de roupas enquanto ele envenenava o cavalo. Ela ficara ali, vendo o magnífico animal caído de lado na rua, e chegou à mesma conclusão que chegara quando estava naquele porão escuro: ela queria viver.

Depois disso começou a pensar, e a poupar algum dinheiro para si mesma outra vez. No entanto, Sadie ainda não sabia como iria deixá-lo. Teria de ser uma separação completa, e de forma que ele não tivesse a menor idéia de onde encontrá-la.

Poucas semanas depois do episódio do cavalo, ele voltou para o elevado a fim de lhe dar um outro serviço. Limitou-se a balançar a cabeça quando ela lhe mostrou o quão pouco ganhara naquele dia. Ela escondia o dinheiro dele como uma louca, agora, mas ele nem mesmo suspeitava, tão pouco fazia dos seus encantos.

— Quero que você siga uma pessoa para mim — ele informou.

— Seguir uma pessoa? Não sei se sou muito boa para fazer isso.

— Você já não é boa para o que faz aqui, portanto é melhor que seja capaz de fazer pelo menos isso — ele disse, os olhos frios e cheios de desprezo. — Do contrário, não tem mais utilidade nenhuma para mim.

Ele queria que ela seguisse a sua irmã, Esse. Levou-a para passar em frente do cortiço na Orchard Street, para se certificar de que soubesse exatamente quem era, embora Sadie já a tivesse visto antes. Lazar a levara para conhecer a irmã — uma das suas travessuras. E, depois disso, Esse havia aparecido para *vê-la*, onde ela trabalhava lá embaixo do elevado, e tentara convencê-la a procurar a sede do sindicato, ou arrumar um emprego numa fábrica.

Se fosse qualquer outra pessoa, Sadie teria rido na cara. A única coisa que ela podia imaginar como sendo pior do que morrer num antro da Water Street, gritando por causa da praga, era voltar para a fábrica de caixas onde havia trabalhado quando menina — dobrando caixas de papelão quatorze horas por dia.

No entanto, ficou emocionada com a preocupação de Esse. Não era como as mulheres da Reforma, ou as missionárias Cristãs, que sempre pareciam estar tentando esgotar suas quotas de almas a serem salvas, oferecendo-lhe algo que sabiam que ela não merecia realmente. Além da culpa e da vergonha que Esse sentia por Lazar, parecia de fato preocupada com Sadie.

— Mas você não vê o risco que está correndo aqui? Isso não pode ser uma vida para você — Esse havia insistido finalmente, e Sadie a descartara com toda gentileza.

— E o que você tem para me oferecer no lugar disso? — ela havia salientado. — Uma morte lenta, todos os dias? Desse jeito pelo menos eu me divirto um pouco.

A irmã ficara desconcertada.

— Eu sei, eu sei. Mas não me parece certo.

— Não se preocupe comigo...

Ela tivera uma breve fantasia, imaginando as duas como cunhadas de verdade, morando perto uma da outra. Tomando chá à tarde, no apartamento uma da outra. Fazendo grandes jantares de família nos feriados, com todos os seus filhos em volta da mesa — e talvez as irmãs dela também, e a sua mãe...

Isso nunca vai acontecer, disse a si mesma, observando enquanto Esse se afastava através das sombras oscilantes do elevado.

Essa vida nunca vai acontecer para mim

E agora ele queria que ela espionasse a irmã. Este era um novo progresso, e que parecia conter algum potencial se ela fizesse as coisas direito. Ainda não tinha idéia de como, mas obviamente era algo que ele queria, e se este fosse o caso ela iria extrair disso o máximo que pudesse, e depois ele iria ver o que era bom.

CAPÍTULO 42

SADIE MENDELSSOHN

No domingo seguinte, Sadie estava esperando quando Esse saiu da casa da Orchard Street, pulando os degraus da escada do alpendre, passando pelo salão de bar alemão com seu bode de chifres dourados na frente. Uma mulher não muito diferente dela mesma, os compridos cabelos escuros e olhos grandes, castanhos, lábios cheios. Um pouco mais magra do que Sadie, pelo desgaste e trabalho — embora isso também estivesse mudando, ela refletiu com tristeza, suas próprias carnes se dissolvendo à medida que envelhecia sob o elevado.

Sadie seguiu-a no bonde até a estação Grand Central, depois mudou junto com ela para o trem, dentro do novo e estonteante terminal branco. Ali Esse pegou a linha New York & Sea Beach, cruzando as extensas planícies do Brooklyn até Coney Island, e Sadie a seguiu — para fora da estação e chegando na Surf Avenue.

A luz do sol atingiu-a com uma súbita bofetada. Sadie virou o rosto para cima instintivamente, fechando os olhos e estendendo as mãos para os lados, como uma suplicante. Estava usando um vestido preto velho, disforme — o melhor para manter-se indistinguível, mas completamente inadequado para a praia. Ainda assim, agora sentia-se purgada até os ossos no calor limpo, seco.

Havia anos que ela não ia a Coney; a última vez fora no verão em que tentara trabalhar nos hotéis de Brighton Beach e no Steeplechase durante uma temporada. Mas agora isso também a fez lembrar de quando era criança, e a sua mãe as levara para passar o dia na praia. Ela ficara na água pelo máximo de tempo que pôde, até que estivesse tremendo de frio, e Mama a chamara para comer um dos sanduíches de galinha que tinha preparado. Ela a agarrara nos braços, a enxugara com uma velha manta e a fizera deitar para aquecer-se na areia, deixando o sol penetrar através da sua roupa de banho, sua roupa de baixo, sua pele, até que ela estivesse seca e quente como nunca estivera antes.

Podia ver a silhueta de Esse à sua frente, caminhando com rapidez e determinação na direção de alguma atração ou um lugar de encontro. Atordoada com o sol, ela continuou seguindo-a aos tropeços, da melhor maneira que pôde, entrando no Terra de Sonho pelo portão principal, sob as asas de uma enorme mulher-anjo com seios tão magníficos que a teriam tornado a garota mais popular da Bowery.

O que ela estaria procurando ali, além dos brinquedos e das atrações, Sadie podia apenas adivinhar. Lazar lhe dissera simplesmente para seguir a irmã, e não perder de vista nenhuma pessoa que ela encontrasse, ou com quem conversasse. Agora, para sua surpresa, viu Esse aproximar-se de um homem — e um homem que ela reconhecia, usando um vistoso terno de gângster e um chapéu-coco. Ele tomou-a carinhosamente pelo braço e cumprimentou-a com um beijo no rosto, amável como qualquer marido casado há muito.

Sadie sentiu um profundo baque de inveja, mas continuou seguindo os dois ao longo do passadiço. Não era difícil: eles andavam devagar pelo passeio de tábuas de madeira, olhando o mar, recostando-se um pouco um no outro, indiferentes a tudo o mais. Então, deixando-a ainda mais perplexa, eles entraram num decrépito hotel de prostitutas, que tinha o formato de um gigantesco elefante.

Sadie ficou parada lá fora, contemplando o hotel por uns poucos minutos, reparando onde uma pequena luz amarelada se acendia. Então caminhou de volta pelo passadiço de madeira, sabendo de tudo o que precisava saber.

Ela fora ao encontro de um homem. A irmã encontrara-se com um homem; isso era algo que Gyp gostaria de saber — especialmente considerando-se quem era esse homem.

Perambulou de volta para a Surf Avenue, calculando como jogar aquela cartada. Comprou uma casquinha de sorvete, depois uma nuvem de algodão-doce azul e cor-de-rosa, e uma cerveja. Até mesmo alugou um traje de banho, uma linda roupinha de marinheiro, num dos pavilhões de banho ao longo da praia, e foi andar na areia com os pés descalços, aquecendo-se sob o sol e molhando os pés na beira da água.

Ela encontrou-se com um homem...

Depois da praia, Sadie voltou para os parques e foi ver os elefantes mergulhadores, e o domador de um só braço no Circo Bostock, e um espetaculozinho engraçado totalmente encenado por anões e anõezinhos. Um dos anões lhe deu uma flor de metal, e ela cortou a ponta do dedo, mas ele foi muito gentil e envolveu o corte com um lenço. Era um homenzinho disforme com a cabeça enorme e braços e pernas minúsculos, parecendo serrados, que a fizeram estremecer por dentro.

Ele fitou-a significativamente quando lhe entregou seu lenço, mas Sadie estava distraída demais para entender o que ele queria. Pegou a flor e seguiu caminhando pelo passadiço novamente, parando perto do Elefante de Estanho, debaixo do pequeno quadrado de luz amarela que ela vira acender-se antes. Ainda estava acesa, e ela esperou com toda paciência, observando as prostitutas entrarem e saírem com os fregueses que pegavam nas avenidas dos parques, ou na roda-gigante. Reparando que elas a olhavam com curiosidade, com hostilidade, encarando-a como mais uma competidora. Pois isso que ela era, uma prostituta...

Ela encontrou um homem...

Gyp daria muito para descobrir estas coisas, ela sabia. Talvez o bastante para deixá-la livre, quem sabe até para estabelecer-se por conta própria. E não era isso que aquela mulher do outro lado do quintal havia dito para sua Mama? Que uma puta era sempre justificada, pois quem cuidava de uma puta a não ser ela mesma?

Mas, daí, poderia ser arriscado. Lazar iria odiar quem quer que lhe contasse, isso ela sabia. E de qualquer maneira ainda seria cumprir as ordens dele, depender da sua misericórdia. E Sadie gostava da irmã dele, mesmo ela tendo a sorte de estar apaixonada.

Ficou ali parada, e pensou, e esperou por muito mais tempo. Até depois de escurecer, quando a irmã de Lazar finalmente saiu outra vez, e Sadie foi em seu encalço lentamente de volta pelo passadiço. De volta para o trem e para a Cidade, onde Gyp estava esperando para ouvir seu relatório. E do que tal relatório seria feito ela própria dificilmente saberia dizer.

CAPÍTULO 43

TRICK O ANÃO

Eu não me incomodei quando o falso mexicano grandalhão foi embora. Sabia que isso tornaria mais provável que *ele* nos encontrasse, mas não me importava. Já estava bem satisfeito por ter o outro só para mim.

Ele também deveria ter fugido, depois disso. Deveria ter pulado no primeiro barco no embarcadouro da Horn, num trem para a Califórnia, um vapor para as ilhas do sul... qualquer lugar que pudesse ir, contanto que fosse para bem longe daquele monstro.

Eu disse tudo isso a ele — no entanto sabia que ele nunca o faria. Somente os fora-da-lei não conseguem suportar muito bem a idéia de fugir. Em vez disso ele ficou por ali, esperando — o quê?

E então, conforme os dias passavam, e nem Louie Espanhol nem qualquer um dos *boychiks* de Gyp apareceram, nós dois começamos a achar que nunca apareceriam. Talvez Louie fosse mais esperto do que pensávamos, talvez tivesse fugido para seus próprios territórios sem nos contar nada. Talvez ele tivesse apenas nos deixado *pensar* que iria perambular de volta aos seus velhos antros e permitir que Gyp Esquentado espremesse suas bolas num rolo compressor.

Eu não me importava. Estava contente por tê-lo ali, contando-me histórias, ensinando-me novas e pequenas trapaças do mundo dos grandes. Era quase como ter um amigo — ou um outro pai. Eu fingia que tudo poderia continuar daquele jeito indefinidamente, embalados pela sucessão de sol, e areia, e água salgada. E, de alguma forma, eu acreditava, como nunca me sentira nem mesmo com meu pai, que ele seria capaz de impedir que o pior acontecesse.

Por que eu deveria ser diferente de qualquer outra pessoa? Tudo na Terra de Sonho era tão transitório quanto a areia sobre a qual ela fora construída, mas ninguém acreditava: não os meus pobres súditos, planejando seus jardins e futuras famílias, confiantes com a idéia de que iriam viver na Cidade Pequena pelo resto dos seus dias. Nem Matty Brinckerhoff, sonhando com minúsculas cidades-modelo que iriam estarrecer os futuros arqueólogos. E, com toda certeza, não a minha refinada, louca Carlotta, acreditando que poderia permanecer linda e doida e inocente para sempre.

E não as hordas que vinham para Coney, por uma semana ou uma hora: arrastando-se estupidamente para a frente, arregalando os olhos para todas as maravilhas. Nunca duvidando que as coisas continuariam ficando melhores, mais incríveis. Nunca duvidando que mais maravilhas seriam exibidas perpetuamente, para a diversão deles, até que a velha pergunta retórica passasse a soar como uma maldição:

As maravilhas nunca terminam? As maravilhas nunca *vão terminar?*

A nossa foi a mais crédula das épocas, pois tudo transformou-se em realidade. Como podia-se passear através da sibilante, cintilante fantasmagoria que eram a Terra de Sonho e o Luna Park, e o Steeplechase — passando por todas as maravilhas elétricas, e as tribos exóticas, e os brinquedos que desafiavam a morte, e os minúsculos bebês lutando para sobreviver em suas incubadeiras — e não se acreditar em qualquer coisa, qualquer coisa mesmo?

Havia mais uma coisa que o mantinha na Terra de Sonho, claro — sempre há. Ele a conheceu na praia: uma operadora de máquina de uma das fábricas de roupas na cidade. Ela era bastante meiga, bastante inteligente: pálida, os traços semíticos, queixo pontiagudo, nariz pontiagudo, lábios cheios. Nada de excepcional, na verdade.

Às vezes ele a trazia para nos visitar — equilibrando-se nervosamente numa poltrona Luís XV em miniatura, tentando não embasbacar-se com a minha Carlotta quando ela atirava-se a um dos seus discursos de loucura. Eu sorri ao ver o quanto ele estava apaixonado, não importava o quanto ela fosse comum.

Logo, no entanto, descobri-me começando a invejar a mediocridade deles. Ela não tinha nada de especial, continuei reafirmando a mim mesmo. Encantadora em sua reticência, quase graciosa. Uma tímida operariazinha de fábrica, com quem se podia andar de mãos dadas, e fazer amor, e traçar grandes sonhos. Tão banal, tão sentimental, como algo tirado de uma história de O. Henry.

Entretanto estava muito além de mim. O antigo sonho despertando novamente: claro, não poderia ser tão impossível, tão extraordinário que *eu* encontrasse alguém assim. Havia lindas jovens casadas com velhos tolos e gordos, com patetas simplórios, e com cafajestes, com bêbados e canalhas; eu sei, eu os via todos os dias, nas multidões do Grande Pavilhão.

Por que não um anão? Por que não *eu*? Todo aquele anseio implacável, irracional que eu enterrara sob os belos tapetes e o excelente Madeira voltaram com toda força. Por *nunca* ter nada como aquilo. Certamente deveria existir *alguém* para mim, além de uma anã meio-doida e atriz de segunda categoria — alguém *de verdade*.

Eu a avistei já no final da Grande Marcha. Havia acabado de cair e tropeçar em torno do picadeiro, liderando o primeiro desfile em volta do Grande Pavilhão antes de irrompermos em nossa cançãozinha nauseante, e lá estava ela. Sentada na primeira fileira da galeria, com fitas vermelhas no cabelo crespo e castanho. Ela usava um recatado traje de marinheiro, de um branco virginal e com enfeites azuis, ridiculamente infantil, na verdade, mas que lhe dava uma aparência ainda mais meiga e vulnerável.

Nenhum dos homens conseguia manter os olhos, ou as mãos, longe dela. Eu os observei cochichando-lhe coisas, os ásperos bigodes roçando suas orelhas, deslizando as mãos pelos seus braços, suas coxas, tentando entreabrir seus joelhos. Testando, sempre testando, vendo se conseguiam fazê-la rir — vendo o quão longe podiam chegar.

Ela os deixava fazer o que quisessem. Não armou nenhuma confusão, nem fez nada além de afastar-lhes as mãos vagamente — os olhos grandes e acinzentados fixando-se tragicamente no espaço, em algum ponto através da lona da grande tenda.

Alguma coisa compeliu-me a impressioná-la, a brincar com ela, a dizer que eu — sim, *eu* — entendia. Que ao contrário de todos aqueles homens que apalpavam-na, que a olhavam de soslaio, que convergiam sobre ela como moscas num sorvete de creme caído no passadiço, *eu* entendia o que ela estava passando...

Bem, não é sempre assim com os homens, até mesmo os homens normais, grandes, homens cultos e eruditos? Pensar que eles, e somente eles, conhecem os desejos de uma mulher?

É incrível como tudo o mais desaparece quando nos apaixonamos. Como a beleza, a posição social, falsos ares e rendimentos, tudo se desfaz como as camadas de uma cebola e nós vemos, sim, *nós vemos* o quanto elas são maravilhosas — e o quanto precisam de nós. Fazer esta suposição estarrecedora — e depois a suposição somada de que, se por algum feliz acaso mais rarefeito do que o relâmpago elas realmente *saibam* — que elas *realmente* vejam o quanto as conhecemos — que de alguma maneira elas irão nos amar em retribuição.

Eu entendia tudo isso — o quanto tudo era improvável — mas nada fez diferença. Ao contrário, quando a música começou, fui abrindo meu caminho para a frente, estendendo os braços, gritando a plenos pulmões. Querendo fazer *qualquer coisa* naquele momento para que ela reparasse em mim — em sua adorável roupinha de marinheiro, os tristes olhos cinzentos olhando para o nada.

Uma garota de verdade, como aquela que ele tinha...

Quando chegou a hora do barítono ajoelhar-se e cantar o final da canção, eu me atirei para a frente. Adiantei-me a ele, preguei minha mão firmemente na sua boca, surpreendendo-o tão por completo que ele ainda estava cantando quando retirei a mão abruptamente um instante mais tarde — depois coloquei-a de volta, depois tirei — o seu *profoundo basso* reverberando como um grito de guerra de índio. E foi engraçado, muito engraçado: os olhos do barítono arregalando-se de susto, reluzindo sobre mim com uma expressão assassina. Eu girando os olhos, fazendo caretas, apelando aos céus — para o mundo todo um anão barato, de feira. Para o mundo todo igual àquela criatura pequena e doentia numa roupa de palhaço que arrebanhava as damas com seu bastão elétrico de juntar gado, quando elas saíam do Steeplechase.

Chamei a atenção dela. Foi muito engraçado; toda a platéia sacudindo de risos, e os homens esquecidos dos joelhos dela por um momento, segurando suas panças e dobrando-se de rir.

E melhor de tudo, ela *me viu. Seu rosto inteiro apareceu de uma só vez quando ela riu, os olhos ainda tristonhos, do jeito que uma criança é capaz de rir logo depois de ter estado chorando. Olhando para baixo para mim, em meio a toda aquela gente pequena e esquisita à sua frente.*

A banda começou a tocar, a multidão começou a sair. Eu a segui com os olhos. Enquanto ela descia os degraus da arquibancada — os gordos devassos ainda tentando esfregar-se contra ela, furtar uma rápida sensação — eu arranquei uma flor de metal pintado do chapéu de um palhaço, e corri para dá-la de presente a ela.

Ela parou para olhar a flor, sinceramente surpresa — e quando foi pegar a florzinha de metal pelas pétalas, cortou o dedo. Mortificado, eu puxei um lenço — um lenço enorme, interminável, de palhaço — e enxuguei com ele o dedo dela. Ela pareceu alarmada a princípio — imaginando se não seria mais uma cruel brincadeira de Coney — mas então deixou que eu secasse o seu ferimento, sorrindo beatificamente quando tornei a guardar o lenço de brincadeira.

— Obrigada — ela disse, como se nunca ninguém neste mundo tivesse lhe oferecido tal gentileza.

— Obrigada — ela repetiu, e eu estava completamente atingido, parado ali no picadeiro do circo, vendo-a seguir com o restante da multidão, chupando distraída o dedo machucado.

Eu tinha um amor. Subitamente, tive medo de que meus sentimentos fossem completa, risivelmente óbvios a todos os demais e olhei em volta, furtivo, mas ninguém mais parecia reparar. Meus concidadãos e companheiros de palco estavam todos envolvidos nas suas tarefas rotineiras de final-de-espetáculo, correndo loucamente em volta do picadeiro, virando cambalhotas, trombando furiosamente uns contra os outros.

Carlotta, a minha rainha, estava fazendo seu discurso, enviando-lhes as reais despedidas com seu lencinho. Ela parecia estar tão majestosa, tão sublimemente indiferente como sempre. Olhando-a parada ali, achei-a radiosamente linda, e pensei que eu não estava mais, com toda certeza, apaixonado por ela. Eu tinha uma mulher normal.

CAPÍTULO 44

HERMAN

Beansy Rosenthal gingou rapidamente para sua mesa habitual no café Metropole, as carnes amplas, generosas, sacudindo de excitação.

— Esta noite é a noite! — ele exultou para os homens que o aguardavam em volta da mesa, antes mesmo de sentar.

Já passava das três da madrugada, mas ainda estava quente e úmido como o meio-dia dentro do Metropole, os gigantescos ventiladores elétricos no teto fazendo muito pouco além de empurrar o ar quente para todos os lados, as chamas das velas e as cortinas flutuando ritmicamente para as janelas abertas.

— O que tem esta noite?

Eles empurraram-se com relutância em torno do cubículo de canto, Dan o Bacana e Boob Walker e Denny Slyfox, abrindo espaço para o grande traseiro de Beansy.

— Esta noite é a noite em que vou receber!

Sem perceber os olhares que eles trocavam, Herman tirou um leque de dentro do bolso do paletó e começou a se abanar. Agitou-o para frente e para trás sobre seu rosto triunfante, satisfeito, o puído leque de papelão verde que anunciava *Colarinhos de Celulóide À Prova D´Água Henderson, Punhos e Peitilhos — Econômicos, Duráveis, Indispensáveis.* Os outros jogadores baixaram os olhos para suas bebidas, os rostos inescrutáveis.

— É mesmo, Herman? — Dan o Bacana perguntou finalmente. — E o que é que você vai receber?

A música parou, e todos eles calaram-se pela força do hábito. Era a noite de folga da orquestra húngara, e lá estava um pianista de *ragtime* substituindo o grupo. Ele acabara de executar impetuosamente o "The Bunny Hug" — e agora dilacerava direto o "The Oceana Roll". O café estava quase vazio, e estava quente demais para se dançar, mas uma atriz sentada perto do palco levantou-se e juntou-se a ele, cantando as palavras tolas, fáceis, numa voz baixa, estranhamente melancólica:

Billy McCoy era um garoto musical
No cruzador Alabama
Lá ele era num pi-a-no
Como um peixe no mar
Quando batucava uma harmonia
Todas as noites lá no oceano
Ele conseguia aquela nota *raggy*
Aquele movimento sincopado
Adorável...

— Então, o que é que você vai receber? — Dan o Bacana perguntou outra vez.

— Quinze mil dólares! — Beansy proclamou todo feliz. — Nem um centavo a menos.

— Eles vão te pagar quinze mil pratas? Por ter aberto o bico para o promotor? — Denny Slyfox repetiu incrédulo.

— Claro! O que acha disso como tática de barganha? Eles me dão quinze mil, que afinal é o que me devem por terem fechado o meu negócio, e eu desapareço por uns tempos. Só por uns tempos, até que toda essa poeira abaixe.

— Hum-hum. Você falou pra primeira página do *World* como andou *shmeering* um tenente da polícia. Como é que essa poeira vai baixar?

— Não sei — Herman encolheu os ombros alegremente. — Eu vou para o sul, faço algum dinheiro enrolando os otários de Atlantic City por um tempo, depois volto e digo que não me lembro muito bem das coisas. Não se preocupem tanto! É um negócio certo.

— Hum-hum.

Veja aquela fumaça tão negra
Escapulindo da velha chaminé
Está flutuando direto para o céu e não vai voltar
Agora aqui e ali você verá uma banqueta e uma cadeira
Um astuto na cabine gritando "Eu não me importo!"
E então a rede começa a balançar
E os sinos começam a tocar

Enquanto ele está sentado naquele pi-a-no
Lá no Alabama
Tocando o "Oceana Roll"

A atriz continuou cantando. Eles estavam todos quietos em volta da mesa, pensando no que fariam a respeito da boa sorte de Herman.

— Vam´lá, vam´lá! Está tudo bem comigo! Vamos beber mais uma rodada...

Ele chamou um garçom que passava fazendo um gesto com a mão grossa, carnuda.

— Vam´lá, o que todo mundo está bebendo? Só um *horse´s neck* pra mim... preciso estar sóbrio para contar o meu dinheiro!

O garçom afastou-se com os pedidos e Herman apenas acabara de virar de volta para a mesa quando Arnold Rothstein materializou-se por cima do seu ombro, garboso e cinzento como sempre. Ele descansou a mão no ombro de Herman e falou em voz baixa no seu ouvido:

— Pode ir comigo lá fora um instante, Herman? Tem alguém lá que quer falar com você...

Os outros homens na mesa desviaram os olhos, ou falaram mais alto uns com os outros, tentando elaboradamente não escutar. O rosto de Herman Rosenthal abriu-se num sorriso beatífico.

— Ah, estão vendo, rapazes? O que foi que eu falei?

Ninguém disse nada, e Rothstein desapareceu tão depressa e discretamente quanto havia aparecido. Assim que ele saiu, Denny inclinou-se sobre a mesa na direção de Herman.

— Você vai mesmo lá para fora?

— Claro, por que não?

— Herman, Herman. Se eles têm alguma coisa para lhe entregar, então mande aquele politiqueiro trazer aqui.

— Ah, escute, não há nada com que se preocupar. Recebi as informações de fonte limpa...

O garçom retornou com as bebidas, e Herman deu um bom gole no seu *horse´s neck* — *ginger ale* com casca de limão. Começou a se levantar, e Denny agarrou-o pelo braço.

— Jesus, Beansy, estou lhe dizendo... não saia deste salão. Se eles têm alguma coisa pra você, então mande que tragam até aqui...

Marinheiros, cuidado!
Ah, vocês marinheiros, cuidado!
Pois Bill vai tocar até vocês caírem!

A atriz terminou a canção e o pianista parou para um intervalo. No abrupto silêncio eles podiam ouvir um automóvel rodando em marcha lenta pela Forty-third Street. Sorrindo, Herman Rosenthal retirou a mão de Denny da manga do seu paletó e levantou-se.

— Não se preocupe. Só não deixe o garçom levar o meu copo. Vou voltar daqui a cinco minutos com quinze mil dólares para acabar a minha bebida.

Os grandes ventiladores de teto deram mais um empurrão nas cortinas, atirando-as direto através das janelas abertas, e por um momento eles conseguiram ver o carro lá fora — grande e preto, com os faróis apagados e o motor ligado, três ou quatro cabeças sem rosto no banco traseiro. Então as cortinas dançaram de volta e ele desapareceu.

Beansy Rosenthal já estava de pé e andando para a porta do café, ainda sorrindo, abanando-se com o seu pequeno leque verde que anunciava os Colarinhos de Celulóide Henderson. Parou na recepção do hotel, pegou uma balinha de menta, verificou a gravata no balcão de latão polido. Depois atravessou as portas giratórias, o chapéu de abas viradas na cabeça, e saiu para a West Forty-third Street.

Dois homens estavam esperando na frente do carro, e quando Herman deu um passo para fora pressentiu o terceiro vindo logo atrás dele, saído das sombras de uma porta de serviço. Ele franziu a testa, pensando, pela primeira vez, que talvez tivesse cometido um erro. Reconheceu os homens à sua frente, e nem se importou muito de virar-se para olhar para o terceiro homem. Nenhum deles, ele sabia, era Big Tim Sullivan.

— Olá, Herman — disse Gyp Esquentado, sorrindo, as mãos enfiadas nos bolsos.

Beansy espichou os olhos para o carro, ainda abanando-se com o pequeno leque. Aliviado, viu que ainda havia mais um homem no assento traseiro do carro.

— Ei, Dry Dollar — ele chamou suavemente na noite quente, silenciosa. — Ei, Big Tim! Trouxe o meu dinheiro?

A silhueta no banco traseiro inclinou-se para a frente até que sua cabeça pudesse ser vista sob a luz do poste da rua, mas era apenas Arnold Rothstein outra vez. O seu rosto estava calmo, quase sem expressão — sua mera presença ali tão surpreendente a Herman que ele nem mesmo reparou nos revólveres saindo dos bolsos de Gyp Esquentado e Whitey Lewis, nem ouviu o gatilho sendo destravado na pistola de Dago Frank atrás de si:

— Ah, Beansy. — Rothstein balançou a cabeça um segundo antes que os tiros rompessem a noite pesada, sufocante. — Ah, Beansy. Você nunca teve o juízo que Deus deu a um pato.

CAPÍTULO 45

BIG TIM

A excursão anual da Associação Timothy D. Sullivan foi realizada no último, glorioso domingo de agosto. Era uma manhã fresca e sem nuvens, e não dava a menor indicação do calor que iria acabrunhar a tarde como um cravo murcho.

O grande desfile saiu da Tammany Hall na hora marcada, conduzido por três bandas de metais, e dois campeões de boxe, e todos os líderes de divisão Regular, e líderes distritais, e vereadores e deputados e membros de assembléias da Cidade. Big Tim e o sr. Murphy marcharam na frente como arcebispos na procissão de Páscoa, adornados com faixas e casacos longos e cartolas, apesar do calor já crescente. Marchando tão grandiosos e graves que todas as nações do mundo congregadas, esperando para embarcar nos barcos de excursão, não puderam evitar de explodir num grande e espontâneo aplauso, até mesmo aqueles que ainda não falavam sequer uma palavra de inglês, ou soubessem o que estava acontecendo e por quê.

Eles tinham começado a se reunir nos embarcadouros da South Street antes mesmo do amanhecer: mães em suas *babushkas* e pais com suas barbas e bigodes de coar sopa, crianças ainda com seus sapatos de madeira duros, quadrados. Os rapazes sozinhos enfiando as mãos timidamente nos bolsos, ou aqueles em grupos, ruidosos e exuberantes e ameaçadores, já passando uma garrafa entre eles. As moças das fábricas, com seus melhores chapéus novos, rindo e sorrindo audaciosas.

Era uma aglomeração assustadora — mas os Sabidos tinham feito seu trabalho impecavelmente, e tudo corria conforme o previsto. Não havia apenas um, mas dois novos e reluzentes barcos a vapor esperando nas docas, o *Annie LaForge* e o *Flo Murphy*, e quando os portões foram abertos todos foram marchando de dois em dois, tão comportados como em Noé.

Os judeus em *payes* e filactérios, e lenços na cabeça e chapéus largos. Os boêmios em camisas abotoadas até o pescoço, ainda fedendo a tabaco. Os italianos com cachecóis coloridos, com bandolins e sanfonas e gaitas. Irlandeses enfiados nas roupas domingueiras, e um punhado de ucranianos carrancudos e os últimos alemães da antiga *Kleinedeutschland*, e sírios comerciantes de Jerusalém vindos de Battery, e até mesmo uma ou outra reservada face negra, silenciosamente escolhendo um lugar na periferia da multidão.

E no barco, havia de tudo para a lenta travessia até o College Point: sorvetes e doces e tocadores de acordeão e malabaristas, para as mulheres e crianças no convés. E para os homens, lá embaixo, havia charutos grátis e um bar aberto, e jogos de cartas e roleta, onde a casa ganhava em uma hora o dobro do que Big Tim gastara nas festividades. Até que todo mundo estivesse se divertindo tanto, comendo e bebendo e perdendo dinheiro, que começaram a entoar todas as velhas cantigas preferidas das suas agremiações:

> Hiawatha era um índio, e também era Navajo
> Os caras-pálidas os mataram muitas luas atrás.
> Mas existe um bando de índios que jamais morrerá,
> Quando estão no clube Índio, este é o seu grito de batalha:
> Tammany, Tammany, o Grande Chefe fica sentado em sua tenda,
> Incitando os bravos à vitória, Tammany, Tammany,
> Para o fundo com eles, para o fundo com eles, Tammany...

... os dois barcos cantando um para o outro, ressoando com um verso estridente e sem sentido depois do outro, velhos desdentados da Rússia balbuciando juntamente com gângsteres irlandeses e operárias adolescentes...

> Chris Colombo navegou da Espanha, cruzou o profundo mar azul,
> Trouxe consigo o voto dos hispânicos para acabar com a Tammany.
> O Grande Chefe disse: "Eles são trapaceiros", e não os deixou votar,
> Então para a tribo ele escreveu:
> Tammany, Tammany, arrume empregos para estes espanhóis agora mesmo
> Eles podem votar daqui a doze meses.

Tammany, Tammany, transforme estes trapaceiros em eleitores da Tammany,
Tammany.

Foi um dia grandioso e o maior evento de que qualquer um podia se lembrar, mas Big Tim sentia-se inexplicavelmente irrequieto e deprimido durante todo o trajeto até o College Point. Ficou sentado numa das cabines particulares, bebericando uma limonada em companhia do sr. Murphy e alguns dos rapazes de Albany, permitindo que eles o animassem com a sua constante conversa fiada. Muito digno, o Bob Germânico; Al, com seu sorriso contagiante e imenso *schnoz*, e uma barriga empinada para frente como se tivesse engolido uma bola de canhão. O esperto pequeno Jimmy, pretensioso como um bandido, cantarolando baixinho suas canções do Tin Pan Alley, a cabeça balançando em alerta, para frente e para trás como um papagaio treinado. Todos eles tentando não demonstrar, mas todos, ele sabia, tão excitados quanto qualquer um dos caipiras por estarem indo a um piquenique.

É tão pouco o que eles exigem de nós...

Ainda inquieto, ele se levantou e ficou andando em volta, olhando pelas vigias. Estava atormentado com a terrível premonição de que alguma coisa pudesse dar errado. Nem mesmo conseguiu olhar quando aproximaram-se dos bancos de areia do Portal do Inferno — embora a maior ameaça à segurança deles viesse quando todo mundo de uma só vez correu para os parapeitos, olhando para baixo avidamente a fim de ver onde o *General Slocum* havia afundado, e tantos alemães tinham sido perdidos.

Quando atracaram em College Point, Big Tim sentiu como se uma nuvem escura tivesse passado, arrumou seu terno e suas faixas, e saiu para o convés com o sr. Murphy e os outros para saudar as multidões. Os dois barcos levavam a gloriosa bandeira americana em seus mastros principais, e todos a bordo levantaram-se como se fossem uma só pessoa, colocaram as mãos sobre os corações e começaram a cantar o hino nacional com tanto fervor quanto haviam entoado as velhas canções da Tammany.

Intermináveis mesas de madeira os aguardavam, dispostas de um extremo a outro até Flushing Bay, curvando-se sob o peso dos imensos pratos de galinha e mariscos fritos, caldeirões de ensopado de caranguejo, incontáveis jarras de cerveja. Mais tarde haveria pântanos inteiros de sorvete, transportados das caixas de gelo do barco, e enormes recipientes com chá gelado, e café, e bolos confeitados, derretendo reluzentemente sob o sol do meio-dia. Haveria competições de natação, e de corridas a pé, e de mergulho, e jogos de beisebol realizados nos verdes campos. Haveria um pau-de-sebo, e disputas de boxe e de luta-livre, e mais jogatina — sempre mais jogatina, tosquiando os leais constituintes dos seus poucos dólares disponíveis...

Primo Florie e Dinny Nariz-Chato ficavam dando voltas com ares carrancudos, latindo ordens como sargentos de treinamento, enquanto o sr. Murphy repimpava-se em meio aos outros líderes distritais, tão calado como os índios de madeira entalhados ao longo dos portais da Tammany. Big Tim movimentava-se entre as pessoas, cumprimentando e prometendo, conduzindo os repórteres na direção da comida grátis:

— Big Tim, eu reparei que o sr. Murphy não cantou quando tocaram o hino nacional — disse o homem do *Herald*. — Por que seria?

— Estou certo de que não sei responder, rapazes. Talvez ele não quisesse se comprometer.

Continuou andando, enquanto os jornalistas gargalhavam atrás dele, dando mais apertos de mão, bebericando outra limonada no calor crescente.

— Big Tim, se me permite, uma pergunta de verdade — falou o rapaz muito sério do *Tribune*.

— É para um jornal de verdade, então?

Mais risos.

— O que o senhor tem a nos dizer a respeito do assassinato de Herman Rosenthal?

Os outros repórteres ficaram em silêncio, tão constrangidos como se alguém tivesse peidado na igreja. Big Tim limitou-se a parar e mostrar-se devidamente pesaroso.

— O pobre Herman era um bom amigo meu... e acho que vocês podem confirmar isso pela declaração que ele deixou com o promotor público. Talvez ele fosse bom demais para esse mundo.

— Há alguma verdade na impressão de que o fato estava misturado com política?

Big Tim encarou o rapaz como se não tivesse escutado direito.

— Você conhece alguma coisa neste mundo que não esteja misturada com a política, Frank? Mas se vocês olharem em volta, cavalheiros, verão que estamos no negócio de conquistar eleitores, e não de acabar com eles.

— Isso tem alguma relação com a corrupção no Esquadrão do Braço-Forte? — o homem do *Journal* perguntou com mais precisão.

Big Tim recomeçou a andar.

— Você está insinuando que existe corrupção nos níveis mais elevados da Prefeitura? Ora, por Deus, eu sei que já tive as minhas pequenas desavenças com o Little Little Napoleon, mas esta é uma alegação muito séria para se levantar.

Ouviu-se o imediato farfalhar de folhas de bloquinhos de anotações atrás dele.

— O senhor está dizendo que o *prefeito* tem alguma coisa a ver com isso?

— Bom Deus, homem, claro que não! O que foi que acabei de dizer? Estou apenas salientando as contínuas maravilhas da Reforma. Isto é, vocês têm aí um prefeito da Reforma, e um promotor público da Reforma, e um comissário de polícia da Reforma. Várias criancinhas reformistas correndo em volta das saias deles — e o que temos? Uma testemunha do estado, um homem corajoso, correto, é assassinado com um tiro em plena rua. Bem, isso faz a gente pensar.

— Então o senhor os culpa por isso?

— Eu não culpo ninguém, culpar as pessoas não é o meu negócio. Talvez não tenha havido nenhum suborno; talvez nenhum dinheiro tenha trocado de mãos. Talvez tenha sido simplesmente incompetência, de todas as partes... mas isso não é o maior motivo porque precisamos de um homem bom e capaz como o Juiz Billy Gaynor, para nos proporcionar a *verdadeira* reforma?

O homem do *Times* riu.

— *Você* é um reformista agora, Big Tim?

Ele parou novamente, olhando na direção das bandeiras americanas que pendiam imóveis acima do *Flo Murphy* e do *Annie LaForge*.

— Eu sou um servidor do povo, rapazes. O dia em que as pessoas realmente quiserem a reforma, é isso que irão obter de mim. Agora... que tal beber alguma coisa? Isso aqui é uma festa, afinal de contas!

Os repórteres acotovelaram-se avidamente para as jarras de cerveja.

Horas depois, na tarde corrompida, definhada, ele postou-se para fazer seu discurso no improvisado palanque que os Sabidos tinham providenciado com a costumeira eficiência, cobrindo as tábuas de madeira tosca com bandeirolas vermelhas-brancas-e-azuis, até que parecesse um autêntico baluarte da democracia. Atrás dele, em cadeiras dobráveis, sentavam-se todos os rapazes, Bob e Jimmy e Al, e o sr. Murphy, balançando um pedaço de palha entre os dentes como algum fazendeiro caipira.

Todos eles tinham tirado seus longos casacos, limitando-se a ficar em mangas de camisa e suspensórios durante a tarde, a fim de juntarem-se aos jogos de beisebol e aos frutos do mar, e talvez até mesmo para pescar alguns deles, tamanho era o calor. Agora, no entanto, a alma coletiva da propriedade, tinham desenrolado as mangas das camisas e colocado seus casacos e cartolas, para os discursos. Os rostos vermelho-vivos, queimados de sol, ergueram-se sob os altos chapéus negros, o suor escorrendo copiosamente nas faces — uma fileira de homens branquelos, cautelosos, arrastados para se cozinharem durante umas poucas horas sob o sol.

— *Sullivan! Sullivan! Um irlandês danado de bom!*

Na multidão abaixo dele os rostos eram mais alegres, mais embriagados, já batidos a um forte bronzeado pelo sol. Era o momento perfeito. O frescor do dia já se fora e as pessoas abaixo dele estavam ébrias e saciadas, mas ainda não tão cansadas que não aguentariam um discurso. Big Tim virou-se para apertar a mão do sr. Murphy, que sorriu seu sorriso educado, de vigário, e depois as mãos de todo o restante deles, todo o firmamento da Democracia. Explorando ao máximo aquele momento, permitindo que os aplausos crescessem cada vez mais.

Então, quando estava pronto, virou-se para encarar o povo.

As palavras flutuavam novamente na sua cabeça, e ele achou que agora conseguiria. O início do discurso do piquenique anual:

Aqui na América — a terra, a única terra no mundo que realmente pode ser chamada de Terra do Povo...

E daí para frente. Mas o que isso significava? Era a terra do povo, sem dúvida; eles eram tão simples quanto o chão onde pisavam, e tão exauridos e conformados.

Terra do povo...

Pensou em tudo o que poderia dizer a eles. Tudo o que estivera pensando durante meses, sobre o pobre Herman, e a sra. Perkins, e até mesmo a sua Nell, rindo no convés daquele barco de excursão, anos atrás. Sobre os árabes nas ruas, e as moças operárias, e os homens orgulhosos, de expressões sérias que ficavam nos fundos dos seus bares para pedir-lhe favores.

Pensou em lhes dizer todas estas coisas — e soube que eles não iriam ouvir, pois que já sabiam disso tudo. Eles remexiam-se ali abaixo dele, o povo, satisfeitos e contentes por uma vez, pensando em nada além da volta para casa no barco. Quando os homens estariam cantando bêbados no porão, e os bebês dormindo nos colos das mães no convés, e as luzes verdes do embarcadouro brilhando como vagalumes adiante deles.

E quando tivessem atracado na South Street, haveria uma outra longa procissão até em casa. Um desfile iluminado por tochas, serpenteando vagarosamente através das ruas do Lower East Side, atravessando a Bowery até Chatham Square, onde haveria os fogos de artifício, e mais uma rodada de bebidas, e então todos eles — os bebês adormecidos, os homens embriagados, e as esposas e mães sofredoras — seriam levados às suas camas, em suas casinhas sufocantes, de onde iriam levantar com o sol na manhã seguinte, e seguir novamente para o trabalho.

O que precisava dizer a eles, então?

Que havia visto aquele mesmo embarcadouro escuro, exatamente na semana anterior, repleto de pilhas de caixões de crianças doados pela Comissão de Caridade? Elas morriam aos bandos durante o verão, de sarampo e difteria, e com a tosse comprida e tuberculose. Morriam de cólera, e pólio, e escarlatina — e por caírem dos bondes, e para fora das janelas, e por pura e simples fome. Pior de tudo eram as que flutuavam — as crianças não procuradas que apareciam boiando no East River quando o tempo ficava mais quente, inchadas e desfiguradas. Para permanecer no necrotério durante semanas e meses, sem que ninguém as reclamasse...

Nunca havia pais suficientes que pudessem pagar — por todas as apólices de seguro de dezessete centavos que os serviços funerários e os trapaceiros vendiam de porta em porta. Eles levavam os corpos até o píer, onde podiam ser acondicionados sem demora nem cerimônias, transportados até o cemitério de indigentes em Hart´s Island, não muito distante de onde estavam festejando agora. Todos aqueles pequenos caixões, empilhados casualmente ali pelos estivadores, aguardando seu descarnado conteúdo.

Ah, mas eles já sabiam disso. Não havia ele os visto por vezes suficientes naquele mesmo embarcadouro, chorando enquanto os caixões eram carregados? Eles sabiam, mas ele não precisava lhes dizer.

A democracia é uma mentira, então. Uma mentira doce, mútua, indispensável, como a Santíssima Trindade, ou o Catequismo, ou a vida eterna, mas ainda assim uma mentira.

Era sua obrigação manter a sua parte da mentira mútua. Torná-la tão real e vívida que aquela multidão adorável, agitada e bêbada a transformaria em verdade, continuaria confiando nela como confiava no confessionário, ou na Sagrada Comunhão.

Ele endireitou-se e sorriu para eles. O seu povo. Eles aplaudiram, e ele arrumou suas anotações no parapeito do palanque, embora não precisasse delas, as palavras ainda correndo velozes através da sua cabeça...

Terra do povo

— Companheiros — ele começou —, eu sou um democrata. Tenho sido um democrata durante toda a minha vida...

... e os aplausos reverberaram como um trovão por toda Flushing Bay.

LIVRO OITO

A antiga luz irá sobreviver à luz maior e à luz menor; o epílogo será proferido na noite gelada.

— CHARLES REZNIKOFF

CAPÍTULO 46

NO PASSADIÇO

Eles sentaram-se de mãos dadas, vendo os desastres se sucedendo através dos anos. O vento soprava, as ondas batiam com força — a cidade de Galveston desabou diante dos seus olhos. O Monte Vesúvio vomitava chamas e cinzas mortais, os homens e mulheres de Pompéia correndo por toda parte com suas sandálias e togas.

Todos os cataclismas de tecido de chita e madeira compensada, gelo seco e pó de magnésio, construídos a uma escala de um-oitavo, invadindo com toda força os vilarejos de gesso-de-paris e lagos artificiais ao longo da Surf Avenue.

O AUDITÓRIO ESTÁ EQUIPADO COM 11 SAÍDAS E PODE SER ESVAZIADO EM DOIS MINUTOS!, diziam os avisos, mas Esther compreendia que apenas faziam parte da atração. Era uma emoção vicária, uma sensação de que, pelo menos uma vez em suas vidas — depois de todos os desastres rotineiros de aluguéis e empregos, doenças e preocupações — eles flutuassem, presunçosamente, acima da desordem. Ela tinha certeza de que era bem assim que o próprio Deus devia se sentir.

Os veleiros em pequena escala cintilavam através das nuvens ao longo do lago da montanha, bem acima das escarpadas montanhas de minérios, a ferrovia em miniatura e as casas de Johnstown, Pensilvânia. A represa rompeu-se — e torrentes de água escura jorraram sobre a cidade, desenraizando as árvores extremamente realistas, arrancando os trilhos da estrada de ferro, atirando locomotivas inteiras no ar.

— Não sei o que eu faria — ela disse ofegante para Kid, ao seu lado, igualmente fascinado no escuro. — Não sei o que eu faria se tivesse a coragem.

— O que há para se fazer, meu passarinho? — ele encolheu os ombros, sorrindo. — Ou você morre, ou não morre; é só isso que há.

— Você... você se sairia bem! — ela disse, os olhos brilhando. — Você sempre sabe o que fazer.

— Eu não sei — ele falou, remexendo-se um tanto desconfortável no assento; uma apreensão que ela interpretou como modéstia, e inclinou a cabeça no seu ombro. Mas ele estava pensando outra vez na rinha de ratos.

Ele só pegou a pá Nem mesmo pensou Só pegou a pá e de repente ela estava nas suas mãos e ele a arremetia contra a bela cabeça de Gyp Esquentado.

Isso era ser esperto? Isso era ser corajoso?

Depois de um intervalo, as marinhas de guerra do mundo inteiro navegaram para o porto de Nova York, as bandeiras tremulando e os hinos tocando — e desprenderam uma esmagadora salva de artilharia. A Wall Street caiu, e o prédio Woolworth. A Estátua da Liberdade e a Prefeitura; e todos os novos arranha-céus e as ruas tranqüilas e os campanários do Brooklyn e até a própria Coney — as impecáveis miniaturas dos três grandes parques — totalmente arrasados pelo bombardeio em miniatura.

A multidão prorrompeu em aplausos, diferentes agrupamentos de pessoas até se levantando e cantando junto com os hinos nacionais à medida que cada frota passava — os japoneses e os russos, os espanhóis e italianos, e os franceses e alemães, e os britânicos. Bradavam de deleite conforme os couraçados e os destróieres reduziam sua cidade a um monte de fragmentos.

Então — para o *grand finale* — a banda começou a tocar o *"Star-Spangled Banner"* e a frota americana, que aparentemente estivera vadiando em algum ponto do Hudson, chegou a todo vapor para entrar na luta. A multidão ergueu-se como uma só pessoa, gritando e aplaudindo. Acompanhando o hino nacional — cantando *alguma coisa,* o que quer que fosse, numa dezena de idiomas — enquanto os navios de guerra americanos os atacavam: afundando todos os navios do mundo ali reunidos, um a um, os japoneses e os russos e os franceses e os italianos e, sim, até os alemães e os britânicos, a última *"Union Jack"* deslizando tristemente para baixo das ondas.

A frota americana fez a volta em torno do porto mais uma vez, numa procissão vitoriosa, a platéia de pé e aplaudindo tão arrebatadoramente que as arquibancadas sacudiam-se e ondulavam sob seus pés.

— Você já pensou como seria uma guerra? — Esther perguntou.

— Claro que sim — ele brincou. — Por que acha que saí da Lituânia? Quatorze anos no exército do Tzar, pombinha; pode apostar que pensei nisso!

Mas não era isso, ele sabia. Foi um desejo maior — de separar-se de tudo e de todos que sempre conhecera — de estar *longe.*

Então o que lhe importava se Gyp arrebentasse as costas daquele anão — ou mesmo de um menino, como ele pensara a princípio? Havia visto coisas piores. O que dera nele — derrubá-lo daquele jeito, entocar-se em outro lugar outra vez, escondido em Coney Island, dentre todos os lugares...

Os espetáculos serviram bem para uma distração à tarde, e depois ele ficou feliz por permitir que ela o idolatrasse, que pensasse como ele era cabeça-fria e competente. Comprou-lhe um sorvete de casquinha, uma grande montanha de sorvete de morango com uma cereja no topo sobre um fino cone de biscoito, e ela comeu-o com satisfação enquanto passeavam pelas avenidas do Luna Park.

Ele olhou para cima, para o céu claro, sereno — e viu a cabeça de porco. Esta assomou-se sobre ele, ao longo de uma parede, uma entre uma fileira de cabeças zombeteiras, irônicas, feitas de gesso-de-paris, cada uma com pelo menos o dobro do tamanho de um homem. Uma cabeça de lobo, uma de palhaço, uma de porco. Imensa e rosada e peluda — a mesma que ele havia empurrado para longe, anos atrás, naquela sua primeira noite na América, enquanto nadava para a praia através de toda a sujeira e rebotalho do porto — só que maior e mais grotesca do que nunca.

CAPÍTULO 47

NO PASSADIÇO

Indo ao encontro dela na sorveteria Camp, no domingo seguinte, Kid pensou pela primeira vez que talvez a amasse.

Esther deveria encontrá-lo sob os ambiciosos anúncios do Camp, prometendo O ESPETÁCULO DO SÉCULO 21 — PARA COMER — PARA RIR — PARA BEBER, onde ele viu que ela havia sido descoberta pela coleção perambulante das esquisitices mímicas do parque: um enorme policial com o rosto pintado de preto, tão gordo quanto alto; uma irlandesa de quase dois metros que escondia dois anõezinhos debaixo da saia. Um número de corrida que consistia de um irlandês com uma cartola desengonçada e uma harpa de verdade, um italiano com um boné pontudo, e um hebreu com duas grossas e crespas mechas de cabelo despontando de cada lado da cabeça...

Eles desfilavam em volta dela, encurralando-a, brincando e apupando incoerências. Ele podia ver que ela estava intimidada, pela maneira como agarrava-se à bolsa e ensaiava um passo para trás da pequena multidão de foliões.

Ainda assim, na maior parte do tempo ela manteve-se firme, olhando teimosamente para a frente, o rosto ruborizando enquanto as aberrações mímicas dançavam à sua volta. Parada ali como qualquer uma das milhares de outras moças em Coney Island, com seu melhor vestido branco de verão, o chapéu disforme e florido na cabeça. Mas agüentando firme — mantendo-se em seu lugar, até que ele sentiu uma pontada no coração por vê-la ali.

Esther avistou-o andando no passadiço na direção dela, e pensou novamente em como ele era bonito. Implacável e desconfiado como qualquer desordeiro, em seu vistoso terno de verão, até que um sorriso começasse a vazar em torno dos seus lábios, quando ele a reconheceu. Ela ficou aliviada — por ele vir salvá-la das imensas pantomimas que divertiam-se às suas custas — mas também apenas por vê-lo outra vez, depois da longa semana de trabalho.

Ela não nutria ilusões sobre o que ele era, ou o que talvez fosse: um bandido, certamente; talvez um ladrão, talvez um assassino — talvez até um cafetão. Sabia que corria certos riscos — que ele pudesse apossar-se dela pelo seu dinheiro, seu amor, ou coisa pior. Sabia que corria o risco, até mesmo, de acabar como uma prostituta — e embora não concebesse de que maneira isso poderia acontecer, estava ciente de que havia centenas, talvez milhares de mulheres deitadas nos bordéis e nos quartos de hotel naquele exato momento que tinham pensado a mesma coisa. Mulheres que simplesmente tinham se arriscado por amor.

Ela bem sabia que não podia esperar nada dele — nada além daquele dia, passeando no passadiço com ele, o seu amante-demônio. Entretanto isso era o bastante. Ela considerava o mais catastrófico possível final do seu romance com muita calma.

O que quer que fosse para acontecer, poderia esperar — enquanto ele caminhava na sua direção no passadiço, e todas as provocadoras figuras de pantomima se dispersavam.

— *Nu*, minha pombinha, o que quer fazer hoje?

— Não sei. — Ela pensou um pouco, dando uma risadinha, feliz apenas de estar com ele novamente. — O que acha... de eu ensiná-lo a nadar hoje!

— Ahn? Bem, está bem — ele murmurou, não muito contente com a idéia de entrar na água, mas com uma outra idéia já se formando na cabeça.

Lá na praia, numa outra faixa de areia demarcada pela cerca de arame farpado, ele alugou uma só cabine de madeira do proprietário, fingindo que eram marido e mulher. O homem esboçou um sorrisinho irônico, e entregou a chave e um traje de banho preto para ele — sem se importar se eram marido mulher ou o Rei Salomão e a Rainha de Sabá.

— Por aqui...

Ele conduziu-a para dentro da minúscula cabine de madeira, montada sobre curtas estacas na areia, a única luz penetrando através das frestas nas laterais, e um pequeno furo no topo. Ali, sentou-se no banco enquanto ela retirava da bolsa a roupa de banho de sereia, hesitante à sua frente.

— Tire — ele sussurrou, implorando. — Tire, *por favor*... por mim.

— Seria muito barulho aqui dentro...

— Só para ver... eu só quero *ver*.

Ela sorriu, o rosto acima da boca obscurecido na luz difusa, e deliberadamente, casualmente, começou a tirar as roupas. Removendo devagar uma peça de cada vez, dobrando-a com todo cuidado e alisando-a, dando-lhe tempo para olhar. Até que quando finalmente ficou toda nua diante dele — tudo o que era, macia e gasta e calejada — ele saiu do banco e ajoelhou-se, abraçando-a em torno dos quadris e deslizando a face na pele quente, suave, do seu ventre.

Caminharam juntos até a beira do mar — Kid sentindo-se mais do que tolo enfiado nas longas calças justas que iam até os joelhos. Mas mergulhou, arremetendo os braços e chapinhando por todos os lados, enquanto as crianças davam risinhos de desdém, e ela ria dos seus esforços. Ela não conseguiu nem mesmo fazer com que ele boiasse sem afundar sob as ondas.

— Vamos encarar os fatos, *hertzalle meine*: judeus não flutuam — ele disse, mas ela apenas riu.

— Caipira! Roceiro! Mas vamos ver se pelo menos você consegue andar na água.

Juntaram-se aos outros banhistas ao longo da linha. Esther indo à frente, Kid agarrando-se mal-humorado à linha-guia atrás dela, avançando com esforço através das ondas.

Era um dia agitado, e as ondas erguiam-se subitamente e explodiam contra o peito e a cabeça dos banhistas. Ela aparava a maioria das ondas para ele, tentando fazer com que boiasse junto com o movimento. Mas até isso ele fez desajeitadamente, a água sempre avançando na sua boca e narinas. Estava cheia de papéis velhos, e garrafas, e todo tipo de outros refugos, mas ainda assim infinitamente mais limpa do que a água do porto na qual ele saltara pela primeira vez.

Ela virou-se para olhar para ele, rindo, e ele teve de rir também. Tornou a se levantar e olhou na direção do horizonte, para lá das arrebentações e dos barcos de excursão, das bóias de balizamento e os píeres de mergulho. Podia ver o mar aberto, e além disso — nada, por todo o caminho de volta desde onde ele viera.

CAPÍTULO 48

ESTHER

A greve estourou numa manhã na fábrica Triangle, justamente por causa de Wenke, o *shadchen*, dentre todos. Os líderes do sindicato tinham feito mais reuniões. Tinham arrecadado mais dinheiro e feito mais planos, conversando por noites adentro no Talker´s Cafe, sob a rígida torre do prédio do *Forward*. Porém o momento em que talvez tivessem qualquer chance contra os proprietários passava depressa por eles — e ainda assim conversavam, e ainda assim esperavam.

Então Wenke levou novamente a sua patética fileira de meninas para a oficina. Ele foi para o escritório a fim de discutir o pagamento com Bernstein, e elas podiam ouvir todos os mesmos violentos argumentos, mesmo através da porta fechada. No entanto daquela vez, quando emergiu para fora, Wenke não estava mergulhado na sua costumeira lúgubre aquiescência, mas ainda gritava desafiando o gerente da oficina.

— Estou cansado dessa escravidão! — ele berrou. — Você me pede para fazer isso? Acha que eu não sou um ser humano também?

— A oferta é essa, vá amarrar seu burro em outro lugar, se não quiser — Bernstein falou, frio como sempre.

— Nunca! Nunca! Não me importa se você tem um pé no céu e outro na terra, eu não vou aceitar! Não vou obrigar minhas meninas a fazerem isso, não me importa se eu morrer de fome!

— Ótimo! Então vá, quem está impedindo? — Bernstein gritou de volta, na cara dele. — Só que... as meninas ficam!

— As minhas meninas? — Wenke gaguejou. — *Minhas* meninas? Eu sou o subempreiteiro, elas trabalham para mim...

— Elas ficam aqui. Suba para o décimo andar se não quer ficar, e dê o fora.

— *Pah!* Então veja se não é isso que vou fazer! — Wenke cuspiu, e foi na direção do elevador. Mas Kristol e Podhoretz já estavam adiantando-se pelo salão, sorrindo maliciosamente, e ele começou a recuar.
— Espere... *eles* vão comigo?

— O que tem isso? Você queria ir, então vá.

Bernstein fez um gesto dispensando-o. Wenke lançou-se de volta para onde as suas meninas agrupavam-se em seu canto habitual, mas os dois supervisores do andar o seguiram, ainda sorrindo.

— Espere, espere! Eu não quero ir com eles! — Wenke gritou, apelando para a oficina inteira. — Vocês não estão vendo? Eles vão me dar uma surra assim que me fizerem entrar no elevador!

— *Saia daqui!* — Bernstein berrou para ele, a plenos pulmões, e agora Kristol e Podhoretz agarraram o *shadchen* pelos seus braços compridos e finos, e começaram a arrastá-lo na direção do elevador escancarado.

— Eles vão me dar uma surra! — Wenke continuava gritando histérico, enquanto eles o puxavam por toda a extensão da oficina como se fosse um saco de retalhos. O seu *yarmulke* caiu no chão, as longas e sebosas mechas de cabelo formando uma trilha no piso.

— Gente, *por favor*! Vocês vão ficar aí nas máquinas vendo um companheiro trabalhador sendo tratado desse jeito?

Os dois capatazes atiraram-no no elevador e fecharam a porta — mas Esther ainda podia ouvir os gritos e berros de Wenke enquanto descia, e o som terrível, abafado, de socos atingindo um corpo.

— Muito bem, todos de volta ao trabalho — o sr. Bernstein anunciou calmamente, outra vez o capitão do seu navio.

Mas era tarde demais. As mulheres já estavam se levantando dos seus postos de trabalho — a oficina ficando subitamente silenciosa quando começaram a parar as suas Singers e desparafusá-las, aninhando as máquinas nos braços enquanto saltavam rapidamente sobre os bancos seguindo na direção da escada. Esther ouviu-se gritando com as demais:

— Levantem! Levantem! Todo mundo para fora!

Não houve discursos fervorosos, nenhum apelo à união. Nada mais do que aquele simples comando, acima e abaixo das bancadas, numa dezena de línguas:

— Levantem! Levantem! Vamos embora!

— Meninas! Voltem aos seus lugares! — Bernstein ordenou. — Quem não estiver de volta ao seu lugar vai ter cinco dólares descontados no pagamento!

Mas aquilo não passava de uma ameaça, e apenas subestimava a gravidade da situação. O normalmente impecável Bernstein havia errado o seu alvo, e agora nenhuma delas atrevia-se a ser deixada para trás. Continuaram saindo, empurrando-o quando ele tentou bloquear a escada — passando pelos capangas, Kristol e Podhoretz, que tinham voltado para cima e permaneciam parados na frente dos elevadores, sem saber o que estava acontecendo.

— Levantem! Vamos! Todo mundo para fora!

Esther tremia com a emoção de tudo aquilo, mal podia enxergar direito quando pegou o casaco e o chapéu e destravou a máquina da bancada. Um gesto tão simples, quase como ir para casa no final do dia, mas como parecia perigoso, como parecia atrevido! Mais tarde, ela nem mesmo teve certeza de por que havia feito aquilo. Nenhuma delas teve: afinal, Wenke não era realmente um trabalhador, ele era um patrão, e um patrão-barata, aliás, que levava suas patéticas meninas para baixar ainda mais os seus salários e mantê-las na linha.

Talvez fosse o simples ressentimento por terem sido sujeitadas a tal espetáculo. Talvez fosse a degradação total, cumulativa, percebida naquele momento, mas qualquer que fosse o motivo elas continuavam saindo: esquivando-se para o décimo andar, descendo para o oitavo; espalhando a notícia para os passadores em seus sibilantes ataúdes de ferro, e para os cortadores em suas bancadas de trabalho, e para as costureiras e as pequenas meninas puxadoras de fios, e os varredores de chão. Todos eles, até mesmo a tristonha fileira das incompetentes meninas de Wenke, saindo junto com elas — ninguém querendo ficar para trás. Arrastando-se escada abaixo, espremendo-se no elevador até que a oficina inteira estivesse lá fora — na calçada de Washington Place, sorrindo e protegendo os olhos contra o desacostumado sol do meio do dia, e perguntando-se o que deveriam fazer agora.

Depois disso, no entanto, a greve espalhou-se como uma conflagração. Antes do final da semana, todas as grandes fábricas estavam em greve, e as pequenas oficinas também; na de Schwartz, e na de Agronick, e na Marquis e Haskin, e na de Berlant. Clara recebeu a notícia imediatamente, na oficina de Leiserson onde estava trabalhando, e antes do dia terminar já estava liderando desfiles de grevistas através do Village e do Lower East Side para quaisquer oficinas que ainda não estivessem paradas, batendo com cabos de vassouras nas grades das calçadas e gritando para as janelas das fábricas:

— Fora! Fora! Todo mundo para fora! A greve está aqui!

Na manhã seguinte, a caminho da sede do sindicato, Esther viu as *fabrente maydlakh*, as garotas fogosas, em todas as esquinas das ruas. Elas falavam em ídiche, e em seus rígidos italiano e português de sala de aula, mas a mensagem era passada através das suas mãos, e dos seus rostos, e no agudo tremor das suas vozes.

Pequenos grupos de mulheres reuniam-se diante delas — algumas não mais do que crianças de quatorze ou quinze anos — falando excitadamente sobre os mais recentes rumores e notícias. Os jornais já chamavam o evento de O Levante dos Vinte Mil — e depois dos Trinta Mil, depois *Quarenta* — e havia rumores de que mulheres estavam abandonando as oficinas em Filadélfia, e em Rochester, e até mesmo em Chicago.

Todas as noites os escritórios do sindicato estavam apinhados de mais mulheres, alvoroçando-se sob as reluzentes lâmpadas de luz amarela. O comitê de greve reunia-se em sessões contínuas: Clara e Leonora O´Reilly intransigentes e fazendo discursos, a sra. Perkins e a srta. Dreier escutando em silêncio, a pequena Rose Schneiderman cuidadosa e reconciliadora. A amiga de Clara, Pauline Newman, observando tudo como uma coruja em seus óculos enormes, organizando tudo.

A pergunta na mente de todas era se conseguiriam convencer os homens que dirigiam os sindicatos de vestuário a declarar uma greve geral. O comitê feminino de greve queria exigir o reconhecimento das grandes oficinas, mas os homens não estavam dispostos a correr o risco de fazer disso uma luta de morte. Preferiam tentar um acordo para aumentar um pouco o salário — de forma que pudessem retomar a organização, o planejamento, e toda a interminável conversa.

— Nós precisamos aproveitar uma situação revolucionária quando ela acontece, *bubbeleh* — Clara insistia. — Elas nem sempre se apresentam na hora certa, como um bonde. Nós temos todo mundo parado *agora*, precisamos aproveitar a oportunidade.

— Vamos precisar de toda ajuda que conseguirmos obter, se formos seguir adiante com isso — Leonora O´Reilly alertou-as, olhando para a sra. Perkins que, como sempre, sentava-se perfeitamente composta no outro lado da mesa, com seu chapeuzinho preto e triangular. — Este é o momento em que precisamos dos amigos ao nosso lado!

As damas *estavam* nas ruas — instalando barraquinhas de café grátis perto das linhas de piquete. As grevistas esquivaram-se delas durante dias, envergonhadas, receosas de aceitarem uma simples xícara de café ou uma rosquinha, por acharem que se tratava de caridade. Foi apenas mais tarde, quando o tempo mudou e elas estavam sempre encharcadas pelas chuvas incessantes, que cederam timidamente, pegando as pequenas xícaras e bolinhos das matronas da sociedade. Porém, era necessário mais do que isso.

— Vocês podem ter certeza do nosso apoio — a sra. Perkins lhes disse, naquele tom de voz firme e frio que não permitia contradição. — Qualquer coisa que pudermos fazer, faremos.

Todas sabiam, no entanto, que isso não mudaria o que estava por vir.

— Logo eles vão começar com as prisões: irão nos levar como se fôssemos vadias.

— Podemos agüentar — Clara vangloriou-se. — Não há sacrifício que as mulheres não façam pelo sindicato!

Esther estava sentada ao lado dela, em silêncio, e perguntou-se se Clara realmente sabia sobre o que falava.

O que significa isso, qualquer sacrifício?, perguntou-se. O que *ela* estaria disposta a sacrificar?

Esse ocupou-se como as outras, organizando coletas de alimentos e carvão para as famílias das grevistas. Vendendo o *New York Call*, o único jornal no idioma inglês que estava apoiando a greve, nas esquinas das ruas. Ajudando nas barracas de café grátis — as ricas damas com seus belos casacos mostrando-se tão bondosas, tão maternais em relação a elas, mas condescendentes como professoras. Conforme os dias e semanas passavam Esther trabalhava cada vez mais e mais, até que estava morando na sede do sindicato, sem incomodar-se de ir para casa, mas roubando umas poucas horas de sono quando podia nos sofás dos escritórios.

No entanto ela sabia que isso não era nada. O trabalho de verdade, o verdadeiro teste de si mesma ainda estava para vir. Nas linhas de piquete.

— É aí que você vai ver que tipo de mulher você é. — Clara havia se limitado a rir quando Esse lhe confidenciou seus temores. — É aí que você vai ver do que é feita realmente!

E isso era exatamente o que Esther mais temia.

Ela atormentava-se com isso, voltando para a sede à noite. O verão estava desvanecendo-se rapidamente, agora. As gangues de rua acendiam fogueiras nos terrenos baldios, desafiando seus inimigos a saírem para as brigas. Os despejos já estavam começando. Famílias inteiras postavam-se nas ruas, mendigando em meio a todas as suas posses, uma vela de *Shabbos acesa em cima da cômoda, um pires de esmola ao lado.*

Não havia lugar para onde ela pudesse ir agora, nenhuma maneira de evitar aquilo. Agora, ela sabia, todos os seus anos de conjeturas chegariam a um final. Todos aqueles dias debruçada sobre a máquina de costura ou olhando pela janela dos fundos, para o quintal com seus esquisitos blocos de calçamento — de um jeito ou de outro, todas as suas perguntas sobre si mesma finalmente seriam respondidas.

Dentro do salão do sindicato as mulheres moviam-se lentamente de um lado para outro, vagas, avultadas silhuetas na escuridão da madrugada. Estavam vestidas com seus melhores casacos e chapéus de abas largas, enfeitados com fitas e laços, cobertos com redinhas — muitos deles comprados especialmente para a ocasião. Não gostavam da idéia de arriscá-los na linha de piquete ou na cadeia, mas a imprensa já inclinava-se a retratá-las como prostitutas, e lixo das ruas, e estavam determinadas a mostrar o quanto realmente eram respeitáveis.

Quando reuniram-se pela primeira vez houve todos os tipos de especulações sobre o que iria acontecer:

— Você acha que eles vão nos bater?

— Ouvi dizer que vai todo mundo para a cadeia. É o que estão dizendo...

— Como é lá na cadeia? Como será? Você sabe?

Elas cantaram o "Internationale" e depois a "Marseillaise", a fim de manter os espíritos elevados. Porém, à medida que a hora de ir aproximava-se, elas falavam menos e menos, cada mulher e garota silenciosamente preparando-se para o que haveria pela frente. Suas silhuetas oscilando devagar, inconscientemente para frente e para trás, como os velhos com o Talmude.

Lá fora estava uma manhã miserável. Chovera durante dias, chovendo e parando, e agora elas podiam ouvir a chuva começar de novo, fria e incansável, enquanto esperavam.

Como seria bom estar na minha máquina, Esther pensou, marchando no lugar, odiando-se por sequer pensar numa coisa dessas — mas pensando, assim mesmo.

Como seria bom estar dentro da fábrica quentinha, pressionando os pedais...

Clara juntou-se à fileira — não mais uma das *fabrente maydlakh* naquele momento, mas a gentil comandante, dando um beijo ou um toque numa mulher aqui, uma palavra para outra ali. Esther sentiu-se imediatamente envergonhada, como se de alguma forma ela pudesse ler seus pensamentos. Clara parou à sua frente e prendeu-lhe as mãos entre as suas, o rosto quadrado, passional, agora bondoso e sereno.

— Não se preocupe, meu passarinho, não se preocupe. Nós todas estaremos aqui fora. Iremos ajudar-nos umas às outras a sermos corajosas.

Ela beijou-a no rosto e passou para a frente da fila, subindo numa cadeira para lhes enviar uma mensagem final antes que começassem a marchar.

— Muito bem, vocês sabem o que fazer — ela lhes disse — em sua boca nenhum indício de temor, apenas a radiosa confiança de um grande general. — Lembrem-se: vocês precisam andar numa fila reta, fiquem sempre na calçada. Mantenham-se em movimento. Se pararem, eles podem prendê-las por vadiagem. Se falarem, eles as prendem por estarem aliciando os homens na rua. Mas, claro — ela juntou, um pouco da antiga malícia retornando aos seus olhos — claro que eles podem prendê-las de qualquer jeito. Eles nem mesmo obedecem às suas próprias regras, aqueles *yentzers*. Façam o que puderem, e não se preocupem, o sindicato pagará a fiança.

Esther assentiu, e sorriu com o restante delas — embora soubesse que, na verdade, o fundo do sindicato para pagamento de fianças já estava quase esgotado, e que os magistrados poderiam encarcerá-las na Tombs sem direito a fiança pelo tempo que lhes desse na cabeça. Tentou não pensar na prisão, com suas sombrias paredes de pedras. Quando era criança eles ainda permitiam que multidões pagantes entrassem para assistir os enforcamentos públicos. Tudo isso parecia impossível — ela havia sido uma boa menina durante toda sua vida. O que fizera, que mal havia causado para arriscar-se a ser trancafiada num lugar daqueles?

— Tudo bem... se vocês estiverem prontas. Lembrem-se: vocês são o povo e têm o direito de fazer isso por si mesmas. Se ficarmos unidas, e vamos ficar unidas, iremos vencer.

As portas se abriram e as grevistas saíram em fila ao longo das calçadas revestidas de pedras, os cartazes de papelão roçando contra os galhos das árvores rebaixados pela chuva. Usavam faixas brancas indicando as suas filiais do sindicato, e eslogans corajosos, desafiadores, como NÃO SOMOS ESCRAVAS!, ou ABAIXO OS MALFEITORES DA RIQUEZA!, bordados com o mesmo cuidado com o qual costuravam as blusas e os finos casacos das damas.

Caminhavam rapidamente, cabeças baixas, pelas ruas do Village que já enchiam-se de indiferentes vendedores com seus carrinhos de mão e carriolas e carroças, preparando-se para seu próprio trabalho, na sua sua própria cidade. A chuva diminuiu um pouco, uma fraca luz começando a filtrar-se no céu, quando elas viraram a esquina da Washington Place na direção da Triangle, com Clara marchando feliz à sua frente.

Lá na Triangle as jovens agitavam-se e viravam-se desajeitadamente, no ritmo do arranhado fonógrafo que fora instalado num canto. A música enchia o oitavo andar, ecoando pelas paredes áridas e pelos pisos de madeira.

Elas não eram tão boas dançando quanto eram costurando, sendo muito jovens, e caipiras, e o sr. Bernstein teve de fazer o possível para se conter. Mas concessões tinham de ser feitas, ele sabia, e obrigou-se a ser paciente, e Kristol e Podhoretz a manterem as mãos longe das novas meninas.

As fura-greve tinham uma hora de almoço e intervalos para o chá. E todas as manhãs elas empurravam os seus pesados bancos para trás, e ligavam o fonógrafo, e até distribuíam medalhas para as melhores dançarinas. Bernstein supunha que o tempo não importava mais, de qualquer forma o trabalho delas era tão ruim e lento, embora tivesse certeza que poderia encontrar garotas que soubessem dançar melhor do que aquilo.

O fonógrafo começou a oscilar, o som subitamente incerto, a agulha raspando sobre o pequeno disco de metal. Podhoretz deu um chute na mesa para fazê-la voltar aos sulcos, mas a agulha apenas deslocou-se para o outro lado do disco e a música parou. Em seu lugar, podiam ouvir a comoção lá fora, ecoando pelas ruas estreitas como desfiladeiros. As fura-greve começaram a se dispersar na pista de dança, aproximando-se das janelas.

— Meninas! Meninas! Tudo bem, meninas! De volta para o trabalho! Vocês não querem saber quem ganhou as medalhas? — o sr. Bernstein chamou em voz alta, batendo palmas.

Elas o ignoraram. Todas as garotas, agora — e Kristol, e Podhoretz, e também o restante dos supervisores dos andares — abrindo as janelas e olhando avidamente para a greve lá embaixo.

Havia uma multidão esperando por elas. Esther pôde ver imediatamente que não era um daqueles ajuntamentos de curiosos desocupados, os quase sempre simpáticos espectadores que costumavam se juntar desde o começo nas linhas de piquete, antes que isso se tornasse uma coisa rotineira.

Havia policiais, na maioria, transpirando copiosamente em seus longos casacos, e Pinkertons, as mãos enfiadas no fundo dos bolsos, os chapéus puxados por cima dos olhos ameaçadoramente. Bem ao lado estava um outro grupo que ela reconheceu de imediato: um bando de gângsteres, com suas prostitutas a reboque, olhando com desdém para as mulheres que marchavam tomando suas posições em volta do prédio da Triangle.

Quando as grevistas foram avistadas um grito se espalhou, e eles começaram a bradar todos os tipos de rudes insultos. Os tiras formando círculos com os dedos indicadores e polegares, e enfiando os cacetetes obscenamente para dentro e para fora.

As mulheres formaram uma linha comprida, em fila dupla, lentamente circungirando o prédio. Clara marchava com um ar de desafio para cima e para baixo dos piquetes, exortando as outras grevistas.

— Continuem andando, continuem andando... eles não podem fazer nada contanto que vocês continuem se movimentando — ela assegurou-lhes, encarando os policiais como se os desafiasse a tentar alguma coisa.

— Cantem! Cantem!

Elas prorromperam num longo e solene coro de "Meu País é Teu", mas a polícia e os gângsteres apenas começaram a zombar delas novamente.

— Por que não vão para casa lavar a louça? — a voz de um homem gritou.

— Eu lavei a louça antes de sair de casa. Está satisfeito agora? — Clara gritou de volta.

— Ah, que belezinhas! Vocês querem mais, eu lhes dou mais, ora se dou!

— Nós somos suas irmãs e esposas e mães! Tenham um pouco de respeito!

... mas isso serviu apenas para provocar mais um coro de vaias e insultos.

— Se você fosse a minha esposa ficaria incapaz de sentar por uma semana!

Ela queria ser tão corajosa e audaz quanto Clara, mas não era. Queria dizer uma prece, ou cantar com as outras, mas sua boca estava seca demais e as palavras não saíam. Os rostos dos policiais e dos gângsteres pareciam-lhe esvaziados de qualquer lampejo de humanidade — como nada mais do que as grotescas, carrancudas cabeças de lobos e palhaços e porcos que pendiam das paredes no Luna Park. Mas as faces sombrias das mulheres marchando com ela, Clara gritando seus desafios, tampouco lhe pareciam mais reais. Enquanto marchava com as outras Esther soube, então, que realmente não acreditava mais em nada — na justeza daquela causa, ou na religião do seu pai, ou em qualquer outra coisa.

Na manhã em que voltara para casa, depois de passar a noite em Coney Island, ele estivera esperando por ela. Normalmente àquela hora ele já estava na sinagoga Lodz, debatendo as grandes questões do Talmude com alguns dos poucos estudiosos que ainda falavam com ele. Mas naquele dia estivera esperando, sentado numa cadeira bem ali na cozinha. A mãe ao lado dele, torcendo as mãos num pano de prato.

— A que profundeza ainda vai chegar a sua degradação?

Mas ela viu que não havia o rasgão ritual na lapela dele. Nenhum sinal de luto — pois que ela ainda era a criada deles, e soube que não havia nada que pudesse fazer, nada mesmo, com o que eles realmente se preocupassem.

— O seu filho foi declarado morto por causa de uma panela de ensopado. Mas o senhor ainda pode arrancar dinheiro de mim.

Ela não acreditava em nada, nada, exceto em divertir-se o máximo que pudesse lá em Coney Island. Ele estava certo — sua alma era estéril, tão estéril quanto aquele dia frio e molhado, e se ela pudesse voltar para o ridículo hotel de prostitutas naquele exato momento, com o seu rapaz, ela iria, disso tinha absoluta certeza.

Os policiais emitiam ruídos provocadores, infantis, através dos dentes.

— Venham, queridinhas. Venham, docinhos, venham aqui com o papai!

— Eu vou lhe dar um aumento, com certeza, contanto que você me faça um favor...

— Não lhes dêem atenção! Continuem marchando! Cantem! — Clara gritava para elas.

Meu Deus, Esther pensou, olhando as faces ávidas dos policiais, batendo com os cacetetes nas palmas das mãos.

Meu Deus, eles realmente querem fazer isso. Eles realmente querem bater em nós.

Um dos gângsteres fez um gesto, e as prostitutas com suas roupas vistosas precipitaram-se subitamente na fileira, cada uma delas colando-se a uma grevista. A princípio pareciam com algo saído da natureza, como pássaros em acasalamento — as grevistas com seus respeitáveis trajes de marcha cinzentos e negros, as putas com a maquiagem pesada, os vestidos vermelhos e amarelos e azuis-celeste, tão reluzentes como se estivessem num salão de baile. Sorrindo amplamente, enfiando as mãos das grevistas em seus próprios braços. As grevistas foram tomadas de surpresa com esta abordagem, ainda cautelosas, mas confusas com tal demonstração de amizade...

Esther viu uma prostituta dar o braço à mulher na sua frente, tomando-lhe as mãos como se fosse uma velha amiga. De repente, a grevista dobrou-se para trás, gritando de dor e derrubando seu cartaz e agarrando a mão que sangrava. A prostituta riu, levantando a mão que segurava um caco de vidro, com uma ponta afiada e manchado de sangue.

Ao longo de toda a linha as prostitutas começaram a cutucar as grevistas com selvageria, usando agulhas e alfinetes de chapéus escondidos, pequenos canivetes e cacos de vidro — todos os truques da sua profissão. As grevistas vacilaram. Mais cartazes caíram no chão, e a fileira começou a se dissolver enquanto elas se afastavam das suas atacantes. Elas eram mais fortes do que as prostitutas; seria bem fácil desviarem-se dos seus ataques, mas agora tinham se imobilizado e tudo se transformou num caos.

— Continuem andando! Continuem se movimentando! De volta para a fila! — Clara implorava.

Ela agarrou uma das prostitutas e empurrou-a para a rua, tentando fazer com que a fila continuasse se movendo. Outras grevistas estavam revidando, agora, algumas até empurrando e esmurrando as prostitutas. Mas era exatamente isso que a polícia queria:

— Olhem só, as rameiras brigando pelo seu canto na rua!

Até então Esther conseguira ficar fora da confusão. Continuou marchando, desviando-se educadamente das mulheres que lutavam, sentindo-se vagamente absurda. Mas agora uma delas movia-se na sua direção — declamando as mesmas coisas que as outras estavam dizendo, mantendo-se obedientemente ao cenário de que eram todas prostitutas. Usava fitas vermelhas no cabelo castanho e grisalho, uma puída jaquetinha vermelha presa em torno dos ombros.

— Ei, *girlchik*, essa esquina é minha — ela disse num tom cansado, a voz conhecida... e Esther, preparando-se para o ataque, olhou atentamente e reconheceu a mulher que seu irmão um dia lhe apresentara.

— Eu conheço você — ela disse e, para sua surpresa, a mulher parou onde estava. — Conheço você. Seu nome é Sadie, não é?

Aquilo só podia significar que o seu irmão devia estar ali, no meio daquele bando de criaturas zombeteiras e ofensivas, açulando-as com os insultos mais obscenos que ela já ouvira em sua vida.

— Escute... — A mulher estava lutando para dizer mais alguma coisa, erguendo uma das mãos como se ela própria tentasse aparar um golpe.

Então foi a este ponto que ela chegou — parecendo tão cansada, tão torturada e remendada. Que o seu irmão pudesse fazer uma coisa dessas...

Mas onde estava ele? Onde ele estava? Ela ficou nas pontas dos pés, olhando para a multidão.

— Muito bem, já chega! — um imenso e bigodudo sargento à frente dos policiais confirmou exultante. — Vamos limpar todas essas prostitutas das ruas, rapazes!

A polícia atacou, jubilosamente desferindo e brandindo seus cacetetes, batendo em todo mundo em volta, derrubando tanto as grevistas como as prostitutas, até que alguns dos cafetões realmente sentiram-se na obrigação de correr para salvar a mercadoria.

— Ah, venha com o papai!

— Peguem elas, peguem elas, peguem elas! Suas putas imundas!

— A lei! A lei! Vocês deveriam preservar a lei!

Clara recuou, em posição de ataque, apontando para a esquerda e para a direita aos seus distintivos.

— Estou vendo você! Número 457! Pendergast! Estou vendo você! 306! Nash!

Outro tira atacou-a, e deu uma pancada com o cacetete em seu lado esquerdo com tanta força que a derrubou. Ela girou o corpo rapidamente, no entanto, e logo colocou-se de pé, desviando para o lado quando ele tentou chutá-la.

Um casaco azul assomou-se subitamente na frente de Esther, os reluzentes botões de latão direto na sua cara.

Eles se arrumaram com todo o capricho para fazer isso, ela pensou vagamente, reparando no brilho dos botões e o nome dele, KAEHNY, na pequena placa de prata.

Ele agarrou-a pelos dois braços e beijou-a, direto na boca, o hálito quente e rançoso com o cheiro do fumo de mascar. Sorriu para ela, depois puxou-a contra si, quase dobrando-a ao meio enquanto tentava beijá-la outra vez. Ela mordeu os lábios dele com força, empurrando-o para trás — e ele recuou, então, desferindo uma pancada com seu cacetete em cheio na cabeça dela. Esther só foi capaz de levantar o braço, desviando parcialmente o golpe.

— Você me paga, sua mal-dita vadia!

Ela cambaleou para trás, a cabeça zunindo, a dor latejando no braço esquerdo. Com o canto do olho pôde vê-lo ir atrás dela, levantando o cacetete, e tentou encolher-se, tentou cobrir a cabeça embora soubesse que mal conseguiria erguer os braços.

— Me experimente, sua caipira vagabunda!

O policial Kaehny uivou de dor, tentando agarrar-se inutilmente em alguma coisa, dançando nas pontas dos pés. Clara estava atrás dele, agora, enfiando um comprido alfinete de chapéu diretamente através do pesado casaco oficial de inverno, no traseiro dele. Ela o manteve ali, rindo abertamente enquanto ele dava pancadas com o cacetete desesperadamente, comicamente, para trás.

— É, o que achou disso, *chachem*?

— Demônio! Eu vou lhe mostrar...

Kaehny girou os quadris na direção de Clara, mas ela já saíra do caminho — um giro tão rápido que o chapéu de policial caiu no chão. Esther achou que, subitamente, ele parecia tão mais jovem, tão menos sinistro — o rosto comprido e cheio de sardas e os cabelos ruivos e crespos descobertos. Sua única preocupação era Clara, no entanto, e ela deu um belo e rápido chute na parte de trás do joelho dele, dobrando-lhe a perna e fazendo-o cair escarrapachado na sarjeta.

— É isso mesmo! Lutem, lutem tanto quanto puderem! — Clara gritava loucamente, animando-as, puxando Esse de volta na direção do prédio. — Eles vão bater em vocês de qualquer jeito, então é melhor revidar com tudo nesses desgraçados!

Agora tudo se transformara num frenesi, cacetetes e cotovelos azuis e punhos voando por toda parte. A calçada estava coberta de enormes e achatados chapéus, que jaziam no calçamento como grandes mariposas mortas. Uma a uma as grevistas estavam sendo derrubadas ao solo, arrastadas até a "Maria Preta" que os policiais tinham levado para lá. As poucas mulheres que ainda estavam de pé chutavam e socavam furiosamente as prostitutas e os policiais, e os gângsteres.

— Vocês também, suas malditas rameiras!

O sargento grandalhão veio até elas. O chapéu dele também havia sumido, os cabelos pretos grudados miseravelmente na testa pelo suor. Toda a diversão desaparecera dele agora. Ofegava e bufava com dificuldade e não havia nada em seus olhos além de uma ameaça sombria, perigosa.

— Você não tem o direito de nos prender! Não tem o direito de prender nenhuma de nós! — Clara berrava para ele... e para que novo, invisível tribunal, Esther não saberia dizer.

Ela pousou a mão no braço de Clara, endireitando-se, esperando.

O sargento avançou para elas, uma das mãos agarrando o cacetete com tanta força que as juntas dos dedos embranqueceram. Ergueu-o por cima da cabeça — e Sadie, a garota do seu irmão, apareceu subitamente ao lado dele e enfiou um pente de pontas afiadas direto no pescoço do policial. Ele ofegou de dor, e girou para trás, indo ao encalço dela.

Agora restavam bem poucas grevistas, entretanto, e muitos policiais. Três outros homens alcançaram Sadie, encheram-na de pancadas até que ela caísse e depois arrastaram-na para longe. Esther sentiu outro golpe atordoante atrás da cabeça. Eles estavam por toda a sua volta, agora, e antes que pudesse se dar conta caía direto na calçada. Dois outros policiais prenderam-lhe os braços antes que ela pudesse levantar, puxaram-na pelo chão e enfiaram-na na traseira do carro de presos.

— Aqui, aqui... você está bem?

Algumas das mulheres mais novas na carroça, a maioria italianas, estavam tentando ajudá-la, mas Esther podia ver que também estavam muito feridas — muitas delas sangrando na boca, os narizes e dentes quebrados, o braço de uma menina pendendo de um jeito esquisito.

— Eu estou bem... não foi nada...

Ficou deitada onde havia sido jogada — olhando para os fundos da carroça onde avistou Clara, ainda acuada contra o prédio, completamente sozinha, agora.

— Isso não é justo! Não é justo! — ela gritava, quase triunfante, como se finalmente tivesse provado o seu ponto de vista.

Um dos maiores policiais, que devia ser pelo menos uns dez centímetros mais alto que Clara, avançou correndo e desferiu um rápido golpe com o cacetete embaixo do braço dela. Clara dobrou-se ao meio, mas endireitou-se rapidamente. Não tinha mais fôlego para xingá-los, mas seus olhos ainda reluziam de desprezo. Um outro policial adiantou-se, vindo do outro lado, e atingiu-a nas costelas, e então estavam todos por cima dela, desferindo um golpe depois de outro por todos os lados, socando-lhe o rosto com os punhos até que ela desabasse na calçada, e Esther ouviu-se gritando o nome dela, sem parar, enquanto tentava arrastar-se para fora da carroça, certa de que iriam matá-la.

Mas não mataram. Dois policiais pegaram-na como se fosse um saco de carvão e arrastaram-na até a carroça, jogando-a de costas. Os olhos de Clara estavam fechados, e o rosto já estava inchado e coberto de sangue, mas ela gemeu quando eles a jogaram, e Esther, arrastando-se até ela, viu que ainda respirava. Eles jogaram Sadie no seu outro lado

— um pouco menos surrada e ainda consciente, mas com os olhos girando, as fitas vermelhas no cabelo agora rasgadas e manchadas de sangue.

Um dos policiais veio até a porta da carroça e começou a empurrá-las para o fundo, tão bruscamente como se estivesse arrumando feixes de lenha. Ele fechou as portas e travou-as, depois prendeu-as por fora com uma corrente, até que foram deixadas na escuridão insuportavelmente superlotada, para o rápido e sacolejante trajeto nas ruas de pedras até a Tombs. Os únicos sons lá dentro eram as respirações pesadas, os gemidos e o choro baixinho de algumas das moças.

Antes de partirem, antes que as portas tivessem sido fechadas quase na sua cara, Esther lançou um olhar para a multidão zombeteira de gângsteres — muitos deles agora parecendo um tanto entediados com a ação, um tanto aborrecidos com a choradeira das suas prostitutas surradas. Ela continuou olhando, até ter certeza de que havia visto o que procurava: um homem esguio, bem arrumado, enfatiotado com um imaculado terno de três peças. As mãos nos bolsos, inspecionando a cena tão casualmente como se tivesse apenas acabado de passar por ali.

Então ela soube que ele estava lá. Então ela soube com certeza que seu irmão havia presenciado tudo.

CAPÍTULO 49

ESTHER

Na Tombs elas foram arrastadas para fora da "Maria Preta", novamente como pilhas de lenha, e obrigadas a marchar para as celas provisórias. Ali foram algemadas umas às outras e às grades da cela, e deixadas durante horas sem nada para comer ou beber. Muitas das mulheres conseguiam apenas se recostar, ou acocorar-se contra as grades das celas apinhadas, equilibrando-se umas nas outras, cuidando para não virar as algemas que as prendiam juntas. Nenhuma delas falando muito, tentando preservar as forças...

Nas profundezas da prisão, nem mesmo podiam ouvir os longínquos sinos da igreja que Esther usava para marcar a passagem do tempo na oficina. Havia apenas o barulho distante de passos se afastando, o bater de portas e o retinir de chaves — um eco de ruídos de "casa-maluca" que soavam como um gemido, ou grito, mas era apenas outra porta se fechando. A única maneira que tinham de saber as horas era o escurecimento lento, gradual, conforme a luz desaparecia das janelas invisíveis, e a noite erguia-se em torno delas como um nevoeiro.

Esther permaneceu em silêncio em meio à massa de mulheres inquietas, que gemiam baixinho — tentando ajudar Sadie, que ainda estava zonza, a manter as algemas levantadas de forma que não machucassem demais os seus pulsos. Tentando ajudar Clara, que fora ferida pior do que qualquer outra. Tentando ser corajosa e serena, um pilar de força entre elas, até ter certeza de que haviam sido completamente abandonadas e entregar-se ao desespero.

— Onde nós estamos? — ela gritou, mesmo sem querer. — Por quanto tempo vão nos manter aqui? O que vão fazer conosco?

— Calma, pombinha, calma — Clara tranqüilizou-a, remexendo os quadris de um lado para outro, sibilando entre os dentes em sua dor. — Não se preocupe, eles não vão se esquecer de *nós*.

Porém aquilo foi tudo o que ela pôde fazer para impedir-se de chorar novamente enquanto a escuridão aumentava — para impedir-se de gemer, e de bater as algemas contra as grades até que conseguisse fazer com que *alguém* lhes desse atenção.

Ele está certo, ela pensou no pai, rilhando os dentes que teimavam em bater, tentando fazer qualquer coisa que pudesse para se aquietar.

Ele está certo e eu não consigo agüentar eu não sou nada sozinha...

— Calma, calma, vai passar — Clara ainda a acalmava, a voz sonhadora e coalhada de dor e cansaço, mas ainda assim Esther não conseguia impedir-se de entrar em desespero.

Ele está certo Ele está certo, o pensamento irracional continuava ressoando em seu cérebro, até que ela própria caiu num meio-sono inquieto, ali mesmo contra as grades da cela.

Eu não sou nada sozinha...

Elas foram desalgemadas e rebocadas no meio da noite, para que o estado fizesse a sua parte.

O tribunal noturno era uma sala baixa, revestida de madeira úmida, superaquecida por um fogãozinho a carvão e mal iluminada por um par de lâmpadas opacas em volta da bancada do juiz. Os meirinhos dormiam nos cantos como sapos velhos e gordos, e os repórteres do tribunal da noite recostavam suas cadeiras contra as paredes, os pés apoiados nos bancos com um cinismo bem praticado, cuspindo compridos jatos marrons de tabaco nas escarradeiras.

O juiz era um outro ornamento da Tammany, um impressionante velho ianque com uma barba venerável e flamejantes olhos azuis. Sentava-se atrás de uma bancada antiga, entalhada, flanqueado pelas fracas lâmpadas amarelas — o grande selo da Cidade de Nova York, com o moinho e as tulipas e castores, reluzindo debilmente na parede atrás dele.

As grevistas ficaram no Banco das Prostitutas, obrigadas a esperar enquanto o magistrado acertava todas as desordens da noite: despachando os bêbados e brigões, os homens que surravam as esposas, e os batedores de carteiras e os cáftens. Finalmente elas puderam se sentar, e muitas das mulheres, principalmente as mais jovens, adormeceram mesmo com os dedos ficando azulados pelas algemas apertadas demais.

Os policiais, os repórteres — até os outros prisioneiros — todos espicharam os pescoços para dar uma boa olhada nelas. Perto de Esther estava uma prostituta de verdade, surrada e detida porque havia parado de pagar a taxa de proteção ao policial da sua rua. Depois dela havia uma jovem que fora seduzida e abandonada pelo empregador, e uma outra, não muito mais velha, que era acusada de ter convencido um homem a acompanhá-la ao seu quarto com o propósito de roubá-lo. Elas sentavam-se eretas e desafiadoras, adorando a atenção, encarando o juiz e os palermas ociosos, orgulhosas como aristocratas.

Finalmente, às quatro da manhã, elas foram dispostas numa comprida fileira na frente do juiz, que falou numa voz estentórea, ribombante, em benefício da imprensa, e lhes disse que estavam numa greve contra Deus e a natureza e sentenciou cada uma delas a quinze dias de trabalhos forçados na casa de detenção:

— Se vocês, mulheres, estão determinadas a trabalhar fora de casa, devem demonstrar o devido respeito para aqueles que são suficientemente bondosos para empregá-las. A lealdade ao empregador é a primeira parte do aprendizado de amar o seu trabalho.

Depois da sentença elas foram levadas por uma outra porta da sala do tribunal, junto com as prostitutas, atravessando uma passagem estonteante de metal treliçado chamada de "A Ponte dos Suspiros". Abaixo delas, um grande abismo rodopiava no espaço; entrecruzado por outras pontes de metal e corredores, pontilhados com pequenas portas das celas que pareciam fornos.

Estavam na cadeia.

Primeiro ordenaram que se despissem e lavaram-nas com uma mangueira, a água gelada, depois foram despiolhadas e rudemente tosquiadas dos seus cabelos, até serem deixadas cegas e nuas e humilhadas, tossindo e engasgando sob o espesso pó branco.

— Mas para onde vai tudo isso? O que eles vão fazer com tudo isso? — Esther perguntava-se em voz alta, vendo as mechas grossas, lindas, castanhas e negras dos seus cabelos empilharem-se num canto da sala.

Uma matrona aproximou-se e deu um tapa tão forte e tão súbito nas suas costas que ela caiu de joelhos.

— *Nada de conversa!*

Entregaram-lhes pesados tamancos de madeira e vestidos listrados que mais pareciam tendas, que elas tiveram de prender para impedir que caíssem. Suas celas eram minúsculas, mal havia espaço para ficarem de pé entre os catres de ferro e as paredes. Não havia água corrente, apenas uma caçamba de lata para beber e outra para as necessidades. Não havia janelas, e o único ar vinha através de pequenos condutos colocados como fumeiros de chaminé no teto. Quando chovia a água caía por eles, e mesmo quando não chovia as paredes das celas estavam sempre molhadas, como se a prisão estivesse constantemente sangrando das suas pedras.

A tarefa delas era esfregar os pisos de pedras vezes sem conta, de joelhos, com apenas uma escova e uns poucos trapos imundos.

— *Aqui é uma casa de trabalho, portanto vocês vão trabalhar!* — a matrona-chefe, uma mulher magra, cinzenta, de traços duros, escarnecia delas, como se não tivessem idéia do que era trabalhar de verdade.

De fato, a esfregação toda era quase um alívio. Esther descobriu que isso lhe exigia um conjunto de músculos completamente diferente daqueles que usava para costurar.

O Senhor Poderoso deve ter nos dado um número infinito de ossos e músculos e tendões para serem torturados!

Ela estava mais preocupada com as amigas. Sadie não estava acostumada com aquele tipo de trabalho; suas mãos enchiam-se de bolhas e sangravam copiosamente no balde de água cinza e imunda. Clara ainda sentia dores das costelas quebradas, e cuspia sangue. Esther tentava ajudá-las, mas era proibido falar ou permitir que se aproximassem, as matronas humilhando-as e batendo nelas com seus bastões de borracha quando tentavam — ou apenas por divertimento.

Pelo menos três delas tinham de dividir uma cela. Elas baixavam suas camas de madeira, e conversavam em sussurros e até cantavam um pouco antes de dormir, dando-se as mãos. Havia enormes ratos cinzentos da escuridão, e imensas baratas que corriam em suas pernas, mas com três juntas não era tão ruim assim. Uma vez que superou a vergonha por ter entrado em pânico na cela provisória, Esther decidiu que tinha de falar com Sadie.

— Você foi muito corajosa — ela lhe disse timidamente, com um tantinho de inveja.

— *Ach*, só fiz o que uma pessoa tinha de fazer — Sadie encolheu os ombros, virando a cabeça, ainda mais constrangida do que Esther estava.

A fantasia de Sadie surgiu inundando-a outra vez, tão forte que ela mal conseguia falar: *As duas, morando perto uma da outra, visitando-se durante o dia. E nos feriados, todos eles juntos em volta da mesa...*

— Estou tão envergonhada pelo que ele fez — Esther murmurou, incerta até mesmo de como dirigir-se àquela mulher que era... o que, para ela? A mulher do seu irmão, quase sua cunhada, quase sua irmã.

— Ele não sabe mais viver como uma pessoa decente — disse, como se fosse uma explicação.

— Eu sei, eu sei — Sadie suspirou. — Eu o amo mais do que a seda e o veludo. Mas, ah, que desgraçado!

Duas vezes por dia elas eram obrigadas a marchar com seus pesados tamancos holandeses e os vestidos disformes, assexuados, para um salão tão grande quanto a oficina — com os mesmos bancos e mesas compridas que iam de uma extensão a outra. Ali elas comiam, em vez de costurar. A matrona ordenava que fizessem a oração de graças, e então lhes serviam um mingau meio cru, de manhã; pão velho feito de aveia e milho, e batatas rançosas. E sopas doentiamente amarelas, com larvas boiando, para o jantar. Clara aceitou tudo até que se recuperasse o bastante para falar nítida e vigorosamente outra vez.

— Não, nós não vamos fazer a oração de graças! — ela anunciou certa noite, tão determinada como sempre, batendo a colher de alumínio contra a tigela para chamar atenção. — Quem é você para nos forçar a sua religião? Isso aqui não é a Rússia do Tzar. E não vamos mais comer esta imundície! Não somos porcos, você sabe. Vocês devem nos dar comida de verdade, pois somos gente de verdade!

As outras prisioneiras, mais permanentes, aproveitaram a oportunidade para virar as suas tigelas e bater animadamente nelas com suas colheres, até que as matronas se avolumassem em meio delas, batendo em todo mundo com seus bastões. De repente uma pequena revolta estava acontecendo, e Esther escondeu-se debaixo da mesa, sem querer mais nada daquilo, sem querer apanhar outra vez, mas não teve escolha. Elas agarraram Clara por baixo dos braços e começaram a arrastá-la para fora, mas ela gritava tão alto que Sadie impulsivamente pegou-a por um dos lados, e então Esther só podia segurá-la pelo outro lado — tentando, de alguma forma, puxá-la de volta e para além das violentas matronas.

Um sino começou a tocar insistentemente em algum lugar, e mais guardas, homens e mulheres, chegaram atacando. Puxaram seus dedos que prendiam Clara, batendo neles com os cacetetes até que Esther sentiu-se zonza e nauseada. Agora o salão inteiro já estava em tumulto, as mulheres atirando as tigelas nas matronas e virando as mesas, ainda mais guardas chegando e surrando-as contra as paredes.

Elas foram meio sendo empurradas, meio marchando, através dos andares de pedra e a Ponte dos Suspiros até o escritório do diretor da prisão — uma notavelmente bem localizada suíte de cômodos no interior da sombria e cinzenta cadeia. Cortinas de verdade, e estantes de livros, um grosso tapete persa e um imenso globo — no conjunto, um apartamento melhor do que qualquer uma delas já havia visto.

O diretor recostou-se na sua escrivaninha, a barriga levemente arredondada esticando o colete marrom abotoado. Encarando-as com toda calma quando foram empurradas para dentro e acomodadas em cadeiras duras na sua frente, as mãos algemadas, os pés presos nas pernas das cadeiras.

— Eu fui informado de que vocês não querem comer — ele disse, batendo com o cachimbo na palma da mão. — Fui informado de que não querem fazer a oração de graças.

— Seria uma graça se pudéssemos comer aquela imundície! — Clara retrucou.

O diretor puxou sua própria poltrona estofada e inclinou-se na direção delas, falando confidencialmente.

— Por que vocês não querem fazer a oração de graças?

— Não somos da mesma fé.

— É isso mesmo... ou será que na verdade vocês são atéias, sem nenhuma fé?

Clara riu na cara dele.

— Claro, eu vou proclamar ao mundo: sou uma atéia. Embora algumas das garotas ainda sejam judias crentes. Sem mencionar as católicas e protestantes, que Deus as ajude.

— Já basta de insolência! Agora, me diga: quem é que colocou vocês nisso?

— O quê?

— Foram os anarquistas? Algum gângster? Quem é que fez com que vocês, meninas, saíssem para as ruas?

— Você acha que estas cabeças sobre os nossos ombros são feitas de palha? — Clara disparou com desprezo. — Essas mulheres são capazes de pensar por si mesmas, *elas* não pulam como se fossem bonecos quando algum patrão lhes dá ordens!

— Tudo bem, então foi você quem pediu!

Subitamente o diretor estava gritando com elas, levantando-se e chamando as matronas outra vez.

— Não querem comer? Ótimo! Pois então serão obrigadas a se alimentar!

— Não! Nós não estamos em greve de fome, só queremos uma comida de verdade... — Clara começou a protestar, mas foi agarrada e inclinada sobre as costas da cadeira na qual estivera sentada um segundo antes.

As matronas agarraram Esther e Sadie em seguida, soltando as algemas mas empurrando-as para a frente. Prendendo-lhes os braços e enfiando grossas mordaças de borracha em suas bocas, antes mesmo que pudessem protestar.

Esther descobriu-se com o rosto pressionado na escrivaninha do diretor, o mata-borrão verde e gasto cheirando a tinta, uma coleção de burrinhos da sorte Democratas bem à sua frente. Uma das matronas segurou-lhe o pescoço e a cabeça para baixo; outra amarrou uma apertada tira de borracha em torno dos seus cotovelos, prendendo-os dolorosamente para trás.

— Revistem-nas! Primeiro as revistem completamente! — o diretorzinho gorducho gritou, excitado.

Ela sentiu o vestido disforme e largo da prisão sendo aberto, os dedos da mulher tateando rudemente, cruelmente dentro dela.

— ... mostrem a elas o que acontece com gente da sua escória. As prostitutas, as prostitutas! Insolentes prostitutas!

Algum tipo de tubo ou mangueira metálico foi inserido ainda mais bruscamente dentro dela — e depois um jato de água que revolveu-lhe as entranhas até que não conseguiu mais controlá-las. Ela não podia acreditar que uma coisa dessas estava lhe acontecendo. Era como se não tivesse mais controle do seu corpo, as matronas enfiando e abrindo onde queriam. Elas a viraram por cima da mesa, de forma que estivesse olhando direto para o ventilador do teto agora, e as longas tiras de papel cata-moscas pendendo das pás. Elas começaram a enfiar outro tubo comprido e grosso pela sua garganta abaixo...

Esther tinha certeza de que iria sufocar até a morte com aquela geringonça. O pequeno bocal de metal na extremidade raspava terrivelmente no seu céu da boca, mas elas ainda continuavam enfiando-o. Ela começou a engasgar, a língua sendo empurrada bruscamente para o fundo da garganta. Sentia que sua cabeça iria explodir, e queria gritar *Parem com isso Parem Vocês estão me matando* — mas não conseguia emitir nada com aquele tubo horrível, implacável.

Elas continuavam empurrando-o para dentro, com demasiada força e velocidade para que ela pudesse fazer qualquer coisa, exceto tentar engoli-lo. Uma sensação ainda mais desagradável atingiu-lhe o estômago quando elas bombearam a mordaça, forçando-a para baixo até que ela achou que iria vomitar.

Ah, Deus, ela pensou, *como podem fazer isso com uma pessoa Como podem fazer isso...*

As matronas puxaram o tubo para fora tão abruptamente que ela achou que estavam arrancando-lhe a garganta junto. Elas a soltaram, e ela cambaleou para fora da escrivaninha, agarrando a garganta machucada, incapaz de emitir nem um som, mesmo sem o tubo. Do outro lado da sala, Sadie estava tremendo no chão contra a sua cadeira; Clara tinha ânsias de vômito seco, inclinada sobre a sua.

Havia um mau cheiro insuportável que, Esther percebeu, vinha em parte dela mesma. Estava humilhada demais para saber que o mirrado diretorzinho estivera na sala o tempo todo. Estava com o rosto vermelho e afogueado, tamborilando excitadamente no braço da cadeira.

— Leve-as para os quartos escuros — ele ordenou rispidamente agora, mas recusando-se a encará-las nos olhos quando foram novamente empurradas à sua frente. — Mostrem a elas onde toda a sua agitação irá levá-las!

Foram conduzidas por outros intermináveis, labirínticos corredores, para três celas separadas, ainda menores do que aquela que dividiam, e sem nenhuma janela nem nenhum tipo de iluminação. As matronas empurraram Esther para dentro da primeira, amarraram-na a um tosco poste no canto, obrigando-a a sentar ereta. Ela pôde ouvi-las levando Clara e Sadie pelo corredor.

Elas não podem me deixar aqui Não podem me deixar aqui e simplesmente ir embora...

Era o lugar mais escuro em que ela já estivera, sem nem mesmo uma fresta de luz passando por baixo da porta. Havia apenas o barulho dos insetos, o inescapável fedor de si mesma para lembrá-la de que existia qualquer outra coisa no mundo. Esforçou-se para ouvir algum indício de passos, qualquer movimento no lado de fora daquela caixa escura, sufocante.

Uma vez por dia, ao que parecia, alguém vinha lhe trazer comida e esvaziar o balde onde ela defecara. A cada vez parecia uma revelação. Os passos pesados dos guardas subitamente lá fora, as travas sendo abertas com o ruído de tiros, a porta escancarando-se. Até mesmo a luz pálida e cinzenta do corredor da prisão machucava seus olhos. Uma das guardas cruzava a cela, jogava o prato de lata ao seu lado com um sorrisinho tripudiante, e saía sem dizer uma palavra. Ela não podia suportar sua partida.

— Não faça isso, não me deixe aqui — Esther implorava até o último instante, embora tivesse jurado que não o faria. — Você não precisa fazer isso; não sabe que sou sua irmã, não sabe que a nossa luta é a mesma...?

Elas apenas a beijavam, ainda sorrindo, e deixavam-na na cela escura.

Sua mente começou a escorregar, como um pedaço de tecido ruim que prendia-se e enrugava-se na sua mão, e ela tentou obrigar-se a se concentrar nas coisas lá de fora, o sol, o vento e as árvores. Tentou pensar no verão que passara no Palisades, com Clara e Gina e as outras, todas suas amigas, caminhando pelos desfiladeiros como um bando de cabras montesas. Mas não havia ninguém para ajudá-la agora, nem Clara nem a Mama estavam ali para lhe oferecer consolo ou esperança. Havia apenas a escuridão.

No início ela desejou que *ele* estivesse ali, o seu *dybbuk*.

Ele estava certo, ele estava certo, pensou, e tudo o que queria era que ele viesse salvá-la — que a levasse de volta para a praia em Coney. Ele saberia o que fazer, com todos os seus pequenos truques e trapaças. Ele sempre saberia um jeito de escapar. Tudo o que queria era estar nos braços dele, escondida naquele quartinho no Elefante de Estanho, escutando o barulho das ondas.

Mas as horas arrastavam-se, e Coney Island parecia mais distante do que o outro lado do mundo e o seu *dybbuk*, seu menino, apenas mais um dos seus sonhos. Havia, em vez disso, somente a voz do seu pai — aquele pai que estava sempre com ela.

A pior coisa que já nos aconteceu foi ter conseguido alcançar a terra prometida.

O que o senhor esperava?

Ele iria se remexer desconfortavelmente na sua grande e puída cadeira de couro, sem olhar para ela.

Não sei. Como a Polônia, talvez. Só que com mais vacas.

Então no seu desapontamento o senhor trouxe infelicidade a todos nós.

Ele encolheria os ombros, ela tinha certeza — um gesto beligerante e fatalista.

Então... já que gosta tão pouco daqui, por que não vai embora?

E o que vocês fariam sem mim? O que o senhor e a Mama fariam?

Ela o veria sorrir sarcasticamente, debaixo da suja barba branca.

Você tem medo. É isso. Pelo menos seja sincera consigo mesma, ainda que não seja sincera comigo, ou com a Lei. Você tem medo de ir embora.

Sua primeira inclinação seria, como sempre, começar a gritar com ele. Dizer a si mesma *Isso não é verdade!*, até que não pudesse ouvir mais nada. Mas agora ela não precisava, porque sabia que não era verdade.

Não tinha mais medo de deixá-los, não tinha mais medo de nada, agora que acabara no pior lugar que jamais poderia imaginar. Recostou-se no seu poste, na cela escura como breu, e ele desapareceu diante dela.

Quando a tiraram da solitária, Esther mal conseguia enxergar. Tudo lhe parecia estranhamente fino e alongado, delineado por uma esquisita luz ardente, mesmo nos corredores sombrios e enterrados da Tombs. Quando a colocaram de volta na cela com Clara e Sadie, nenhuma delas falou. Simplesmente sentaram-se no chão, com seus vestidos tristonhos, ridículos, tentando impedir que tudo girasse à volta delas.

— Sábado! Banho de sábado!

As matronas alvoroçavam-se pelos corredores, batendo nas portas das celas com seus cacetetes.

— Todas para as salas de banho!

Alguém escancarou a porta delas, e as três ajudaram-se a levantar, cambaleando cegamente umas contra as outras. Foram levadas marchando pelo corredor, até a longa fileira das suas companheiras grevistas, todas agora quase irreconhecíveis em seus vestidos largos, idênticos, os cabelos apenas começando a crescer imperfeitamente.

Foram levadas numa única fila, passando outra vez pela Ponte dos Suspiros. Esther presumiu que estavam sendo conduzidas de volta para os banheiros onde tinham sido lavadas com as mangueiras na primeira vez, e polvilhadas com o inseticida, mas em vez disso foram para uma ala diferente da interminável prisão. Mais uma vez foram obrigadas a se despir no mais estrito silêncio, pendurando os vestidos-tenda cuidadosamente nos pregos de madeira.

Foram empurradas através de um arco rebaixado para um cômodo escuro e úmido, repleto de vários tanques de água e decorado com belos azulejos de golfinhos e náiades saltitantes. Um cômodo cheirando a sujeira e suor humanos, e ecoando com gemidos baixos, resmungos e gritos. Mesmo através da sua distorcida quase-cegueira, Esther achou que as lúgubres guardas agora pareciam estranhamente animadas, e ansiosas por levá-las aos banhos.

Quando entraram na sala ecoante, úmida, ela viu por quê. Diante delas estava uma cena da mais lasciva depravação. As longas banheiras estavam cheias de mulheres se abraçando. Mulheres lânguida, voluptuosa e indubitavelmente fazendo amor umas com as outras enquanto se banhavam. Beijando-se direto na boca, nos seios, nos sexos. Deitadas nos braços umas das outras, chutando distraidamente a água para fora das banheiras como estranhas criaturas aquáticas, como as náiades nas paredes, enquanto giravam prazeirosamente em volta.

Quase todas as amantes eram as internas mais permanentes da prisão. Muitas das grevistas permaneceram cautelosamente na entrada — embora Esther percebesse que as matronas estavam extasiadas com o espetáculo, paradas bem perto das banheiras e espiando lá dentro. Umas poucas delas até mesmo participando, tirando os uniformes largos e institucionais para tornarem-se apenas uma com as mulheres que deleitavam-se no banho.

Clara e Esther e Sadie ficaram imobilizadas no lugar, junto com as outras grevistas, cobrindo os seios com as mãos, olhando impotentes o assombroso espetáculo — até que começaram a rir. Começou com Clara, dando risadinhas curtas, contidas, para poupar as costelas machucadas, e depois contagiando todas elas. Começaram a rir incontrolavelmente, levando as mãos até as bocas — sem querer ofender as outras mulheres à sua frente, embora nenhuma delas estivesse em condições de perceber.

Deram uma longa e gostosa gargalhada, e depois entraram na água ligeiramente suja, ligeiramente quente, deixando-a percorrer seus corpos torturados. Recostando-se nas banheiras, os braços em volta dos ombros umas das outras, ainda rindo um pouco — do que haviam visto, da visão das matronas sem os uniformes. De si mesmas, por ficaram tão chocadas com o que era, afinal — depois de toda a crueldade por que tinham passado — nada mais do que uma doce, triste visão de mulheres numa prisão, fazendo amor umas com as outras numa noite de sábado.

CAPÍTULO 50

BIG TIM

Big Tim subiu a Broadway apressadamente, seguindo para Washington Place. Havia dias espalhavam-se os rumores de que as mulheres iriam marchar até a Prefeitura, e os rapazes gostavam de dizer que seus ouvidos eram tão aguçados que se os encostasse no chão seria capaz de ouvir um terceiro trilho vibrando. Mas a desgraça toda era que ele ainda não sabia o que fazer a respeito disso.

A um quarteirão da Washington Place e da Triangle ele já podia avistar a multidão, escutar a cantoria e os discursos. A rua estava coberta de chapéus deformados, achatados, e outras peças de roupa, cacetetes quebrados e cartazes de greve, e até uns poucos e alarmantes respingos vermelhos de sangue. Um cavalo da polícia jazia caído na sarjeta, onde escorregara e quebrara a perna na rua escorregadia pela chuva. O policial postava-se ao lado dele com lágrimas nos olhos, e desviou o rosto quando baixou a pistola na direção da cabeça do animal.

Big Tim apressou-se ainda mais, abrindo caminho pela multidão. Bem à sua frente, alinhando-se nos dois lados da rua, havia uma esparsa fileira de mulheres fazendo piquete, já descompostas, segurando tristemente o que restara dos seus cartazes. Alguns dos piores bandidos da Cidade e suas prostitutas percorriam a fila de cima a baixo, cutucando e agarrando as grevistas. Os policiais limitando-se a olhar, apontando e rindo, batendo com os cacetetes nas palmas das mãos enluvadas, interferindo apenas para prender as operárias se elas revidavam.

No instante em que ele olhava, dois corpulentos oficiais com seus casacos compridos agarraram os braços de uma grevista bonitinha, de aparência frágil, fazendo-a derrubar seu cartaz na rua. Ela não devia ter mais do que dezessete anos, mas eles a prenderam ali enquanto um terceiro policial se adiantava e, sorrindo levemente, socou-a uma, duas vezes, direto na boca, primeiro com o punho esquerdo e depois com o direito, até que o sangue escorreu pela boca da menina e ela caiu encolhendo-se na rua.

— Tudo bem! Já chega disso! — Sullivan gritou, mas nada podia ser ouvido acima do barulho da multidão.

Logo uma confusão geral se instalou, punhos e cacetetes voando para todos os lados.

Big Tim afastou-se cambaleando, andando às cegas pelo mesmo caminho que fizera, finalmente sentando num banco da praça no lado oposto de onde havia visto o policial chorando ao atirar no cavalo. O cavalo continuava ali, as pernas esticadas rigidamente. Um bando de crianças de rua já dançando em volta dele, arrancando os pêlos da cauda a fim de tecê-los para fazer anéis.

Ele mesmo sempre gostara de trabalhar com cavalos. Este fora o seu primeiro emprego honesto. Havia sido o encarregado de trocar as parelhas de cavalos na antiga linha de bondes na estação Grand Central, na época em que eles ainda eram puxados por animais.

Ele ficava ali esperando com a parelha seguinte, segurando as rédeas com uma das mãos, sentindo o poder de seis agitados cavalos de tração no seu braço direito. Os cavalos esperando pacientemente enquanto a mudança era feita, o vapor subindo em nuvens das mantas entrelaçadas, suadas, no ar frígido do inverno...

Ouviu um outro bramido vindo da multidão na rua abaixo, e o barulho de tambores e cornetas. Big Tim virou-se, espiando na direção de Washington Place.

Havia uma sólida coluna de mulheres marchando pela rua, agora, de braços dados, cantando enquanto se aproximavam. Os gângsteres e as prostitutas abriram caminho, arrebanhando-se para junto dos policiais. Estes ansiavam por cair em cima delas, ele podia ver, os cacetetes preparados. Porém, marchando na frente da coluna, e ao longo das laterais, havia uma falange de damas da sociedade, facilmente distingüíveis pelas roupas caras e chapéus elegantes. Defrontados com este obstáculo, os policiais vacilaram, depois recuaram, incertos do que fazer. A coluna avançava, as mulheres cantando mais alto a cada passo que davam sem serem molestadas, a multidão volúvel aplaudindo-as agora, levada de roldão em seu rastro.

• • •

A sra. Perkins fora vê-lo no dia anterior, com aquele mesmo chapeuzinho preto triangular que a deixava tão parecida com sua mãe. No entanto era toda negócios, rígida e agourenta, e levara consigo uma das mulheres da sociedade, a srta. Dreier, uma autêntica deusa com seu elegante vestido de seda e cintilantes olhos azuis.

— Você precisa ajudar a greve — a sra. Perkins lhe dissera, tão direta como sempre. — É só isso. Tudo ficou grande demais, nós temos de fazer alguma coisa.

— Bem, a senhora sabe, a Organização se esforça para ser imparcial nas disputas trabalhistas — ele tergiversara miseravelmente. — Afinal, existem muitos interesses discrepantes na Cidade para que nós...

— Tim Sullivan, esta é a maior mentira que você já falou na sua vida, e sabe disso — ela interrompeu. — Você tem a polícia em todas as esquinas surrando estas mulheres... e os cafetões e suas prostitutas também.

Big Tim prendeu o fôlego abruptamente, mas ela continuou falando, expondo novamente todos os motivos por que a Tammany deveria apoiar a greve, tão objetiva e diretamente quanto qualquer líder distrital.

— Eu sei... você recebe dinheiro dos proprietários. Então como eles irão obtê-lo, contanto que você controle todos os votos? Se você permitir que a greve chegue até aqui, estará entregando cerca de cinqüenta mil votos em favor dos Socialistas.

— Eu não sei, senhora...

— Outra coisa — ela disse, descartando suas objeções. Levantou-se, e a srta. Dreier imitou-a. — Mais uma coisa que você precisa saber. Se não tomar providências para que esta greve seja acertada e tirar a polícia das ruas, as damas da sociedade irão marchar. É isso mesmo; elas estarão bem ali, nas linhas de piquete, junto com as grevistas. Espere só para ver.

E lá estavam elas, marchando pela Broadway, grande como a vida. Big Tim correu para a Prefeitura, onde o sr. Murphy já o esperava no gabinete do prefeito. O Little Little Napoleon também estava lá, sentado rigidamente atrás da imensa escrivaninha, tentando abafar a presença do sr. Murphy — embora Sullivan soubesse que agora já era tarde demais para isso. Mas por enquanto eles permitiram que ficasse, desde que era, afinal, o escritório dele.

— Jesus, Charlie, você viu a confusão lá fora? — ele disse, desabando no sofá do prefeito assim que entrou. — Estão surrando mulheres e bebês de colo como se fossem criminosos procurados.

— Sim, isso é preocupante — o sr. Murphy falou calmamente, balançando para frente e para trás numa das impecáveis cadeirinhas Windsor de McClellan.

Ele não deu nenhuma indicação de que alguma coisa estava errada, e ocorreu a Big Tim que ele sentava-se ali como o engenheiro de uma máquina altamente volátil, constante, imperturbavelmente checando seus mecanismos e níveis.

— Elas estão marchando, você sabe. Estão a caminho.

— Sim.

— Marchando?! — Little Little Napoleon latiu. — Para que estão marchando?

— Estão vindo direto para cá. Para entregar-lhe uma petição, eu acho.

— O quê? Isso é um ultraje! Por acaso sou algum criminoso, para estar recebendo suas intimações? — McClellan fumegava. — Não vou permitir uma coisa dessas! Por que a polícia ainda não as dispersou?

— Ah, só porque há umas poucas dezenas de mulheres da sociedade Quatrocentos marchando na frente da fila — Sullivan informou. — Ou você quer que a sua nova e progressista força policial comece a espancar as esposas e filhas dos homens mais ricos de Nova York?

O Little Little Napoleon parecia tão atarantado quanto o seu velho estivera durante os Sete Dias.

— Eu vou... Eu vou fazer alguma coisa. Convoque a milícia, então!

— Você vai fazer exatamente o que nós lhe dissermos — Big Tim falou lugubremente, olhando fixo para o prefeito — se ainda estiver interessado em ter pelo menos o cargo de vereador nessa cidade.

— Por que não deixá-las apresentar a petição? — o sr. Murphy deu de ombros. — Dessa maneira você vai parecer mais criterioso aos olhos da imprensa.

— Ah, mas, Je-sus, precisamos fazer algo mais além disso — Big Tim insistiu, balançando a cabeça.

— Por quê? — o sr. Murphy perguntou. — Por que não deixar a greve seguir o seu curso, e depois vemos onde ficamos?

— Porque já passou de todos os limites, agora — Big Tim respondeu, pensando outra vez no policial sorridente socando a menina na boca. — Porque se deixarmos passar desta vez, eles não irão nos perdoar.

— Acha mesmo que isso é verdade? — Murphy tornou a perguntar, sinceramente curioso; o homem da ciência, o perfeito engenheiro político. — O que os proprietários vão dizer se apoiarmos um acordo?

— Por que não pergunta para as esposas deles? Elas estão todas lá fora...

Houve um barulho tremendo, bem abaixo das graciosas janelas georgianas da prefeitura. Uma imensa aglomeração abria caminho através da Broadway, rechaçando os últimos e tentativos policiais, obrigando-os a formar uma estreita fileira azul bem abaixo do escritório do prefeito.

— Sempre podemos obter o dinheiro — Big Tim falou, repetindo o argumento da sra. Perkins. — De qualquer forma, para onde os proprietários irão com seus subornos? Temos de nos agarrar à Organização.

O sr. Murphy levantou-se e caminhou sem pressa até a janela, onde espiou através das cortinas a massa de grevistas e senhoras da sociedade, cantando e gritando para o gabinete do prefeito a uma só voz. Observou-as por algum tempo, os olhos frios de engenheiro sem nem sequer pestanejar.

— Bem, alguns ajustes deverão ser feitos — admitiu.

CAPÍTULO 51

ESTHER

Havia uma multidão para saudá-las nos portões quando saíram da Tombs, um ajuntamento de senhoras para colocar guirlandas de rosas e pequenas medalhas sobre elas. As "Irmãs da Águia", um dos clubes das mulheres ricas, cantaram três coros da *"Marseillaise"* para elas, e uma comprida fileira de estudantes do Barnard College — as cabeças descobertas e vestidas com austeras blusas brancas — saudaram-nas com três longos e solenes "hurras".

Elas postaram-se ali educadamente, escutando todos os discursos e homenagens. Agarrando suas flores, ainda desorientadas por estarem de volta às roupas de verdade e à luz do sol. Depois disso marcharam até a cidade para uma recepção no Colony Club, e um grandioso baile no Hipódromo, o vasto circo em ambiente fechado que Brinckerhoff e Bet-a-Million Gates tinham erguido na Forty-third e Sixth, com a esplanada que ocupava todo um quarteirão e cabeças de elefantes eletrificadas, douradas e prateadas.

Elas entraram sob os aplausos ribombantes, os cortadores e os outros homens operários fazendo reverências à sua frente. Cada uma recebeu um par ao acaso — e então foram girando e rodopiando lentamente sob o imenso teto abobadado — ainda zonzas da prisão, as mulheres e os homens cortadores aplicando deliberadamente, conscientemente, todos os passos que tinham aprendido nas academias de dança da Norfolk Street.

No Colony Club elas sentaram-se rígidas nas mesinhas redondas com suas cadeiras douradas, as grevistas bem ao lado da srta. Morgan e da sra. Harriman e sra. Belmont — as operárias sendo distinguidas pelas medalhinhas que pendiam em seus pescoços, presas com fitas vermelhas, brancas e azuis.

Os garçons carregavam bandejas com galinhas e rosbifes, tigelas de creme de lagosta e copos com xaropes vermelhos e tônicos esverdeados. As grevistas comiam hesitantes, no início, receando que aquilo ainda fosse caridade. Espiando timidamente as mulheres ricas com quem estavam sentadas, temendo até lutar com a salada de alface. Então os garçons trouxeram os bolos — imensos, esplêndidos bolos de chocolate, ainda quentes e úmidos e com uma espessa camada de cobertura — e elas perderam todas as inibições, mergulhando neles assim que os pratos chegavam.

Era tudo um sonho — uma torta de limão do ano passado, Esther pensou, observando-as. O pão bichado e o mingau cru, seus dias na cela escura — tudo o que se relacionava à prisão já estava impossivelmente distante. Ela tocou a medalha que pendia entre seus seios: uma guirlanda de louros, inscrita numa reluzente superfície de cobre.

É assim que se esquece?, perguntou-se, pois estava certa de que não se esquecera de nada em sua vida, nenhum de seus infortúnios.

A sra. Perkins, reparando no deleite delas por causa dos bolos de chocolate da mesma maneira silenciosa com que observava tudo, fez com que os garçons continuassem trazendo mais e mais, enquanto as oradoras marchavam até o pódio. Lá estavam a srta. Dreier, e Leonora O´Reilly, que chorou na mesma hora, e a Mãe Jones, que lhes disse: "Isso não é brincadeira, isso é luta!" — os olhos cintilando, os braços estendidos como uma mártir enquanto falava. E Clara, que soltou o verbo, como sempre, "embora talvez vocês não queiram escutar, sobre as milhares de garotas lá fora que não conseguem mais suportar. Elas estão lá fora agora mesmo, e não há um pedaço de carvão em seus fogões nem um pedaço de pão em suas mesas, enquanto estão na rua lutando pelas suas vidas".

Houve um audível fungar de narizes pelo salão, lencinhos flutuando como pombos por entre as mesas, e a sra. Perkins retornou ao pódio e pediu a atenção delas novamente.

— Agora eu gostaria de dar a palavra a uma das grevistas — ela disse. — Uma garota normal, alguém que não havia sido uma líder anteriormente, mas que demonstrou indômita coragem em face dos terrores da prisão. Gostaria muito que ela viesse até aqui e falasse sobre as suas experiências.

Chocada, Esther viu que a sra. Perkins olhava direto para ela e oferecia-lhe a mão. Pensou que devia ser um engano, que no instante em que se levantasse e fosse na direção dela tudo seria descoberto e seria deixada ali, mortificada, parada na frente da multidão.

Mas, não — era ela mesma. A sra. Perkins permaneceu com a mão estendida, um sorriso leve e simpático no rosto aguçado, ianque, e devagar, hesitante, Esther levantou-se e caminhou até o pódio. Ela agarrou a mão — surpreendentemente áspera, e mais forte do que esperava — e deixou que a sra. Perkins a ajudasse a subir os degraus até o pódio. Ficou parada ali, olhando para o salão repleto com as suas companheiras grevistas, das oficinas e das fábricas, e para as damas da sociedade — e todas elas prorromperam em aplausos.

— Eu nunca pensei que tantas coisas pudessem acontecer comigo — ela começou, a voz já lhe faltando.

As mulheres ricas e bem vestidas olhavam para ela, os olhos arregalados e úmidos. As grevistas também olhavam, mas estavam mais interessadas em suas enormes e generosas fatias de bolo de chocolate. Muitas delas com não mais do que quinze ou dezesseis anos — apenas meninas, atirando-se alegremente aos seus bolos e copos de leite. Esther olhou para elas, e pensou em tudo o que havia passado na prisão — nas surras, no quarto escuro, e na cruel violação no escritório do diretor, e foi incapaz de prosseguir — as lágrimas correndo livremente pelo seu rosto.

— É só que... — começou outra vez, mas as palavras não vinham.

Queria dizer a elas tudo o que sabia. Queria lhes contar como havia sido, ir para a oficina subempreiteira na Division Street no escuro da noite, ou trabalhar quarenta horas a mais todas as semanas na Triangle, durante as temporadas. Queria lhes contar como tinham sido terríveis as faces macaqueantes, zombeteiras dos policiais, e como fora aterrorizante nas linhas de piquete. Queria dizer a elas que todas aquelas meninas escavando entusiasticamente os seus bolos de chocolate também tinham corações e mentes, que não eram apenas casadas com suas máquinas, mas sonhavam com coisas melhores, com coisas mais belas. Queria dizer o quanto elas — o quanto *ela* — ansiava não somente por comida, e abrigo, e melhores salários, mas também por conhecimento, por livros e música, e flores, e tempo para fazer o que bem entendesse.

Queria lhes dizer todas essas coisas, mas não conseguiu encontrar as palavras. Olhou para a sra. Perkins, os traços duros agora inundados de compreensão, olhou novamente para as mulheres ricas, chorosas, e para as meninas que dedicavam-se com afinco aos seus copos de leite e bolos de chocolate nas mesinhas douradas, e não teve palavras, não havia palavras para descrever o quanto as amava, ou pelo que tinham passado. Não havia palavras para a sua vida.

CAPÍTULO 52

NO PASSADIÇO

Eles moviam-se juntos, num único movimento lento, sinuoso. Esther quase incapaz de acreditar que estavam ali, fazendo isso agora, depois de tanto desejar e esperar. Sentindo-o atrás de si, sentindo as mãos brincando com seus seios, os quadris, sua nuca e a boca aberta. Sentindo-o com ela...

Ela estirou o corpo e vibrou de prazer, um pouquinho receosa, mais do que um tantinho orgulhosa por estar fazendo tal coisa. Orgulhosa por poder desafiar o seu pai, desafiar os policiais que tinham-na chamado de prostituta, desafiá-los a todos. Desafiar e desfilar, ela não se importava mais. Estava apenas contente por estar ali, no estranho hotelzinho elefante. Haveria coisas para resolver mais tarde.

Ele deslizou a mão pelo seu traseiro firme, macio, pela covinha dos seu ombro, colando-se nela. Percorrendo as mãos ternamente sobre as manchas roxas nas suas pernas, seus quadris irregulares, suas costelas — as marcas vermelhas como morangos em todos os lugares onde ela apanhara. Delicadamente movendo-se juntos, para cima e para baixo, suave como as ondas num dia calmo. Apenas feliz por tê-la nos braços, apenas feliz por tê-la de volta, certo agora de que a amava.

CAPÍTULO 53

BIG TIM

A mulher surpreendeu-o numa tarde lá em Albany, saindo de trás da grande coluna romanesca que era o capitólio. Ele estava pensando sobre a lei de horas de trabalho da sra. Perkins, e não reparou nela até que estivesse bem ao seu lado, pousando a mão enluvada recatadamente em seu braço. Parecia menor do que nas fotos dos jornais, e estava usando um véu, mas não havia como confundi-la. Era a esposa de Charlie Becker, atualmente lutando pela sua vida no tribunal, acusado do assassinato de Beansy Rosenthal.

— Com licença.

Ela fora até ele, esperando até que estivesse sozinho. Uma mulher baixinha, serena, modestamente vestida, com um rosto simpático e agradável, apenas entrando na meia-idade.

— Com licença, Senador Sullivan, eu gostaria de trocar uma palavra — ela disse suavemente, e então como ele poderia lhe negar?

Uma mulher meiga, triste como aquela, o cansaço estampado em sua face. Uma professora, nada menos, que trabalhava além do horário ensinando nas classes de crianças atrasadas no P.S. 90.

— As crianças excepcionais sempre me atraíram — ela disse, sorrindo timidamente sob o véu. — O senhor sabe, Charlie também gostava delas. Sempre se interessou muito pelo meu trabalho na escola. Às vezes, se o horário lhe permitisse, ele ia às minhas aulas e me ajudava a recolher os trabalhos, ou a escrever os cartões de relatório.

— Ah, é mesmo, senhora? — Big Tim murmurou como um belo idiota, enquanto Helen Becker continuava, em voz baixa, ofegante, fazendo seu apelo.

— O senhor sabe, eu ainda faço todo o serviço de casa. Cozinhar, limpar... isso não parece coisa de alguém muito rico, não é, sr. Sullivan?

Certamente não como alguém que ganhou uma fortuna em subornos, como os jornais estão dizendo.

— Não, senhora.

— Eu sei que Charlie é inocente. Passei o tempo todo com ele, no dia do assassinato. Nós fomos juntos para Coney Island e fizemos um piquenique, e nem uma vez ele mencionou o nome de Rosenthal. Isso lhe soa como alguém que teria feito tal coisa?

— Não, não. Não posso dizer que sim...

Ela afastou o véu do rosto, fitando-o nos olhos e tentando sorrir, a preocupação se revelando, em vez disso.

— Qualquer ajuda que o senhor puder nos dar será imensamente apreciada. Nós temos apenas um ao outro neste mundo, até agora.

Ela baixou os olhos, e acompanhando seu olhar Big Tim pôde detectar a suave protuberância da sua barriga sob o vestido preto, em seu corpo diferentemente esguio. Não havia dúvidas de que ela estava pelo menos de sete meses.

— Mas eu nunca me arrependi — ela balbuciou, o lábio superior tremendo. — Apesar de tudo o que aconteceu, nunca me arrependi de termos nos conhecido e casado. Eu nunca tive uma amiga em quem confiar. Meu único amigo era o meu marido. Às vezes me pergunto por que isso não poderia ter acontecido com pessoas que não se amassem tanto.

Big Tim murmurou alguma coisa a respeito de toda a ajuda que poderia providenciar, e deu o fora dali o mais depressa que pôde. Então Charlie Becker era um marido exemplar, que amava a esposa e gostava de recolher os trabalhos nas aulas das crianças excepcionais. E agora o que, exatamente, ele deveria fazer com estas informações?

CAPÍTULO 54

ESTHER

Lá nas ruas, agora a maré virava. Todos os dias, mais e mais patrões arrastavam-se, humilhados, para os salões do sindicato, a fim de assinar sua rendição e concordar em reconhecer o sindicato.

Todos os dias, as mulheres da sociedade estavam nas linhas com as mulheres e meninas grevistas, atormentando os policiais com sua mera presença. Eles tentavam distingui-las das grevistas, mas não era tão fácil. As mulheres ricas exultavam em vestir-se tanto quanto possível como as operárias, como se fosse algum tipo de baile à fantasia. A própria srta. Dreier foi agarrada, puxada rudemente para fora da rua pelos cabelos. O sargento de polícia que a prendeu descobriu seu engano somente quando foi autuá-la, gritando abertamente a sua frustração:

— Por que não me avisou que era uma dama rica antes que eu a prendesse?

Elas boicotaram as lojas que vendiam os artigos feitos pelas fura-greves, sentavam-se no sombrio e abafado tribunal noturno até bem depois da meia-noite, acompanhadas dos maridos e dos *chauffeurs* e das secretárias particulares, para pagar as fianças das mulheres do sindicato.

Agora as grevistas gritavam para os policiais e os capangas, e punham para correr as fura-greves e as prostitutas que tentavam passar. Esther também voltou às fileiras, e fazendo piquete na Leiserson certa noite ela viu uma grevista perseguir uma supervisora particularmente detestável até o saguão da oficina, derrubando-a e cobrindo-a de socos e chutes e xingamentos, até que a mulher estivesse encolhida no chão, protegendo a cabeça com os braços.

A grande tarefa que restara agora era conseguir que a liderança oficial do sindicato, os homens que dirigiam o sindicato de vestuário, prosseguisse com a greve — insistir no completo reconhecimento do sindicato e dos seus direitos, em vez de fazer um acordo para outro efêmero aumento de salário. Esther trabalhava a maior parte do tempo no escritório da sede, agora, e sabia como a tarefa seria difícil. Os homens eram solidários, como sempre — estavam apoiando, mas eram em grande parte homens cautelosos, desconfiados, míopes como toupeiras, e relutavam em lutar pela greve até o final.

O Sindicato Cooper estava repleto de tossidas, e fungadelas e narizes escorrendo. As mulheres encostavam-se nos corredores e nos parapeitos das janelas, ainda molhadas e com frio, saindo das fileiras. Fracas e famintas e resfriadas, agarrando-se aos encostos das cadeiras para manterem-se de pé, inclinando-se avidamente para frente a fim de ouvir o que os patrões do sindicato tinham a dizer.

Esther sentou no palco com outras vinte mulheres, cada uma delas usando uma faixa que dizia PRISIONEIRA, ou PRESA, ou MANDADA PARA O QUARTO ESCURO; todas debaixo de um grande cartaz onde fora escrito: A CADEIA NÃO É RESPOSTA A UMA EXIGÊNCIA POR JUSTIÇA. Usando seus melhores chapéus e casacos, que conseguiram salvar das linhas de piquete, uma flor amarela artificial, uma redinha de rendas...

Primeiro falou Feigenbaum, o presidente da reunião, e depois a srta. Dreier, e Morris Hillquit, o político socialista, e um magro e rijo advogadozinho a quem aplaudiram até o teto quando ele os aconselhou a continuar parados.

— Isso mesmo! Você está certo!

— Por que deveríamos voltar, não temos nada a perder e talvez até alguma coisa a ganhar!

— Estamos morrendo de fome enquanto trabalhamos, podemos muito bem passar fome enquanto fazemos a greve...

Samuel Gompers falou em seguida, o pequeno fabricante de charutos bordado em seu barrete, andando empertigado e irritadiço até o palco, as mulheres erguendo-se nos pés para vê-lo.

— Um homem seria menos que humano se não ficasse impressionado com a recepção de vocês — ele proclamou. — Mas não quero entregar todo o seu entusiasmo a qualquer homem, não importa quem ele seja. Eu preferia que vocês dedicassem este entusiasmo ao seu sindicato e à sua causa.

Os aplausos irromperam no salão baixo, lotado, iluminado a gás, abafando suas poucas palavras seguintes:

— ... chega um momento em que não lutar pela greve nada mais é do que cravar as correntes da escravidão em nossos punhos...

Mais aplausos, até que o salão apinhado parecesse tremer:

— Sim, Senhor Fabricante de Blusas, talvez seja inconveniente para você se os seus rapazes e moças saírem numa greve, mas existem coisas muito mais importantes do que a sua inconveniência e o seu lucro...

O salão estava em tumulto, agora, Feigenbaum batendo o martelo e exigindo ordem.

— Por favor, por favor! Precisamos debater este assunto racionalmente!

... mas havia outra comoção nos fundos da sala. Uma mulher pequena, uma grevista, estava sendo literalmente carregada para a frente, impelida na direção do palco sobre as costas e ombros dos homens e mulheres da multidão. Esther viu imediatamente que era Clara, o rosto ainda inchado e arroxeado da surra que levara, ainda encolhendo-se a cada vez que lhe tocavam as costelas.

— Quem é essa? — Feigenbaum perguntou, mas as mulheres o abafaram.

— Deixem ela falar! Deixem ela falar!

Eles a colocaram sobre a plataforma, e Esther pôde ver que, mesmo tão abatida, ainda era Clara, a mais fogosa das *fabrente maydlakh,* os olhos faiscando, as mãos agarrando o pódio enquanto onda após onda de aplausos e gritos rolavam pelo auditório.

— Eu escutei todos os discursos — ela disse, quando o salão finalmente se aquietou, falando em ídiche, em seu fervor, as traduções simultâneas percorrendo rapidamente o salão, para o italiano, português, boêmio e inglês... — Ouvi todos os discursos, e sou uma pessoa que pensa e sente as coisas que eles descreveram. Como vocês, eu trabalhei, e como vocês eu sofri, e não teria paciência para mais conversas. Proponho que continuemos a greve até o final!

Houve novamente um pandemônio, e foram necessários dez minutos para que Feigenbaum, com um ar de resignação, restaurasse a ordem.

— Posso concluir, então, que vocês querem insistir no total reconhecimento do sindicato, e tudo o mais? Estão cientes do que isso significa?

— Sim, sim! — centenas de vozes gritaram.

— Vocês me dão sua palavra, então? Vão fazer comigo o antigo juramento judeu, então?

Toda a audiência levantou-se — aqueles que já não estavam de pé — erguendo suas mãos direitas, sorrindo, lágrimas brilhando, enquanto ele os conduzia no juramento judeu, adaptado ao propósito que se apresentava. Todos eles, os italianos e portugueses, e até os ianques, recitando palavra por palavra depois dele:

— Se eu me tornar um traidor da causa a que agora me comprometo, se algum dia a esquecer, possa a minha mão direita secar...

CAPÍTULO 55

SADIE MENDELSSOHN

Sadie desapareceu em meio à multidão de trabalhadoras no lado de fora da Tombs. Podia ver Esther procurando por ela, estendendo a mão para ela num certo momento, mas continuou se afastando, apressando-se por uma rua lateral — e depois virou na Pearl Street. Outras prostitutas que tinham sido apanhadas na linha de piquete andavam rapidamente à sua volta, cabeças baixas, os braços cruzados por cima dos vistosos andrajos das suas roupas de trabalho.

Ela vagou pela Canal Street e depois pela Bowery, incapaz de pensar em qualquer outro lugar para onde ir, tentando decidir o que faria em seguida. Acabara de parar debaixo do elevado para acender um cigarro quando sentiu a mão em seu ombro — assustando-a tanto que quase deixou cair o cigarro.

— O que aconteceu?

A voz profunda, nivelada, genuinamente buscando a informação, agora, mas repleta de uma ameaça implícita caso não recebesse a resposta que queria. Ela se recompôs antes de falar, lutando contra os sentimentos de culpa e vergonha que ele automaticamente lhe provocava, mesmo quando ela não tinha feito nada de errado.

— O que aconteceu lá? — Gyp repetiu, já impaciente. — Você tinha de fazer com que as grevistas fossem presas, e não ser presa também. O que diabos estava fazendo?

Ela virou-se deliberadamente, fazendo o possível para mostrar-se indignada.

— O que quer dizer? Aquele tira desgraçado me deu uma surra!

A mão dele desenroscou-se das sombras, atingindo-lhe o rosto antes mesmo que ela a percebesse. Enviou-a cambaleando para trás, mas ela endireitou-se e se manteve firme. Sabendo que tinha de fazer isso, se quisesse sobreviver.

— Você ainda não sabe o que é levar uma surra.

— Olhe, *olhe* o que eles fizeram comigo!

Num gesto imprudente ela estendeu o rosto na direção dele, mostrando as profundas marcas arroxeadas fortuitamente fornecidas pelas matronas, os cabelos tosados, desgrenhados — contando com a profunda repugnância dele para fazê-lo acreditar.

Agora a aparência repulsiva é o meu maior trunfo...

Deu certo. Ele desviou o rosto para o lado, para sua amarga satisfação, enojado demais até para encará-la.

— Não faz mal — ele disse. — De qualquer forma, tenho um outro serviço para você.

— O quê? — ela indagou rispidamente, e depois, mais subserviente quando ele mostrou-se desconfiado: — O que mais posso fazer?

— Siga ela. Siga ela de novo. Tem certeza de que não viu nada da última vez?

— Não, não... ela só foi naquele café *farshtinkener* de sempre — ela disse, quase depressa demais.

— Tem certeza?

A mão enterrou-se em seu ombro, deslizando devagar em volta do seu pescoço, como se calculasse quanta força seria necessária para parti-lo ao meio.

— Tem *certeza*?

— Tenho, tenho — ela engasgou de dor, uma única mão dele mais dolorosa do que qualquer coisa que as matronas tinham feito. — Já lhe disse... ela só conversou com todos os *fonfers* que estavam lá.

— Tudo bem, então — ele disse, deixando-a ir, por enquanto. — Tudo bem. Continue seguindo ela. E dessa vez... eu quero saber de tudo.

— Eu lhe contei tudo! — ela certificou-se de protestar, um rápido arrepio de medo percorrendo-a. Mas ele já estava se afastando, misturando-se às sombras do elevado da Bowery.

Lá em Coney, Sadie passou devagar através da grandiosa entrada enfeitada com candelabros do Luna Park, o grande coração vermelho acima do arco, cravado por duas cruzes inclinadas como algum bizarro ícone católico — gratuitamente rotulado de O CORAÇÃO DE CONEY ISLAND.

Lá dentro, tudo fulgurava em tons de laranja e branco e dourado, até mesmo durante o dia. Uma floresta de torres e minaretes, e arcos flutuantes. E por toda a sua volta, pregadas nas paredes em todos os lados, estavam as grotescas, zombeteiras e carrancudas cabeças: lobos e palhaços, macacos e porcos e hienas, sorrindo com desdém aos freqüentadores que por ali passavam.

Ela continuou andando, através do titilante arco da Terra de Sonho; passando pelo circo onde assistira àquele espetáculo que fora tão engraçado, com todos os papéis desempenhados por anões e anãzinhas. Entrou ali outra vez, querendo ganhar tempo, sentando-se nas arquibancadas. Lembrou-se de como todos os homens tinham-na incomodado naquele dia. Como estivera usando uma roupa de marinheiro alugada, e eles não foram capazes de manter as mãos longe dela, agarrando seus joelhos, o traseiro, os seios...

Estava bonita naquele dia, pensou, avaliando-se profissionalmente — tão bonita quanto ainda conseguia ficar. Eles não iriam achá-la tão atraente hoje, toda machucada e emaciada por causa da prisão, embora estivesse usando um chapéu largo, com redinha, para esconder os cabelos mutilados.

Por certo, conforme o espetáculo avançava, eles mantiveram distância, sem dúvida pensando que ela era mais um pedaço de refugo empurrado para o Elefante de Estanho lá na praia. Mas ficou satisfeita com isso —aliviada por ser deixada em paz para variar, sentada ali assistindo as tapeações daquelas aberrações do circo enquanto pensava no que tinha de fazer.

Era o mesmo espetáculo, exatamente as mesmas apresentações, sem dúvida repetidas muitas e muitas vezes, todos os dias: o carro de bombeiros em miniatura e a polícia montada, a rainha anã que parecia uma boneca carregada para fazer o mesmo discurso — todos fazendo os mesmos esforços exagerados para parecerem iguais às pessoas de verdade.

É ridículo, ela concluiu. Nem engraçado, nem histérico, apenas ridículo.

O espetáculo estava quase terminando, exatamente do mesmo jeito: todas aquelas tristes e deformadas pessoinhas cantando a plenos pulmões, com suas vozes agudas, altas demais. Até que um deles avançou para a frente, apoiou-se num joelho e cantou num baixo profundo, gutural. Um outro anão, aquele particularmente feio que havia lhe dado uma flor, correu quase frenético na direção dele — outra vez — e tapou-lhe a boca — outra vez — fazendo com que o baixo do cantor reverberasse como uma trombeta.

Todo mundo riu, e ela levantou-se, movendo-se bem à frente da multidão para a saída. Com o canto do olho ainda podia ver o anão, com a imensa cabeça empolada e os braços e pernas minúsculos, correndo na direção dela. Ele trazia uma flor — exatamente como antes, idêntica àquela que lhe cortara o dedo.

Ela já aprendera a sua lição, agora. Enviou-lhe um leve sorriso e continuou andando para a saída.

— Espere! Espere, você não está entendendo! — ele chamou ofegante, ainda correndo na mesma direção que ela no picadeiro, as pernas atarracadas, inadequadas.

— Eu entendo — ela murmurou. — É o fim do espetáculo.

— Espere!

O anão continuou correndo, continuou esganiçando-se com sua voz aguda, engraçada.

— Eu estou apaixonado... — ele disse, e parou, olhando embasbacado para ela. A rosa, ela viu, desta vez era verdadeira.

— O quê? — ela perguntou, olhando para ele lá embaixo, imaginando por que ele não terminara o que estava dizendo.

As pessoas estavam reparando, e ela passou a mão pelos lados da cabeça, envergonhada, ajeitando os cabelos sob o chapéu. Seus dedos roçaram as pontas chacinadas do cabelo, e ela parou, compreendendo subitamente o que acontecia.

— Ah, eu entendo.

Sadie sorriu com tristeza, lembrando-se agora de quão hedionda era a sua aparência, com o rosto marcado e os cabelos tosados, horrorosa até mesmo debaixo do chapéu largo; suas roupas arruinadas. O anão apenas continuou olhando para ela, boquiaberto, a cabeça enorme inclinada quase até o ombro.

Então é nisso que me transformei. Tão grotesca que até uma aberração de circo tem nojo.

Naquele momento ela deu-se conta de que havia chegado ao fim da sua carreira. Somente os bares da Water Street possivelmente lhe restariam.

E foi quando decidiu. Não havia contado nada a ele na primeira vez, mas agora estava decidida. *Siga ela,* Gyp dissera, e ela não o desobedecera. Já sabia onde Esther estava: no Elefante de Estanho, com ele.

Sadie foi andando até lá pelo passadiço, depois que saiu do espetáculo dos anões. Estava quase escuro, agora, os primeiros indícios de outono começando a espalhar suas sombras pela praia. As tábuas de madeira estendiam-se interminavelmente sobre a planície desolada, arenosa, na direção do pôr-de-sol apocalíptico, e somente umas poucas silhuetas sombrias, ligeiramente sinistras, interrompiam a paisagem achatada. Muitos dos casais em férias tinham ido embora, agora, deixando o passadiço livre para as prostitutas e seus fregueses.

Andou apressada até o hotel dilapidado, onde parou debaixo da luz que já havia marcado antes. Esperou pelo que lhe pareceu muito tempo, até que estivesse completamente escuro e até as balizas brancas do parque parecessem muito distantes.

Sadie esperou tanto que começou a perguntar-se se eles realmente estariam ali, mas havia marcado bem a janela, e finalmente a viu, saindo do saguão, olhando em volta um tanto furtivamente. Encaminhou-se para Esther — aliviada por vê-la outra vez, encarando-a com uma expressão solene, não abrangente. Obtendo um certo prazer em ver o rosto dela mudar.

— Bem, garota — Sadie falou para ela —, parece que está na hora de começar a minha reforma...

CAPÍTULO 56

NO PASSADIÇO

Esther sentou na colcha puída no Elefante de Estanho, para onde voltara assim que Sadie lhe dera as notícias. Kid, ao seu lado, olhando envergonhado para o chão.

— Você podia ter me contado, você sabe.

— *Ach!* — Ele gesticulou no ar. — É meu *tsouris*. Por que você deveria se preocupar com isso?

— Você podia ter me contado.

— Eu não sabia que ele era seu irmão. Juro pelo que há de mais sagrado...

— Eu sei, eu sei.

Ela ficou ali na beirada da cama, balançando os pés, tentando pensar no que fazer agora.

— Ele nunca vai esquecer, você sabe.

— Eu sei.

— E nunca vai desistir. Você precisa ir embora daqui.

Ele limitou-se a olhar para ela.

— Já deveria ter ido embora. E você ficou...

— Fiquei por você — ele disse, fervoroso. — Foi por isso que fiquei.

— Já chega! Você está falando besteira. Precisa ir embora, e logo.

— E quanto a ela? Ela vai contar?

— Não — Esther falou devagar, considerando a possibilidade. — Não. Sadie não vai contar nada.

— A não ser que ele arranque dela...

Ficaram em silêncio outra vez, tentando ignorar a balbúrdia das prostitutas nos corredores.

— Ele é um desgraçado — ela suspirou.

CAPÍTULO 57

TRICK O ANÃO

Eu a vi. Eu a vi novamente no espetáculo, depois de tê-la procurado por dias e semanas, e então tive certeza de que era o destino. Ela havia voltado, e eu não a deixaria escapar desta vez.

Fiz o mesmo truque que havia apresentado para ela antes, saltando para a frente a fim de calar a boca do barítono. Foi um sinal para ela — mas desta vez ela pareceu não gostar, não riu do jeito que havia rido antes.

Ela saiu do seu lugar antes mesmo que o grande final estivesse terminado. Não me importei; corri atrás dela, pegando uma outra rosa — uma rosa vermelha, verdadeira, dessa vez, que eu mantinha por perto para o caso de ela retornar. Repetindo-me, eu sabia, mas querendo fazer qualquer coisa para chamar-lhe a atenção, esperando que ela considerasse isso como um outro sinal de amor.

E então — eu a vi. Eu a vi bem de perto, agora, em vez de lá longe no picadeiro, e no instante em que comecei a pronunciar aquelas palavras infinitamente vulgares — *Eu amo você* — me calei.

Ela estava diferente. Havia sido passada por um triturador por só Deus sabe quem — algum cafetão selvagem, um namorado, um marido. O rosto estava mosqueado e machucado, os cabelos tosados bem curtos. Parecia ter envelhecido dez anos desde a última vez em que a vi, mesmo debaixo do chapéu que ela usava para se esconder. Parecia, bem, parecia uma prostituta comum de rua.

Ela me viu encarando. Viu o desapontamento em minha face, eu sei — incapaz até de completar meus triviais sentimentos amorosos, a rosa de verdade ainda na minha mão. Ela me viu e seus lábios dobraram-se para cima, como se soubesse exatamente o que eu estava pensando.

"Ah, entendo", foi tudo o que ela disse, mas pude ver a ferida; pude ver a amarga e orgulhosa resignação em seu rosto, antes que ela se virasse.

O que eu havia feito? Afinal, eu já lhe enxergara a alma. As marcas roxas e os cabelos eram apenas sinais superficiais. O que eu havia feito? No momento crucial da minha vida eu havia hesitado, e agora ela estava perdida para mim.

Ela já saíra do Grande Pavilhão, mas eu não podia deixá-la ir embora. Tinha de segui-la, explicar-me de alguma forma.

Olhei para trás para o restante do meu povo, agora terminando a apresentação: pulando para cima e para baixo, virando cambalhotas e saltos mortais para divertir a platéia que começava a sair. Ninguém reparou em mim, do outro lado do picadeiro com a minha flor. Carlotta, minha rainha, contemplava placidamente as arquibancadas vazias, obviamente satisfeita com o discurso que acabara de fazer.

Escalei a barreira de madeira do picadeiro, esgueirei-me atrás dos fregueses pagantes, limpando a maquiagem do rosto com a manga. Então fui ao encalço dela — *dela* — para fora da Cidade Pequena, com a minha verdadeira identidade — deixando todas as aberrações para trás. Lá no passadiço não havia nenhum sinal dela, mas não permiti que isso me detivesse. Eu a encontraria, nem que tivesse de vasculhar toda a Cidade...

CAPÍTULO 58

OS GRANDES DOUTORES DA MENTE DE VIENA

Eles pararam na frente dos violentos fósseis, olhando admirados os dentes e garras terríveis, ferrões e chifres.

— Veja só todos estes antigos monstros — Jung murmurou. — Os sonhos de ansiedade de Deus sobre a Criação.

Freud lançou-lhe um olhar — mas Jung realmente parecia estar se referindo às exposições do museu. Estavam dispostos de maneira poderosa, quase sensacional: cabeça a cabeça, erguidos nas patas traseiras — como se seus restos esqueletais fossem criaturas completas em si mesmas, ainda travando um combate mortal.

Havia sala após espantosa sala deles: brontossauros e pterodáctilos, mamutes lanudos, e um *Tyrannosaurus rex*, todos misturados. Um quadro particularmente vívido exibia o fóssil de um imenso bicho-preguiça, atolado num poço de alcatrão. Um tigre com dentes-de-sabre correra atrás do bicho, mas agora também estava preso, rosnando para um par de lobos com a cabeça virada para trás. Os lobos, já distraídos pela sua própria sede de sangue, estavam obviamente encaminhando-se para a armadilha de alcatrão, e para sua própria morte...

A coisa toda era uma peça moralista Plistocênica. Era também uma farsa, claro. Todos os verdadeiros fósseis — o preguiça, o tigre, os lobos — teriam sido irremediavelmente misturados e esmagados sob o peso das eras. No entanto, como era evocativo!

— Como as nossas reproduções são malfeitas, em comparação, como dissecamos deploravelmente as grandes obras de arte de natureza psíquica — ele murmurou consigo mesmo.

Lembrou-se particularmente do caso do Homem Rato, pensando que de alguma forma o havia estragado, reduzido seu significado à maneira como o descrevera.

Ainda assim, devia haver um meio...

Olhou para Jung, absorvido numa exibição do Homem Antigo. Se não pudesse fazê-lo por si mesmo, teria de passá-lo, aperfeiçoado, através dos seus *protégés*. Ele, Freud, era apenas um conduto. A Causa devia continuar.

Do lado de fora o museu era uma outra vasta e nova criação americana, anelado com torrezinhas de contos-de-fadas de granito suavemente cor-de-rosa. Defrontava-se com o Central Park e, ali, na escadaria do museu, uma grande estátua eqüestre de Roosevelt, o ex-presidente, fora erigida. Ele estava vestido como um vaqueiro, com um chefe indígena e um portador africano em cada lado do cavalo — a idéia de herói de um livro de histórias infantis.

Freud sentiu-se mais à vontade no parque. Sugeriu que dessem uma caminhada, mas Ferenczi preferiu demorar-se no museu juntamente com Brill, para brincar com seu mais recente brinquedo, uma nova câmera americana, portanto ele teve Jung apenas para si. Andaram devagar ao longo das trilhas sinuosas que abriam-se em encantadoras paisagens de lagos e campos artificiais, fontes e pontes românticas. As árvores estavam repletas de pássaros e audaciosos esquilos cinzentos que pareciam quase domesticados, saltitando para implorar migalhas.

— Ainda nenhum porco-espinho — ele brincou, e Jung sorriu educadamente.

Ele estava sendo muito atencioso, ouvindo cada uma das suas palavras, e Freud pensou como era bom estar com ele outra vez, como podia mostrar-se como um filho brilhante, dedicado. Por que ficara tão desconfiado dele, Freud nem conseguia imaginar agora. Algum ingovernável indício de homossexualidade, sem dúvida; teria de extirpá-lo completamente antes que destruísse o relacionamento deles...

Estava tentando dizer alguma coisa sobre isso ao seu príncipe herdeiro — quando, abruptamente, Jung puxou-o para uma outra trilha menor, o rosto subitamente tão atormentado que Freud inclinou-se para ele com preocupação.

— O que... o que foi isso?

— *Mir hat getraumt* — Jung falou, ansioso. — Eu me lembrei de um sonho. Será que posso lhe pedir para...?

— Certamente que sim, certamente! — Freud apressou-se em dizer, surpreso e deleitado com este novo oferecimento.

— Não é muito, na verdade, mas extremamente nítido. Começou numa casa... a minha casa. Eu estava no andar superior, num salão repleto de finas e elegantes peças de mobília rococó, as pinturas dos grandes mestres penduradas nas paredes...

— *Sua* casa?

— *Ja, ja...* Eu mesmo fiquei pensando, como poderia ter uma casa tão grandiosa — Jung falou com sinceridade. — E disse a mim mesmo: nada mau.

— Nada mau mesmo, doutor — Freud falou secamente.

— Mas depois, sabe, dei-me conta de que eu não sabia como era o andar de baixo, mesmo aquela sendo a minha casa. Desci as escadas... e então vi que tudo ali era muito mais antigo.

— Mais antigo?

— Todos os móveis, as pinturas... tudo datava do século quinze ou dezesseis, pelo menos. Talvez até da época medieval! O piso era feito de simples tijolos vermelhos. Tudo era muito escuro e úmido.

Ele fez uma pausa — a bela, imperturbável face suíça perscrutando Freud com atenção através do pincenê, obviamente tentando aferir suas reações até o momento.

— Prossiga, por favor, doutor. A não ser que isso seja tudo...

— Não, não... tem mais! Eu decidi, bem, "Agora preciso realmente explorar a casa inteira". No mesmo instante cheguei a uma porta pesada...

— Você a abriu...

— Eu abri... e encontrei uma escadaria de pedra que levava para um porão. Naturalmente, desci a escada... e descobri-me num outro belo cômodo abobadado. E imediatamente soube que era muito antigo! Havia camadas de tijolos entre as pedras, e lascas de tijolos na argamassa... como as clássicas camadas da arqueologia. Eu sabia que as paredes datavam dos tempos romanos... talvez até antes!

Eles estavam parados na trilha, agora. Os modos de Jung tornaram-se bastante agitados, Freud reparou. Gesticulava excitadamente enquanto contava a história, gotículas de saliva voando dos seus lábios. Por algum motivo, Freud sentiu-se meio zonzo, quase enfraquecido.

— Isso é tudo?

— *Não!* Há mais. Meu interesse por esta casa agora era intenso. Olhei em volta do cômodo... e descobri um aro de metal, saindo de uma das lajes de pedra. Puxei o aro para frente... e a laje levantou-se. Havia mais uma escadaria de pedra.

— Mais uma!

— Esta era feita de degraus mais estreitos, mais toscos. Eu os segui para baixo até um outro nível, uma caverna rebaixada, cravada nas rochas.

— E depois?

— O piso da caverna estava coberto de terra e peças de cerâmica quebradas. Ossos espalhados... humanos e não-humanos, eu acho. E havia... no chão da caverna, como se eu tivesse a intenção de encontrá-los durante todo aquele tempo... havia um par de primitivos crânios humanos. Obviamente muito antigos, e quase desintegrados.

— E então?

— Então eu acordei.

— Crânios *antigos*? — Freud refletiu, estreitando os olhos. — Parece que estamos de volta aos seus homens das turfeiras, doutor. Ao seu telheiro de chumbo.

— Não, não, nada disso, acho que não! Acredite, não tem nada a ver com a sua morte — ele falou apressado, mas Freud o interrompeu.

— Você disse que teve algumas idéias a respeito deles. Quais são?

— Ah, ainda são muito formativas — Jung atrapalhou-se, até ruborizando um pouco. Fez uma pausa, os olhos rápidos por trás do pincenê analisando o rosto de Freud. — É que, bem, pensei que talvez os crânios pudessem ser a minha esposa... e talvez a minha cunhada — despejou de uma só vez.

— É mesmo?

Jung assentiu rapidamente, virando-se, e Freud sentiu o alívio inundá-lo.

Claro que é isso, Freud assegurou-se, lembrando-se dos apuros pelos quais Jung passara com uma paciente cerca de dois anos atrás — uma que havia ameaçado acabar com o casamento e a carreira dele, antes que ele implorasse a Freud para intervir.

Isso é outra vez a mesma coisa — outra crise doméstica. Ele está apaixonado pela cunhada, é isso. E que comovedor da parte dele confiar em mim!

Retomaram a caminhada, agora em silêncio. Freud passou o braço tranqüilizadoramente pelo do seu velho pupilo, e foi recompensado com um sorriso juvenil. No entanto, enquanto o fazia, não pôde evitar pensar no quanto a situação de Jung assemelhava-se ao seu próprio amor intelectual por Minna, a sua cunhada.

Ele poderia estar tentando me lisonjear? Ou estaria apenas dissimulando?

Pararam de novo no final da trilha. Tinham chegado a um outro lago habilmente manufaturado, ainda em construção debaixo de uma alta rocha. No topo do despenhadeiro havia um mirante decorativo, uma adorável torre de castelo, tirada direto do Reno, ou de certos penhascos acima do Danúbio, por onde corria através da Áustria...

Naquele exato momento as crianças apareceram correndo pela trilha, na direção deles, batendo as perninhas curtas, rechonchudas. Freud sorriu ao vê-las: um grupo inteiro de crianças bem vestidas, de classe média-alta, meninos e meninas com não mais de quatro ou cinco anos. Corriam pela trilha de terra batida para o gramado do parque, emitindo gritinhos de alegria, a governanta esforçando-se para acompanhá-los.

— Que visão maravilhosa! — Freud riu. — Sabe, por um momento até tomei duas delas pelas minhas sobrinhas. Claro, pensando na última vez em que as vi; devem estar muito maiores agora...

— Sim, existem todos os tipos aqui. — Jung também sorriu, fazendo um gesto na direção das crianças.

Um guarda do parque surgiu imperiosamente, identificável pelo emblema no braço e a camisa marrom e gravata preta.

— Crianças! Quem está cuidando de vocês? Saiam do gramado agora mesmo! Até vocês já deveriam saber... olhem as placas! — ele latiu, expulsando-as do gramado com um gesto breve, imperativo.

Apontou dramaticamente para uma das plaquinhas enfiadas no chão, que diziam NÃO PISE NA GRAMA!, não somente em inglês, mas também em alemão, italiano e ídiche.

— Olhe só esse idiota! — Freud bufou.

As crianças apenas gritaram mais um pouco e saíram correndo, os rostinhos largos radiantes — o guarda do parque repetindo os gestos curtos, impacientes. Freud teria seguido atrás delas, apenas para observar, mas naquele momento seu olhar desviou-se para o pequeno mirante no penhasco. O lago diante dele ainda não havia sido completamente cheio, reparou, mas havia uma fina camada de água de chuva escura e estagnada; uns poucos pombos mortos flutuando por cima. Ele contemplou tudo aquilo por um longo momento — o castelo do Reno em miniatura, os pássaros mortos, e a lama escura no lago — e sentiu o estômago revirar. Fez disso a sua desculpa para retornar.

— Isso aqui é terrível, você pergunta onde é o banheiro e eles o levam por quilômetros de ecoantes corredores de pedra, até o fundo do porão — ele foi tagarelando para Jung, para disfarçar. — E quando finalmente chega ali... um verdadeiro palácio de mármore! Só que bem na hora. O sinal de uma sociedade que ainda se encontra no seu estágio anal, toda essa afetação com os banheiros!

... embora, de fato, houvesse algo mais incomodando-o. Alguma coisa retardando-se logo abaixo das superfícies da memória consciente, embora ele ainda não conseguisse descobrir exatamente o que era...

CAPÍTULO 59

BIG TIM

A noite anterior à eleição era como a véspera de Natal por todo o East Side. Crianças amarraram vassouras nos parapeitos dos alpendres, na esperança de uma "varredura" da Tammany, e Florrie e Christy enviaram os rapazes para montar as arquibancadas na Chatham Square e pendurar fitas de papel crepom vermelho-branco-e-azul em tudo que se movesse mais devagar do que uma carroça de cerveja.

À noite, todos os Sabidos estavam de volta ao salão de bar de Big Tim no outro lado da Tombs. Mais tarde, quando as primeiras classificações começassem a chegar, o lugar estaria apinhado com todos aqueles que sempre o amaram, mas no momento ele ordenou que todas as portas fossem trancadas e as persianas baixadas. Lá dentro, o círculo mais íntimo possível: somente ele e a família.

— Tudo o que podia ser feito foi feito? — ele perguntou, a sua pergunta grave, ritual.

— Sim, senhor, Dry Dollar!

— Tudo mesmo, Tim!

Eles anunciaram, um depois do outro, com uma precisão militar, os olhos reluzindo de orgulho, ansiosos por sua aprovação. Estavam lustrosos e polidos para a ocasião, embora Big Tim soubesse que estavam nas ruas desde antes da madrugada, entregando "santinhos" e cuidando das urnas; votando pelos vagabundos das casas de banho e as viúvas dos bombeiros e os marinheiros estrangeiros.

Não importava quantas vezes tivesse passado por isso, o Dia da Eleição sempre fazia o seu sangue correr mais rápido. Era quando tudo se resumia à simples luta primordial: vencer. Conseguir os votos, conseguir voltar para o cargo, ou de nada adiantava falar sobre o certo e o errado de qualquer outra coisa.

• • •

Lá fora as ruas estavam cheias dos seus partidários, brandindo e erguendo suas vassouras, marchando como loucos para cima e para baixo da Broadway. Durante todo o dia — e na noite anterior, e no dia anterior a este — as gangues estiveram em ação, importunando e atirando coisas nos oradores socialistas dos caixotes de sabão, ou nos raros independentes. Tão logo estes eram expulsos, os próprios oradores de Sullivan tomavam seus lugares, tentando angariar os votos de última hora com a mais pura conversa fiada.

Claro, os discursos não faziam muita diferença a esta altura, apesar de todo o ardor e eloqüência. Não que jamais tivessem feito diferença. Somente um tolo votaria nas "questões", ou porque alguém realmente fosse capaz de mudar as coisas. Os votos eram conquistados por meio de uma vida inteira de serviços. E quando não podiam ser assegurados desta forma, havia outros métodos.

Toda a miserável ralé de líderes distritais e capitães de delegacias e gângsteres, que eles chamavam de Organização, tinha sido estabelecida com este propósito, e funcionava com uma eficiência e sinceridade magníficas. Eles haviam se tornado A Máquina.

— Tudo bem, então — Big Tim falou, levantando-se, e os homens em volta da mesa levantando com ele: todos com seus casacos escuros, bem cortados, dignos como empresários. Chapéus-coco e luvas, e colarinhos brancos e limpos, e um vistoso cravo vermelho na lapela de cada homem.

Big Tim olhou solenemente para cada um deles, fingindo inspecioná-los mas, na verdade, apenas furtando-se de mais um momento para admirá-los, tão satisfeito e orgulhoso quanto qualquer pai.

— Tudo bem, então, companheiros.

Voltou-se para o sr. Feeley atrás do balcão, e Photo Dave e Salsaparrilha Reilly apressaram-se em ajudá-lo — embora, naquele dia, o ritual fosse diferente. Feeley estendeu-lhe o espelho do bar, como sempre — mas agora em vez de encher os seus bolsos com moedas e notas, eles cuidadosamente escovaram o casaco e o chapéu. Examinando-se no espelho, Sullivan viu a mesma cara larga e entalhada, dura e inexpressiva, com apenas um leve vestígio de obscuridade em torno dos olhos.

— Já está bom — ele disse, tanto para si mesmo como para os rapazes, mas eles recuaram imediatamente.

Os Sabidos postaram-se numa fileira perto da porta, chapéus nas mãos, esperando por ele. Ele deixou o dólar de prata sobre o balcão, para o sr. Feeley.

— Então vamos, rapazes...

... e mergulharam no carnaval das ruas de uma noite de eleição.

— Sullivan! Sullivan! Um irlandês danado de bom!

Lá fora havia a massa compressora, avassaladora de bandas de música, bandeiras e confetes. Imensos cartazes com nomes e eslogans estavam colados nas paredes de todos os prédios, e em cima de uma estátua eqüestre da Revolução alguém acenava a velha bandeira regimental dos Lutadores de Sessenta e Nove, do grande massacre em Fredericksburg: uma harpa dourada num campo verdejante, as extremidades rasgadas pelas balas confederadas de meio século atrás.

Somos uma raça que não esquece

— Big Tim!

As crianças de rua tinham sido empurradas para longe, agora, multidões de homens e mulheres enchendo as ruas, rindo e gritando estridentes, alegres. Desta vez não pediram nada a ele. Queriam simplesmente tocá-lo, estar perto dele, afastar aos trancos a falange dos Sabidos para apertar-lhe a mão, dar-lhe tapinhas nas costas — para estar com um vencedor.

Como se eu fosse o campeão deles

Big Tim deixou-se ser impelido acima e abaixo da Bowery, e da Allen Street, e da Canal, num vasto desfile à luz de tochas que foi abrindo caminho serpenteando todo o Lower Manhattan até que chegaram na Chatham Square, seguindo os resultados conforme eram projetados pela lanterna mágica no frontal da graciosa torre branca do prédio do *Jewish Daily Forward.* Entrando direto no coração do território socialista — pequenos agrupamentos de homens honestos parados nas sombras, com suas barbas e ternos puídos, olhando tristemente para os sapatos enquanto os votos da Tammany jorravam.

No entanto até alguns dos socialistas pareciam estar comemorando, contagiados pela pura animação de tudo aquilo. Quando o resultado de cada novo triunfo da Tammany brilhava subitamente na tela, a multidão acenava com suas tochas e emitia uma gritaria selvagem, embriagada. As faces aguçadas e gananciosas, enquanto cantavam vitória sob a tremeluzente luz alaranjada:

"Ora, ora, ora! A Reforma deu o fora!"

• • •

Mais tarde começaram os discursos, com toda a Organização reunida na Union Square. O sr. Murphy estava lá para apertar a mão de Sullivan no palanque dos oradores, parecendo genuinamente satisfeito, para variar, e Big Tim fez seu discurso costumeiro sobre como era um Democrata, e sempre havia sido, e sempre seria.

Foi uma boa noite para o Tigre, mas não tão boa quanto a noite, tanto tempo atrás, quando eles tinham eleito Grover Cleveland para presidente, mas uma noite boa, assim mesmo. Big Tim ganhou facilmente de volta a sua velha cadeira no senado estadual, não que tivesse havido muitas dúvidas quanto a isso. O Little Little Napoleon estava acabado, e seus homens haviam sido sonoramente arrasados no conselho, e nas disputas para vereadores, e até para a assembléia e o congresso. O mesmo se deu com os Republicanos e os Simon Pures.

O sr. Murphy havia indicado o seu substituto para a prefeitura: um outro reformista, um juiz meio esquisito chamado Gaynor, que gostava de citar Frederico, o Grande, e Cato e Epicteto, e que era tão grosseiro e sarcástico que realmente não parecia se importar com *quem* o apoiava.

Big Tim já desconfiava que estivessem armando um belo jogo para tentar macaquear a Reforma, e que Gaynor eventualmente provaria ser um problema maior do que ele valia, exatamente como acontecera com McClellan. Não que isso tivesse muita importância. Eles simplesmente se livrariam dele mais tarde, se fosse necessário — da mesma forma que tinham feito com o Little Little Napoleon. Reformas vinham, e Reformas iam; somente a Organização era para sempre.

Abaixo dele, no parque da Union Square, a multidão ainda estava extasiada com a vitória, irrompendo com mais uma das intermináveis canções da Tammany:

> Quinze mil irlandeses de Erin se depararam
> Tammany colocou estes índios irlandeses na força policial
> Perguntei ao tira se ele queria três ou quatro pelotões,
> Ele disse: "Fique com seus velhos pelotões, eu tenho uma cuspideira,
> O que mais posso querer?"
> Tammany, Tammany, seus policiais não podem ser derrotados,
> Eles dormem em qualquer rua.

Tammany, Tammany, a noite está chegando, eles estão todos
dormindo,
Tammany...

... cada coro mais sem sentido que o anterior, o populacho berrando a plenos pulmões.

Os aplausos e apupos prosseguiram, intermináveis, e os homens atiraram os chapéus no ar, e Big Tim retirou-se sorrateiramente com Photo Dave e Salsaparrilha. Teria o cuidado de fazer aparições em todos os seus bares, depois faria uma celebração com água gasosa na casa do sr. Murphy, e começaria a planejar a próxima campanha — *sempre* havia uma próxima campanha. Depois iria para a cama, antes que os aplausos se desvanecessem, e as multidões fossem para casa e ele tivesse de encarar o fato de que o Dia da Eleição terminara.

LIVRO NOVE

Quando o trabalho de interpretação foi completado, nós apreendemos que o sonho é a satisfação de um desejo.

— SIGMUND FREUD

CAPÍTULO 60

TRICK O ANÃO

O maior passeio de todos os tempos numa montanha-russa aconteceu numa fresca tarde de domingo em Coney Island, no dia 6 de setembro de 1901, às quatro horas e sete minutos.

Era uma montanha-russa nova, chamada de "The Rough Rider" ["Corrida Turbulenta"], onde cada trenzinho era conduzido pelo seu próprio motorneiro. Enfatiotado com as insígnias completas de San Juan Hill. Instruído para fazer o pessoal gritar, quanto mais alto melhor — *é isso que atrai os fregueses pagantes.* Até aquela tarde, quando um dos irlandeses substitutos, impulsionando seu trem à velocidade máxima, bateu na traseira de dois carros e enviou-os para os ares, a sessenta pés de altura acima da Surf Avenue.

Depois do acidente eles não fecharam a "The Rough Rider", nem mesmo a modificaram. As multidões eram maiores do que nunca para as montanhas-russas — *thanatos* e *eros*, o desejo da morte e o princípio do prazer, tudo ao mesmo tempo. Você podia vê-los na longa fila, olhando avidamente para os trilhos retorcidos, o buraco na grade de proteção por onde havia se despedaçado. Imaginando como seria...

O carrinho subindo devagar ao longo do trilho impossivelmente íngreme, sacudindo e rangendo nas suas roldanas. O medo crescendo inflexivelmente na boca do estômago, até aquele último, horrível momento, quando você pára por um instante no topo e olha para baixo, para o trilho impossivelmente estreito, encurvado, face a face com o que foi fazer. Ainda assim, sempre seguro de que no último instante será impelido para fora da beirada do abismo...

Eles compreendiam isso? Era o que todos os paspalhões, os caipiras ali na fila queriam saber. Depois que o impossível aconteceu, e as roldanas romperam-se, e eles espatifaram-se através da última barreira — será que compreenderam naqueles últimos, suspensos instantes acima da Surf Avenue, antes de atingirem o solo, que aquela era a maior de todas as emoções?

CAPÍTULO 61

OS GRANDES DOUTORES DA MENTE DE VIENA

No penúltimo dia deles em Nova York o dr. Brill finalmente levou-os até a sua clínica na Colúmbia. Ficava num prédio pequeno, de tijolos vermelhos, que destacava-se em sua despretensiosidade no campus inacabado, desconexo. Como tudo o mais em Nova York, a universidade ainda estava em construção, embora já houvesse uma impressionante biblioteca cheia de colunatas, com uma grande cúpula, branca como um túmulo.

A minúscula clínica, no entanto, não impressionava mais por dentro do que por fora. Os pacientes que ali restavam eram na maioria casos neuróticos de menor interesse, embora Freud não dissesse nada disso ao caro e velho Brill. O médico ouvia atentamente cada uma de suas palavras. Na noite anterior ele os recebera em sua própria casa, onde conheceram a sra. Brill — uma mulher alta, esguia, encantadora e sem complicações. Ela lhes serviu a melhor refeição que tiveram desde que aportaram naquela cidade dispéptica. Pela primeira vez, na América, Freud sentiu algo que se aproximava da paz.

Brill foi chamado por um momento, e Freud vagou para o jardim da clinicazinha de tijolos, desembrulhando um novo charuto. Ferenczi estava por ali em algum lugar, lendo atentamente o seu guia turístico, mas Jung estava sentado no jardim debaixo de uma cópia do "Pensador" de Rodin, examinando um dos fuliginosos jornais americanos.

— Então, doutor... alguma notícia sobre a sua corrida? — ele perguntou aproximando-se. — Quem conseguiu chegar primeiro ao Pólo Norte?

Jung olhou para cima, sorrindo e piscando sob a ofuscante claridade do sol, estreitando os olhos para ele através do pincenê.

— *Neine, neine,* nada ainda. É uma região traiçoeira.

— Sim, de fato — Freud comentou.

Perscrutou a elevação sobre a qual a universidade estava plantada, passando por um outro esplêndido parque inglês até um rio largo, que corria vagarosamente.

— Lembro-me de ter lido a respeito dos velhos navios que ficaram presos nos bancos de gelo naquela região — ele comentou num tom preguiçoso.

— É mesmo?

No outro lado do rio havia uma magnífica cadeia de penhascos, mergulhando dramaticamente na água — cobertos com samambaias, e outras árvores, tudo muito pitoresco. Freud manteve os olhos fixos nos penhascos, enquanto falava distraidamente sobre as perdas no Ártico.

— Parece que as estações mudam muito depressa, e eles calcularam mal e foram apanhados pelo gelo. Navios inteiros encurralados pelo inverno. Às vezes a pressão do gelo pode dar início ao rompimento do casco, e os marinheiros tiveram de atravessar as geleiras para voltar à civilização.

Freud parou de falar, perdido em seus próprios devaneios — escutando o gelo concentrar-se lentamente e rachar as grandes vaus dos navios nas intermináveis noites do Ártico. Como algo tirado da primitiva aurora do mundo: pondo-se a caminho com trenós ou a pé no crepúsculo — tão distantes dos belos, tranqüilos penhascos no outro lado do rio. Como os penhascos de Wachau, ao longo do Danúbio, ou do Reno. Ou do pequeno mirante do parque onde foram no dia anterior, acima da água escura e com seus pombos mortos...

Houve um gesto: o homem no parque erguendo a mão, afugentando as crianças para longe...

No sonho ele estava novamente na Aula, o grande salão cerimonial da universidade. Rodeado por todas as grandes mentes da ciência ele iria fazer um discurso, na Clark.

Na mesa à sua frente agachava-se a paciente que havia colocado as orquídeas na sua cabine do navio — mais jovem e mais formosa do que nunca. Ele olhou para Jung — que agora era o General das suas manobras militares, usando uma capa e o seu ubíquo pincenê. O General fez um gesto ligeiro, curto, com a mão — e a mulher coleou-se sedutoramente sob o vestido vermelho-vivo, levantando a parte de trás para revelar o traseiro, tão vermelho quanto a própria roupa...

Ele sentiu que começava a se excitar, e segurou o pênis na mão, movendo-se na direção dela. Ela olhou-o por cima do ombro — e ele viu que ela usava um disfarce. Seu rosto agora era a face do homem curtido, o homem de Bleikeller, gritando silenciosamente através das eras...

Seu pênis pendia flácido na mão, e o General perscrutou-o através do pincenê. Fez um outro gesto ligeiro, breve, para que ele fosse em frente, que se desempenhasse, mas Freud não conseguia. Precisava urinar, e saiu correndo do palco, de volta para os belos apartamentos — até que estava novamente parado no lado de fora, na plataforma dos trens. Estava parado ao lado do velho doente, estava parado ao lado do seu pai, cego de um olho, estendendo o urinol de vidro, e um condutor avançava pela plataforma, mas ele não tinha o bilhete da passagem.

Ele ergueu a máscara na frente do seu pai — a máscara do homem curtido, do porão de chumbo. Ergueu outra máscara na frente do seu próprio rosto. Pensando que isso iria enganar o condutor, pensando agora que ele iria deixá-los embarcar.

Porém, ao olhar para baixo, viu que seu pai havia tirado o pênis para fora — estava com o pênis para fora e já começava a usar o urinol de vidro.

Freud cambaleou, e olhou em volta. Sentia uma necessidade urgente de urinar — e olhando para baixo viu, para sua vergonha e horror, que *já* o fizera. Que, na verdade, ainda estava urinando, o excelente tecido marrom da sua calça escurecendo no instante exato em que olhava. Jung estava boquiaberto de choque, o pincenê escorregando do nariz.

— Deixe-me ajudá-lo — ele falou, e Freud balançou a cabeça, recuando por trás do "Pensador".

— Deixe-me ajudá-lo — Jung repetiu, tocando-lhe o braço, e Freud permitiu que ele o guiasse para fora do sol, sob a sombra de um galho de árvore perto da clínica de tijolos vermelhos, segurando castamente o jornal com as manchetes sobre Peary e Cook por cima das calças vergonhosas.

— *Zeeser Gottenyu*, que humilhação — Freud murmurou, recostando a cabeça na parede da clínica, enquanto Jung abanava-lhe o rosto com a mão. — O que vou fazer? O que vou fazer? — murmurava, desamparado como uma diva de ópera prestes a desmaiar. — O que vai acontecer se eu fizer isso lá na Clark? O que vão pensar de mim? Ah, eu poderia simplesmente morrer!

— Deixe-me ajudá-lo — Jung falou outra vez, os óculos presos firmemente no lugar, agora, fitando os olhos de Freud com intensidade.

— Você pode? Você pode me ajudar?

— Eu posso... se você me permitir.

Freud sabia o que ele queria. Olhou-o por um longo momento — depois assentiu rapidamente.

— *Ja*, tudo bem, qualquer coisa... se é o que tem de ser feito.

Ele deitou no divã na pequena clínica, usando um par de calças velhas providenciadas por Brill. Jung sentou na poltrona, bem atrás da sua cabeça. Ele havia cuidado de tudo — enviando Ferenczi de volta à cidade para buscar outra calça. Certificando-se de que não seriam interrompidos...

— O ato de urinar é bastante simples — Freud começou, adiantando-se um tanto desesperadamente. — É a ambição... a capacidade própria dos deuses de apagar o fogo *mijando* nele.

— As palestras, o diploma honorário... tudo isso será o clímax das suas ambições — Jung concordou. — Mas ao tentar desgraçar-se, você também está tentando solapar tudo o que conquistou. Claramente, existe um conflito.

— Mas por quê? Eu tenho alguns receios, é claro... se serei ou não capaz de corresponder às expectativas da minha audiência — Freud ponderou. — No entanto, estas pessoas estão à *nossa* mercê. Deverão aplaudir, não importa o que lhes apresentarmos.

— Não lhe ocorre que você reverteu a posição paterna? — Jung salientou. — O seu pai descobre que você se molhou, aos sete ou oito anos, e se desespera: "O menino nunca dará em *nada*!".

— Sim, sim... os vestígios da minha antiga neurose — Freud falou, impaciente. — E então sonhei que *meu pai* tornara-se incontinente e que eu era o enfermeiro dele, carregando um urinol de vidro por toda parte. E agora você está dizendo que eu me coloco no lugar do meu pai.

Ele remexeu-se no divã, entortando o pescoço para olhar para Jung.

— E então *você* está no meu lugar, cuidando de *mim*.

— É isso que pensa? — Jung perguntou.

— Não sei — Freud hesitou, genuinamente incerto. — Há mais uma coisa — acrescentou, devagar. — Alguns sonhos.

— Conte-me — Jung comandou.

O mirante no Central Park, os pássaros mortos boiando na água escura. Havia algo mais — o gesto que aquele homem fizera para as crianças...

No sonho, o General fez um gesto breve, de dispensa, com a mão. Tão semelhante ao gesto que fizera no café em Olmutz, anos atrás, dispensando Freud. Mas por que isso o fazia se lembrar?

— Conte-me o seu sonho.

— Primeiro... houve alguma coisa que você falou. No parque.

— Que *eu* falei?

Freud colocou novamente os pés no chão, e virou-se para encará-lo.

— Logo depois que saímos do museu.... com todos aqueles ossos e os Neanderthais.

— Sim... você está se referindo ao *meu* sonho? — Jung perguntou, desconfiado. — Os dois crânios antigos, na caverna?

— Foi isso, mas alguma coisa a mais. Algo a respeito das crianças que vimos.

O homem fez aquele gesto na direção das crianças — e Jung dissera alguma coisa. Alguma coisa sobre as crianças...

— Você disse que havia *todos os tipos* — Freud lembrou-o, falando rapidamente agora, as lembranças jorrando. — Lembra-se: as crianças estavam brincando no gramado, e eu disse que achara duas delas parecidas com as minhas sobrinhas. E você falou, "Sim, há crianças de todos os tipos". O que quis dizer com isso?

— Não sei — Jung encolheu os ombros.

— Você quis dizer *judias*, não é? Quis dizer que algumas das crianças eram judias.

— Pode ser — Jung deu de ombros novamente, desviando os olhos. — Isso, e todos os outros tipos de nacionalidade.

Tudo começava a se encaixar, como sempre acontecia quando finalmente ele decifrava os entraves de um caso difícil...

— Os crânios... eles representam dois *tipos* diferentes de pessoas.

— Bem, suponho que isso seja possível...

— Gentios, talvez... e judeus? — Freud pressionou.

— Você está assumindo o controle da análise — Jung acusou-o. — Fale sobre o seu sonho.

— Acho que não.

Agora tudo fazia sentido. O pincenê que o Capitão Cruel estava usando. O seu próprio torturador militar, o General anti-semita. O mesmo gesto que o General e Jung haviam feito. E depois havia aquele castelozinho germânico no parque — e abaixo dele, a água escura, a lama preta do ocultismo.

Tudo se resumia a Jung, que era tanto o Capitão Cruel como o General. Ele desejava destronar Freud, claro, isso era perfeitamente natural, mas havia algo mais. Jung sabia que Freud estava contando com ele para refutar todas as idéias costumeiras a respeito de raça e cultura — para evitar que sua psicologia fosse descartada como sendo "a ciência judia".

Agora, entretanto, Jung insinuava que as diferenças raciais eram reais, e predominantes — que ele e Freud eram, de alguma forma, diferentes.

— Diga-me uma coisa, primeiro — Freud manobrou. — A casa... aquela era a sua casa?

— Sim.

— Significando sua, pessoalmente? Ou da sua raça?

— Bem, ambos, eu suponho — Jung pestanejou.

— Ah, sim. A Casa da "Europa", com suas paredes romanas e mobílias medievais. A Casa da "Alemanha", talvez? Ou quem sabe a casa "Ariana"?

— Bem, e daí? — Jung falou impaciente, subitamente desafiante, como um garoto apanhado numa mentira. — Por que não? Por que não aceitarmos que pessoas diferentes têm psicologias diferentes?

— Não.

— Será que não vê a diferença? — Jung perguntou, quase implorando. — Os judeus ou, digamos, os chineses, com suas culturas milenares, seus livros antigos... eles devem ter uma psicologia diferente das raças mais novas, mais jovens, tais como nós de sangue alemão. Certamente você não pode negar isso, se tiver alguma crença na cultura...

— Aquela mesma tolice mística de sempre — Freud falou, categórico. — Nós somos cientistas. Estamos lidando com o que podemos testar, e apreender, e mensurar.

— Mas certamente podemos apreender a cultura!

— Ah? Qual é a diferença, então? Explique-me. Vamos esquecer os chineses, por enquanto. Explique-me... como os judeus são diferentes dos gentios? São apenas os livros antigos?

— Não — Jung falou devagar. — Existe, bem, existe exatamente o que você está argumentando agora, com a sua recusa em reconhecer o misticismo.

— E o que é isso?

— Existe um certo materialismo, digamos, na cultura judaica. Em oposição à crença mais elevada, mais espiritual dos gentios, dos germânicos.

Freud sentiu a mente enevoar-se com a raiva, mas obrigou-se a pensar racionalmente, logicamente. Inclinou-se sobre a beirada do divã, os olhos frios, claros, penetrando nos de Jung.

— Então. Nós dois, nascidos a uns poucos anos, a umas poucas centenas de quilômetros de distância um do outro, usando as mesmas roupas, falando o mesmo idioma, criados na mesma cultura *bourgeois*... nós somos seres fundamentalmente diferentes? De espécies diferentes? Eu sou o materialista... e você não é?

Jung encarou-o, os olhos arregalados e furiosos, mas sem dizer nada. Seu silêncio revelou a Freud tudo o que ele precisava saber.

Então era isso: Jung era para ser o analista dos gentios. Freud seria relegado a um canto, à ciência "judia", no fim das contas. Como um velho avô confinado ao sótão — como o velho cavalheiro meio-cego, incontinente, carregando seu próprio urinol por toda parte.

No sonho de Jung — se realmente era um sonho, e não alguma invenção dissimulada — ele havia usado os próprios símbolos de Freud, o seu próprio sonho contra ele. Claro que ele havia lido no *Interpretação* do sonho de Freud na Aula — fugindo através de um cômodo lindamente decorado para outro. Agora Jung o estava arrogando para si mesmo — especialmente o andar superior ornamentado, rococó, da casa "Ariana".

O salão cerimonial, repleto de cientistas, era a palestra a ser apresentada na Clark. Jung — como o General, como o Capitão Cruel — estava gesticulando para que ele aceitasse as "diferenças" entre as crianças, entre todos os judeus e gentios. A mulher sobre a mesa, com sua máscara antiga, representava toda aquela bobagem ocultista, racista — *Nirdvanda*, e *numinosum*, e o gênio mais elevado, espiritual da raça germânica. Todo o misticismo piegas, excitado, ao qual ele queria que Freud se juntasse. Sem mencionar as ricas pacientes que ele sempre planejara arranjar na América...

— Os sonhos. Os seus sonhos — Jung o pressionava. — Não vai me contar?

— Não posso arriscar a minha autoridade — Freud retrucou, levantando-se e puxando o paletó o mais apertado que pôde em volta da calça larga, emprestada.

— Ah? Talvez você tenha acabado de perdê-la! — Jung falou, impertinente. — Está colocando esta autoridade acima da verdade!

— É o que veremos, doutor.

Ele sentia um aperto no coração, no entanto estava aliviado, novamente no comando de si mesmo — da maneira como sempre se sentia quando solucionava um problema. Houve uma comoção no corredor — Ferenczi retornando do hotel com as calças — e Freud adiantou-se para abrir a porta.

— A sessão está encerrada — ele disse ao seu ex-protegido, com um sorriso desmaiado. — Preciso trocar as minhas calças.

CAPÍTULO 62

BIG TIM

Big Tim Sullivan postou-se às margens do Hudson, esperando o barco para casa. Ali das docas podia ver as luzes na grande pilastra do capitólio, no alto da State Street. Logo as veria começando a se apagar, uma a uma. Era a última noite da sessão, e assim que a última luz se apagasse ele não tornaria a vê-las até que fosse a hora de pegar o trem de volta para Albany, no outono.

Havia sido uma boa sessão, tudo transcorrera conforme o previsto. Bob e Al tinham acertado tão bem as coisas que ele decidira sair mais cedo, em vez de esperar pelo último barco da meia-noite. Aquela embarcação era como o trem para o inferno, levando a bordo todos os senadores e deputados estaduais desde Kinderhook até Coney Island. Haveria uma banda tocando, e um bocado de bebida, e as últimas partidas de jogos de baralho da sessão. Os solistas entoando intermináveis coros da "Boa Noite, Senhoras" enquanto iam largando cada legislador do interior do estado em algum desembarcadouro apodrecido e deserto ao longo do rio, esgueirando-se em meio a piadas e brincadeiras sem graça. Até que, finalmente, a última delegação da Cidade se agitasse, turva pela bebida, em direção do píer sombrio, cinzento, do West Side, no meio de poderosos cruzadores oceânicos e as outras cambaleantes barcaças do rio.

Esta noite, ele ia pegar o barco mais cedo. Com ele estavam apenas o Pequeno Tim e o Primo Florrie, seus auxiliares administrativos. Parados ali nas docas, fumando charutos. Big Tim até enviara Photo Dave e Salsaparrilha na frente. Naquela noite não queria mais companhia além dos seus taciturnos parentes, para erguer no máximo um copo, e ponderar na água escura, e tentar dormir um pouco antes de retornar a Manhattan, o Lugar do Remoinho.

O barco estava atrasado. Sullivan olhou para trás, para cima da colina, embora achasse que não devia. As luzes ainda estavam acesas no capitólio, o que o surpreendeu um pouco. A sessão já deveria ter-se encerrado, para que seus companheiros legisladores tivessem tempo de fazer seus acordos finais, tempo de expressar as afetuosas despedidas, e dar uma última parada nos seus bares ou bordéis preferidos. Queimar quaisquer últimos documentos ou recibos incriminadores...

Mas as luzes ainda não estavam apagadas — e agora, como se fosse um pesadelo, dois homens apressavam-se pela colina abaixo na direção dele, meio andando, meio correndo, tão depressa quanto conseguiam sem tropeçar pela encosta. Big Tim sentiu uma pontada premonitória na virilha.

— Aí vem problema — Primo Florrie resmungou enquanto os mensageiros desciam.

Os dois homens reconheceram as silhuetas que aguardavam no final do embarcadouro, e começaram a sacudir os braços. Naquele exato instante o grande barco a vapor "Annie Moore" apareceu ondulando, movendo-se prazeirosamente na lenta correnteza do Hudson.

— Estão tendo problemas com a lei de horas de trabalho! — um dos homens chamava aos gritos. — Precisam de você lá na colina! A sra. Perkins disse...

— Não aquela gralha velha de novo — Florrie gemeu.

Big Tim olhou de relance para o elegante barco branco que finalmente atracava no embarcadouro. Lá dentro, ele sabia, havia luz e calor e descanso. Lá dentro havia um assento estofado, e uma cama se ele precisasse, e um tranqüilo copo de cerveja e um bom livro. Olhou novamente para o capitólio acima da colina.

— O senhor precisa ir agora! — um dos mensageiros estava gritando, ainda correndo na direção dele. — Estão convocando uma votação rápida, e estamos com pelo menos três a menos. Eles precisam do senhor!

O acordo da greve dos trabalhadores de vestuário tinha transcorrido bem, e o sr. Murphy dera a Big Tim o assentimento para ir em frente e aprovar a lei de horas de trabalho. Não era muita coisa, apenas um limite no número de horas que os empregadores poderiam obrigar mulheres e crianças indefesas a trabalhar todas as semanas. Mas era alguma coisa, era alguma coisa pela qual as pessoas que viviam e trabalhavam em seu distrito realmente passavam todos os dias, e Big Tim sentira-se muito bem quando dera a sua aprovação momentos antes de partir.

Ou foi o que pensara. Obviamente algo saíra errado, era exatamente o que acontecia às vezes, apesar do trabalho mais cuidadoso. Sempre havia algum cachorro na mangedoura, algum venerável senador ou deputado que não podia ser comprado pelo preço de uma cerveja ou de uma trepadinha rápida. Isso não tinha muita importância, sempre poderiam resolver o caso na sessão seguinte, ou no próximo ano. Essas coisas eram assim mesmo, e ele precisava pegar aquele barco.

Exceto que. Exceto que. Sullivan podia visualizar a dama ianque, magra e de cabelos puxados, com seu chapéu preto de três pontas tão parecido com o de sua Mama, postando-se estoicamente e sem nenhuma expressão enquanto sua bem amada lei das horas de trabalho caía para a derrota. E pensou na sua irmã na Clinton Street, curvada sobre a mesa, tão cansada que nem conseguia levantar-se para fazer o jantar.

— Ora, rapazes, parece que no fim das contas vamos acabar pegando o barco do inferno — ele disse aos seus parentes.

Big Tim entrou bufando na sala de audiências da assembléia, a respiração vindo em estocadas curtas, raspantes. Pequeno Tim e Primo Florrie seguravam-no por baixo dos braços, as próprias respirações reverberando asperamente. A sra. Perkins marchou através da assembléia até eles, a rígida face ianque dissolvendo-se com o alívio.

— Eu sabia que você viria — ela disse, num sussurro afetuoso, maternal. — Sabia que não nos deixaria na mão.

— Agora, sra. Perkins, não se preocupe com mais nada — ele ofegou com benevolência, encantado, mesmo sem querer. — Está tudo acertado. Não vou deixá-los na mão.

Al e Bob apareceram, expressões de ansiedade e constrangimento profissional em seus rostos. A sala de audiências atrás dele estava perto do caos, os representantes do povo gritando e apontando e levantando-se em suas cadeiras enquanto os homens de Al tentavam obstruir a votação, exigindo uma votação nominal depois da outra.

— Não sei o que aconteceu, Tim — Al falou com ar infeliz. — Estávamos quase chegando lá, mas então a coisa descarrilou.

— No senado é o pessoal do interior — Bob explicou. — A Cidade manteve-se firme, mas eles têm os malditos fazendeiros...

— Ah, mas eles sempre têm — Big Tim avaliou, esfregando as mãos diante da idéia de fazer o que melhor fazia.

Primo Florrie e Pequeno Tim começaram a despi-lo para a ação, tirando-lhe o chapéu, o casaco e o cachecol.

— Fizeram a gente acreditar que estava tudo certo, depois passaram com a corja dos corruptos bem embaixo dos nossos narizes, e esperaram o último minuto para jogar a cartada. Espertos, muito espertos! Mas não vão conseguir vencer, não se preocupe, sra. Perkins. Nós temos a verdade e a justiça, e a boa moralidade cristã do nosso lado — ele disse para ela, já calculando quem lhe devia favores, e a quem poderia chantagear, e a quem poderia intimidar logo de cara para que fizesse a coisa certa.

Reduzido a colete e mangas de camisa, Big Tim Sullivan avançou ansiosamente para dentro do tumulto na sala de audiências, em busca de votos.

CAPÍTULO 63

ESTHER

Ela encontrou Sadie na sede do sindicato no Dia de Júbilo pela Lei, quando até os políticos *goyishe* foram autorizados a entrar nas sinagogas, e havia uma atmosfera de carnaval por todo o East Side. Sadie estava parada na porta, fumando um cigarro descaradamente, uma das mãos na cintura. Usava um grande e vulcânico chapéu preto e branco, a puída jaquetinha vermelha pendurada no braço, uma única maleta de vime aos seus pés.

Esboçou um largo sorriso quando viu Esther, e acenou para ela, os dedos projetando-se da meia-luva de renda preta.

— Aqui estou eu, como mais uma caipira pobretona — ela brincou, embora Esther percebesse que estava nervosa.

— Você vai ficar bem, aqui. Ninguém irá se atrever a tentar nada com você.

— *Ach*, mas ser reformada! Minha alma lavada de branco. Eu devia ter deixado as missionárias luteranas fazerem o serviço, elas têm tanto prazer com isso.

— Não vai ser tão ruim. Você pode aprender coisas...

— Ah, sim. Como o quê?

Jogou o cigarro no chão e amassou-o com o salto da botina, uma fina trilha de fumaça escapando lastimavelmente entre seus lábios arqueados.

— Bem, pode aprender a cozinhar, a costurar...

— *Isso* eu já sei fazer. Até as rameiras fazem essas coisas.

— Mas tem outras coisas.

— Como o quê?

— Bem...

— Sim, sim, eu sei — ela falou para Esther, com um frágil sorriso. — Posso aprender sobre a Constituição, e como manter os dentes limpos, e a servir o chá, e escrever uma boa frase em inglês. E tudo isso para que eu possa costurar blusas numa oficina.

— Não é tão ruim... agora.

— Ah? — Sadie riu, ainda brincando, mas séria, também. — Não é?

A greve havia terminado com um acordo. A Triangle era uma das poucas fábricas que ainda resistiam, mas Clara tinha certeza de que iria ceder em breve, também. Em todos os outros lugares eles ganharam o reconhecimento do sindicato, e melhores salários e melhores horas de trabalho, e uma justa divisão do trabalho durante o período de inatividade. E tudo isso ainda significava trabalhar quarenta e quatro horas por semana, encurvada sobre a máquina até que as costas ardessem, a agulha pulsando através do seu dedo.

Esther havia gostado de trabalhar no escritório do sindicato — organizando as coisas, arrumando oradores, preenchendo documentos, anotando as queixas. Até passara a gostar de falar para as outras grevistas e nos clubes das mulheres ricas, uma vez que encontrou a sua voz. Tudo parecera uma vida de verdade — como uma pessoa trabalhava, em vez de ser apenas mais uma peça da máquina de costura.

E isso era o que estava desejando para Sadie — se ela tivesse sorte, e conseguisse encontrar um emprego fixo como operadora. Como seria diferente — das horas perigosas, perambulantes nas ruas, dos bares e das meias-noites encolhida debaixo do elevado, e dos homens estranhos com hálito de uísque. Como *ela* suportaria, Esther perguntou-se, permitir que homens desconhecidos pusessem as mãos nela e a levassem para a cama? Mesmo com tudo aquilo — a sífilis, e os cafetões, e o medo de ter a garganta cortada numa noite num quarto solitário — mesmo com tudo isso, o quanto seria pior ser uma prostituta de verdade?

— Está tudo bem. Acha que eu nunca pensei sobre isso? É tudo o que as prostitutas fazem, é pensar para onde estão indo — Sadie falou, tocando a face de Esther com uma das mãos semi-enluvadas. — Pelo menos será uma coisa minha, minha decisão, tal como é. Pelo menos estou longe *dele*, isso deve contar para alguma coisa.

— Sim, claro. Claro que conta.

Esther queria deixá-la com algumas palavras de consolo — algo inspirador, como o que costumava falar nas reuniões do sindicato, ou nos chás da alta sociedade. Queria lhe dizer que aquilo não precisava durar para sempre. Que sempre havia um novo dia chegando, e que talvez logo ela seria capaz de obter uma educação de verdade, ou iniciar uma família, ou pelo menos trabalhar num lugar decente, onde fosse respeitada e ganhasse um salário com que pudesse sobreviver. Às vezes, quando começava estes discursos pelo sindicato, sua antiga visão para a Orchard Street surgia girando na sua mente — as ruas novas e largas, e os prédios de apartamentos limpos, as pessoas felizes saindo para o trabalho de manhã — e a esperança e o sonho apareciam brilhando em sua expressão e em suas palavras.

Isso funcionava com as mulheres ricas e as moças das fábricas. Mas Sadie, ela sabia, não se deixaria levar.

— Adeus, adeusinho, minha querida! Não desapareça!

Sadie beijou-a impulsivamente nas faces, e Esther sorriu e beijou-a de volta.

— Não, nunca!

Esther deixou-a ali na sede com sua única mala, andando para trás e acenando até chegar no final da rua. Sadie acenando na soleira da porta, ainda brincando, os olhos cinzentos ainda sorrindo, balançando o braço por cima da cabeça:

— Adeus! Adeus! Não se esqueça de mim! Quando nos encontrarmos outra vez, estarei tão pura como a neve!

Os olhos da sua mãe, sempre tão temerosos e evasivos, agora fitavam sem enxergar o teto cinza e manchado acima da mesa da cozinha, onde jazia. Uma mosca rastejou sem ser molestada pela sua testa. O pai de Esse sentava-se numa cadeira ao lado da mesa, balançando lentamente para a frente e para trás enquanto rezava o *Kaddish*, mas nada rompia a terrível concentração dela.

Da calçada Esther avistara o borrão preto, calcado como uma enorme impressão digital na frente do cortiço. As janelas fechadas com tábuas — estilhaços de vidro quebrado cintilando na rua, esmigalhando-se sob os pés dos pedestres apressados, distraídos — todos os costumeiros sinais de um pequeno, passageiro desastre na Cidade. Esther cuspia por entre os dedos e olhava para o outro lado quando passava por tais coisas nas ruas — mas agora não podia fazê-lo.

— Disseram que começou nas paredes — o pai lhe contou. — Na fiação elétrica, mas eu sei que foram aquelas vacas irlandesas do outro lado do corredor. Como não conseguiram matar a todos nós, eu não sei. Havia fumaça por toda parte, e eu queria subir para o telhado... subir para a cobertura, do jeito mais rápido.

— Muito esperto da sua parte — Esther falou, reparando que o seu gênio de *luftmensch* para a sobrevivência ainda continuava intacto. Claro que ele saberia o caminho mais rápido de escapar de qualquer armadilha.

— Ela não sabia se a escada de incêndio chegaria até lá. Disse que precisava ficar e lutar, que tínhamos de lutar pelas nossas coisas. — O velho rabino bufou com desprezo. — Lutar pelo quê? Por uma panela, uma vasilha? Uma máquina de costura? Eu fui para o telhado. Quando tudo terminou e voltei para cá, ela estava assim. Disseram que o coração dela não resistiu.

Pendurada numa das cadeiras da cozinha Esther viu uma toalhinha chamuscada, bordada com um dos alegres dizeres *ongepotchket* da sua mãe: *Feliz dia de sol!*. Virou as costas para ele, consternada, como sempre, por ele ser tão mais cínico, tão mais desumano, na realidade, do que aquele velho tolo e rabugento dos seus devaneios.

Baixou os olhos para o rosto da sua mãe — tão cinzento e encovado que ela pensou que se fizesse nele a mais leve pressão, poderia desfazer-se sob seu toque.

Uma vida vivida pelos outros

Ela endireitou-se, encarando o velho.

— Então. O que vai fazer agora?

— O que devo fazer, com um filho que está morto para mim e uma filha que não cumpre com suas obrigações? — ele disse, com a amargura rotineira. — O que posso fazer, para onde posso ir, quando todas as mãos estão viradas contra mim?

— O senhor é quem sabe — Esther falou.

Virou-se para Kapsch, o *roomerkeh*, que estava lealmente guardando o *shivah* ao lado do seu pai, sentado numa cadeira de três pernas — a única outra peça de mobília sobrevivente no apartamento carbonizado.

— O apartamento é todo seu, no que me diz respeito — disse a ele. — *Ele* não vai ter condições de pagar, nem mesmo uma parte.

— Você é uma mulher desnaturada — o rabino vociferou. — Para onde vai agora? Voltar para seu cafetão, onde quer que ele a esteja mantendo?

As palavras dele deram-lhe uma certa epifania — não que isso ainda tivesse muita importância.

— Foi o senhor quem o mandou ir atrás de mim? Ele estava fazendo o seu trabalho sujo, me espionando?

O velho não disse nada, engolindo sua raiva e baixando os olhos para o chão.

— Ah, mas como pode ser isso, desde que, afinal de contas, ele está morto para o senhor? — ela perguntou. — Como um filho morto pode fazer tais coisas?

— Eu devo ter cometido um grande pecado para ter sido amaldiçoado pelo Todo-poderoso com filhos assim — ele cuspiu. — Um deles é um monstro, a outra tem uma pedra de carvão no lugar do coração!

— Sim, tudo isso vem de Deus, não é?

Esther inclinou-se de forma a obrigá-lo a olhar para ela, segurando-lhe o queixo entre os dedos e fitando-o direto nos olhos.

— Sabe de uma coisa, Papa, se Deus vivesse na terra as pessoas iriam quebrar todas as janelas dele.

— Mais blasfêmias! Numa hora dessas!

Ignorando-o, ela abaixou sobre a mãe e tocou, só uma vez, a face deteriorada, depois endireitou-se para ir embora.

— E quanto a mim? E quanto a mim, então? — ele exigiu, lágrimas correndo pelo rosto barbado. Parecia um velhinho sentado ali, subitamente nem um pouco feroz.

— O senhor? O senhor terá de acostumar-se com a face de uma moeda.

Ela saiu do apartamento e fechou a porta delicadamente atrás de si. Parou no corredor, e reparou no *mezuzah* ali, que ela sempre negligenciara teimosamente. Estava escurecido pelo fogo, junto com toda a extensão da porta, e pendia quase solto na madeira queimada. Ela moveu-se para tocá-lo — ou para salvá-lo, ou destruí-lo, não tinha certeza — mas, novamente, não conseguiu.

Não, pensou. *Deixe-o ficar aí. Não vou ser uma hipócrita. Por todo bem que ainda vai fazer, deixe estar.*

Caminhou para fora. Era o início do Purim agora, e as ruas estavam cheias de crianças usando narizes compridos e encurvados, e coroas de princesas, chapéus de três pontas e mantos de magos enfeitados com estrelas e luas, assustando alegremente todas as crianças *goyishe.*

Olhou para trás para o estreito prédio do cortiço e pensou, bastante friamente, que mais uns poucos incêndios e talvez seu sonho se transformasse em realidade — que poderiam derrubar tudo aquilo e construir prédios novos e modernos. E no entanto, pensou, se tal coisa algum dia acontecesse, se um dia eles se descobrissem num lugar tão novo e reluzente, haveria lugar para as crianças fantasiadas e saltitantes que corriam em volta dela? Haveria algum lugar para todos eles?

CAPÍTULO 64

GYP ESQUENTADO

Gyp esperou até que ela saísse do prédio do sindicato: usando seu chapéu de viúva preto e de três pontas, levando afetadamente um guarda-chuva na mão. Rígida figura de costas eretas, caminhando com indiferença pelas ruas escuras, entulhadas. Ele a seguiu — mantendo-se longe dela apenas o bastante, sentindo a raiva ardente revirar dentro de si.

Ainda não sabia o que faria com ela. Ele rastreara Sadie até aquele prédio somente no dia anterior. Havia esperado e esperado por ela, e ainda não a vira sair, mas avistara a *ela* — a assistente social que comandava o lugar — caminhando destemidamente na noite, mesmo depois da meia-noite.

Ela virou na direção oeste, cruzando a Bowery na Hester Street, depois voltando na direção de Mulberry Bend. Parou num dos albergues do sindicato, depois em um dos bares de Big Tim. Ele manteve-se nas sombras — as ruas ficando cada vez mais desertas, o *Chasir Mark* agora já fechado.

Na Bend não havia iluminação de rua, nem ninguém que o impedisse. Toda a míriade de lojinhas italianas fechadas agora, era bem tarde. Ninguém na rua, exceto umas poucas mães ninando os bebês agitados. Ele adiantou-se, agarrando o canivete no bolso da calça, porém ainda incerto do que iria fazer. Assustá-la para que lhe entregasse Sadie? Cortá-la? Matá-la ali mesmo, direto na Mulberry Street?

Tudo o que sabia era que já estava na hora de as pessoas pararem de interferir na sua vida. Segurou o canivete no bolso. Aproximando-se dela mais rápido, agora, deixando os pés baterem ruidosamente no pavimento — esperando aterrorizá-la, congelá-la com o súbito barulho.

Em vez disso ela virou para trás, brandindo o guarda-chuva por cima dele como se fosse uma espada. Ele recuou momentos antes que enfiasse a barriga na sua ponta, os punhos ainda socando o ar.

— Eu conheço você! Sei quem você é! — ela gritou para ele, numa voz impossivelmente firme, e mais alta do que a de uma vendedora de peixes.

As mulheres ninando os bebês já começavam a se adiantar, os homens com as mãos nos bolsos saindo das sombras, onde estavam sugando seus cachimbos de barro.

— Sei quem você é: *Lazar Abramowitz!*

Ela gritou o nome dele como se fosse uma praga, como um alarme — ainda sacudindo o guarda-chuva na sua direção, apontando-o quando ele tentou fazer a volta por ela. As luzes começavam a se acender em todos os cortiços, agora, nas fileiras e fileiras de janelinhas quadradas e deformadas. Mais gente estava saindo, movendo-se na direção deles, sonolentas vozes italianas elevando-se melifluamente através da noite.

— Lazar Abramowitz! Lazar Abramowitz! — ela continuava gritando o seu nome, o seu maldito nome. — *Eu sei quem é você!*

... ainda suspenso ali, na ponta do guarda-chuva. Querendo fazer qualquer coisa para que ela calasse a boca...

Não esse não é o meu nome Este não sou eu Não sou eu mesmo

— Lazar Abramowitz! Não venha me ameaçar... tentando fazer com que aquela garota continue a se prostituir para você!

Ele recuou de volta para a rua — enquanto ela continuava berrando absurdamente:

— Lazar Abramowitz está me ameaçando aqui na rua!

Ele deu mais alguns passos para trás, depois virou-se e começou a andar rapidamente na noite — depois a correr, disparando pela calçada abaixo, o seu nome seguindo em seu encalço.

Ele andou pela maior parte da noite, sem nem saber para onde ia — tentando pensar o que fazer em seguida. No final, encontrou-se novamente na calçada em frente ao prédio do sindicato, com suas paredes de tijolos esfregados e as caprichosas jardineiras nas janelas. Ficou olhando para o prédio, pensando em Sadie lá dentro, e perguntando-se por que realmente a queria de volta.

O que ele queria mesmo, sabia, era um outro *dow* lá no Mock Duck. Para flutuar para longe, para dentro daquele mundo prazeiroso, imaculado. Era com isso que ele realmente se importava, e não com uma puta qualquer da Bowery, e nem mesmo em vingar-se mais da pancada na cabeça. Apenas aquele bem-aventurado lugar num porão de Chinatown, cheirando a lã molhada — onde *ela* estaria, pura e doce e infantil, olhando para ele com tanta bondade enquanto ele pousava a mão em seus quadris...

Ele virou-se, cambaleando cegamente na direção de alguma coisa — do Mock Duck, ou algum salão de danças no Tenderloin, ou um jogo de dados. De volta para o próximo serviço. Não queria mais nada com ela, nem com aquele idiota do Kid Twist.

Por que ele me bateu Por que ele me atingiu daquele jeito, afinal? Que coisa para se fazer!

Estava na hora — agora que ele podia ser humilhado por uma rameira e por uma assistente social. Hora de voltar para o Mock Duck e mergulhar num novo *dow* cheio da gordurosa droga escura, e talvez nunca mais voltar. Estava na hora — e olhando para o prédio do sindicato uma última vez, na direção do matizado horizonte da madrugada, ele viu o anão.

Era o mesmo anão, ele tinha certeza — aquele que fingira-se de jornaleiro na rinha de ratos. Parado ali em frente ao prédio, bem debaixo das janelas. Procurando alguma coisa, ou alguém, segurando ridiculamente uma única rosa nas mãos minúsculas, gorduchas. Ele deixou a flor em meio às outras flores na jardineira da janela e afastou-se, as perninhas movendo-se com uma velocidade surpreendente.

Por um instante, Gyp ficou surpreso demais para se mexer — e depois o seguiu, seus passos largos alcançando rapidamente o anão que andava aos tropeços, sem nada perceber, indo na direção da estação do metrô. Escondendo-se facilmente em meio às carroças de leite, os caminhões de verduras, e os carrinhos de mão dos ambulantes, todos rodando com suas mercadorias para o início de um novo e luminoso dia — até que ele viu exatamente para onde o homenzinho se encaminhava.

CAPÍTULO 65

NO PASSADIÇO

Eles estavam no Salão da Vida, olhando para a incubadora onde havia uma menininha — quase no tamanho normal agora, contorcendo-se e chutando com uma energia normal, cega, de recém-nascida. Esther resolutamente ignorando a agitada e ofegante comoção atrás deles.

As incubadoras estavam empilhadas uma por cima da outra — um bebê impossivelmente pequeno, vermelho, dentro de cada uma. Fraldas cor-de-rosa para as meninas, azuis para os meninos. Os olhinhos deles não mais do que minúsculas fendas, sacudindo braços e pernas na direção da única e fraca lâmpada em cada uma das suas caixas de vidro. Tubos minúsculos presos aos seus braços, e bocas e narinas.

O salão, penumbroso como o crepúsculo, abrigava todos os bebês prematuros de Nova York. Todos os bebês — azuis de anemia, amarelos de icterícia, destruídos pela pleurisia — que os hospitais, não acreditando nas incubadoras, tinham entregado a Brinckerhoff e seus médicos malucos. Todos os bebês nascidos nas camas de atordoadas e ignorantes prostitutas, ou das mulheres inertes dos cortiços, ou das desafortunadas moças de classe média, em pensionatos secretos. Já viciadas, desde o primeiro momento de vida, em láudano ou álcool ou benzeno, recolhidas e carregadas para um hospital mais por uma simples questão de formalidade, e depois para a Terra de Sonho. E ainda assim *vivendo* — de alguma forma *vivendo* — nas quentes e incandescentes caixas de vidro.

Lá fora o mestre-de-cerimônias gritava muitas e muitas vezes:

— Venham ver a luta pela vida! Venham ver a eterna luta do Homem! Cinco centavos!

Ele nem era necessário. As pessoas já manchavam o vidro com seus dedos e faces e narizes: comprimindo-se para ver os bebês, seus minúsculos troncos ofegando para cima e para baixo, os olhinhos até começando a se abrir, fitando a única e acolhedora lâmpada, luminosa como o sol.

O milagre da vida — mas esta não era a atração. A Cidade era cheia de vida, abundava de vida. Ela brotava em cada rachadura da calçada, proliferava em cada porão, precipitava-se dentro das paredes de cada cortiço.

Em vez disso, a multidão continuava apressando-se de um lado para outro do salão, calças e saias se roçando obscenamente quando corriam para assistir à batalha climática.

— Ei, eu achei um aqui! — um adolescente sardento gritou, e todos correram para onde ele estava, trombando e desviando-se uns dos outros para ver o bebê vermelhinho. Seu minúsculo coração, nitidamente discernível no peito emaciado, deu mais um impulso, depois imobilizou-se.

— Está morto! Está morto!

Algumas das mulheres gritaram ou fingiram desmaiar, porém mais gente se empurrou, tomando o lugar delas. De algum jeito, o bebê levantou o braço esquerdo — e o coração começou a bater outra vez, uma batida, depois outra, e mais outra. Parou — depois recomeçou — depois parou, a perna esquerda da criança chutando o ar espasmodicamente por umas poucas vezes antes de ficar imóvel.

— Aqui! Aqui!

O médico e as enfermeiras, que estavam ocupados no outro lado do salão, agora correram. Tiraram a incubadora da galeria de visitantes — embora todos ainda pudessem ver o médico numa sala logo atrás, tentando massagear o coração para que tornasse a bater, com apenas um dedo, quase do mesmo tamanho do peito do bebê. Movendo-o delicadamente até que a pele do bebezinho tivesse se tornado tão azul quanto a fralda que ele estava usando, e permanecesse sem nenhum movimento sobre a mesa de operação.

O cadáver minúsculo foi coberto com uma toalha branca do tamanho de um lenço, sua incubadora retirada da fileira para ser examinada, esterilizada — e uma nova, completa com outra criança lutadora, inserida na galeria.

— Ela vai para casa logo. Está quase pronta.

Esther ficou onde estava, no lado oposto do salão, ignorando inexoravelmente o espetáculo. O seu resultado bastante fácil de ser discernido pelos gemidos baixos da multidão — como se estivessem surpresos consigo mesmos por ficarem tão desapontados com a morte do bebê.

— Ah, olhe só para ela!

Ela inclinou-se, sorrindo para a menininha forte e saudável, identificada apenas com um número acima da incubadora. Kid afastou-se um pouco, olhando para *ela* — observando seus pequenos ombros encurvados, que somente ele sabia que continham uma covinha — e amou-a.

Todas as suas experiências, mesmo as coisas com que se deleitara, na Cidade — suas andanças pela Bowery no meio da noite, e as galerias dos teatros, e os bares vagabundos e os salões de tatuagens e as brigas de ratos; todas as trapaças, e os bailes das rameiras e as noites com as tímidas operárias de olhos assombrados, apanhadas nas cafeterias — todo o *saboroso* da sua vida anterior — agora parecia-lhe nada além de uma existência estranha e sem sentido. Toda a sua vida — desde o começo, vivendo em meio aos cadáveres na Velha Zagare — agora lhe parecia difusa e distorcida e irreal, comparada a estar junto com ela.

Foi por isso que ele pegou aquela pá, lá na rinha de ratos. Fora para lá que isso o havia levado — não importava que ele tivesse agido sem pensar, ou que salvara algum esquisito anão de circo em vez de um jornaleiro. Avançando no interminável, cego rastejar da vida. Devia ser isso, ou então o que seria? Aquilo o levara para onde estava agora — tudo o levara para lá — e ele não iria voltar, não iria avançar. Ia permanecer onde estava.

Ele aproximou-se, tomou-lhe a mão subrepticiamente na penumbra do salão, sussurrou: — Eu amo você — perto do ouvido dela.

— O quê?

— Eu amo você — ele insistiu, tão sinceramente quanto poderia dizer qualquer coisa, e ela riu e apertou-lhe a mão enquanto ficavam parados ali, vendo as criancinhas lutando pela vida.

— O que é isso... meu *dybbuk* está ficando sentimental?

— Eu amo você e só quero você, não me importa.

— Sim — ela murmurou, provocando-o. — Sim, sim, meu príncipe Rockfeller. Você só me quer porque agora está encalhado aqui e eu sou a única garota que tem por enquanto.

— Não, não... não é nada disso. Eu amo você...

— Hum-hum. Se meu irmão não matar você, ou eu, ou nós dois, primeiro.

— Esse, você não entende. — Ele a fez virar de frente, fitando-a com gravidade, tentando forçá-la a levá-lo a sério. — Eu amo você.

Fique comigo... case comigo. Juro pelos meus olhos que vou amá-la para sempre.

— Você só está dizendo isso porque viu as crianças. — Ela sorriu. — Que idéia. Além disso, talvez eu queira viver apenas por minha conta. Talvez eu queira viver, somente para mim. O que me diz disso?

— Como você quiser — ele disse, muito sério. — É verdade. Você vive do jeito que quiser viver, contanto que seja comigo.

— É mesmo? Então nós vamos viver juntos como nunca ninguém viveu antes?

— Por que não? — ele falou, sincero. — Por que não? Todo mundo não faz isso? Todo mundo que conhecemos? Não existe mais nada, agora, do jeito que era antes!

— Ah, meu menino — ela suspirou, ainda sorrindo. — Que sonhador você é.

Ela pensou em todos aqueles rostos sorridentes na Galeria dos Desaparecidos — todos aqueles homens entusiasmados, confiantes — e imaginou o que eles teriam dito às suas esposas e namoradas. Acreditando no que diziam, sem dúvida, com toda a sua alma — na ocasião.

— Meu *dybbuk*, meu diabinho sonhador — ela disse, tocando-lhe a face. — Bem, fale mais, talvez você acabe me seduzindo no fim das contas. Isso costuma acontecer.

Caminharam lentamente para fora, o sol de fim de tarde enviesando-lhes os olhos, obrigando-os a estreitá-los enquanto saíam do mundo penumbroso dos recém-nascidos.

CAPÍTULO 66

BIG TIM

Ele ouviu as notícias sobre Charlie Becker quando estava no seu bar. O sr. Murphy enviara Little Jimmy com a novidade — parecendo esplêndido como um cardeal, descuidado como um dia de verão.

— O júri o condenou — Jimmy anunciou com sua voz suave, ligeiramente divertida, como se estivesse lendo as rimas de uma das canções que tanto gostava de escrever.

— Sei, sei. Bem, isso não é surpresa — Big Tim pensou alto, o que não era do seu feitio. — Afinal, Whitman jogou todos os outros na Tombs e ameaçou esquentar a cadeira se eles não o dedurassem. Me diga, ele está planejando ir atrás de mais alguém?

Jimmy encolheu os ombros magros, que mal enrugavam as ombreiras do impecável terno risca-de-giz.

— O senhor deve saber melhor do que eu, chefe. Mas dizem por aí que é o Becker, e só o Becker, quem vai levar a culpa.

Então Murphy fora em frente e abandonara o tenente do braço-forte. Whitman, o promotor público idiota da Reforma, já estava ocupado alardeando a campanha para governador nos jornais:

> Iremos provar que o verdadeiro assassino, o criminoso mais violento de todos, era o frio, calculista, ardiloso e subornável oficial de polícia!

Claro que os Holies já estavam se aproveitando do clamor. Estavam praticamente esfregando as mãos com a idéia de investigadores especiais e comissões altamente qualificadas, e indignadas audiências públicas. Esticando o assunto indefinidamente, até terem esgotado até mesmo o apetite do público para o escândalo.

— Chapéus de seda e meias de seda, e nada no meio — Tim murmurou.

No máximo, tudo o que conseguiriam realizar seria tirar o pobre Charlie Becker Bonitão da cadeira elétrica. Um tenente da polícia moderadamente corrupto, moderadamente estúpido. Parecia um mau negócio, por todo o seu som e fúria, e o sr. Murphy ficaria satisfeito em deixá-los ter o que queriam. A Reforma ficaria saciada por enquanto, e todos voltariam aos negócios, como sempre.

Tinha sido uma gentileza da parte de Murphy mandá-lo avisar, Sullivan refletiu, antes que ele ouvisse a notícia sendo gritada pelos jornaleiros mascateando as edições extra da tarde. Este era o tipo de consideração que ele nunca recebera do velho Croker. Era um homem hábil, aquele Murphy, tomando todas as atitudes certas. Sem dúvida elevaria a Tammany a novas alturas — apesar de que, com que propósito, Big Tim não tinha muita certeza.

O que quer que fosse, Sullivan sabia que deveria procurar Murphy e consultá-lo. Levantou-se da mesa e foi para a rua — tão preocupado que até negligenciou-se do seu ritual costumeiro de checar-se no espelho do barman e deixar um dólar de prata no balcão.

Big Tim subiu devagar a Centre Street, e depois a Lafayette. Não podia andar mais depressa do que isso, nem se quisesse; sua virilha era uma perpétua massa de fogo, agora. Nada funcionava. Havia tentado o tratamento com mercúrio, e o tratamento com fogo, e o tratamento com arsênico, mas ainda doía mais do que nunca, e todas aquelas coisas pareciam deixá-lo mais distraído.

Na Canal Street havia um grupo de manutenção e obras, formado por italianos, arrancando as pedras do calçamento no meio da rua. Homens lúgubres, nus da cintura para cima, a pele bronzeada quase negra, brandindo as picaretas em arcos longos, lentos. Trabalhavam sob a supervisão de um *padrone* com uma pança enorme e uma espingarda enfiada sob um dos braços, que fez questão de tocar a aba da boina para Big Tim, quando ele passou.

— Exatamente como na velha terra — Sullivan pensou em voz alta.

Ele não conhecia muito bem os italianos, exceto por saber que trabalhavam dezesseis horas por dia quando arrumavam um serviço, e dormiam nos becos ou nos fundos das lojas, e mandavam metade do pagamento para casa. Eles aceitavam os piores trabalhos na Cidade, com exceção dos negros, trabalhando em equipes de construção, separando o lixo nas barcaças à procura de qualquer coisa, qualquer coisa que pudessem salvar para os mercados de trapeiros de Bottle Alley.

Terra do povo...

Animou-se um pouco quando as crianças de rua o avistaram, como sempre, e avolumaram-se em volta dele — vazando pela rua, indiferentes ao tráfego que movia-se a toda velocidade.

Devíamos propor algum tipo de regulamentação para as ruas, ele pensou vagamente. Outras cidades já a tinham, afinal; cidades boas e progressistas como Cleveland, ou Portland, no Oregon. Alguma coisa para diminuir a velocidade das carroças, e dos automóveis em quantidade cada vez maior, alguma coisa para evitar os intermináveis congestionamentos em todas as intersecções.

— Big Tim! Big Tim! — as crianças gritavam, deliciadas.

Ele esquecera-se de se carregar, mas ainda havia moedas e balas suficientes nos seus bolsos para satisfazê-las. Sorriu com benevolência para seus sorrisos semidesdentados, seus cabelos embaraçados, os meninos e meninas saltitando com os pés descalços nas pedras da calçada. Juntaram-se em volta dele até que finalmente foi obrigado a parar no meio da rua, postando-se com os braços estendidos como um espantalho, enquanto todos aqueles passarinhos bicavam em seus bolsos.

As crianças afastaram-se correndo depois de conseguirem o que queriam. Ele deixou a maioria delas na esquina da Broome com a Centre, sob a sombra da grande e branca delegacia de polícia. Uma delas encontrou um aro enferrujado de uma roda de bonde, e logo estavam todas ocupadas, girando-o com estardalhaço para cima e para baixo nas pedras de granito. O policial fazendo a guarda na entrada da delegacia olhou-as com desaprovação, mas não se atreveu a despachá-las contanto que estivessem com Big Tim.

— Estarei voltando por esse caminho daqui a pouco — ele certificou-se de avisar o policial —, e não quero que as crianças sejam incomodadas.

O homem assentiu com tanta gravidade como se estivesse fazendo continência, e Big Tim deixou-as ali brincando alegremente, sob a égide do imponente couraçado branco.

— O que devemos a este sujeito? — o sr. Murphy falou calmamente, bebericando o seu chá. — Afinal, ele provocou a coisa toda, desde o começo.

— Com toda certeza — Big Tim concordou. — Deus e o povo odeiam um homem arrogante.

— Foi ele quem insistiu em salvar o seu agente de imprensa. Foi ele quem insistiu em todo o restante disso.

— Mas quem pode impedi-lo de falar?

— E se ele falar? Quem ele poderia dedurar?

A lógica do sr. Murphy era infalível, como sempre. Afinal, fora Becker quem havia ido até *ele* — e não o contrário. Sullivan o mantivera cuidadosamente separado de quaisquer dos verdadeiros atiradores. Além disso, as palavras do próprio Beansy, tão criteriosamente vazadas pelo promotor, indiciavam apenas Becker.

O fantasma de um riso brincou ao longo dos lábios de Murphy.

— Rosenthal já exonerou-o antes de morrer. Você era o melhor amigo dele, lembre-se.

— Estou certo de que Whitman desejaria, agora, que ele tivesse mantido aquela declaração em segredo — Big Tim comentou secamente.

— Ah, acho que não — Murphy falou com tranqüilidade, certo como sempre. — Desse jeito, tudo está muito bem amarrado. Ele pode pegar aquele seu tenentezinho de polícia e correr para Albany. Do contrário, teria de armar toda uma nova confusão, e quem sabe para onde isso levaria. Enfrentar a Organização inteira... virar pedras sob as quais ele não quer olhar. — Murphy balançou a cabeça. — Essa gente. Acham que são piedosos, quando na verdade são apenas biliosos.

Ao retornar do escritório de Murphy descobriu-se pensando na pobre Helen Becker, implorando-lhe para o caso do marido. Ele lera nos jornais que ela havia perdido o bebê. Fora um parto difícil, e quando os médicos perguntaram se deviam escolher entre ela e a criança, não houvera marido algum por perto para responder em favor da esposa. Eles tiveram de colocar a questão para a própria mãe, e ela havia escolhido viver, que Deus a ajudasse. Quando aquilo chegou aos jornais não houve como deter as invectivas e as ameaças de morte que foram despejadas sobre ela. Ela tentara explicar que, se morresse, Charlie não teria mais ninguém no mundo naquele momento de maior necessidade, mas claro que isso não aplacou ninguém.

Aquela mulher de olhos tristes, tentando sorrir para ele. Ela afastou o véu com a mão, e seu rosto surgiu diante dele como uma imagem de filme, mesclando-se com o de Herman Rosenthal.

Eu me pergunto por que isso não poderia ter acontecido a duas pessoas que não se amassem tanto.

Sullivan encaminhou-se de volta para a Centre Street, na direção da delegacia de polícia. As crianças ainda estavam lá, ele viu, ainda girando o aro de metal e inventando uma variedade de novas brincadeiras em torno dele, mergulhadas no sonhador mundo infantil de visões e canções sem sentido — antes que chegasse novamente a hora de procurar um canto aquecido para dormir, um pedaço de pão descartado para comer.

Imaginou se *elas* brincariam com tais jogos — no convento em Nova Jersey, ou lá no Oeste. Sem dúvida teriam brincadeiras melhores, mais brinquedos, e campos e gramados de verdade. E sempre o bastante para comer, uma cama quente para dormir, e boas roupas. Ele era um bom provedor. Era um bom pai.

Um automóvel surgiu fazendo a curva velozmente na Spring Street, um grande carro de passeio amarelo. Aumentou a velocidade, depois pareceu dar uma guinada na direção do grupo de crianças que brincavam — o condutor lutando para manter as quatro rodas na rua.

— Idiotas! — Big Tim gritou em aviso, e disparou numa corrida com as pernas meio arqueadas para onde estavam as crianças, mas ainda se encontrava a um quarteirão de distância, longe demais para fazer qualquer coisa. Os outros pedestres apinhando-se nas calçadas no instante em que começou a passar por eles correndo.

— Idiotas! — ele gritou outra vez, esperando que, de alguma forma, pudesse fazer com que o policial de plantão tomasse uma atitude — mas as crianças na rua tinham visto o automóvel de passeio tão rápido quanto ele.

Muitas delas correram facilmente para fora do caminho, com seus reflexos jovens, treinados nas ruas — mas um pequeno grupo de crianças permaneceu congelado na rua, sem saber para que lado pular. Havia uma garotinha com um vestido esfarrapado, e dois meninos de macacão e sem sapatos, um deles usando um boné grande demais, enfiado quase por cima dos olhos. O automóvel avançava sobre eles com tanta rapidez que Big Tim pôde ver que outro menino ainda estava sorrindo, distraído com a brincadeira, ainda sem saber o que estava acontecendo.

— Pulem para fora! — ele gritou, agora quase cambaleando pela rua abaixo, trombando nas pessoas na calçada — mas isso foi tudo o que teve tempo de fazer.

A buzina do carro ressoou loucamente, mas este continuava se movendo, guinando na direção do grupinho de crianças como se elas fossem um bando de pombos na rua. Talvez o motorista ainda estivesse lutando com seus mecanismos, tentando encontrar o freio — muitos deles nem sabiam realmente como operar as grandes máquinas assassinas que dirigiam — mas não diminuiu a velocidade. Nem então, nem mesmo depois que ele começara a correr direto para as crianças — ainda arengando e correndo pela rua abaixo, anônimo sob seus óculos de condutor, os únicos sinais de identificação sendo o chapéu e a flutuante echarpe amarela, que combinava perfeitamente com a cor do carro.

— Malditos *idiotas*!

Sullivan praguejou atrás dele, perscrutando a rua no rastro do automóvel. Duas das crianças — a garotinha e o menino com o boné grande — tinham pulado miraculosamente para fora do caminho no último instante possível, guiadas por qualquer que fosse o instinto de sobrevivência que as mantinha vivas nas ruas até agora. Sentaram-se no meio-fio parecendo muito assustadas, as outras crianças reunindo-se lentamente em volta, olhando-as com uma admiração quase religiosa.

A terceira criança — o menino que estivera sorrindo — ainda estava na rua, abatido e imóvel sobre o calçamento de pedras. Uma das suas pernas estava achatada e sangrando, uma escura marca de pneu cruzando a pele nua bem acima do joelho. Caíra por cima do rosto — e quando Big Tim aproximou-se e virou-o, viu que havia uma outra marca, cravada na sua testa pela grade do automóvel. O macacão sujo, que não chegava até os joelhos, era tudo o que ele usava. Os olhos estavam fechados, agora, mas os lábios abertos, ainda sorrindo — como uma das crianças de rua nas imagens das quais Sullivan se lembrava — como se fingisse estar dormindo.

— Chamem os pais dele! — ele gritou para as crianças assustadas e ignorantes à sua volta. — Chamem alguém para ajudar!

Ele olhou na direção da enorme delegacia de polícia, mas tudo estava quieto. Nem mesmo o policial de guarda estava em seu posto. Não havia ninguém para ajudar, exceto ele, e Big Tim passou o braço por baixo do pescoço inerte do menino, outro sob seus joelhos, e ergueu-o no colo com dificuldade.

— De quem é esta criança? — ele indagou num tom duro para as crianças. — Quem são os pais dele, preciso levá-lo de volta para casa!

Não houve resposta de nenhuma delas. Muitas já começaram a dispersar-se para longe outra vez, voltando para seus becos e porões conhecidos, mas outras seguiram a uma distância segura enquanto Big Tim caminhava penosamente pela Lafayette Street carregando a criança morta, repetindo a pergunta a todos que passavam:

— De quem é esse menino?

As multidões passavam depressa por ele, lançando olhares subreptícios e continuavam andando, sem perder um passo. Big Tim virou na Broome Street e avançou sem rumo na direção do East Side, não mais repetindo a pergunta em voz alta, mas murmurando e sussurrando consigo mesmo, segurando o menino à frente do corpo para que, talvez, quem quer que fossem seus pais pudessem ver que estava ali.

CAPÍTULO 67

NO PASSADIÇO

As naves planavam através do cintilante céu de outono: zepelins e aeroplanos, galeões espanhóis e cruzadores de guerra e foguetes, todas fazendo longos e loucos *loopings* acima das multidões indiferentes.

Esther estava sentada com Kid no banco da frente de um aeroplano vermelho com grandes cruzes negras nas asas, apoiando-se nele, agarrando a barra de segurança à sua frente. Era o penúltimo fim de semana da temporada. O longo veranico do outono finalmente terminara, e o ar tornara-se mais puro, fresco e limpo. Mais uma semana de brinquedos e espetáculos e salões de danças — e depois, no insuportavelmente triste e melancólico último fim de semana, haveria uma *Oktoberfest* — a derradeira desculpa para atrair as multidões.

Ela já teria voltado ao trabalho, então. A Triangle continuava resistindo, uma oficina fura-greve, sozinha em meio às maiores fábricas e oficinas. As mulheres da Triangle que aderiram à greve tinham sido banidas, mas ela arranjara com Clara um jeito de voltar usando um outro nome, e um penteado diferente — para começar tudo de novo, organizando as fura-greves e as novas operárias.

Esther tinha certeza de que conseguiria. O sr. Bernstein nunca olhou para ela com muita atenção, e os supervisores estariam ocupados demais espremendo e atormentando as meninas para repararem. Ela estaria por sua própria conta, sem depender de ninguém desta vez, nem mesmo de Clara. E se tivesse sucesso — quem sabia? A amiga de Clara, Pauline, nem completara vinte anos — uns bons sete anos mais nova que a própria Esther — mas já fora designada como delegada itinerante para o sindicato. Deixando a máquina para trás, viajando de trem de cidade em cidade para espalhar a causa.

E quanto a ele?

Para onde ele iria, quando o verão acabasse? O Elefante de Estanho estava quase deserto, agora. Em breve seria fechado para o inverno, as prostitutas já se mudando para outros balneários mais amenos. Seu irmão era persistente, ela sabia. Seria apenas uma questão de tempo até que encontrasse Kid — mesmo se ela nunca mais tivesse nada com ele.

Na noite anterior, escutando as ondas na cama, ela tentara persuadi-lo a ir embora — tornar-se um dos Homens Desaparecidos.

— Não se preocupe, minha flor, eu sei cuidar de mim — ele havia insistido, sorrindo para ela. — Não há necessidade de ir para lugar algum.

Tinham conversado a noite inteira sobre o que fazer. Até que suas palavras começaram a ficar indistintas e lentas com o ritmo balançante das ondas, e adormeceram no traseiro do Elefante, agora misericordiosamente mais fresco. Ele a despertou no meio da noite, puxando sua camisola — um puxão pequeno, insistente — e fizeram amor ainda meio dormindo, deslizando para dentro e para fora dos sonhos, o único som as sinetas das bóias no porto.

Era de fato uma situação *farpotshket*. Todos falavam em partir, mas ninguém ia embora. Ele devia ir, e ela devia deixá-lo; aquele romance sorvete-de-creme estava acabado, apesar de todas as suas belas palavras a respeito de casamento. Logo os hotéis-gaiolas ao longo da Brighton Beach, com seus pavilhões de danças e os bares de champanhe, estariam fechando as portas. As frescas e saudáveis brisas do oceano soprariam mais fortes e frias, até que a ilha estivesse habitada apenas pelas gaivotas e maçaricos, e os anõezinhos da Cidade Pequena, tremendo na escuridão das suas ruas medievais.

Mas ainda assim ele não partia, e ela não conseguia deixá-lo. Pelo contrário, ela havia voltado para Coney Island e para mais um fim de semana juntos. Ela encolheu-se mais perto dele, prendendo o braço no dele enquanto o aeroplano navegava através do limpo céu de outono.

Ele saiu do trem e ergueu o rosto instintivamente para o ar marinho — um homem elegante e inconspícuo agora, num terno preto conservador e chapéu-coco preto. Com o canto do olho pôde ver Whitey e Louie Lump, esperando por ele. Acenou-lhes com um gesto breve, impaciente, e seguiu com a multidão para o Pavilhão da Alegria.

Ficou parado ali no meio do parque, observando tudo — as cabines, os brinquedos, a interminável e tortuosa fila para o Steeplechase debaixo da sorridente cara de idiota: STEEPLECHASE — PARQUE DE

DIVERSÕES — STEEPLECHASE — PARQUE DE DIVERSÕES. Enfiou a mão no paletó; tocando a sua Iver-Johnson .32 com cabo de borracha, escondida no fundo do bolso interno. Olhando para cada um dos rostos, certificando-se de que nada passasse por ele.

Sigmund Freud foi rudemente empurrado para a frente pela grande multidão festiva. Por toda a sua volta havia os tipos mais vulgares que se podia imaginar, esperando impacientes a sua vez nos cavalos. Marinheiros com suas rameiras, caixeiros maltrapilhos com mulheres ainda usando trajes de banho. Já apalpando-se e agarrando-se uns nos outros, incapazes de se conter antes mesmo de entrarem na atração.

O parque era assombroso em sua pura, descarada vulgaridade. O cheiro constante e enjoativo de frituras, crustáceos pútridos e carne em espetos, e espigas de milho. Uma balbúrdia incessante de bandas e a música esganiçada de um órgão.

— Um Prater mais exagerado — ele falou para Ferenczi e Brill, torcendo o nariz e referindo-se à vulgar alameda principal no parque de Viena, mas o Prater era como uma elegante festa ao ar livre num dia de verão, comparado com *aquilo*. Tudo era mais alto, maior, mais histérico... mais *americano*.

Pelo menos isso lhe deu tempo para pensar, longe de Jung — agora zelosamente nadando as suas cem voltas, para frente e para trás entre as balizas na praia. Desde aquela análise abortada na clínica em Colúmbia eles tinham apaziguado as coisas, pelo menos na superfície. Jung renovara seus votos de lealdade. Oferecera-se novamente para iniciar a palestra na Clark, com o caso da sua filha, e desta forma introduzir a delicada questão da sexualidade infantil.

Freud aceitara tudo isso com uma demonstração de equanimidade. De nada adiantaria interromper as atividades agora — não ali, a um passo do maior triunfo deles. Ambos entendiam isso. Porém, quão verdadeira seria aquela reconciliação? Quanto tempo iria durar quando voltassem para a Europa, com sua incessante cantilena a respeito da cultura nacional? Quanta lealdade, exatamente, ele poderia esperar de Jung — sob tais influências místicas?

O barulho estridente do órgão elevou-se outra vez, tornando impossíveis quaisquer pensamentos coerentes. Freud tentou dizer alguma coisa a Brill e Ferenczi — depois tampou os ouvidos com as mãos.

— Devo estar louco ao pensar que poderia me fazer ouvir num lugar destes...

• • •

Big Tim Sullivan chegou ao parque quando estava amanhecendo, e deixou os braços penderem para baixo enquanto ria. Estivera andando a noite inteira, depois que haviam retirado o corpo do menino dos seus braços, e seus sapatos e roupas estavam cobertos com a poeira do Brooklyn, mas ele não se importava. Postou-se embaixo do Anjo da Criação, esperando pacientemente que o parque abrisse, admirando distraído os seios imensos, perfeitos.

Um guarda com um imenso bigode branco marchou oficiosamente para abrir o portão, piscando ao vê-lo ali, sob a luz do sol da manhã.

— Ora, companheiro, mal pode esperar para dar voltas nas montanhas-russas, não é?

— Parece um ótimo dia para isso — Big Tim falou, com um largo sorriso.

— Bem, claro! — o guarda riu, tomando-o por um vagabundo. — Claro que é, contanto que você tenha duas moedas de um centavo para pagar a entrada!

Lá dentro, uma comprida fileira de moças marchou diante dele a caminho do trabalho, com suas vestes acadêmicas brancas e imaculadas. Um negro alto, de expressão séria, seguiu com passos largos para a casa de força, usando uma túnica de mago e um chapéu enfeitado com pequenas luas crescentes e estrelas e planetas.

Havia tanto para ver, mas por enquanto ele queria apenas chegar até o mar. Caminhou através do parque — parando para tirar cuidadosamente os sapatos cobertos de poeira e as meias de seda, antes de pisar na areia intocada.

Eu o avistei ali no Steeplechase. Foi apenas por pura sorte que o vi, eu só estava procurando por ela e lá estava *ele*: Gyp Esquentado, grande como a vida. Parado no meio do pavilhão, virando-se num círculo lento e vigilante — observando tudo com a autoconfiança de um homem preparando-se para atirar de um beco escuro. Seus capangas retardando-se atrás dele, obviamente esperando alguma ação...

Mais uns poucos segundos e ele teria me visto. Ele já estava perscrutando a multidão bem à minha esquerda, captando absolutamente tudo, do jeito dele. Os olhos devagar, inexoravelmente voltando-se para onde eu estava.

Pulei para trás de uma barraca de salsichas, mergulhando no solo tão baixo quanto podia.

Tudo o que eu pensava era em fugir. Eu podia ter tentado avisá-lo — avisá-*los*. Mas tudo o que pensei, debaixo daquele olhar implacável, examinando a multidão como se fosse um farol, era em voltar para a Cidade Pequena. Seria como uma casa de palha diante dele, eu sabia — no entanto, onde mais este porquinho poderia se esconder? Havia segurança na quantidade — ou pelo menos no número de reféns. Além disso, ele jamais passaria por Carlotta. Ela simplesmente não permitiria que isso acontecesse — não deixaria que nem mesmo ele atrapalhasse o seu sonho, o seu reinado.

Fui me esgueirando para longe — através dos buracos e dos pequenos becos que somente nós conhecíamos, voltando para a Cidade Pequena tão depressa quanto minhas perninhas patéticas conseguiram me carregar. Fui para casa, para minha rainha. Eu precisava dela — precisava que ela me protegesse, precisava da sua loucura cega, obstinada, para me salvar.

Freud estava montado no cavalo mecânico, os braços atirados em volta do seu pescoço como um garotinho, mal conseguindo manter o traseiro na sela. O cavalo dava guinadas numa velocidade tremenda e ele agarrou-se desesperadamente ao chapéu e à bengala, o estômago revirando a cada mergulho para cima e para baixo da trilha em serpentina.

O parque girava atordoante abaixo dele. Ele olhou para outro lado — para ver o marinheiro acariciando descaradamente a mulher sentada à sua frente. Abrindo o vestido, espremendo e deslizando as mãos enormes nos seios macios, maleáveis. Ela encolheu-se contra ele, erguendo a bunda para fora do cavalo.

Por toda sua volta os casais nos outros cavalos esfregavam-se e trombavam uns nos outros, todos praticamente copulando em público, indiferentes a tudo o mais. Atrás dele, podia ver que Ferenczi também os observava, boquiaberto. Cavalgavam como sátiros nos cavalos mecânicos — selvagens como os corcéis em sua pintura no pesadelo, dentes à mostra, narinas inflamadas. Por toda a sua volta, o comportamento em público mais obsceno, mais dissoluto que ele já havia visto, até mesmo nos bordéis do exército, quando servira como reservista.

No final, ele desmontou com as pernas trêmulas, puxando o paletó para baixo, limpando-se da imundície da corrida. Apressou-se para fora, sem nem mesmo esperar por Ferenczi e o dr. Brill — mortificado por ser visto num lugar daqueles. Colocou o chapéu de palhinha na cabeça — olhando para cima bem em tempo de ver um anão vestido com uma fantasia de arlequim bloqueando seu caminho, as mãos do homenzinho escondidas por trás das costas.

— Com licença.

Ele tocou a aba do chapéu, moveu-se em torno do anão sorridente — e imediatamente sentiu uma dor paralisante no traseiro. Girou para trás e viu o anão dançando à sua volta, sacudindo loucamente o bastão de arrebanhar gado por cima da cabeça.

Freud deu um pulo para frente, em desespero — para qualquer lugar, longe daquele homenzinho maluco — e aterrissou numa grade que emitia um súbito jato de ar, e que lançou seu chapéu para o alto. Saiu tropeçando atrás dele, mas agora o chapéu evadiu-se como se estivesse sendo puxado por um fio, saltando de um respiradouro para outro. Ele derrubou a bengala, pegou-a, tornou a derrubá-la, avançando às cegas para agarrar o esquivo chapéu que fora parar em cima de um piso de tábuas.

Arrastando-se de joelhos, ele ouviu uma explosão de risos estridentes, convulsivos — e, levantando a cabeça, viu uma arena cheia de gente, as arquibancadas lotadas, todos apontando e rindo *dele*. De alguma forma tinha ido parar num palco — de joelhos, engatinhando para pegar o chapéu — cuidadosamente mantendo seu *derriere* afastado dos olhos da platéia — e no mesmo instante sentiu outra dor agonizante. O anão demente enfiando seu bastão eletrificado desta vez pelo meio das suas pernas e direto nos genitais — Freud pulando e esquivando-se para frente, como um daqueles policiais que eles tinham visto no cinema do jardim coberto, estapeando inutilmente o homenzinho atrás dele enquanto a multidão enlouquecia.

Gyp parou nas fileiras das jaulas dos animais no Terra de Sonho, para enxugar a testa e avaliar sua posição. Pelo menos Louie e Whitey estavam mantendo a retaguarda, como ele ordenara. Ainda eram conspícuos como canários em seus vistosos ternos de gângsteres, de cor vermelha e amarela — mas, de qualquer maneira, só precisava deles por uma questão de segurança. De qualquer coisa importante, Gyp pretendia cuidar por si mesmo.

Enrolou um cigarro e acendeu-o, olhando os animais em suas jaulas. O populacho empurrava-se contra as grades, cuspindo e cutucando os animais com as pontas das bengalas e dos guarda-chuvas, forçando as criaturas a recuarem para o fundo. Os enormes felinos, as panteras e leões e tigres, andavam de um lado para outro nos sombrios recessos das suas jaulas, rosnando temivelmente, os músculos ondulando sob a luz do sol listrada pelas barras. No extremo da fileira havia uma jaula impossivelmente pequena que abrigava um imenso elefante. A fera não tinha espaço para fazer mais nada, além de marchar obsessivamente para cima e para baixo, sem sair do lugar — os olhos enormes e amarelos, repletos com uma fúria louca, insondável.

Ali a multidão era particularmente densa, uns dois rapazes divertindo-se em enfiar coisas na tromba do elefante — palitos velhos de algodão doce, casquinhas de sorvete jogadas fora, qualquer coisa que achavam no chão, vendo se o animal comeria. Um dramático aviso acima da jaula do elefante dizia: AFASTEM-SE! ANIMAL ASSASSINO! — mas eles pareciam não ter medo. Enfiavam os objetos nas aberturas palpitantes, semelhantes a narinas, na ponta da tromba, depois se afastavam, rindo.

Gyp lembrou-se do seu último sonho lá no porão de Mock Duck, cheirando a suor e lã úmida, e fumaça perfumada. Como preferia estar lá, agora! Flutuando naquele lugar limpo e claro, em vez de estar realizando aquela tarefa, por mais gratificante que acabasse sendo.

Fook Yuen — Fonte da Felicidade. Li Yuen — Fonte da Beleza

— Nós achamos o lugar — Whitey falou, aproximando-se dele. — Nós achamos... é a Cidade Pequena.

Gyp afastou seus devaneios, atirou a metade do cigarro no chão e amassou-o sob a sola do sapato. Na jaula do elefante os rapazes ainda estavam esquivando-se para frente e para trás, a fera barrindo loucamente devido a alguma coisa que eles lhe deram de comer.

— Tudo bem, então. Vamos procurar o nosso amiguinho.

Os psicanalistas seguiram mancando até o pavilhão de banhos para encontrar Jung, que parecia contente como uma foca em seu apertado traje de banho preto.

— Atividade física... não há nada que se compare a isso, doutores! — ele exultou, bombeando os braços vigorosamente, exibindo os dentes grandes como lápides, os olhos que eram meras fendas por trás do pincenê. — É tão importante para a mente quanto tudo o mais! Força através da saúde, vocês sabem.

— Sim, nós também estivemos cavalgando — Freud falou secamente.

— Ah, Carl, você devia ter visto o que nós passamos! — Ferenczi começou, mas Freud rapidamente sugeriu que fossem almoçar, incapaz de suportar a idéia de Jung imaginando-o naquela posição humilhante, infantil.

— Há um lugar que parece agradável...

Brill conduziu-os na direção de uma grande e elegante placa indicativa, que dizia apenas "Para os Jardins Suspensos". Uma comprida fila de homens e mulheres dignos e sérios seguia para um elevador num pavilhão de vidro. A mesma multidão vulgar que ele vira nos cavalos permanecia tagarelando em volta, mas ninguém fez nenhum movimento para juntar-se à fila — o que Freud considerou um bom sinal.

— Este deve ser um lugar decente, pelo menos.

Entraram no elevador de vidro, juntando-se a uma dezena de outras pessoas, todas educadamente silenciosas. A porta fechou-se automaticamente, o elevador subiu a meio-caminho da cobertura — depois desabou de volta para o solo com tanta força que Freud sentiu os dentes baterem. Todos eles foram atirados juntos, o elevador adernando para o lado; os outros passageiros caindo por cima de Freud e Jung, Ferenczi e Brill caindo para os fundos do carro, quase amassando-os.

O painel do elevador pelo menos inclinou-se e abriu, e eles arrastaram-se engatinhando — Freud impressionado com o fato de não terem todos morrido.

Então eles são falíveis, no fim das contas, esta raça de gigantes mecânicos! Por um breve momento, sentiu-se estranhamente triunfante, mesmo enquanto içava seu corpo para fora do elevador, pisava de lado no chão, finalmente — e na mesma hora caiu direto por cima do seu traseiro.

Ele tentou levantar — apenas para sentir as pernas lhe faltando outra vez, deslizando impotentes para direções opostas. Colocou a mão no chão para tentar equilibrar-se — e retirou-a coberta de graxa. O piso inteiro, cheio de graxa, exceto pelo pequeno quadrado diretamente em frente ao elevador.

De propósito!

Por toda sua volta, Jung, e Ferenczi, e os outros passageiros, estavam escorregando e deslizando, balançando os braços loucamente; o dr. Brill pedindo desculpas em profusão, no exato instante em que caía de cara. Lá fora, atrás das vidraças, ele pôde ver o vulgar populacho, rindo e apontando, já aguardando o próximo elevador.

Eu soube que havia algo errado assim que voltei. As ruas estavam todas vazias, a cidade inteira deserta como um cemitério — mas isso era de se esperar. Era domingo, e todos estariam trabalhando na matinê extra, lá no Grande Pavilhão.

A Prefeitura — *minha* Prefeitura — estava escancarada, no entanto — as janelas e venezianas abertas, as portas balançando levemente na brisa, como se alguém tivesse acabado de abrir a casa para uma faxina de primavera. Disparei para cima, chamando a minha rainha. Chamando o nome dela...

Não consegui encontrá-la. Cada *vestígio* dela desaparecera: os baús cheios até a boca com os elegantes vestidinhos de boneca. As imaculadas miniaturas de escovas de cabelo, a minúscula, delicada penteadeira. Até os lençóis e colchas reais, com o *CR* imperial bordado.

Tudo se fora. A música estava começando no Grande Pavilhão, e ocorreu-me que ela devia estar lá, já aquecendo-se para sua apresentação idêntica e diária. Abri uma das minúsculas e requintadas janelas do andar de cima, olhando na direção do pavilhão, na praça da imaculada cidade modelo.

E foi quando avistei a carruagem: uma enorme carruagem preta perto da entrada dos fundos, grande como um carro fúnebre — um par de cocheiros carregando-a com todos aqueles requintados baús infantis. Corri pela escada abaixo, já sabendo o que iria encontrar. Bem a tempo de vê-lo escamoteando-a por trás da falsa capa preta de mágico.

— Espere! — gritei, e ela virou a cabeça apenas um pouco para que eu a visse; sua face, inflexível e imperiosa como a de uma rainha, fitando para além de mim.

Ela sabia

— Espere! — eu berrei, mas ela virou-se e se foi, desaparecendo atrás da capa, para dentro da grande carruagem preta.

— Tarde demais!

O Marconi falsificado sorriu para mim, acima da capa imensa. Um pé avançou para a frente, chutando-me tão casualmente como se eu fosse uma velha bola de futebol.

— Tarde demais! Você a perdeu!

Então eles partiram, os cavalos puxando a galope a grande carruagem preta, para longe da Cidade Pequena.

Eu corri atrás dela — mesmo sabendo que não tinha esperança alguma no mundo de alcançá-la. Corri atrás dela, direto para fora do parque, tão longe quanto minhas pernas atrofiadas puderam me levar pela Surf Avenue, gritando com a minha ridícula, ineficaz voz de anão:

— Espere! Eu lhe darei qualquer coisa! — até que a carruagem tivesse há muito desaparecido, apenas um pontinho negro sumindo através dos novos terrenos planos do Brooklyn.

Os elefantes ficavam no topo do Salto nas Cascatas com suas mantas bordadas de pedrarias e as bridas, uma comprida fila cinzenta enovelando o escorregador aquático. Cada um cuidadosamente separado, oscilando por um instante no alto da cascata — e depois caindo, absurdamente, dentro da grandiosa lagoa central do Terra de Sonho.

Sentados em cima das caudas, estendendo as patas dianteiras como cachorros treinados. Atingindo a água com um espadanar que deixava toda a platéia gritando e batendo palmas e esquivando-se, ensopada pelas enormes ondas de água.

Big Tim assistia a tudo de perto, rindo e aplaudindo com deleite quando cada magnífico paquiderme vinha abaixo. Os animais emergiam, barrindo e sacudindo-se, novamente espirrando jatos de água nos deliciados espectadores.

As crianças em volta da lagoa viam tudo aquilo com olhos arregalados, gritando de prazer quando as ondas de água dos elefantes as atingiam. Em pouco tempo Big Tim havia esvaziado os bolsos para elas, comprando grandes plumas de algodão doce, caixas de *Cracker Jack*, *Red Hots*. Logo não tinha mais nada, nem mesmo para o transporte de volta à Cidade, mas ele não pensou nisso.

Pelo contrário, agora sentia-se livre para continuar passeando, as mãos nos bolsos, olhando afavelmente tudo à sua volta — tudo que lhe pertencia. A alameda principal com seus salões de tatuagem, as galerias de tiro ao alvo, e os passeios de camelo e os vigaristas e os dançarinos de *hootchy-kootchy*. As imensas rodas-gigantes, e as velozes montanhas-russas, e os policiais de pantomima pintados de preto, e as docerias cheias de tudo o que fosse feito de açúcar.

Como as crianças que ele via todos os dias nas ruas teriam adorado tudo aquilo Como elas teriam adorado...

Os gângsteres irromperam pela cidade em miniatura, destruindo o Grande Pavilhão, estilhaçando as janelas das perfeitas casinhas, as vidraças esfumaçadas da igreja, até que os cacos de vidro cobrissem as ruas, esmigalhando-se sob os pés. Derrubando as portas com chutes, arrancando os telhados das casas minúsculas.

Os anões gritavam e lutavam e agarravam-se a eles. Um esquadrão de policiais anões formou bravamente uma falange e atacou-os, cacetetes nas mãos.

Os gângsteres os chutaram para longe, ergueram-nos pelos colarinhos, pisotearam-nos como se fossem insetos. Eles procuraram por toda parte, até mesmo invadindo violentamente a linda Prefeitura e o palácio — mas ele não foi encontrado em lugar algum. Whitey pensou que valeria a pena espremer uns poucos anões para obter informações, mas agora havia apitos da polícia de verdade soprando à distância.

— Não se preocupem, eu vou encontrar aquele pequeno desgraçado — Gyp prometeu. — Eles podem ir em frente e fugir, mas eu vou encontrá-los. Vou encontrar todos os pequenos desgraçados.

Lá no sexto andar estavam a mãe e a filha implorando por suas vidas. Chamas consumidoras saíam pelas janelas atrás delas, a fumaça escura subindo para o céu brilhante, azul, indiferente. Ouviu-se o retinir dos sinos dos bombeiros vindo de algum lugar, mas era evidente que nunca chegariam a tempo de salvá-las. Elas estenderam as mãos na direção da impotente multidão abaixo.

Esther e Kid assistiam a tudo na rua, discutindo o futuro de ambos.

— Como você consegue fazer isso? Como nós conseguimos fazer qualquer coisa, quando *ele* ainda está por aí?

— Eu vou com você, então — Kid falou. — Nós dois vamos embora.

— Mas eu não quero ir — ela insistiu. — Ainda não.

— Claro que quer.

Diante deles havia uma réplica perfeita de uma casa de cômodos da cidade, exatamente igual àquelas onde a maioria da platéia morava. E ali nas janelas estavam eles mesmos: homens e mulheres e crianças, vestidos como todos os demais. Uma pacífica cena noturna: as famílias preparando-se para o jantar, a mãe arrumando a mesa, o pai lendo o jornal, as crianças brincando sossegadas. A multidão suspirando ao ver o quanto aquilo parecia tranqüilo, sereno, tão mais pacífico do que a vida real.

— Não podemos nos casar. Do que iríamos viver?

— Claro que podemos. Podemos viver como gente de verdade. Com uma casa só nossa, talvez filhos.

— Não sei — ela falou devagar. — Preciso voltar.

— Por quê? O que mais você deve a eles? Esse é o tipo de vida que deseja?

Seria? Os diminutos, rançosos quartos de hotel, noites nos fumacentos vagões de trem. E todas as cidades distantes que ela não conhecia. Chegando a uma nova cidade na calada da noite, negociando cara-a-cara com os desdenhosos patrões e os presidentes dos sindicatos locais. Enfrentando os capangas e os policiais zombeteiros, provocadores.

Ela queria tudo isso mais do que jamais quisera qualquer coisa em sua vida, incluindo o amor do seu pai.

• • •

O incêndio da tarde começou devagar, esgueirando-se por entre as paredes, mas facilmente visível pela multidão lá embaixo. As pessoas gritavam avisos, mas os moradores do cortiço continuavam com seus afazeres, ignorantes de tudo. Mas eles — eles podiam ver as chamas, sentir o cheiro da gasolina.

Subitamente o fogo estava em toda parte, explodindo direto para os andares mais altos. Chamas e fumaça de verdade, disparando através das janelas, inundando a rua abaixo com cacos de vidro; fazendo com que a multidão recuasse. Agora os moradores debruçavam-se nas beiradas das janelas, parecendo petrificados, agarrando-se com força uns nos outros em busca de apoio.

— Esperem! Esperem! Esperem os bombeiros... não pulem!

— Nós vamos salvá-los, não pulem!

Os espectadores esganiçavam-se de medo, agarrando-se e dando-se as mãos inconscientemente. A treliça preta de uma escada de incêndio desceu no meio do prédio — mas assim que uns poucos moradores colocaram o pé sobre ela toda a estrutura desabou, com um som terrível, rascante, deixando as pessoas, homens e mulheres, balançando no ar, agarrando-se a beiradas estreitas com as pontas dos dedos.

— Salvem eles! Salvem eles! *Ah, pelo amor de Deus, salvem eles!*

Um carro de bombeiros surgiu correndo na frente do prédio, os homens estendendo uma única e arredondada rede de segurança aos pés do prédio. Parecia frágil demais para sustentar qualquer coisa. Enquanto isso, no sexto andar as chamas já estavam consumindo as largas saias pretas das mulheres, os coletes e as pernas das calças dos homens.

Logo ficou óbvio que eles teriam de pular. Os bombeiros estenderam uma escada — mas ela alcançava apenas a metade do prédio, até o terceiro andar, ainda baixo demais...

— *Salvem eles!*

Naquele exato instante, um casal no último andar pegou o filho pequeno — deram-lhe um impulso com as mãos — depois jogaram-no para baixo, de cabeça.

A multidão prendeu o fôlego, e inclinou-se para o lado, tentando fazer com que ele caísse na rede pela força da sua vontade. No início o menino parecia ir direto ao alvo — mas logo ficou evidente que ele dirigia-se para o lado direito da rede.

As pessoas gritaram de pavor, imaginando se seria algum tipo de truque que dera errado — os bombeiros atropelando-se desesperadamente com a rede na direção do menino que caía.

— Vocês vão perder ele!

Ele deu uma cambalhota no ar, agora — uma, duas, três vezes — depois aterrissou com os pés na rede, fez uma outra pirueta para trás e ficou de pé, os braços estendidos em triunfo.

A multidão irrompeu em aplausos. Em seguida a mãe do menino saltou, depois o pai. Logo todos começaram a pular para fora das janelas com uma precisão soberba, exata — cada salto mais espetacular do que o anterior. Arrancando as roupas queimadas que usavam para revelar os colantes pretos, os corpos esguios e musculosos de acrobatas por baixo.

Mais carros de bombeiros apareceram, os homens movimentando-se lepidamente em volta uns dos outros, estendendo rapidamente outras redes. Os acrobatas vindo abaixo em dois, três, às vezes quatro de cada vez, agarrando os braços uns dos outros, formando pirâmides humanas. Aqueles nos andares mais baixos nem mesmo usando as redes, mas saltando para a segurança por conta própria, direto na rua. Os homens e mulheres que tinham sobrevivido à escada de incêndio caindo com piruetas de tirar o fôlego, sem nenhum esforço. Alguns deles mergulhando direto no meio da rua — apenas para pularem de pé, intactos, passando através de portinholas espertamente escondidas.

A multidão aplaudia e gritava enlouquecida, os acrobatas ainda saltando, graciosos pássaros saídos do claro céu azul. Estes não eram truques fáceis nem livres de riscos, realizados sem uma rede de verdade — no entanto todos chegaram ao solo com segurança, aterrissando sem nem sequer um arranhão, fazendo reverências para os aplausos.

Esther e Kid arrastaram-se para longe, ainda com as pernas bambas pelo susto de tal espetáculo, agarrados nos braços um do outro.

— O que você quiser, meu anjinho, meu coração de ouro... será que não vê? — ele insistia. — Podemos ter qualquer coisa que sonhamos. Qualquer coisa! Só nós dois... juntos.

Ela esboçou um fraco sorriso, pousou a mão no braço dele, ainda pensando no espetáculo do fogo.

— Me fale outra vez sobre as crianças, e sobre uma casa só nossa, como gente de verdade.

— Você vai, então?

— Não. Mas me fale outra vez, é tão bonito.

Ele sorriu para ela e começou a falar — quando reparou em alguma coisa um pouco à frente. O que era exatamente ele não tinha certeza, mas levantou o rosto na direção do vento.

• • •

Saíram à caça deles passando pelo Barril da Alegria, e o *Razzle Dazzle.* Passaram pelas Gôndolas Venezianas e a Escadaria Dourada e o Chantecler, passaram pelo Barril do Amor e a Roleta Humana e a Caverna dos Ventos e a Mesa de Bilhar Humana. Foram à procura deles por todos os parques, passando pelos elefantes mergulhadores, e a Queda de Pompéia, e a Galeria da Vida.

Então Gyp sentiu o cheiro de fumaça. O mesmo cheiro de quando fora visitá-*lo*, no pequeno apartamento chamuscado — em ruínas, vazio exceto por *ele* e Kapsch, o *roomerkeh,* que sentava-se ali silencioso e leal como algum velho criado da família.

— Meu filho pródigo retorna — disse o velho, alegremente sarcástico como sempre.

A mãe estendida na mesa, os olhos fixos no teto. Ele balançava para frente e para trás, o rasgão ritual em seu paletó agora reaberto — como se fosse mais um velho combatente da sinagoga Lodz.

— Sei quem é ele. Sei onde eles estão.

— Tarde demais! — o pai disparou. — Acha que isso tem alguma importância *agora*? Acha que tudo isso teria acontecido se você tivesse feito o que lhe pedi?

Ele ficou parado na soleira da porta, encarando o velho. Pensando que se o matasse agora, teria de matar Kapsch também, e talvez fizesse muito barulho.

— Não sei.

— Não, não, claro que não sabe! — o rabino riu amargamente, depois enxugou a boca com a mão. — Foi só um outro erro... você não tinha intenção. Como quando perdeu o dinheiro do *cholent*. Como toda a sua vida imprestável de cafetão. Só um engano.

Ele acenou para que se aproximasse, e Lazar entrou no apartamento com relutância, parando à distância de um braço do pai.

— Vem cá, vem cá — ele insistiu, ainda acenando, até que Lazar abaixou-se, a orelha perto da boca do pai... sua barba e as roupas, até mesmo a sua pele, ainda cheirando a fumaça. — Vem cá, quero lhe dizer uma coisa.

Ele esperou, escutando.

— A culpa é toda sua — o pai sussurrou em seu ouvido. Estendeu os braços à frente, tentando agarrá-lo. — Tudo foi por culpa sua, tudo o que aconteceu. Tudo. — Ele riu outra vez, como se fosse uma grande piada. — É por sua culpa que estou reduzido a cinzas... mas eu o perdôo. Venha para mim.

Lazar recuou tão depressa que quase derrubou uma cadeira.

— Eu o perdôo, meu filho!

— Afaste-se de mim. Afaste-se, afaste-se — ele repetia, mesmo enquanto corria pelo corredor, para longe daquela casa e do seu pai, fedendo a fumaça.

Agora ele sentia outra vez: o mesmo cheiro de queimado, o cheiro da morte nos cortiços. Avançou na direção do cheiro — Whitey e Louie seguindo atrás, desorientados. Ela estaria lá, ele tinha certeza.

Freud estava quase deitado no banco no passadiço, o lenço molhado estendido sobre a testa como um emplastro, esperando temerosamente o momento em que iria passar mal outra vez. Para onde o restante do seu grupo havia ido, Jung, Ferenczi e Brill, ele não sabia e, francamente, não dava a mínima, contanto que o deixassem em paz.

Até agora, já fora expulso de um banco para outro por um choque elétrico, uma banda em marcha, e um bando perambulante de grotescos e gigantescos pantomímicos: um chefe indígena, uma imensa mulher irlandesa, um enorme e obeso policial com a cara pintada de preto. Uma gangue de criaturas maníacas, alegremente exortando-o a seguir em frente, a se divertir e gastar dinheiro — divirta-se!

Ele enxugou a testa e sentiu o próprio pulso, imaginando se já não teria sofrido um ataque do coração. Eles estiveram em todos os parques, fustigados para lá e para cá como detritos pelos enormes vagalhões de pessoas. Estiveram numa escadaria que dividia-se ao meio — um lado subitamente mergulhando para baixo, o outro impelindo-o para cima. Estiveram na calçada que os lançara caindo rapidamente sobre um risonho bando de caixeiros-viajantes e balconistas, e numa montanha-russa que deixara seu estômago revirando-se, e num brinquedo de rodopiantes xícaras de chá que atirou-os de cabeça uns contra os outros.

Ele havia sido empurrado e arremessado e rodopiado até que cada parte do seu corpo doesse: ensurdecido pelas bandas saqueadoras e a implacável música do órgão. Bombardeado pela gordura das frituras, e pelas imensas cabeças dependuradas dos lobos e palhaços e demônios, espreitando sorrateiramente nas paredes acima das suas cabeças, como se estivessem suspensas no ar.

Um homem grandalhão e bem vestido, com uma face sólida e de traços entalhados, atirou-se no banco próximo ao dele, assoviando baixinho por entre os dentes. Freud preparou-se para algum tipo de interferência, mas o homem parecia bastante inofensivo — um outro freguês, ou vítima.

— Loucura — Freud murmurou, olhando furtivamente à sua volta. — Absoluta loucura.

— Sim. Sim, é verdade — o homem falou, sorrindo como se ele tivesse feito algum comentário sobre o tempo.

— Como alguém pode fazer algum progresso diante disso? — Freud perguntou, tanto para si mesmo como ao seu recém-descoberto companheiro.

— Não pode — o homem de traços duros falou. — As pessoas querem o que querem, e tudo o que se pode fazer é fornecer isso a elas.

— Mas como alguma coisa pode evoluir, então?

— Não evolui — o homem falou, sonhador como uma criança, e Freud reparou que, apesar da boa qualidade das roupas dele, os bolsos da calça pendiam vazios para fora, como duas bandeiras brancas. — Não evoluímos em nada. As coisas não vão adiante — ele prosseguiu, à guisa de explicação. — O máximo que se pode esperar é vender às pessas uma boa história sobre elas mesmas, e tentar fazer com que vivam baseadas nisso.

— E quanto à verdade? — Freud insistiu na argumentação, embora estivesse começando a achar que o sujeito no outro banco devia ser maluco. — E quanto à ciência e à lógica, e à compreensão da mente humana?

— O que tem isso?

Um jovem casal passou quase correndo por eles, ao longo do passadiço. O rapaz num vistoso terno da cor de glacê de bolo, de mãos dadas com uma moça que usava um vestido azul mais discreto. Eles meio corriam, meio andavam em meio à multidão, lançando olhares por cima dos ombros como se estivessem fugindo de demônios invisíveis, que pareciam perseguir todo mundo naquela terra de correrias.

Freud inclinou-se para a frente, distraído da conversa inútil pela pressa do casal, tentando descobrir do que eles estariam fugindo. As feições do rapaz, ele pensou, eram quase indiscerníveis daquelas do judeu que ele vira no gueto da Cidade, carregando a enorme trouxa de roupas em cima da cabeça. E que, pensando bem, não diferiam em nada do rosto do monólito, a aparição que ele avistara da sua mesa no Café Landtman, cambaleando pela Viena Ringstrasse...

Eles eram judeus, então — aquele jovem casal, que passou correndo? A julgar pelas roupas que usavam, podiam ser qualquer coisa. Um gângster com a sua rameira? Operários das novas fábricas que podiam ser vistas por toda a Cidade, cuspindo nuvens de vapor e fumaça nos becos? Ou ambos, ou nada disso, ou qualquer coisa que quisessem ser nesse novíssimo misturador de cimento que era aquele país?

Freud levantou-se, como fizera naquele dia no Landtman, o dia em que o monólito aparecera pela primeira vez; apontando para o casal fugitivo, apelando para o homem grandalhão e ligeiramente maluco que estava no outro banco.

— Olhe! Está vendo?

... mas o homem já se fora, andando calmamente pelo passeio, desaparecendo em meio à interminável, agitada multidão.

Nas suas fileiras, Freud podia distinguir centenas, milhares de versões daquele mesmo rosto das estepes asiáticas. Uma centena de ex-camponeses, uma centena de judeus — agora transplantados dos seus antigos, decadentes vilarejos na Polônia, e na Ucrânia e Romênia e Letônia e Lituânia. Despojados das suas roupas maltrapilhas, suas barbas do Velho Mundo e cachos e perucas, e vestidos com trajes de banho e ternos vistosos. E bem ao lado deles, não tinha dúvida, mais uma centena de camponeses saídos dos seus próprios passados primitivos, e seus próprios letárgicos vilarejos. Da Irlanda e da Sicília, e África e China, e todas as outras terras além da memória e do conhecimento humanos.

Do que eles estão fugindo, com tanta pressa? Do passado? Do que eram?

E ainda assim tudo continuava. O mesmo festival de superstições. A América deveria ser um novo começo; por sua própria natureza, deveria ter dado um fim a todas as antigas nacionalidades, o velho mito do sangue. No entanto lá estava — a mesma velha bobagem, já começando a surgir novamente. Eles hasteavam suas novas bandeiras por toda parte, tocavam intermináveis árias marciais e hinos patrióticos — empertigavam-se tão orgulhosamente quanto qualquer nação antiga. Logo, sem dúvida, teriam a sua própria nova "cultura". O deus-máquina idiota, sem ninguém no comando.

Freud tornou a sentar no banco, as costas rígidas. De nada adiantava, ele entendia agora. Não importava que tivessem se reconciliado, ele não poderia mais contar com seu ungido gentio. O futuro estava ali, naquele parque cheio de entretenimentos inconseqüentes, sensacionalistas. Os *poltergeists* de Jung na estante de livros, os seus crânios antigos, e sua nova raça iriam encaixar-se ali com perfeição. A Causa — a sua causa, sua psicologia — iria avançar com dificuldade, apoiada por uns poucos seguidores dedicados, onde quer que pudessem ser encontrados — como toda ciência, ainda nada mais do que um frágil quebramar num oceano de misticismo e ignorância.

— *Herr Doktor*.

Eles o encontraram novamente, no seu último banco. A face sorridente de Jung nadou diante dele, os olhos estreitados atrás do pincenê.

— A América é um erro — Freud falou devagar, olhando para ele significativamente. — Um erro gigantesco, é verdade, mas assim mesmo um erro.

Ele avistou-a na frente do Lutando Contra as Chamas. Andando rapidamente, com um propósito, preocupada — do jeito que ele lembrava-se de quando ela era criança, como se houvesse um lugar muito importante para onde ir.

Desta vez, ele tinha certeza, havia. Seguiu-a de perto, invisível em seu terno escuro de bom cidadão, acenando para que os capangas ficassem para trás. Seguindo-a direto para o salão de dança de Carroll Terry, na Surf Avenue.

Então é a isso que a grande Socialista está reduzida

Na última vez em que a vira, ela estava brigando com uma prostituta, sendo arrastada para o carro de presos. Agora estava freqüentando salões de dança vagabundos, esperando pelos gângsteres. Disse a si mesmo que queria olhá-la na cara uma última vez, antes de completar sua tarefa — apenas para certificar-se de que ela soubesse, de uma vez por todas, que era tão ruim quanto ele.

Ela entrou no salão de danças, e ele esperou uns poucos minutos no lado de fora, para o caso de ela sair imediatamente. Quando ela não saiu, ele aproximou-se de Whitey e Louie e mandou que dessem a volta para vigiar a entrada dos fundos.

— Quando vamos entrar? — Whitey quis saber.

— Não vão entrar. Apenas atirem no filho da puta se ele sair pelos fundos. Mas não vão precisar. Isso só vai levar um minuto.

Ele entrou no salão de danças. O andar térreo estava escuro e quase deserto, as mesas e o palco vazios. Havia apenas o bar com um par de bêbados diurnos escarrapachados em cima dos copos de cerveja. Ele perscrutou o interior com atenção — e obteve um relance do vestido e as botinas de uma mulher, subindo a escadaria para o andar de cima.

Gyp seguiu-a deliberadamente, agarrando o cabo da sua Iver-Johnson, removendo-a para o bolso externo do paletó. Chegou no topo da escada e olhou em volta do restaurante do segundo andar, que estava quase tão deserto, quase tão escuro quanto o bar lá embaixo. Ele não se apressou, passando o dedo em volta do gatilho enquanto olhava calmamente para o sombrio salão.

Lá estava ela: a sua irmã. Sentada numa mesa para duas pessoas no canto mais distante do salão — sozinha. Ele relaxou, diminuindo a pressão do dedo na Iver-Johnson. Então ela ainda estava esperando por ele. Apenas calculou o que deveria fazer em seguida. Aproximar-se dela? Só pelo prazer de ver a sua cara, talvez vê-la implorar pela vida dele? Ou fazer o que seria mais fácil: voltar para baixo e esperar no bar, apanhá-lo quando ele entrasse, tão facilmente como se estivesse derrubando um daqueles patos de lata nas galerias de tiro ao alvo.

Ele olhou para Esse, pensando nas suas opções — e enquanto o fazia, reparou que ela parecia estar olhando diretamente para ele e sorrindo. Franziu a testa, achando que estava imaginando coisas, devia ser um truque das sombras através do imenso restaurante, pois, mesmo que ela o visse, por que estaria sorrindo? Estava tentando desvendar o mistério quando ouviu um clique, bem atrás da orelha esquerda, e ficou verdadeiramente surpreso, pela primeira vez desde que aquela pá atingira o seu crânio.

— Olá, Kid — ele falou devagar, os dedos afundando freneticamente no bolso do paletó.

Mas Kid foi mais rápido — uma das mãos enfiando-se sem hesitar no bolso direito, onde ele sempre guardava a arma, enquanto a outra mantinha a pistola nivelada bem atrás da sua orelha.

— É só isso? É melhor que seja a única.

A voz atrás dele tentando soar ríspida, e inflexível, mas vacilando um pouco.

— Receio que sim — ele admitiu, o que por acaso era verdade, mas Gyp tentou parecer o mais inconvincente que pôde.

— É melhor que seja — Kid falou, dando-lhe um brusco empurrão para a frente... confirmando que realmente estava com medo de revistá-lo.

Sua irmã levantou da cadeira no canto e veio na direção deles, agora, um sorrisinho triste na face. Atrás dela, Gyp viu os garçons e turistas correndo aos tropeços para a escada, tentando esconder-se debaixo das mesas. Kid continuou empurrando-o na direção das janelas, segurando as duas armas com firmeza, ainda sem lhe dar nenhuma abertura.

— Olá, Esse — ele disse quando ela chegou mais perto, depois executou uma rápida e perfeita pirueta, encarando Kid de frente mas ainda movendo-se para trás, para longe da arma, antes que Kid pudesse puxar o gatilho.

Se tivesse outra pistola, ou mesmo um canivete, ele poderia tê-lo atacado, ou tentado usar a irmã como escudo. Mas como não tinha nada, Gyp continuou recuando, avaliando se não haveria outras portas, nem outra escada, movendo-se na direção das grandes janelas que davam de frente para a Surf Avenue.

— Qual é o problema? — ele provocou Kid. — É difícil matar alguém quando as luzes estão acesas?

Kid continuou andando atrás dele, mantendo as duas armas apontadas com firmeza, a expressão incerta.

— Ou será que é por causa dela? Aquela vagabunda... aquela puta! — ele cuspiu. — Ela deixou você fraco da cabeça?

— Atire — Esse falou, a voz súbita e muito alta no salão silencioso.

— O quê?

— Vá em frente e atire. Vá em frente e dê a ele o que ele quer.

— Meu Deus, Esse — Lazar riu, as costas contra a janela, agora. — Você se transformou mesmo numa socialista e tanto.

— Vá em frente. Se você não atirar, eu atiro — ela disse, arrancando a Iver-Johnson da mão esquerda de Kid e apontando-a para o irmão. Firmou-a com as duas mãos, mas ele viu que não havia medo no rosto dela, somente uma firme determinação.

— Você não é melhor do que eu, sabia? — ele disse, provocando-a, tentando forçá-la a fazer aquilo... a fazer alguma coisa, enquanto a fúria incontrolável o invadia. — Você não é merda nenhuma melhor do que eu!

As janelas atrás dele dissolveram-se numa cascata de estilhaços. Gyp mergulhou logo atrás, de costas, ensurdecido pelo estampido da Iver-Johnson, sacudindo-se como um peixe fisgado enquanto caía pelos dois andares até o solo. Esforçou-se para pôr-se de pé bem a tempo de vê-los correndo pela porta da frente, misturando-se à multidão que observava tudo com assombro. Praguejando, Gyp correu para os fundos do salão de danças — e encontrou Whitey e Louie Lump vindo em sua direção, abandonando seus postos.

— Me dá uma arma! — ele latiu para eles, os ouvidos zunindo.

Gyp correu pela Surf Avenue na direção em que Kid e Esse tinham ido, os outros seguindo-o de perto. Uma das suas pernas tinha sido torcida na queda, mas ele ignorou a dor, movendo-se o mais depressa que podia, examinando a multidão em busca de algum sinal deles.

— Lá estão eles!

Louie apontou para o Salão dos Espelhos — bem a tempo de ele ter um relance deles, uma perna do ridículo terno verde axadrezado de Kid desaparecendo dentro da casa maluca, perto das jaulas dos animais. Agora ele os apanhara. Estaria escuro lá dentro, Gyp sabia, mas havia luz suficiente para que atirasse, e seria fácil esgueirar-se para fora depois. Agora ele os pegara.

— Whitey, você faz a volta pelo outro lado — ele ordenou, apontando o Salão dos Espelhos. — E fique lá, dessa vez.

Whitey afastou-se correndo, e ele virou-se para Louie.

— Você vem comigo — disse, puxando-o para perto da jaula do elefante, atrás do enorme e cinzento traseiro do animal, os olhos colados na entrada da casa maluca.

— Você vai acabar com ele ali dentro? — Louie perguntou, os olhos arregalados.

— O que você acha?

— E ela, também?

Gyp desviou o rosto, enrolando um cigarro enquanto esperava que Whitey se posicionasse. Mais uns poucos segundos e entraria. Respirou fundo, se preparando, e olhou através das grades da jaula para o elefante enlouquecido, os grandes olhos amarelos fixos nele, sentindo o mundo através da tromba maciça — aquelas narinas obscenas, arfantes.

Ele checou a arma que Whitey lhe entregara, certificando-se de que tudo estava em ordem. Aquilo tinha sido mais um insulto, pensou. Mais uma interferência. Ele não permitiria que interferissem na sua vida outra vez.

A única coisa que lamentava, a única coisa que realmente lamentava era que não seria capaz de ver o rosto dela

— Não sei — Louie falou, balançando a cabeça. — Tem certeza de que quer acabar com eles aqui mesmo, desse jeito? Você pode pegar uns quinze meses por isso, fácil, fácil.

— Quinze meses — Gyp bufou com desprezo.

Agora, ele pensou. *Agora Whitey já estaria no lugar*

A tromba comprida, curiosa, serpenteou para fora das grades da jaula, para o ar refrescante da tarde. Gyp observou-a indiferente, a princípio — depois sentiu nojo daquele tatear cego, faminto, a boca molhada e retorcida que ele podia apenas divisar nas sombras da jaula. Deu mais uma profunda tragada no cigarro, depois enfiou-o cuidadosamente, a ponta acesa na frente, numa das arfantes narinas da tromba.

Deixe ele experimentar uma tragadinha

— Quinze meses...

Gyp virou-se novamente para Louie. Ouviu um enraivecido barrido atrás de si, mas não se deu ao trabalho de olhar. Não viu a tromba aproximar-se chicoteando por trás dele, tão rápida como uma cobra, mais rápida do que ele poderia ter imaginado — rápida demais até para que Louie gritasse um aviso, mas não tão rápida que não lhe desse tempo de completar a sua bazófia:

— ... posso cumprir com um pé nas costas!

CAPÍTULO 68

NO PASSADIÇO

É assim que se mata um elefante.

Primeiro eles tentaram as cenouras. Baldes de cenouras. Barris inteiros de cenouras, e cada um contendo estricnina suficiente para matar um homem, mas pretendendo apenas fazê-lo ficar parado.

Ele comeu-as. Levou-as em conchas para dentro da pança enorme e saliente, às dúzias, e depois de uma hora de cenouras ainda estava de pé — ainda parecendo tão enlouquecido e perigoso como sempre, e a grande multidão de feriado agitava-se cada vez mais.

Em seguida eles tentaram mandar os adestradores — o Capitão Jack de um braço só, Herman Weedom, e até mesmo Mademoiselle Aurora, para alisar os imensos e ásperos flancos com as mãos, e sussurrar nas enormes orelhas. Ele só bateu as patas no chão e brandiu a tromba por cima das suas cabeças, até que se viraram e correram para se proteger. Depois disso tentaram a polícia, que atacou com seus novos uniformes azuis e os cacetetes, para colocar as correntes em torno das pernas dele como prenderiam as algemas num batedor de carteiras. Ele derrubou-os como pinos de boliche, atirou-os e lançou-os por todos os lados do picadeiro como se fossem artistas de luta-livre numa peça de vaudeville. Finalmente enviaram os pigmeus — calculando que, diabos, mesmo não tendo o mesmo nível de peso, pelo menos eles entendiam do assunto. Ninguém tinha certeza se já haviam visto um elefante antes, mas eram acrobatas e artistas: correndo em volta da fera, vaiando e gesticulando, gritando em seus dialetos estranhos e selvagens até que ela ficasse tão distraída que os ajudantes puderam esgueirar-se e prender uma corrente em torno de uma das enormes pernas.

Ele arrebentou-a como se fosse um fio de linha, mas colocaram outra. E depois outra, e mais uma, até que as grossas e negras espirais de ferro mantivessem cada uma das pernas no lugar. Mais uma prendendo para baixo a tromba mortífera e mesmo a cauda, até que ele estivesse tão completamente imobilizado quanto sua imagem de estanho, o hotel perto da praia. Eles encharcaram-no com as mangueiras de incêndio, e entrelaçaram os cabos em volta de todo o seu couro — lustrosos cabos de borracha preta, os reluzentes fios de cobre projetando-se das extremidades como um punhado de enguias.

Depois se afastaram para ver o espetáculo.

O Mago de Menlo Park em pessoa postou-se na plataforma acima da multidão impaciente, suportando os *flashes* dos repórteres por toda a sua volta.

— Isso irá provar mais uma vez que a corrente alternada de Westinghouse é demasiado letal para uso doméstico — ele falou para as damas e cavalheiros da imprensa com sua voz alta, estranha, de surdo, os desgrenhados cabelos brancos esvoaçando na brisa fresca.

... o velho ainda lutando aquela batalha, embora a tivesse perdido anos atrás. Cumprimentou com um aperto de mão, para as câmeras, o seu ex-aprendiz: o dr. Poole, arrastado para longe das suas máquinas esmaltadas de branco-casca-de-ovo e dos seus recipientes dourados de óleo para a ocasião. Sorrindo timidamente sob o chapéu de mago, com as estrelas e luas crescentes, que Brinckerhoff insistira para que ele usasse — sorrindo para o Mago apesar do cheiro da carne queimada de Kemmler ainda em suas narinas, os cães e gatos de West Orange fritando numa fina placa, enquanto os garotinhos saltavam para cima e para baixo no lado de fora das janelas.

— Isso irá provar que eu estava certo...

As câmeras dispararam loucamente.

— Professor, será que podemos tirar uma do senhor com o elefante?

Ele deve ter percebido que estava chegando: a multidão imobilizada com a antecipação, os trabalhadores afastando-se tão rápida e cautelosamente como gatos. Por mais que negassem mais tarde — alegando que era apenas uma fera estúpida, que jamais soube o que a atingiu.

Podia-se ver na expressão dele, naqueles olhos imensos, estáticos e amarelos de ódio e bile. Sabendo e odiando, e olhando direto para mim quando as câmeras de cinema começaram a rodar, e o Mago ergueu a mão, e eu empinei-me para a frente da multidão.

Alguém reparou num livro velho e todo puído escapando para fora do bolso do paletó do grande homem: *Dick Maltrapilho*.

— Um ótimo livro para os meninos — ele alardeou aos repórteres. — Aconteceu desse mesmo jeito comigo, vocês sabem...

... embora eles conhecessem cada detalhe da sua vida; todos os meninos nas escolas da América sabiam a história do garoto pobre, que vendia aviamentos e doces e jornais de um vagão a outro nos trens...

— Eu salvei o filho do chefe da estação de ser atropelado por um trem expresso. Ele me deu um emprego, e um carro para que eu trabalhasse com as minhas experiências, e isso foi tudo o que precisei para subir na vida...

A banda atacou a abertura da *Aída*, a ópera preferida do gueto — a ópera dos elefantes — e a multidão silenciou. O Mago foi para os controles, ligando os últimos fusíveis. Tudo o que restava era que alguém saísse e empurrasse as gigantescas, ornamentadas chaves propulsoras do interruptor, instaladas ali em benefício da irrequieta multidão de espectadores.

— Não consigo olhar. Que coisa horrível para se fazer!

Na periferia da multidão, Esther passeava de braços dados com Kid — agora usando um terno escuro e respeitável. Ela pousou a mão no ombro dele, e foram caminhando para longe dali, ao longo do passadiço no ar limpo de outono — embora ele estivesse morrendo de curiosidade.

Os brinquedos continuaram funcionando nos três imensos parques, todos repletos de freqüentadores, ainda zunindo e girando e raspando como todas as engrenagens mecânicas. Os banhistas ainda oscilavam por entre as ondas, agarrando-se às balizas, enfrentando a água gelada do fim da estação. Mais gente continuava chegando, todos os comerciantes de secos-e-molhados, e as criadinhas, e os enroladores de charutos, e as moças das fábricas e os operários e os condutores de bondes — ainda jorrando para dentro dos parques a cada trem e barco que chegava.

Havia alguma coisa para todo mundo em Coney Island.

Tudo o que se exigia era um bobo, uma aberração — um anão fantasiado de arlequim, para ligar o interruptor e disparar a descarga elétrica.

Eu cheguei dançando diante da festiva multidão, o meu rosto pintado de arlequim branco.

Eu dançava — sorrindo maldosamente, observando os olhos amarelos do elefante me observando e sabendo o que iria acontecer em seguida.

Mas não sabendo de tudo, claro: sem saber que quando o imenso e falso interruptor fosse ligado, a princípio pareceria que nada havia acontecido, mesmo com dez mil volts agora pulsando em volta do corpo do elefante. Nem que, eventualmente, ele começaria a se sacudir, muito de leve, dentro das correntes enroladas muitas e muitas vezes em volta dos seus tornozelos. Ou que a fumaça iria então começar a sair pelas suas orelhas, e pela grande e úmida abertura da sua boca, e pelos orifícios arfantes da tromba. Nem que afinal, como uma árvore muito bem cortada, ele iria cair de repente, até silenciosamente — tão silenciosamente quanto um elefante pode cair — os enormes troncos das suas pernas tombando, os músculos convulsivos, rompidos, arrebentando cada último pedaço de correntes e cabos, grossos como eram, de forma que em sua agonia de morte ele estaria, finalmente, completamente desacorrentado. Se ao menos pudesse se levantar...

Não, ele não sabia de tudo. Afinal, era apenas um elefante.

Sabia o bastante.

Encontre-me esta noite na Terra de Sonho
Sob a lua prateada...
Encontre-me esta noite na Terra de Sonho
Doce e sonhadora Terra de Sonho
Lá os meus sonhos serão transformados em realidade

CAPÍTULO 69

BIG TIM

Ele ouviu os rouxinóis nos vidoeiros prateados, chamando uns aos outros através do quintal iluminado pela lua. Era a primeira noite quente da primavera, e aquela hora inquieta que precedia a manhã, quando encontrava-se deitado completamente desperto, sem saber ao certo onde estava, nem quem ou o que ele era.

Ficara acordado até tarde jogando cartas com seus acompanhantes. Sullivan apostava apenas com palitos de fósforos — eles eram bons sujeitos e não queriam tirar o seu dinheiro. Em vez disso, havia erguido uma grande pirâmide de palitinhos de madeira à sua frente.

— Je-sus, Tim, mas eles disseram que você tinha perdido completamente a cabeça — Tommy Condon brincou, balançando a cabeça com uma admiração zombeteira.

— Qualquer homem capaz de jogar pôquer desse jeito pode ser pelo menos prefeito — bufou o outro *bhoy*, cujo nome era Jack McGrath.

— Ah, vocês estão me lisonjeando, rapazes — ele lhes disse. — Mas qualquer sujeito que não conseguisse arrancar até mesmo as suas ceroulas numa "negra" não perdeu só o juízo, mas também os seus sinais vitais.

Eles eram bons rapazes, e Tim gostava de ambos. Tinha sido assim durante todo o inverno, os três caçoando-se mutuamente o tempo todo, vivendo com tranqüilidade numa casinha em Eastchester. O Irmão Paddy e os outros haviam cuidado bem dele; não tinha do que se queixar. Ali ele tinha livros suficientes, a comida era boa, e aqueles dois bons sujeitos estavam sempre por perto, atendendo cada uma das suas necessidades e distraindo-o quando ele queria companhia.

— Ele está melhorando bastante — Big Tim ouvira Tommy Condon dizer a Paddy na porta, quando ele saíra naquela tarde. — Não vai ser surpresa se ele já estiver de volta ao seu velho lugar, novo em folha, antes mesmo do verão.

— Bem, quanto a isso eu não sei, mas não deixa de ser um alento depois do que aconteceu com Florrie e o Pequeno Tim — Paddy falara, agitando-se com um ligeiro desconforto na soleira da porta. — Claro, foi uma tragédia e tanto para todos, os dois terem ficado completamente doidos daquele jeito. Mas não sei se existe algum remédio para a praga.

Big Tim escutara tudo aquilo, sentado num canto debaixo da escada, e achou que era uma avaliação muito bem equilibrada da situação. Então o Primo Florrie e o Pequeno Tim finalmente tinham endoidado de vez. Isso ainda deixava Paddy, no entanto, e talvez com um pouco de treino ele e Dinny e Larry Mulligan poderiam cuidar do distrito, pelo menos enquanto ele próprio estava afastado.

Ele estivera afastado por um bom tempo. Primeiro no asilo, depois numa outra casa de campo no interior; então Paddy o levara para a Europa em busca de cura.

Já fazia um bocado de tempo. Ele não voltara mais à Europa desde que levara Nell, quase vinte anos antes, mas para sua surpresa e imenso prazer, descobriu que era conhecido em todas as grandes capitais do Continente. Por todos os lugares onde iam, visitando as grandes catedrais e os monumentos históricos, alguns dos seus conterrâneos reconheciam Big Tim Sullivan. Havia sido como se estivesse na Bowery, eles aproximavam-se e apertavam-lhe a mão, dizendo quantas vezes tinham votado nele, e que bons democratas eles eram.

Então, e daí se todos eles afirmavam estar numa maré baixa da sorte — quando na verdade ele sabia que a maioria não passava de bêbados falidos e fracassados, que para começar nunca tiveram sorte nenhuma pelo tempo suficiente de ganhar um níquel. Ele os reunira quando se fora, carregando-os consigo de um *spa* para outro, de um lugar antigo para outro, e finalmente enviou-os de volta para casa, pagando todas as despesas.

Foi quando os Sabidos começaram a se sentir realmente receosos, pela maneira como ele estava torrando dinheiro em subornos. Podia ouvi-los falando: uma coisa era "azeitar" as engrenagens, mas ele estava distribuindo notas de dólar como se fossem cartas de baralho.

Sabia que eles não gostavam disso, mas não podia mais evitar, ele *precisava* dar o dinheiro. E não apenas para os camaradas da velha terra, mas também aos mendigos, vagabundos, músicos de rua e vendedoras de flores, e às crianças, em todos os lugares onde ia.

E daí que eles não eram do Antigo Quarto Distrito — e daí que não fossem nem mesmo americanos? Ainda assim precisavam, não era? Ainda cabia a ele cuidar de todos, pois se ele não cuidasse, no fim das contas, quem cuidaria...?

Eles o rebocaram de volta no primeiro navio — e desde então Paddy o instalara naquela casinha com Tom e Jack. Eles eram bons sujeitos, era um bom arranjo, bom e pacífico. Eles lhe traziam os jornais da cidade, e mantinham-no informado de tudo o que acontecia.

— Você leu sobre a placa que a sra. Becker colocou no túmulo de Charlie? — Tommy lhe perguntou, o rosto exuberante traindo o *flush* que tinha na mão.

— Sim.

— *"Aqui jaz Charles Becker — Assassinado pelo Governador Whitman"*. Agora, isso não é uma coisa e tanto?

— É, sim. — Big Tim sorriu com benevolência, e pegou mais uma carta.

— Estão dizendo que o governador vai obrigá-la a tirar a placa — Jack acrescentou. — Estão dizendo que é calúnia e difamação, e que o promotor público vai mandá-la para a Tombs a não ser que ela retire.

— Calúnia e difamação? No túmulo do próprio marido? — Tommy bufou. — Mandar uma viúva para a cadeia por falar a verdade?

Por que, de fato? Todos eles tinham se aproveitado demais do pobre Charlie Becker. Whitman, o cretino do promotor, havia de fato sido eleito governador, graças ao seu inflexível e incorruptível zelo em enfiar todos os gângsteres da cidade na Tombs, até que, um a um, eles "confessaram" que fora Charlie Becker quem havia dedurado o pobre Beansy. Agora, corriam até rumores de que Whitman seria indicado para candidato a presidente, que Deus ajudasse os pobres republicanos.

O sr. Murphy, enquanto isso, havia tocado a coisa toda com a tranqüilidade de sempre. Bombeara apenas o dinheiro suficiente, no fundo de defesa de Becker, para certificar-se de que ele mantivesse o bico calado — mas não o bastante, como se viu, para que fosse absolvido. Quando Roosevelt retornara da Europa e dividira as forças da Reforma, tanto na Cidade como por todo o país, o triunfo do Grande Cacique foi completo. Tudo estava confuso, e a balança do poder, mais uma vez, repousava lindamente nas mãos da Tammany — pelo menos por enquanto.

Sullivan gostava de escutar as histórias, os casos da Cidade — agora tão distantes como se fossem de Viena, ou Madri, ou uma das outras grandes capitais que ele visitara no Continente. Tentou arrancar mais deles, mas Tommy e Jack tinham adormecido em seus lugares, as cartas medíocres ainda nas mãos. Os dois estiveram bebendo aos poucos uma garrafa inteira de uísque, durante toda a tarde, e agora roncavam satisfeitos em suas cadeiras.

Big Tim afastou sua própria cadeira sem fazer barulho, deixando sua pilha de palitos de fósforos onde estava. Ele só havia bebido chá. Sentia-se bastante desperto, mas assim mesmo encaminhou-se para o andar de cima, para seu quartinho sob os beirais. Até mesmo caíra num sono leve, agradável — quando escutou os rouxinóis chamando no quintal.

Descobriu-se caminhando sob o claro luar, na direção do bosque de vidoeiros. Não se lembrava muito bem de como fora parar ali, mas, então, ele muitas vezes perdia a noção de minutos, ou horas, até dias inteiros, ultimamente. Diziam que era natural, diziam que isso era esperado. Ele havia saído pela porta da cozinha, lembrou-se, deixando Tommy e Jack ainda dormindo na mesa.

Como os guardas de Pilatos na Tumba...

Perguntou-se se eles, também, iriam perder uma ressurreição, e vagueou a esmo na direção do pequeno bosque.

Por algum motivo, deu-se conta, havia vestido seu melhor casaco e a cartola. Bem, era melhor assim, concluiu. Pena que não podia arrumar uma faixa para completar o traje.

Por toda sua volta, nas árvores, ainda escutava os passarinhos e o seu chamado suave, insistente, embora não pudesse vê-los. Sua visão já não era mais o que costumava ser — embora a lua estivesse tão clara naquela noite que ele seria capaz de enxergar o bastante para ler um jornal sob ela — se fosse isso que quisesse, se já não tivesse perdido demasiadas horas da sua vida perscrutando as colunas de minúsculas letras impressas, com suas palavras sem sentido espalhadas como esterco de cavalo.

Estava uma noite tão bonita que ele decidiu continuar o passeio. Havia uma trilha que levava para fora do quintal, descendo em meio às árvores até alguma coisa brilhante — um rio, ele pensou. Caminhou placidamente nesta direção. Sua virilha não doía mais com tanta intensidade, não desde a cirurgia, apesar de ainda estar usando os curativos e o local estar sensível ao toque, e de dizerem que não estava satisfatório.

Era uma bela noite, uma noite incomparável, a lua parecendo aquecer tudo em seu caminho. Fora numa noite como aquela que ele vencera sua primeira eleição. Não uma eleição geral, nem uma primária, mas algo ainda mais importante: a indicação de um clube para o senado estadual, pela Organização.

Havia sido um negócio arriscado. Mesmo com o apoio de Crocker, existia muita competição para uma mamata daquelas, e muito dinheiro em jogo, e não estava bem claro, até o final, quem iria ganhar o grande prêmio.

Na noite anterior, Sullivan havia procurado alguns dos velhos camaradas, e aprendera algumas das suas expressões. A eleição deveria ser realizada no novo pavilhão do partido na Fourteenth Street, com os eleitores passando entre os candidatos para depositar os votos na urna. Para deixar as coisas mais justas, os candidatos deveriam esperar atrás da barra de proteção, e evitarem fazer quaisquer últimos discursos sobre si mesmos.

Mas Big Tim havia observado e esperado, e sempre que avistava um dos velhos camaradas, os velhos bravos, fazia uso dos escassos conhecimentos que adquirira sobre a maneira como eles falavam antigamente.

— Lembre-se do menino que você era na velha terra — ele lhes dizia em gaélico. — *Nach cuimhin leat an buachill on bhaile!*

Eles não podiam impedi-lo porque nem mesmo sabiam o que estava falando. E, enquanto isso, as faces dos eleitores mais velhos iluminavam-se de empatia, só de ouvir as palavras — só de ouvir a língua que não ouviam por uma geração e que tinham banido dos seus corações.

Fora uma barbada. A primeira de muitas. O primeiro de tantos bons momentos.

Ele sentou em seu camarote no Hesper Club, cercado por juízes e capitães da indústria. Os Sabidos estavam lá, e Big Tom Foley, e Charlie Solomon, e o sr. Murphy. Assistindo ao grande desfile do Baile Anual da Associação Timothy D. Sullivan, lá no salão abaixo. Vendo todos os gângsteres e jogadores, os assassinos e ladrões e os homens de confiança e os capangas e as prostitutas — toda a sua *gente, saudando-o; desfilando felizes em meio às bandas, e os confetes, e a algazarra frenética, enlouquecida:*

"Sullivan, Sullivan! Um irlandês danado de bom!"

Ele chegou ao fundo do pequeno barranco para onde a trilha levava, e descobriu que não era um rio o que vira lá de cima, mas sim um leito de ferrovia. Era uma bitola muito estreita, uma antiga bifurcação da linha do Harlem, as árvores amontoadas tão juntas em volta dele que mal parecia causar alteração na espessa vegetação rasteira. Foi andando ao longo dos trilhos como se fossem velhos amigos, recordando outras noites agradáveis, outras vitórias gloriosas.

Lá fora, na neve, a fila estendia-se por dez quarteirões. Oito mil pares de sapatos entregues naquele Natal, logo depois do Pânico, e oito mil perus. E mais tarde, depois de presidir a coisa toda, assentindo e distribuindo solenes apertos de mão como algum núncio papal, ele saiu e virou uma esquina, onde encontrou todos eles acocorados na neve, trocando os sapatos novos uns com os outros. Ele nem mesmo pensara nos tamanhos — e ninguém havia perguntado. Simplesmente pegaram o que lhes era dado, e depois foram para um canto, experimentando-os e trocando-os entre si. O seu povo — as mulheres e crianças e velhos americanos — acocorados na neve como camponeses, sem querer ofender o poderoso senhor.

Tinham havido todos os Dias de Eleição, e todos os grandes desfiles com tochas, e as vassouras penduradas nos alpendres com a esperança de uma limpeza na Tammany. Tinham havido todos os palanques enfeitados de fitas vermelhas-azuis-e-brancas, e todos os discursos sem sentido e os grandiosos aplausos.

Lembrou-se dos Italianos Dorminhocos no ano da grande nevasca. Tinham contratado turmas de italianos para cavar a neve que cobrira os trilhos da ferrovia, para que alimentos e carvão pudessem ser transportados até a cidade, e algum gênio viera com a idéia de que eles trabalhariam mais rápido se recebessem a sua comida nativa. Carretas cheias de lasanha e espagueti, e pão italiano e chianti, tinham sido puxadas até a estação Grand Central. E, claro, depois de comer tudo aquilo as turmas de trabalho tinham caído num sono pesado e imperturbável. Os frenéticos funcionários das linhas de Nova York e Erie corriam por toda parte, tentando acordá-los, mas nada pôde despertá-los.

Ele lembrou-se daquela noite, seus passos ecoando na estação. As amarelas lâmpadas a gás emitindo uma luz fraca, a sala de espera silenciosa, exceto pelos roncos e por um ou outro homem desgarrado, dedilhando suavemente o bandolim.

E quando acordaram, depois de algumas horas, eles começaram a trabalhar como bate-estacas, limpando toda a neve dos trilhos em pouquíssimo tempo. Era tão pouco o que exigiam, e muito o que trabalhavam. Um pouco de comida, um pouco de descanso. Ele sempre se perguntava por que não podia ser providenciado, de algum jeito, para que fizessem ao menos um pouco por eles, por todos eles. Tinha certeza de que havia um motivo, embora não conseguisse se lembrar de qual fosse.

E então houve aquela noite em que eles o encontraram, ainda vagando sem rumo pelo East Side com o menino morto nos braços. Ele simplesmente não sabia onde deixar o garoto, depois que o pegara no colo, até que o tiraram dos seus braços e ele fora embora, andando durante a noite inteira, saindo do Brooklyn na direção de Coney Island, onde finalmente o recolheram no dia seguinte.

Depois do asilo, e do hospital, tinham viajado por todo o Continente, e em todos os lugares para onde iam, em cada uma das antigas capitais, havia alguém que conhecia Big Tim. Ele enviou todos eles para casa, entrando no grande porto, com os rapazes acenando no parapeito do navio, de costas para a Dama Verde, ansiosos para ver a Bowery.

Ele havia levado Nell para fazer a Grande Viagem, também, anos atrás, para ver se conseguiriam se entender. Ainda podia vê-la, sorrindo no convés, erguendo a mão para o chapéu de abas largas — *Não, não*, ele deu-se conta, isso tinha sido logo depois que se casaram, e fizeram a excursão de barco subindo o Hudson até Bear Mountain. Ela já não sorria muito, na época em que levou-a para a Europa. Fizera isso para agradá-la, mas ela não gostava muito das coisas masculinas, não gostava de satisfazer as necessidades do seu homem, e o que ele podia fazer? Ele espalhara a sua semente; através de toda esta grandiosa terra do povo ela iria crescer e se multiplicar...

Alguma coisa farfalhou nas folhas secas e nos galhos perto dos seus pés, e ele abaixou-se para ver o que era: algum coelho pequeno, talvez. Mas era uma perturbação súbita demais para ser isso, pensou, e inclinou-se para inspecionar mais de perto, e viu que eram os trilhos — o estreito trilho de aço, duro como uma adaga, vibrando levemente sob a vegetação rasteira.

Ficou de joelhos e encostou o ouvido no metal, da maneira que havia lido que os índios faziam, nos romances baratos. E, por certo, parecia estar ouvindo alguma coisa se aproximando. Perscrutou toda a extensão dos trilhos e avistou um único farol arredondado movendo-se rapidamente através das árvores — embora a lua estivesse tão clara que qualquer maquinista experiente poderia conduzir a máquina somente com a sua luz.

Ele abaixou-se de todo e deitou-se ao longo da ferrovia, a cabeça descansando num trilho, as pernas cruzadas na altura dos joelhos. Como tinha sido fácil carregar o corpo magro do menino, mesmo na morte. Poderia ter andado com ele nos braços a noite inteira. Encostou a cabeça no trilho e tirou a cartola, segurando-a sobre o abdômen.

Bem, eu ia me deitar posso me deitar aqui mesmo

Perguntou-se vagamente se isso seria um pecado mortal, desde que não havia mão alguma envolvida. Os trilhos vibravam mais rápido sob sua cabeça e joelhos. Ali no meio da floresta, o trem nem mesmo apitava; não havia necessidade disso. As chances seriam de que ele nem seria visto, mesmo com o luar. Apenas deitara-se ali para dormir, e o trem tinha passado, e ninguém iria saber.

Era uma questão a ser deixada para os teólogos. Tudo o que ele sabia era que não seria levado para o hospício, como Florrie e o Pequeno Tim. Era melhor sair desse jeito, longe das vistas e do pensamento.

Os trilhos começaram a turbilhonar loucamente.

Lembre-se do menino que você era!

CAPÍTULO 70

TRICK O ANÃO

Eles mandaram Charlie Becker para a cadeira elétrica, e mais tarde, naquele mesmo outono, Grabber finalmente pegou Louie Espanhol. Ele foi encontrado, certa manhã, caído numa calçada na Twelfth Street, perto da Avenida A. Não deixaram nenhuma marca nele, mas ninguém tinha dúvidas de que fora Grabber.

Quem seria o seu parente mais próximo ninguém sabia, e um dos rapazes pensou que deveriam procurar no consulado mexicano, ou no território do Arizona. Mas, então, mais ou menos para a surpresa de todos, o corpo foi reclamado por um velho judeu camiseiro da Flatbush Avenue. Ele deu ao filho um enterro ortodoxo, numa sinagoga de armazém na Hester Street, enquanto os rapazes ficavam fumando na escada lá fora, e seus pais lá dentro, tocando os rasgões cerimoniais em suas lapelas.

O velho rabino postou-se na rua, observando com desprezo a cena funerária:

Que sacrilégio honrar um momzer *destes! Bem, o que se pode esperar? Qualquer coisa é possível na América.*

Arrastou-se para dentro da sinagoga, para surrupiar os restos do banquete do funeral: as travessas com creme azedo e queijo, o licor de ameixa, e o arenque e o pão preto.

Todos os dias ele fazia a ronda pelas sinagogas com o seu tabuleiro de pedinte, e sempre conseguia o bastante para sobreviver: uma maçã, um pedaço de peixe defumado, um naco de pão velho. Mesmo seus antigos inimigos da controvérsia sobre O Grande Rabino de Cracóvia lhe davam alguma coisa, por vê-lo reduzido a tal estado.

Agora, no interior da abafada e úmida sinagoga, ele esqueceu por um momento o queijo e os espessos pedaços de pão preto que o aguardavam na sala dos fundos. Em vez disso, sentou num banco da frente e começou a recitar uma prece da sua infância, balançando para frente e para trás, devagar. Havia passado sua vida em tais lugares fechados, escuros, tentando compreender a mente de Deus, e logo esqueceu-se de onde estava. Continuou balançando, como se rezasse, mas em vez disso cantarolando uma velha cantiga da Rússia para si mesmo:

> Perto do regato
> Perto da ponte
> A grama estava crescendo...

O fogo começou no Portal do Inferno, enquanto todos estavam se preparando para o dia da abertura da temporada, no fim de semana da Páscoa. Nem mesmo aquele intratável escrevinhador russo poderia ter escrito um final melhor: dois funcionários tentavam consertar um curto-circuito na fiação, nas primeiras horas da madrugada do Sábado de Aleluia. Houve uma faísca, algum idiota tropeçou num balde de piche, e então tudo acabou.

Antes que meia hora se passasse, a torre de Brinckerhoff era um pilar de fogo, visível até do Bronx. O velho e cansado Satanás finalmente foi consumido pelas suas chamas, tombando por cima dos destroços com um suspiro de gratidão, e o incêndio continuou espalhando-se rapidamente até Veneza, e o Palácio do Doge. Subiu impetuosamente até o Pico de Peak e a Ferrovia Oriental Panorâmica, percorreu as treliças da montanha-russa, engolfou a Rough Rider num imenso vagalhão de fogo.

Em pouco tempo o Terra de Sonho inteiro estava ardendo em chamas. O chefe dos bombeiros acionou o único alarme duplo-nove da história do Brooklyn, mas já era tarde demais. Os bombeiros voluntários responderam prontamente, vindos de quilômetros de distância, companhias inteiras tocando suas sinetas através da Ponte do Brooklyn, correndo por estradas solitárias de Long Island — tarde demais, tarde demais.

O incêndio espalhou-se até o Teatro Wormwood, onde as galinhas e os tamanduás domesticados, os macacos e lêmures e porcos adestrados fugiram precipitadamente em busca de abrigo. Os papagaios e aves do paraíso voavam lançando gritos pelo parque, suas caudas com as penas flamejantes, traçando uma luminosa trilha através da noite antes de serem, também, consumidos pelo fogo.

No Circo Bostok, os grandes felinos urravam e davam patadas uns nos outros em seu terror, mordendo e arrebentando as grades das jaulas. O

Capitão Jack e seus ajudantes arrastaram muitos deles para as jaulas de transporte, mas o Príncipe Negro — o maravilhoso leão núbio que havia lhe custado o braço — evadiu-se pela Surf Avenue e se perdeu. O Capitão correu atrás dele, implorando para que voltasse com lágrimas na voz, mas o animal subiu nos parapeitos do Castelo Dublin e ali rugiu contra a noite, chamuscado e aterrorizado pelos estilhaços em chamas que caíam do céu, até que um policial do Brooklyn finalmente pôs um fim à sua miséria com um tiro de revólver.

O fogo enovelava-se pelas paredes das casinhas da Cidade Pequena. Os alarmes de incêndio bimbalhavam, as sirenes ressoavam — exatamente como faziam todas as tardes e noites, seis espetáculos por dia — e nosso corpo de bombeiros em miniatura, o corpo de bombeiros mais bem treinado do mundo — apareceu correndo em disparada.

Eles trabalhavam com uma graciosidade fria e tranqüila, isso devo dizer em seu favor — incitando os cavalos, ligando as mangueiras com tanta rapidez e eficiência quanto qualquer corpo de bombeiros de verdade. Formaram uma barreira bem abaixo da parede de calor e chamas, jogando a água nas labaredas que subiam altas como ondas acima deles. Enquanto isso, suas esposas e filhos, e todos os outros pequenos cidadãos da Cidade Pequena, trabalhavam com idêntica e firme coragem, molhando os tetos das casas, retirando as cinzas, recusando-se a abandonar sua cidade perfeita, miniaturizada.

— Meu Deus, olhe só para eles! — uma voz falou atrás de mim. — Como eles amam esse lugar!

Virei-me e me deparei com Brinckerhoff, uma resgatada garrafa de gim numa das mãos, presa pelo gargalo. Eu havia me perguntado se teria caído com sua torre, mas lá estava ele — o seu terno de linho amarelo-limão um pouco chamuscado nas beiradas, mas, fora isso, nada demais. Eu podia ver que ele ainda estava pensando, os maquinismos daquela incansável mente de empreendedor ainda girando enquanto observava os pequenos combatentes do fogo:

— Que coragem! Que tenacidade! Se ao menos pudéssemos exibi-los assim... é melhor do que qualquer espetáculo que já tivemos! Se pudéssemos guardar esse momento, de alguma forma.

— Guardar o quê? — gritei para ele, minhas palavras quase perdidas no rugir do fogo que parecia crescer acima deles, não importava quanta água jogassem. — Guardar o quê? O puro desespero? A mais pura e cega idiotice?

O vento soprou do mar, espalhando as faíscas sobre a nossa cidadezinha de sonho mais depressa, agora, do que eles conseguiam destruí-las. O fogo devorou a Cidade Pequena enquanto eu olhava — lentamente, no início, passo a passo, depois num só gole ávido, triunfante, como algum freguês do *Feltman* devorando um prato de mariscos. As pessoas — o *meu* povo — pulando e correndo para longe, tão depressa quando seus pequenos corpos podiam carregá-los. Deixados sem absolutamente nada, agora, nem mesmo os solitários baús e malas que tinham antes, quando os carregavam de uma cidade para outra, de um circo para outro. Tudo perdido, agora, porque tinham escolhido tentar e resistir.

Eu não.

Eu não iria disputar nada com a Cidade de Fogo. Iria recolher alguns poucos portáteis, pelo menos — qualquer coisa que pudesse vender, ou "pendurar", por dinheiro vivo. Enfiei tudo o que pude, no palácio arruinado, numa sacola grossa — castiçais, porcelanas com bordas douradas, uma garrafa do melhor Madeira — e corri. Pelo menos tinha alguma coisa, e se não fosse o suficiente para durar a vida inteira, bem, afinal, o que era?

Pouco depois das três da madrugada a grande torre da águia do Terra de Sonho desmoronou, agora reduzida a uma massa de cinzas. O fogo lançava-se com violência acima e abaixo da praia, como um gigante enlouquecido, destruindo todas as esplêndidas obras de madeira compensada e gesso ao longo do passadiço — as chamas finalmente liberadas dos seus cursos fixos e determinados. Canibalizando o Combatendo as Chamas — depois, com um rugido gigantesco, orgíaco, dominando a casa de força do dr. Poole, com seus recipientes dourados e o lindo painel de mosaico.

Parecia, então, que o fogo iria consumir tudo na ilha. Não somente o Terra de Sonho, mas também o Luna Park e o Steeplechase, e o Feltman, o Stauch e o Elefante de Estanho e a Torre Centenária, e todas as galerias de tiro ao alvo, e os bordéis e pensões e os salões de tatuagens e os bares, tudo o que se abrigava sob suas saias como choupanas contra as paredes de um castelo. Até que a ilha inteira estivesse devastada e tão vazia como era quando os primeiros marinheiros holandeses a encontraram, uma faixa de areia pestilenta, infestada de mosquitos e esquivos coelhos marrons.

Na arrebentação começaram a surgir os vapores e barcos de lazer, iates e traineiras e barcaças de lixo — uma flotilha heterogênea de qualquer coisa que pudesse flutuar, preparando-se para tentar evacuar toda a Coney caso fosse necessário. Teria sido um espetáculo e tanto — um grande *Götterdämmerung*. Imaginem os filmes que podiam ter sido feitos! Os cartões-postais que poderiam ter imprimido, as reencenações que poderiam ter feito na própria Coney, assim que fosse reconstruída: as massas ávidas de prazer, e os bombeiros, e os adestradores de animais, e as aberrações e os apresentadores — todos chapinhando dentro da água ardente, fervente, lutando para ultrapassar o arame farpado e a chuva de destroços em chamas, sob a luminosidade infernal, inatural.

A realidade raramente é tão condescendente. Em vez disso, os ventos mudaram, as chamas pararam de ser alimentadas. O fogo concentrou-se às margens da Exposição da Grande Enchente de Galveston, arrancando para fora das paredes a pintura da imensa onda — mas esta última ironia cósmica foi o máximo que conseguiu fazer. Extinguiu-se ali — salvando o Luna Park, e o Steeplechase, e todo o restante das alamedas para que tivessem seus próprios e inevitáveis infernos numa data posterior.

Depois que tudo terminou — depois que o fogo consumiu a si mesmo e o Terra de Sonho estava seguramente nivelada, e não mais uma ameaça às bilheterias — o grande Tilyou, e Feltman, e todos os proprietários começaram a chegar, um a um, e apertaram silenciosamente a mão de Brinckerhoff.

— Não se preocupem — ele lhes disse... disse a todos os repórteres, e aos políticos e aos donos do dinheiro, com sua costumeira, embriagada autoconfiança. — Não se preocupem. O Terra de Sonho irá erguer-se novamente das cinzas, mais belo e cintilante que nunca.

No dia seguinte ele já armou uma bilheteria, dez centavos a entrada para ver as ruínas esfumaçadas — e acredito que, se lhe dessem a chance, ele *teria* reconstruído o parque. Ele o teria construído de novo e de novo, e que deixassem queimar a cada cinco anos mais ou menos, e o construiria outra vez — sempre maior, e mais grandioso, e repleto de maravilhas cada vez maiores.

Mas depois que Big Tim foi afastado ele não tinha de onde obter o dinheiro, e então veio a guerra, e as salas de cinema que pareciam palácios. O velho Terra de Sonho, a velha Coney, pareciam recuar cada vez mais para o passado, como um sonho que se tem à noite mas não se consegue lembrar muito bem no café da manhã. Nunca mais construíram nada como aquilo; nunca mais ergueram nada além de mais uma tenda enorme, que *chamavam* de Terra de Sonho, e encheram-na de aberrações, e falsificações e peças de *vaudeville*.

Substituíram os elefantes mergulhadores por porcos, e os bebês das incubadoras por corridas de baratas, e a cada ano que passava tudo parecia ficar um pouco mais exaurido, um pouco mais andrajoso e dilapidado, à medida que o público avançava em busca de novas maravilhas, e os parques lentamente recolheram-se sob as brisas suaves, incansáveis do mar. Até que passamos a viver exclusivamente neste mundo, onde todos os milagres, todos os verdadeiros espetáculos, estão trancados com segurança numa tela bidimensional.

E quanto ao resto, quem sabe? Você quer um epílogo, mas quem sabe para onde vão as pessoas? São engolidas pelas multidões, e tudo o que resta é especulação.

Talvez Esther tenha se casado e se conformado a produzir filhos, mesmo a contragosto. Enquanto ele conseguia uma boa posição na Cidade, ou fazia fortuna engarrafando o tônico de aipo que tinha gosto de meias velhas mas que sempre foi adorado nos restaurantes *kosher* e nas casas de chá. Até que ambos ficaram acomodados e gordos, e mudaram-se para o apartamento dos seus sonhos, ao longo das elegantes e espaçosas novas ruas do Brooklyn, ou no Grand Concourse do Bronx.

Ou talvez não. Talvez ela tivesse voltado para a Triangle, junto com Sadie, para tentar organizar as fura-greves e as meninas recém-chegadas dos navios, e todas as outras caipiras e bobocas que não sabiam o que fazer consigo mesmas. As duas trabalhavam lado a lado nas longas bancadas que iam de um extremo ao outro da oficina. Ajudando Sadie a manter o tecido esticado até que ela aprendesse, ambas trocando um sorriso de vez em quando, ao levantarem a cabeça, por verem-se ali — um pouco mais gastas, um pouco mais grisalhas a cada ano. Tomando uma xícara de chá juntas, durante os quinze minutos de intervalo...

Como algo tirado de um filme — algo a que talvez ela assistisse nas máquinas da Union Square: uma heróica biografia de uma vida comum, onde o príncipe, ou a grande ruptura, ou o momento da verdade nunca chegavam de fato.

Ou talvez ela tenha se tornado uma delegada itinerante: indo de cidade em cidade nos fumacentos vagões Pullman, um pequeno estremecimento de excitação perpassando-a, não importava quantas vezes já tivesse feito isso. Inspirando as operárias das máquinas, e encarando os capangas baratos, e os patrões desalmados. Discursando diante das mulheres ricas e engajadas, nos seus chás e sociedades literárias — sempre meio invejando, meio sorrindo diante das suas limousines e salas de visitas, seus vasos e livros caros, e os aparelhos de chá de prata, a sua facilidade em lidar com um prato de salada — até que, finalmente, até aquele tremor de excitação desaparecesse. Sentada na beira de uma cama usada, exausta até os ossos, sozinha num quartinho da Associação Cristã de Moças. Não exatamente o final que ela imaginara, talvez, mas ainda mantendo aquela fé — mantendo a fé em que, *algum dia,* num futuro luminoso, pudesse sentar-se em seu alpendre na Orchard Street e admirar aquele mundo decente pelo qual ela sempre ansiou.

Ou, talvez, tenha sido alguma coisa no meio. Talvez ela tenha ficado como estava. Talvez tivesse casado com Kid, ou ido morar com ele, e viveram como ninguém viveu antes — um amor baseado no respeito mútuo, e na compreensão, e na amizade. Talvez ele respeitasse o seu direito de viver da maneira que escolhesse, mas talvez o trabalho de delegada itinerante nunca tivesse se materializado completamente, e ela fosse forçada a continuar trabalhando na Triangle.

Ainda tentando fazer seu trabalho direito, fazer com que as meninas escutassem, e se importassem, e se associassem ao sindicato — até uma tarde de início de primavera, no oitavo andar, quando a cinza do cigarro de algum cortador caiu numa das grandes caixas de retalhos, cheia dos pedaços que não se adaptavam a um ou outro molde, esperando para serem carregadas pelos comerciantes de retalhos.

O tecido fino, delicado, incendiando-se imediatamente. O fogo erguendo-se para fora das caixas, alcançando os pequenos pedaços de moldes. Espalhando-se mais depressa do que o pensamento por todo o salão, de um pedaço de pano para outro, saltando acima das bancadas dos cortadores. Os homens tentando apagá-lo tarde demais, lançando os tecidos em chamas em vôos que lembravam vaga-lumes, para todos os lados — até que toda a coluna ardente desabasse dentro do barril.

As garotas das máquinas já vestindo seus casacos ao final do meio expediente de sábado, ainda sem saber de nada. Apenas mais uns minutos e estariam todas lá fora. Já encaminhando-se para as escadas, cantando uma das mais recentes músicas dos salões de dança:

Cada pequeno movimento tem um significado todo próprio
Cada pensamento e sensação por algum gesto podem ser demonstrados

• • •

O sr. Bernstein, ainda frio e calmo em mangas de camisa, latindo ordens para conter o incêndio, tentando manter todo mundo se movendo na direção das escadas. Mas então o fogo atingiu o barril de óleo de máquina que ficava perto da porta. Então as primeiras mulheres descobriram que as portas de emergência estavam trancadas, só para o caso de alguém tentar roubar um pedaço de tecido que valia apenas uns poucos centavos. Então — como num sonho — um dos meninos de recados correu para pegar a mangueira de incêndio, e esta partiu-se ao meio em suas mãos.

Então algum idiota, correndo com um balde de água, abriu as portas do elevador e deixou o ar renovado soprar através do andar da oficina.

E depois disso, claro, não houve como detê-lo: os homens e mulheres atropelando-se para chegar às escadas, batendo nas portas do elevador que se fechavam. As filas de mulheres calmamente seguindo para a saída de incêndio — apenas para tê-la desabando do prédio com um barulho terrível, atirando-as todas no beco lá embaixo, lançando-as através de um teto de vidro, empalando-as nas grades de ferro...

O barulho foi ouvido por todo o Village. A sra. Perkins, tomando chá com as amigas, parou com a xícara na mão para escutar os alarmes de incêndio ressoando, a correria nas ruas. Apressando-se até o local com o restante da vizinhança — toda a Little Italy, e o Lower East Side, correndo para ver o que estava acontecendo. Os carros de bombeiros chegando — suas escadas curtas demais para alcançar além do sexto andar, as redes fracas demais para suportar o peso daqueles que saltavam. Os policiais afastando as multidões — olhando boquiabertos enquanto as moças que tinham surrado apenas meses atrás mergulhavam para o solo.

Cento e quarenta e seis pessoas em quinze minutos, eles contaram — e era tudo o que podiam fazer...

Cento e quarenta e seis mulheres e meninas e homens em quinze minutos. Empalados nas grades de ferro desabando no teto de vidro

Pulando das janelas. No início eles pensaram, lá embaixo, que eram peças de tecidos ardentes sendo atiradas Saltando das janelas, e das saliências, enquanto as chamas consumiam suas pernas caindo com um barulho seco, terrível, na calçada Passando direto através das redes direto na calçada Caindo mas não se levantando Caindo mas não fazendo piruetas nem saltos mortais Caindo, apenas, e permanecendo imóveis exceto por uma mulher — uma mulher, todos os jornais relataram, que passou direto pela rede mas depois levantou-se e andou Andou como se nada tivesse acontecido de errado com ela, talvez cambaleando um pouco como se acabasse de sair de um bar mas andando como ninguém mais cinco, dez, quinze passos antes de cair, morta, desse jeito

E talvez elas tivessem entrado em pânico e fugido com as demais. Talvez tivessem morrido encolhidas debaixo de uma bancada, de uma máquina; ou quem sabe conseguiram chegar ao telhado e à segurança, ou descer num dos elevadores antes que parassem.

Ou — talvez — Esther ficasse ali nas bancadas, acalmando as garotas mais jovens, guiando-as para a porta. Contendo seus soluços desesperados, dizendo-lhes para respirar. Tirando com as mãos as cinzas dos seus vestidos chamuscados. Conduzindo-as para fora até que não restasse mais ninguém, exceto as extremamente histéricas e impotentes que soluçavam baixinho debaixo das bancadas. Mantendo-se em seu posto, guiando-as todas para fora até que fosse tarde demais, o fogo cercando-a, e era até mesmo impossível enxergar as escadas através da fumaça.

Tudo aconteceu tão rápido

Ela não pretendia ser uma mártir. Ela não era isso, afinal; não era isso o que Clara esperaria dela. Era uma pessoa em meio às pessoas, havia gente que ela amava, e a quem queria retornar. Aconteceu tão rápido — *cento e quarenta e seis em quinze minutos* — tanto que, no momento em que foi a última e olhou em volta para se salvar, era tarde demais.

E para onde ela se voltou, então, para as janelas? Sorriu com um leve, amargo orgulho, pensando *Agora eu sei Pelo menos agora eu sei que sou capaz...*

Então ela voltou-se para a janela, pensando que talvez ainda haveria uma saída por ali? Afinal, não era nenhuma mártir. Afinal, quem poderia pensar que o corpo de bombeiros seria tão idiota a ponto de não ter uma escada que alcançasse acima de seis andares numa cidade cheia de arranha-céus? Quem teria presumido que os pais da Cidade estariam tão ocupados se fartando que nem mesmo tivessem um pensamento passageiro a respeito da segurança pública?

Ninguém jamais desiste, não completamente. Ela teria subido na janela, pensando que talvez ainda houvesse esperança — e olhou para baixo, então, vendo as multidões que choravam e gritavam, olhou para baixo e viu as escadas insuficientes oscilando inutilmente abaixo, e as mulheres passando direto pelas redes. Olhou para baixo, então — e soube que não haveria chance?

Ou ainda teria se agarrado a alguma esperança?

Os jornais publicaram que pelo menos uma jovem, numa ironia final, democrática, socialista, tirou todo o dinheiro que tinha nos bolsos antes de pular, e jogou-o para a multidão abaixo — desta forma assegurando-se de que outros, além de um único e furtivo ladrão, compartilhassem a sua desgraça. Os jornais disseram que um rapaz do lado de fora de uma das saliências — obviamente um homem de verdade — ajudou as meninas a pularem para a morte — que ele as segurava e as endireitava, depois as erguia para o alto e deixava que saltassem. E que, então, abraçou a última mulher e beijou-a, antes de deixá-la cair, depois saltou logo em seguida, para que todos pensassem que ela era a sua noiva.

Uma história *improvável*, perfeita demais, típica da imprensa popular. E as mulheres não deveriam ter a liberdade de fazer esta última escolha, afinal, pular ou não pular — não tendo tido outras escolhas a fazer durante todas as suas breves e miseráveis existências?

(Quão típico de um homem, atirar uma mulher de uma janela e fazer com que isso parecesse um gesto romântico!)

Mas apenas *digamos* que ele estivesse ali, quando ela pisou para fora da janela...

Saindo pela janela num dia de início de primavera. Pisando na saliência numa tarde perfeita de primavera, com as árvores apenas começando a florir, seus botões verdes e rosados cobrindo a feiúra absoluta dos cortiços abaixo. Olhando para as ruas tortuosas da Little Italy, e o verde da Washington Square, e o lindo relógio florentino na torre do outro lado do parque.

Olhando para toda a cidade alta, por toda a extensão até o Palisades — o restante da cidade estendendo-se tão vasto, tão indiferente. Rua após rua cheias de gente, para além daquela comoção imediata, caminhando calmamente, ignorando tudo aquilo, seguindo em direção dos seus próprios afazeres, suas próprias vidas, seus próprios problemas.

Imaginando que *ele* estivesse ali, Kid em algum lugar por ali, caminhando pelas ruas, saboreando a Cidade da maneira como fazia, devorando cada momento. Ela pensou nele, então, divertindo-se, sem saber o que acontecia, embora pudesse estar a apenas uns poucos quarteirões dali, no Village? Escutando outra vez as sirenes dos bombeiros enquanto parava nos mercados ao ar livre, abaixando-se para cheirar as pêras e maçãs. Parando para comprar um peixe, um pedaço de carne, um repolho para o jantar deles. Parando, talvez, para comprar uma flor para ela — uma flor de verdade — de uma menina que passava. A cabeça girando com os planos que iriam deixá-los ricos, para comprar um apartamento melhor...

Ela pensou nele, lá fora, e desejou que fosse feliz?

E ela reparou no *homem de verdade* ali no parapeito — se ele estivesse lá — quando saiu para fora da saliência, às cinco horas da tarde de um perfeito dia de primavera? O homem que obviamente era um homem superior, os jornais disseram — seu superior rosto claro manchado de lágrimas. Ela sorriu ao vê-lo, e ergueu o rosto dele e beijou-o — apenas um rapaz apavorado, nem um pouco o seu *dybbuk* de Coney Island...

Ah, como ela adoraria que ele estivesse ali, o seu amante de sonho!

Ela o beijou uma vez, como um substituto inferior, com as chamas já soprando para fora da janela atrás dela, já alcançando as dobras do seu vestido preto, comprido? Ela o beijou — no fim de tarde de um perfeito dia de primavera, e depois saltou do nono andar da Fábrica de Blusas Triangle?

Ainda não desistindo completamente, ainda tentando direcionar-se o melhor possível para a rede, para os bombeiros que corriam inutilmente de um lado para o outro, como palhaços de circo. Ainda não desistindo, mesmo quando atingiu a rede e trespassou-a direto. Mas dando um impulso para se levantar, como os acrobatas do Combatendo as Chamas, e pensando *Eu consegui De algum jeito eu consegui* — e na verdade dando cinco, dez, quinze passos ao longo da rua diante dos policiais e bombeiros assombrados, boquiabertos, um leve sorriso bêbado brincando em seu rosto. Antes que caísse.

Talvez. E talvez Sadie, separada dela na confusão e na fumaça — talvez Sadie batesse e batesse nas portas do elevador até que seus punhos doessem. As escadas já completamente tomadas, a fumaça cobrindo tudo e ninguém voltando para salvá-la. Gritando para o elevador, exigindo o elevador, recusando-se a aceitar que ele não voltaria. Recusando-se a morrer presa numa armadilha de fogo de uma oficina qualquer, a idéia toda estúpida demais para ser descrita em palavras — demais para uma piada suja, morrer por algum patrão de fábrica depois de prostituir-se nas ruas durante tantos anos.

E quando o elevador não voltou, ela gritou ainda mais alto — socando e arranhando as portas de metal, escutando os gritos das outras mulheres presas, que esperavam ali para escapar também? Até que, por pura força de vontade, conseguiram abrir as portas — revelando apenas o poço do elevador, um vazio à sua frente. E quando as outras hesitaram e vacilaram na beirada, ela saltou ali dentro — agarrando-se aos cabos, pedaços dos preciosos tecidos da fábrica enrolados muitas vezes nas suas mãos para amortecer a queimadura, o choque elétrico que ela sabia que viria?

Ela saltou direto no poço, aproveitando a sua melhor chance? Escorregando pelo cabo de aço, até que o calor trespassasse a proteção nas suas mãos. Agarrando até perder os sentidos com a dor intensa, e caindo pelo restante do caminho até o teto de lata do elevador, rompendo-o com o impacto do seu corpo. Recobrando a consciência horas depois, meio afogada com o impacto das mangueiras de incêndio. Ainda no topo do carro do elevador quebrado que havia parado no porão, onde os bombeiros encontraram-na já tarde da noite, ensopada e tremendo de frio, as profundas queimaduras nas mãos, parecendo enlouquecida e perturbada, mas viva, ainda viva...

E se isso fez alguma diferença — depois de todas as edições especiais, com as fotografias chocantes dos fardos achatados e mortos das mulheres caídas na calçada, e os policiais boquiabertos, e os andares totalmente queimados da fábrica, e se tudo isso horrorizou suficientemente os bons cidadãos da Cidade...

... e se isso fez alguma diferença, depois de todos os discursos inflamados, e os inquéritos e os processos inúteis, e as audiências, e as inspeções, e a cuidadosa nova legislação conduzida pela sra. Perkins, e calcada pelos rapazes de Big Tim, Bob e Al, lá na câmara estadual...

... e se isso fez diferença, depois de dias de intermináveis funerais por todo o Lower East Side, os carros fúnebres cruzando as intersecções nas avenidas C e a A e a Broome e a Hester e a Delancey e a Division, tantos que às vezes os enlutados seguiam o carro fúnebre errado, na confusão. Depois da última procissão do grande funeral, serpenteando através das ruas da Cidade num dia gelado e chuvoso de abril, com o cheiro de fumaça ainda no ar — o dia em que o necrotério liberou o último corpo, os últimos sete caixões, contendo os corpos das mulheres que ninguém pôde identificar nem ninguém reclamou, mais um oitavo, cinzento caixão contendo todos os pedaços desmembrados e queimados recolhidos no local. A multidão imensa, silenciosa, lúgubre, encolhida sob guarda-chuvas ao longo da calçada, as operárias caminhando tremendo as cabeças descobertas atrás dos carros fúnebres as operárias erguendo os olhos das suas máquinas olhando para baixo das suas oficinas armadilhas-de-fogo as famílias em suas oficinas domésticas acenando com lenços nas janelas dos seus cortiços enquanto os solenes enlutados passavam.

Convergindo finalmente na frente da fábrica queimada que em breve seria reaberta sob a mesma direção. Convergindo no parque da Washington Square, os homens as mulheres com bebês no colo — usando as pequenas faixas brancas que diziam LAMENTAMOS NOSSA PERDA carregando cartazes que diziam EXIGIMOS PROTEÇÃO CONTRA INCÊNDIO — convergindo na pequena faixa de árvores entulhada com monumentos aos grandes homens. Onde, quando as sinuosas e negras trilhas de humanidade enfim se encontraram, ali ergueu-se espontaneamente um longo, penetrante, incipiente, feminino grito de dor como nada que já havia sido ouvido antes ou desde então em toda a Cidade, nem mesmo quando todos os alemães morreram afogados...

... e se tudo aquilo finalmente fez ou não alguma diferença, e levou para a Reforma, e todo o completo, maravilhoso, farto presente que desfrutamos agora em contraposição ao sinistro e distante passado — se tudo aquilo realmente aconteceu — bem, isso, como dizem, é uma outra história.

CAPÍTULO 71

TRICK O ANÃO

— E isso é tudo? — Yolanda, a Rainha do Amazonas perguntou.

— É tudo.

Ela assentiu satisfeita, lidando com um pedaço de noz-de-areca na boca, a pele da cor e textura de uma sela muito usada.

— Está na hora de voltar.

Estava completamente escuro no píer arruinado. Abaixo deles, ao longo do mar, a Cidade de Fogo tinha voltado à vida, e podiam divisar as inevitáveis multidões da noite começando a jorrar para fora do metrô e dos trens expressos e dos bondes.

Dispersaram-se aos poucos na direção das suas barracas, e seus espetáculos baratos: Yolanda, e Nanook o Esquimó que na verdade era uma mulher, e Ota Benga o Pigmeu, que não era realmente um pigmeu mas um pianista desempregado de St. Louis — não que isso importasse nesta Cidade, onde até os nomes das aberrações e dos gângsteres eram repetidos muitas e muitas vezes.

Trick o Anão seguiu atrás deles, começando a se apressar quando ouviu a música se elevar, o murmúrio do povo aumentando. Não tanta gente, talvez, quanto nos velhos tempos; as pessoas tinham outras diversões, agora, todos os novos palácios de cinemas, todos os novos carros e seus frascos de gim.

Ele ainda tinha uma boa caminhada pela frente, até Steeplechase — e depois ainda havia a fantasia que teria de vestir, a maquiagem para passar no rosto: a enlouquecida face de arlequim, rindo e zombando enquanto perseguia os fregueses até as grades de ventilação, vergastando suas pernas compridas com o bastão de gado. Perseguindo-os até o palco, com o pouco de dignidade que ainda poderia juntar — enquanto, nas arquibancadas, todo mundo estava rindo.

Eu conheço uma história.

CAPÍTULO 72

OS GRANDES DOUTORES DA MENTE DE VIENA

Na noite seguinte à visita a Coney Island eles deixaram a Cidade, e pegaram o barco noturno até Fall River — iniciando a longa travessia para Worcester, e a Universidade Clark, navegando lentamente pelo Hudson, passando pelo vultuoso Palisades que tanto lembrou a Freud do Danúbio — e depois para o mar.

Depois que aportaram foram ainda mais longas horas no trem, através daquele país irritantemente interminável. Passando por todas as caprichosas cidadezinhas e fazendas de Massachusetts, até que, quando chegaram em Worcester, estavam completamente exaustos.

Animaram-se um pouco quando encontraram o reitor da Universidade na estação ferroviária — um homem austero com uma barba branca, que cumprimentou-os com ar de profunda e solene reverência. Ele tinha uma casa confortável, cheia de livros e charutos, e uma esposa alegre, gorducha e extraordinariamente feia, que chamou-os de filhos e atendeu a todas as suas necessidades. Ela cumulou-os com um bom vinho e o melhor jantar que já haviam comido na América, servido por criados negros muito sérios, com paletós brancos.

No dia seguinte as palestras começaram. A universidade era nova mas bem equipada, suas instalações simples e dignificadas, e Freud considerou-a uma plataforma bastante adequada. Tudo transcorreu sem nenhum transtorno. Todos os jornais locais fizeram a cobertura das palestras, e o *Evening Transcript* de Boston até enviou um repórter para entrevistar Freud, e Jung manteve a promessa, introduzindo a chocante questão da sexualidade infantil com o caso da sua própria filha, Agathli.

E quando chegou o momento de ele falar, quando postou-se à frente da platéia, foi de fato a realização de um sonho incrível, onipotente.

Toda a terrível ansiedade e a agitação das semanas anteriores desapareceram. Nem mesmo a presença daquele pequeno *ekel* do Stern foi capaz de estragá-lo. Olhando pelo salão, viu diante de si as melhores mentes de todos os campos da ciência e da educação, e da história e antropologia, e da matemática e filosofia e — da psicologia. Todos eles vestidos com seus majestosos mantos e barretes acadêmicos, aplaudindo-o retumbantemente — aplausos para a *Causa*.

E mais tarde, quando ele recebeu seu diploma honorário, os aplausos foram ainda maiores. Uma mulher em especial, baixinha e rechonchuda e voluptuosa, até mesmo ficou durante a semana inteira. Ela sentava-se na primeira fileira, ouvindo tudo com avidez — usando um vestido branco com uma dramática rosa no cinto, um par de olhos assombrosamente inteligentes atrás dos óculos sem aro. Ela pulava de pé depois de cada palestra, aplaudindo ferozmente e inundando-o de perguntas. Estas, também, eram inteligentes, e Freud teria ficado intrigado em conhecê-la, mas seus colegas americanos lhe asseguraram de que ela era uma anarquista perigosa, e ao final de cada palestra formavam um cordão de proteção à sua volta — uma falange de homens imponentes, cultos, em suas vestes acadêmicas, lentamente arrastando-o para longe da mulherzinha inquisitiva.

No final da semana ele já estava exausto outra vez — por mais sustentado que tivesse sido pela contínua satisfação das palestras, e pelas longas e revigorantes conversas posteriores com tantos grandiosos homens da ciência. Depois que a tarefa estava concluída, teve prazer em permitir que Brill os guiasse numa outra excursão, até Niagara Falls e depois para o Canadá, onde ele enviou um cartão-postal para sua filha Sophie, e Brill também escreveu um para a sra. Brill, no qual todos eles assinaram: LEMBRANÇAS DE ABE, FREUD, FERENCZI E JUNG.

Prosseguiram a viagem até um pequeno acampamento perto de Lake Placid, para um chalé que um dos seus novos admiradores americanos lhes emprestara. Era apenas um tosco agrupamento de casinhas de fazenda erguidas num terreno pedregoso, mas Freud achou o lugar idílico. Havia trilhas para caminhadas através dos bosques, e por toda a volta assomavam-se os picos majestosos, arborizados, da Adirondacks, e ele e Ferenczi divertiram-se muito com o fato de que a casa onde todos os psicanalistas estavam hospedados tinha o nome de *Tagarela*.

Jung declarou que não estava se divertindo. Uma certa e permanente frieza instalara-se nas suas relações. As coisas mantiveram-se um tanto apaziguadas enquanto estavam em Worcester — graças ao sacrifício de Jung em falar sobre a filha — porém até isso se dissipara. Jung, agora, dava a entender que fora contra os seus próprios princípios para apoiá-lo — que talvez existissem determinados aspectos não-sexuais, *espirituais*, relacionados ao desenvolvimento infantil.

Freud se refreara, pelo momento, em perguntar se Jung realmente se referia aos aspectos *culturais*. Aquele furúnculo teria de ser lancetado de uma vez por todas, quando voltassem ao outro lado. Ele não estava muito ansioso por isso, mas se tivesse de ser, tinha de ser, resignou-se. Algum outro gentio — um verdadeiro cientista — sempre poderia ser encontrado para levar a Causa adiante.

Por enquanto, tentou tirar tudo aquilo da cabeça e simplesmente relaxar, da maneira que sempre gostava de fazer depois de tão prolongados períodos de trabalho. Na ausência de um café civilizado, ele dedicou-se ao seu outro *hobby* principal — explorar os bosques em busca de novas e desconhecidas espécies de cogumelos locais. O ar estava fresco e revigorante, e Freud tentou não pensar demais em nada — nem nos antagonismos que viriam, ou na longa viagem de volta em companhia de Jung, ou nas suas ansiedades acerca do caso do Homem Rato — nada mesmo, exceto o maravilhoso sonho que acabara de ser realizado.

Havia conseguido fazer isso em grande parte, quando um dia deparou-se com uma pequena criatura caída bem no meio da sua trilha. Não havia sangue, nem marcas visíveis do que poderia ter causado a sua morte. Era como se o animal tivesse apenas *parado*, e no mesmo instante Freud soube o que devia ser. Assoviou chamando seus amigos, e cutucou levemente a criatura com a sua bengala, mas era inconfundível:

Um porco-espinho.